U0143750

Yilin Classics

FRANZ KAFKA

经/典/译/林

Die Verwandlung · Das Schloß

变形记 城堡

[奥地利] 弗朗茨·卡夫卡 著

李文俊 米尚志 译

译林出版社

图书在版编目（CIP）数据

    变形记；城堡／（奥）弗朗茨·卡夫卡著；李文俊，米尚志译. —南京：译林出版社，2019.10
    （经典译林）
    ISBN 978-7-5447-7729-2

    I.①变… II.①弗… ②李… ③米… III.①中篇小说－奥地利－现代②长篇小说－奥地利－现代 IV.①I521.45

    中国版本图书馆 CIP 数据核字（2019）第 079143 号

变形记　城堡 [奥地利] 弗朗茨·卡夫卡 ／ 著　李文俊　米尚志 ／ 译

责任编辑	冯一兵
责任印制	颜　亮

原文出版	Fischer Taschenbuch Verlag, 1979
出版发行	译林出版社
地　　址	南京市湖南路 1 号 A 楼
邮　　箱	yilin@yilin.com
网　　址	www.yilin.com
市场热线	025-86633278
排　　版	南京展望文化发展有限公司
印　　刷	南京爱德印刷有限公司
开　　本	880 毫米 × 1230 毫米　1/32
印　　张	11.125
插　　页	4
版　　次	2019 年 10 月第 1 版　2019 年 10 月第 1 次印刷
书　　号	ISBN 978-7-5447-7729-2
定　　价	38.00 元

CONTENTS・目录

变形记

李文俊　译

一天早晨,格里高尔·萨姆沙从不安的睡梦中醒来,发现自己躺在床上变成了一只巨大的甲虫。他仰卧着,那坚硬得像铁甲一般的背贴着床。他稍稍抬了抬头,便看见自己那穹顶似的棕色肚子分成了好多块弧形的硬片,被子几乎盖不住肚子尖,都快滑下来了。比起偌大的身躯来,他那许多条腿真是细得可怜,都在他眼前无可奈何地舞动着。

"我出了什么事啦?"他想。这可不是梦。他的房间,虽是嫌小了些,的确是普普通通人住的房间,如今仍然安静地躺在四堵熟悉的墙壁当中。在摊放着打开的衣料样品——萨姆沙是个旅行推销员——的桌子上面,还是挂着那幅画,这是他最近从一本画报上剪下来装在漂亮的金色镜框里的。画的是一位戴皮帽子围皮围巾的贵妇人,她挺直身子坐着,把一只套没了整个前臂的厚重的皮手筒递给看画的人。

格里高尔的眼睛接着又朝窗口望去,天空很阴暗,可以听到雨点敲打在窗栏上的声音,他的心情也变得忧郁了。"要是再睡一会儿,把这一切晦气事统统忘掉该多好。"他想,但是完全办不到,平时他习惯于侧向右边睡,可是在目前的情况下,再也不能采取那样的姿态了。无论怎样用力向右转,他仍旧滚了回来,肚子朝天。他试了至少一百次,还闭上眼睛免得看到那些拼命挣扎的腿,到后来他的腰部感到一种从未体味过的隐痛,才不得不罢休。

"啊,天哪,"他想,"我怎么单单挑上这么一个累人的差使呢!长年累月到处奔波,比坐办公室辛苦多了,再加上还有经常出门的烦恼,担心各次火车的倒换,不定时而且低劣的饮食,萍水相逢的人也总是些泛泛之交,不可能有深厚的交情,永远不会变成知己朋友。让这一切都见鬼去吧!"他觉得肚子上有点痒,就慢慢地挪动身子,靠近床头,好让自己头抬起来更容易些;他看清了发痒的地方,那儿布满着白色的小斑点,他不明白这是怎么回事,想用一条腿去搔一搔,可是马上又缩了回来,因为这一碰使他浑身起了一阵寒颤。

他又滑下来恢复到原来的姿势。"起床这么早,"他想,"会使人变傻的。人是需要睡觉的。别的推销员生活得像贵妇人。比如,当我有一天上午赶回旅馆里登记取回的定货单时,别的人才坐下来吃早餐。我若是跟我的老板也来这一手,准定当场就给开除。也许这样对我倒更好一些,谁说得准呢。如果不是为了父母亲而总是谨小慎微,我早就辞职不干了,我早就会跑到老板面前,把肚子里的气出个痛快。那个家伙准会从写字桌后面直蹦起来!他的工作方式也真奇怪,总是那样居高临下坐在桌子后面对职员发号施令,再加上他的耳朵又偏偏重听,大家不得不走到他跟前去。但是事情也未必毫无转机;只要等我攒够了钱还清父母欠他的债——也许还得五六年——可是我一定能做到,到那时我就会时来运转了。不过眼下我还是起床为妙,因为火车五点钟就要开了。"

他看了看柜子上滴滴答答响着的闹钟。"天哪!"他想道。已经六点半了,而时针还在悠悠然向前移动,连六点半也过了,马上就要七点差一刻了。闹钟难道没有响过吗?从床上可以看到闹钟明明是拨到四点钟的,显然它已经响过了。是的,不过在那震耳欲聋的响声里,难道真的能安宁地睡着吗?嗯,他睡得并不安宁,可是却正说明他还是睡得不坏。那么他现在该干什么呢?下一班车七点钟开,要搭这一班车他得发疯一般赶才行,可是他的样品都还没有包好,他也觉得自己的精神不佳。而且即使他赶上这班车,还是逃不过上司的一顿申斥,因为公司的听差一定是在等候五点钟那班火车,这时早已回去报告他没有赶上了。那听差是老板的心腹,既无骨气又愚蠢不堪。那么,说自己病了行不行呢?不过这将是最最不愉快的事,而且也显得很可疑,因为他服务五年以来没有害过一次病。老板一定会亲自带了医药顾问一起来,一定会责怪他的父母怎么养出这样懒惰的儿子,他还会引证医药顾问的话,粗暴地把所有的理由都驳掉,在那个大夫看来,世界上除了健康之至的假病号,再也没有第二种人了。再说今天这种情况,大夫的话是不是真的不对呢？格里高尔觉得身体挺不错，除了有些困乏，这在如此长久的一次睡眠以后实在有些多余，另外，他甚至觉得特别饿。

这一切都飞快地在他脑子里闪过，他还是没有下决心起床——闹钟敲六点三刻了。这时，他床头后面的门上传来了轻轻的一下叩门声。"格里高尔，"一个声音说，这是他母亲的声音，"已经七点差一刻了。你不是还要赶火车吗？"好温和的声音！格里高尔听到自己的回答声时却不免大吃一惊。没错，这分明是他自己的声音，可是却有另一种可怕的叽叽喳喳的尖叫声同时发了出来，仿佛是陪音似的，使他的话只有最初几个字才是清清楚楚的，接着马上就受到了干扰，弄得意义含混，使人家说不上到底听清楚没有。格里高尔本想回答得详细些，好把一切解释清楚，可是在这样的情形下他只得简单地说："是的，是的，谢谢你，妈妈，我这会儿正在起床呢。"隔着木门，外面一定听不到格里高尔声音的变化，因为他母亲听到这些话也满意了，就拖着步子走了开去。然而这场简短的对话使家里人都知道格里高尔还在屋子里，这是出乎他们意料之外的，于是在侧边的一扇门上立刻就响起了他父亲的叩门声，很轻，不过用的却是拳头。"格里高尔，格里高尔，"他喊道，"你怎么啦？"过了一小会儿他又用更低沉的声音催促道："格里高尔！格里高尔！"在另一侧的门上他的妹妹也用轻轻的悲哀的声音问："格里高尔，你不舒服？要不要什么东西？"他同时回答了他们两个人："我马上就好了。"他把声音发得更清晰，说完一个字过一会儿才说另一个字，尽力使他的声音显得正常。于是他父亲走回去吃他的早饭了，他妹妹却低声地说："格里高尔，开开门吧，求求你。"可是他并不想开门，他暗自庆幸自己由于时常旅行，养成了晚上锁住所有门的习惯，即使回到家里也是这样。

首先他要静悄悄地不受打扰地起床，穿好衣服，最要紧的是吃饱早饭，再考虑下一步该怎么办，因为他非常明白，躺在床上瞎想一气是想不出什么名堂来的。他还记得过去也许是因为睡觉姿势不好，躺在床上时往往会觉得这儿那儿隐隐作痛，及至起来，就知道纯属心理作用，所以他殷切地盼望今天早晨的幻觉会逐渐消失。他也深信，他之所以变声音不是因为别的而仅仅是重感冒的征兆，这是旅行推销员的职业病。

要掀掉被子很容易，他只需把身子稍稍一抬，被子就自己滑下来了。可是下一个动作就非常之困难，特别是因为他的身子宽得出奇。他得要有手和胳臂才能让自己坐起来,可是他有的只是无数细小的腿,它们一刻不停地向四面八方挥动,而他自己却完全无法控制。他想屈起其中的一条腿,可是它偏偏伸得笔直;等他终于让它听从自己的指挥时,所有别的腿却莫名其妙地乱动不已。"总是待在床上有什么意思呢。"格里高尔自言自语地说。

他想,下身先下去一定可以使自己离床,可是他还没有见过自己的下身,脑子里根本没有概念,不知道要移动下身真是难上加难,挪动起来是那样的迟缓;所以到最后,他烦死了,就用尽全力鲁莽地把身子一甩,不料方向算错,重重地撞在床脚上,一阵彻骨的痛楚使他明白,如今他身上最敏感的地方也许正是他的下身。

于是他就打算先让上身离床,他小心翼翼地把头部一点点挪向床沿。这却毫不困难,他的身躯虽然又宽又大,也终于跟着头部移动了。可是,等到头部终于悬在床边上,他又害怕起来,不敢再前进了,因为,老实说,如果他就这样让自己掉下去,不摔坏脑袋才怪呢。他现在最要紧的是保持清醒,特别是现在,他宁愿继续待在床上。

可是重复了几遍同样的努力以后,他深深地叹了一口气,还是恢复了原来的姿势躺着,一面瞧他那些细腿在难以置信地更疯狂地挣扎;格里高尔不知道如何才能摆脱这种荒唐的混乱处境,他就再一次告诉自己,待在床上是不行的,最最合理的做法还是冒一切危险来实现离床这个极渺茫的希望。可是同时他也没有忘记提醒自己,冷静地、极其冷静地考虑到最最微小的可能性还是比不顾一切地蛮干强得多。这时际,他尽力集中眼光望向窗外,可是不幸得很,早晨的浓雾把狭街对面的房子也都裹上了,看来天气一时不会好转,这就使他更加得不到鼓励和安慰了。"已经七点钟了,"闹钟再度敲响时,他对自己说,"已经七点钟了,可是雾还这么重。"有片刻工夫,他静静地躺着,轻轻地呼吸着,仿佛这样一养神什么都会恢复正常似的。

可是接着他又对自己说:"七点一刻前我无论如何非得离开床铺不可,到那时一定会有人从公司里来找我,因为不到七点公司就开门了。"于是他开始有节奏地来回晃动自己的整个身子,想把自己甩出床去。倘若他这样翻下床去,可以昂起脑袋,头部不至于受伤。他的背似乎很硬,看来跌在地毯上并不打紧。他最担心的还是自己控制不了的巨大响声,这声音一定会在所有的房间里引起焦虑,即使不是恐惧。可是,他还是得冒这个险。

　　当他已经将半个身子探到床外的时候——这个新方法与其说是苦事，不如说是游戏，因为他只需来回晃动，逐渐挪过去就行了——他忽然想起如果有人帮忙，这件事该是多么简单。两个身强力壮的人——他想到了他的父亲和那个使女——就足够了；他们只需把胳臂伸到他那圆鼓鼓的背后，抬他下床，放下他们的负担，然后耐心地等他在地板上翻过身来就行了，一碰到地板他的腿自然会发挥作用的。那么，姑且不管所有的门都是锁着的，他是否真的应该叫人帮忙呢？尽管处境非常困难，想到这一层，他却禁不住透出一丝微笑。

　　他使劲地摇动着，身子已经探出不少，快要失去平衡了，他非得鼓足勇气采取决定性的步骤了，因为再过五分钟就是七点一刻——正在这时，前门的门铃响了起来。"是公司里派什么人来了。"他这么想，身子就随之而发僵，可是那些细小的腿却动弹得更快了。一时之间周围一片静默。"他们不愿开门。"格里高尔怀着不合常情的希望自言自语道。可是使女当然还是跟往常一样踏着沉重的步子去开门了。格里高尔听到客人的第一声招呼就马上知道这是谁——是秘书主任亲自出马了。真不知自己生就什么命，竟落到给这样一家公司当差，只要有一点小小的差池，马上就会招来最大的怀疑！在这一个所有的职员全是无赖的公司里，岂不是只有他一个人忠心耿耿吗？他们的一个职员，早晨只占用公司两三个小时，不是就给良心折磨得几乎要发疯，真的下不了床吗？如果确有必要来打听他出了什么事，派个学徒来不也够了吗——难道秘书主任非得亲自出马，以便向全家人，完全无辜的一家人表示，这个可疑的情况只有他那样的内行来调查才行吗？与其说格里高尔下了决心，倒不如说他因为想到这些事非常激动，因而用尽全力把自己甩出了床外。砰的一声很响，但总算没有响得吓人。地毯把他坠落的声音减弱了几分，他的背也不如他所想象的那么毫无弹性，所以声音很闷，不惊动人。只是他不够小心，头翘得不够高，还是在地板上撞了一下；他扭了扭脑袋，痛苦而愤懑地把头挨在地板上磨蹭着。

　　"那里有什么东西掉下来了。"秘书主任在左面房间里说。格里高尔试图设想，今天他身上发生的事有一天也让秘书主任碰上了；谁也不敢担保不会出这样的事。可是仿佛给他的设想一个粗暴的回答似的，秘书主任在隔壁房间里坚定地走了几步，他那漆皮鞋子发出了吱嘎吱嘎的声音。从右面的房间里，他妹妹用耳语向他通报消息："格里高尔，秘书主任来了。""我知道了。"格里高尔低声嘟哝道，但是没有勇气提高嗓门让妹妹听到他的声音。

"格里高尔，"这时候父亲在左边房间里说话了，"秘书主任来了，他要知道为什么你没能赶上早晨的火车。我们也不知道怎么跟他说。另外，他还要亲自和你谈话。所以，请你开门吧。他度量大，对你房间里的凌乱不会见怪的。""早上好，萨姆沙先生。"与此同时，秘书主任和蔼地招呼道。"他不舒服呢。"母亲对客人说。这时他父亲继续隔着门在说话："他不舒服，先生，相信我吧。他还能为了什么原因误车呢！这孩子只知道操心公事，他晚上从来不出去，连我瞧着都要生气了；这几天来他没有出差，可他天天晚上都守在家里。他只是安安静静地坐在桌子旁边，看看报，或是把火车时刻表翻来覆去地看。他唯一的消遣就是做木工活儿。比如说，他花了两三个晚上刻了一个小镜框；您看到它那么漂亮一定会感到惊奇；这镜框挂在他房间里；再过一分钟等格里高尔开门您就会看到了。你的光临真叫我高兴，先生；我们怎么也没法使他开门；他真是固执；我敢说他一定是病了，虽然他早晨硬说没病。""我马上来了。"格里高尔慢吞吞地小心翼翼地说，可是却寸步也没有移动，生怕漏过他们谈话中的每一个字。"我也想不出有什么别的原因，太太，"秘书主任说，"我希望不是什么大病。虽然另一方面我不得不说，不知该算福气呢还是晦气，我们这些做买卖的往往就得不把这些小毛小病当作一回事，因为买卖嘛总是要做的。""喂，秘书主任现在能进来了吗？"格里高尔的父亲不耐烦地问，又敲起门来了。"不行。"格里高尔回答。这声拒绝以后，在左面房间里是一阵令人痛苦的寂静；右面房间里他妹妹啜泣起来了。

他妹妹为什么不和别的人在一起呢？她也许是刚刚起床，还没有穿衣服吧。那么，她为什么哭呢？是因为他不起床让秘书主任进来吗？是因为他有丢掉差使的危险吗？是因为老板又要开口向他的父母讨还旧债吗？这些显然都是眼前不用担心的事情。格里高尔仍旧在家里，丝毫没有弃家出走的念头。的确，他现在暂时还躺在地毯上，知道他的处境的人当然不会盼望他让秘书主任走进来。可是这点小小的失礼以后尽可以用几句漂亮的辞令解释过去，格里高尔不见得会马上就给辞退。格里高尔觉得，就目前来说，他们与其对他抹鼻子流泪苦苦哀求，还不如别打扰他的好。可是，当然啦，他们的不明情况使他们大惑不解，也说明了他们为什么有这样的举动。

"萨姆沙先生，"秘书主任现在提高了嗓门说，"你这是怎么回事？你这样把自己关在房间里，光是回答'是'和'不是'，毫无必要地引起你父母极大的忧虑，又极严重地疏忽了——这我只不过顺便提一句——疏忽了公事方面的职责。我现在以你父母和你经理的名义和你说话，我正式要求你立刻给我一个明确的解释。我真没想到，我真没想到。我原来还认为你是个安分守己、稳妥可靠的人，可你现在却突然决心想让自己丢丑。经理今天早晨还对我暗示你不露面的原因可能是什么——他提到了最近交给你管的现款——我还几乎要以自己的名誉向他担保这根本不可能呢。可是现在我才知道你真是执拗得可以，从现在起，我丝毫也不想袒护你了。你在公司里的地位并不是那么稳固的。这些话我本来想私下里对你说的，可是既然你这样白白糟蹋我的时间，我就不懂为什么你的父母不应该听到这些话了。近来你的工作叫人很不满意；当然，目前买卖并不是旺季，这我们也承认，可是一年里整整一个季度一点买卖也不做，这是不行的，萨姆沙先生，这是完全不应该的。"

"可是，先生，"格里高尔喊道，他控制不住了，激动得忘记了一切，"我这会儿正要来开门。一点小小的不舒服，一阵头晕使我起不了床。我现在还躺在床上呢。不过我已经好了。我现在正要下床。再等我一两分钟吧！我不像自己所想的那样健康。不过我已经好了，真的。这种小毛病难道就能打垮我不成！我昨天晚上还好好儿的，这一点我父亲母亲也可以告诉您，不，应该说我昨天晚上就感觉到了一些预兆。我的样子想必已经不对劲了。您要问为什么我不向办公室报告！可是人总以为一点点不舒服一定能挺过去，用不着请假在家休息。哦，先生，别伤我父母的心吧！您刚才怪罪于我的事都是没有根据的；从来没有谁这样说过我。也许您还没有看到我最近兜来的定单吧。至少，我还能赶上八点钟的火车呢，休息了这几个钟点我已经好多了。千万不要因为我而把您耽搁在这儿，先生；我马上就会开始工作的，这有劳您转告经理，在他面前还得请您多替我美言几句呢！"

格里高尔一口气说着，自己也搞不清楚自己说了些什么，也许是因为有了床上的那些锻炼，格里高尔没费多大气力就来到柜子旁边，打算依靠柜子使自己直立起来。他的确是想开门的，的确是想出去和秘书主任谈话的；他很想知道,大家这么坚持以后,看到了他又会说些什么。要是他们都大吃一惊,那么责任就再也不在他身上,他可以得到安静了。如果他们完全不在意,那么他也根本不必不安,只要真的赶紧上车站去搭八点钟的车就好了。起先,他好几次从光滑的柜面上滑下来,可是最后,在一使劲之后,他终于站直了;现在他也不管下身疼得像火烧一般了。接着他让自己靠向附近一把椅子的背部,用他那些细小的腿抓住了椅背的边,这使他得以控制自己的身体。他不再说话,因为这时候他听见秘书主任又开口了。

"你们有哪个字听得懂吗?"秘书主任问,"他不见得在开我们玩笑吧?""哦,天哪,"他母亲声泪俱下地喊道,"也许他病得不轻,倒是我们在折磨他呢。葛蕾特!葛蕾特!"接着她嚷道。"什么事,妈妈?"他妹妹打那一边的房间里喊道。她们就这样隔着格里高尔的房间对嚷起来。"你得马上去请医生。格里高尔病了。去请医生,快点儿。你没听见他说话的声音吗?""这不是人的声音。"秘书主任说,跟母亲的尖叫声一比,他的嗓音显得格外低沉。"安娜!安娜!"他父亲从客厅向厨房里喊道,一面还拍着手,"马上去找个锁匠来!"于是两个女人奔跑得裙子嗖嗖响地穿过了客厅——他妹妹怎能这么快就穿好衣服呢——接着又猛然打开了前门。没有听见门重新关上的声音;她们显然听任它洞开着,什么人家出了不幸的事情时情况就总是这样。

格里高尔现在倒镇静多了。显然,他发出来的声音人家再也听不懂了,虽然他自己听来很清楚,甚至比以前更清楚,这也许是因为他的耳朵变得适应这种声音了。不过至少现在大家相信他有什么地方不太妙,都准备来帮助他了。这些初步措施将带来的积极效果使他感到安慰,他觉得自己又重新进入人类的圈子,他对大夫和锁匠都寄予了莫大的希望,却没有怎样分清两者之间的区别。为了使自己在即将到来的重要谈话中声音尽可能清晰些,他稍微清了清嗓子,他当然尽量压低声音,因为就连他自己听起来,这声音也不像人的咳嗽声。这时候,隔壁房间里一片寂静。也许他的父母正陪了秘书主任坐在桌旁,在低声商谈,也许他们都靠在门上细细谛听呢。

格里高尔慢慢地把椅子推向门边,接着便放开椅子,抓住了门来支撑自己——他那些细腿的脚底上倒是颇有黏性的——他在门上靠了一会儿,喘过一口气来。接着他开始用嘴巴来转动插在锁孔里的钥匙。不幸的是,他并没有什么牙齿——他得用什么来咬住钥匙呢？不过他的下颚倒好像非常结实；靠着这下颚他总算转动了钥匙，他准是不小心弄伤了什么地方，因为有一股棕色的液体从他嘴里流出来，淌过钥匙，滴到地上。"你们听，"门后的秘书主任说，"他在转动钥匙了。"这对格里高尔是个很大的鼓励；不过他们应该都来给他打气，他的父亲母亲都应该喊："加油，格里高尔，"他们应该大声喊道，"坚持下去，咬紧钥匙！"他相信他们都在全神贯注地关心自己的努力，就集中全力死命咬住钥匙。钥匙需要转动时，他便用嘴巴衔着它，自己也绕着锁孔转了一圈，好把钥匙扭过去，或者不如说，用全身的重量使它转动。终于屈服的锁发出响亮的咔嗒一声，使格里高尔大为高兴。他深深地舒了一口气，对自己说："这样一来我就不用锁匠了。"接着就把头搁在门柄上，想把门整个打开。

门是向他自己这边拉的，所以虽然已经打开，人家还是瞧不见他。他得慢慢地从对开的那半扇门后面把身子挪出来，而且得非常小心，以免背脊直挺挺地跌倒在房间里。他正在困难地挪动自己，顾不上作任何观察，却听到秘书主任"哦"的一声大叫——发出来的声音像一股猛风——现在他可以看见那个人了，他站得最靠近门口，一只手遮在张大的嘴上，慢慢地往后退去，仿佛有什么无形的强大压力在驱逐他似的。格里高尔的母亲——虽然秘书主任在场，她的头发仍没有梳好，还是乱七八糟地竖着——先是双手合掌瞧瞧他父亲，接着向格里高尔走了两步，随即倒在地上，裙子摊了开来，脸垂到胸前，完全看不见。他父亲握紧拳头，一副恶狠狠的样子，仿佛要把格里高尔打回到房间里去，接着他又犹豫不定地向起居室扫了一眼，然后把双手遮住眼睛，哭泣起来，连他那宽阔的胸膛都在起伏不定。

格里高尔没有接着往起居室走去，却靠在那半扇关紧的门的后面，所以他只有半个身子露在外面，还侧着探在外面的头去看别人。这时候天更亮了，可以清清楚楚地看到街对面一幢长得没有尽头的深灰色的建筑——这是一所医院——上面惹眼地开着一排排呆板的窗子。雨还在下，不过已成为一滴滴看得清的大颗粒了。大大小小的早餐盆碟摆了一桌子，对于格里高尔的父亲来说，早餐是一天里最重要的一顿饭，他边吃边看各式各样的报纸，这样要吃上好几个钟点。在格里高尔正对面的墙上挂着一幅他服兵役时的照片，当时他是中尉，他的手按在剑上，脸上挂着无忧无虑的笑容，分明要人家尊敬他的军人风度和制服。前厅的门开着,大门也开着,可以一直看到住宅前的院子和最下面的几级楼梯。

"好吧,"格里高尔说,他完全明白自己是唯一多少保持着镇静的人,"我立刻穿上衣服,等包好样品就动身。您是否还容许我去呢?您瞧,先生,我并不是冥顽不化的人,我很愿意工作;出差是很辛苦的,但我不出差就活不下去。您上哪儿去,先生?去办公室,是吗?我这些情形您能如实地反映上去吗?人总有暂时不能胜任的时候,不过这时正需要想起他过去的成绩,而且还要想到以后他又恢复了工作能力的时候,他一定会干得更勤恳更用心。我一心想忠诚地为老板做事,这您也很清楚。何况,我还要供养我的父母和妹妹。我现在景况十分困难,不过我会重新挣脱出来的。请您千万不要火上加油。在公司里请一定帮我说几句好话。旅行推销员在公司里不讨人喜欢,这我知道。大家以为他们赚的是大钱,过的是逍遥自在的日子。这种成见也犯不着特地去纠正。可是您呢,先生,比公司里所有的人看得都全面,是的,让我私下里告诉您,您比老板本人还全面,他是东家,当然可以凭自己的好恶随便不喜欢哪个职员。您知道得最清楚,旅行推销员几乎长年不在办公室,他们自然很容易成为闲话、怪罪和飞短流长的目标,可他自己却几乎完全不知道,所以防不胜防。直待他精疲力竭地转完一个圈子回到家里,这才亲身体验到连原因都无法找寻的恶果落到了自己的身上。先生,先生,您不能不说我一句好话就走啊,请表明您觉得我全少还有几分是对的呀!"

可是格里高尔才说头几个字,秘书主任就已经在跟跄倒退,只是张着嘴巴,侧过颤抖的肩膀直勾勾地瞪着他。格里高尔说话时,他片刻也没有站定,却偷偷地向门口蹭去,眼睛始终盯紧了格里高尔,只是每次只移动一寸,仿佛存在某项不准离开房间的禁令一般。他好不容易退入了前厅,他最后一步跨出起居室时动作好猛,真像是他的脚跟给火烧着似的。他一到前厅就伸出右手向楼梯跑去,好似那边有什么神秘的救星在等待他。

格里高尔明白,如果要保住他在公司里的职位,不想砸掉饭碗,那就绝不能让秘书主任抱着这样的心情回去。他的父母对这一点还不太了然;多年以来,他们已经深信格里高尔要在这家公司里待上一辈子的,再说,他们的心思已经完全放在当前的不幸事件上,根本无法考虑将来的事。可是格里高尔却考虑到了。一定得留住秘书主任，安慰他，劝告他，最后还要说服他；格里高尔和他一家人的前途全系在这上面呢！只要妹妹在场就好了！她很聪明；当格里高尔还安静地仰在床上的时候她就已经哭了。总是那么偏袒女性的秘书主任一定会乖乖地听她的话；她会关上大门，在前厅里把他说得不再惧怕。可是她偏偏不在，格里高尔只得自己来应付当前的局面。他没有想到自己的身体究竟有什么活动能力，也没有想一想他的话人家仍旧很可能听不懂，而且简直根本听不懂，就放开了那扇门，挤过门口，迈步向秘书主任走去，而后者正可笑地用两只手抱住楼梯的栏杆；格里高尔刚要摸索可以支撑的东西，忽然轻轻喊了一声，身子趴了下来，他那许多条腿着了地。还没等全部落地，他的身子已经获得了安稳的感觉，从早晨以来，这还是第一次；他脚底下现在是结结实实的地板了；他高兴地注意到，他的腿完全听从指挥；它们甚至努力地把他朝他心里所想的任何方向带去；他简直要相信，他所有的痛苦总解脱的时候终于快来了。可是就在这一瞬间，当他摇摇摆摆一心想动弹的时候，离他不远，事实上就躺在他前面地板上的母亲，本来似乎已经完全瘫痪，这时却霍地跳了起来，伸直两臂，张开了所有的手指，喊道："救命啊，老天爷，救命啊！"一面又低下头来，仿佛想把格里高尔看得更清楚些，同时又偏偏身不由己地一直往后退，根本没顾到她后面有张摆满了食物的桌子；她撞上桌子，又糊里糊涂慌地坐了上去，似乎全然没有注意她旁边那只大咖啡壶已经打翻，咖啡也汩汩地流到了地毯上。

"妈妈，妈妈。"格里高尔低声地说道，抬起头来看着她。这时他已经完全把秘书主任撇在脑后；他的嘴却忍不住咂巴起来，因为他看到了淌出来的咖啡。这使他母亲再一次尖叫起来。她从桌子旁边逃开，倒在急忙来扶她的父亲的怀抱里。可是格里高尔现在顾不得他的父母，秘书主任已经在走下楼梯了，他的下巴探在栏杆上扭过头来最后回顾了一眼。格里高尔急走几步，想尽可能追上他；可是秘书主任一定是看出了他的意图，因为他往下蹦了几级，随即消失了；可是他还在不断地叫喊"噢"，回声传遍了整个楼梯。

不幸得很，秘书主任的逃走仿佛使一直比较镇定的父亲也慌乱万分，因为他非但自己不去追赶那人，反而阻拦格里高尔去追逐，他右手操起秘书主任连同帽子和大衣一起留在一把椅子上的手杖，左手从桌子上抓起一张大报纸,一边顿脚,一边挥动手杖和报纸,要把格里高尔赶回到房间里去。格里高尔的恳求全然无效,事实上别人根本不理解;不管他怎样谦恭地低下头去,他父亲反而把脚顿得更响。另一边,他母亲不顾天气寒冷,打开了一扇窗子,双手掩住脸,尽量把身子往外探。一阵劲风从街上刮到楼梯,窗帘掀了起来,桌上的报纸被吹得啪哒啪哒乱响,有几张吹落在地板上。格里高尔的父亲无情地把他往后赶,一面嘘嘘叫着,简直像个野人。可是格里高尔还不熟悉怎么往后退,所以走得很慢。如果有机会掉过头,他能很快回进房间的,但是他怕转身的迟缓会使父亲更加生气,他父亲手中的手杖随时会照准他的背上或头上给以狠狠的一击。到后来,他竟不知怎么办才好,因为他绝望地注意到,倒退着走连方向都掌握不了;因此,他一边始终不安地侧过头瞅着父亲,一边开始掉转身子,他想尽量快些,事实上却非常缓慢。也许父亲发觉了他的良好意图,因为父亲并不干涉他,只是在他挪动时远远地用手杖尖拨拨他。只要父亲不再发出那种无法忍受的嘘嘘声就好了。这简直要使格里高尔发狂。他已经完全转过身去了,只是因为给嘘声弄得心烦意乱,甚至转得过头。最后他总算对准了门口,可是他的身体又偏巧宽得过不去。但是在目前精神状态下的父亲,当然不会想到去打开另外半扇门好让格里高尔得以通过。他父亲脑子里只有一件事,尽快把格里高尔赶回房间。不过让格里高尔直立起来,侧身进入房间,就要做许多麻烦的准备,父亲是绝不会答应的。父亲现在发出的声音更加响亮,他拼命催促格里高尔往前走,好像他前面没有什么障碍似的;在格里高尔听来,他后面响着的声音不再像是父亲一个人的了;现在更不是闹着玩的了,所以格里高尔不顾一切狠命向门口挤去。他身子的一边拱了起来,倾斜地卡在门口,腰部挤伤了,在洁白的门上留下了可憎的斑点,不一会儿他就给夹住了,不管怎么挣扎,还是丝毫动弹不得,他一边的腿在空中颤抖地舞动,另一边的腿却在地上给压得十分疼痛。这时,他父亲从后面使劲地推了他一把,实际上这倒是支援,使他一直跨进了房间中央,汩汩地流着血。在他后面,门砰的一声用手杖关上了,屋子里终于恢复了寂静。

　　直到薄暮时分格里高尔才从沉睡中苏醒过来,这与其说是沉睡还不如说是昏厥。其实再过一会儿他自己也会醒的,因为他觉得睡得很长久,已经睡够了,可是他仍觉得仿佛有一阵疾走的脚步声和轻轻关上通向前厅房门的声音惊醒了他。街上的电灯,在天花板和家具的上半部投下一重淡淡的光晕,可是在低处他躺着的地方,却是一片漆黑。他缓慢而笨拙地试了试他的触角,只是到了这时,他才初次学会运用这个器官,接着便向门口爬去,想知道那儿发生了什么事。他觉得有一条长长的绷得紧紧的不舒服的伤疤,他的两排腿事实上只能瘸着走了。而且有一条细小的腿在早晨的事件里受了重伤,现在毫无用处地拖在身后——仅仅坏了一条腿,这倒真是个奇迹。

　　他来到门边,这才发现把他吸引过来的事实上是什么:食物的香味。因为那儿放了一只盆子,盛满了甜牛奶,上面还浮着切碎的白面包。他险些儿要高兴得笑出声来,因为他现在比早晨更加饿了,他立刻把头浸到牛奶里去,几乎把眼睛也浸没了。可是很快他又失望地缩了回来,他发现不仅吃东西很困难,因为柔软的左侧受了伤——他要全身抽搐地配合着才能把食物吃到口中——而且他也不喜欢牛奶了,虽然牛奶一直是他喜爱的饮料,他妹妹准是因此才给他准备的;事实上,他几乎是怀着厌恶的心情把头从盆子边上扭开,爬回到房间中央去的。

　　他从门缝里看到起居室的煤气灯已经点亮了,在平日,到这时候,他父亲总要大声地把晚报读给母亲听,有时也读给妹妹听,可是现在却没有丝毫声息。也许是父亲新近抛弃大声读报的习惯了吧,他妹妹在谈话和写信中经常提到这件事。可是到处都那么寂静,虽然家里显然不是没有人。"我们这一家日子过得多么平静啊。"格里高尔自言自语道,他一动不动地瞪视着黑暗,心里感到很自豪,因为他能够让他的父亲和妹妹在这样一套挺好的房间里过着满不错的日子。可是如果这一切的平静、舒适与满足都要令人恐怖地告一结束,那可怎么办呢?为了使自己不致陷入这样的思想,格里高尔活动起来了,他在房间里不断地爬来爬去。

在这个漫长的夜晚,有一次一边的门打开了一道缝,但马上又关上了,后来另一边的门上也发生了这样的事;显然是有人打算进来但是又犹豫不决。格里高尔现在紧紧地伏在起居室的门边,打算劝那个踌躇的人进来,至少也想知道那人是谁;可是门再也没有开过,他白白地等待着。清晨那会儿,门锁着,他们全都想进来;可是如今他打开了一扇门,另一扇门显然白天也是开着的,却又谁都不进来了,而且连钥匙都插到外面去了。

一直到深夜,起居室的煤气灯才熄灭,格里高尔很容易就推想到,他的父母和妹妹久久清醒地坐在那儿,因为他清晰地听见他们蹑手蹑脚走开的声音。没有人会来看他了,至少天亮以前是不会了,这是肯定的;因此他有充裕的时间从容不迫地考虑他该怎样重新安排生活。可是他匍匐在地板上的这间高大空旷的房间使他充满了一种不可言喻的恐惧,虽然这就是他自己住了五年的房间——他自己还不大清楚是怎么回事,就已经毫不害臊地急急钻到沙发底下去了,他马上就感到这儿非常舒服,虽然他的背稍有点被压住,他的头也抬不起来。他唯一感到遗憾的是身子太宽,不能整个藏进沙发底下。

他在那里待了整整一夜,一部分时间消磨在假寐上,腹中的饥饿时时刻刻使他惊醒,而另一部分时间里,他一直沉浸在担忧和渺茫的希望中。但他想来想去,总是只有一个结论:那就是目前他必须静静地躺着,用忍耐和极度的体谅来协助家庭克服他在目前的情况下必然会给他们造成的不方便。

拂晓时分,其实还简直是夜里,格里高尔就有机会考验他的新决心是否坚定了,因为他的妹妹衣服还没有完全穿好就打开了通往客厅的门,表情紧张地向里面张望。她没有立刻看见他,可是一等她看到他躲在沙发底下——说到究竟,他总得待在什么地方,他又不能飞走,是不是——她大吃一惊,不由自主就把门砰地重新关上。可是仿佛是后悔自己方才的举动似的，她马上又打开了门，踮起脚尖走了进来，似乎她来看望的是一个重病人，甚至是陌生人。格里高尔把头探出沙发的边缘看着她。她会不会注意到他并非因为不饿而留着牛奶没喝？她会不会拿别的更合他的口味的东西来呢？除非她自动注意到这一层，他情愿挨饿也不愿唤起她的注意，虽然他有一股强烈的愿望，想从沙发底下冲出来，伏在她脚下，求她拿点食物来。可是妹妹马上就注意到了，她很惊讶，发现除了泼了些出来以外，盆子还是满满的，她立即把盆子端了起来，虽然不是直接用手，而是用手里拿着的布，她把盆子端走了。格里高尔好奇得要命，想知道她会换些什么来，而且还作了种种猜测。然而心地善良的妹妹实际上所做的却是他怎么也想象不到的。为了弄清楚他的嗜好，她给他带来了许多种食物，全都放在一张旧报纸上。这里有不新鲜的半腐烂的蔬菜，有昨天晚饭剩下来的肉骨头，上面还蒙着已经变稠硬结的白酱油；还有些葡萄干和杏仁；一块两天前格里高尔准会说吃不得的乳酪；一块陈面包，一块抹了黄油的面包，一块撒了盐的黄油面包。除了这一切，她又放下了那只盆子，往里倒了些清水，这盆子显然算是他专用的了。她考虑得非常周到，生怕格里高尔不愿当她的面吃东西，所以马上就退了出去，甚至还锁上了门，让他明白他可以安心地随意进食。格里高尔所有的腿都嗖地向食物奔过去，而他的伤口也准是已经完全愈合了，因为他并没有感到不方便，这使他颇为吃惊，也令他回忆起一个月以前他用刀稍稍割伤了一根手指，直到前天还觉得疼痛。"难道现在我感觉迟钝些了不成？"他想，紧接着便对着乳酪狼吞虎咽起来，在所有的食物里，这一种立刻强烈地吸引了他。他眼中含着满意的泪水，逐一地把乳酪、蔬菜和酱油都吃掉；可是新鲜的食物却一点也不给他以好感，他甚至都忍受不了那种气味，事实上他是把可吃的东西都叼到远一点的地方去吃的。他吃饱了，正懒洋洋地躺在原处，这时他妹妹慢慢地转动钥匙，仿佛是给他一个暗示，让他退走。他立刻惊醒了过来——虽然他差不多睡着了——就急急地重新钻到沙发底下去。可是藏在沙发底下需要相当的自我克制力量，即使只是妹妹在房间里这短短的片刻，因为这顿饱餐使他的身子有些膨胀，他只觉得地方狭窄，连呼吸也很困难。他因为透不过气，眼珠也略略鼓了起来，他望着没有察觉任何情况的妹妹在用扫帚扫去不光是他吃剩的食物，甚至也包括他根本没碰的那些，仿佛这些东西现在根本没人要了，扫完后又急匆匆地全都倒进了一只桶里，把木盖盖上就提走了。她刚扭过身去，格里高尔就打沙发底下爬出来舒展身子，呼哧呼哧喘了几口气。

格里高尔就是这样由他妹妹喂养着，一次在清晨他父母和使女还睡着的时候，另一次是在他们吃过午饭，他父母睡午觉而妹妹把使女打发出去随便干点杂事的时候。他们当然不会存心叫他挨饿，不过也许是他们除了听妹妹说一声以外，对于他吃东西的情形根本不忍心知道吧，也许是他妹妹也想让他们尽量少操心吧，因为眼下他们心里已经够烦的了。

至于第一天上午大夫和锁匠是用什么借口打发走的，格里高尔就永远不得而知了；因为他说的话人家既然听不懂，他们——甚至连妹妹在内——就不会想到他能听懂大家的话，所以每逢妹妹来到他的房间里，他听到她不时发出的几声叹息，和向圣者做的喁喁祈祷，也就满足了。后来，她对这种情形略微有点习惯了——当然，完全习惯是绝对不可能的——这时，她间或也会让格里高尔冷耳听到这样好心的或者可以作这样理解的话："嗯，他喜欢今天的饭食。"要是格里高尔把东西吃得一干二净她会这样说，但是近来下面的情形越来越多了，她总是有点忧郁地说："又是什么都没有吃。"

虽然格里高尔无法直接得到任何消息，他却从隔壁房间里偷听到一些，只要听到一点点声音，他就急忙跑到那个房间的门后，把整个身子贴在门上。特别是在头几天，几乎没有什么谈话不牵涉到他，即使是悄悄话。整整两天，一到吃饭时候，全家人就商量该怎么办；就是不在吃饭时候，也老是谈这个题目。那阵子家里至少总有两个人，因为谁也不愿孤单单的留在家里，至于全都出去那更是不可想象的事。就在第一天，女仆——她对这件事到底知道几分还弄不太清楚——来到母亲跟前，跪下来哀求让她辞退工作。当她一刻钟之后离开时，居然眼泪盈眶，感激不尽，仿佛得到了什么大恩典似的。而且谁也没有逼她，她就立下重誓，说这件事她一个字也永远不对外人说。

女仆一走，妹妹就得帮着母亲做饭了；其实这事也并不太麻烦，因为事实上大家都简直不吃什么。格里高尔常常听到家里一个人白费力气地劝另一个人多吃一些，可是回答总不外是"谢谢，我吃不下了"，或是诸如此类的话。现在似乎连酒也没人喝了。他妹妹总是一次又一次地问父亲要不要喝啤酒，并且好心好意地说要亲自去买，她见父亲没有回答，便建议让看门的女人去买，免得父亲觉得过意不去。这时父亲断然地说一个"不"字，大家就再也不提这事了。

在头几天里，格里高尔的父亲便向母亲和妹妹解释了家庭的经济现状和远景。他常常从桌子旁边站起来，去取一些文件和账目，这都放在一只小小的保险箱里，这是五年前他的公司破产时保存下来的。他打开那把复杂的锁，窸窸窣窣地取出纸张又重新锁上的声音都一一听得清清楚楚。他父亲的叙述是格里高尔幽禁以来所听到的第一个愉快的消息。他本来还以为父亲的买卖什么也没有留下呢，至少父亲没有说过相反的话；当然，他也没有直接问过。那时，格里高尔唯一的愿望就是竭尽全力，让家里人尽快忘掉父亲事业崩溃使全家沦于绝望的那场大灾难。所以，他以不寻常的热情投入工作，很快就不再是个小办事员，而成为一个旅行推销员，赚钱的机会当然更多，他的成功马上就转化为亮晃晃圆滚滚的硬币，好让他当着惊诧而又快乐的一家人的面放在桌子上。那真是美好的时刻啊，这种时刻以后就没有再出现过，至少是再也没有那种光荣感了，虽然后来格里高尔挣的钱已经够维持一家的生活，事实上家庭也的确是他在负担。大家都习惯了，不论是家里人还是格里高尔，收钱的人固然很感激，给的人也很乐意，可是再也没有那种特殊的温暖感觉了。只有妹妹和他最接近，他心里有个秘密的计划，想让她明年进音乐学院。她跟他不一般，爱好音乐，小提琴拉得很动人。进音乐学院费用当然不会小，这笔钱一定得另行设法筹措。他逗留在家的短暂期间，音乐学院这一话题在他和妹妹之间经常提起，不过他们总把它当作一个永远无法实现的美梦；只要听到关于这件事的天真议论，他的父母就感到沮丧；然而格里高尔已经痛下决心，准备在圣诞节之夜隆重地宣布这件事。

这就是他贴紧门站着倾听时涌进脑海的一些想法，这在目前当然都是毫无意义的空想了。有时他实在疲倦了，便不再倾听，而是懒懒地把头靠在门上，不过总是立即又得抬起来，因为他弄出的最轻微的声音隔壁都听得见，谈话也因此完全停顿下来。"他现在又在干什么呢?"片刻之后他父亲会这样问，而且显然把头转向了门，这以后，被打断的谈话才会逐渐恢复。

由于他父亲很久没有接触经济方面的事，他母亲也总是不能一下子就弄清楚，所以他父亲老是一遍又一遍地反复解释，使格里高尔了解得非常详细:他的家庭虽然破产,却有一笔投资保存了下来——款子当然很小——而且因为红利没有动用,钱数还有些增加。另外,格里高尔每个月给的家用——他自己只留下几个零用钱——没有完全花掉,所以到如今也积成了一笔小数目。格里高尔在门背后拼命点头,为这种他没料到的节约和谨慎而高兴。当然啰,本来他也可以用这些多余的款子把父亲欠老板的债再还掉些,使自己可以少替老板卖几天命,可是无疑还是父亲的做法更为妥当。

不过,如果光是靠利息维持家用,这笔钱还远远不够;这项款子可以使他们生活一年,至多二年,不能再多了。这笔钱根本就不能动用,要留着以备不时之需;日常的生活费用得另行设法。他父亲身体虽然还算健壮,但已经老了,他已有五年没做事,也很难期望他能有什么作为了;在他劳累的却从未成功过的一生里,他还是第一次过安逸的日子,在这五年里,他发胖了,连行动都不方便了。而格里高尔的老母亲患有气喘病,在家里走动都很困难,隔一天就得躺在打开的窗户边的沙发上喘得气都透不过来,又怎能叫她去挣钱养家呢?妹妹还只是个十七岁的孩子,她的生活直到现在为止还是一片欢乐,关心的只是怎样穿得漂亮些,睡个懒觉,在家务上帮帮忙,出去找些不太花钱的娱乐,此外最重要的就是拉小提琴,又怎能叫她去给自己挣面包呢?只要话题转到挣钱养家的问题,最初格里高尔总是放开了门,扑倒在门旁冰凉的皮沙发上,羞愧与焦虑得心中如焚。

他往往躺在沙发上,通夜不眠,一连好几个小时在皮面子上蹭来蹭去。他有时也集中全身力量,将扶手椅推到窗前,然后爬上窗台,身体靠着椅子,把头贴到玻璃窗上,他显然是企图回忆过去临窗眺望时所感到的那种自由,因为事实上,随着日子一天天过去,稍稍远一些的东西他就看不清了;从前,他常常诅咒街对面的医院,因为它老是逼迫在他眼面前,可是如今他却看不见了,倘若他不知道自己住在虽然僻静却完全是市区的夏洛蒂街,他真要以为自己的窗子外面是灰色的天空与灰色的土地浑然成为一体的荒漠世界了。他那细心的妹妹只看见扶手椅两回都靠在窗前,就明白了;此后她每次打扫房间总把椅子推回到窗前,甚至还让里面那层窗子开着。

如果他能开口说话,感激妹妹为他所做的一切,他也许还能多少忍受她的怜悯,可现在他却受不住。她工作中不太愉快的那些方面,她显然想尽量避免,日子一天天过去,她的确逐渐达到了目的,可是格里高尔也渐渐地越来越明白了。她走进房间的样子就使他痛苦。她一进房间就冲到窗前，连房门也顾不上关，虽然她往常总是小心翼翼不让旁人看到格里高尔的房间。她仿佛快窒息了，用双手匆匆推开窗子，甚至在严寒中也要当风站着做深呼吸。她这种吵闹急促的步子一天总有两次使得格里高尔心神不定；在这整段时间里，他都得蹲在沙发底下，打着哆嗦。他很清楚，她和他待在一起时，若是不打开窗子也还能忍受，她是绝对不会如此打扰他的。

有一次，大概在格里高尔变形一个月以后，其实这时她已经没有理由见到他再吃惊了，她比平时进来得早了一些，发现他正在一动不动地向着窗外眺望，所以模样更像妖魔了。要是她光是不进来格里高尔倒也不会感到意外，因为既然他在窗口，她当然不能立刻开窗了，可是她不仅退出去，而且仿佛是大吃一惊似的跳了回去，并且还砰地关上了门；陌生人还以为他是故意等在那儿要扑过去咬她呢。格里高尔当然立刻就躲到了沙发底下，可是他一直等到中午她才重新进来，看上去比平时更显得惴惴不安。这使他明白，妹妹看见他依旧感到那么恶心，而且以后也势必一直如此。她看到他身体的一小部分露出在沙发底下而不逃走，该是作出了多大的努力呀。为了使她不致如此，有一天他花了四个小时的劳动，用背把一张被单拖到沙发上，铺得使它可以完全遮住自己的身体，这样，即使她弯下身子也不会看到他了。如果她认为被单放在那儿根本没有必要，她当然会把它拿走，因为格里高尔这样把自己遮住又蒙上自然不会舒服。可是她并没有拿走被单，当格里高尔小心翼翼地用头把被单拱起一些看她怎样对待新情况的时候，他甚至仿佛看到妹妹眼睛里闪出了一丝感激的光芒。

在最初的两个星期里，他的父母亲鼓不起勇气进他的房间，他常常听到他们对妹妹的行为表示感激，而以前他们是常常骂她的，说她是个不中用的女儿。可是现在呢，在妹妹替他收拾房间的时候，老两口往往在门外等着，她一出来就问她房间里的情形，格里高尔吃了什么，他这一次行为怎么样，是否有些好转的迹象。过了不多久，母亲想要来看他，起先父亲和妹妹都用种种理由劝阻她，格里高尔留神地听着，暗暗也都同意。后来，他们不得不用强力拖住她了，而她却拼命嚷道："让我进去瞧瞧格里高尔，他是我可怜的儿子！你们就不明白我非进去不可吗？"听到这里，格里高尔想也许还是让她来的好，当然不是每天都来，每星期一次也就差不多了；她毕竟比妹妹更周到些,妹妹虽然勇敢,总还是个孩子,再说,她之所以担当这件苦差事恐怕还是因为年轻稚气,少不更事罢了。

　　格里高尔想见见他母亲的愿望很快就实现了。在大白天,考虑到父母的脸面,他不愿趴在窗子上让人家看见,可是他在几平方米的地板上没什么好爬的,漫漫的长夜里他也不能始终安静地躺着不动,此外他很快就失去了对于食物的任何兴趣,因此,为了锻炼身体,他养成了在墙壁和天花板上纵横交错地爬来爬去的习惯。他特别喜欢倒挂在天花板上,这比躺在地板上强多了,呼吸起来也轻松多了,而且身体也可以轻轻地晃来晃去;倒悬的滋味使他乐而忘形,他忘乎所以地松了腿,直挺挺地掉在地板上。如今他对自己身体的控制能力比以前大有进步,所以即使摔得这么重,也没有受到损害。他的妹妹马上就注意到了格里高尔新发现的娱乐——他的脚总要在爬过的地方留下一种黏液——于是她想到应该让他有更多地方可以活动,得把挡路的家具搬出去。首先要搬的是五斗柜和写字桌,可是一个人干不了;她不敢叫父亲来帮忙;家里的用人又只有一个十六岁的使女,女仆走后她虽说有勇气留下来,但是她求主人赐给她一个特殊的恩惠,让她把厨房门锁着,只有在人家特意叫她时才打开,所以她也是不能帮忙的;这样,除了趁父亲出去时求母亲帮忙之外,也没有别的法子可想了。老太太真的来了,一边还兴奋地叫喊着,可是这股劲头没等她来到格里高尔房门口就烟消云散了。格里高尔的妹妹当然先进房间,她来看看是否一切都很稳妥,然后再招呼母亲。格里高尔赶紧把被单拉低些,并且把它弄得皱褶更多些,让人看了以为这是随随便便扔在沙发上的。这一回他也不打沙发底下往外张望了,他放弃了见到母亲的快乐,她终于来了,这就已经使他喜出望外了。"进来吧,他躲起来了。"妹妹说,显然是搀着母亲的手在领她进来。此后,格里高尔听到了两个荏弱的女人使劲把那张旧柜子从原来的地方拖出来的声音,他妹妹只管挑重活儿干,根本不听母亲"当心累坏身子"的劝告。她们搬了很久。在拖了至少一刻钟之后,母亲提出相反的意见,说这张柜子还是放在原处的好,因为首先它太重了,在父亲回来之前是绝对搬不走的;而这样立在房间的中央当然只会更加妨碍格里高尔的行动,况且把家具搬出去是否就合格里高尔的意,这可谁也说不上来,她甚至还觉得恰恰相反呢。她看到墙壁光秃秃的,只觉得心里堵得慌,为什么格里高尔就没有同感呢,既然好久以来他就用惯了这些家具，一旦没有，当然会觉得很凄凉。最后她又压低了声音说——事实上自始至终她都几乎是用耳语在说话，她仿佛连声音都不想让格里高尔听到——他到底藏在哪儿她并不清楚，因为她相信他已经听不懂她的话了。"再说，我们搬走家具，岂不等于向他表示，我们放弃了他好转的希望，硬着心肠由他去了吗？我想还是让他房间保持原状的好，这样，等格里高尔回到我们中间，他就会发现一切如故，也就能更容易忘掉这期间发生的事了。"

听到了母亲这番话，格里高尔明白，两个月不与人交谈以及单调的家庭生活已经把他的头脑弄糊涂了，否则他就无法解释，为什么会把房间里的家具清出去看成一件严肃认真的事。难道他真的要把那么舒适地放满祖传家具的温暖的房间变成光秃秃的洞窟，好让自己不受阻碍地往四面八方乱爬，同时还要把做人的时候的回忆忘得干干净净作为代价吗？他的确已经濒于忘却一切，只是靠了好久没有听到的母亲的声音才把他拉了回来。什么都不能从他房间里搬出去；一切都得保持原状；他不能丧失这些家具对他精神状态的良好影响；即使在他无意识地到处乱爬的时候家具的确挡住他的路，这也绝不是什么妨碍，而是大大的好事。

不幸的是，妹妹却有不同的看法；她已经惯于把自己看成是格里高尔事务的专家了，自然认为自己要比父母高明，这当然也有点道理，所以母亲的劝说只能使她决心不仅仅搬走柜子和书桌——这只是她的初步计划——而且还要搬走一切，只剩下那张不可缺少的沙发。她作出这个决定当然不仅仅是出于孩子气的倔强和她近来自己也没料到的、花了艰苦代价而获得的自信心，她的确觉得格里高尔需要许多地方爬动，另一方面，他又根本用不着这些家具，这也是不言而喻的。另一个原因也可能是她这种年龄的少女的热烈气质，她们无论做什么事总要迷在里面，这个原因使得葛蕾特夸大了哥哥环境的可怕，这样，她就能给他做更多的事了。对于一间由格里高尔一个人主宰的光有四堵空墙的房间，除了葛蕾特是不会有别人敢于进去的。

因此，她不因为母亲的一番话而动摇自己的决心。母亲在格里高尔的房间里越来越不舒服，所以也拿不稳主意，旋即不做声了，只是尽力帮她女儿把柜子推出去。如果不得已，格里高尔也可以不要柜子，可是写字桌是非留下不可的。这两个女人哼哼着刚把柜子推出房间，格里高尔就从沙发底下探出头来,想看看该怎样尽可能温和妥善地干预一下。可是真倒霉,是他母亲先回房间来的,她让葛蕾特独自在隔壁房间拽住柜子摇晃着往外拖,柜子当然是一动也不动。母亲没有看惯他的模样;为了怕她看了吓出病来,格里高尔马上退到沙发另一头去,可是还是使被单在前面晃动了一下。这就已经使她大吃一惊了。她愣住了,站了一会儿,这才往葛蕾特那儿跑去。

虽然格里高尔不断地安慰自己,说根本没出什么大不了的事,只是挪动了几件家具,但他很快就不得不承认,这两个女人跑过来跑过去、她们的轻声叫喊以及家具在地板上的拖动,这一切给了他很大影响,仿佛动乱从四面八方同时袭来,尽管他拼命把头和腿都踡成一团贴紧地板上,他也不得不承认他忍受不了多久了。她们在搬清他房间里的东西,把他所喜欢的一切都拿走。安放他的钢丝锯和各种工具的柜子已经给拖走了,她们这会儿正在把几乎陷进地板去的写字桌抬起来。他在商学院念书时所有的作业就是在这张桌子上做的,更早的还有中学的作业,还有,对了,小学的作业——他再也顾不上体会这两个女人的良好动机了,他几乎已经忘了她们的存在,因为她们太累了,干活时连声音也发不出来。除了她们沉重的脚步声以外,旁的什么也听不见。

因此他冲出去了——两个女人在隔壁房间正靠着写字桌略事休息——他换了四次方向,因为他真的不知道应该先拯救什么;接着,他看见了对面的那面墙,靠墙的东西已给搬得七零八落了,墙上那幅穿皮大衣的女士的像吸引了他,格里高尔急忙爬上去,紧紧地贴在镜面玻璃上,这地方倒挺不错,他那火热的肚子顿时觉得惬意多了。至少,这幅完全藏在他身子底下的画是谁也不许搬走的。他把头转向起居室,以便两个女人重新进来的时候自己可以看到她们。

她们休息了没多久就已经往里走来了,葛蕾特用胳膊围住她母亲,简直是在抱着她。"那么,我们现在再搬什么呢?"葛蕾特说着向周围扫了一眼,她的眼睛遇上了格里高尔从墙上射来的眼光。大概因为母亲也在场的缘故,她保持了镇静。她向母亲低下头去,免得母亲的眼睛抬起来,她说:"走吧,我们要不要再回起居室去待一会儿?"她的意图格里高尔非常清楚,她是想把母亲安置到安全的地方,然后再来把他从墙上赶下来。好吧,让她来试试看吧!他抓紧了他的图片绝不退让。他还想对准葛蕾特的脸飞扑过去呢。

可是葛蕾特的话已经使母亲感到不安了,她向旁边跨了一步,看到了印花墙纸上那一大团棕色的东西,她还没有真的理会到她看见的正是格里高尔,就用嘶哑的声音大叫起来:"啊,上帝,啊,上帝!"接着就双手一摊倒在沙发上,仿佛听天由命似的,一动也不动了。"唉,格里高尔!"他妹妹喊道,对他又是挥拳又是瞪眼。自从变形以来这还是她第一次直接对他说话。她跑到隔壁房间去拿什么香精来使母亲从昏厥中苏醒过来。格里高尔也想帮忙——要救那张图片以后还有时间——可是他已经紧紧地粘在玻璃上,不得不使点劲儿才让身子能够移动;接着他就跟在妹妹后面奔进房间,好像他像过去一样,真能给她什么帮助似的;可是他马上就发现,自己只能无可奈何地站在她后面;妹妹正在许多多小瓶子堆里找来找去,等她回过身来一看到他,真的又吃了一惊;一只瓶子掉到地板上,打碎了;一块玻璃片划破了格里高尔的脸,不知什么腐蚀性的药水溅到了他身上;葛蕾特才愣住一小会儿,就马上抱起所有拿得了的瓶子跑到母亲那儿去了;她用脚砰地把门关上。格里高尔如今和母亲隔开了,她就是因为他也许快要死了;他不敢开门,生怕吓跑了不得不留下来照顾母亲的妹妹;目前,除了等待,他没有别的事可做;他被自我谴责和忧虑折磨着,就在墙壁、家具和天花板上到处乱爬起来,最后,在绝望中,他觉得整个房间竟在他四周旋转,就掉了下来,跌落在大桌子的正中央。

过了一小会儿,格里高尔依旧软弱无力地躺着,周围寂静无声。这也许是个吉兆吧。接着门铃响了。使女当然是锁在她的厨房里的,只能由葛蕾特去开门。进来的是他的父亲。"出了什么事?"他一开口就问,准是葛蕾特的神色把一切都告诉他了。葛蕾特显然把头埋在父亲胸口上,因为她的回答听上去闷声闷气的:"妈妈刚才晕过去了,不过这会儿已经好点了。格里高尔逃了出来。""果然不出我的所料,"他父亲说,"我不是告诉过你们吗,可是你们这些女人根本不听。"格里高尔清楚地感觉到他父亲把葛蕾特过于简单的解释想到最坏的方面去了,他大概以为格里高尔做了什么凶狠的事呢。格里高尔现在必须设法使父亲息怒,因为他既来不及也无法替自己解释,因此他赶忙爬到自己房间的门口,蹲在门前,好让父亲从客厅里一进来便可以看见自己的儿子乖得很,一心想立即回自己房间,根本不需要赶。要是门开着,他马上就会进去的。

可是父亲在目前的情绪下完全无法体会他那细腻的感情。"啊!"他一露面就喊道,声音里既有狂怒,同时又包含了喜悦。格里高尔把头从门上缩回来,抬起来瞧他的父亲。啊,这简直不是他想象中的父亲了;显然,最近他太热衷于爬天花板这一新的消遣,对家里别的房间里的情形就不像以前那样感兴趣了,他真应该预料到某些新的变化才行。不过,不过,这难道真是他父亲吗?从前,每逢格里高尔动身出差,他父亲总是疲惫不堪地躺在床上,格里高尔回来过夜总看见他穿着睡衣靠在一张长椅子里,他连站都站不起来,把手举一举就算是欢迎。一年里有那么一两个星期天,还得是盛大的节日,他也偶尔和家里人一起出去,总是走在格里高尔和母亲的当中。他们走得已经够慢的了,可是他还要慢。他裹在那件旧大衣里,靠了那把弯柄的手杖的帮助艰难地向前移动,每走一步都先要把手杖小心翼翼地支好。逢到他想说句话,往往要停下脚步,让护卫的人靠拢来。难道那个人就是他吗?现在他身子笔直地站着,穿一件有金色纽扣的漂亮的蓝制服,这通常是银行的杂役穿的;他那厚实的双下巴鼓出在上衣坚硬的高领子外面;从他浓密的睫毛下面,那双黑眼睛射出了神气十足咄咄逼人的光芒;他那头本来乱蓬蓬的头发如今从当中整整齐齐一丝不苟地分了开来,两边都梳得又光又平。他把那顶绣有金字——肯定是哪家银行的标记——的帽子远远地往房间那头的沙发上一扔,把大衣的下摆往后一甩,双手插在裤袋里,板着严峻的脸朝格里高尔冲来。他大概自己也不清楚要干什么,但是他却把脚举得老高,格里高尔一看到他那大得惊人的鞋后跟简直吓呆了。不过格里高尔不敢冒险听任父亲摆弄,他知道从自己新生活的第一天起,父亲就是主张对他采取严厉措施的,因此他就在父亲的前头跑了起来,父亲停住他也停住,父亲稍稍一动他又急急地奔跑。就这样,他们绕着房间转了好几圈,并没有真出什么事;事实上这简直都不太像是追逐,因为他们都走得很慢,所以格里高尔也没有离开地板,生怕父亲把他的爬墙和上天花板看成是一种特别恶劣的行为。可是,即使就这样跑他也支持不了多久,因为他父亲迈一步,他就得动好多下。他已经感到气喘不过来了,他从前做人的时候肺就不太强。他跌跌撞撞地向前冲,因为要把精力全部集中在奔走上,连眼睛都几乎睁不开来;在昏乱的状态中,除了向前冲以外,他根本没有想到还有别的出路;他几乎忘记自己是可以随便上墙的,而且在这个房间里,靠墙放着精雕细镂的家具,凸出来和凹进去的地方多的是——正在这时,突然有一样扔得不太有力的东西飞了过来,落在他紧后面,又滚到他前面去。这是一只苹果。紧接着第二只苹果又扔了过来。格里高尔惊慌地站住了,再跑也没有用了,因为他父亲决心要轰炸他了。他把碗柜上盘子里的水果装满了衣袋,也没有好好地瞄准,就把苹果一只接一只地扔出来。这些小小的红苹果在地板上滚来滚去,仿佛有吸引力似的,都在互相碰撞。一只扔得不太用力的苹果轻轻擦过格里高尔的背,没有带给他什么伤害就飞走了。可是紧跟着马上飞来了另一只,正好打中了他的背,并且还陷了进去。格里高尔挣扎着往前爬,仿佛能把这种可惊的莫名其妙的痛苦留在身后似的;可是他觉得自己好像被钉在原处,就六神无主地瘫在地上。在清醒的最后一刹那,他瞥见他的房门猛然打开,母亲抢在尖叫着的妹妹前头跑了过来,身上只穿着内衣,她女儿为了让她呼吸舒畅好缓过气来,已经替她把衣服都解开了。格里高尔看见母亲向父亲扑过去,解松了的裙子一条接着一条都掉在地板上,她绊着裙子径直向父亲奔去,抱住他,紧紧地搂住他,双手围在父亲的脖子上,求他别伤害儿子的性命;可是这时,格里高尔的眼光逐渐暗淡了下去。

三

　　格里高尔所受的重创使他有一个月不能行动——那只苹果还一直留在他身上，没人敢去取下来，仿佛这是一个公开的纪念品似的——他的受伤好像使父亲也想起了他是家庭的一员，尽管他现在很不幸，外形使人看了恶心，但是也不应把他看成敌人。相反，家庭的责任正需要大家把厌恶的心情压下去，而用耐心来对待。只能是耐心，别的都无济于事。

　　虽然他的创伤损害了——而且也许是永久地损害——他行动的能力，目前，他从房间的一端爬到另一端也得花好多好多分钟，活像个老弱的病人，至于上墙在目前更是连提也不用提，可是，在他自己看来，他的受伤还是得到了足够的补偿，因为每到晚上——他早在一两个小时以前就一心一意等待着这个时刻了——起居室的门总是大大地打开，这样他就可以躺在自己房间的暗处，家里人看不见他，他却可以看到三个人坐在点上灯的桌子旁边，可以听到他们的谈话，这大概是他们全都同意的。比起早先的偷听，这可要强多了。

　　的确，他们的关系中缺少了先前那种活跃的气氛。过去，当他投宿在客栈狭小的寝室里，疲惫不堪，要往湿乎乎的床铺上倒下去的时候，他总是以一种渴望的心情怀念这种气氛的。他们现在往往很沉默。晚饭吃完不久，父亲就在扶手椅里打起瞌睡来；母亲和妹妹就互相提醒谁都别说话；母亲把头低低地俯在灯下，给一家时装店做精细的针线活；他妹妹已经当了售货员，为了将来找更好的工作，在利用晚上的时间学习速记和法语。有时父亲醒了过来，仿佛根本不知道自己已经睡了一觉，还对母亲说："你今天干了这么多针线活呀!"话才说完又睡着了,于是娘儿俩又交换一下疲倦的笑容。

父亲脾气真执拗,连在家里也一定要穿上那件制服。他的睡衣一无用处地挂在钩子上。他穿得整整齐齐,坐着坐着就睡着了,好像随时要去应差,即使在家里也要对上司唯命是从似的。这样下来,虽则有母亲和妹妹的悉心保护,他那件本来就不是簇新的制服已经开始显得脏了。格里高尔常常整夜整夜地望着纽扣老是擦得金光闪闪的外套上的一块块油迹,老人就穿着这件外套极不舒服却又是极安宁地坐在那里进入了梦乡。

一等钟敲十下,母亲就设法用婉言巧语把父亲唤醒,劝他上床去睡,因为坐着睡休息不好,可他最需要的就是休息,因为他六点钟就得去上班。可是自从他在银行里当了杂役以来,不知怎的脾气越来越犟,他总想在桌子旁边再坐上一会儿,可是又总是重新睡着,到后来得花九牛二虎之力才能把他从扶手椅上弄到床上去。不管格里高尔的母亲和妹妹怎样不断用温和的话一个劲儿地催促他,他总要闭着眼睛,慢慢地摇头,摇上一刻钟,就是不肯站起来。母亲拉着他的袖管,对着他的耳朵轻声说些甜蜜的话,他妹妹也扔下了功课跑来帮助母亲,可是格里高尔的父亲还是不上钩,他一味往椅子深处退去。直到两个女人抓住他的胳肢窝把他拉了起来,他才睁开眼睛,看看这个,又看看那个,而且总要说:"我过的是什么日子呀。这就算是我安宁、平静的晚年了吗。"于是就由两个人搀扶,挣扎着站起来,好不费力,仿佛自己对自己都是一个沉重的负担,还要她们一直扶到门口,这才挥挥手叫她们回去,独自往前走,可是母亲还是放下了针线活,妹妹也放下笔,追上去再搀他一把。

在这个操劳过度、疲倦不堪的家庭里,除了做绝对必须做的事情以外,谁还有时间替格里高尔操心呢?家计日益窘迫;使女也给辞退了;一个蓬着满头白发、高大瘦削的老妈子一早一晚来替他们做些粗活;其他的一切家务事就落在格里高尔母亲的身上。此外,她还得缝一大堆一大堆的针线活。连母亲和妹妹以往每逢参加晚会和喜庆日子总要骄傲地戴上的那些首饰也不得不变卖了。一天晚上,家里人都在讨论卖得的价钱,格里高尔才发现了这件事。可是最使他们悲哀的就是没法从与目前的景况不相称的住所里迁出去,因为他们想不出有什么法子搬动格里高尔。可是格里高尔很明白,对他的考虑并不是妨碍搬家的主要原因,因为他们满可以把他装在一只大小合适的盒子里,只要留几个通气的孔眼就行了;他们彻底绝望了,还相信他们是注定了要交上这种所有亲友都没交过的厄运,这才是使他们没有迁往他处的真正原因。世界上要求穷人的一切,他们都已尽力做了:父亲在银行里给小职员买早点,母亲把自己的精力耗费在替陌生人缝内衣上,妹妹听顾客的命令在柜台后面急急地跑来跑去,超过这个界限就是他们力所不及的了。把父亲送上了床,母亲和妹妹就重新回到房间,她们总是放下手头的工作,靠得紧紧地坐着,脸挨着脸,接着母亲指指格里高尔的房门说:"把这扇门关上吧,葛蕾特。"于是他重新被关入黑暗中,而隔壁的两个女人就涕泪交流起来,或是眼眶干枯地瞪着桌子;逢到这样的时候,格里高尔背上的创伤总是又一次地使他感到疼痛难忍。

不管是夜晚还是白天,格里高尔都几乎不睡觉。有一个想法老是折磨着他:下一次门再打开时他就要像过去那样重新挑起一家的担子;隔了这么久以后,他脑子里重又出现了老板、秘书主任、那些旅行推销员和练习生的影子,他仿佛还看见了那个奇蠢无比的听差、两三个在别的公司里做事的朋友、一个乡村客栈里的侍女,这是个一闪即逝的甜蜜的回忆;还有一个女帽店里的出纳,格里高尔殷勤地向她求过爱,但是让人家捷足先登了——他们都出现了,另外还有些陌生的或他几乎已经忘却的人,但是他们非但不帮他和他家庭的忙,而且一个个都那么冷冰冰的。格里高尔看到他们从眼前消失,心里只有感到高兴。另外,有的时候,他没有心思为家庭担忧,却因为他们那样忽视自己而积了一肚子的火。他自己也弄不清楚到底爱吃什么,却打算闯进食物储藏室去把本该属于他分内的食物叼走。他妹妹再也不考虑拿什么他可能最爱吃的东西来喂他了,只是在早晨和中午上班以前匆匆忙忙地用脚把食物拨进来,手头有什么就给他吃什么,到了晚上只是用扫帚一下子再把东西扫出去,也不管他是尝了几口呢,还是——这是最经常的情况——连动也没有动。她现在总是在晚上给他打扫房间,她的打扫不能再草率了。墙上尽是一道道的灰尘,到处都是成团的尘土和脏东西。起初格里高尔在妹妹要来的时候总待在特别肮脏的角落里,他的用意也算是以此责难她。可是即使他再蹲上几个星期也无法使她有所改进,她跟他一样完全看得见这些尘土,可就是决心不管。不但如此,她新近脾气还特别暴躁,这也不知怎的传染给了全家人,这种脾气使她认定自己是格里高尔房间唯一的管理人。他的母亲有一回把他的房间彻底扫除了一番,其实不过是用了几桶水罢了——房间的潮湿当然使得格里高尔大为狼狈,他摊开身子阴郁地一动不动地躺在沙发上,可是母亲为这事也受了罪。那天晚上,妹妹刚察觉到他房间所发生的变化,就怒不可遏地冲进起居室,而且不顾母亲举起双手苦苦哀求,竟号啕大哭起来,她的父母——父亲当然早就从椅子里惊醒站立起来了——最初只是无可奈何地愕然看着,接着也卷了进来;父亲先是责怪右边的母亲,说打扫格里高尔的房间本来是女儿的事,她真是多管闲事,接着又尖声地对左边的女儿嚷叫,说以后再也不让她去打扫格里高尔的房间了;而母亲呢,却想把父亲拖到卧室里去,因为他已经激动得不能控制自己了;妹妹哭得浑身发抖,只管用她那小拳头捶打桌子;格里高尔也气得发出很响的咻咻声,因为没有人想起关上门,免得他看到这一场好戏,听到这么些吵闹。

可是,即使妹妹因为一天工作下来疲惫不堪,已经懒得像先前那样去照顾格里高尔了,母亲也没有自己去管的必要,而格里高尔也根本不会被忽视,因为现在有那个老妈子了。这个老寡妇的结实清瘦的身体使她经受了漫长的一生中所有最坏的打击,她根本不怕格里高尔。她有一次完全不是因为好奇而纯粹是出于偶然打开了他的房门,看到了格里高尔。格里高尔吃了一惊,便四处奔跑起来。其实老妈子根本没有追他,只是叉着手站在那儿罢了。从那时起,一早一晚,她总不忘记花上几分钟的时间把他的房门打开一点来看看他。起先她还用自以为亲热的话招呼他,比如"来呀,嗨,你这只老屎壳郎"或者是"瞧这老屎壳郎哪,嘻",对于这样的攀谈格里高尔置之不理,只是一动不动地待在原处,就当那扇门根本没有开。与其容许她兴致一来就这样无聊地干扰自己,还不如命令她天天打扫他的房间呢,这粗老妈子!有一次,是在清晨——急骤的雨点敲打着窗玻璃,这大概是春天快来临的征兆吧——她又来噜苏了,格里高尔好不恼怒,就向她冲去,仿佛要咬她似的。虽然他的行动既缓慢又软弱无力,可是那个老妈子非但不害怕,反而把刚好放在门旁的一把椅子高高举起。她的嘴张得老大,显然是要等椅子往格里高尔的背上砸下去才会闭上。"你又不过来了吗?"看到格里高尔掉过头去,她一边问,一边镇静地把椅子放回墙角。

格里高尔现在简直不吃东西了,只有在他正好经过食物时才会咬上一口,作为消遣,每次都在嘴里嚼上一个小时,然后又重新吐掉。起初他还以为他不想吃是因为房间里凌乱不堪,使他心烦,可是他很快也就习惯了房间里的种种变化。家里人已经养成习惯,把别处放不下的东西都塞到这儿来,这些东西现在多得很,因为家里有一个房间租给了三个房客。这些一本正经的先生——他们三个全都蓄着大胡子,这是格里高尔有一次从门缝里看到的——什么都要井井有条,不光是要求他们的房间理得整齐,因为他们既然已经是这个家庭的一员了,他们就要求整个屋子所有的一切都得如此,特别是厨房。他们无法容忍多余的东西,更不要说脏东西了。此外,他们自己用得着的东西几乎都带来了,因此就有许多东西多了出来,卖出去既不值钱,扔掉也舍不得。这一切都千流归大海,来到了格里高尔的房间。同样,连煤灰箱和垃圾箱也来了。凡是暂时不用的东西都干脆给那老妈子扔了进来,她做什么事都那么毛手毛脚;幸亏格里高尔往往只看见一只手扔进来一样东西,也不管那是什么。她也许是想等到什么时机再把东西拿走吧,也许是想先堆起来再一起扔掉吧,可是实际上东西都是她扔在哪儿就在哪儿,除非格里高尔有时嫌挡路,把它推开一些。这样做最初是出于必须,因为他无处可爬了,可是后来却从中得到越来越多的乐趣,虽则在这样的长距离跋涉之后由于忧郁和极度疲劳他总要一动不动地一连躺上好几个小时。

由于房客们常常要在家里公用的起居室里吃晚饭,有许多个夜晚房门都得关上,不过格里高尔很容易也就习惯了,因为晚上即使门开着他也根本不感兴趣,只是躺在自己房间最黑暗的地方,家里人谁也不注意他。不过有一次老妈子把门开了一道缝,门始终微开着,连房客们进来吃饭点亮了灯的时候也是如此。他们大模大样地坐在桌子的上首,在过去,这是父亲、母亲和格里高尔吃饭时坐的地方。三个人摊开餐巾,拿起了刀叉。立刻,母亲出现在对面的门口,手里端了一盘肉,紧跟着她的是妹妹,拿的是一盘堆得高高的土豆。食物散发着浓密的水蒸气。房客们把头够在他们前面的盘子上,仿佛在就餐之前要细细察看一番似的。真的,坐在当中像是权威人士的那一位,等肉放到碟子里就割了一块下来,显然是想看看够不够嫩,是否应该退给厨房。他做出满意的样子,焦急地在一旁看着的母亲和妹妹这才舒畅地松了口气,笑了起来。

家里的人现在都到厨房去吃饭了。尽管如此,格里高尔的父亲到厨房去以前总要先到起居室来,手里拿着帽子,深深地鞠一躬,绕着桌子转上一圈。房客们都站起来,胡子里含含糊糊地哼出一些声音。父亲走后,他们就简直不发一声地吃他们的饭。格里高尔有个特殊的本事,他竟能从饭桌上各种不同的声音中分辨出他们牙齿的咀嚼声,这声音仿佛在向格里高尔示威:要吃东西就不能没有牙齿,即使是最坚强的牙床,只要没有牙齿,也算不了什么。"我饿坏了,"格里高尔悲哀地自言自语道,"可是又不能吃这种东西。这些房客拼命往自己肚子里塞,可是我却快要饿死了!"

就在这天晚上,厨房里传来了小提琴的声音——格里高尔蛰居以来,就不记得听到过这种声音。房客们已经用完晚餐了,坐在当中的那个拿出一份报纸,给另外那两个人一人一页,这时他们都舒舒服服往后一靠,一边看报一边抽烟。小提琴一响他们就竖起耳朵,站起身来,蹑手蹑脚地走到前厅的门口,三个人挤成一堆。厨房里准是听到了他们的动作声,因为格里高尔的父亲喊道:"拉小提琴妨碍你们吗,先生们? 可以马上不拉的。""没有的事,"当中那个房客说,"能不能请小姐到我们这儿来,在这个房间里拉? 这儿不是方便得多舒服得多吗?""噢,当然可以。"格里高尔的父亲喊道,仿佛拉小提琴的是他似的,于是房客们就回到起居室去等了。很快,格里高尔的父亲端了琴架,母亲拿了乐谱,妹妹挟着小提琴进来了。妹妹静静地做着一切准备;他的父母从来没有出租过房间,因此过分看重了对房客的礼貌,都不敢在自己的椅子上坐下来了;父亲靠在门上,右手插在号衣两颗纽扣之间,纽扣全扣得整整齐齐的;有一位房客端了一把椅子请母亲坐,她也没敢挪动椅子,就在椅子角上坐了下来。

格里高尔的妹妹开始拉琴了,在她两边的父亲和母亲用心地瞧着她双手的动作。格里高尔受到吸引,也大胆地向前爬了几步,他的头实际上都已探进了起居室。他对自己越来越不为别人着想几乎已经习以为常了,有一度他是很以自己的知趣而自豪的,这样的时候他实在更应该把自己藏起来才是,因为他房间里灰尘积得老厚,稍稍一动就会飞扬起来,所以他身上也蒙满灰尘,背部和两侧都沾满了绒毛、发丝和食物的残渣,走到哪里就带到哪里;他现在对一切都无动于衷,已经不屑于像过去有个时候那样,一天翻过身来在地毯上擦上几次了。尽管现在这么邋遢,他却老着脸皮走前几步,来到起居室一尘不染的地板上。

　　显然,谁也没有注意到他。家里人完全沉浸在小提琴的音乐声中;房客们呢,他们起先双手插在口袋里,站得离乐谱那么近,以致都能看清乐谱了,这显然对他妹妹是有所妨碍的,可是过了不多久他们就退到窗子旁边,低着头窃窃私语起来,使父亲向他们投来不安的眼光。的确,他们表示得不能再露骨了,他们对于原以为是优美悦耳的小提琴演奏已经失望,他们已经听够了,只是出于礼貌才让自己的宁静受到打扰。从他们不断把烟从鼻子和嘴里喷向空中的模样,就可以看出他们的不耐烦。可是格里高尔的妹妹琴拉得真美,她的脸侧向一边,眼睛专注而悲哀地追循着乐谱上的音符。格里高尔又往前爬了几步,而且把头低垂到地板上,希望自己的眼光也许能遇上妹妹的视线。音乐对他有这么大的魔力,难道因为他是动物吗?他觉得自己一直渴望着某种营养,而现在他已经找到这种营养了。他决心再往前爬,一直来到妹妹的跟前,好拉拉她的裙子让她知道,她应该带了小提琴到他房间里去,因为这儿谁也不像他那样欣赏她的演奏。他永远也不让她离开他的房间,至少,只要他还活着。他那可怕的形状将第一次对自己有用,他要同时守望着房间里所有的门,谁闯进来就啐谁一口。他妹妹当然不受到任何约束,她愿不愿和他待在一起那要随她的便;她将和他并排坐在沙发上,俯下头来听他吐露他早就下定的要送她进音乐学院的决心,要不是他遭到不幸,去年圣诞节——圣诞节准是早就过了吧——他就要向所有人宣布了,而且他是完全不容许任何反对意见的。在听了这样的倾诉以后,妹妹一定会感动得热泪纵横,这时格里高尔就要爬上她的肩膀去吻她的脖子。由于出去做事,她脖子上现在已经不系丝带,也没有高领子。

　　"萨姆沙先生!"当中的那个房客向格里高尔的父亲喊道,一边不多说一句话地指着正在慢慢往前爬的格里高尔。小提琴声戛然停了,当中的那个房客先是摇着头对他的朋友笑了笑,接着又瞧起格里高尔来。父亲并没有来赶格里高尔,却认为更要紧的是安慰房客,虽然他们根本没有激动,而且显然觉得格里高尔比小提琴演奏更为有趣。他急忙向他们走去,张开胳膊,想劝他们回到自己房间去,同时也是挡住他们,不让他们看见格里高尔。他们现在倒真的有点儿恼火了,也说不上来到底是因为老人的行为呢还是因为他们如今才发现住在他们隔壁的竟是格里高尔这样的邻居。他们要求父亲解释清楚,也跟他一样挥动着胳膊,不安地拉着自己的胡子,万般不情愿地向自己的房间退去。格里高尔的妹妹从演奏给突然打断后就呆若木鸡,她拿了小提琴和弓垂着手不安地站着,眼睛瞪着乐谱,这时也清醒了过来。她立刻打起精神,把小提琴往坐在椅子上喘得透不过气来的母亲的怀里一塞,就冲进了房客们的房间。这时,父亲像赶羊似的把他们赶得更急了。可以看见被褥和枕头在她熟练的手底下在床上飞来飞去,不一会儿就摊得整整齐齐。三个房客尚未进门她就铺好了床溜出来了。

老人好像又一次让自己的犟脾气占了上风,竟完全忘了对房客应该尊敬。他不断地赶他们,最后来到卧室门口,那个当中的房客都用脚重重地顿地板了,这才使他停下来。那个房客举起一只手,一边也对格里高尔的母亲和妹妹扫了一眼,他说:"我要宣布,由于这个住所和这家人家的可憎厌的状况,"说到这里他斩钉截铁地往地板上啐了一口,"我当场通知退租。我住进来这些天的房钱当然一个也不给;不但如此,我还打算向你提出对你不利的控告,所依据的理由——你们尽管放心好了——也是证据确凿的。"他停了下来,瞪着前面,仿佛在等待什么似的。这时,他的两个朋友也就立刻冲上来助威,说道:"我们也当场通知退租。"说完为首的那个就抓住把手砰的一声带上了门。

格里高尔的父亲用双手摸索着跟跟跄跄地往前走了几步,跌进了他的椅子,看上去仿佛打算摊开身子像平时晚间那样打个瞌睡,可是他的头分明在颤抖,好像自己也控制不了,这证明他根本没有睡着。在这些事情发生前后,格里高尔还是一直安静地待在房客发现他的原处。计划失败带来的失望,也许还有极度饥饿造成的衰弱,使他无法动弹。他很害怕,心里算准这样极度紧张的局势随时都会导致他们对他发起总攻击,于是他就躺在那儿等待着。就连听到小提琴从母亲膝上、从颤抖的手里掉到地上,发出了共鸣的声音,他还是毫无反应。

"亲爱的爸爸妈妈,"妹妹说话了,她一边用手在桌子上拍了拍,算是引子,"事情不能再这样拖下去了。你们也许不明白,我可明白。对着这个怪物,我没法开口叫他哥哥,所以我的意思是:我们一定得把它弄走。我们照顾过它,对它也算是仁至义尽了,我想谁也不能责怪我们有半点不是了。"

"她说得对极了。"格里高尔的父亲自言自语地说。母亲仍旧因为喘不过气来憋得难受,这时候又一手捂着嘴干咳起来,眼睛里露出疯狂的神色。

　　他妹妹奔到母亲跟前，抱住了她的头。父亲的头脑似乎因为葛蕾特的话而茫然不知所从了；他直挺挺地坐着，手指抚弄着他那顶放在房客吃过饭还未撤下去的盆碟之间的制帽，还不时看看格里高尔一动不动的身影。

　　"我们一定要把它弄走，"妹妹又一次明确地对父亲说，因为母亲正咳得厉害，根本连一个字也听不见。"它会把你们拖垮的，我知道准会这样。咱们三个人都已经拼了命工作，再也受不了家里这样的折磨了，至少我是再也无法忍受了。"说到这里她痛哭起来，眼泪都落在母亲脸上，于是她又机械地替母亲把泪水擦干。

　　"我的孩子，"老人同情地说，他心里显然非常明白，"不过我们该怎么办呢？"

　　格里高尔的妹妹只是耸耸肩膀，表示虽然她刚才很有自信心，可是哭过一场以后，又觉得无可奈何了。

　　"如果他能懂得我们的意思，"父亲半带疑问地说。还在哭泣的葛蕾特猛烈地挥了一下手，表示这是根本无法思议的。

　　"如果他能懂得我们的意思，"老人重复说，一边闭上眼睛，考虑女儿的反面意见，"我们倒也许可以和他谈妥，不过事实上……"

　　"他一定得走，"格里高尔的妹妹喊道，"这是唯一的办法，父亲。你们一定要抛开这个念头，认为这就是格里高尔。我们好久以来都这样相信，这就是我们一切不幸的根源。这怎么会是格里高尔呢？如果这是格里高尔，他早就会明白人是不能跟这样的动物一起生活的，他就会自动地走开。这样，我虽然没有了哥哥，可是我们就能生活下去，并且会尊敬地纪念着他。可现在呢，这个东西把我们害得好苦，赶走我们的房客，显然想独霸所有的房间，让我们都睡到沟壑里去。瞧呀，父亲，"她立刻又尖声叫起来，"他又来了！"在格里高尔所不能理解的惊慌失措中她竟抛弃了自己的母亲，事实上她还把母亲坐着的椅子往外推了推，仿佛是为了离格里高尔远些她情愿牺牲母亲似的。接着她又跑到父亲背后，父亲被她的激动弄得不知如何是好，也站了起来，张开手臂仿佛要保护她似的。

　　可是格里高尔根本没有想吓唬任何人，更不要说自己的妹妹了，他只不过是开始转身，好爬回自己的房间去，不过他的动作瞧着一定很可怕，因为在身体不灵活的情况下，他只有昂着头一次又一次地支着地板，才能完成困难的向后转的动作。他的良好的意图似乎给看出来了。他们的惊慌只是暂时性的,现在他们都阴郁而默不作声地望着他。母亲躺在椅子里,两条腿僵僵地伸直着,并紧在一起,她的眼睛因为疲惫已经几乎全闭上了;父亲和妹妹彼此紧靠着坐着,妹妹的胳膊还围在父亲的脖子上。

也许我现在又有气力转过身去了吧,格里高尔想,他又开始使劲起来。他不得不时时停下来喘口气,谁也没有催他,他们完全听任他自己活动。一等他转过身子,他马上径直爬回去。房间和他之间的距离使他惊讶不止,他不明白自己身体怎么这样衰弱,也不明白刚才是怎么不知不觉就爬过来的。他一心一意地拼命快爬,几乎没有注意家里人连一句话或是一下喊声都没有发出,以免妨碍他的前进。只是在爬到门口时他才扭过头来,也没有完全扭过来,因为他颈部的肌肉越来越僵了,可是也足以看到谁也没有动,只有妹妹站了起来。他最后的一瞥是落在母亲身上的,她已经完全睡着了。

还不等他完全进入房间,门就给仓促地推上,闩了起来,还上了锁。后面突如其来的响声使他大吃一惊,身子下面那些细小的腿都吓得发软了。这么急急忙忙的是他的妹妹,她早已站起身来等着,而且还轻快地往前跳了几步,格里高尔甚至都没有听见她走近的声音。她拧了拧钥匙把门锁上以后就对父母亲喊道:"总算锁上了!"

"现在又该怎么办呢?"格里高尔自言自语地说,又向四周的黑暗扫了一眼。他很快就发现自己已经完全不能动弹了。这并没有使他吃惊,相反,他依靠这些又细又弱的腿爬了这么多路,这倒真是不可思议。其他也没有什么不舒服的地方了。的确,他整个身子都觉得酸疼,不过这酸疼也好像正在逐渐减轻,以后一定会完全不疼的。他背上的烂苹果和周围发炎的地方都蒙上了柔软的尘土,早就不太难过了。他怀着温柔和爱意想着自己的一家人。他消灭自己的决心比妹妹还强烈呢,只要这件事真能办得到。他陷在这样空虚而安谧的沉思中,一直到钟楼上打响了半夜三点。从窗外的世界透进来的第一道光线又一次地唤醒了他的知觉,接着他的头无力地颓然垂下,他的鼻孔里也呼出了最后一丝摇曳不定的气息。

清晨,老妈子来了——一半因为力气大,一半因为性子急躁,她总把所有的门都弄得乒乒乓乓,也不管别人怎么经常求她声音轻些,别让整个屋子的人在她一来以后就睡不成觉——她照例向格里高尔的房间张望一下,也没发现什么异常之处。她以为他故意一动不动地躺着是装模作样；她对他作了种种不同的猜测。她手里正好有一把长柄扫帚，所以就从门口用它来撩格里高尔。这还不起作用，她恼火了，就更使劲地捅，但是只能把他从地板上推开去，却没有遇到任何抵抗，到了这时她才起了疑窦。很快她就明白了事情的真相，于是睁大眼睛，吹了一下口哨，她不多逗留，马上就去拉开萨姆沙夫妇卧室的门，用足气力向黑暗中嚷道："你们快去瞧，它死了；它躺在那里蹬腿儿了，完全没气儿了！"

萨姆沙先生和太太从双人床上坐起身体，呆若木鸡，直到弄清楚老妈子的消息到底是什么意思，才慢慢地镇定下来。接着他们很快就爬下床，一个人爬一边。萨姆沙先生拉过一条毯子往肩膀上一披，萨姆沙太太光穿着睡衣，他们就这么打扮着进入了格里高尔的房间。同时，起居室的房门也打开了，自从收了房客以后葛蕾特就睡在这里；她衣服穿得整整齐齐，仿佛根本没有上过床，她那苍白的脸色更是证明了这一点。"死了吗？"萨姆沙太太说着怀疑地望着老妈子，其实她满可以自己去看个明白的，但是这件事即使不看也是明摆着的。"当然是死了。"老妈子说，一边用扫帚柄把格里高尔的尸体远远地拨到一边去，以此证明自己的话没错。萨姆沙太太动了一动，仿佛要阻止她，可是又忍住了。"那么，"萨姆沙先生说，"让我们感谢上帝吧。"他在身上画了个十字，那三个女人也照样做了。葛蕾特的眼睛始终没离开那具尸体，她说："瞧他多瘦呀。他已经有很久什么也不吃了。东西放进去，出来还是原封不动的。"的确，格里高尔的身体已经完全干瘪了，现在他的身体再也不由那些腿脚支撑着，所以可以不受妨碍地看得一清二楚了。

"葛蕾特，到我们房里来一下。"萨姆沙太太带着忧伤的笑容说道，于是葛蕾特也不回过头来看看尸体，就跟着父母到他们的卧室里去了。老妈子关上门，把窗户大大地打开。虽然时间还很早，但新鲜的空气里也可以察觉到一丝暖意，毕竟已经是3月底了。

三个房客走出他们的房间，看到早餐还没有摆出来觉得很惊讶；人家把他们忘了。"我们的早饭呢？"当中的那个房客恼怒地对老妈子说，可是她把手指放在嘴唇上一言不发，却很快地做了个手势，叫他们上格里高尔的房间去看看。他们照着做了，双手插在不太体面的上衣的口袋里，围住格里高尔的尸体站着，这时房间里已经大亮了。

卧室的门打开了。萨姆沙先生穿着制服走出来，一只手挽着太太，另一只手挽着女儿。他们看上去有点像哭过似的，葛蕾特时时把她的脸偎在父亲的怀里。

"马上离开我的屋子！"萨姆沙先生一边说，一边指着门口，却没有放开两边的妇女。"你这是什么意思？"当中的房客说，他往后退了一步，脸上挂着谄媚的笑容。另外那两个把手放在背后，不断地搓着，仿佛在愉快地期待着一场必操胜券的恶狠狠的殴斗。"我的意思刚才已经说得很明白了。"萨姆沙先生答道，同时挽着两个妇女笔直地向房客走去。那个房客起先静静地坚守着自己的岗位，低了头望着地板，好像他脑子里正在产生一种新的思想体系。"好，咱们走就走。"他终于说道，同时抬起头来看看萨姆沙先生，仿佛他既然这么谦卑，对方也应对自己的决定作出新的考虑才是。但是萨姆沙先生仅仅睁大眼睛很快地点点头，这样一来，那个房客真的跨着大步走到门厅里去了，好几分钟以来，那两个朋友就一直在旁边听着，也不再摩拳擦掌，这时就赶紧跟着他走出去，仿佛害怕萨姆沙先生会赶在他们前面进入门厅，把他们和他们的领袖截断似的。在门厅里他们三人从衣钩上拿起帽子，从伞架上拿起手杖，默不作声地鞠了个躬，就离开了这套房间。萨姆沙先生和两个女人因为不相信——但这种怀疑马上就证明是多余的——便跟着他们走到楼梯口，靠在栏杆上瞧着这三个人慢慢地然而确实地走下长长的楼梯，每一层楼梯一拐弯他们就消失了，但是过了一会又出现了；他们越走越远，萨姆沙一家人对他们的兴趣也越来越小。当一个头上顶着一盘东西的得意洋洋的肉铺小伙计在楼梯上碰到他们随后又走过他们身旁以后，萨姆沙先生和两个女人立刻离开楼梯口，回到自己的家，仿佛卸掉了一个负担似的。

他们决定这一天完全用来休息和闲逛。他们干活干得这么辛苦，本来就应该有些调剂，再说他们现在也完全有这样的需要，于是他们在桌子旁边坐了下来，写三封请假信。萨姆沙先生写给银行的管理处，萨姆沙太太给她的东家，葛蕾特给她公司的老板。他们正写到一半，老妈子走进来说她要走了，因为早上的活儿都干完了。起先他们只是点点头，并没有抬起眼睛，可是她老在旁边转来转去，于是他们不耐烦地瞅起她来了。"怎么啦？"萨姆沙先生说。老妈子站在门口笑个不住，仿佛有什么好消息要告诉他们，但是人家不寻根究底地问,她就一个字也不说,她帽子上那根笔直竖着的小小的鸵鸟毛此刻居然轻浮地四面摇摆着。自从雇了她,萨姆沙先生看见这根羽毛就心烦。"那么,到底是怎么回事?"萨姆沙太太问了,只有她在老妈子的眼里还有几分威望。"哦,"老妈子说话时简直乐不可支,都没法把话顺顺当当地说下去,"是这么回事,你们不必操心怎么弄走隔壁房里的东西了,我已收拾好了。"萨姆沙太太和葛蕾特重新低下头去,仿佛是在专心地写信;萨姆沙先生看到她一心想一五一十地说个明白,就果断地举起一只手阻住了她。既然不让说,老妈子就想起自己也忙得紧呢,她满肚子不高兴地嚷道:"回头见,东家。"她急急地转身就走,临走又把一扇扇的门弄得乒乒乓乓直响。

"今天晚上就告诉她以后不用来了。"萨姆沙先生说,可是妻子和女儿都没有理他,因为那个老妈子似乎重新驱走了她们刚刚获得的安宁。她们站起身来,走到窗户前,站在那儿,紧紧地抱在一起。萨姆沙先生坐在椅子里转过身来瞧着她们,静静地把她们观察了好一会儿,接着他嚷道:"来吧,喂,让过去的都过去吧,你们也想想我好不好。"两个女人马上答应了,她们赶紧走到他跟前,安慰他,而且很快就写完了信。

于是他们三个一起离开公寓,已经好几个月没有这样的情形了,他们乘电车出城到郊外去。车厢里充满温暖的阳光,只有他们这几个乘客。他们舒服地靠在椅背上谈起了将来的前途,仔细一研究,前途也并不太坏,因为他们过去从未真正谈过彼此的工作,现在一看,工作都满不错,而且还很有发展前途。目前最能改善他们情况的当然是搬一个家,他们想找一所小一些、便宜一些、地点更合适也更易于收拾的公寓,要比格里高尔选的目前这所更加实用。正当他们这样聊着,萨姆沙先生和他太太在逐渐注意到女儿的心情越来越快活以后,老两口几乎同时突然发现,虽然最近女儿经历了那么多的忧患,脸色苍白,但是她已经成长为一个身材丰满的美丽的少女了。他们变得沉默起来,而且不自觉地交换了一下互相会意的眼光,他们心里下定主意,该给她找个好女婿了。仿佛要证实他们新的梦想和美好的打算似的,在旅途终结时,他们的女儿第一个跳起来,舒展了几下她那充满青春活力的身体。

城　堡

米尚志　译

第一章

    K 抵达村子的时候,已是深夜时分。村子陷在厚厚的白雪里,城堡屹立在山冈上,但在浓雾和阴沉沉的夜色笼罩下,不见山冈的一点儿影子,连能够显示出那里有座高大城堡的一丝儿灯光也没有。一座木桥从大路通向村子,K 久久地站在木桥上,仰望着虚无缥缈的天空。

    随后,他去寻找今夜投宿的地方。客店里还有人没睡,客店老板对这位晚到的客人颇感意外,不知所措,不过,尽管他腾不出房间来了,他还是想留住这位客人,让他睡在大厅里的一个草袋上过一宿。对此,K 表示乐意接受。有几个农民还在喝啤酒,但他不想和其中任何人交谈,他亲自动手,从阁楼上拿下那个草袋,铺在火炉旁边,便躺了下来。这个地方倒是挺暖和的,那些农民不吭声了,K 抬起疲惫的眼睛朝他们打量了一会儿,便不知不觉睡着了。

    然而,过了不一会儿,他被唤醒了。一个年轻人,衣着打扮像城里的人那样,一副演员似的脸儿,眼睛狭长,眉毛浓密密的,正和老板站在他身边。那些农民还坐在那儿,有几个人为了看得更清楚一些,听得更仔细一些,还特意把椅子转了过来。那个年轻人彬彬有礼,对喊醒 K 深表歉意。他作自我介绍,说自己是城守的儿子,接着又说:"这个村子归城堡所有,谁住在这儿,或者是在这儿过夜,从某种程度上来说,就是住在城堡里,或者说就是在城堡里过夜。没有伯爵的许可,谁也不可以这样做。而您没有这样的一张许可证,或者说您至少还没有把它拿出来给我看一看。"

    K 抬起半个身子,用手理了理自己的头发,仰首望着这两个人,说道:

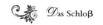

"我是迷路闯进了哪个村子？难道这儿是城堡吗？"

"当然啦，"那位年轻人慢条斯理地说。这时屋子里有些人对 K 的问话摇摇头。"这儿是威斯特威斯特伯爵大人的城堡。"

"住宿必须要有许可证吗？"K 问道，好像他想弄明白自己刚才得到通知也许是在做梦。

"必须有许可证，"年轻人回答道，他说着伸出手臂，问客店老板和在场的客人们，话音里含着一种对 K 进行莫大讥讽的口吻，"难道不需要有许可证吗？"

"那我现在就去领个许可证。"K 打着哈欠说。他掀开毯子，仿佛想站起来似的。

"请问您到谁那儿去领呢？"年轻人问道。

"自然是到伯爵先生那儿啦。"K 说，"其他办法没有呀。"

"现在深更半夜的，您到伯爵那儿去领许可证吗？"年轻人喊叫说，并向后退了一步。

"难道不可能吗？"K 冷冷地问道，"那您为什么把我喊醒呢？"

那个年轻人一听，怒不可遏。"您这个流浪汉不要跑到这儿来撒野！"他喊道，"我要您尊重伯爵的主管部门！我之所以喊醒您，是要通知您必须立即离开伯爵的领地。"

"这场玩笑开够了，"K 十分冷静地说，然后又躺下，盖上了毯子，"小伙子，您做得有点儿太过分了，明天我还会回过头来理论理论您的这种无理取闹的态度。只要我真的需要什么人作证的话，客店老板和诸位先生就是最好的见证人。还有，让我告诉您，我就是伯爵先生请来的土地测量员。我的助手们带着仪器，明天就会乘马车到这儿。我本人不想错过在雪地里步行的机会，但遗憾的是，我在路途上几次迷了路，因此才这么晚赶到这儿来。在您教训我之前，我早就知道，现在到城堡报到太晚了，因此，我今夜能住在这儿已经感到很满足了；说得温和点，您打扰我睡觉实在是粗鲁无礼。我要说的就是这些。晚安，先生们。"K 说完转过身对着火炉。"土地测量员？"他还听到背后大家这样疑惑地问着。此后便是一片沉寂。但那个年轻人很快镇静了下来，对客店老板说，声音自然压得很低，为的是照顾到 K 的睡眠，不过他的声音也够大的，目的是让 K 听个明白："我这就打电话问一问。"怎么,在这个乡村客店里还有电话?这儿的设备倒是挺好的。就这个例子来说,K一时感到惊讶,但从整体看,这一点他当然也预料到了。事实表明,电话机几乎就安装在他的头顶上,只是他睡意正浓,没有看到它。要是年轻人现在一定要打电话,那么他的心眼再好,也无法不打扰 K 的睡眠,因此,现在的问题是,K 是否让他打电话,但他还是决定让他去打。在这种时候,再装扮一个睡觉的人也没有什么意思了,因此,他翻过身,脸朝天躺着。他看见那些农民胆怯地凑到一起,交头接耳,嘀嘀咕咕的,说一位土地测量员的到来可不是一件小事。厨房的门这时开了,客店老板娘的庞大身子堵住了整个门;客店老板为了告诉她出了什么事,踮着脚尖朝她走去。这时,开始打电话了。城守已经睡了,但一位副城守,好多副城守中的一位,名叫弗里茨,还在那儿。那个年轻人先是介绍自己叫施瓦策,然后报告说,他发现了 K,他说 K 是个三十出头的男人,其貌不扬,衣衫褴褛,正安安稳稳地睡在一个草袋上,头枕着个小背包,手边还放着根有节的手杖。他说,他当然怀疑这个人,还说因为客店老板显然失职,所以,把事情弄个水落石出就成了他施瓦策的责任。他说,他叫醒了 K,并进行了盘问,而且命令他离开伯爵的领地,而 K 却表现得非常无礼,很不耐烦,就他后来的态度看,也许他有他的道理,因为他声称自己是伯爵大人请来的一位土地测量员。证实他的说法是否正确,起码是他的例行职责,因此,施瓦策请求弗里茨先生问问中央办公厅是不是真的在等候这样一位土地测量员的到来,并请求马上给个电话答复。

此后,客店里静悄悄的。在那边,弗里茨正在了解情况,在这边,年轻人等候着回音。K 一直是那样躺着,从没有辗转反侧,双眼凝视着屋顶,对眼前的一切似乎根本不感到一点儿好奇。施瓦策的报告里掺杂着敌意和谨慎态度,这使 K 想到一些人的外交手腕,在城堡里即使是像施瓦策这类小人物也精通此道。在那边,他们也勤于职守;中央办公厅里还有人值夜班,显然他们很快给了个回答,因为弗里茨已经打来了电话。对方的报告看来很简短,因为施瓦策气冲冲地马上就把听筒放了下来。"我早就说过了!"他嚷道,"根本不是什么土地测量员,而是个卑劣的、招摇撞骗的流浪汉,很可能比这更糟糕,更叫人气愤。"K 一时想到,屋子里的所有的人,施瓦策、那些农民、客店老板、老板娘,都会朝他扑来,他至少是为了躲避大家的第一次袭击,便将身子连头紧紧地缩进毯子里。这时,电话铃再次响了起来,K觉得这次铃声似乎特别响。他慢慢地又把头从毯子底下伸了出来。这次电话铃响尽管不可能再牵涉到K,但大家还是惊呆了,都一动不动地站着,只有施瓦策又赶紧回到电话机旁,他倾听对方作的一次较长时间的解释,然后轻声轻语地说:"那么是个误会吗?这太叫我感到难堪了。主任亲自打的电话?真奇怪。那怎么叫我对土地测量员先生解释呢?"

K竖起耳朵倾听着,这么说,城堡已经任命他为土地测量员了。一方面,对他来说这很不利,因为这表明城堡里的人对他已经十分了解,并权衡了双方的力量对比,欣然接受了他的挑战。但另一方面,这对他也有好处,因为在他看来,这表明他们低估了他,他有可能会得到比他一开始所希望得到的更多的自由。倘若他们以为抱着占绝对上风的态度承认他是土地测量员,这样就可以永远把他吓倒,从而永远控制他,那他们就打错了算盘;这充其量只能令他略微感到有点儿惊吓,仅此而已。

施瓦策怯生生地走近K,K却挥挥手让他走开;大家殷切地催促K搬进老板的房间,但K拒绝了,他只是从老板手里接过一杯酒,从老板娘那儿接过一只洗脸盆,还有肥皂和手巾。他根本不必要求大家离开房间,给他一个人把屋子腾出来,因为所有的人都立刻转过身,蜂拥着跑出去了,为的是第二天早上别让他把自己给认出来。灯熄灭了,他终于清静下来。他睡得很熟,一觉睡到第二天早上,夜里几只老鼠有一两次从他身边窜过,也没把他从酣睡中惊醒。

据老板说,早餐费,甚至其他所有的膳宿费,全部由城堡支付。用过早餐后,K想立刻进村。他到现在一直不想理睬老板,最多说句必须说的话,因为他还记恨着老板昨天怠慢他的态度,而老板这时带着默默的恳求,老是在他身边打转转,这倒引起他的怜悯之心,于是他让他在自己身边坐一会儿。

"我还不认识伯爵,"K说,"谁干活好,他会给谁优厚的报酬,是吗?如果一个人,譬如说我吧,远远离开老婆孩子到这儿来,那他总想挣点钱什么的带回家。"

"在这方面,先生不必担忧,我还没有听说有人抱怨过工钱低的事儿。"

"那好,"K说,"我可不是胆小怕事的人,哪怕是伯爵,我也敢对他说出我的看法,当然和那些先生们打交道,心平气和地解决问题,这样更好。"

客店老板坐在 K 对面靠窗的板凳边上,他不敢坐得舒舒适适的;他那双棕褐色的眼睛显得十分胆怯,整个时间里都在直愣愣地盯着 K。起初他一直想把身子挪到 K 的身边,与他好好聊聊,现在好像是他巴不得从 K 的身边溜走。他是害怕 K 没完没了地打听伯爵的情况吗? 他是害怕他心目中的"绅士"K 不可靠吗? K 这时不得不转移老板的注意力,便看看手表说:"我的助手们现在马上就要到了,你能把他们安置在这儿住下吗?"

"当然可以啦,先生,"老板说,"他们会不会和你一起住在城堡里呢?"

客店老板难道会心甘情愿地如此轻易地放走这些客人? 特别是 K,老板会把他毫无条件地让给城堡吗?

"这事还没说定,"K 说,"我必须先搞清楚,他们给我安排什么样的工作。譬如说,要是他们真的让我在山下村子里工作,那我住在这儿下边更方便些。还有,我也担心我可能过不惯上边城堡里的生活。我总是喜欢自由自在些。"

"你还不熟悉城堡。"老板轻声轻语地说。

"那当然,"K 说,"人们不应过早地下评语。我此时只知道那儿的人非常善于给自己物色能干的土地测量员,除此之外,对城堡我是一无所知。在那儿兴许也有其他好处吧。"他说到这里站起身来,想这样摆脱心神不定地咬着嘴唇的老板。赢得这个人的信任,可不是件容易的事。

在 K 走开的时候,挂在墙上一个暗无光泽的木框里的一幅黑乎乎的肖像引起了他的注意。他躺在火炉旁边时就注意到了这张画,但是离得太远,看不清楚,以为画像从木框里拿走了,看到的只是留下的一块黑底衬板。然而现在看到的确实是张画像,是一个大约五十岁的男子的半身像。他把头低低地垂在胸前,以至于人们几乎看不到他的眼睛,似乎是他那高而沉重的前额和结实的鹰钩鼻才使他的脑袋垂得这么低。由于他的头摆着这样的姿态,他的络腮胡子就被紧紧压在下巴颏上,而且还往下披散着。他那左手的手指分开,深深埋在浓密的头发里,但也无法再把脑袋支撑起来。

"这是谁?"K 问,"是伯爵?"他站在这幅肖像前,压根儿就没有回过头看老板一眼。

"不是,"老板说,"是城守。"

"城堡里倒是有一位漂亮的城守,这一点不假,"K说,"只可惜他生了这么一个没有教养的儿子。"

"不,"老板说着把K往自己身边稍稍拉近一点,对着他的耳朵轻轻说道,"施瓦策昨天瞎吹牛,他父亲只是个副城守,甚至是在几个副城守中排名最末一位。"

在这瞬间,K觉得老板活像个小孩子。"这个无赖!"K笑着说。可是老板并没有跟着一起笑,而是说:"他父亲也有权有势。"

"去吧!"K说,"你认为每个人都有权有势,你认为我也有权有势?"

"你,"他胆怯但又认真地说,"我不认为你有权有势。"

"那你真善于观察人,"K说,"老实说,我的的确确无权无势,因此,我尊重有权势的人。这方面我也许并不比你差,只是我不像你这么诚实,而且我总不愿意承认这一点。"K为了安慰他,向他表示得更友好一些,特意轻轻地拍了拍他的面颊。现在老板也微微笑了起来。他确实还是个年轻人,脸蛋儿挺嫩的,几乎还没有长胡子。他怎么娶了这么个身宽体胖的、比他年龄还大的老婆呢?K这时从旁边的一个小窗口里望见他老婆正甩开膀子在厨房里忙个不停呢。但是K现在不想再详细了解他的情况了,免得把好不容易才逗出来的笑容驱赶掉,因此,他只是给他打了个手势,让他把门打开。随后,K置身在晴朗美好的冬天的早晨中。

现在,K看到了山冈上的那座城堡。在明澈的天空下,城堡轮廓分明,它上面还覆盖着一层薄薄的、能衬托出各种形状的白雪,这使城堡显得格外清晰。再说,看上去山上面的积雪比这儿村子里的少得多,K昨天在大路上行走很艰难,现在走在村子里同样是十分艰难。在这儿,厚厚的白雪一直堆到了茅屋的窗口,而再往上一点,白雪更是沉沉地压在低矮的屋顶上;但在山上,积雪就没有那么多,那里的一切都轻盈地、自由自在地显露着,至少从这儿看上去仿佛如此。

总的来说,从远处看,这座城堡所呈现出的形象正如K预料中的样子,它既不是一座古老的骑士要塞,也不是一座新建的华丽建筑,而是一片扩展开的建筑群,由许许多多紧紧挨在一起的低矮房屋组成,其中有几座是两层的。人们要是不知道这是座城堡,那就会以为它是个普通的小城。K只看到一个塔楼,它是住房上的塔楼,还是教堂的塔楼,现在还辨别不清。成群成群的乌鸦在围着它盘旋。

K眼睛盯着城堡,继续往前走,其他的他什么也不考虑。但是,在他走近城堡之后,它却令他大失所望。它只不过是一座外表十分寒伧的小城,一个个乡村房舍挤在一起,唯一值得称赞的是,所有建筑也许是由石头建造的,但墙上的泥灰早已剥落,石头似乎也要塌下来。K匆匆想起自己的家乡小镇,是啊,自己的家乡小镇和这座所谓的城堡相比也并不逊色。要是K来这儿只是为了参观,那他长途跋涉来这儿也太不值得了,他要是明智一些,还不如重访自己的古老故乡,他已经好久没回故乡了。他思想上拿自己故乡的教堂钟楼和这儿山冈上的高高塔楼作个比较。家乡的那个钟楼线条分明,巍然屹立,从低部到顶端十分挺拔,而且塔顶宽大,盖着红色砖瓦,那真是个人间杰作——我们还能建造出别的什么更优秀的建筑呢?而且,它和其他低矮的房屋群相比有着更高的目标,和暗淡无味的日常生活相比具有更明晰的内涵。这儿山上的塔楼,现在看得出,它是一个住宅的塔楼,也许是城堡主建筑的塔楼,它形式单一,从上到下都是个圆形建筑,部分地方还被大慈大悲的常春藤覆盖着;一扇扇的小窗户,此时透过常春藤在阳光下闪放出一道道的光亮,仿佛有点神经错乱;塔顶像是阁楼,雉堞东倒西歪,断断续续,像是小孩子用哆哆嗦嗦或漫不经心的手画出来的。它们参差不齐,呈锯齿形映衬在蔚蓝的天空下。整个塔楼好似一位患忧郁症的病人,理应被关在房屋最僻静的小房间里,但它却穿透屋顶,高高矗立在那儿,让世人观望。

K停下了脚步,好像他停下脚步就会增添更大的判断力似的。可是,他偏偏受到了打扰。他是在乡村教堂那儿停下脚步的。那个教堂本来只是个祷告室,为了让教区的教徒有个住的地方,才扩建了一些粮仓似的房子,便成了个教堂。在这座教堂的后面是所学校。学校只是座又长又矮的房子,它既是临时性的,又具有古老的特征。它坐落在四周围着篱笆的花园后面,花园现在是一片雪地。孩子们跟着教师刚刚走出来。他们挤作一团,簇拥着教师,望着他,叽叽喳喳一个劲儿地说话。他们说得很快,K根本听不懂他们说些什么。教师是个矮个儿的年轻人,肩膀狭窄,走起路来直挺挺的,但丝毫不给人一种可笑的感觉。他老远就在盯着K看了,这也是很自然的,因为除了一群学生外,四周围再也没有别的人。K作为一个外乡人,首先和这位好发号施令的矮个儿青年打招呼。"您好,先生。"他说。孩子们一下子都安静了下来,教师大概很喜欢这种突然出现的静默,因为他可以乘此机会斟词酌句地准备说些什么。"您在看城堡?"他用一种比 K 预料的还要温和得多的语气说,但其语调表明,他不赞同 K 的行为。"是的,"K 说,"我是个外乡人,昨天晚上刚到这儿。"——"您不喜欢这座城堡?"教师很快地问道。"怎么?"K 反问道,他有点儿诧异,于是用比较缓和的口气又追问了一句,"您是问我喜不喜欢这座城堡? 您为什么认为我不喜欢?"——"没有一个外乡人喜欢它。"教师说。为了避免说些不受欢迎的话,K 转换了话题,于是又问:"您大概认识伯爵吧?"——"不认识。"教师说,随后想转过身走开。但 K 并不罢休,于是再次问道:"怎么? 您不认识伯爵?"——"我怎么会认识他呢?"教师低声说,接着又用法语大声补充了一句:"您要留心点,这些天真烂漫的孩子们在呀。"K 抓住这句话又有理由问道:"先生,我日后可以来拜访您吗? 我在这儿待的时间比较长,现在就已经感到有点寂寞了。我和那些农民合不来,大概我也不会到城堡里去。"——"农民和城堡之间也没什么大的区别。"教师说。"也许吧,"K 说,"这丝毫改变不了我的处境。我可以改日拜访您吗?"——"我住在天鹅小巷的肉铺店老板家里。"这虽然是给了个地址,但谈不上什么邀请,然而 K 却说:"好,我一定来。"教师点点头,转身领着孩子们继续朝前走去。孩子们一下子又叽叽喳喳地喊叫起来,不一会,他们就消失在一条狭窄的小巷里。

然而 K 却丢了魂似的,思想怎么也集中不起来。通过这次谈话,他又感到有些气恼。自从他到这儿以来,第一次感到确实是疲倦了。他长途跋涉来这儿,起初似乎根本就感觉不到疲惫,在那些天,他是从容不迫地、一步一步地走来的! 但是现在,路途上过度的辛苦所造成的疲劳显现出来了,而且这种疲劳来得不合时宜。他想寻求新的朋友,这一愿望吸引着他,他简直无法抗拒,但每认识一个新朋友,这反而又增强了他的疲惫感。①在他今天这种身体状况下,若是他强迫自己继续朝前走,至少走到城堡的大门口,他的力气还是足够的。

因此,他继续往前走,但这是一条漫长的路。这条路,这条乡村大道,并不通向城堡所在的山冈上,它只是通到它附近,然后又好像是有意似的,突然转个弯;如果说它离城堡并不远,那他也没有靠近城堡。每到一个转弯处,K就希望这条路终究会转向城堡。只是因为他抱着这样的希望,所以他继续朝前走;显然是由于他疲倦了,他犹犹豫豫地想离开这条大道,但他仍沿着它走去。他对这个村子如此之长也感到惊讶。村子没有尽头,一座座小房子,一直伸展开来。窗玻璃上结满了冰霜,到处白雪皑皑,看不见一个人影——他终于离开了这条迷宫似的大道,走进一条狭窄的小巷里,这儿的积雪更厚,要把深深陷进去的脚拔出来就得费好大劲儿。他已是浑身大汗,这时他突然停下脚步,再也走不动了。

现在,他可不孤独了,道路左右两旁都是农家茅舍。他捏了个雪球朝窗玻璃扔去。门立刻开了,这是一路上第一扇打开的门。一位穿着土黄色皮袄的老农夫,脑袋朝一边歪斜着,站了出来,看上去他很友善,但身子很虚弱。"我可以到您家里休息一下吗?"K说,"我实在太累了。"他根本没听到那位老人说什么,只见一块木板朝他推过来,他非常感激,木板把他从深雪里救出来。他向前跨了几步,就来到了屋里。

这是间大屋子,里面光线非常昏暗。K这位刚从外面进来的人起先什么也看不见,摇摇晃晃撞上了一只洗衣盆,一个女人的手扶住了他。从一个角落里传出孩子的哭叫声,另外一个角落里蒸汽腾腾,使得昏暗的屋子里变得更加黑暗了。K像是站在云雾里。"他准是喝醉了。"有个人说。"您是谁?"一个粗暴的声音大声喝问,随后声音像是转向了那个老人:"你为什么让他进来呢?能让在街上游荡的人都进来吗?"——"我是伯爵的土地测量员。"K说,他试图在自己仍然看不见的人前为自己辩解辩解。"哦,他是那个土地测量员。"一个女人的声音说。此后是一片沉默。"您认识我?"K问。"当然。"还是那个女人的声音十分简短地答道。人家认识K,似乎并不就是对他有个好印象。

蒸汽终于散了一些,K现在可以慢慢看清楚房间里的情景了。这似乎是个大家搞卫生的日子。门旁边,有人正在洗衣服;蒸汽是从另外一个角落飘过来的,在那个角落有个木盆,木盆很大,约有两张床那么大,K还从来没有见到过这么大的木盆,两个男人正在里面洗澡。然而,更令人吃惊的是——他也不明白为什么会吃惊——右边那个角落的情景。房屋后墙上有个大窗洞,这是后墙上唯一的窗洞,从那里透进一道淡淡的雪光,显然是从院子里照射进来的,淡淡的光照在一个女人的身上,像是给她的衣服披上了丝绸般的光泽。那个女人疲倦得几乎是躺在角落里一把高高的靠背椅上，正在给怀里的婴儿喂奶，她身边还有几个小孩子，那是农家小孩，正围着她玩耍；看上去，她不像是这一家的人。当然啦，疾病和疲倦也会使农民显得秀气一些。

"坐吧！"两个男人中的一个说。这个人满腮胡子，还留着大胡须，他的嘴总是呼哧呼哧地直喘气。他从木盆边缘伸出一只手，指着一把椅子，看上去有些滑稽，他边做手势边溅起热腾腾的水，弄了 K 一脸。让 K 进来的那位老人已经在长凳上坐了下来，直愣愣地在那儿出神。K 表示感谢，他终于可以坐下了。现在，谁也不再去管他了。洗衣盆旁边的那个女人年纪不大，头发呈金黄色，体态丰满，她一边干活，一边轻轻哼唱着什么。洗澡的两个男人，踢蹬着脚，不断地翻来滚去。孩子们想靠近他们，但他们总是肆意地胡乱泼起洗澡水把他们赶跑，当然水点儿也溅了 K 一身。靠背椅上的那个女人像是没有生命似的，一动不动地躺在那儿，从未低头看看怀里的婴儿，只是恍恍惚惚地望着屋顶。

对她，这幅丝毫未改的既美丽而又哀伤的图画，K 准是看了好一阵子。此后，K 肯定是睡着了，因为在有人大声喊他而他惊醒过来的时候，他的头正靠在身边那个老人的肩上。两个男人洗完了澡，现在孩子们开始在洗澡盆里戏耍起来，那个金发女人在一边看护着；两个男人穿好衣服，站在 K 面前。现在表明，其中那个满腮胡子、说起话来像是叫嚷的人，看来和另一个相比显得地位较低，无足轻重；而另外一个男人，个头不比满腮胡子的人高，胡子也比较少，但肩膀宽阔，脸也很宽，脑袋总是耷拉着，他性情文静，喜欢慢慢地思考问题。"土地测量员先生，"他说，"您不能待在这儿。请原谅我的失礼。"——"我也不想待在这儿，"K 说，"我只想在这儿稍微休息一下。现在休息过了，我这就走。"——"对我们这样怠慢客人的态度，您也许感到吃惊，"那个男人说，"但是，好客在我们这儿并不是习俗，我们不需要客人。"K 睡了片刻，清醒了好多，听觉比先前也灵了一点儿，他对这个男人说话如此坦率反而感到高兴。他不再那么拘束了，用拐杖这儿支支，那儿撑撑，慢慢地走近躺在靠椅上的那个女人身边；他还发现，自己是这个房间里身材最高的人。

"当然，"K 说，"你们干吗需要客人呢？不过有时候却需要一个，譬如说,需要我,需要我这样一个土地测量员。"

"这我不知道,"那个男人不紧不慢地说,"要是有人喊您来,那可能是需要您,这大概是个例外,而我们,我们这些小人物,循规蹈矩的,您不要因为这一点而责怪我们。"

"不,不会的,"K说,"我只能感激您,感激您和这儿所有的人。"

接着,出乎大家的意料之外,K郑重其事地机灵地转过身去站到了那个女人面前。那女人用疲倦的蓝眼睛打量着K,一条透明的丝头巾一直垂到她的前额中间,怀里的婴儿已经睡着了。

"你是谁?"K问。

那女人轻蔑地说道:"从城堡来的一个姑娘。"她的这种轻蔑态度是针对K的,还是针对她自己的回答,却弄不清楚。

这一切只是刹那间的事,两个男人已经一左一右站在K的身边。好像没有其他可谅解的手段似的,他们一声不吭,用足力气把K拖到门口。他们这样做时,那个老人感到有些高兴,乐得一个劲儿拍起手来。孩子们突然发疯似的喊叫起来,洗衣服的那个女子也笑了。

K不一会儿站在街上了,那两个男人在门槛上监视着他。雪又下了起来,尽管如此,天色仿佛亮了一些。那个满腮胡子的人不耐烦地喊道:"您想去哪儿? 那条路是去城堡的,这条路是到村子里去的。"K没有回答他,而是对着另外一位虽说很自负,但看上去比较好说话的男人问道:"您是谁? 我在你们屋里歇了一会儿,我该感谢谁呢?"——"我是制革匠拉斯曼,"那个人回答,"您不必感谢谁。"——"那好,"K说,"也许我们还会见面的。"——"我不这么认为。"那个人说。就在这瞬间,那个满腮胡子的人举起手喊道:"你好,阿尔图尔! 你好,耶雷米阿斯!"K转过身,实际上这表明在这个村子的路上还有人呢。从城堡方向来了两个年轻人,他们中等身材,细挑个儿,都穿着紧身衣服,脸的模样彼此也非常相似,他们的脸都呈深褐色,黝黑的小山羊胡子和这样的脸色两相对照,分外显眼。在这样难走的路上,他们走得很快,简直令人吃惊,只见他们合着拍子,甩出细长的腿,轻快地走着。"你们这是去干什么?"满腮胡子的人喊道。他和他们只有这样大声喊叫才能听明白。"公事!"他们笑着大声回答说。"在哪儿?"——"在客店。"——"我也去那儿!"K突然喊道,他的喊声比谁都大。他迫切希望这两个人带他一起走；他觉得和他们相识虽说也没多大好处，但他们显然是令人高兴的好同伴。他们听到了 K 的喊叫，但只是点了点头，就飞快地走了过去。

　　K 还一直在雪地里站着。他不乐意把脚从雪里拔出来，向前迈一小步路，再深深地陷进雪里。制革匠及其同伴甩脱了 K，感到很得意，慢慢地从略微敞开着的门里侧身进屋去，还时不时地回过头来看看 K。K 一个人孤零零地站在那儿，四周白雪茫茫。"要是我只是凑巧，而不是有意站在这儿，"他脑海里闪出这样一个念头，"那倒是令人略感绝望时的一个好机遇。"

　　这时，他左手边的茅屋有一扇小窗打开了；它在关着的时候，看上去像是深蓝色，这也许是白雪映照的缘故。那扇窗小得很，现在开着，还看不全朝外张望的人的整个面孔，只能看到一双眼，一双苍老的棕色眼睛。"他站在那儿。"K 听到一个颤抖的女人的声音说。"那是土地测量员。"一个男人的声音说。随后，那个男人走到窗口，问道："您在等谁呀？"他的声调虽说并非不友好，但是听上去好像他觉得最重要的是他家门口的街上要一切正常，不会出什么问题。——"等候能带我走的雪橇。"K 说。"不会有雪橇到这儿来，"那个男人说，"这儿没有车辆来往。"——"这可是去城堡的大路呀。"K 表示异议。"虽说是这样，那也没有，"那个人毫不留情地说，"这儿没有车辆来往。"此后两个人都不吭声了，但那个人显然是在考虑什么，因为他一直还开着那扇冒着水蒸气的窗口。"这条路实在不好走。"K 说，目的是想请他帮个忙。

　　可是，那个人只是说："是啊，那当然。"

　　但过了一会儿，那个人又说："如果您愿意的话，我就用自己的雪橇把您送走。"——"那就请您把我送回去，"K 非常高兴地说，"送我走，您要多少钱？"——"一个子儿也不要。"那个人说，对此 K 感到非常惊奇。"您可是土地测量员啊，"那个人解释说，"您是城堡里的人。您想去哪儿呢？"——"去城堡。"K 很快说道。"那我不去。"那个人立刻说。"我确实是城堡里的人。"K 重复那个人自己说的话。"也许是吧。"那个人表示拒绝。"那您就把我送到客店去。"K 说。"好，"那个人说，"我立刻带雪橇来。"整个对话给人的印象是此人并非特别友好，而是显得特别自私、恐惧，几乎是有点过分小心谨慎，非要把 K 从他家门口的这个地方弄走不可。

院子大门开了，一架轻便的小雪橇由一匹瘦弱的小马拉了出来。雪橇很平，连个坐位也没有。那个男人跟在雪橇后面，只见他偻背，虚弱，走路一瘸一拐的，他的脸瘦而泛红，鼻子因伤风而不通畅，头上紧紧地裹着条羊毛围巾，所以脸就显得特别小。可以看得出，那个人病了，只是为了赶紧把 K 弄走他才出来的。K 提起类似这方面的一些话，但那个人挥挥手，意思是不要说了。K 从他那儿获知，他是马车夫盖尔施泰克，他之所以拉这辆很不舒适的雪橇，是因为这架雪橇现成放着，要是拉另外一架，那会花费好多时间。"您坐上去吧。"他说着用鞭子指了指雪橇后面。"我要坐到您旁边。"K说。"我要在地下走。"盖尔施泰克说。"那为什么呢?"K 说。"我要在地下走。"盖尔施泰克重复说，他突然咳嗽起来，咳得他摇摇晃晃的，他不得不把两条腿在雪里叉开，双手紧紧抓住雪橇边缘。K 没再说什么，坐到雪橇后面，咳嗽慢慢平息下来，他们这才赶着雪橇出发了。

那儿山冈上的城堡，很奇怪已经暗了下来。K 本来还希望能够在今天就到达那儿，然而城堡现在却退向远方，离得越来越远了。这时，城堡仿佛又给他一个临时告别的信号，那儿突然响起一阵欢乐的钟声，不过这钟声也充满着痛苦，至少使他的心刹那间扑通扑通地猛跳，似乎在威胁着他毫无把握地渴望实现的东西。然而不久，这种洪亮的钟声静了下来，代之而起的是一种微弱而单调的丁当丁当的声音，这种丁当声也许来自山冈上的城堡，但也许是来自村庄。这种丁当声伴随着缓慢的行驶，伴随着这位可怜而又无情的马车夫，当然就显得更为协调。

"喂，"K 猛地喊道——他们已经到达教堂附近，去客店的路不远了，K 可以壮着胆子说点什么了——"我感到很奇怪，你竟敢自己承担责任，把我送到这儿，难道别人允许你这样干吗?"盖尔施泰克没有理睬他的话，默默地伴着小马驹走他的路。"喂!"K 叫道，同时从雪橇上弄了点雪，捏成雪球丢向盖尔施泰克，雪球正好打在他的耳朵上。盖尔施泰克这时停下脚步，回转过身来;雪橇又向前滑动了一点。K 这时挨近了他，在近处看他看得更真切。这个人弯腰曲背，一定程度上受到过虐待，他的脸很瘦削，显得疲惫不堪，而且红红的，两边面颊有些不一样，一边平平的，另一边凹陷了下去，嘴开着在仔细倾听，嘴里只有稀稀疏疏的几颗牙齿。K 看到他这副样子，这时不得不再重复他先前出于恶意说的话，现在自然是用同情的口吻，他问盖尔施泰克会不会因为把他送到这儿而受处罚。"您想干什么?"盖尔施泰克迷惑不解地问道,但他并没有等 K 作进一步的解释,便对着小马驹吆喝一声,继续朝前驶去。

第二章

　　走到大路的一个拐弯处,K 就认了出来,他们快要到客店了。这时,令他吃惊的是,天色完全黑了下来。他离开这儿竟然有这么长时间? 可是,照他算来,只不过是一两个小时。他是早上离开的,而且也没有想吃饭的感觉;在不久前,到处还是明亮的白天,现在天却黑了。"白天真短,白天真短!"他自言自语地说,同时从雪橇上滑下来,朝客店走去。

　　客店老板站在屋前小台阶的最上层,举着一盏明亮的手提灯,给 K 照着路,一副热情欢迎他的样子。K 停下脚步,一下子想起了马车夫。他听见黑暗中什么地方传来一阵咳嗽声,那就是他。哦,他很快还会再见到他。K在最上面的一级台阶上走到客店老板身边,老板很谦卑地向他问个好。这时,他发现店门两边各站着一个人。他从老板手里接过手提灯,照了照那两个人,原来他们就是他已经碰到过的那两个,大家称呼他们为阿尔图尔和耶雷米阿斯。现在,他们站在那里,向他行礼致敬。K 此时回忆起自己服兵役的日子,回想起那些欢乐的日子,不由得笑了。"你们是谁?"他问,然后又看看这个,看看那个。"您的助手。"他们回答。"他们是您的助手。"客店老板低声证实道。"怎么?"K 问,"你们是我的老助手,是我让你们赶来的助手,是我所盼望的助手?"他们回答说是。"那好,"K 过了一会儿说,"那好,你们来了。"——"还有,"K 又停了一会儿说,"你们来得太晚了,你们实在太懒散。"——"路也实在太远了。"其中一位说。"路太远了,"K 重复说,"但我碰到了你们,见你们从城堡里来了。"——"对。"他们说,但没作其他任何解释。"测量器具在哪儿呢?"K 问道。"我们没有测量器具。"他们回

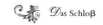

答。"就是我托你们带来的那些测量器具。"K说。"我们没有测量器具。"他们重复道。"天哪,你们真是些能干的家伙!"K说,"你们对土地测量一点也不懂吗?"——"不懂。"他们说。"可是,如果你们是我的老助手,你们应该懂得啊。"K说,随后把他们推到屋子里。

此后,他们三个人围坐在一张小桌子旁喝起了啤酒。K坐在中间,左右两边坐着助手,谁都不怎么说话。此外,只有一张桌子被农民占去了,情景就像昨天晚上那样。"和你们共事真难。"K说,他已经多次比较过他们的面孔,此时他又把他们的面孔作一番比较,"叫我怎么区分你们呢?你们只是名字不同,除此之外,你们两个简直一模一样,就像……"他停了一下,随后又情不自禁地继续说下去,"除此之外,你们两个就像两条蛇,一模一样。"他们微微地笑了。"别人可是很容易区分我们呀。"他们辩解说。"这我相信,"K说,"我自己就是见证人,但我只是用我的眼睛来看你们,而我的眼睛无法区分你们两个,因此,我要像对待一个人那样对待你们,称你们两个都叫阿尔图尔,你们当中的一个是叫这个名字啊。大概就是你吧?"K问其中一个。"不是,"这个人说,"我叫耶雷米阿斯。"——"这无所谓,"K说,"我要称呼你们两个都是阿尔图尔。要是我派阿尔图尔到某个地方去,那你们两个都得去;若是我交给阿尔图尔一项任务,那么你们两个就得一起去做。对我来说,这样做虽然很不利,我不能让你们分头去干不同的事,但是也有好处,你们两个不分你我,对我委托给你们的事必须一起承担责任。你们两个彼此如何分工,这对我来说都无足轻重,只是不许你们相互推诿。在我看来,你们两个是一个人。"他们对他说的话反复考虑了一番,然后说:"我们可不喜欢这样做。"——"怎么不喜欢,"K说,"你们当然不喜欢如此这般,但说定了,就这么办。"过了片刻,K发现,一个农民蹑手蹑脚地围着他们的桌子直转悠,最后下定决心朝一个助手走去,并想同他耳语些什么。"请你们原谅,"K一边说,一边用手往桌子上敲一敲,并站了起来,"这两个人是我的助手,我们现在正讨论事情,谁也没有资格来打扰我们。"——"哦,对不起,哦,对不起。"那个农民胆怯地说,然后又退回到自己的同伙那儿。"这一点你们可得特别注意。"K说着又坐了下来,"没有我的许可,你们不准与任何人交谈。在这儿,我是个外乡人。倘若你们是我的老助手,那么你们也是外乡人。因此,我们三个外乡人必须团结一致。你们都把手伸过来,下个保证吧!"两个助手都十分乐意地把手向 K 伸过去。"你们都把手放下吧,"K 说,"但我的命令是不可违抗的。我现在就要去睡觉,我建议你们也去睡觉。今天我们耽搁了一整天的工作,明天我们必须一大早就开始干活。你们必须设法搞到一架雪橇,我们坐雪橇去城堡。明天六点,你们必须备好雪橇在屋前等候。"——"好。"其中一个说。但另一个人插话:"你说'好',但你忘了这根本就办不到。"——"别吵,"K 说,"你们开始要彼此区分开来了。"可是这时,第一个人也说:"他说得对,这件事根本办不到。没有许可证,外乡人是不准进入城堡的。"——"咱们上哪儿才能申请到许可证呢?"——"这我不知道,也许要到城守那儿申请吧。"——"那么,咱们就往那儿打电话。你们两个立刻去打电话给城守!"他们两个立刻冲到电话机那里,要求总机接通线路——他们在那儿你争我抢,干得可欢呢!表面上看,他们百依百顺,样子简直有点儿滑稽可笑——随后他们还问,K 明天早上是否可以带他们一起去城堡。对方在电话里回答道:"不行!"回答声很大,传到了 K 坐着的桌子那儿,他听到了。电话里的回答还更详细,说:"明天不行,其他时间也不行。"——"我要自己打电话。"K 边说边站起身来,除了那个农民引起的小小插曲之外,K 和他的助手们直到现在都很少引起别人的注意,但他最后说的这句话却引起普遍的关注。大伙跟着 K 一齐站了起来,尽管客店老板想把他们赶走,但他们还是挤在电话机旁,站成个半圆形围着 K。他们议论纷纷,认为 K 根本就不会得到答复。K 不得不请他们安静下来,并说他不想听取他们的意见。

听筒里传来一阵嗡嗡嗡的声音,以前 K 在电话里还从来没有听到过。这种声音听起来像是无数个小孩子发出的吵闹声——但这又不是吵闹声,而是从最遥远的地方传来的歌唱声——这种嗡嗡声令人不可思议地构成唯一的一种高昂而洪亮的声音,猛烈地冲进耳朵里,仿佛它要求的不仅仅是让人能听到,而且是要刺破耳膜,深深地钻进人心里。K 倾听着,没有再打电话;他把左臂支撑在电话机台子上,如此静静地倾听着。

他不知过了多长时间,但他一直待在那儿,直到客店老板过来拉他的衣角的时候,老板对他说,来了个信使要找他。"滚开!"K 情不自禁地嚷了起来,他也许是在冲着电话筒喊叫,因为电话里立刻有人搭腔了。于是,以下的对话开始了:"我是奥斯瓦尔特,您是谁?"一个严厉而高傲的声音,带着小小的语言缺陷这样喊道。K 觉得说话的人试图虚张声势,用特别严厉的口吻来掩饰自己的语言缺陷。K 犹豫了一下,不知道该不该说出自己的姓名,因为面对电话机,他是没有任何反抗能力的。电话另一头的那个人可以对他大发雷霆,把话筒挂掉,这样一来,K 就给自己堵塞了一条也许是至关重要的道路。K 的犹豫态度,使得那个人感到十分不耐烦。"您是谁?"那人重复道,并补充说,"如果那边不打这么多电话,我可要谢天谢地了,刚才还有人打过电话。"对这些话 K 没有理会,而是突然下定决心报出自己的姓名:"我是土地测量员先生的助手。""哪个助手?哪位先生?哪位土地测量员?"K 突然想到昨天晚上的电话内容。"您去问弗里茨。"他简短地说。使他感到惊奇的是,这句话倒起了作用;他不单单是对这句话起了作用而感到惊奇,更令他惊奇的是城堡那儿办事的统一性。对方回答是:"我已经知道了。是那个没完没了的土地测量员。对,对。还有什么事?哪个助手?""约瑟夫。"K 说。他背后那些农民叽里咕噜的说话声使他感到有点讨厌;他们显然不同意他不如实报出自己的姓名。但 K 没有闲空和他们啰唆,因为对方的话把他全吸引过去了。"约瑟夫?"对方反问道。"那两名助手叫……"他停顿了一下,显然他在要求另外某个人说出两个助手的姓名。"一个叫阿尔图尔,一个叫耶雷米阿斯。""他们是新助手。"K 说。"不,他们是老助手。"——"他们是新助手,我才是老助手,我紧随土地测量员先生之后,今天才来到这儿。"——"不对!"对方现在大吼一声。"那么我是谁呢?"K 至此一直是心平气和的。停了一会儿,同样是那个声音,而且带着同样的语言缺陷,又说道,但像是变了个样,听起来比较低沉,显得比较尊重人了:"你是老助手。"

K 的注意力很集中,他倾听着,差点儿没听到对方"你要干什么"这句问话。②他真想把电话给挂断。他不再期望从这次谈话中得到什么结果了。只是他迫不得已问了一句:"我的主人什么时候才可以到城堡里来呢?"——"不管什么时候,都不准来。"这就是回答。"那好。"K 说着挂了听筒。

他身后的那些农民已经围了上来。两个助手朝他瞟了好几眼,竭尽全力要把他们挡住,不让他们靠近他,这看上去只不过是场滑稽戏。对谈话结果感到满意的农民,此时也开始慢慢后退了。就在这个时候,有个人从后面把人群分开,快步走来,向 K 鞠个躬,接着给他递上一封信。K 手里拿着信,打量着这个人,觉得此人此时对他更为重要。这个人和那两位助手也非常相似,他和他们一样是个细高个儿,同样穿着紧身衣服,同样也是非常敏捷和机灵,可是他又与他们完全两样。若是 K 能把他当做助手那该多好啊!这个人使他模模糊糊回想起他在制革匠那儿看到的那位抱着婴儿的女人。他穿着一件几乎全是白色的衣服,同样是件冬衣,虽然不是绸缎的,但衣料同绸缎一样给人以柔软感和庄重感。他的脸看起来非常明亮和坦诚,眼睛大大的。他笑起来显得特别快活;他用一只手把脸抹一抹,仿佛要把笑容给赶跑似的,但他却未能做得到。"你是谁?"K 问。"我叫巴纳巴斯,"他说,"我是信使。"他的嘴唇在说话时一张一闭的,很有男子汉气势,但又非常温柔。"你喜欢这儿吗?"K 问,随后指着那些农民,他对他们一直怀着浓厚兴趣。他们那一张张的脸都打着饱经风霜的烙印——他们的脑袋看上去像是被人从头顶上敲扁了似的;面部表情也像是遭到痛打而显得十分痛苦,他们鼓着厚厚的嘴唇,一个劲儿地瞅着他,但也不是一直瞅个不停,目光有时也会转移开,观看某个无关紧要的东西,过会儿又转过来;随后,K 又指着两个助手,他们拥抱在一起,脸贴着脸,站在那儿微笑着。人们不知道他们的微笑是恭顺的表示呢,还是表示讥讽与嘲笑。他指着所有这些人让巴纳巴斯看,像是介绍一群由于环境所迫而强加给他的随从,并指望巴纳巴斯永远能把他和他们区分开来。从 K 这个角度来说,他这样做是一种亲密的表示。可是,巴纳巴斯——当然不是有意的,这看得出来——根本不去留心他提的问题,就像一个训练有素的仆人,不去注意自己的主人只是随便说说的一句话那样;他只是按照 K 所提出的这个问题的意思,打量了一下四周,向农民中间的一些熟人挥手致意,和那两个助手交谈几句话,这一切他做得那么潇洒,但又不随俗,没有把自己和他们混同在一起。虽然 K 没有得到巴纳巴斯的回答,但他并不觉得有失面子,于是又回到自己手中的这封信上。他拆开它,信中这样写道:"尊敬的先生,如您所知,您已被聘用,为伯爵大人效劳。您的顶头上司是本村的村长。有关您的工作和工资待遇等一切问题,村长会详细通知您,您还要对村长负责。尽管如此,我本人也会时刻对您予以关注。本函的递送人是巴纳巴斯,他会常常询问您有何意愿,并将您的要求及时转达给我。您随时都能找到我,只要有可能,我都乐意为您效劳。我所关心的是,要有令人满意的工作人员。"信的签名很难辨认出来,但在签名后面,盖了个图章:X办公厅主任。"你等着!"K对躬身伺候的巴纳巴斯说。此后,他把客店老板叫来,让他给他找个房间,他说他想一个人在房间里待一会儿,好好把信琢磨一番。同时,他又想到,巴纳巴斯尽管叫人喜欢,但他只不过是个信使,于是K便为他叫了杯啤酒,并留意着,看看他怎样对待这杯啤酒。巴纳巴斯非常乐意地接过啤酒,并立刻喝了起来。随后,K和客店老板走开了。在这个小客店里,老板只能给K找个小阁楼,即使这样做也有困难,因为还得把一直住在小阁楼的两个女仆安置到其他地方。其实,并没有什么别的安排,只不过是让女仆搬出来;小阁楼也没有再作布置,还是老样子,床上没有铺被单,只有几个枕头和一条粗羊毛毯乱七八糟地摊着,因为昨天晚上用过了,还没收拾呢。墙上挂着几张圣像和士兵的照片。窗户也没有打开给屋子通通风。显然店主希望,这位新来的客人在这儿不要久待,因此,没作任何布置以便留住他。但K对这一切都表示乐意接受。他裹起那条粗羊毛毯,坐到桌边,在烛光下开始重读那封信。

这是一封内容前后不一致的信,其中有些地方和他说话的口气就像是在和一个自由人说话一样。他们承认他自己的意志,例如信的称呼方式,以及涉及他的要求的地方。但也有些地方,他们或明或暗地把他看成一个卑下的、主任先生不屑一顾的工人。那位主任要尽最大努力对他"予以关注",他的顶头上司只不过是个村长,而且他还得对他负责;他唯一的同事也许就是那个村警。毫无疑问,这些都很矛盾。而这些矛盾又非常明显,可以肯定,他们是有意这样做的。K没有对这样一个主管部门抱什么荒唐想法,认为这些方面的矛盾是他们犹豫不决造成的。他从这些矛盾中倒是看出一种公开提供给他的选择,事情要由他决定。面对这封信里的安排,他要选择什么呢,是做个乡村工人与城堡保持一种算是显赫的、但只是表面上的联系呢,还是做个表面上的乡村工人,而实际上他的整个工作关系都是由巴纳巴斯的消息来决定?K毫不迟疑地做出了选择,即使没有自己早已获得的那些经验,他也不会犹豫:只是当个乡村工人,尽可能地远远离开城堡的老爷们,这样也能做出获得他们肯定的成绩;村民们对他一直持怀疑态度,他一旦成为村民中的一员,虽说还谈不上是他们的朋友,他们也会开始和他交谈的;若是他同拉斯曼,或是盖尔施泰克,没有什么两样——这一点必须尽快做到,因为一切都取决于此——那么可以肯定,条条道路都会一下子向他敞开;若是单单指望上面城堡里的老爷们及其恩典的话,那么这些道路不仅永远是封锁的,而且他连看也甭想看见。当然也有危险,这在信里已经强调指出来了,是用一种欢乐的语气描述的,似乎它是不可避免的。危险就是他当工人。效劳、上司、工作、工资待遇、职责、工人等等,信中充满了这类字眼;即便是说些别的,说些比较关切的话,这也是从那种立场出发的。要是 K 想当个工人,那是可以的,但他就得踏踏实实地苦干,不能再考虑任何别的前途了。K 知道,不会真的来强迫他,他是不怕强迫的,至少在这儿他不怕。可是,这儿却有让人心灰意冷的周围环境的力量,却有让人感到沮丧的习惯势力,却有每时每刻都在进行潜移默化的力量。对这一切他当然害怕,但他必须同来自这些方面的危险进行斗争。信里也没有回避这一点:万一发生了争执,那准是 K 斗胆挑起的。这一点在信中写得比较微妙,只有心神不定的人——是心情不安的人,而不是坏人——才能发现,这就是聘用他为城堡效劳的信里所用的"如您所知"四个字。K 报了到,此后他知道,正如这信里所说的,他被录用了。

K 从墙上取下一幅画,然后把信挂到钉子上;他就要在这个房间里住下去,这封信也应该挂在这里。

然后,他走下阁楼,来到客店大厅。巴纳巴斯正和两个助手坐在一张小桌子的旁边。"哦,你在这儿。"K 说,这样说并没有别的理由,只是因为见到了巴纳巴斯,心中顿时感到高兴。巴纳巴斯马上站起身来。K 一走进来,那些农民见了也站起身,朝他这边走来,随时围到他身边去,这已经成了他们的习惯。"你们总要围着我,到底想得到什么呢?"K 嚷道。他们并不感到生气,于是转过身,慢慢地又返回自己的坐位上。其中一个人在退回去时,脸上还挂着令人不解的微笑,其他几个人也露出同样的表情,他漫不经心地说道:"我们总想听到一点儿新鲜事。"他一边说,一边舔着嘴唇,好像这种新鲜事宛如一道美味佳肴。K 没有说什么与他们和解的话,他心想,要是他们在他面前放尊敬一点,那倒不错,但他刚在巴纳巴斯身边坐下,就感觉到后脑勺有个农民在呼气;那个农民说,他来这儿是为了拿盐瓶,可是 K 气得直跺脚,那个农民没敢拿盐瓶就赶紧跑掉了。要抓其弱点对付 K,这确实很容易,比如,只要煽动农民反对他就足够了。K 觉得,他们一个劲儿地纠缠他,这比别人对他不理不睬更糟糕；对他不理不睬、一副冷面孔的人好对付，因为只要他坐到他们的桌边，他们在那儿肯定就坐不下去了。只是因为巴纳巴斯在场，K才没有大吵大嚷。但他却回过身，威胁似的望着他们，而他们也回过头来望着他。他看见他们坐在那儿，坐在各自的坐位上，彼此互不言语，相互间也没有什么明显的默契，如果说有什么默契的话，那就是表现在他们都目不转睛地盯着他这点上。他觉得，他们死命地缠着他，似乎也没有什么恶意；可能是，他们真的想从他这儿了解一些什么事，只是说不出口；不然，那兴许只是幼稚的表现，在这家客店里，大家似乎都很幼稚。客店老板不也是很幼稚吗？他要给某个客人送上一杯啤酒，瞧他双手捧着酒杯的模样，眼睛望着K，静静地站在那里，连他妻子从厨房的小窗口探出身子来喊他也听不见。

K怀着比较平静的心情转向巴纳巴斯，他真想叫两位助手离开，可又找不到任何借口。再说，他们正呆呆地望着自己的啤酒呢。"这封信，"K开口说，"我读过了。你知道信的内容吗？"——"不知道。"巴纳巴斯说，其目光似乎比他的话所含的内容还多。K对农民的恶意估计错了，他对巴纳巴斯的善意也许同样估计错了，不过有巴纳巴斯在场，他心里觉得很惬意。"这封信里也谈到了你，要你经常在我与主任之间传递消息，因此我想，你肯定知道信的内容。"——"我只是奉命把这封信转交给你，"巴纳巴斯说，"在你读完信后，如果你觉得有必要，就让我把你的口头回信或书面答复再带回去。"——"那好，"K说，"没必要写信，请你向主任先生——他叫什么名字？我无法辨认他的签名。"——"他叫克拉姆。"巴纳巴斯说。"那就请你向克拉姆先生转达我的谢意，感谢他聘用了我，也感谢他的厚爱。我在这儿还没有证明自己有多大才干，我这样一个人会特别珍视他的厚爱。我要完全按照他的意图行事。今天我没有特别的要求。"巴纳巴斯聚精会神地听K说完了话，这时恳求他让他当面把他的话再重复一遍，K表示允许，巴纳巴斯一字不差地把他的话复述了一遍，说完便起身告辞。

在这整个时间里，K一直端详着巴纳巴斯的脸，这时又最后打量了一次。巴纳巴斯的个儿差不多同K一样高，虽说如此，他的目光总是垂着看K，几乎显露出卑下的样子，认为这个人会耻笑他人，这是不可能的。当然啦，他只是个信使，无法知道自己所传递的信的内容。然而，他的目光，他的微笑,他的举止,仿佛都透露出一个信息,尽管他对此一无所知。K 向他伸出手,这显然使他感到意外,因为他本想只鞠个躬就告辞。

巴纳巴斯走开后——开门前,他的肩膀在门上靠了一会儿,目光又扫视一下整个房间,但不再是针对某个人——K 立刻对两个助手说:"我去房间拿我的笔记本,随后我们讨论下一步工作。"两个助手想随同一起去。"你们待在这儿!"K 说。他们还是想跟着去。K 只好用更严厉的声调重申一下命令。巴纳巴斯已经不在过道里了,可他是刚刚才走开的啊。然而 K 也不见他在客店前。天又飘起大雪。K 喊道:"巴纳巴斯!"但没有应声。难道他还在客店里?看来没有其他任何可能性。尽管如此,K 仍然扯开嗓子喊巴纳巴斯的名字。这个名字雷鸣般穿过黑夜。终于从远处传来微弱的回答声,原来巴纳巴斯已经走远了。K 喊他回来,同时自己也朝他走去;他们碰面的地方,从客店看不见的。

"巴纳巴斯,"K 说,他无法抑制自己那颤抖的声音,"我还有些话想对你说。我发觉,这样安排很糟糕,要是我需要城堡提供什么,我就得靠你碰巧来这里才行。要是我现在不是碰巧赶上你的话——你简直像在飞,我以为你还在客店里呢——谁晓得,我必须等多久才能等到你下次再来啊。"——"你可以,"巴纳巴斯说,"请求主任,让我总是在你指定的某个时间来。"——"这还不够,"K 说,"也许,我一年都没话想叫你传递,但你一走开,也许我恰好又有什么刻不容缓的事情要找你。"——"那么,你是让我报告主任,"巴纳巴斯说道,"他和你之间另外建立一种联系,取代我从中传递。"——"不是,不是,"K 说,"根本不是这个意思,我只是顺便提出这件事。很幸运,我这次又追上了你。"——"咱们要不要,"巴纳巴斯说,"再回客店,在那里,你可以把你的新的想法告诉我?"他说着已经朝客店迈了一步。"巴纳巴斯,"K 说,"这没必要,我和你走一小段路吧。"——"为什么你不想回客店呢?"巴纳巴斯问。"在那儿,他们总是打搅我,"K 说,"你亲眼看见了,那些农民多么喜欢缠人。"——"我们可以到你的房间里。"巴纳巴斯说。"那是女仆们的房间,"K 说,"房间里又脏又闷;我不愿意待在那儿,因此我想陪你走一会儿;你只要,"K 补充说,为的是打消巴纳巴斯的犹豫,"你只要让我挽着你的手臂,因为你走得稳。"K 说着便挽起他的手臂。此时,天色已经漆黑了,K 压根儿就看不到他的脸,只能看到他那模模糊糊的

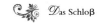

身躯,因此,K 摸索着走了一会儿,才摸到了巴纳巴斯的手臂。

③巴纳巴斯终于让步了。于是,他们离开了客店。K 自然觉得,尽管自己使出最大力气,也无法跟上巴纳巴斯的步伐,还弄得巴纳巴斯不能自由自在地随意活动;K 还觉得,若是在通常情况下,他无论办什么事肯定都会因这类小事而失败,更不用说像今天上午到了小巷子,陷入深深的白雪里,他只能靠巴纳巴斯把自己背出来。但现在,这样的忧虑他没有了,巴纳巴斯在默默无语地走自己的路,这对他也是个安慰;若是他们一声不吭地往前走,那么对巴纳巴斯来说,只有这样继续往前走,这件事的本身也才成了他们两人结伴同行的唯一目的。

他们朝前走着,可是 K 不晓得往哪儿去;他什么也辨认不出来。他也不知道,他们是否已经从那座教堂边走了过去。这样单调地一个劲儿赶路,使他感到疲乏,而疲乏又使他无法控制自己的思想。他们不再是朝着自己的目标行走,而是在瞎走。他那故乡的情景一再浮现在他的脑海里,心里充满了对故乡的回忆。在故乡的那个大广场上,也耸立着一座教堂,其周围有一部分是被一片旧的公墓围绕着,而公墓周围又砌着一道高墙。只有极少数的几个年轻人曾经爬上过这堵墙,多数人都爬不上去,K 虽然也爬过,但也没有爬上去。他们不是出于什么好奇才去爬这堵墙的,在他们面前,这个公墓已不再是个秘密,他们经常穿过小小的篱笆门到公墓里去,他们爬这堵既光滑又高大的围墙只是为了征服它。一天下午——这个空旷、寂静的场地上洒满了阳光,K 以前或者是后来,何曾见过这样的美景呢——K 却出乎意料地轻松地爬上了这堵墙;他是在他以往经常爬却次次都滑下来的那段墙爬上去的,这回,他嘴里还咬着一面小旗子,一跃就上去了。他脚下的小石子骨碌碌地往下滚,不过他已经爬到了顶上。他把小旗子插在墙上,风吹得它哗啦啦地响。他望望下面,再望望四周,还回过头看看埋在土里的十字架;此时此地,没有谁比他更伟大了。此后,教师恰巧走过,恼怒地瞪了 K 一眼,把他从墙上赶了下来。往下跳的时候,K 把膝盖摔伤了,他费了好大劲儿才勉强回到家,但他毕竟爬到了墙顶上。当时在他看来,对此次获胜的感受是他漫长生涯的一个支柱,这并非完全是他犯傻,如今事隔多年之后,在雪夜里挽着巴纳巴斯的手臂朝前走的时候,这件事可帮了他的大忙。

K 把巴纳巴斯的手臂挽得更紧了,巴纳巴斯几乎是拖着他朝前走。沉默一直没有被打破。关于这条路，K从路面状况判断，只知道他们还没有拐进小巷。K暗自发誓，艰难的道路，甚至对自己能否返回所抱的担忧，都不能阻挡他前进。看来，让人拖着向前走，他的力气还是足够的。难道这条路没有尽头吗？在白天的时候，城堡就在他前面不远的地方，是很容易到达那儿的，而且这位信使肯定知道该怎样抄近路走。

这时，巴纳巴斯停下了脚步。他们到了什么地方呢？不能再往前走了？巴纳巴斯想在此时此地同K告别吗？同K告别，他是办不到的。K紧紧地挽着巴纳巴斯的手臂，几乎挽得自己的手臂也感到疼痛了。难道发生了令人无法相信的事，他们已经进了城堡，或者已经到了城堡门口？就K所知，他们可是压根儿还没有往山坡上爬呀。难道巴纳巴斯带他走了一条神不知鬼不觉的山路吗？"我们是在什么地方呢？"K小声地问道，与其说是问巴纳巴斯，倒不如说是自言自语。"到家了。"巴纳巴斯同样小声地说。"到家了？"——"你现在可得留神，先生，不要滑倒。这条路是下坡路。"——"下坡路？"——"只有几步路了。"巴纳巴斯补充说，这时他已经在敲门了。

一个姑娘开了门。他们正站在一个大屋子的门槛前，屋子里几乎是一片漆黑，因为只有最里面左边一张桌子的上方挂着一盏小小的油灯。"是谁跟着你一起来了，巴纳巴斯？"姑娘问。"土地测量员。"巴纳巴斯说。"土地测量员。"姑娘转过身，大声地朝桌子那边重复了一遍。接着，桌子边的两位老人，那是一对老夫妻，另外还有个姑娘，都站起身来。大家向K问好。巴纳巴斯把大家介绍给K，说那是父母亲，这是姐姐奥尔珈和妹妹阿玛莉娅。K几乎看不见他们，不知是谁帮他把湿漉漉的上衣脱下来，拿到炉子边去烤干。对此，K并没有客气一番。

原来，不是他们到家了，只是巴纳巴斯到家了。可是，他们为什么到这儿呢？K把巴纳巴斯拉到一边问："为什么你回家里来呢？难道你们就住在城堡的范围内吗？"——"在城堡的范围内？"巴纳巴斯重复一遍，好像他没有听懂K的话。"巴纳巴斯，"K说，"你可是想从客店去城堡的呀。"——"不，先生，"巴纳巴斯说，"我要回家，明早我才去城堡，我从来就不在城堡过夜。"——"是这样，"K说，"你不想去城堡，而只是要到这儿来。"他觉得巴纳巴斯的微笑不那么坦诚了，他自己也觉得不怎么引人注意了。"为什么你没有事先告诉我？"——"你也没有问我呀，先生，"巴纳巴斯说，"你只想交给我一个任务,但你不想在客店里,也不想在你房间里告诉我,这时我就想,那你可以在我父母这儿告诉我,以免别人打扰。要是你要求的话,他们大家会马上离开的;假如你觉得我们这儿挺好,你还可以在这儿过夜。难道我做错了吗?"K不知该如何回答。原来这是个误会,一个卑鄙的、低贱的误会,而K却对此深信不疑。巴纳巴斯的那件像是丝绸般闪闪发亮的紧身上衣曾迷住了他,现在它的纽扣解开了,里面是一件脏兮兮的粗布灰色衬衫,而且打满了补丁,衬衫里面便是这位奴仆的宽阔、有棱的胸膛。周围的一切不仅与他的情况相称,而且更突出了这种境况——患痛风病的老父亲与其说是借助僵直的双腿慢慢往前挪动,倒不如说是借助两只手在向前摸索;那位老母亲双手交叠着放在胸前,由于身体臃肿,只能迈着极小的步子朝前走动。两位老人,父亲和母亲,自从K进来时,就已经从角落里朝他走来,但此时还远远没有到他跟前。两个姐妹都是一头金发,彼此长得很像,也很像巴纳巴斯,但面部表情比巴纳巴斯更严厉。这是两个身材高大、体格强壮的乡下姑娘,她们在走过来的两位老人周围转来转去,盼望K向她们问声好。但K什么也说不出来;他曾以为,在这个村子里,每个人都对他抱有什么想法,实际上也是如此,唯独这儿的几个人对他根本不关心。④倘若他能够一个人回客店,那他就会立刻走开。明早与巴纳巴斯去城堡的可能性,对他丝毫没有吸引力了。他多么想现在,就在这个夜晚,人不知鬼不觉地闯进城堡,而且要在巴纳巴斯的带领下,不过是在那样一个巴纳巴斯的带领下,迄今为止,他觉得,那样一个巴纳巴斯与他最为亲近,其亲热劲儿超过了他至今认识的其他所有的人,而且他还认为,那样一个巴纳巴斯同城堡有着更为密切的关系,这种关系远远超出了他表面上的地位。然而,他却是这个家庭的一个儿子,他完全是属于这个家庭的,而且已经和全家人坐在一张桌子上了。K觉得,在光天化日之下,和这样一个人——和这样一个从来也不许在城堡过夜的人,同时还得挽着他的手臂——进城堡是根本不可能的。若是真的这样去,那简直是荒唐可笑,而且是毫无希望的。

K坐在靠窗的一条板凳上,决心在那儿坐着度过这个夜晚,不给这家人添任何麻烦。这个村子里的人,不管是把他打发走的,还是害怕他的,他都觉得不怎么危险,因为他们倒是提醒他依靠自己,帮着他把自己的力量集聚起来;可是,这些表面上帮助他的人,不是把他带到城堡去,而是和他玩弄骗人的鬼把戏,把他引到他们家里来。不管他们是有意还是无意,他们是在转移他的目标,在设法摧毁他的力量。这家人从桌子那儿喊他,请他坐到他们桌上去,但他根本不予理会,只是低着头,仍旧待在那条凳子上。

这时奥尔珈,两姐妹中比较温柔的姐姐,站起身来,多少显出一点少女的腼腆,走到 K 身边,请他去桌子那儿。她说,面包和腊肉在那儿已经准备好了,她还要去买点啤酒。"上哪儿买?"K 问道。"到客店去买。"她说。K 觉得这是个最好的消息,他请她不要去买啤酒了,还是陪他去客店吧,他说他在那儿还有重要事情要办。但事实表明,她不想走那么远,不想去他住的客店,而是要去另外一家离这儿近得多的贵宾旅馆。尽管如此,K 还是请求她允许自己陪她去。他心想,也许在那儿会找到一个睡觉的地方,不管那里多么糟糕,他宁可睡在那儿,也不愿意在这个家里睡在最好的床上。奥尔珈没有立刻回答他,而是回过头朝桌子望去。她弟弟在桌边已经站起身,点了点头表示赞同,还说:"要是这位先生想去,那就带他去吧。"他的赞同几乎促使 K 撤回自己的请求,既然巴纳巴斯表示同意,那就表明这事毫无价值。但是,人家会不会让 K 进旅馆这个问题提了出来,对此大家表示怀疑,这时K 却极力坚持一起去,也不去费劲为自己的请求找出一个可以理解的理由;这家人只好随他去,他想怎么办就怎么办,在他们面前,他在某种程度上也没有什么不好意思的。只是阿玛莉娅的那种严肃的、咄咄逼人的、也许还带有一点儿漠然的目光,倒使 K 感到有些茫然不知所措。

在去旅馆的那段不远的路上,K 挽着奥尔珈的手臂,他别无他法,几乎像先前被她弟弟拖着向前那样,现在由她拖着走。就在路上,他了解到,这家旅馆其实只是供城堡老爷们享用的,那些老爷们若是在村子里有什么事干,就在这儿用餐,甚至有时在这儿过夜。奥尔珈低声地,而且像是十分信任地对 K 说,K 同她一起走路,几乎就像同她弟弟一起走路一样,感到很高兴。他竭力抵制这种舒适感,然而却做不到。

这座旅馆从外表上看与 K 所住的那个客店非常相似。在外表上,这个村子里的房子大概压根儿就没有很大差别,但是小的差别一眼就能看出来:屋前的台阶上有一排栏杆,门的上方挂着一盏漂亮的灯。他们走进去时,感觉到有块布在头顶上哗啦哗啦地飘动。那是一面涂着伯爵族徽色彩的旗子。他们在过道就碰上了旅馆老板,显然老板是在巡查。他在擦身走过去的时候，小眼睛一直瞅着 K，像是打量他，又像是睡意朦胧似的。他说："这位土地测量员先生，不许去别处，只可去酒吧间。"——"那一定，"奥尔珈说，随即拉起 K 的手臂，"他只是陪我到这儿来的。"但是，K 对她并不表示感激，而是甩开奥尔珈的胳膊，把老板拉到一边。这期间，奥尔珈在过道尽头耐心地等着。"我很想在这儿过夜。"K 说。"很遗憾，这不可能，"老板说，"看来您还不知道，这个旅馆是专门给城堡的老爷们准备的。"——"这也许是规定，"K 说，"但是让我随便睡在一个角落里总可以吧。"——"我本人非常乐意满足您的要求，"老板说，"但是，您是个外乡人，即便没有严厉的规定，您也不能住在这儿，因为那些老爷们特别敏感；我确信，他们若是看到一个陌生人，肯定是无法忍受的，至少他们对此没有思想上的准备；要是我让您在这儿过夜，偶然——偶然性总是在那些老爷们一边——您被发现了，那就不仅我完了，而且您本人也完了。这听起来十分荒唐可笑，但确实是一点不假。"这位个子高高的、扣子扣得整整齐齐的先生，一只手撑着墙壁，另一只手撑着腰，两条腿交叉着，朝 K 微微弯着身子，推心置腹地对他这样说道。看起来他似乎不是这个村子里的人，虽然他那身深色衣服穿得很整齐，但看上去仍像农民在节日里的打扮。"我完全相信您说的，"K 说，"而且，我绝对不会低估这一规定的意义，尽管我笨嘴拙舌不知怎样说才好。我只想提醒您注意一点：我同城堡有着重要关系，而且还会获得更为宝贵的关系，这些关系保证能使您对付由于我在这儿过夜而可能造成的种种风险，而且我向您保证，我会充分感谢您对我的小小的照顾的。"——"这我知道，"老板说，并且还重复说了一遍，"这我知道。"这时，K 本该强调提出他的要求，但恰恰是老板的这一回答使他分了心，因此，他只是问："今天城堡里的好多老爷在这儿过夜吗？"——"在这一点上，今天倒是很有利，"老板用某种引诱的声调说，"今天只有一位老爷在这里住宿。"K 一直觉得不能勉强老板，但他仍抱着希望，希望旅馆能收留他，因此，他只问了问这位老爷的名字。"克拉姆。"老板随口说道。这时候，老板娘穿着破旧过时但缀满褶裥、像城里人穿的做工精致的一身衣服窸窸窣窣地走过来，老板转身朝向妻子。老板娘叫老板回去，说是主任先生要什么东西。但老板走开之前，又回过头转向 K，好像是否在旅馆过夜不再是由他，而是要由 K 做出决定似的。然而，K 却哑口无言，特别是恰好他的上司在这儿，这个意想不到的情况使他愣住了。他自己也无法完全做出解释，为什么他觉得在克拉姆面前不像在城堡的其他人面前那么自由自在；若是在这儿被主任发现，对K来说，虽然不会像老板那样胆战心惊，但总是一件令人尴尬的、不悦的事情，这好像就是他轻率地伤害了一个他本应感激的人。同时，使他感到心情沉重与压抑的是，他看到，他原来担心自己会落得个下属或工人地位，这种令其不寒而栗的后果，显然已经表露出来；他看到这些后果显然在这儿出现，但他却无法战胜它们。因此，他站在那儿，咬着双唇，默默无语。老板走进门之前，再次回过头看看K。K望着老板的背影，依然一动不动地站在那儿，直到奥尔珈走过来，把他拖走。"你想要老板干什么呢?"奥尔珈问道。"我想在这儿过夜。"K说。"不是说好你在我们那儿过夜吗?"奥尔珈吃惊地说。"是啊，当然啦。"K说。这句话是什么意思，他留给她去理解了。

第三章

　　酒吧的中间完全是空的,那是个大房间。有几个农民靠墙坐在酒桶旁边,有的坐在酒桶上,看上去他们和 K 住的那家客店里的农民两样。他们衣着比较整洁,穿的一律是灰黄色的粗布衣裳,上衣腰部非常宽大,而裤子却很狭窄。他们是些个头矮小的人,粗看上去彼此一模一样,脸庞扁平,颧骨突出,面颊圆圆的。大家都很安静,几乎动也不动地坐在那儿,只是他们的目光时刻跟踪着正在进来的两个人,但也是慢慢地盯着,显出漠不关心的样子。尽管如此,因为他们人多,而且那么安静,所以他们对 K 也起到了一定的影响。K 又拉起奥尔珈的手臂,以此向这些人表明,他在这里。在一个角落里有个人站了起来,那是奥尔珈的熟人,想朝她走来,但 K 用挽着她的手臂,把她转向另外一个方向。除她之外,没有任何人发现这一动作,她容忍他这么做,并微笑着往一边瞟了他一眼。

　　卖酒的是个年轻姑娘,叫弗丽达。这是个不显眼的矮个儿姑娘,金发,面颊瘦削,眼睛显得很忧郁,但她的眼里流露出特殊优越感的目光,使人不免感到惊奇。当她的目光落在 K 的身上时,K 觉得,这种目光已经向他表明,她已办好了与 K 有关的一些事情,至于这些事情是否存在,K 本人根本就不知道,但弗丽达的目光使他相信这些事情是存在的。K 总是从一边盯着弗丽达,即使是弗丽达和奥尔珈谈话的时候,他也一直在观察。奥尔珈和弗丽达看来并不是朋友,她们只是交换了几句冷冰冰的话。K 想帮忙解围,因此直接问道:"您认识克拉姆老爷吗?"奥尔珈哈哈笑了起来。"你笑什么呢?"K 生气地问。"我没有笑啊。"她说,但继续笑个不停。"奥尔珈还是个十分天真的姑娘。"K说,同时把弯着的身子远远伸向柜台,想再次把弗丽达的目光牢牢吸引到自己身上。但她却低垂着眼帘,轻轻地说:"您想见见克拉姆老爷?"K请求她让他见一面。她指了指左边的一扇门,"那儿有一个小洞眼,您可以从小洞眼往里看。"——"那些人在这儿,方便吗?"K问,她噘起下嘴唇,用极为柔软的手把他拉到门那儿。这个小洞眼显然是为了观察里面的动静特意钻出来的,K从这个小洞眼里几乎可以看清整个房间。

房间的中央摆着一张写字台,克拉姆先生在写字台边坐在舒适的圆形靠背椅上,一盏电灯低挂在他面前,照得简直耀眼。他是个身材中等、体态臃肿、动作缓慢的胖子。他的脸还很光滑,但面颊由于上了年纪有点松弛下垂,黑八字胡向两边撇得长长的,一副歪架着的反光的夹鼻眼镜遮住了他的双眼。要是克拉姆老爷端端正正地坐在桌边,那K就只能看到他的侧影;可是,克拉姆却拼命转过身来对着K,因此K便看到了他的整个脸。克拉姆的左胳膊肘支撑着桌子,夹着一支弗吉尼亚雪茄的右手放在膝盖上,桌上摆着一只啤酒杯;由于桌子边框很高,K不能清楚地看到桌上是否放着什么文件,但他觉得上面没有。为了保险起见,他请弗丽达通过洞眼往里看,并把情况告诉他。因为她刚才曾在房间里待过,所以她不假思索地对K证实说,桌子上没有文件。K问弗丽达,他要不要尽快离开洞眼,她却说,只要他有兴趣,想看多久就可以看多久。此时,K和弗丽达单独在一起了;他还匆匆瞥了一眼,看到奥尔珈已经去熟人那儿了,这时正高高地坐在一只木桶上,双腿晃来晃去。"弗丽达,"K耳语道,"您非常熟悉克拉姆老爷吧!"——"哦,是的,"她说,"非常熟悉。"她靠在K身边,现在K才注意到,她在拾掇自己那轻薄的、领口开得很低的奶油色衬衫。这样一件衬衫穿在她那瘦削的身体上,看上去怪别扭的。随后,她说:"您还记得奥尔珈笑的样子吗?"——"是的,真是个调皮鬼。"K说。"喏,"她用谅解的口气说,"她那样笑是有理由的。您问我是不是认识克拉姆,我可是……"说到这里,她情不自禁地把身子挺直了一点儿,她那得意扬扬的目光,又落到K身上,这目光同他刚才说的话毫不相干。"我可是他的情妇。"——"克拉姆的情妇?"K说。她点点头。"那么,"K微笑着说,为的是他和她之间的气氛不至于太严肃,"对我来说,您是个受人尊敬的人啊。"——"不单单是对您来说。"弗丽达高兴地说,但没有理会他的微笑。K有对付她那傲慢态度的手段,他现在开始施展出来。他问道:"您去过城堡吗?"但他的话并没有击中要害,因为她立刻回答说:"没有,难道我在这儿的酒吧里还不够吗?"显然,她的虚荣心很强,到了发疯的地步,看来她偏偏要在 K 身上使自己的虚荣心得到满足。"当然够啦,"K 说,"在这儿的酒吧里当然够啦,您很熟悉旅馆老板的工作,够当个老板了。"——"是这样,"她说,"我是从做桥头客店的饲养员开始的。"——"就用这双娇嫩的手?"K 半说半问道,但他自己也不知道这是恭维她呢,还是真的被她逼得没办法才这样说的。她这双手可以说是很小又很嫩,但也可以说是瘦弱无力,派不上用场,没什么可迷人的。"对此,当时谁也没料到,"她说,"即使是现在……"K 询问似的盯着她。她摇摇头,不想再说下去。"当然,"K 说,"您有您的秘密,您不会同一个您刚认识半个小时的人谈论自己的秘密,况且这个人还没有机会向您谈起他本人的情况到底怎样呢。"但事实表明,这样说很不恰当,仿佛是他把弗丽达从对他有利的恍惚朦胧的状态中唤醒了。她从挂在自己腰带上的皮包里取出个小木塞,把小洞眼堵了起来,明显看得出,她为了不让他发觉她的态度的变化,自我掩饰地对 K 说:"至于您,我什么都知道,您是土地测量员。"接着,她又补充道:"现在我得去干活儿了。"她回到柜台后面的位子那儿,这时客人中不时地有人站起身来,去让她给自己的空酒杯斟酒。K 想不引人注目地再偷偷和她说几句话,于是便从架子上拿了一只空酒杯,走到她身边。"再讲一件事,弗丽达小姐,"他说,"您真是了不起,从饲养员竟然做到酒吧的招待,做到这一步是需要有出类拔萃的能力的。但是,对您这样的一个人来说,奋斗到这个地步,难道就已经达到最终目的了吗?说起来这真是个荒唐的问题,从您的眼睛,弗丽达小姐,您不要嘲笑我,从您的眼睛,我可以看出,更重要更远大的不是过去的奋斗目标,而是未来的奋斗目标。不过,世界上的阻力很大,目标越远大,阻力也就越大,所以,若是能够得到一位渺小的、无足轻重但同样是向上奋斗的小人物的帮助,这绝对不是什么耻辱。也许我们可以另找个时间,坐下来彼此静心地好好谈一谈,不能让这么多眼睛老是盯着我们。"——"我不知道您想了解什么,"她说,从她的音调听起来,这次似乎是违背她自己的意志,流露出来的不是对她生活获胜的自豪,而是对无限失望的感叹。"您也许想把我从克拉姆身边带走,对吗?天哪!"她两只手一拍说道。"您可把我看透了,"K 说,他像是被这么多的不信任搞得精疲力竭了,"这正是我最秘密的意图,您应离开克拉姆,做我的情人。现在我可以走了。奥尔珈!"K喊道,"我们回去吧。"奥尔珈顺从地从木桶上滑下来,但她无法马上离开围着她的朋友们。这时,弗丽达轻声地说,目光威胁似的盯着K:"我什么时候可以与您谈一谈呢?"——"我可以在这儿过夜吗?"K问。"可以,"弗丽达说。"我可以立刻留下吗?"——"您和奥尔珈先走,我把这些人先打发走。过一会儿,您可以再来。"——"那好。"K说。他不耐烦地等着奥尔珈。可是,那些农民不让她走开,他们想出了一种舞蹈,中心角色是奥尔珈,大伙儿围着她跳起舞来,不时地有一个人在大家齐声叫喊中跳到奥尔珈身边,一只手紧紧搂住她的腰,转上几个圈;舞步越跳越急促,叫喊声咽气似的,渴求欲越来越明显,渐渐地叫喊声几乎像是合成了一个声音。奥尔珈起初想突破圈子跑出来,可是此时她披散着头发,如痴如醉地从一个人手里跟跟跄跄地转到另一人手里。"他总是把这些人派到我这儿来。"弗丽达说,她愤怒地咬着她那薄薄的嘴唇。"这些人是谁?"K问。"克拉姆的跟班,"弗丽达说,"他总是把这些人带来,他们一来我就烦心。我几乎不知道,今天我和您这位土地测量员先生说了些什么;要是说了些不好的话,请您原谅,全是这些人在场造成的。他们是些我从未见过的、最令人瞧不起和最令人讨厌的家伙,可我还得给他们往杯子里倒啤酒。我多次恳求克拉姆,叫他们待在家里;我还得忍受其他老爷们的跟班,他总该为我考虑考虑吧,但我的一切请求都是徒劳的,每次在他到来之前一个钟头,这些人就像牲畜挤进圈里一样早就冲进来了。但现在他们真的该回他们应该去的圈里了。要是您不在这儿,我就会猛地拉开这扇门,克拉姆肯定会亲自来把他们赶出去。"——"难道他现在听不到他们的叫喊声?"K问。"听不到,"弗丽达说,"他在睡呢。"——"怎么?"K喊了起来,"他还在睡吗?我往房间里看时,他还醒着,坐在写字台边呢。"——"他总是这样坐着,"弗丽达说,"您在看他时,他已经睡着了。不然的话,我会让您朝房间里偷看吗?这是他睡觉的姿势。那些老爷们非常能睡,这一点我简直无法理解。再说,要是他睡得不这么多,他怎么能容忍这些人叫喊呢?好了,现在我得亲自把他们赶出去。"她从角落里拿出一根鞭子,朝着那帮跳舞的人高高地蹦跳一步,但像小羊羔一样跳得很不稳,那帮飞舞的人转过身对着她,好像在迎接一个新来的女舞伴,实际上,只是一会儿工夫,看上去好像弗丽达要把鞭子放下来,但她马上又举起了鞭子。"我以克拉姆的名义,"她喊道,"你们都统统给我滚回圈里去!"这时候,他们看到她特别严肃,于是怀着一种对 K 来说无法理解的恐慌心情拼命往后挤,跑在前面的几个人一推,那儿有扇门就开了,一阵晚风吹进来,大伙儿,连同弗丽达一起不见了,弗丽达显然是把他们赶过院子,赶回圈里了。

然而,就在此时,酒吧里突然一片寂静,K 听到过道上有脚步声。为了确保安全,他一跃跳到柜台后面,唯独在柜台底下还可以藏身。虽说没禁止他待在酒吧间,但是因为他想在这儿过夜,那就必须避免现在就被人看见。因此,当酒吧间的门真的打开时,他便钻到了柜台底下。在柜台底下被发现,当然也并不是说没有危险,不过若是被发现了,他总有借口可找,他可以说,他想躲开那些撒野的农民,这样的借口还是有几分可信的。进来的是旅馆老板。"弗丽达!"老板叫道,并在房间里来回踱了几次。

幸运的是弗丽达很快就回来了,她没有提起 K,只是一个劲儿抱怨那些农民。然后,她暗地里寻找 K,走到柜台后面;在那儿,K 可以摸到她的脚了,从此时起,他感到安全了。因为弗丽达没有提起 K,最后老板只好自己提出来了。"土地测量员在哪儿呢?"他问道。老板也许生来就是个有礼貌的人,再说,他经常和那些比他地位高的人自由往来,变得十分有教养,但是,他却用一种特别尊敬的语气和弗丽达说话,特别明显的是,尽管他是老板,但在一位雇员面前,在一位相当轻佻的雇员面前,仍然保持了老板的身份。"我把土地测量员全忘了,"弗丽达说,并把她的一只小脚放在 K 的胸脯上,"也许他早就走开了。"——"可我没有看见他,"老板说,"我几乎整个时间都待在过道里。"——"但他不在这儿,"弗丽达冷冷地说。"也许他藏了起来,"老板说,"按照他给我的印象看,有些事情他是做得出来的。"——"他不会有这样的胆量。"弗丽达一边说,一边使劲地把脚压在 K 身上。她的性情比较开朗,比较随心所欲,这一点 K 起初根本就没有注意到,而且,简直令人难以置信,她竟然能先发制人,因为她突然大声笑着说:"也许他在这儿地底下藏着。"她边说,边朝 K 弯下身子,匆匆亲吻了他一下,随即又跳起来,懊恼地说:"没有,他不在这儿。"然而,老板也感到蹊跷,说:"我也不能肯定他是不是已经走开,我心里总觉得有点气恼。事情不仅关系到克拉姆老爷,还关系到旅馆的规章制度。不仅您要遵守旅馆的规章制度,我也要遵守，弗丽达小姐。酒吧间由您负责，我再把其他房间查一下。晚安！祝您睡个好觉！"他还没有完全离开酒吧间，弗丽达就已经拧灭了电灯，随后钻到柜台底下，躺倒在K的身边。"我亲爱的心肝！我甜甜蜜蜜的亲爱的宝贝！"她悄声说道，但丝毫没有碰K，她爱得像是晕厥过去了，躺在地上，仰面朝天，手臂伸展开来，在幸福的爱情面前，时间似乎变得无穷无尽了；她哼起个小调，不过与其说是哼唱小调，倒不如说是在叹气。接着，她又惊跳起来，因为K一直在默默地沉思着。⑤这时，她开始像个孩子似的硬是把他拉过来："来，在这儿底下简直要闷死人啦！"他们两个拥抱起来，她那娇小的身体在K的怀抱里灼燃。他们昏沉沉地滚来滚去，K一直想从这种昏沉沉的状态中解脱出来，然而却做不到。他们滚了几步路远，砰的一声撞到克拉姆的门上，这之后，⑥他们就躺在洒在地上的一小摊啤酒里和满地的脏东西上。在那儿，他们度过了几小时。在这几个小时里，两个人像一个人一样呼吸，两颗心像一颗心一样跳动。在这几个小时里，K总觉得自己迷失了方向，或者觉得自己来到一个除他之外没人到过的遥远的异国，这里的空气同他家乡的空气截然不同，他简直要被奇异感窒息死；在这种奇异感的诱惑下，他除了继续走下去，继续迷失方向外，什么也做不成。因此，当克拉姆的房间里传出低沉的、命令似的、但又是冷漠的声音呼唤弗丽达时，起初至少是对K来说，这决不意味着是一种惊吓，而是一道令人感到慰藉的微光。"弗丽达。"K在她耳边轻声唤道，并说有人在呼唤她。弗丽达天生乖顺，本想跳起来，但随后又想到她是在什么地方，于是伸伸腰，悄悄笑着说："我不会去，我决不会再到他那儿去。"K想说句反对的话，想催她去克拉姆那儿，于是把她衣衫上的零碎东西找在一起，但什么话也说不出来，他双臂搂着弗丽达，实在太幸福了，幸福之中甚至又感到提心吊胆，因为他觉得，要是弗丽达离开了他，那么他也就失去了他所拥有的一切。由于K的赞同，弗丽达似乎增强了力量，她攥起拳头，用力敲起门来，大声说："我在土地测量员这儿呢，我在土地测量员这儿呢！"这时，克拉姆当然一声不响了。但K却坐起身，跪在弗丽达身边，在朦胧的晨曦里环顾四周。出什么事啦？他的希望在哪儿呢？一切都泄露了，他现在还期望从弗丽达那里得到什么呢？他没有慎重估计敌方的力量，也没有按照自己的宏伟目标小心谨慎地往前走，而是在一摊啤酒里滚了一整夜，那种味儿真叫人难以忍受，简直把人给熏昏了。"你干了些什么呀,"他自言自语道,"咱们两个全完了。"——"不,"弗丽达说,"只是我完了,但我赢得了你。你放心吧!你看,那两个人笑的那副样子。"——"谁呀?"K问道,随后转过身。他的两个助手正坐在酒吧台子上,他们熬了点夜,眼睛显得很困乏,但他们却很高兴;这恰似忠实履行义务后所表现出的快乐心情。"你们想在这儿干什么?"K嚷道,好像一切都是他们的过错。他暗中寻找弗丽达昨晚用的那根鞭子。"我们不得不到处找你呀,"助手们说,"因为你没有下楼到客厅里来;随后,我们去巴纳巴斯家找你,最后才在这儿把你给找到了。我们在这儿坐了一个通宵。这种差事可不轻松。"——"我白天才需要你们,晚上不需要,"K说,"你们给我滚开!"——"现在可是白天啊。"他们说,身子甚至动也不动。现在确实是白天,院子的大门已经敞开,农民都拥了进来;随他们一起进来的还有奥尔珈,那个被K完全忘在九霄云外的奥尔珈。奥尔珈仍和昨晚一样,非常活泼,尽管她此时衣衫不整,头发蓬乱;在门口,她一眼就找到了K。"为什么你不和我一起回去呢?"她说着几乎流下了眼泪。"就为了这样一个女人!"她随后说,而且还重复了几遍。弗丽达先前走开了一会儿,现在拿着一小摞需要洗的衣服回来了。奥尔珈伤心地走到一边。"现在我们可以走了。"弗丽达说。不言而喻,她指的是,他们该去桥头客店了。K和弗丽达走在前面,后面跟着那两位助手,这就是他们这支队伍。那些农民实在瞧不起弗丽达,不用说,那是因为她至今对他们都太严厉,高高凌驾于他们之上;有个农民甚至拿起一根拐杖,样子好像是不让她走开,除非她从拐杖上跳过去;但是,她一瞪眼,就把他赶跑了。站在外面雪地里,K才稍微透了口气。在外面,他感到十分轻松愉快,因此,路再艰难,他也足能对付。如果是K一个人的话,那他会走得更快些。在客店里,他立刻进了自己的房间,一下子躺倒在床上,弗丽达在他旁边的地上给自己安排了一个铺位。助手们也一起走了进来,但被赶了出去,可随后又从窗口钻进了屋子。K太疲倦了,累得无法再把他们赶出去。老板娘特意上楼来,表示欢迎弗丽达,弗丽达称她为"好妈妈";她们十分亲密地相互问候,紧紧拥抱在一起,一个劲儿地亲吻,其亲热劲儿简直叫人无法理解。小房间很难安静下来,那些女仆穿着笨重的男靴子,也常常咯噔咯噔地进来,为的是送些东西,或者是取些东西。要是她们需要从塞满各种东西的床上拿走什么,她们就毫无顾忌地从K的身子下抽走。她们向弗丽达问好,把她看做与她们同身份的人。尽管这儿没有安静的时候,K还是在床上睡了一天一夜。弗丽达没有为K帮上什么大忙。第二天早上,K从床上起来,精神显得非常饱满,这是他来到这个村子的第四天。

　　K真想和弗丽达说说知心话,可是两个助手死皮赖脸地待在跟前,寸步不离,一直妨碍着他;还有,弗丽达有时也凑热闹,嘻嘻哈哈地同他们开个玩笑。当然,两个助手要求也不高,他们在一个角落里,往地上铺两条旧裙子,便躺了上去。正像他们和弗丽达所说的,他们不想打扰土地测量员先生,尽可能地少占地方,这就是他们一心追求的荣誉。为此,他们进行了种种试验,试验时自然总是低声细语,而且味味地笑个不停。例如,他们把手臂和腿交叉起来,蜷缩在一起,在暗淡的光线下,人们只看到,他们蜷缩在角落里,充其量只不过是一大捆东西。尽管如此,很遗憾,从白天获得的经验得知,他们是专心致志的观察者。他们一直朝K这边眨巴着眼睛看,不管是他们把双手当做望远镜,看上去在玩孩子们的游戏,还是玩些其他类似的荒谬把戏,看上去像在修整料理自己的胡子——他们非常重视自己的胡子,老是一个劲儿地比较谁的胡子长,谁的胡子密,并让弗丽达做出评判。无论他们要什么花招,眼睛却一直盯着K。

　　K常常躺在床上漫不经心地观看这三个人的所作所为。

　　当他感觉到自己恢复了足够力气,可以离开床铺时,他们立刻就赶过来服侍他;他的力气还不够充足,无法不用他们服侍,他也发现,这样一来,他在一定程度上就陷入了依赖他们的境地,这就可能造成不好的后果,但他又不得不这样做。他坐在桌边喝弗丽达端来的美味咖啡,在弗丽达生起来的火炉旁边暖暖身子,让两个助手匆匆忙忙、笨手笨脚地在楼梯上跑上跑下,给他端洗澡水,拿肥皂、梳子和镜子。最后,因K略微暗示过自己的愿望,他们还端来一杯朗姆酒。这一切倒也令人感到舒服愉快。

　　K一边发号施令，一边受人服侍，这样做也就不考虑希望获得什么成功了，而只是为了让自己有个愉快的心情。他说："你们两个现在走开吧，我眼下不再需要什么了，现在我只想单独和弗丽达小姐谈谈。"他从他们的脸上并没有看出反对的样子。这时，为了给他们一个补偿，他又说："过会儿咱们三个人一起去村长那儿，你们在楼下店堂里等我！"奇怪的是，他们竟然听从了他的话，只是在走开之前又说："我们也可以在这儿等你啊。"K回答说："这我知道，但我不想让你们在这儿等。"

　　助手们走开之后，弗丽达立刻坐到K的怀里，说："亲爱的，你为什么讨厌那两个助手呢？在他们面前，我们不必保守什么秘密。他们很忠实。"——"哦，很忠实，"K说，他听后有点儿生气，但在某种意义上，她的这番话也很中听，"他们一直监视着我，实在无聊，委实叫人讨厌。"——"我相信，我懂你的意思。"她说着搂住他的脖子，还想再说点什么，但实在说不下去了，因为沙发椅就在床的旁边，所以他们往那儿一摇晃，便翻倒在床上。他们躺在床上，但并不像前一个夜里那样痴心、忘情。她在寻找什么，而他也在寻找什么；他们动作非常猛烈，怪怪地歪斜着脸，相互把头钻进对方怀里；两个人都在寻找什么，他们的紧紧拥抱和上下颤动的身体，没有使他们忘记，而是提醒他们，要努力寻找；像是狗在地上狠命地乱刨那样，他们也胡乱地在对方的身体上乱扒；一切都无济于事，他们感到失望了，但还想得到最后一点欢乐，于是有时伸出舌头到处舔对方的脸。他们玩得极度疲倦时，才平静下来，彼此感激不尽。此后，两位女仆上来了。"瞧这两个人，睡得像个什么样子。"其中一个女仆说，同时出于怜悯，往他们身上扔了一条毯子。

　　后来，K掀开了毯子，环顾四周，看见两个助手又缩在那个角落里了——这并不使K感到惊讶——他们伸出一个手指头指着K，还相互提醒对方，态度要严肃，还要向K行个礼；此外，老板娘也紧挨着坐在床边，正在编织袜子，这个小小的手工活儿和她那庞大的、几乎把整个房间遮挡暗了的身体实在不相称。"我已经等了好长时间。"她边说边抬起脸，她那宽阔的脸上有了许多皱纹，但好多地方还依然光溜溜的，这张脸昔日也许是十分美丽的。她的话听起来像是一种责怪，一种没有道理的责怪，因为K可从来没有要她来。因此，K只是点点头作答，然后坐了起来。弗丽达也起来了，但她离开 K，去靠在老板娘的坐椅上。"老板太太，"K 困惑地说，"您想对我说的事情，能不能推迟一点，等我从村长家回来后再说？我和村长有重要事儿要谈。"——"我要说的事儿更为重要，请您相信我，土地测量员先生，"老板娘说，"在那儿，要谈的显然只是工作问题，而在这儿，要说的却牵涉到一个人，牵涉到弗丽达，我可爱的姑娘。"——"哦，是这样，"K 说，"那当然；只是我不知道，为什么您不让我们两个来处理这件事？"——"出于爱，出于担心。"老板娘说边把弗丽达的头拉过来，让其靠到自己的身上，因为弗丽达站着也只到坐着的老板娘的肩部。"既然弗丽达这样信任您，"K 说，"那我待您也不会是另一个样子。因为弗丽达前不久还说过，我的助手很忠实，那我们之间都是朋友了。因此，我可以告诉您，老板太太，我认为，要是弗丽达和我结婚，而且要尽快结婚，这样最好。遗憾的是，结婚后我就再也无法弥补弗丽达为我而丧失的东西，那就是她在贵宾旅馆的工作和她与克拉姆的友谊。"弗丽达抬起脸，她双眼含满泪水，眼睛里丝毫没有显露出对胜利充满信心的神态。"为什么是我？为什么偏偏选中了我？"——"怎么？"K 和老板娘同时问道。"这个可怜的孩子，心烦意乱了，"老板娘说，"这么多的幸运和不幸凑到一块，搞得她心烦意乱，不知如何是好了。"仿佛为了证实老板娘说的这些话，弗丽达这时一下子扑到 K 的怀里，发疯似的亲吻起来，好像房间里没有其他人似的，随后，她哭叫着，但仍在紧紧地拥抱着他，跪在他面前。K 一边用双手爱抚着弗丽达的秀发，一边问老板娘："看来您同意了？"——"您是个正人君子。"老板娘说道。她眼里也噙着泪水，看上去她有些憔悴，艰难地呼吸着，虽说如此，但说话她还是有力气的："现在需要考虑的是您的保证，您必须对弗丽达做出保证，因为尽管我非常尊重您，但您是个外乡人，提不出任何一个证人，您的家庭现状谁也不知道。因此，做出保证是必要的，这一点您很清楚，亲爱的土地测量员先生，而您自己也强调说，弗丽达与您结合，她将永远失去很多东西。"——"毫无疑问，保证必须有，那是当然的，"K 说，"最好是当着公证人的面做出保证，但伯爵的其他主管部门也许会来过问吧。再说，结婚之前我还得把一些事情办好。我必须和克拉姆谈次话。"——"这是不可能的，"弗丽达说，她略微抬起身子，依偎在 K 身边，"亏你想得出！"——"必须谈次话，"K 说，"要是我办不到，那你必须去做。"——"我不能，K，我不能，"弗丽达说，"克拉姆决不会和你谈话你怎么会认为克拉姆会和你谈呢!"——"他总会和你谈吧?"K问道。"也不可能,"弗丽达说,"他不和你谈,也不和我谈,这是根本不可能的事情。"她把两手一摊,转向老板娘,"老板夫人,您瞧,他这个人真是异想天开!"——"您这个人实在古怪,土地测量员先生。"老板娘说。此时,她笔挺地坐在那里,双腿叉开来,粗壮的膝盖透过薄薄的裙子明显地突出来,这副样子叫人怪害怕的。"您所要求的都是办不到的事情。"——"为什么办不到呢?"K问。"这一点我会向您解释,"老板娘说,她的声调听起来使人觉得这解释似乎不是最后的乐意帮助,而是她提出的第一个惩罚,"这一点我很乐意给您解释。由于我不是城堡里的人,我只不过是个女人,只不过是个老板娘,而且是这儿一家最低级的——如果说不是最低级的,但离最低级也不远了——客店的老板娘,因此,很有可能您不太重视我的解释。但我一生中两只眼睛一直在大大地睁着,看到过许许多多的人,我还把客店的整副担子挑了起来,因为我丈夫虽然是个好样的年轻人,但他并不是做老板的料,他永远也无法理解什么是责任心。比如,您得感谢他粗心大意,我在那个晚上给累垮了,所以您才能在村子里留下来,才能平平静静、舒舒适适地坐在这儿的这张床上。"——"怎么?"K问道,此时他已从心不在焉的状态中清醒过来,显得非常激动,这与其说是出于气愤,不如说是出于好奇。"您就得因为他粗心大意而感谢他!"老板娘再次大声嚷道,同时伸出食指,气呼呼地指着他。弗丽达试图让老板娘平静下来。"你想干什么,"老板娘刷的一下把整个身子转过来说,"土地测量员先生给我提了这么个问题,我必须给他个回答。不然的话,他怎么会理解对我们来说是理所当然的事呢:克拉姆先生绝对不会和他谈话,这是我要说的,他绝对不会和他谈话。您听着,土地测量员先生!克拉姆先生是城堡里的老爷,单这一点就说明他有很高的地位,更不用说,他还担负着其他重任呢。可您是什么人呀,为了获得克拉姆先生准许结婚的许可,我们还得在这儿低三下四地为您争取!您不是从城堡来的人,您不是从村子里来的人,您什么也不是。说来非常遗憾,您也是个人,不过是个外乡人,一个多余的、到处碍手碍脚的人,一个我们为了您总是会遇上麻烦的人,一个为了您我们必须让女仆搬出去的人,一个我们不知道您在打什么主意的人,一个诱奸了我这亲爱的小弗丽达的人。实在可惜,我们还得把她交给您,做您的妻子。由于这一切,我一般不来责怪您。您就是您;我一生已经看得太多了,这点事儿算什么。但现在,您想想吧,您究竟在要求些什么呢。要克拉姆这样的贵人和您谈话!我很伤心,听说弗丽达让您通过洞眼往里看,她这样做时就已经被您勾引上了。您倒是说说,您到底怎么会有胆量去偷看克拉姆呢?您不必回答,这我知道,您当时看得还格外仔细。您根本就不可能真正看到克拉姆,这并不是我言过其实,因为我本人也无法看到他。您要克拉姆和您谈话?这绝对不可能,他从来就不和村里来的人说话,他还从来没有和村子里的任何人谈过话。弗丽达能得到他的喜爱,那是他给她的莫大奖赏,我至死都会对这一奖赏感到自豪:克拉姆至少经常呼唤弗丽达的名字,她可以随心所欲地到他那儿说话,还允许她在门上钻个洞眼,但克拉姆从来也没有同她谈过话。克拉姆有时呼唤她,但这根本不是他有什么重要事情想对她说,他只不过是呼唤'弗丽达'这个名字,谁知道他有什么意图呢?弗丽达当然匆匆忙忙地赶过去,这是她的事情;她可以不受任何阻拦地到他那儿去,这是克拉姆的恩典,但谁也无法肯定,他是不是在直接喊她。当然啰,过去的事现在都永远过去了。也许克拉姆还会喊'弗丽达'这个名字,这是可能的,但他决不会再让她,一位已经委身于您的姑娘,再到他那儿去。还有一点,我这个可怜的脑袋总也弄不清楚:一个姑娘,人家说她是克拉姆的情妇——顺便提一下,我觉得这种提法言过其实——这样一个姑娘,竟然只允许您去碰她的身子。"

"当然啰,事情确实很怪,"K说,他立刻把弗丽达揽到自己怀里,尽管弗丽达羞羞答答地低着头,但顺从得很,"但这表明,我认为,不是一切事情都像您所想象的那样。比如说吧,如果您说我在克拉姆面前实在微不足道,什么都算不上,那您说得完全对;尽管我现在要求和克拉姆谈话,您的解释也阻止不了我,但这并不是说,不隔着门我也敢看克拉姆了,克拉姆出现时我会从房间里跑开。但这样一种担心,哪怕是有根据的担心,我觉得,这还不是不敢去做这件事的理由。但如果我能抵挡得住他,那就根本没有必要再在我们之间进行谈话了;要是我看见我说的话给他留下了印象,我觉得也就足够了;若是我说的话没有给他留下印象,或者说,倘若他根本就不听我的话,那我也得到了好处,那就是我总算无拘无束地在一位有权有势的大人物面前说过我自己的看法了。而您,老板太太,您有丰富的生活阅历,而且洞悉人情世故,还有弗丽达,她昨天还是克拉姆的情妇——我看没有理由回避这个词儿——给我创造一个同克拉姆谈话的机会,这是轻而易举的事儿;倘若没有别的地方,那就在贵宾旅馆,也许他今天还在那儿呢。"

"这不可能,"老板娘说,"我觉得,你没有能力理解这件事,不过您倒是说说,您究竟想和克拉姆谈些什么呢?"

"当然是谈弗丽达的事。"K 说。

"谈弗丽达的事?"老板娘疑惑不解地问,同时转向弗丽达,"你听到了,弗丽达,他想谈你的事,他想和克拉姆谈你的事。"

"哦,"K 说,"老板娘,您是个如此聪明、如此令人尊敬的夫人,可是一点小事都会吓您一跳。是啊,正是这样,我想和他谈谈弗丽达的事。这是很自然的,不值得大惊小怪。要是您认为,弗丽达从我出现的那一刻起就对克拉姆无足轻重了,那您就错了,如果您这样认为,那您是低估了他。我深深感觉到,拿这件事来教训您,那实在是太狂妄了,但是我又不得不这样做。克拉姆与弗丽达的关系还会因我而发生变化。要么是他们之间不存在什么实质性的关系——那些不认为弗丽达是克拉姆的情妇的人这样说——那么这种实质性的关系今天也就不存在;要么是这种实质性的关系是存在的,那么这种关系怎么由于我,正如您所说的,由于我这个在克拉姆看来一文不值的人而遭到破坏呢。一个人在惊慌失措的瞬间,可能会相信有这样的事,但只要稍微思考一下,就肯定会修正自己的看法。我们还是让弗丽达对这个问题说说自己的看法吧。"

弗丽达的目光扫视着远方,她把面颊紧紧靠在 K 的胸脯上,说道:"肯定是像妈妈所说的:克拉姆不想再过问我的事了。不过,这当然并不是因为你,亲爱的,来到这儿的缘故,这类事情是不会让他感到吃惊的。我想,我们在那儿的柜台底下一起亲热,这也许是他的精心安排;对那个美好的时刻,我们应该祝福,而不应当诅咒。"

"如果是这样的话,"K 慢吞吞地说,因为弗丽达的话听起来甜蜜蜜的,所以他闭了一会儿眼睛,让这种甜蜜蜜的感觉渗透到他的全身,"如果是这样的话,那就更没有理由害怕同克拉姆谈话了。"

"确实是的,"老板娘说,她居高临下盯着 K,"有时候,您让我想起我的丈夫,您和他一样也是这么固执,这么孩子气。在这个地方,您还只待了儿天,就以为在各种事情上比当地人知道得更多,比我这个老太婆了解得更清楚,而且还比在贵宾旅馆见多识广的弗丽达懂的事还多。我不否认,违背规章制度,违背早已习惯的做法,也能办成一点事儿;这样的事我没有亲身经历过,但据说有这样的例子,也许是吧;但是,照您的做法,总是说'不对,不对',一味固执己见,从不听听别人的善意忠告,就可以肯定,这样的事不会出现。难道您以为,我是为您担忧吗? 在您一个人的时候,我为您操过心吗? 我可没有那样做,尽管那样做会很好,会避免一些麻烦。当时,在说起您时,我对我丈夫只说了一句话:'你要离他远一点!'要是弗丽达现在没有和您的命运联在一起,我今天也还会这么说。我对您这么关心,甚至对您表示尊重,这一点您要感谢她,不管您愿意不愿意。而且,您不可把我撇开,因为您必须对我绝对负责,我是唯一以母亲般的关怀照料着小弗丽达的人。弗丽达也许说得对,一切事情的发生都是克拉姆的意志,这是可能的;但我现在对克拉姆一无所知,我绝不会同他说话,我觉得他是高不可攀的;可是您坐在这儿,养着弗丽达,而您又被我养着,为什么我就不该说出来呢? 是啊,您被我养着,年轻人,要是我也把您赶出去,您就试一试,看您能不能在这个村子里找到一个落脚的地方,哪怕是个狗窝也好。"

"谢谢,"K 说,"您的话倒是很坦率,我完全相信。这么说,我的地位非常不稳,因此弗丽达的地位也自然不稳!"

"不对!"老板娘愤怒地插话说,"在这方面,弗丽达的地位和您无任何关系。弗丽达是我家的人,谁也没有权利说她的地位在这儿不稳。"

"那好,那好,"K 说,"这方面也算您是对的,特别是弗丽达非常害怕您,不敢插话,这是什么原因我也不清楚。因此,我们还是暂时只谈我吧。我的地位非常不稳,这一点您不否认,而且还竭力加以证实。正像您所说的其他事情那样,在这个问题上您也是大部分正确,但并不完全正确。比如说吧,我就知道有个条件不错的落脚处,它时刻为我空着呢。"

"在哪儿呢? 究竟在哪儿呢?"弗丽达和老板娘异口同声地问道,而且她们是如此急切,仿佛她们提这个问题有着同样的动机似的。

"在巴纳巴斯家里。"K 说。

"这些无赖!"老板娘嚷道,"都是些老奸巨滑的无赖,竟然在巴纳巴斯家里! 你们听听……"她转身向着那个角落,然而助手们早已走了过来,手挽着手正站在老板娘的身后;这时,老板娘像是需要一个支撑物似的,于是拉起其中一个助手的手,说道:"你们听着,这位先生是在什么地方鬼混啊,是在巴纳巴斯的家里!当然,他在那儿会找到床铺。唉,那天晚上他若是不在贵宾旅馆,而是在那里,那该多好啊!可是,你们当时到底在哪儿呢?"

"老板夫人,"两个助手还未回答,K便这样说道,"他们是我的助手,可是您这样对待他们,好像他们是您的助手,反而成了看守我的人似的。在其他事情上,我都乐意客客气气地与您讨论讨论您的看法,但在我的两个助手问题上,绝对不能有任何商量的余地,因为这件事非常清楚!因此,我请求您不要和我的助手们说话;若是我的请求语气还不够重的话,那我就禁止我的助手回答您的问题。"

"这么说,不许我和你们说话了。"老板娘说。他们三个人哈哈大笑起来,老板娘的笑声里含着讥讽嘲弄的意味,但比K所预料的要温和得多;助手们笑得还和平常一样,他们的笑声既可以说是意味深长,也可以说是没有任何含义,是拒绝承担任何责任。

"你不要生气,"弗丽达说,"你要正确理解我们为什么激动,如果你乐意,我可以告诉你,现在我们两人彼此属于对方了,这全归功于巴纳巴斯。当我第一次在酒吧间看见你时——当时,你挽着奥尔珈的手来到酒吧,我虽然对你已经有所了解,但总的说来,我对你丝毫不感兴趣。对了,我不仅对你不感兴趣,而且对其他的事,几乎是对所有的事,我都不感兴趣。那时,我不仅对许多事情不满意,而且有些事情还使我非常恼怒。但那是什么样的不满意啊,是什么样的恼怒啊!比方说,在酒吧间有位客人污辱了我,你知道,那些客人总是跟在我身后!在那儿,你看见过那些小子,还有许多比他们更坏的人呢,克拉姆的跟班还不是最坏的。就是说,有个客人污辱了我,对我来说这意味着什么呢?我觉得,好像这是许多年前发生的事,或者说好像是在别人身上发生的事,或者说我只是听人讲起过的事,或者说是我本人早已忘记了的事。可是,我无法把它描述出来,甚至哪怕是想象,我也想象不出来了。自从克拉姆抛弃我以来,一切都发生了变化。"

弗丽达没再说下去,她伤心地低垂着脑袋,双手交叠,捂在胸前。

"您瞧,"老板娘喊道,她那副样子,好像不是她自己在说话,而是把她的声音借给了弗丽达似的;她同时挪近一点,现在紧挨着弗丽达坐着,"您倒是瞧瞧,土地测量员先生,您的所作所为造成了什么后果;还有您的助手们,现在您不许我和他们说话,他们在一边观看也会获得教益吧！您把弗丽达从她可以获得的最幸福的状态里拖了出来;您之所以办得到,主要是因为弗丽达出于过分天真的夸张的怜悯心,不忍心看见您挽着奥尔珈的手臂,完全任凭巴纳巴斯家去摆布。她把您救了出来,而她自己却做出了莫大的牺牲。现在,木已成舟,弗丽达用自己的一切换来了坐在您怀里的幸福;这时,您却走来,打出您的这张王牌,说您本来完全可以在巴纳巴斯家过夜。您也许是想以此来证明,您完全可以不依赖我。当然啰,如果您真的在巴纳巴斯家过了夜,那您就用不着依赖我了,您得赶紧给我离开这幢房子。"

"我不知道巴纳巴斯家有什么罪孽,"K一边说,一边把一动不动的弗丽达小心谨慎地抱起来,慢慢地放到床上,然后自己直起身来,"也许您在这方面是对的,不过,我肯定也没错呀,我恳求您让我们两个人来处理这件事情,这是弗丽达的事,也是我的事,您不要插手,这不对吗？您刚才说起爱护和关心的话,但我后来并没有发觉您实际上有爱护和关心的意思,相反我看到的是,您怀恨在心,您在讥讽我,而且要把我赶出去。要是您真的能把弗丽达从我身边拖走,或是把我从弗丽达身边赶开,那您这一着做得实在太好了;但我认为,您永远无法办得到;即便您真的办得到,您也会——请允许我也来个威胁,一个不怎么光明正大的威胁——非常后悔的。至于您给我提供的住处——您说的住处,只是这个令人讨厌的洞穴——您这样做,肯定不是出自您个人的意志,看来在您面前摆着伯爵主管部门下达的指示,您只好执行。我要报告主管部门,说您不让我住在这儿了;若是给我另外安排一个住的地方,那您也许会舒舒畅畅地吸口气了,而我更会深深地吸口气,备感轻松愉快呢。现在,就这件事和其他一些事,我去找村长商量一下;请您至少要照管好弗丽达,您说了许多所谓母亲般关怀的话,您的这番话把她折腾得够厉害了。"

随后,他转身朝向两个助手。"跟我走！"他说,同时从钉子上取下克拉姆的信,就要走开。老板娘默默无语地望着他。当他的手去拉门把手时,她才说:"土地测量员先生,您就要上路了,我还要对您说几句话,因为不管您和村长谈些什么,也不管您是不是想污辱我,污辱我这个老太婆,您毕竟是弗丽达未来的丈夫。因此,我要告诉您,对本地的情况您实在是无知,要是人们听了您说的话,把您说的和您想的事同实际情况详详细细作个比较,大家就会觉得,您把人搞得糊里糊涂,晕头转向了。您的这种无知,一下子是转变不过来的,也许根本就转变不过来;要是您稍微相信我一点,经常想想自己的无知,那么许多方面的事情是会办得更好一点的。比如,您会立刻对我公正一点,您会开始预感到,当我知道我最可爱的小女孩为了委身于地上的一条四足蛇,却放走天上的一只雄鹰——而实际情况还要严重得多——的时候,可把我给吓坏了,我必须时时刻刻设法忘记这件事,不然的话,我就无法平平静静地跟您说话。哦,现在您又生气了。不能去,您还不能去,您还得听听我的这个恳求:不管您到什么地方去,您要时刻意识到您在这儿是个最无知的人,您可要小心才是啊;在我们这儿,有弗丽达在,她可以保护您不受到伤害,您心里想说什么就尽管说出来;在这儿,比如,您可以实话告诉我们,您究竟怀着什么意图,一心要和克拉姆谈话;只是实际上,请您啦,只是实际上,请您不要真的这样去做!"

她站起身,激动得有点摇摇晃晃,她跟跟跄跄地走到 K 的跟前,拉起他的手,恳求地望着他。"老板夫人,"K 说,"我实在不明白,为什么您为这样一件事如此低三下四地恳求我。倘若正如您所说的,我确实无法和克拉姆谈话,那么,不管您恳求我也好,不恳求我也好,我都无法如愿以偿;但是,如果能够办得到,那我为什么不试一试呢,特别是我一旦做到了,您反对的主要理由就站不住脚了,您的其他担忧也就可以消除了。当然啦,我无知,这一事实无论怎样都是存在的,对我来说这是可悲的,但也有好处,那就是无知的人更有胆量冒险。因此,只要我的精力还够,我要继续如此无知下去,并乐意承担这种无知所造成的严重后果,而这种严重后果说到底只涉及到我一个人,因此我就更不明白,为什么您要恳求我。您总会好好照顾弗丽达的;若是我从弗丽达的面前完全消失了,对您来说,这只能是一件可庆可贺的大好事。那么,您还害怕什么呢?您不会是害怕这事吧——看来不管什么事对这位无知者来说都是可能办得到的。"说到这里,K 已经推开了门。"您不会是害怕克拉姆吧?"K 说完扭头就走。老板娘默不作声地望着他的背影,看着他奔下楼梯,助手们紧随其后。

🌼 第五章

　　和村长谈话之事没遇到多大的麻烦，这几乎使 K 也感到有点吃惊。对此，他试图做这样一种解释：根据他迄今为止所获得的经验，同伯爵主管部门正式打交道对他来说非常容易。这一方面是因为在处理他的事务方面显然规定了一个长期有效的、表面看来对他十分有利的原则；另一方面就在于值得赞赏的办事的一致性，人们会觉得，这种一致性特别是在显然看不见它存在的地方表现得特别完善。有时一想到这些事情，K 就会觉得他很快就会对自己的处境感到满意的，尽管他往往在高兴一阵之后，总是很快对自己说，危险恰恰就在这里。

　　同主管部门打交道确实不太困难，因为主管当局尽管组织得很好，总归只是为遥远的、人们望不见的老爷们维护遥远的、人们望不见的事情，而 K 却是为迫在眉睫的事情进行斗争，为自己进行斗争；另外，至少是在最初，他先发制人为自己进行斗争，因为他是进攻者；他不单单是为自己进行斗争，还为他不认识的、但根据主管当局的措施他相信会有的其他人进行斗争。但是，主管当局从一开始就只是在鸡毛蒜皮的事情上——至今还没有过重要的事情——迎合 K 的要求，这样就使他失去了他能轻而易举获得小小胜利的可能性，随之也就使他失去了他那与胜利俱来的满足感，以及由此产生的、有足够理由继续进行其他更大斗争的把握。相反，他们让 K 想去什么地方就去什么地方，当然只能在村子的范围之内；他们宠着他，以此削弱他的力量，排除他进行各种斗争的可能性，让他去过一种非官方的、不明不白的、忧郁的异乡人的生活。这样，只要他不时时刻刻提防着，就有可能出现这种情况:尽管主管当局和蔼可亲,尽管他完全恪尽官方规定的所谓极其轻松的职责,但总会有一天,他会被表面上对他表示出的优待所迷惑,不小心过起一种轻浮的生活,最后就会在这儿彻底崩溃,当局——还是那么温和与友好——仿佛是违背自己的意志,出于无奈似的,但仍然按照某个他不知道的法令来把他铲除掉。那种惯常的生活在这里到底是个什么样呢? K还从来没有在什么地方像在这儿看到职业和生活紧紧纠缠在一起,有时简直就好像职业和生活两者之间调换了个位置。例如,克拉姆对K的工作至今只是行使形式上的权利,这种形式上的权利同克拉姆在K的卧室里实际拥有的权利相比,前者又算得上什么呢? 于是就出现了这种情况:在这儿,直接跟官方打交道的时候,态度轻率和有点漫不经心也得去,而在其他方面,就得特别小心谨慎,每走一步都必须四面察看一下。

在村长那儿,K证实了他对这儿的当局的看法。村长很和气,身体胖胖的,胡子刮得很干净;他在生病,身患严重的关节炎。因此,他躺在床上接待了K。"那么,这就是我们的土地测量员先生喽。"他说。他想坐起身来欢迎K,但他却坐不起来,于是又躺回到枕头上,同时用手指着双腿,表示抱歉。房间的窗户很小,房内光线暗淡,因为遮着窗帘,就更显得暗了。一个默不作声的、在这暗淡的房间里几乎像个影子似的女人给K搬来一把椅子,放到床边。"您请坐,您请坐,土地测量员先生,"村长说,"那您就把您的要求对我说说吧。"K把克拉姆的信读给他听,同时还插上自己的一些看法。他再次感觉到,同官方当局打交道是格外轻松的。从形式上看,他们可以承担起各种重负,你可以把一切都加在他们的肩膀上,而你自己则是轻轻松松、自由自在的。村长仿佛感觉到了这一点,他在床上很不舒适地转动一下身子,最后说:"土地测量员先生,正如您所说的那样,我对整个事情全都知道。我本人还没有过问您的事情,这是有原因的,其一是因为我在生病,其二是因为您这么长时间没有来,我以为您已经放弃了这件事。而现在多承您的好意,亲自来看我,当然我必须把令人不愉快的全部实情告诉您。正如您所说,您已经被聘为土地测量员了;但非常遗憾,我们不需要土地测量员。这儿没有一点儿工作可供土地测量员来做。我们这些小农庄的界线已经标好了,一切都按正当手续登记入册了。我们还没有遇到过产权变更问题,边界方面的小小争端我们自己就可以解决。因此,我们要个土地测量员来干吗?"当然,K过去并没有考虑过这个问题,⑦但他心里现在相信他会得到这种类似的答复。因此,他立刻说:"您的这番话真叫我感到意外。这样一来,我的一切打算全都落空了。我只能希望这是个误会。"——"很遗憾,这并不是什么误会,"村长说,"事情正像我说的这样。"——"可是,这怎么可能呢!"K喊道,"我跑这么远的路到这儿来,可不是为了现在又让人把我打发回去!"——"这是另外一个问题,"村长说,"这个问题我无法做出决定,但怎么会有误会,这一点当然我可以给您解释一下。在像伯爵属下这样庞大的官方机构里,有时会出现这种情况,一个部门安排这样一件事,另外一个部门安排那样一件事,有时彼此又互不沟通,上级监督部门虽然掌握十分准确的情况,但等到处理时已经晚了,这是由机构性质决定的,因此,总会出现这样那样的小小差错。当然,这总是在一些鸡毛蒜皮的小事上,比如说您的情况。在重大事情上,我还不知道出过什么差错,不过,鸡毛蒜皮的事往往也叫人够尴尬的。至于您的情况,无需保留官方的秘密——我还够不上是个官,也不会那样做,我只是个农民,而且将来也只是个农民——我愿把事情的来龙去脉坦率地讲给您听。在很久以前,那时我做村长才几个月,当时来了一道命令,我已经不知道是哪个部门下达的,这道命令以那儿老爷们特有的明确方式通知说,要聘任一位土地测量员,而且命令村政府为他的工作准备好各种必要的计划和图样。这项命令当然与您无关,因为这是许多年前的事,要是我现在没有生病,就不会有足够的时间躺在床上想这些滑稽可笑的事,自然也就不会想起来了。"——"米西,"他突然中断了自己的话,对一直在房间里莫名其妙地荡来荡去忙什么的夫人说,"请你在那儿的柜子里找找看,也许你会找到那道命令呢。"——"因为,"他对K解释道,"那是我当村长不久时发下来的一道命令,当时无论什么我都保存起来。"夫人马上打开橱柜,K和村长在一边看着。橱柜里塞满了文件。在橱柜打开时,有两大捆文件滚落出来,这些文件原来都捆得圆圆的,就像人们平常把木柴捆起来那样;夫人吓得赶忙跳到一边。"那个文件可能放在下面,在底层。"村长在床上指挥说。夫人很顺从,为了能拿到捆在底层的文件,用双臂把文件从橱柜里统统抱出来,扔到地上。各种文件铺满了半个房间。"办了许多事情,"村长点点头说,"而且这只是一小部分。重要的文件我都保存在库房里。当然,绝大部分文件都丢失了。谁能把所有的文件都保存起来!不过,库房里还有许多呢。"——"你能找到那道命令吗?"他随后又问他的妻子,"你必须找到那个档案,上面用蓝色笔在'土地测量员'下面画了一杠。"——"这儿太暗了,"夫人说,"我去拿支蜡烛来。"于是,她从文件上踩过去,走出了房间。"在繁重的公务中,我的妻子是我的得力帮手,但这些事都是她附带做的。我还有个助手,帮我做大量抄抄写写的工作,那是个小学教师,尽管如此,我还是无法把所有的事都处理完,总是有许多文件来不及处理。这些未处理的文件都堆积在那个橱柜里。"他说着指了指另外一个橱柜。"我现在病了,因此该处理的文件都积了下来。"他说着便又疲惫地但也显得非常自豪地朝后躺了下来。"我能不能,"当村长夫人拿着蜡烛回来,跪在橱柜前又开始找那道命令时,K说,"我能不能帮助您夫人一起找?"村长微笑着摇摇头说:"正如我已经说过的,对您我没必要保守公务秘密;但若是让您亲自在文件里去找,那我这样做也就太过分了。"现在房间里静悄悄的,只能听到翻文件时发出的沙沙声,村长也许打了一会儿盹。听到轻轻的叩门声,K转过身去。那自然是两位助手,他们总算有了些教养,现在不是一下子冲进房间,而是先从略微敞开的门缝里小声说:"外面很冷。"——"那是谁呀?"村长惊醒过来,问道。"是我的两个助手,"K说,"我也不知道该让他们在哪儿等我,外面太冷,在这儿房间里,又太烦人。"——"他们可不烦我,"村长亲热地说,"您让他们进来吧。再说,我认识他们,都是老熟人。"——"可是,他们总要烦我。"K直率地说,他的目光从两个助手身上转到村长身上,又从村长身上转回到助手身上,发现三个人都流露出同样的笑容。"你们既然来了,"他随后试探着说,"那就留下吧,到那儿帮助村长太太找份档案,档案上用蓝色笔在'土地测量员'几个字下面画了一道杠。"村长没有表示反对,他不允许K干的事,却允许两个助手干。他们立刻扑向那些文件,然而与其说是在找文件,倒不如说是在文件里乱翻;其中一位拿起一份文件拼读字母时,另外一位就立刻从他手中抢过去。相反,村长夫人则跪在空荡荡的橱柜前,看上去她根本就没有在寻找文件,再说,蜡烛离她很远。

"那么说,"村长说,脸上露出得意扬扬的微笑,好像一切都遵从他的指令似的,但谁也没有猜到这一点,"您觉得两个助手很烦人,可他们是您的助手啊。"——"不是,"K冷冰冰地说,"在这儿他们才跟着我跑到这儿来的。"——"怎么,是跑到您这儿来的,"村长说,"您大概是说,他们是被派来的吧。"——"那就对了,是派来的,"K说,"但他们也可能是从天上掉下来的,分配他们时没加考虑。"——"在这儿,没有一件事是不加考虑的,"村长说,他甚至忘记了自己脚痛,坐了起来。"没有一件事是这样,"K说,"那聘我到你们这儿来,这又怎么解释呢?"——"雇您来这儿,此事也是经过反复考虑的,"村长说,"只是这中间出了一些不值一提的小事,才把事情给搞乱了,我会根据文件向您证明这一点的。"——"文件可是没有找到啊,"K说。"没有找到吗?"村长大声喊道,"米西,请你找快点儿! 即使没有文件,我也可以先对您讲讲事情的来龙去脉。对我已经提到的那个命令,我们深表感谢,我们回答说,我们不需要土地测量员。但这个答复显然没有送达原先发布命令的那个部门,我就把它叫做A部吧,而是错误地送到了另外一个B部。这就是说,A部没有得到我们的答复,但遗憾的是,B部也没有得到我们的全部答复;我们的那个回文有可能落在我们这儿,也有可能在路途中丢失了——但肯定没有送达部里,对此我可以担保——不管怎么说,只有一个档案封皮送到了B部。在封皮上只注明:有关招聘一位土地测量员之事。但遗憾的是,里面没有招聘的案宗。在这期间,A部在等候我们的答复,A部虽然有关于这件事的备忘录,但不言而喻,这种情况常常发生,即使在办事最精细的地方也会发生:办事员相信我们会给个答复,他在收到答复后会招聘一位土地测量员,或许根据需要,继续就这件事和我们进行书信联系,再行商量。因此,他没有查阅备忘录,整个事情被他忘得一干二净。结果是,那个档案封皮却在B部送到一位因办事认真而出名的办事员手里,他叫索尔迪尼,是意大利人。虽然我是个熟谙官场深浅的人,但仍不明白,这样一位富有才干的人为什么被留在几乎是低下的岗位上。这位索尔迪尼自然是把那个空空的封皮退还给了我们,要我们补充内容。但是现在,自从部门A发出第一道命令以来,如果不能说几年过去了,那也是几个月过去了;这事是不难理解的,因为一个文件按正确途径送达,照一般规律,最晚一天内就能到达接收部门,而且在当天就能处理好;但若是它走的途径不对——我们的组织非常出色,必定努力去寻找,不然就找不到了——那么,那么当然就需要很长很长的时间。所以,当我们收到索尔迪尼的通知时,我们对这件事只是模模糊糊地记得一点。那时,干这件事的只有两个人,那就是米西和我,那位教师当时还没有分配给我,我们只是在最重要的事情上才保留副本。简单地说吧,我们只能给个非常含糊不清的回答,说我们不记得有招聘的事,我们这儿不需要土地测量员。"

"可是,"村长说到这儿中断了自己的话,好像他在热情讲述的时候扯得太远了,或者说,好像至少有可能扯得太远,"这个故事使您感到十分无聊吗?"

"不,"K说,"这个故事我觉得很有趣。"

村长紧接着说:"我给您讲这件事,不是为了逗您乐。"

"这个故事之所以使我觉得很有趣,"K说,"是因为通过它,我看清这种荒唐可笑的混乱情况,在某种情况下有可能决定一个人的命运。"

"您还没有看清,"村长严肃地说,"我还可以继续给您讲下去。索尔迪尼当然对我们的回答不满意。我对这个人非常钦佩,尽管这对我来说是个折磨。无论是谁,他都不相信;比方说吧,即使是他和某个人打了无数次交道,对他已经非常熟悉了,觉得他是个最值得信任的人,可是在下一件事情上,他仍然不相信他,好像他根本就不认识他,或者说得更确切些,好像他是认识他的,知道他是个无赖。我认为,这样做是对的,一位官员就应该持这种态度;很遗憾,从我的天性看,我无法遵守这个原则。您看到了,我对您,对一个陌生人,是多么坦率,我只会这样做,我可不会耍别的什么花招。索尔迪尼相反,他对我们的回答立刻怀疑起来。于是,我们之间通了大量的信。索尔迪尼问我,为什么我突然想到了不招聘土地测量员的事;我凭借着米西的出色记忆力回答说,最早的建议是按照上面的安排提出来的(这是另外一个部门提出来的,我们早就把这事给忘记了);索尔迪尼反问:为什么我现在才提起这道官方的命令;我回答:因为我现在才想起了它;索尔迪尼问:事情真怪;我回答:拖了这么长的时间,一时想不起来,这并不奇怪;索尔迪尼说:事情是很怪,因为我回想起来的这道公函根本就没有;我回答说:当然是没有,因为整个文件丢了;索尔迪尼说:有关第一份公函肯定会有个副本,但副本也没有。这时,我吞吞吐吐地不知该怎么回答了,因为我既不敢肯定,也不敢相信,原来在索尔迪尼的部门出了差错。土地测量员先生,您心眼里也许会指责索尔迪尼,说他听了我的说法,起码应该有所触动,向其他部门了解一下究竟是怎么回事。但要是这样做,那恰恰是错了。我不想把过错加在这个人身上,也不愿您在思想上对他有个不好的印象。绝对不能考虑会有出差错的可能性,这是官方当局的一个工作原则。这个原则是出色的整个组织的性质所决定的,要以最快的速度处理事务,必须要有这样一个原则。因此,索尔迪尼根本就不可以向其他部门查询,再说,即使他查询,别的部门也不会回答他,因为他们立刻会意识到,这准是一件事出了差错在追究。"

"村长先生,请您允许我打断您的话,向您提个问题,"K 说,⑧"您先前不是提到有一个监督机构吗? 按照您的说法,管理是如此混乱,一个人要是想到监督机构都不起一点作用,肯定会觉得不是滋味。"

"您非常严格,"村长说,"但是,您把自己的严格即使再乘上一千倍,和当局对自己提出的严格相比,也微乎其微,根本算不上什么。只有一个十足的外乡人才会提出您这样的问题。您问有没有监督机构,有的,这儿有监督机构。当然,监督机构的任务不是去查所谓字面意义上的差错,因为差错决不会发生,即使出现差错,比如在您的事情上,谁又能说,这是个差错呢?"

"这倒是个新闻!"K 大声说。

"我觉得这是个老掉牙的新闻。"村长说,"我和您差不多,深信出了差错,索尔迪尼由于对此深感绝望,生了重病;第一级监督机构在这儿也发现了这个差错,我们感谢他们,是他们查出了差错的根源。但是,谁能说第二级监督机构会做出同样的判断,还有,第三级监督机构和接下去的其他官员也能做出这样的判断吗?"

"也许是这样吧,"K 说,"我可不想作这样的推测,我才第一次听说有这样的监督机构,当然还不了解它们。我只是相信,在这里必须区分两件事:第一,在机构内部发生的事以及事后当局做出的这样或那样的解释;第二,我的实际身份,我虽处在这些监督机构之外,但因这个差错,我的利益面临着受这些机构损害的危险,而这种损害也实在毫无意义,我一直还无法相信这种危险的严重性。村长先生,您对事情了解得十分清楚,实在叫人感到惊讶。您所说的,显然适合第一种情况,但我只想听您说说我的情况。"

"我正要谈这个问题,"村长说,"但是,要是我不事先讲些情况,您是不可能听懂的。我刚才已经提到了那些监督机构,这为时太早了,因此,我再回到和索尔迪尼有争议的地方。正如刚才所说,我的反驳力量逐渐脆弱了。

可是，索尔迪尼这个人无论是在谁面前，一旦占了小小的上风，那他就已经获得了胜利，因为他的注意力、他的精力、他的警觉性这时大大增强了；他所占的这个小小的上风，对受攻击者来说是极其可怕的，而对受攻击者的敌人来说却是非常美好的。只是因为我在其他事情上也有过这种体会，所以我能够像我亲身经历过的那样，详详细细地谈谈他的情况。另外，我还从来没有能够亲眼看到他，他本人不会到下边村子里来，他实在太忙了，工作多得简直能把他掩埋起来。人们向我描述过他的房间，说他房间里有大捆大捆的文件，这些文件高高叠放起来，像是一个个大柱子，把房间四壁全遮盖住了，而这些文件还只是索尔迪尼当时正在处理的文件呢；一捆一捆的文件不断被拿走，另外一捆一捆的文件又不断补充进来，一切都进行得匆匆忙忙，因此摞起来的文件也常常倒塌下来，因此，索尔迪尼的办公室的特征，就在于时常发出这种持续不断的、一阵阵哗啦哗啦倒塌的声音。是啊，索尔迪尼是个大忙人，事无巨细，他都以同样认真仔细的态度加以处理。"

"村长先生，"K说，"您总是把我这件事称做最小的事，可是它却让许多官员大伤脑筋，忙得不可开交，尽管它起初是件小事，但通过像索尔迪尼先生那样的官员的辛勤工作，也会变成大事。非常遗憾，这是和我的意愿相违背的，因为我的虚荣心，并不在于有关我的大捆大捆的文件堆成一个个高大的柱子，然后再哗啦一声倒下来，我的抱负是作为一个小小的土地测量员，坐在一张小小的制图桌旁，安安静静地工作。"

"不，"村长说，"这不是大事。在这方面，您没有理由抱怨，这是小事当中最无关紧要的小事之一。工作量并不决定事件是否重要。若是您那样认为的话，那您还远远不了解主管当局。即使说事情大小和工作量有关，那您的事也是最微不足道的一件小事；那些平常的事，就是说没有所谓差错的事，其工作量也会大得多，当然也有更多有益的工作要做。另外，您压根儿就不知道，您的事所带来的实际工作有哪些。现在，我想说说您的事儿。索尔迪尼起先把我撇在一边，可是他派的几个办事员来了，他们每天都在贵宾旅馆向村子里的显要人物查询情况，多数人都站在我一边，只有几个人感到迷惑不解；测量土地问题正合农民的心意，他们嗅到了某些秘密，觉得这方面一定是有人做了手脚，另外他们还推举出一位带头人；索尔迪尼肯定是根据他们提供的情况认为：如果我把问题提交给村民委员会讨论的话，就不会有人反对招聘一名土地测量员。⑨因此,本来认为不需要土地测量员这件不言而喻的事,这时至少成了一件值得研究的事。在这方面,有一位名叫布伦斯威克的人闹得特别厉害,您大概不认识他;他也许并不坏,但他傻里傻气的,喜欢想入非非,他是拉斯曼的女婿。"

"是制革匠拉斯曼的女婿吗?"K问道,接着描述了他在拉斯曼家看到的那位满腮胡子的人。

"对,就是他。"村长说。

"我还认识他的妻子。"K信口开河地说道。

"这也有可能。"村长简短地说。

"她长得挺漂亮,"K说,"但面色有点憔悴,一副病态的样子。她大概是从城堡来的吧?"这句话一半带着询问的口吻。

村长瞧了瞧钟,把药水倒进调羹里,匆匆吞了下去。

"您大概只了解城堡里的办公机构吧。"K直率地问。

"是的,"村长说,他脸上露出讥讽但又表示感激的微笑,"办公机构也是最重要的。至于布伦斯威克这个人,要是我们能够把他排斥在村子之外,那我们几乎都会感到高兴的,最高兴的恐怕就是拉斯曼。但当时拉斯曼还有一些影响,他虽然还说不上是演说家,但他却是个大喊大叫的人,这一点对某些人来说也够了。于是到最后,我不得不把事情提交给村民委员会讨论。讨论下来,布伦斯威克得胜了,这是他唯一的一次胜利。他之所以获胜,是因为村民委员会的多数委员都不想了解有关一位土地测量员的事。这也是许多年之前的事了,但这些年来,这件事就一直没有平静下来,闹得没完没了。一方面是因为索尔迪尼过分认真,他想通过处心积虑的调查,不仅要了解多数人的动机,而且还要了解少数反对派的动机;另一方面是由于布伦斯威克的愚蠢和野心,他和主管部门有着各种私人关系,他总是异想天开,想出一些新的花样来,促使主管部门过问这件事。当然,索尔迪尼不会受布伦斯威克蒙骗,布伦斯威克怎么能够蒙骗住索尔迪尼呢,但为了不受骗,就需要进行新的调查,而新的调查还没有结束,布伦斯威克又想出了新的花样,他的活动能量是很大的,这也正是他愚蠢的一个方面。现在,我要谈谈我们管理机构的一个特殊性质。我们的管理机构具有高度精确性,但相应也具有高度灵敏性。要是一件事考虑了很久,即使还没有考虑出一个结果,那也可能会出现这种情况:这件事突然在某个无法预料的、今后也无法再找到的部门很快得到了解决,这样的解决虽然多半是正确的,但总是非常武断的。事情就好像管理机构无法再忍受成年累月被同一件、也许本身就是件鸡毛蒜皮的小事所造成的紧张和烦躁不安,于是自作主张,在没有官员的协助下,自己就做出了决定。当然,这不是什么奇迹,准是某个官员说出了这一决定,或者做出了一种没有书面文字的决定,但不管怎么说,是有某个官员做出了决定,那个官员是谁,我们不知道,这儿村子里的人不知道,甚至连部门都不知道,而且也不知道那个官员是出于什么原因做出决定的。监督机构很久以后才能搞清楚到底是怎么回事,但我们永远是无法知道的,再说,到那时,也不会再有人对这件事感兴趣了。正如我所说的,恰恰是这些决定大多是出色的,叫人生气的是,事情通常都会这样,那就是人们很晚才知道这些决定,因此在这期间,大家对早已做出决定的事,还在起劲地进行热烈讨论呢。我不知道,在您的事情上是否也做出过这样一个决定——有些人说有,有些人说没有——不过,如果是有这样的决定,那么聘用通知肯定寄给您了,您也会长途跋涉来到这儿,花了很多很多的时间,而在这期间,索尔迪尼还一直在这件事上忙得不可开交,弄得精疲力竭,布伦斯威克一直在搞他的阴谋诡计,我呢,也被这两个人折磨得够了。我只是指出这样一种可能性,但我对以下这一点却很有把握:在这期间,一个监督机构发现,许多年前,A 部给村民委员会发出通知,就聘任一位土地测量员的事征询意见,但至今没有收到答复。最近又有人问起我此事,现在整个事情当然清楚了。我的答复是不需要土地测量员,A 部对此表示满意;而索尔迪尼不得不承认,他在这件事上不是主管,当然他也没有过错,但他为此事绞尽了脑汁,实在是吃力不讨好。要不是新的工作老是从各方压来,要不是您的事只是个鸡毛蒜皮的事——几乎可以说,您的事是所有小事当中最无关紧要的事——那我们大家都可以痛痛快快地喘口气了,我认为,连索尔迪尼也会畅快地喘一口气了。只有布伦斯威克会叽里咕噜地埋怨个不停,但这只能叫人觉得荒唐可笑罢了。现在,土地测量员先生,整个事情幸运地得到解决之后——至今又有很多时间飞逝过去了——您突然出现了,看起来事情好像又要从头开始,请您想象一下,我是多么失望啊。我已下定决心,只要事情由我管,我决不允许这样胡来,这一点您会理解吧?"

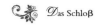

"那当然,"K说,"可是,我更清楚的是,现在这儿有人在滥用我的问题,甚至是在滥用法律,简直叫人吃惊。我一定要竭尽全力维护自己的利益。"

"您想怎样来维护自己的利益呢?"村长问。

"这我可不能透露。"K说。

"我不想逼迫您,我只是让您考虑考虑,您可以把我看成——我不想说把我看成一位朋友,因为我们素不相识——在某种程度上,您可以把我看成一位公务上的朋友。我只是不同意录用您为土地测量员,但在其他方面,您可以相信我,有事就来找我,当然只能是在我这小小的权力范围之内。"

"您总是说,"K说,"该不该招聘我为土地测量员,可我已经被招聘了呀。这是克拉姆的信。"

"克拉姆的信,"村长说,"这封信有克拉姆的签名,因此很珍贵,而且值得尊敬,签名看来是真的,不过——但我不敢一个人对此发表看法——米西!"他喊道,接着又说:"你们在干什么呢?"

我们好久没注意两个助手和米西了。显然,他们没有找到要找的文件,于是他们又设法把所有东西塞进柜子里,但因为文件很多,而且被搞得乱七八糟,所以无法放进柜子里。这时,两个助手灵机一动,想到个主意,现在他们正忙着干呢。他们把柜子朝天放在地上,把所有的文件都塞到里面,然后和米西一起坐在橱柜门上,试图这样慢慢地把橱柜门关起来。

"这么说,那个文件没有找到,"村长说,"很遗憾,不过您已经知道这件事情的前后经过了,本来我们不再需要那个文件了,再说,肯定还能把它找到,它可能在教师那儿,他那儿还有许多文件呢。米西,你拿上蜡烛过来,给我念念这封信。"

米西走过来,坐在床沿上,依偎在身强体壮、充满活力的丈夫身上;她的丈夫搂抱着她,看上去她显得更苍白,更细小了。她那小脸蛋在烛光照耀下显得很突出,脸上的线条清晰而严肃,只是由于上了年纪,脸有些衰萎,线条也不怎么鲜明。她把信刚看了一眼,便轻轻地叠了起来。"是克拉姆写的。"她说。随后,他们一起读信,并小声地交谈了几句话。两个助手高声喊了句"太好了",因为他们把橱柜门硬是给关上了。米西用感激的目光朝他们默默望去。最后村长说:

"米西和我的看法完全一致。现在,我敢把我的看法说出来了。这封信根本不是什么公函,而是一封私人信件。这一点从信的称呼'尊敬的先生'可以清清楚楚地看出来。再说,信里只字未提您已经被录用为土地测量员了,相反,信里只是谈到一般的差事,就是这一点也没有任何束缚力,信中只是说'如您所知',您被录用了,这就是说,要证明您已经被录用了这个任务得由您自己承担。最后,从官方角度看,这封信只是指定我这个村长来当您的直接上司,叫我把一切详细情况都告诉您,刚才我实际上把大部分情况都已经对您说了。对一位善于理解官方信函,因此能更好理解非官方信函的人来说,事情再清楚不过了。您是个外乡人,不懂得这些,这并不使我感到惊讶。从总体上看,这封信只不过是说,对聘用您为伯爵府上当差这件事,克拉姆本人是关心的。"

"村长先生,"K说,"您把这封信解释得倒是很好,经您这么一解释,这封信只不过是一张签了名的白纸罢了,没有一点儿别的内容。⑩这样一来,您就贬低了克拉姆的名字,这个您表面上非常尊重的名字,这一点难道您没有发觉吗?"

"这是个误会,"村长说,"我没有曲解这封信的意思,我没有用我的解释贬低它,而是恰恰相反。克拉姆的一封私人信件当然比一份公函重要得多,只是它没有您加给它的那种重要意思。"

"您认识施瓦策吗?"K问。

"不认识,"村长说,"米西,也许你认识他吧? 她也不认识。不认识,我们都不认识他。"

"这可就奇怪了,"K说,"他是某位副城守的儿子。"

"亲爱的土地测量员先生,"村长说,"我干吗得认识所有副城守的所有的儿子呢?"

"那好,"K说,"那您就必须相信我说的话。他就是某位副城守的儿子。我在到达这儿的当天,就和这位施瓦策发生了一次令我气恼的接触。他后来打电话给一位名叫弗里茨的副城守,询问情况,得到的答复是,我被录用为土地测量员了。村长先生,您又怎么解释这一点呢?"

"很简单,"村长说,"您还从来没有和我们的主管当局真正有过接触。您的所有接触都是虚假的。而您由于对情况不熟悉,所以就认为这些接触都是真的了。关于电话的事,您看到了,我和主管部门打交道确实够多了吧,但在我这儿没有电话。在旅馆那样的地方,电话也许很派用场,它就像个放音乐的自动唱机,充其量也就是如此,没有更多作用。您在这儿打过电话吗?打过?好了,那您也许会明白我的话。在城堡里,电话机显然起着非常重要的作用,正像别人对我说的,在那儿电话从早到晚一直响个不停,这当然大大加快了工作进度。这种从不间断的电话声,在这儿的电话机里,我们听起来就像是嗡嗡声和哼唱声,这种声音您肯定也听到过。然而,这种嗡嗡声和哼唱声正是这儿的电话机所能传递给我们的唯一正确的和值得相信的东西,其他一切都是骗人的。同城堡没有专线联系,没有电话总机把我们的电话转过去。要是人们从这儿往城堡里打电话,那么,在那里,最基层的部门的所有电话机都会响个不停,或者说所有的电话机都会响个不停;要是电话机不响,我可以肯定,几乎所有的电话机都把铃摘掉了。但有时也会有某个官员实在疲倦了,需要稍微消遣一下,特别是在深更半夜,这时他会把电话铃放上去,于是,我们就会得到回话,这种回话当然只不过是个玩笑而已。这也是很容易理解的,谁敢为个人一点小小的伤心事儿来干扰他们正在火速处理的最重要的工作呢?我也不明白,要是一个外乡人,比如给索尔迪尼打电话,他怎么就可以相信,对方给以答话的真的就是索尔迪尼本人呢?那很可能是某个毫不相干的部门里的一个小抄写员。相反,要是人们给一位小小的抄写员打电话,接电话的却是索尔迪尼本人,这种情况当然很难遇到。当然,最好的办法是,在听到对方的回答声之前,就从电话机旁跑开。”

“我当然没有看到过这种情况,”K说,“这些详细情况,我以往是不知道的;对电话里谈的事情,我并不特别相信。我总觉得,只有城堡真的知道了的事情,或直接报告给城堡的事情,才具有真实意义。”

“不对,”村长死死抓住“意义”这个词不放,说道,“电话里的这些回答绝对具有真实意义。怎么会没有真实意义呢?城堡里的一位官员所提供的一种情况怎么会毫无意义呢?这一点我在看克拉姆的信时就已经说过了;所有这些话毫无官方的意思。若是您给这些话硬是加上官方的意义,那您就错了;相反,信里写的是表示友好,还是敌意,其私人意义要比官方意义大得多。”

"那好,"K说,"假如事情都像您说的那样,那我在城堡里就该有一大批好朋友啦。仔细想来,在许多年前,有某个部门心血来潮,说是可以招聘一位土地测量员。对我来说,这是个友好的举动,在接下去的日子里,就是一步接一步地下来,直到最后当然是这个很糟糕的结局,我被诱骗到这儿,而现在又威胁要把我撵走。"

"您的看法有一定道理,"村长说,"人们不能照字面上的意义去理解城堡里的看法,这一点您是对的。但是,到处都得小心,不仅仅是在这件事上要小心;遇到的看法越重要,就越需要小心。但您说是被诱骗到这儿来的,对此我无法理解。如果您能更仔细地听我解释的话,那您一定会知道,招您到这儿来的问题实在太难回答,我们在这里通过短短的一次交谈是回答不了的。"

"照这样说,"K说,"结果仍然是一切都不明确,而且无法解决,包括把我撵走在内。"

"谁敢把您撵走,土地测量员先生?"村长说,"正因为您是不是被聘来的这个问题还不清楚,您才受到最为客气的待遇,只是看来您太敏感了。谁也不挽留您,但这并不是说要把您撵走呀。"

"哦,村长先生,"K说,"这会儿又是您把某些事情看得清清楚楚的。我这就给您列举几点留我在这儿的理由:我作出牺牲,离乡背井,经过艰难的长途跋涉,来到这儿,我因在这儿受聘而有充分的理由怀着希望,现在我身无分文处于困境,回家乡无法再找到相应的工作,最后还有一点,这绝对不是无足轻重的,那就是我的未婚妻是当地人。"

"噢,弗丽达,"村长说,丝毫没有表示吃惊的样子,"这我知道。但您到哪儿,弗丽达也会跟您到哪儿。至于其他一些事情,这儿当然要给以适当考虑。我肯定是会向城堡报告的。要是真的有决定下来,或者,要是事先真的还有必要再次询问您,我会叫人来找您。这样做,您同意吗?"

"不同意,绝对不同意,"K说,"我不要求城堡给我什么恩赐,我只要求能够得到我的权利。"

"米西!"村长对妻子说,他妻子一直依偎着他,坐在这儿,似乎沉溺于梦幻之中,手里玩弄着克拉姆的信,并把它折叠成一只小船。这时候,K大吃一惊,把信从她手里一下子夺走。"米西,我的腿又开始疼了,咱们必须把

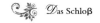

绷带换一换。"

K站起身来。"那我就告辞了，"他说。"好的，"米西说，她已经准备好了膏药，"这儿穿堂风太大。"K转过身；两个助手还在很不恰当地竭力为米西效劳，这时听到K的最后这句话，赶忙去把两扇门打开。K为了不让强烈的冷空气吹进病人的房间，只好匆匆忙忙地向村长躬身告辞。随后，他拉起两位助手跑出房间，并迅速把门关上。

第六章

老板正在客店门前等他。要是 K 不问他,他就不敢和他说话,因此,K 问他有什么事。"你找到新的住处了吗?"老板问道,眼睛朝地上望着。"是你老婆叫你问的吧,"K 说,"你总是很顺从她吗?"——"不,"老板说,"不是她叫我问你的。但她因你的缘故烦躁不安,总是很不高兴,活儿也不愿干了,躺在床上不断唉声叹气的,一个劲儿地抱怨别人。"——"要叫我到她那儿看看吗?"K 问。"我就是为此来请你的,"老板说,"我本想去村长那儿接你,我站在村长门口听了听房间里的动静,你们在说话,我不想打扰你们,而且我也放心不下我的老婆,所以就跑了回来。可是,她不让我到她身边,因此我没有别的办法,只好等你来。"——"那就快去,"K 说,"我会很快让她安静下来的。"——"要是能办到,那倒好。"老板说。

他们穿过明亮的厨房,厨房里有三四个女仆,她们彼此离得很远,顺手找了点活儿干,但一看见 K 进来,就木鸡似的在那里发愣。在厨房里,人们就能听见老板娘唉声叹气的声音。她躺在一间小屋里,一堵轻便的木板墙将小屋和厨房隔开。小屋只能放下一张大双人床和一个橱柜。床放的位置正好能让人从床上看到整个厨房,并能监督厨房里的工作;相反,从厨房里却几乎看不见小屋里有什么东西。屋内光线很暗,只有红白相间的床单闪着微光。只有走进小屋,待眼睛习惯黑暗之后,才能分辨出屋里的各种东西。

"您终于来了。"老板娘虚弱地说,她仰天躺着,显然呼吸很困难,所以她把鸭绒被推开。她躺在床上,看上去要比穿着外衣年轻得多,头上戴的那顶睡帽绣着精致的花边,虽然睡帽太小,在头发上摇晃着,但这使她那憔悴的面容显得楚楚可怜。"怎么就该我来呢?"K温和地问道,"您没有叫人喊我呀。"——"您不该让我等这么久。"老板娘用病人的固执口气说。"您请坐,"她说,同时指了指床边,"其他人都给我走开!"因为除了两位助手,女仆们这当儿也拥了进来。"我这就走,珈德娜。"老板说。K第一次听到这个女人的名字。"那还用说。"她慢吞吞地说,好像在想着别的事情。接着她心不在焉地补充道:"为什么偏偏你还要留下呢?"大家退回到厨房里了——两个助手这次也立刻跟着走了,当然他们是紧跟在一个女仆后面离开的——珈德娜够警觉的,她知道从厨房能听清小屋里说的话,因为屋子没有门。于是,她命令大家要离开厨房,这一点马上就做到了。

"请您了,"珈德娜随后说,"土地测量员先生,在橱柜前面挂着一条毯子,您把它递给我,我想把它盖在身上,我受不了这条鸭绒被,呼吸实在困难。"K把毯子拿给她之后,她又说:"您看,这条毯子挺漂亮,是吗?"K觉得这是一条普通毛毯,只是出于礼貌又把毯子摸了摸,但没说任何话。"是的,这条毯子挺漂亮。"珈德娜又说,并把毯子盖到身上。现在她平平静静地躺在那里,一切痛苦似乎都从她身上消失了,甚至她突然想到头发由于躺着而有点蓬乱了,于是她又坐起来一会儿,把睡帽周围的头发稍微理了理。她的头发非常浓密。

K变得不耐烦了,于是说:"老板夫人,您让人问我是不是找到了另外一个住所。"——"是我让人问您的?"老板娘说,"没有,您一定是搞错了。"——"您的丈夫刚才就这样问过我。"——"这我相信,"老板娘说,"我和他的想法不一致,当我不想让您在这儿时,他挽留了您,现在您住在这儿,我感到很高兴,可是他要把您撵走。他总是这个样子。"——"这么说,"K说,"您对我的看法彻底改变了?在一两个小时内就彻底改变了?"——"我没有改变我的看法,"老板娘更为虚弱地说道,"把您的手递给我,对,就这样。现在您要向我保证,对我您要十分坦率,我对您也一样坦率。"——"那好,"K说,"可是谁先开始说呢?"——"我。"老板娘说。她给人的印象,不像是要以此来对K让步,而是急切地要先说。

她从枕头底下抽出一张照片,递给K。"您看看这张照片。"她恳求道。为了看得更清楚一些,K一步迈进厨房里,但即便是在那儿,要看清照片上是什么也不容易,因为时间太久远了,照片已经褪色,有几处已经破损,压皱了,弄脏了。"照片弄得太不像样了。"K说。"真可惜,真可惜,"老板娘说,"要是长年累月把它带在身上东奔西走,一定会弄成这个样子。不过,要是您仔细看看,就会分辨清楚,肯定会看得清清楚楚的。再说,我还可以帮助您。请您告诉我,您看到了什么,我很愿意听别人谈谈这张照片。哦,您看到什么了?"——"一个年轻的小伙子。"K说。"对,"老板娘说,"他在干什么呢?"——"我想他躺在一张木板床上,伸直四肢,打着哈欠。"老板娘笑了。"完全错了。"她说。"可是,这儿确是一张木板床,而且他躺在上面。"K坚持自己的看法。"请您再仔细瞧瞧,"老板娘生气地说,"他真的是躺着吗?"——"不,"K这时说道,"他没有躺着,他是飘浮在空中,现在我看清楚了,这根本不是木板床,而可能是根绳子,这位年轻人正在跳高呢。"——"您瞧,"老板娘高兴地说,"他在跳高,官方的信使们也是这样进行练习的。我早就知道,您会看清楚。您看到他的脸吗?"——"我只能看到他一点儿脸,"K说,"显然,他是在使劲儿,张着嘴巴,眯缝着眼睛,头发飘动着。"——"很好,"老板娘赞扬道,"一个没有亲眼见过他的人,是不可能看出更多东西的。不过,这是个漂亮的小伙子;我只是匆匆见过他一面,但永远也不会忘记他。"——"他究竟是谁呢?"K问。"他是,"老板娘说,"他是信使,克拉姆就是通过他第一次叫我到他那儿去的。"

K无法专心听下去了,他被玻璃窗发出的响声分散了注意力。他立刻发现了干扰他的原因。两个助手正站在外面院子里,两只脚在雪地里轮换着一蹦一跳的,样子像是他们又见到了K显得非常高兴的样子;他们高兴得伸出手,指着K让对方快看,同时一个劲儿地用手指敲厨房的窗玻璃。K做了个表示吓唬的动作,他们就立刻跑开了,而且彼此你推我搡的,但一个很快摆脱开了另外一个,于是他们又来到窗口。K急忙回到小屋里,两个助手从外面再也看不到他了,可以肯定,他也看不见他们。但是,轻叩窗玻璃的恳求似的笃笃声对着他响了好长时间。

"又是那两个助手。"他抱歉地对老板娘说,并指着外面,但老板娘并没有注意他,而是把照片从他手里拿过去,看了看,把它弄平,随后重新塞到枕头底下。她的动作变得更为缓慢了,但这并不是因为疲倦,而是因为对往事的回忆沉重地压在她心头。她很想对K讲讲自己的经历,但由于沉溺于回忆而把他给忘了。她低头拨弄着毯子的流苏,过了一会儿才抬起眼,用手擦擦眼睛说:"这条毯子也是克拉姆送的,这顶睡帽也是。回想起来,这张照片、这条毯子和这顶睡帽是他送给我的三件纪念品。我不像弗丽达那样年轻,也不像她那样野心勃勃,那样会体谅人,她是很会体谅人的;简短地说吧,我懂得怎样适应生活,但我必须承认,若是没有这三样东西,我在这儿就坚持不了这么久,是的,我可能连一天也坚持不下去。这三件纪念品在您看来也许是微不足道的,但您看,弗丽达和克拉姆交往了这么久,却根本没有一件纪念品。我曾经问过她,她实在太热情,而且也很难得到满足;而我相反,我和克拉姆只来往了三次,后来他不再让人叫我去了,我不知道是什么缘故,我预感到,同他交往的日子不会很长,因此就带回了这些纪念品。当然,自己必须多个心眼,克拉姆本人是不会主动送东西的,不过,要是在他那里看到有什么合适的东西,就可以求他让你拿走。"

K 听了这些事,心里觉得很不舒服,尽管这些事与他的关系很大。

"这些事至今有多久了?"他叹了口气问道。

"二十多年了,"老板娘说,"有二十好几年了。"

"事情过去这么久了,您对克拉姆竟然还是如此忠诚。"K 说道,"老板夫人,您知道吗,当我想到我未来的婚姻时,您讲的这些事是会让我感到十分担忧的。"

老板娘觉得,在这方面 K 把自己的事掺和进来不太得体,因此,她恼怒地斜眼瞪着他。

"您可别生气,老板夫人,"K 紧接着说,"我没有说一句反对克拉姆的话,不过,这些事使我和克拉姆产生了某种关系,这一点,就连最崇拜克拉姆的人也不能否认。事情就是这样。因此,无论是谁,一提到克拉姆,我总不由自主地会想到我自己,我老是改不了。另外,老板夫人,"——说到这里,K 抓住她那犹犹豫豫的手——"您想想,上次谈话我们是不欢而散,这一次,我们要平心静气地分手。"

"您说得对,"老板娘说,她低下了头,"不过,请您体谅我吧。我不像别人那样敏感,相反,每个人总有自己敏感的地方,我只有这么一处敏感。"

"很遗憾,这也是我敏感的地方,"K 说道,"不过,我肯定能控制自己;老板夫人,请您告诉我,要是弗丽达真的也像您这样一往情深,我在婚姻生活上该怎样忍受她对克拉姆的这种可怕的忠诚呢?"

"可怕的忠诚?"老板娘怒声怒气地说,"难道这也是忠诚? 我对我的丈夫忠诚,可是对克拉姆呢? 克拉姆曾经一度把我选做他的情人,我会有一天失去这个等级吗? 您问,在弗丽达身上,您该怎样忍受这件事儿吗? 啊,土地测量员先生,您是个什么人,胆敢提这样的问题?"

"老板夫人。"K用警告的语气说。

"我知道,"老板娘顺从地说,"可是,我丈夫没有提出这类问题。我不知道,到底谁是不幸的,是当时的我,还是现在的弗丽达? 是勇敢地离开克拉姆的弗丽达呢,还是他不再派人叫去他那儿的我呢? 也许弗丽达不幸,即便她还没有充分理解她不幸的程度有多大。但我一直只是想着我当时的不幸,因为我总是问我自己,其实今天我还一直在这样问自己:这件事怎么会发生的? 克拉姆三次叫我到他那里去,但第四次却不叫我去了,而且不会再有第四次! 那些日子我在想些什么呢? 此事过了不久,我就和丈夫结了婚,除了和克拉姆的事之外,我还能和我丈夫谈些什么呢? 在白天,我们忙得不可开交,没有一点空闲,那时我们把客店,这个很糟糕的客店,接了过来,我们必须设法使它兴隆起来,可是,在夜里呢? 多年来,我们在夜里的谈话都是围绕克拉姆以及他改变主意的原因。要是我丈夫谈着谈着睡着了,我就把他唤醒,于是我们继续谈下去。"

"说到这里,"K说,"要是您允许的话,我要冒昧地提个问题。"

老板娘没吭声。

"这么说,不许我提问题了,"K说,"这对我来说也够了。"

"当然,"老板娘说,"这对您来说也够了,特别是这事。您把什么都误解了,甚至对我的沉默也误解了。您只会误解人。我允许您提问题。"

"要是我把一切都误解了,"K说,"那我也许把我的问题也误解了。我的问题也许根本就不怎么冒昧。我只想知道,您是怎么认识您丈夫的,这个客店怎么落到了你们的手里?"

老板娘皱起了眉头,但满不在乎地说:"事情非常简单。我父亲是铁匠,而汉斯,我现在的丈夫,那时是一个大庄园的马夫,经常到我父亲这儿来。那时,在我和克拉姆最后一次会面之后,我非常痛苦,其实并不该感到痛苦,因为一切都顺理成章,该怎么发生就怎么发生了。克拉姆不需要我再去他那儿,这是他自己的决定,因此一切都顺理成章。只是原因当时还不清楚,我也不可以刨根问底,但我不该感到痛苦。可是,我做不到,我很痛苦,没法再干活,于是我整天坐在房前的小花园里。汉斯看到我在那儿,有时就到我身边坐坐;我并不向他诉说自己的痛苦,但他知道是怎么回事,因为他是个十分善良的年轻人,所以他常常陪着我掉眼泪。当时的客店老板死了老婆,因此他不得不放弃客店的经营,再说他本人也上了年纪。有一回,他从小花园里走过,看到我们坐在那儿,便停下了脚步,没费多大劲儿就把客店租给了我们。他对我们也非常相信,所以根本没有要我们的预付金,而且租金也定得很便宜。我不想成为父亲的一个负担,其他的一切我都不在乎,于是,我想着这个客店,想着也许会让我把过去忘掉一点的新工作,就嫁给了汉斯。这就是整个事情的前前后后。"

沉默了一会儿,K说:"原客店老板的行为真难得,但不谨慎,或许他信任你们是有特别的原因吧?"

"他非常熟悉汉斯,"老板娘说,"他是汉斯的叔叔。"

"这么说,就很自然了,"K说,"汉斯一家显然非常看重和您攀这门亲了?"

"也许是吧,"老板娘说,"这事我不知道,我从来也没有关心过这件事。"

"事情肯定是这样,"K说,"若是这家人情愿做出这样的牺牲,而且在没有任何保证的情况下,便轻易地把客店转交到你们的手里,那肯定是愿意攀这门亲的。"

"后来,事实表明,这样做并不是不谨慎。"老板娘说,"我全身心投入了工作,我是铁匠的女儿,身体很强壮,不需要女仆,也不需要长工;我到处跑来跑去,忙个不停,在酒吧间,在厨房,在马厩,在院子里,我无处不在,我的饭菜烧得那么好,以至于把贵宾旅馆的客人们都拉了过来。您中午还从来没有到过店堂,您不知道在这儿用午餐的顾客有多少。那时,顾客比现在还多,现在有许多客人不到这儿来了。结果是,我们不仅能按期如数交付租金,而且几年之后,我们把整个客店都买了下来;今天,我们几乎没有一点儿债务了。另一个结果,当然是我在这期间被毁了,患了心脏病,而且成了个老太婆。您也许以为我比汉斯大得多,但实际上他只比我小两三岁,再说,他当然也不见老，因为他干的都是轻轻松松的活儿，抽抽烟，听听顾客闲聊，磕磕烟斗，抖掉烟灰，有时给客人端杯啤酒——干这种活儿是不会老的。"

"您的成绩真值得钦佩，"K说，"对此没什么可怀疑的，但我们谈的是您结婚之前的日子，在那个时候，倘若汉斯家甩出一大笔钱，或者说，至少是冒着把客店交给你们的风险，急忙催逼办婚事，而且通过这门婚事，汉斯家所能得到的，除了您这个大家还根本不了解的劳动力和汉斯的劳动力之外，再也没其他希望可以获得什么好处，那么，事情的确是有点儿奇怪。"

"哦，得了，"老板娘疲惫地说，"我知道，您话里是什么意思，但实际上您所想的都不对。在所有这些事情上都跟克拉姆无关。为什么克拉姆就该关心我呢？或者，说得更确切些，他怎么能为我操这份心呢？他那时根本就不知道我的情况。他不再叫人来喊我了，这就是他把我忘记的一个标志。他不再叫谁到他那儿去，他就是把谁全给忘了。我不想在弗丽达面前谈论这件事。这不仅是忘记，简直比忘记更糟糕。一个人把谁给忘了，今后还可以再想起来的。这一点，克拉姆无论如何是做不到的。他不再叫谁到他那里去，那他不仅是把这个人的过去全忘了，在将来也绝不会再想起来。要是我多费点心思，我准能猜透您在想些什么。您的想法在这儿毫无意义，在您的外地家乡也许有点儿道理。您也许到了胡思乱想的地步，以为克拉姆之所以把汉斯交给我，让他做我的丈夫，目的很清楚，是因为将来他再喊我到他那儿去，我就不会遇到多少障碍。好了，这种胡思乱想已经到了极端。要是克拉姆再给我个暗示叫我去他那儿，有哪个男人能够阻挠我到他那儿去呢？如果说有这样的人，这个人又在哪儿呢？所以，您这是胡思乱想，不折不扣的胡思乱想；谁要是这样一个劲儿地胡思乱想，谁就成了个昏头昏脑的糊涂虫。"

"不，"K说，"我们不想把自己搞得昏头昏脑的，我在思想上还没有走到这么远的地步，还没有走到您所猜想的那么远，老实说，虽然我正在往这条路上去想。目前，唯一使我感到惊奇的是，汉斯的亲属对这门亲事抱着如此大的期望，而这些期望事实上也果真实现了，当然您付出了沉重的代价，那就是您的心脏和您的健康。想到这些事情同克拉姆的某种联系，我确实产生了某些想法，但还没有发展到您所说的那种胡思乱想的程度。您那样说，显然目的只有一个，那就是为了对我再狠狠训斥一顿罢了，因为这样能使您心情舒畅一些。但愿您能够心情舒畅!但我的想法却是:首先,克拉姆显然促成了您的这门亲事。要是没有克拉姆,您就不会郁郁寡欢,您就不会无所事事地坐在屋前的小花园里;要是没有克拉姆,汉斯就不会在那儿看见您;要是您不悲伤痛苦,胆小羞怯的汉斯就不敢和您说话;要是没有克拉姆,您就不会和汉斯一起掉眼泪;要是没有克拉姆,那位善良的老叔叔——原先的客店老板,就绝不会看见汉斯和您安安静静地坐在一起;要是没有克拉姆,您就不会对生活抱无所谓的态度,也就不会和汉斯结婚。好了,我觉得,在所有这些事情上,已经足够表明是克拉姆在起作用。但事情还不止是这些。要是您不竭力忘记过去,您肯定不会毫无顾忌地损害自己的身体而拼命工作,您就不会把客店搞得这么兴隆。在这方面,也是克拉姆在起作用。撇开这些不说,克拉姆还是您生病的原因,因为您的心脏在结婚之前已经被不幸的痴情给搞得精疲力竭了。现在,还留下一个问题,是什么吸引汉斯的亲属渴望他跟您结婚。您本人有次提到,做克拉姆的情妇就意味着提高了地位,而这个地位永远不会失去。是啊,也许是这一点深深吸引了他们。但除此之外,我认为,他们还希望把您引到克拉姆那儿去的一颗福星——如果这是一颗福星的话,不过您认为这是颗福星——是属于您的,因此必定会留在您身上,永远不会像克拉姆那样,很快地,而且很突然地离开您。"

"您是当真这么说吗?"老板娘问。

"我是当真这么说的,"K 马上说,"只是我认为,汉斯的亲属所抱的期望既不是全对,也不是全错;我觉得,我也看出了他们所造成的错误。从表面上看,一切似乎都如愿以偿。汉斯获得了很好的生活保障,娶了个身材魁梧的妻子,受到人们的尊敬,客店也还清了所有债务。但是,其实不是什么都如愿以偿。要是汉斯和一个与他初恋的普通姑娘结婚,那他肯定会幸福得多。假如说,他有时失魂落魄似的站在客店的酒吧里,正像您指责他的那样,那么这是因为他真的感到失魂落魄——这倒不是他感到自己的婚姻不幸福,这一点是肯定的,我对他早就非常了解——但同样可以肯定的是,这位漂亮、聪明、善解人意的年轻人,若是和另外一位女子结婚,会觉得更加幸福,我说这话的意思是,他会更独立,更勤奋,更富有男子气概。而您本人肯定是不会幸福的,并且正如您所说,假若没有这三件纪念品,您简直就不想再活下去了,而且您还得了心脏病。那么,汉斯的亲属所抱的期望难道没有道理？我也不这么认为。美好的福星就高挂在您的头上，但他们不知道怎样把它摘下来。"

"他们究竟错过了什么事情呢？"老板娘问。这时，她四肢伸展开来，仰天躺着，眼睛盯着天花板。

"他们错过了去问克拉姆。"K说。

⑪"这样，我们就又回到您的事情上来了。"老板娘说。

"或者说，又回到您的事情上来了，"K说，"咱们的事情是密切联系在一起的。"

"这么说，您到底想从克拉姆那儿得到什么呢？"老板娘说。这时，她已经坐了起来，抖抖那些枕头，为的是能坐着靠在上面。随后，她直愣愣地盯着K。"我十分坦率地对您讲了我的情况，关于我的经历，您有所了解了。现在，请您也坦率地告诉我，您想问克拉姆什么事。我费了好大劲儿才说服弗丽达上楼回自己的房间，老老实实地待在那儿；我生怕您当着她的面，不会痛痛快快地有什么就说什么。"

"我没有什么可隐瞒的，"K说，"但是，我想首先请您注意几件事。克拉姆非常健忘，这您提到过。不过，第一，我觉得这是不大可能的；第二，这又无法得到证实，显然只不过是个传说，而且只不过是那些在克拉姆身边受宠爱的姑娘们编造出来的。令我感到十分吃惊的是，您竟然会相信如此庸俗的虚构。"

"这并不是什么传说，"老板娘说，"这完全是根据一般经验得出来的结论。"⑫

"通过经验也可以反驳这一结论，"K说，"但您的事情和弗丽达的事情还是有很大区别的。克拉姆不再找弗丽达去，这在某种程度上来说就根本不会出现。相反，他叫她去过，但她没有遵从。甚至有可能他还一直在等她呢。"

老板娘没吭声，只是用目光上下打量K。随后她说："我非常乐意仔细倾听您要说的一切。您尽管直说，不用拐弯抹角，不用考虑我的面子。我只有一个请求：请您不要使用克拉姆的名字。您可以称他是'他'或别的什么，但不要指名道姓地提他的名字。"

"我很乐意照您说的去做，"K说，⑬"不过，我想从他那儿得到什么，这很难说。首先,我想在近处看看他;然后,我想听听他的声音;我还想从他那儿了解他对我们的婚姻究竟持什么态度。这之后我还有什么事要请求他,这要取决于谈话的进程。有些事情可以加以讨论,但对我来说,最重要的是,我能面对面地站在他面前看看他。因为我还从来没有和一位真正的官员谈过话。这一点看来要比我所想象的更难实现。但现在我有责任同他进行一次私人谈话,而且我认为,这样做要容易得多。他作为官员,我只能在城堡里,在也许是永远无法进入的他的办公室里,或者是——这已成问题——在贵宾旅馆里,同他谈话。然而,他以私人身份,我就到处能跟他谈,在房间里,在马路上,在只要我能够碰得到他的地方,都能跟他谈。若是他随后能顺便作为官员同我面对面地谈谈,我自然也会乐意接受,不过这可不是我的首要目的。"

⑭"好,"老板娘说,这时,她把脸藏到枕头里,似乎要说些难以启齿的话,"假如我通过关系,能把您想同克拉姆谈话的请求转达给他,那么请您答应我,在克拉姆的答复到来之前,您可不能自作主张地采取什么行动。这您做得到吗?"

"这我不能向您保证,"K说,"尽管我很乐意满足您的要求,或者说满足您的心情。因为事情非常紧迫,特别是因为我和村长的谈话没得到好结果,事情就变得更为紧迫。"

"这个借口不能成立,"老板娘说,"村长是个无足轻重的人。这一点难道您还没有发觉? 一切都是他老婆安排的,要是没有他老婆,他连一天村长都当不成。"

"您是说米西?"K问道。老板娘点点头。"她当时也在场。"K说。"她没有说什么?"老板娘问。

"没有,"K说,"但我也没有获得她能表示什么意见的印象。"

"啊呀,"老板娘说,"在这儿,您把什么事情都看错了。不管怎样,村长对您说的事没有什么意义;我要找机会同这个女人谈谈。如果我向您保证,克拉姆的答复最晚一个星期之后就会到,那您再也没有理由不答应我的要求了。"

"这一切都不是决定性的,"K说,"我的决心已定,决不动摇。若是我得到拒绝我的要求的答复,我也要千方百计实现我的决心。既然我一开始就有这种打算,我就可以事先不提出谈话的请求。如果不提出请求,这也许是个大胆的、相信可以实现的企图。但是,如果我的要求遭到拒绝,我还硬要找他谈话,这就是公然违法的行为了。这样做,当然糟糕得多。"

"糟糕得多?"老板娘说,"不管怎么说,这事都是违法的,现在您想怎么干就怎么干吧。请您把裙子递给我。"

尽管当着 K 的面,但她仍然毫无顾忌地穿上裙子。随即,她匆匆忙忙跑进厨房。人们早就听到店堂里传来一阵阵的嘈杂声。有人在敲递送饭菜的小窗户。两位助手猛地将门推开,朝里边喊叫起来,说肚子饿极了。那儿还出现了另外几张面孔。人们甚至还听到有好几个人在压低嗓门哼唱呢。

当然,K 和老板娘的谈话大大拖延了烧午饭的时间。午饭还没准备好,但是客人们已经聚拢在店堂里。不过,一直没有人敢违背老板娘的禁令,擅自踏进厨房。这时候,在小窗口张望的人报告说,老板娘已经来了,女仆们便立刻跑进厨房。当 K 走进店堂时,为数相当可观的一群人,男男女女有二十多个,像乡下人,但又不是农民打扮,他们从小窗口一窝蜂似的拥向餐桌,给自己抢个坐位。在角落的一张小桌子旁,一对夫妇带着几个孩子已经坐了下来;那个男子很和善,蓝眼睛,灰白的头发与胡须乱蓬蓬的,他站起来,朝孩子们俯下身,手里拿着把餐刀,给孩子们打拍子,指挥他们唱歌,同时尽量把歌声压低一些;也许,他想用歌唱让孩子们忘记饥饿。老板娘向顾客们淡淡地说了几句抱歉的话,不过没有人责备她。她环顾一下四周,想找老板,而老板因害怕这种困难局面早就溜走了。随后,她慢慢地走进厨房,没有再看 K 一眼;K 急忙跑回自己的房间去找弗丽达。

第七章

在楼上，K碰见教师。令K感到高兴的是，房间收拾得既整洁又干净，变得几乎认不出来了，弗丽达真勤快。房间通风很好，火炉烧得旺旺的，地板洗刷过了，床铺理得整整齐齐的；女仆们的东西，那些叫人一看就讨厌的东西，包括她们的照片，都不见了；那张桌子，先前不管怎么看，到处都结着厚厚的污垢，实在叫人恶心，现在却铺上了一块洁白的绣花桌布。现在，K可以在这儿接待客人了；他的那一小堆脏衣裳，显然弗丽达大清早就洗了，现在正挂在炉子那儿烘干，只是看上去显得不怎么雅观。教师和弗丽达坐在桌边，K进来时，他们站起身来。弗丽达给了K一个吻，对他表示欢迎，教师略微躬了躬身。K一副心不在焉的样子，他对刚才同老板娘的谈话仍然感到有些激动。这时，他才开始对自己至今还没有拜访教师表示歉意；他以为教师是因为他一直没去拜访，等得不耐烦了，所以才亲自登门拜访他。可是，这位举止得体的教师似乎现在才慢慢记起来，他和K之间曾经约好K去拜访他一次。"原来是您，土地测量员先生，"他慢吞吞地说，"您就是几天前在教堂广场和我说话的那个外乡人。"——"对。"K简短地说；当时，他很孤独，所以他能容忍教师那种居高临下的态度，可是在这儿，在他自己的房间里，他不能再容忍了。他转向弗丽达，同她商量他马上就要进行的一次重要拜会的事。这次拜会，他说他必须尽可能穿得好一点。弗丽达没有再问K什么，立刻喊两位助手过来，那两个助手正在忙着找那块新的桌布呢；弗丽达命令他们到院子里把K正在脱下的西服和靴子认认真真地刷干净。她自己则从晾衣服的绳子上拿下一件衬衫，赶忙跑到楼下的厨房里去熨一熨。

现在，房间里只剩下 K 和教师了，教师又默默地在桌边坐下；K 让他再稍等一会儿，他脱下衬衫，开始在洗涤盆里擦洗身子。他背对着教师，现在他才问起他来的原因。"我是受村长先生的委托来的。"教师说。K 准备听听是什么委托，但因为他把水弄得哗啦哗啦响，很难听清楚教师说的话，所以教师不得不凑近一点，倚在 K 旁边的墙上。K 深表歉意，说他不得不赶紧擦洗一下身子，因为急着要去进行一次已经约好的拜会。教师并没有理睬他的话，而是说："您在村长先生面前实在太不礼貌，他可是个阅历丰富、德高望重的老人。"——"我不知道我对他有所失礼，"K 一边说，一边把自己的身子擦擦干，"不过，我当时所想的可不是什么举止得体不得体的事，而是别的，这样也不错，因为这涉及到我的生存问题，我的生存已经受到可耻的官方办事态度的威胁。关于这方面的细节，我不必对您叙述了，因为您本人也是官方机构中的一分子。村长抱怨我了？"——"他对谁有过抱怨呢？"教师说，"即使他有那么一个人可抱怨，难道他就真的会抱怨吗？我只是根据他的口授起草了一份他和您谈话的纪要，从中我足能清清楚楚地了解到村长先生的善意，了解到您又是怎样回答的。"

弗丽达准是在整理房间时把 K 的梳子放到别的地方了。K 边找梳子边说："怎么？会谈纪要？事后，在我没到场的情况下，让一个根本就没有参加会谈的人写会谈纪要？这倒也不坏。为什么要写份纪要呢？难道这是一次官方的正式会谈吗？"——"不，"教师说，"这是一次半官方的谈话，会谈纪要也只是半官方性质的；之所以要写份谈话纪要，只是因为在我们这儿不论干什么事，都有严格的制度。反正，会谈纪要写好了就搁在那儿，它并不能给您增加什么光彩。"K 的那把梳子原来落到了床上，他终于找到了它。这时，K 更为平静地说："那就让它在那儿搁着吧。您今天来就是为了把这件事告诉我？"——"不，"教师说，"但我可不是个机器人，我必须把我的看法告诉您。村长先生这次派我来您这儿，这又证明了他的善意；我要强调指出，对村长先生这次所表示的善意，我简直无法理解；我来执行这项任务，只是受我的职位所迫，也是出于对村长先生的尊敬。"K 已经梳洗完毕。这时，他坐在桌子边等人来给他送衣服；他对教师给他带来的消息并不特别感兴趣；另外，老板娘那种藐视村长的态度，也对 K 产生了影响。"现在已经过中午了吧?"K这样问道,但他脑子里所想的却是他将要走的路,接着他又改口说:"您想把村长说的一些话转达给我。"——"嗯,是的,"教师说着耸了耸肩,好像他要把自己的所有的责任全部抖掉似的,"村长先生担心,要是关于您的事情的决定迟迟下不来,那您会自作主张,轻举妄动的。我本人不知道,他为什么对这件事感到担心;我认为,您可以想干什么就干什么。我们也不是您的保护神,没有义务在您的所作所为方面为您操这份心。好了,村长先生可不这样看。上面作决定是伯爵主管当局的事,村长先生当然不能催促当局尽快做出决定,但他想在自己的职权范围内做出个临时的、真正慷慨的决定,问题的关键只在于您是否接受他的决定:他任命您临时担任校役职务。"K起先对给他提供职务一事并没注意,但是给他提供职务这一事实,他觉得并不是毫无意义的。这件事说明,根据村长先生的看法,K为了自卫可能会干出一些事来,而村民委员会单单为说明防止这些事情发生的原因,就得付出很大的精力。他们认为,这件事情是多么重要啊!教师在这儿已经等了一会儿,而且在此之前,他还写了会谈纪要,他肯定是被村长先生派到这儿来的。教师发现,他终于让K沉思起来。这时,他继续说道:"我说出了我的不同看法。我说,到目前为止,学校不需要校役;教堂执事的妻子时不时地打扫卫生,而且女教师吉莎小姐还经常加以监督。我和孩子们打交道够辛苦的了,我不想再有个校役来找我的麻烦。村长先生表示反对。他说,可是学校很脏。我反驳说,照实际情况看,学校并不太脏。我还补充说,要是我们让这个人来当校役,学校的卫生状况会变得好起来吗?当然不会。且不说他对这样的活儿一窍不通;学校只有两个大的教室,没有别的房间,校役肯定会带着自己的妻子在一个大教室里生活,睡觉,也许还会烧饭,这样一来当然会使学校变得更肮脏。但村长先生指出,对您来说,这样一个职位可以把您从困境中解救出来,因此,您就会全力以赴地做好工作。再说,村长先生还认为,要是有了您,我们也就会得到您夫人和您的两个助手的帮助,这样不仅学校,而且整个花园也会变得井井有条,干干净净,会成为典范。他说的这一切被我轻而易举地驳了回去,最后,村长先生再也举不出对您有利的例子了,他笑了起来,只是说,您是土地测量员,因此您会把校园里的花圃弄得整齐漂亮的。得了,对这些开玩笑的话,也没必要再提出什么异议了,因此我就带着任务来您这儿了。"——"教师先生,您不必再白费心了,"K说,"我并不想接受这样一个职位。"——"太好了,"教师说,"太好了,您毫无保留地拒绝了。"他说完便拿起帽子躬身告辞。

教师走后,弗丽达就立刻惊慌失措地奔到楼上来。她带来的那件衬衫还没有熨烫过;她对K的询问也不作回答。为了缓和她的紧张心情,K对她讲起教师的来意和给他提供职位的事;她几乎没听他说,便把衬衫往床上一扔,又匆匆地跑了。不一会儿,她又回来了,不过把教师带了回来。教师看上去很不高兴,根本就没有再打招呼;弗丽达请求他耐心一点——很显然,她在来这儿的路上已经请求过他好几次了——随后,她从K根本就不知道的一个边门把K拉到邻居的阁楼上。在那儿,她终于上气不接下气地讲起自己所遇到的情况。她说,老板娘对于她贬低自己的身份,承认了同K的关系,感到非常生气;更使她生气的是,弗丽达在K要求同克拉姆谈话方面迁就K,而且这样做,正如她所说的,弗丽达所获得的只能是冷淡的、虚情假意的拒绝。老板娘极其恼火,于是决定不再让K留在客店里了;假如他和城堡有关系,那他就赶快利用这种关系,因为今天,或者说现在,他必须离开客店,只有她接到官方的直接命令和强制安排,她才会再次考虑接受他。不过,她希望不要发展到命令和强迫的地步,因为她老板娘和城堡也有关系,而且也懂得主动利用这种关系。再说,他只是由于客店老板的疏忽大意才住进了客店,还有他根本就不是走投无路,因为他今天早上还在夸口说,有个住处时刻为他准备着呢。老板娘说,弗丽达当然要留下来。要是弗丽达和K一起搬走,她,老板娘,肯定会感到非常伤心。在楼下厨房里,她总是想着这件事,痛哭流涕地跌坐在炉边的地上,这位可怜的患心脏病的女人!可是现在,由于在她的想象中事情至少涉及到克拉姆的纪念品的荣誉问题,她不这样做还能怎样做呢?因此,事情关系到老板娘了。弗丽达当然会跟随着K,K想到哪里,她就会跟到哪里,即使跟他到冰天雪地里,她也不会反悔;但不管怎么说,他们两人的处境非常糟糕。因此,她怀着非常高兴的心情欢迎村长先生给K提供的职位;对K来说,尽管这并不是合适的职位,但毕竟是个职位,而且人家特别强调说明,这只是个临时职位;即使上面来的决定对他不利,但他接受这个职位就赢得了宝贵的时间,就可以很容易地再寻找其他的机会。"若是到了山穷水尽的地步,"弗丽达终于搂住K的脖子大声喊道,"那咱们就离开这儿!这个村子里有什么值得咱们留恋呢?不过,暂时还是接受这个职位,不是吗,亲爱的?我已经把教师带回来了,你只要对他说声'接受'就得了,其他什么也不需要说,而后我们就搬到学校去。"

"这真糟糕。"K说,但他并没有十分当真,因为住宿问题让他感到担心,再说,在这儿的阁楼上,两边没有墙,也没有窗户,强烈的冷风呼呼吹过,而他只穿着内衣,冻得直打哆嗦,"现在你刚把房间布置得这么舒适漂亮,而咱们又要搬家了!我不乐意,我真不乐意接受这个职位;想到要在这位矮个子教师面前低声下气,我就觉得痛苦不堪,而且现在他竟然要做我的上司。要是咱们在这儿能够再多待一会儿的话,我的处境今天下午也许就会好转。如果至少你能待在这儿,咱们还可以再拖一拖,先给教师一个模棱两可的回答。至于我,总能找到一个过夜的地方,要是迫不得已的话,我真的可以在酒吧间……"弗丽达用手捂住他的嘴巴。"这不行,"她怯生生地说,"求你了,不要再说下去了。别的我样样都依你。要是你乐意的话,我就一个人待在这儿,尽管这样对我来说非常痛苦。要是你乐意,咱们就拒绝这个差事,尽管我认为这样做是非常错误的。因为,你看,要是你能找到另外一个机会,哪怕是在今天下午找到,那咱们就立刻放弃学校的差事,这是不言而喻的,谁也不能阻挡我们这样做。至于在教师面前低声下气的问题,那就让我来处理,不会有这种事发生,我亲自去和他说,你只要在一边站着,什么也不用说,今后也是这样,如果你不乐意,你永远都不必和他说话;实际上,只是我单独一人做他的下属,而我也不会真的这样做,因为我对他的弱点了如指掌。所以,要是我们接受这个职位,什么也不会失去,可是要是我们拒绝接受,那就会失去好多好多东西;尤其是,要是你今天不能从城堡得到什么允诺的话,说真的,你休想在村子里找到一个栖身的地方,就是说,休想找到一个我作为你的未婚妻不必感到害羞的栖身之处。要是你找不到过夜的地方,在外面寒冷的黑夜里到处游荡,你还想要我安心睡在这儿暖烘烘的房间里吗?"弗丽达说这番话的时候,K把双臂交叉在胸前,双手一个劲儿地拍打,为的是使自己暖和一点儿。这时K说:"这么说,没有其他办法了,只好接受这个差事。跟我来!"

一回到房间,他立刻走到火炉边。他根本不去理会教师,教师正坐在桌边,取出怀表,说:"时间很晚了。"——"不过,对您的建议,我们现在完全取得了一致意见,教师先生,"弗丽达说,"我们接受这个职位。"——"好,"教师说,"但这个职位是提供给土地测量员先生的,他本人必须发表意见。"弗丽达赶紧帮着K解围。"那当然,"她说,"他接受这个职位。K,不是吗?"因此,K可以把自己的话限制在一个简简单单的"是"上,他说这个"是"也不是对教师,而是对弗丽达说的。"那么,"教师说,"现在我只有一件事需要做,那就是把任务交待给您,这样我们把话一次讲清楚,在这件事上也就永远取得了一致;土地测量员先生,您每天必须打扫两个教室,并生好火炉,负责屋子里的小修小补,另外还得亲自保管和小修教具和运动器械,必须清扫花园路上的积雪,必须替我和女教师送信,在天气暖和的季节里必须料理花园里的各种工作。作为报酬,您有权根据自己的选择住在一间教室里;但是,这只有在两个教室不同时上课时才行,如果您恰好住在要上课的那个教室里,那您当然必须搬到另一个教室里。不允许您在学校里做饭,您和您的随从人员在这儿客店里吃饭,费用由村里出。您必须按照学校的尊严行事,特别是不能让孩子们,尤其是在上课的时候,看见你们行房事的不雅观的情景。此事我只是顺便提一下,因为您作为有教养的人想必是知道的。与此有关的,我还想指出,我们坚持这一点,那就是,您要尽快让您和弗丽达小姐的关系合法化。有关这一切,还有其他一些细节,必须订个劳务合同,假若您要搬进学校,您必须立刻在上面签字。"这一切,K觉得都无关紧要,他的神情看上去好像事情与他无关,或者说,不管怎样都束缚不住他;只是教师的那副盛气凌人的样子叫他生气,于是他漫不经心地说:"那当然,这都是些普通的义务。"为了削弱这句话给人留下的不愉快的印象,弗丽达问起工资之事。"给不给工资的问题,"教师说,"一个月试用期之后再予以考虑。"——"对我们来说,实在是太艰难了,"弗丽达说,"我们几乎身无分文,要结婚,却没有一分钱,还要解决家庭的生活开销问题。教师先生,我们能不能向村民委员会提个申请,请求马上给我们透支点工资呢?在这方面,您能不能帮帮忙,向他们提个建议呢?"——"不行,"教师说,他的话一直是对着K说的,"只有在我的推荐下,才能提出这样的申请;而我不想这样做。给您提供这个职位,只是出于一片好心;若是一个人意识到自己在公众面前的责任,那就不应该滥用这样的一片好心。"这时,K几乎违背自己的意志,终于插了话。"教师先生,至于说到'好心'问题,"他说,"我认为您搞错了,

'好心'这话应该由我来说。"——"不,"教师说,同时微笑起来,因为他终于迫使K说话了,"对此,我十分清楚。我们迫切需要个校役,这种情形就和我们迫切需要个土地测量员一样。无论是校役,还是土地测量员,都是我们肩上的一个负担。我还得绞尽脑汁想出种种理由,向村民委员会说明给您这样的职位是正当的。在我看来,最好和最符合实际的办法是,把您的申请往桌上一扔了事,根本不需要再去说明什么理由。"——"这正是我要说的话,"K说,"您违背自己的意愿,迫不得已接受我。虽然您费尽心机,但您不得不接受我。要是一个人被迫接受另外一个人,而这另外一个人又可以让您接受,那么,这另外一个人就是出于一片好心。"——"真是怪论,"教师说,"是什么迫使我们接受您呢?迫使我们的是村长先生的善心善意。土地测量员先生,在您成为称职的校役之前,我看您必须抛弃您的一些荒诞思想。您的这样一些说法,当然不会得到大家的赞同:先给您发点工资。非常遗憾,我还要指出,您的举止态度也会给我带来许多麻烦;在整个时间里,您一直是穿着衬衫和内裤在和我讨价还价。这我早就发现了,简直叫人不能相信。"——"对了,"K笑着高声喊道,同时把双手一拍,"这两个古怪的助手呢!他们到哪儿去了?"弗丽达赶紧朝门口走去;教师发现K这时不愿再和他说话了,所以他问弗丽达,她和K什么时候搬到学校去。"就在今天。"弗丽达说。"那么,我明天上午就来检查工作。"教师说,随后他挥手告辞。他想从弗丽达给她自己打开的门里走出去,但冷不防和两个女仆撞了个满怀。两个女仆拿着自己用的东西进来了,她们要重新布置自己的房间。她们从来就没给谁让过路,因此,教师不得不从她们两个之间钻出去,弗丽达紧跟在他后面也出了房间。"你们真是太急了,"K说,这次,他对她们倒是感到很满意,"我们还在这儿呢,你们就要搬进来住了?"她们不作回答,只是狼狈不堪地转动着自己的一包东西。K搬进来时看到的那些又脏又破的衣服,此时从包里露了出来。"这些脏东西你们还没有洗吧。"K说。他这样说倒不是出于什么恶意,而是怀着几分好意说的。她们也看出了这一点,不约而同地咧开硬邦邦的嘴,无声地笑了,她们那漂亮、结实、动物般的牙齿清晰可见。"那就进来吧,"K说,"你们收拾布置吧,这可是你们的房间。"她们觉得自己的房间变化太大了,不禁犹豫起来。这时,K拉住她们当中一个人的手臂,要把她领到前面,但他马上又把手松开了,因为他发现,她们的目光显得非常惊讶,她们相互交换一下眼色之后,又愣愣地盯着 K 的身子。"现在你们可把我看够了吧。"K 说,他抑制住心里很不自在的感觉。这时,弗丽达走进来——两个助手怯生生地跟在她后面——拿来 K 的衣服和靴子,K 随即穿了起来。弗丽达对两个助手总是格外耐心,K 对此始终不理解,现在他又产生了这种感觉。弗丽达找了很长时间,才发现两个助手在楼下正舒舒服服地吃午饭,他们本应在院子里把衣服刷干净,结果没刷,弗丽达只好把团成一团的衣服抱上楼,亲自动手刷一刷。她一向善于管教小人物,但这时她没有责备他们,而只是当着他们的面说这是严重的失职,样子像是开个小小的玩笑,甚至像阿谀奉承似的轻轻拍了一下其中一个助手的面颊。K 本想就这件事先和她说说,但现在是赶紧搬走的时候。"助手们留下来帮你搬家。"K 说。两个助手当然不同意;他们吃得饱饱的,心情又特别舒畅,真想稍微活动活动。当弗丽达说了"当然啦,你们留在这儿"时,他们才服从了。"你知道我去哪儿?"K 问。"我知道。"弗丽达说。"那你不再阻挡我了?"K 问。"你会碰到许多障碍的,"弗丽达说,"我的话还有什么意思呢!"她吻吻 K,作为道别,同时把她从楼下为他带上来的一小包面包和香肠交给他,因为他还没有吃午饭;她还提醒他过会儿后不要再来这里了,要直接到学校去。然后,她一只手搭在他肩上,陪他出门。

第八章

K起先很高兴,终于离开了女仆和助手们挤在一起的温暖的房间。路上有点结冰了,积雪也变得坚实了一些,走起路来更容易了,只是天色开始暗了下来,于是他加快了步伐。

城堡的轮廓开始渐渐隐去,但它如同以往那样依然静悄悄地耸立在那儿;K还从来没有看见那儿有一丝儿生命的迹象;也许从这么远的地方根本就不可能看到那儿有什么东西,可是眼睛总盼望着能够看到些什么,它忍受不了这样的沉寂。每当K观察城堡时,他有时就觉得好像是他在观察某个人,这个人静静地坐在那儿,眼睛看着前方,他不是在沉思,也不是旁若无人,无所顾忌,而是自由自在,无忧无虑,仿佛他是独自一人,谁也没有观察他,不过他肯定发现有人在观察他,但他还是纹丝不动,安安静静的;不知道这是镇静的原因还是镇静的结果——果真,观察者的目光无法集中在他身上了,而是悄悄地转移到别处。今天,由于天色过早地暗了下来,他的这种印象变得更为强烈了;他看得越久,就越看不清楚,周围的一切就越深深地沉入苍茫的暮色中。

贵宾旅馆还没有上灯,K刚到旅馆门口时,二楼的一扇窗户打开了,一位胖乎乎的年轻人,脸刮得光光的,身穿皮上衣,头从窗口探出来,站在那儿朝下张望。K向他打招呼,他没有任何反应,似乎连头也未点一下。K在过道上没碰到人,在酒吧间也没碰到。走了味的啤酒味儿比上次更难闻,这种情况在桥头客店没有出现过。K立刻走到上次观察克拉姆的那扇门那儿,小心谨慎地拧门上的把手,但门上了锁;随后,他摸索着寻找那个窥视孔,但窥视孔插上了塞子,而塞子显然非常相配,他在黑暗中这样摸索是无法找到的,所以他划了根火柴。这时,一声叫喊吓了他一跳。在房门和餐具柜之间的角落里,就在火炉旁边,一个年轻姑娘蜷缩在那儿。在摇曳不定的火柴光下,她吃力地睁着睡意朦胧的眼睛盯着他看。很显然,她是弗丽达的接班人。很快她便镇定下来,扭亮电灯,她面部表情仍然很凶,这时她认出了K。"哦,是土地测量员先生,"她一边说,一边微笑着,向K伸出手,并作自我介绍,"我叫佩琵。"她个子矮小,脸蛋红润,身体健康,她那浓密的、略带红色的金发编成一条粗大的辫子,脸庞边还拳曲着几绺散发,身穿一件与她并不相配的、往下垂得很低的外衣,它是用亮闪闪的灰色料子做成的,下摆既笨拙又幼稚地用一条丝带束起,还打了个蝴蝶结,使她行动很不方便。她打听起弗丽达的情况,问弗丽达是不是很快就会回来。这句问话几乎带有恶意。"弗丽达一走,"她随后说,"我立刻被匆匆忙忙叫到这儿来了,因为他们不能在这儿随便安排一个人。在这之前,我是客房女仆,但这次调动并没有什么好处。在这儿,傍晚和夜间有一大堆活儿,真是够累人的,我简直无法忍受。弗丽达放弃这种活儿,对此我一点儿也不感到奇怪。"——"弗丽达对这儿感到很满意。"K说,为的是让佩琵最终注意到她和弗丽达之间的区别,因为她忽略了这种区别。"您不要相信她的话,"佩琵说,"弗丽达能够控制自己,这一点谁也做不到。她不想承认的事情,她决不会承认;无论是谁都没见她真正承认过什么。我在这儿和她一起干了好几年,我们总是一起睡在一张床上,但我和她并不亲密,今天她肯定已经想不起我来了。她的唯一的朋友也许是桥头客店的那位上了年纪的老板娘,这是很能说明问题的。"——"弗丽达是我的未婚妻。"K说,顺带寻找门上的那个窥视小孔。"我知道,"佩琵说,"因此我才说起这件事,要不然,这对您根本没有什么意思。"——"我明白,"K说,"您是说,我应该为自己赢得这样一位深沉的姑娘而感到骄傲。"——"对。"她说,并满意地笑了,样子好像在弗丽达的问题上她同K达成了一种秘密协议似的。

可是,促使K进行思考并分散他寻找窥视孔的注意力的,其实不是她说的话,而是她那副样子和她出现在这个地方。当然,她比弗丽达年轻得多,几乎还是个孩子,而她的衣服又有点滑稽可笑,显然,她认为自己当了女招待很了不起,穿这样一件可笑的外衣正说明她的这种夸张的想法。再说,她有这种想法也合情合理,因为给她这个职位——她还根本不适合这个岗位——是她始料不及的,她不免喜出望外;这个职位不应该给她,只不过是临时交给她的,连弗丽达在腰带上经常挂着的那个小皮包也没有交给她。她对这个职位表现出所谓的不满意,只不过是她故作姿态罢了。⑮不过,尽管她幼稚无知,但她显然和城堡也有关系;倘若她没有说谎,那她曾经是客房女仆;她在这儿睡了好多天,却不知道自己所拥有的资本;即使把这个矮小的、胖胖的、脊背圆溜溜的娇体抱在怀里,也无法把她所拥有的资本抢走,但能够碰到它,并激励他继续走这条十分艰难的路。那么,她的情况同弗丽达的情况难道不一样吗?不一样,她和弗丽达不一样。只要想想弗丽达的眼神就不难理解了。K恐怕永远也不会去碰佩琵,但他现在不得不把眼睛闭上一会儿,因为他盯着她,目光是如此贪婪。

"现在不允许开灯,"佩琵说,随后又把电灯关了,"我之所以开灯,是因为您吓了我一大跳。您在这儿到底想干什么呢?难道弗丽达丢了什么东西在这儿吗?"——"是的,"K说,随即指着那扇门,"在旁边这个房间里丢了块台布,一块白色的绣花台布。"——"对,她有块台布,"佩琵说,"我记起来了,那可是块做工很考究的台布,我还帮她做过呢。不过,台布不可能丢在这个房间里。"——"弗丽达认为丢在这个房间里了。谁住在这儿呢?"K问道。"没有人住,"佩琵说,"这是老爷们的房间,他们在这儿吃饭喝酒,这就是说,这个房间是专门给他们用的,但大多数老爷都待在楼上自己的房间里。"——"要是我早知道,"K说,"现在旁边这个房间里没有人,那我会很乐意进去找那块台布的。可是我对此没有把握,比如说吧,克拉姆就常常坐在里面。"——"现在,克拉姆肯定不在里面,"佩琵说,"他马上就要离开这儿了,雪橇已在院子里等他呢。"

K一句解释的话也没说便立刻离开了酒吧间,到了过道上,他没有直接去门口,而是朝旅馆里面走去,没走几步就到了院子里。这儿多么安静,多么美丽啊!这是个四四方方的院子,三面都是房子,临街的一面——那是一条小街,这条小街K在此之前还不认识——有一堵高高的白粉墙,墙中间是一道沉重的大门,大门现在敞开着。在这儿,院子两面的房子似乎比正面的高大;至少是第二层楼扩大了,显得更加气派,这层楼四周围有一道齐眼高的木质回廊,回廊中间只留了一个小口子。K的斜对面,在主楼下面连接对面厢房的角落处，有个入口通向屋子里，入口没有门，完全敞开着。门口的前面停着一架关着门的黑色雪橇，雪橇上已经套好两匹马。此时天很黑，K 从站立的地方望去，除了马车夫之外，再也看不见其他人，这位马车夫与其说是他辨认出来的，还不如说是他猜出来的。

　　K 双手插在口袋里，一边小心谨慎地四下张望，一边靠墙绕过院子的两侧，来到雪橇跟前。马车夫是上次在酒吧间喝酒的那些农民中的一个。现在，他缩在毛皮大衣里，漠不关心地看着 K 朝他走过来，就像望着一只猫在沿墙走那样。K 已经站在他身边，向他打招呼，两匹马也因从黑暗当中冒出来的这个人而变得不安起来，然而他却依然无动于衷地坐在那儿。这倒正投 K 的心意。K 靠在墙上，打开自己随身带的那包点心；他想到了弗丽达，她对他照顾得这么好，他心里充满了感激之情。同时，他窥视着房屋里面。一道呈直角的破旧楼梯从楼上直通楼下，跟楼下一条低矮的、看起来好像很深的过道相连接；一切都粉刷得十分干净、洁白，轮廓鲜明。⑯

　　等候的时间比 K 想象的要长。他已经吃完点心，浑身感到特别冷，朦胧的暮色已经变成了一片漆黑，但克拉姆一直还没有来。"看来还要等很长时间。"一个粗声粗气的声音突然说道，由于就在 K 身边，所以 K 吓了一跳。说话的是马车夫，他像从睡梦中醒来似的，伸伸懒腰，大声打着哈欠。"还要等很长时间？"K 问道。他倒有点感谢马车夫说话对他的打扰，因为他已经无法忍受这种持续不断的沉寂和紧张气氛了。"在您走开之前。"马车夫说。K 不明白他在说什么，但也没有继续问下去，他认为这是使这位傲慢的人开口说话的最好办法。在这儿的黑暗之中，不作回答几乎就是一种挑衅。实际上，马车夫在过了一会儿之后果然又问道："您想喝白兰地吗？"——"想啊。"K 不假思索地说。马车夫的这句话大大地吸引了他，因为他冻得直打哆嗦。"那么，您就打开雪橇门，"马车夫说，"在边上的口袋里有几瓶酒，您拿出一瓶来，先喝一些，然后递给我。我因为穿着毛皮大衣，下来实在不方便。"他这样使唤 K，K 心里不高兴；但是，他既然和马车夫攀谈起来，他只好听他的指挥，即便是他冒着在雪橇旁边被克拉姆的突然出现而吓一跳的危险。他打开雪橇的宽大车门，本来马上就能从门背后的口袋里拿出一瓶来，但现在车门敞开了，他突然产生了一种强烈的欲望，想钻进雪橇里；这一欲望他简直无法抵制，他想，在里边哪怕只坐一会儿也好，于是便钻了进去。

雪橇里面十分暖和,尽管车门敞开着,而且 K 不敢把它关起来,但暖气仍然跑不掉;他根本不知道是不是坐在一条板凳上,倒很像是躺在毯子、软垫和皮毛上面;他不管朝哪个方向转动身子,舒展四肢,都是沉浸在温暖与柔软之中。他舒展双臂,把头靠在随处都准备好的软垫上;他从雪橇里窥视着黑乎乎的房子。为什么克拉姆下来要这么长时间呢? K 在雪地里站了很久之后,现在被雪橇里的暖气搞得昏昏沉沉的,他真希望克拉姆最终会到来。至于在此情此景下不宜让克拉姆看到这一想法,只是模模糊糊地触动了他一下。马车夫当然知道, K 在雪橇里,他让他待在里面,甚至也不要他把白兰地递给他。马车夫的态度进一步促使他泰然自若地处于忘我的境界。马车夫这样做表明他很体谅 K,但 K 还是想为他出点力。K 没有移动一下位置,他笨手笨脚地把手伸到边上的袋子里,但不是敞开着的那扇门背后的袋子里,因为那扇门离得很远,无法够到,而是把手伸到身后关着的那扇门背后的袋子里,好了,无论哪个袋子都无所谓,反正在这个袋子里也有酒瓶子。他取出一瓶来,旋开瓶塞,闻了闻,情不自禁地暗中感到高兴。酒的味儿是那么香甜,是那么叫人感到舒服,就像一个人听到自己最心爱的人在对他赞美,在对他甜言蜜语一样,但他根本不清楚为什么说这些话,而且根本也不想知道,只是意识到这是自己心爱的人说的,因此心里乐滋滋的。"这是白兰地吗?"K 怀疑地问自己,并出于好奇喝了一口。对,是白兰地,真怪,喝了火辣辣的,而且身上也暖和起来。这可是馥郁芬芳的美酒,怎么马车夫也配喝!"这可能吗?"K 像责备似的自问道,接着又喝了一口。

就在 K 大口痛饮的时候,外面突然亮了,屋里的楼梯上、过道里、走廊上、外面大门上方,所有的电灯全都亮了起来。走下楼梯的脚步声这时也听得见了。瓶子从 K 的手里跌落下来,白兰地泼在一块裘皮上,他猛地跳出雪橇,刚刚能够把门猛地关起来,发出砰的一声,紧接着一位老爷慢慢地从屋子里走出来。唯一可以使他感到安慰的是,出来的那个老爷不是克拉姆,或者说,这恰恰使他感到遗憾? 那是先前站在二楼窗口的那位老爷,K 看到过了。那是个年轻人,外表看上去器宇轩昂,脸色白里透红,神情特别严肃。K 忧郁地看着他,但他的这种目光是针对他自己的。要是他把两个助手派到这儿来就好了,他的两个助手比他更善于做出这样的举动。那位老爷对着他默不作声,样子仿佛是自己的宽大胸腔里没有足够的气似的,不能把要说的话全说出来。"这可是非同小可。"那位老爷随后说,并把帽子从自己的额上略微往后推开一点。怎么?那位老爷大概不知道 K 在雪橇里待过,而是发现了某件非同小可的事?他发现 K 闯进院子里来了?"您究竟是怎么到这儿来的?"那位老爷轻声问道,他呼吸已经舒畅起来,现在不得不面对这个无法改变的事实。这是什么问题呀!这又叫人该怎么回答啊!难道要 K 亲自向这位老爷承认他满怀希望跑了这么多路是白费吗?K 没有回答,而是转身走向雪橇,打开车门,取出他忘在里面的帽子。这时他才发现,白兰地正一滴一滴地滴在踏板上,他心里很不安。

随后,他又转向那位老爷;他要叫他看,他曾在雪橇里待过,现在他再也没有什么顾虑了,而且这也不是什么最严重的事;要是问他——当然只有在问他之后——他也不想隐瞒什么,他会说,是马车夫让他进雪橇的,至少是让他打开雪橇门的。不过真正糟糕的是,那位老爷的突然出现使他感到吃惊,没有足够的时间躲起来,然后静静地等候克拉姆;或者说,他不够镇静,没有待在雪橇里,关上门,坐在裘皮上等候克拉姆;或者说,只要这位老爷还在这儿不走,他至少可以一直待在雪橇里。当然,他刚才无法知道,现在来的这个人是不是克拉姆本人。如果是他,那么在雪橇外面迎接他当然好得多。是啊,在这件事情上还有许多方面是应该考虑的,但现在没有必要考虑了,因为事情已经结束了。

"您跟我来。"那位老爷说,他不是真正发出命令,不过命令不在言词里,而在说这句话所做的简短的故意表示满不在乎的手势里。"我在这儿等个人。"K 说,他对自己能获得成功不再抱有希望了,而只是大体上这样说说自己的意图罢了。"您来。"那位老爷再次执拗地说,样子仿佛要示意他,自己从来就不怀疑他在等某个人。"那样我就见不到我等的人了。"K 说,并耸了耸身子。尽管发生了这一切,但是他觉得,至今为止他所获得的是一种形式上的财富,他虽然看来只是表面上支配着它,但不能因为一个随意的命令就把它放弃掉。"不管您在这儿等,还是跟我走,反正您在这儿不可能见到他。"那位老爷说,他说得虽然粗声粗气,不留余地,但明显是顺着 K 的心思说的。"我即使见不到他,我也宁可在这儿等。"K 固执地说,他肯定不会让这位年轻老爷说的话把自己从这儿赶走。随后,那位老爷把头往后一仰,显出一种富有优越感的样子,同时双眼闭了一会儿,好像他要让 K 甩脱这种不近情理的想法，重新回到理智上来，接着他又用舌尖把略微张开的嘴唇舔了一圈，最后对马车夫说道："您把马卸下来吧。"

马车夫听从老爷的吩咐，但恶狠狠地朝 K 瞥了一眼。他虽然穿着笨重的皮衣，行动不太方便，但不得不从雪橇上下来，样子似乎不期待老爷再下个相反的命令，而是期待 K 改变自己的想法；他开始往后赶套在雪橇上的马，退回厢房去。在厢房的一扇大门的后面显然有个马厩和车棚。K 看到只有自己留了下来。在一边，马车夫赶着雪橇渐渐离去；在另一边，也就是在 K 来这儿的那条路上，那位年轻老爷也渐渐离去。两个人，马车夫和老爷，离开时当然走得很慢，仿佛他们想示意 K，他还有权把他们喊回来。⑰

也许他还有这个权，但它不会对他有什么用处；把雪橇喊回来，这就意味着把自己赶走。因此，他静静地待在那儿，像个守住地盘的人，但这样一个胜利并没有带来什么乐趣。他一会儿看看那位老爷的背影，一会儿看看马车夫的背影。那位老爷已经走到 K 起先来院子而走过的那个门口，这时候他再次回头看了看，K 以为看见他摇了摇头，对他的固执态度无可奈何似的，然后他坚定而果断地转身走进过道，很快消失在里面。马车夫在院子里待的时间比较长，要处理好雪橇需做很多事，他必须打开沉重的马厩门，往回倒雪橇，让它停在原来的地方，把马卸下，牵到料槽那儿；这一切，他做得十分认真，全神贯注，对不久再出车显然不抱任何希望了；他默默地干自己的活，没有朝 K 望一眼，K 似乎觉得，比起那位老爷的态度来，这是对自己更为严厉的一种谴责。马车夫做完在马厩里的这些活儿之后，又慢慢地迈着摇摇摆摆的步子，穿过院子，把大门关上，随后又返回来，他无论干什么都是那么慢悠悠的，仿佛他只注意自己在雪地里留下的脚印。此后他进了马厩，关上了门。这时，所有的电灯都熄灭了。此时再开着电灯照谁呢？只是楼上木回廊的进出口处还亮着灯，稍稍吸引着 K 那游移不定的目光；此时此刻，K 似乎觉得好像人们现在打断了和他的一切联系，好像他现在比以往任何时候都更自由了，可以在通常对他来说是禁止他来的地方等候下去，而且想等候多久就可以等候多久，好像他赢得了别人无论如何是争取不到的自由；谁也不敢碰他，谁也不敢把他赶走，甚至谁也不敢和他打招呼说话；可是，他同样确信——这种信念至少同样十分强烈——好像同时再也没有别的事情比这种自由、这种等候、这种不可侵犯的感觉更毫无意义，更叫人绝望了。

第九章

　　K 勉强地离开院子,回屋子里去,这次他不是顺着墙走,而是踏着院子中央的雪地走过去。在过道里,他碰到旅馆老板。老板默默地和他打招呼,并指了指酒吧间的门。K 顺着他的暗示走去,因为他冻得直打哆嗦,而且他想看到人。但是,他走进酒吧时却看见那位年轻的老爷坐在一张桌子旁,这张桌子大概是特意为他摆在那儿的,因为平时人们都是坐在啤酒桶上的。他面前站着桥头客店的老板娘——K 一见到她就感到扫兴——这时,K 大失所望。佩琵一副趾高气扬、神气活现的样子,她仰着脑袋,嘴上总是挂着微笑,自以为她的尊严无可争辩,她每转动一下脑袋,发辫就随着来回一摆;她正匆匆忙忙地跑来跑去,先是拿来啤酒,然后又拿来墨水和笔,因为那位老爷面前铺好了文件,把他从这份文件中看到的日期和桌子另一端放着的文件上的日期进行比较,接着就准备动笔批示。老板娘微微撅起嘴唇,像是在沉思,正默默地俯视着——因她站着较高——那位老爷的文件,样子像是她把该说的都说了,而且她的看法也全被采纳了。"土地测量员先生,您终于来了。"那位老爷说。他见 K 进来,便抬头望了望,然后又埋头处理那些文件。老板娘也只是冷漠地、丝毫也不感到惊讶地瞥了 K 一眼。当 K 走到柜台前要一杯白兰地时,佩琵做出一副才看见 K 的样子。

　　K 靠在柜台上,一只手捂着眼睛,对什么都不关心。随后,他抿了一口白兰地,接着又把酒放回去,因为酒已经变了味儿。"所有的老爷都喝这种酒。"佩琵这么说。她把杯子里的残酒倒掉,洗净了杯子,放到餐具架上。"老爷们还有更好的酒呢。"K 说。"那是可能的,"佩琵回答说,"但我没有。"说罢她便撇下 K，又去伺候那位老爷；但老爷不需要什么，因此她在他身后时不时地兜着圈子踱来踱去，并怀着敬慕的心情，时不时地从老爷的肩膀上朝那些文件看一眼；不过，她这样做只是出于毫无实质意义的好奇心和自以为了不起的优越感罢了，因此，老板娘也皱起眉头，对她的这些举动表示厌恶。

老板娘这时突然竖起耳朵凝神聆听，她直愣愣地望着空中，聚精会神地倾听着。K 转过身，他听不出一点儿特殊的声音，其他人好像也听不到什么；但是老板娘却踮起脚尖，迈起大步，朝通向后院的大门走过去，通过钥匙孔朝外张望，随即转过身，睁大眼睛看着其他人。她脸涨得红红的，用手指示意其他人到她那儿去；于是，其他人也轮流着朝钥匙孔里往外看。老板娘虽然看的时间最长，但佩琵也得到照顾，看了几次，那位老爷相对来说最不在乎。佩琵和那位老爷不一会儿返回来了，只有老板娘还一直在紧张地看着，只见她弯着身子，简直跪在地上了，人们几乎得到这样的印象：好像她此时在恳求钥匙孔，让她穿进去，因为通过钥匙孔已经看不到院子里有什么东西了。她最后直起身，双手搓搓脸，理理头发，深深吸口气，仿佛两只眼睛现在才又无奈地重新适应这个房间和这儿的人，但她并不情愿这样做。这时，K 不是为了证实自己所知道的事情，而是因为他现在首当其冲，最容易受到攻击，他害怕这一攻击，所以先发制人，说道："就是说，克拉姆已经乘车走了？"老板娘一声不吭，从他身边走过去，但那位老爷从桌子旁回答他说："是的，当然是走了。因为您放弃了在那里的岗位，所以克拉姆就可以走了。不过，实在叫人感到惊奇，他是多么灵敏啊。老板娘，克拉姆多么焦躁地向四面张望，这您注意到了吗？"老板娘似乎没有注意到，但那位老爷继续说道："哦，幸好现在什么也看不见了，马车夫把雪地里的脚印也扫掉了。"——"老板娘没有看到什么。"K 说，但他这样说时并没有抱着什么希望，而只是由于那位老爷说得如此斩钉截铁，不留余地，K 被他的话激怒了，于是这样说道。"我也许那时恰巧没有从钥匙孔里朝外张望，"老板娘说，她起先是为了保护老爷，但随后她也认为克拉姆这样做有道理，并补充说。"当然啦，我不相信克拉姆竟然会如此灵敏。我们自然都为他担心，在设法保护他，所以便以为他的感觉格外灵敏。这当然是好的，克拉姆肯定也希望这样。但实际情况怎样，我们一无所知。的确，克拉姆绝不会和他不想与其谈话的人说话，即使是这个人费尽心思，无法无天地到处乱闯，他也不会和这个人谈话；单单克拉姆不愿意和这个人谈话，不愿意接见此人这一事实，就足以说明，为什么他要真的看见这个人就会使自己无法忍受。至于看到这个人是否忍受得了，这一点从来没有试过，无法证实。"那位老爷听后连连点头。"这其实也是我的看法，"他说，"如果说我的表达有点儿不一样的话，那只是为了让土地测量员先生听个明白罢了。但事实是，克拉姆走到外面院子里时，曾多次向四周张望过。"——"也许他在找我。"K说。"也许是吧，"那位老爷说，"这一点我可未曾想到过。"大家都哈哈大笑起来，佩琵对整个事情摸不着头脑，可她笑得最响。

"既然我们大家聚在一起，这么高兴，"那位老爷接着说，"土地测量员先生，我想特别请您再提供一些情况，补充我的公文。"——"这儿已经写了很多了。"K说，并从远处朝那些公文瞅了一眼。"是啊，这是个坏习惯，"那位老爷说着又哈哈大笑起来，"不过，您也许还根本不知道我是谁吧。我叫莫穆斯，是克拉姆的村秘书。"他说完这几句话后，整个房间里的气氛顿时严肃起来；老板娘和佩琵虽然认识这位老爷，但她们一听到这位老爷提起自己的名字和身份也惊呆了。连那位老爷本人也感到惊讶，好像他说得太多了，超过了大家的接受能力。好像他至少想避开这句话所包含的庄严意义似的，他又埋头在公文堆里，开始动手写起来，房间里万籁俱寂，除了钢笔尖发出的沙沙声外，再也听不到别的声音。"村秘书，这是干什么的?"过了一会儿K问道。莫穆斯自我介绍之后，现在觉得自己再作这样的解释就很不恰当了。因此，老板娘代他回答："莫穆斯先生是克拉姆的秘书，他和克拉姆的其他秘书一样，同样为克拉姆效劳，但他的职权范围，要是我没搞错的话，和他的职权活动……"这时，莫穆斯停下了笔，连连摇头，于是老板娘赶紧修正自己的说法，"就是说，只是他的职权范围，不是他的职权活动，就限于这个村子。莫穆斯先生负责处理克拉姆在村子里需要处理的文书工作，并亲自受理村子里向克拉姆提出的申请。"K听后仍然无动于衷，茫然地盯着老板娘。老板娘有点儿窘迫，忙补充说："事情是这样安排的，城堡里所有的老爷都有各自的村秘书。"莫穆斯听老板娘说话，比K更为专心，并对老板娘的话作了补充："绝大多数村秘书只为一个老爷办事，而我却为两个老爷办事，既为克拉姆办事，也为瓦拉柏纳老爷办事。"——"对，"老板娘说道，此时她记起来了,于是她转向 K,"莫穆斯先生为两位老爷办事,为克拉姆和瓦拉柏纳这两位老爷办事,因此他是双料的村秘书。"——"确实是双料的。"K 说。莫穆斯此时向前弯着身子,抬起头对准 K 的脸,一个劲地打量 K;K 向莫穆斯点点头,就像对一个刚听到夸奖的孩子那样点点头。如果说 K 的点头含有某种轻蔑意味的话,那么,这种轻蔑意味或者没被发现,或者恰恰是对方所期望的。在他们的心目中,K 的尊严还远远不够大,不值得克拉姆看一眼,哪怕是偶尔看一眼;在 K 面前详细述说克拉姆身边一个人的功绩,其意图是毫不掩饰的,那就是要引出 K 对这个人大加称赞与表扬。然而,K 并没有真正理解这一层意思,他竭力试图见克拉姆一面,然而,比如说,他并不高度评价在克拉姆眼皮底下生活的莫穆斯的职位,更不会对这样一个人表现出钦佩或羡慕,因为值得他争取的不是克拉姆身边的人,而是克拉姆本人,只有他,K,而不应该是其他人,带着他自己的、而不是其他人的要求,去找克拉姆。他去找他,目的不是为了和他生活在一起,而是通过他继续向前奋斗,最后进入城堡。

他看了看手表,说道:"但我现在得赶紧回家了。"情况立刻变得对莫穆斯有利起来。"对,当然啰,"莫穆斯说,"学校里的差事等着您去做呢,但您必须再给我一点时间,我只请您回答几个简短的问题。"——"我没有兴趣回答您的问题。"K 说,并朝门口走去。莫穆斯把一份文件往桌子上一扔,站起身来,说道:"我以克拉姆的名义要求您回答我的问题。"——"以克拉姆的名义?"K 重复道,"这么说,他也关心我的事情?"——"对这个问题,"莫穆斯说,"我不作任何判断,您更无法判断。因此,咱们还是心安理得地把这个问题留给他回答吧。不过,我凭着克拉姆授予我的职位,也许可以要求您留下来,并回答我的问题。"——"土地测量员先生,"这时,老板娘插嘴说,"我不想再给您提什么建议了,至今为止我给您提的建议可以说是最善意的建议,但都被您以闻所未闻的方式拒绝了;我没有什么可隐瞒的,今天我到秘书先生这儿来,是为了恰如其分地向主管部门说说您的行为和您的意图,并希望当局时时刻刻保护我,让您不要重新住到我的客店来,我们彼此之间的关系就是这样,今后也无法再改变了;因此,要是我现在说说我的看法,那我这样做并不是为了帮助您,而是为了使秘书先生和您这样的一个人进行讨价还价的繁重任务减轻一点。尽管如此,只要您愿意,您可以因我的

开诚布公——同您打交道我只能开诚布公,不能采取其他什么躲躲闪闪的
方式,即便我讨厌这样做——从我的话里得出对您有用的东西。在目前这
种情况下,我也乐意提醒您注意,对您来说,通向克拉姆的唯一的途径,就是
通过秘书先生这儿的这份备忘录。但我不想夸大其词,这条道路也许不能
通向克拉姆的身边,也可能在离他很远的地方就会中断,这要由秘书先生的
意见来决定了。但不管怎么说,这是唯一的一条路,对您来说,它至少可以
朝着通向克拉姆的方向伸展过去。您没有其他原因,仅仅是因为固执就想
放弃这条唯一的途径吗?"——"啊,老板夫人,"K说,"这既不是通向克拉
姆的唯一的途径,也不会比其他的途径有更大价值。而您,秘书先生,您可
以做出决定,我在这儿说的话该不该传给克拉姆听。"——"当然啰,"莫穆
斯说,他骄矜地垂下眼帘,左右张望,但实际什么也看不见,"要不然我当秘
书干什么呢?"——"老板夫人,您瞧,"K说,"我不需要去克拉姆那儿的一
条路,而是需要一条见秘书先生的路。"——"这条路我想给您打通。"老板
娘说,"今天上午我不是向您提出,把您的请求传达给克拉姆吗?我是说,这
件事其实通过秘书先生就能办到。但您拒绝了。现在,对您来说,只有这条
路,别的没有了。当然,今天您说了这番话,而且您还试图来个突然袭击,拦
阻克拉姆,事到如今,您获得成功的希望更加渺茫了。然而,这个最后的、最
渺茫的、正在消失的、其实根本就不存在的希望,仍然是您的唯一希
望。"——"老板夫人,"K说,"最初您试图千方百计地阻止我去见克拉姆,
现在您对待我的请求又如此严肃认真,而在我的计划受到挫折时,看来您就
认为我在一定程度上失败了,这究竟是怎么回事?既然您当初真心实意劝
阻我不要去见克拉姆,怎么现在看来您又同样是如此真心实意地怂恿我在
去见克拉姆的路上朝前奔走呢?可是您又承认,这条路根本就通不到克拉
姆身边。"——"我是在怂恿您向前奔走?"老板娘说,"要是我说,您的企图
是毫无希望的,难道这就叫做怂恿您向前奔走吗?要是您想这样把您的责
任推到我身上,那您真的是太胆大妄为了。也许是因为秘书先生在场,您才
敢这样说吧?不,土地测量员先生,我可不想怂恿您做什么事。只有一件事
我可以承认,那就是,我第一次见到您时,对您的估计也许太高了一点。您
很快赢得了弗丽达,这使我吃了一惊;我不知道,您还能干出什么来,我要防
止您再闯出其他乱子来,我觉得,要达到我的这个目的,唯一的办法就是通

135

过恳求和威胁来动摇您的决心,别无他法。在这期间,我学会了如何平心静气地考虑整个事情。您想怎么干就怎么干吧。您的所作所为也许会在外面院子的雪地上留下深深的脚印,但不会有更多结果。"——"我觉得,矛盾还没有完全解释清楚,"K说,"不过,提醒我注意这些矛盾,我就感到满意了。秘书先生,老板夫人认为,您写的有关我的这个备忘录可能会导致我见到克拉姆,现在,我请您告诉我,她的看法对不对。若情况是这样,我准备立刻回答您的所有问题。在这方面,干什么我都乐意。"——"不,"莫穆斯说,"这样的联系不存在。问题只是把今天下午的事情详细记录下来,作为备忘录交给克拉姆的村档案室。这份备忘录已经写好了,只空了两三处,根据规定这要由您来填写;其他的目的没有,即使有,也不可能达到。"K默默地看着老板娘。"您为什么老是盯着我?"老板娘问,"难道我还说了些别的吗?他总是这副样子,秘书先生,他总是这副样子。他歪曲了别人给他的消息,然后他就一口咬定说,别人给他的消息全是假的。我一直对他说,今天也这样对他说,他压根儿就不会有受克拉姆接见的希望;既然没有一丝希望,那么即使是通过这份备忘录,他也不会有什么希望。事情说得还不够清楚吗?我还说过,这份备忘录是他可以和克拉姆保持联系的唯一真正的官方途径;这一点也够清楚的,毋庸置疑;假使他不相信我说的话,他总是——我不知道为什么,也不知道他出于什么目的——希望能够见到克拉姆;要是他坚持自己的想法,那么帮助他能够同克拉姆建立起联系的办法,只有这条唯一真正的官方途径,也就是这份备忘录。我只说了这些,谁要是认为我还说了一些其他的话,那谁就是恶意歪曲。"——"如果真是这样,老板夫人,"K说,"那就请您原谅,我误解了您的意思;从现在的情况看,我搞错了,因为我原先以为,从您以前说的话中,我听出了我还是有某种微小的希望的。"——"当然啰,"老板娘说,"这当然只是我个人的看法,您又歪曲了我的话,只是这次是从反面歪曲罢了,走上了另一个极端。我认为,对您来说,这样一种希望是存在的,当然它只是建立在这份备忘录上。不过,这并不是说您可以简单地问秘书先生:'要是我回答了您的所有的问题,我能见到克拉姆吗?'若是一个孩子这样提问,人们会觉得好笑;若是一个成年人这样提问,那就是对官方当局的一种污辱;秘书先生只是通过巧妙的回答好心地掩饰了这一污辱。但我所说的这种希望,就在于您通过这份备忘录会取得一种联系,也许是和克拉姆的联系。这难道还不是个希望吗？若是有人问起您有什么功劳，使您有资格得到这样一种希望的馈赠时，您能举出哪怕是最微不足道的一点功劳吗？当然啰，关于这个希望，谁也无法说出更详细的情况，特别是秘书先生，由于自己的职权范围，他是连一点儿暗示也不可能给您的。对他来说，正如他所说的，问题只是把今天下午的事情记录下来，他只是根据规定来做，他不会说出更多的情况，即使您现在立刻就我的话问他，他也不会告诉您什么。"——"那么，秘书先生，"K问道，"克拉姆会读这份备忘录吗？"——"不会，"莫穆斯说，"他为什么要读呢？克拉姆不可能读所有的备忘录，他甚至不读备忘录。'你们把备忘录给我拿开！'他常常这样说。"——"土地测量员先生，"老板娘抱怨说，"您用这些问题搞得我精疲力竭了，克拉姆难道有这个必要，或者说有这个要求，读这份备忘录，一字一句地了解您的生活琐事吗？您最好恭恭顺顺地请求人们对克拉姆隐瞒这份备忘录，不过，这样一个请求和您以往的请求一样，同样是不明智的，因为谁能在克拉姆面前隐瞒什么呢？但这样一个请求会让人们看出一个人通情达理、叫人同情的性格。提出这样的请求，对您所说的希望有必要吗？您自己不是也说过，要是您有机会同克拉姆说话，即使他看都不看您一眼，也不听您一句话，您也就满足了？现在，通过这份备忘录，您不是至少可以实现这个愿望吗？也许所获得的远远不止这些呢。"——"得到的不止这些吗？"K问道，"通过什么方式呢？"——"只要您，"老板娘喊道，"不总是像个孩子似的，老是把别人给您的一切东西都看成是马上可以吃的东西！有谁能够回答这些问题呢？您已经听见了，这份备忘录要放在克拉姆的村档案室里，关于这方面的情况，肯定的是谁也无法可以说得更清楚些。但是您认清了这份备忘录、秘书先生和村档案室的整个意义吗？要是秘书先生审查您，您知道这意味着什么吗？也许是，或者说很可能，秘书先生本人对此也不清楚。他静静地坐在那儿，不慌不忙，正如他所说，根据规定尽自己的义务。可是，您想一想，他是克拉姆任命的，是以克拉姆的名义办事的，他的所作所为，即使永远也不会传到克拉姆那儿，但一开始就得到了克拉姆的同意。克拉姆所同意的事情，怎么会不体现他的思想呢？我本人决不会庸俗，决不会对秘书先生阿谀奉承，他自己也不会允许我这么做，但我并不是在说他的独立人格，而是说，他是得到克拉姆的同意的，像现在这样，他就是克拉姆手里的一

个工具,谁要是不顺从他,谁就会大吃苦头。"

老板娘的威胁并没有吓倒K,她想使他就范的企图却使他感到十分厌倦。克拉姆离他还远着呢。有一次,老板娘曾把克拉姆比做一只鹰,那时K觉得非常可笑,但现在不再觉得那么可笑了;他想到克拉姆离得那么远,想到他那无法进去的住所,想到他的沉默,也许只有K还从来没有听到过的喊叫声才能打破的沉默,想到他那永远无法证实、也永远无法否定的、居高临下、咄咄逼人的眼神,想到他在上面按照无法理喻的法律牢牢掌握在手里的、只有偶尔才在刹那间望得见的圈子,K在下面无论如何也无法摧毁的这些圈子——这一切都是克拉姆和鹰的共同之处。不过,这份备忘录与这一切毫不相干。现在,莫穆斯正在掰碎这份备忘录上的一块椒盐面包,边吃边喝啤酒,椒盐和胡椒撒满了所有的文件。

"晚安,"K说,"无论什么审查,我都感到很反感。"他说着便真的朝大门走去。"他真的走了。"莫穆斯几乎感到有点担心地对老板娘说。"谅他不敢。"老板娘说。K没有听到更多的话,因为他已经在过道里了。⑱天气很冷,还刮着大风。这时店老板从对面一扇门里走出来,此前他显然是从那儿的一个窥视孔里在监视过道里的动静。他把大衣紧紧地裹在身上,因为大风呼呼地把大衣的两摆吹得一个劲儿飘动。"您这就走,土地测量员先生。"老板说。"您感到奇怪吗?"K问道。"是啊。"老板说,"您不接受审查啦?"——"不啦,"K说,"我没让别人审查我。"——"为什么不呢?"老板问。"我不知道,"K说,"我为什么要叫人审查我呢,我为什么要顺从别人的捉弄呢,当官的总是心血来潮,想干什么就干什么,我为什么要时时处处顺从呢。也许我有朝一日同样想捉弄人一番,或者是心血来潮,让人审查审查我,但我今天不想这样做。"——"哦,那当然。"老板说,但他这样说只不过是出于礼貌,并非真心赞同K的话。"现在我必须叫当班的到酒吧间去,"老板随后又说,"他们早就该进去侍候了,只是我不想打扰审查,才没让他们进去。"——"您认为这件事非常重要吗?"K问道。"那当然啰。"老板说。"这么说,我真不该拒绝审查。"K说。"对了,"老板说,"您实在不该拒绝。"因为K默默无语,于是老板又补充说了一句,这也许是为了安慰K,也许是为了快一点儿脱身,"好了,好了,天反正不会因此就塌下来。"——"不会塌的,"K说,"看来天是塌不下来的。"他们哈哈笑着分手了。

第十章

K 来到狂风呼啸的露天台阶上，望着沉沉黑夜。天气糟糕透了，实在糟糕透了。不知怎的，他从糟糕的天气联想到先前的情景：老板娘如何千方百计使他屈从于这份备忘录，而他又是如何抵制的；当然，老板娘没有公开迫使他屈从，相反暗地里还怂恿他反对接受这份备忘录呢；他到底是顶住了，还是让步了，到头来他自己也不知道。这是个阴谋，表面上看起来像是一阵狂风，是丝毫没有意识的，但它实际上却是按照遥远的、人们永远也看不透的指示在行事。

他在大街上几乎没走几步路便看见在远处有两盏灯在晃动；这个生命的标志使他感到格外欣喜，于是他急急忙忙朝灯光走去，而灯光也迎面朝他而来。不知怎的，当他认出是他的两位助手时，他感到非常失望，至于究竟为什么，他也不清楚。他们朝他走来了，显然是弗丽达派他们来的；在黑夜里，狂风在他身边呼啸，这两盏灯使他摆脱了黑暗，而且灯笼也是他自己的，尽管如此，他仍然感到十分失望，他所期待的是陌生人，并不是这两位他觉得已成为他的负担的老熟人。然而，来到的不仅仅是这两位助手，在他们之间，从一片黑暗里还走出了巴纳巴斯。"巴纳巴斯！"K 喊道，同时把手伸过去，"你是来看我的吗？"这次突如其来的相逢，一下子使他忘记了巴纳巴斯曾经给他造成的一切烦恼。"是来看你的，"巴纳巴斯说，他还是像以前那样亲切友好，"还带来了克拉姆写来的一封信。"——"克拉姆写的一封信！"K 边说边把头往后一仰，赶忙从巴纳巴斯手中接过信。"你们照亮一点！"他对两个助手说。助手们一左一右正紧紧地挤住他，手里的灯笼举得高高的。

为了能够读信,K 不得不把大张大张的信纸折小,以免被大风吹掉。随后,他读道:"致桥头客店的土地测量员! 对您至今所做的土地测量工作,我表示非常赞赏。助手们的工作也值得表扬,您非常善于敦促他们进行工作。您的干劲不要松懈! 您要继续努力,使工作圆满结束。任何工作的中断,都会使我感到不悦。另外,请您放心,报酬问题下回就会做出决定。我时刻关注着您。"两位助手读信比他慢得多,在他们读到这些好消息时,为了表示庆祝,便接连三次高喊"乌拉",并挥动起手里的灯笼,这时 K 才不得不从信纸上抬起头。"安静点。"他说。然后,他对巴纳巴斯说:"这是个误会。"巴纳巴斯不明白他的意思。"这是个误会。"K 又重复道。这时候,下午的疲惫感又向他袭来,他觉得去校舍的路还长着呢,而且他看到在巴纳巴斯的身后还有他的整个家庭,两位助手仍然紧紧挤在他身边,于是他用胳膊肘把他们推开;他不明白,弗丽达怎么会把他们派到他这儿来的,因为他下过命令,让两个助手待在她身边。回家的路,他一个人也能找得到,而且独自走路比夹在他们之间一起走要方便得多。此外,一位助手还在脖子上裹了条围巾,围巾两端没有系住,在大风中飘荡不止,有几次卷到了 K 的脸上;另一位助手当然立刻就用又长又尖的手指,像玩似的,把围巾从 K 的脸上拨开,但无济于事。看来两位助手甚至对这样跑来跑去感到很高兴,仿佛他们格外喜欢大风和黑夜。"滚开!"K 大喝一声,"你们既然是来接我的,那么为什么你们不把我的拐杖带来呢? 叫我拿什么来驱赶你们回家呢?"两个助手躲到巴纳巴斯身后,虽然他们见 K 发火了有点儿害怕,但他们还是一左一右把灯笼举到他们的保护人的肩头,当然立刻被 K 推开了。"巴纳巴斯,"K 说,看得出巴纳巴斯不理解他的话,他也清楚,在事情顺当的时候,他那上衣闪耀着美丽的光彩,可是情况一旦变得严重起来,他从他那儿得不到任何帮助,只能得到默默的反对,面对这种反对他本人是束手无策的,因为巴纳巴斯本人也无能为力,他只会微微一笑,这丝毫没有抵抗能力,正如天上的星星要对付地上的狂风一样,实在是无能为力,所以他心里感到特别沉重,"你看克拉姆这位老爷给我写些什么啊!"K 说着把信递到巴纳巴斯面前。"这位老爷了解到的情况都是假的。我还没有做过测量工作,这两位助手究竟有什么价值,你也亲眼看到了。我当然也不可能中断我从来就没有做过的工作,我也不可能引起这位老爷对我的不悦。所以,又怎么能说我理应得到他的赞赏呢！至于说叫我放心，这一点我是无法做到的。"——"这种情况，我会转达的。"巴纳巴斯说，他在整个时间里都没有看信，当然他根本也无法看信，因为信跟他的脸凑得太近。"噢，"K说，"你向我保证，你会把话转达过去，可是我能真的相信你吗？我迫切需要一位信得过的信使，现在比任何时候都更需要。"K焦急地咬着嘴唇。"先生，"巴纳巴斯说，他同时微微偏着脖子，K差点又被这一动作所迷惑，差点相信巴纳巴斯了，"我肯定会转达你的口信的；你上次委托我的事，我也肯定会转达的。""怎么！"K喊道，"上次的口信还没有转达？你不是第二天就去城堡吗？"——"没去。"巴纳巴斯说，"我那慈祥的父亲老了，你可是见过，当时恰好有一大堆事儿要做，我只好帮助他。不过，我马上就要去城堡一次。"——"你在做些什么呀，你真是个叫人无法理解的人！"K嚷道，同时用手拍拍自己的额头。"难道克拉姆的事情不比其他事情重要吗？你是个信使，处在重要岗位上，办事却如此慢，如此不负责任！你父亲的活儿有什么要紧的。克拉姆在等着消息，而你呢，没有十万火急地给他送去，反而却去清扫畜厩。"——"我父亲是鞋匠，"巴纳巴斯断然地说道，"他从布伦斯威克那里接了许多活儿，而我又是他的帮手。"——"鞋匠——接活儿——布伦斯威克。"K愤恨地喊道，好像他要把每个字永远废除似的。"在这里的路上永远没有一个人影儿，谁还用得上穿什么靴子？做鞋的活儿关我什么事；我把口信委托给你，不是叫你一坐到鞋匠凳子上干活就给忘掉，也不是叫你稀里糊涂地只把它记个大概意思，而是叫你立刻带到老爷那儿去。"K这时突然想到，克拉姆在这段时间里也许不在城堡，说不定是在贵宾旅馆，这才稍微平静了一些；可是，巴纳巴斯这时又开始刺激他，为了证明他没有忘记他委托他的事，便开始背起他叫他转达的第一个口信。"够了，我不想听。"K说。"你不要生气，先生。"巴纳巴斯说，同时好像是无意识地想惩罚K一下似的，把目光从K身上收回去，然后低下双眼望着地上，但也许是因为K大喊大叫叫他感到惊慌失措。"我不生你的气，"K说，他那烦躁不安的心情这时转向了自己，"我不是生你的气，但干这些最重要的事情却只有你这么一位信使，这对我来说实在是太糟糕了。"

"你瞧，"巴纳巴斯说，似乎他为了维护自己做信使的荣誉还在说些本来不该说的话，"克拉姆并没有在等这个消息，每逢我到他那儿去，他甚至非常生气。'又带来了什么新消息啦。'有一次他这么说。每当他远远望见我朝他走去,他多半是立刻就站起身,赶紧走到隔壁房间里去,不想见我。况且他也没有规定,要我一有消息就必须马上到他那儿去;要是真的有规定,我当然立刻就去了,但这方面什么规定也没有;即使我从来也不去,他也不会提醒我到他那里去。假若我带个消息去,那完全是出于自愿。"

"那好。"K说,同时目不转睛地注视着巴纳巴斯,故意不去看那两位助手,两位助手正轮流从巴纳巴斯的肩膀后面伸出脑袋来,像是从舞台的活板门下慢慢地升起来,他们仿佛害怕K发现,于是轻轻地打个模仿风声的口哨,又急急忙忙躲了起来,就这样,他们自得其乐地玩了好长时间。"克拉姆那儿情况怎么样,这我不知道;我很怀疑,你在那儿可以清清楚楚了解到各种事情,即便是你能够了解到,咱们也无法让事情变好。但是,传递一个口信,这你能办到。因此,我请求你。我请你转达一个非常简短的口信。你明天就立刻带去,而且明天你就给我一个回话,或者至少告诉我,他是怎样接待你的,行吗?这件事你能办到吗?你想办吗?对我来说,这可是至关重要的事情。也许我还有机会对你表示相应的报答,或者你现在也许就有什么愿望,尽可说出来,我可以满足你。"——"我当然能完成这个任务。"巴纳巴斯说。"请你全力以赴,尽一切可能把这个任务完成好,将口信带给克拉姆本人,并要得到克拉姆本人的答复。你要在明天,就在明天上午,把这一切立刻办好。你乐意这样干吗?"

"我一定会竭尽全力去办的,"巴纳巴斯说,"我一向是竭尽全力办事的。"——"咱们现在不必再争论这个问题了,"K说,"我托你传递的口信是:土地测量员K敬请主任大人允许他亲自谒见他一次;与这样一次谒见有关的任何一个条件,他预先全都乐意接受。他提出这一请求,实在是出于无奈,因为所有的联络人至今为止都没有完全尽自己的职责。为了证实这一点,他愿提供以下情况:至今为止,他丝毫没做任何测量工作,而且据村长的通知,他将永远不会进行此项工作。因此,他拜读了主任大人的最后这次来函,深感羞愧。只有亲自去见主任大人,问题才能得到解决。土地测量员深知,这个请求十分冒昧,但他会设法尽量减少对主任大人的打扰;他愿意接受任何时间上的限制,在谈话的字数上若有必要加以限制,他也乐意接受,他认为,他只讲十个字,也就够了。他怀着深深的敬意和无比焦急的心情,企盼着主任大人的决定。"K在说这些话时简直忘记了自己,样子就好像他站在克拉姆的门口,在和门房说话似的。"这个口信比我原先所想的要长得多,"他随后说,"不过你一定要口头转达过去,我不想写信,要是写信,那这封信又要没完没了地走上公文之路了。"这时,只是为了不让巴纳巴斯忘记,K伏在一个助手的背上,准备把口信草草写在一张纸上,另外一个助手举着灯笼给他照亮;但是巴纳巴斯把一切都记住了,并像小学生一样一字不差地背了下来,而且不去理会两个助手的胡乱插话,K就是根据巴纳巴斯的复述记下来的。"你的记性真好,"K说,并把那张纸递给巴纳巴斯,"不过请你了,希望你在其他方面也表现得非常出色。你有什么要求吗?没有?坦率地说,倘若你有什么要求的话,我对我这个口信的命运反而会放心一点,是吗?"巴纳巴斯起初没哼一声,随后说:"我姐姐和妹妹托我问你好。"——"你姐姐和妹妹,"K说,"哦,是那两个又高又壮实的姑娘。"——"她们两个都托我问你好,特别是阿玛莉娅,"巴纳巴斯说,"再说,今天也是她从城堡里把这封信带给我的。"K对这个消息比什么都感兴趣,于是问道:"她能不能把我的口信也带到城堡里去呢?或者你们两个能不能都去,各自去碰碰运气,行吗?"——"阿玛莉娅是不可以去办事处的,"巴纳巴斯说,"不然的话,她肯定乐意为你效劳。"——"我也许明天到你们家来,"K说,"不过,你要首先把回音告诉我。我在学校里等你。请你也代我问候你的姐姐和妹妹。"K答应明天去他们家,这似乎令巴纳巴斯感到高兴,因此,两个人在握手告别之后,巴纳巴斯还匆匆碰了碰K的肩膀。现在,一切又像当初巴纳巴斯春风满面踏进客店的店堂,来到庄稼人中间一样;K觉得,巴纳巴斯在他的肩膀上碰一碰,这是一种奖赏,尽管在他看来巴纳巴斯的这一举动显得很可笑。此时,他的心情轻松多了,在回家的路上,他任凭两个助手玩耍,他们爱怎么玩就怎么玩。

第十一章

　　他回到家时，手都快冻僵了。这时到处漆黑一片，灯笼里的蜡烛也已经点完；两个助手对这儿已经熟悉了，由他们领着，K 摸索着走进一间教室。"这是你们第一次值得表扬的功劳。"他回想着克拉姆的信说道。弗丽达半睡半醒地从房子的一个角落里喊道："让 K 睡觉吧！别打搅他！"尽管她困乏得不能等他回来，自己先睡了，但是她仍旧一心一意地想着他。现在，灯又点亮了，但因为油不多了，所以无法把灯捻亮一点。这个新居自然是缺这少那的，屋子里虽然生着火炉，但房间特大，仍然很冷；过去这儿是体操房，现在到处还摆着体操器械，天花板上也挂满了。所有储备的木柴都烧光了，尽管人家对他保证说，房间又暖和又舒适，但屋子里现在寒气逼人。在一个棚屋里虽然存放着一大堆木柴，但棚屋的门锁了，而钥匙在那个教师手里，他只允许在上课的时候拿这儿的木柴生火取暖。若是这儿有张床，人钻到被窝里，那么这也可以忍受忍受。但在这儿，除了唯一的一个草包，上面铺着弗丽达的一条可以称得上是整洁的羊毛披肩之外，就没有别的可铺垫的东西了；这儿没有铺着鸭绒垫的弹簧床，可以盖在身上的也只有两条又粗又硬的毯子，实在无法御寒。就是这个寒酸的草包，两个助手的眼睛也贪婪地盯着不放，当然他们没有希望能够睡到上面。弗丽达忧心忡忡地望着 K；她懂得怎样把一个房间，哪怕是最简陋的房间，布置得让人可以住下去，在桥头客店里她就显示过自己的这一手，但在这儿一无所有，再有能耐的人也毫无办法。"咱们房间里唯一的装饰品就是这些运动器械了。"她含着眼泪强作笑容地说道。不过，面对这种缺这少那、没有卧具、没有烧柴的情景，她用坚定的口气保证说，第二天就找人帮忙，并请 K 耐心地等一等；她没有一句话，没有一点暗示，也没有一点儿表情，能够让人得出结论，觉得她心底里对 K 有点儿怨恨，尽管 K——他不得不承认——把她从贵宾旅馆拉了出来，现在又把她从桥头客店拖到了这儿，亏待了她，心里过意不去。因此，K 竭力忍受着这一切，对他来说，这也根本不难，因为他心里仍旧在想着巴纳巴斯，在逐字逐句地重复他的口信，不过不像是把口信交待给巴纳巴斯，而像是他在当面讲给克拉姆听。再说，弗丽达在酒精灯上煮好了咖啡，对此他由衷地感到十分高兴。他靠在渐渐变得冰凉的火炉上，望着弗丽达在讲台桌子上铺上一块不可缺少的白台布，放上一只花玻璃杯，再往旁边摆上面包和板肉，甚至还有一罐沙丁鱼，她的动作是那么利索和娴熟。现在一切都准备好了；弗丽达也没有吃过晚饭，她一直在等着他。两把椅子已经摆好，K 和弗丽达在桌边坐下，两个助手在讲台上蹲在他们的脚边，但他们从来就没有安静过，就是吃饭时也在调皮捣蛋。他们分到的东西已经够多了，而且还远远没有吃完，尽管如此，他们还是时不时地站起身来，看看桌子上吃的东西还多不多，还能不能再得到一些。K 一直没有理睬他们，等到弗丽达大声笑起来的时候，他才注意他们。他用手爱抚地捂住弗丽达放在桌子上的手，悄悄地问她，为什么她总是如此纵容他们，甚至对他们的恶作剧也总是那么客气地听之任之。他说，用这种办法你就别想摆脱他们，只有用与他们的行为举止相应的强有力的手段，才有可能约束他们，或者，可能性更大也更好的办法是，使他们对自己的职位感到索然无味，处境难堪，最后溜之大吉。看来学校这儿也不是个安乐之地，是啊，他在这儿也不会长久待下去；不过，如果助手走了，只有他和弗丽达两个人待在这个安静的房子里，那么他们就不会注意到缺这少那了。难道他没有发觉助手们一天比一天更放肆？好像因为弗丽达在场，他们就受到纵容似的，而且他们希望 K 在她面前不要像在其他场合那样，严厉地对待他们。另外，也许有非常简单的办法，能够毫不费力把他们立刻甩开，非常熟悉这儿情况的弗丽达也许知道有什么简单的办法。把两个助手赶到别的什么地方去，也许他们反而会感到高兴呢，因为他们在这儿过的生活并不好，若是他们继续在这里待下去，那他们至今过的好吃懒做的生活就必须结束，至少是一部分要结束，因为他们必须干活。弗丽达在最近这些紧张的日子过后，也得休息一下，而他，K 本人，要忙着找条出路,设法摆脱困境。要是助手们真的走了,他就会感到如释重负、一身轻松,就可以在干其他事情之外,心情舒畅地完成学校里的各种劳务。

弗丽达聚精会神地听着,她慢慢地抚摸着他的手臂说道,其实这也是她自己的看法,但也许是他把助手们的恶作剧看得太严重了,他们都是些小伙子,总是高高兴兴的,难免有些孩子气,第一次给外乡人当差,而且刚从城堡严格的纪律下解脱出来,因此总是很兴奋,并对任何事情都感到惊奇;在这种情况下,他们总会做出这样或那样的傻事来,当然会叫人感到生气,但明智的做法是对他们的行为一笑了之。她说,她自己有时候就忍不住要笑。尽管如此,她说她完全同意 K 的意见。最好的办法是把他们送走,然后她和 K 两个人单独在一起。她说着便凑近 K,把脸埋到他的肩膀上,他说话声音很轻,而且含糊不清,K 很难听明白,因此他只好朝她低下头仔细地听。她说,她没有任何办法可以对付两个助手,她也担心,K 刚才提的建议都没用,就她所知,是 K 自己要求得到这两个助手的,现在他得到了他们,只好把他们留下来。最好是对两个助手不要太认真,尽可把他们当做逗人乐的孩子。其实,他们就是这样的料。只有这样,才能够对他们忍受得了。

K 对她的回答感到不满意;他半是出于开玩笑,半是严肃认真地说,她好像和他们结成了一伙,或者说,至少她对他们非常有好感;哦,这两个助手都是挺俊的小伙子,不过只要稍微下点儿决心,就没有摆脱不了的人,他一定能够拿两个助手向她证明,他是做得到的。

弗丽达说,要是他能办到,那她肯定会非常感谢他。另外,从现在起,她不再和他们嘻嘻哈哈了,也不再跟他们说任何一句不必要的话了;一天到晚,老是被两个男人偷偷地盯着,确实也不是什么无足轻重的事,她已经学会了用 K 的眼光来看待这两个人。两个助手此时又站起身来,这样做部分原因是想看看桌子上还有没有剩下的食物,部分原因是想弄清楚他们俩究竟在嘀咕些什么。这时,弗丽达确实是略微惊颤了一下。

K 充分利用这个机会加重两个助手对弗丽达的不满情绪,于是他故意把弗丽达拉到自己身边,两个人紧紧坐在一块儿吃完了饭。现在该去睡觉了,因为大家都已经疲惫不堪了,一个助手甚至吃着饭就睡着了,这可乐坏了另一位助手,他想让主人 K 和弗丽达仔细看看他那睡着的伙伴的一副傻面孔,但他没有达到目的,K 和弗丽达坐在椅子上没有理睬他。房间里越来越冷,冷得简直叫人无法忍受,大家都迟迟疑疑地不愿去睡觉;最后,K 宣布说,必须把火炉生起来,不然是无法睡觉的。他东张西望,看有没有一把斧头;助手们知道什么地方有把斧头,就去取了过来;于是,大家一起拥向棚屋。不一会儿,薄薄的木板门给砸开了。走进棚屋,两个助手格外兴奋,好像从来没有见过这么多好东西似的;他们乐得推推搡搡,你追我赶,把木柴搬到教室里去,一会儿教室里就堆了一大堆木柴。火炉很快就生了起来,大家围着火炉躺下睡了;两个助手还分到一条毯子,以便裹起身子。这条毯子足够他们用了,因为他们两个已经讲好,他们中间的一个人要一直醒着,给炉子添柴,不让炉火灭掉。没过多久,炉子周围就热得不用再盖毯子了;灯已经熄了,K 和弗丽达对这儿的温暖与寂静感到特别高兴,于是舒展身子,很快便沉入梦乡。

夜里,不知是什么声响把 K 惊醒了。他睡得迷迷糊糊的,先伸手去摸弗丽达。这时他发现,睡在他旁边的不是弗丽达,而是一个助手。很可能是突然从睡梦中被惊醒,他感到十分恼火,这一下就更使他吓得魂不附体,至今为止在村子里他头一回吓成这样。他大叫一声,坐起半个身子,没头没脑地打了这个助手一拳,助手立刻大哭起来。整个事情很快就弄清楚了。原来,弗丽达被惊醒了,至少她觉得是被一只大动物惊醒了,也许是一只猫,跳到她的胸口上,随后又马上跑开了。弗丽达爬起来,点燃一支蜡烛,在整个房间里到处寻找那只动物。一个助手便利用这个机会爬到草包上,享受一会儿。现在,这个助手尝到了苦头。然而,弗丽达并没有找到什么,也许这只是个错觉罢了。她回到 K 的身边,在走过那个蜷缩着身子呜呜哭泣的助手的身边时,安慰似的抚摸他的头,仿佛她已经把晚上的谈话忘了一干二净。对此,K 什么也没有说,他只是吩咐助手不要再往火里添木柴了,因为搬来的一大堆木柴快烧完了,屋子里已经太热了。

🌸 第十二章

第二天早上,第一批小学生来到教室,好奇地围着睡觉的地方,瞪大着眼睛在看,他们这时才醒过来。这个场面实在不雅观,因为屋子里原先很热,所以他们除了衬衫以外,其他衣服全脱了;现在到了早晨,热气退了下去,他们自然又感到凉飕飕的。正当他们开始穿衣服的时候,吉莎出现在门口。这就是那位女教师,她身材修长,一头金发,长得很漂亮,只是态度有点儿生硬。显然,她是有准备而来的,她知道来了位新校役,另外还从男教师那儿得知他们必须遵守的行为准则,因为她刚一踏在门槛上就说:"这个样子我可无法忍受。实在是不成体统。只允许你们睡在教室里,可没有叫我到你们的卧室里来上课。校役一家人竟然懒洋洋地躺在床上,睡到大天亮!呸!"K心里想,对她的这番话要说说清楚,特别是关于这家人和这些床铺的事。他一边想,一边和弗丽达——那两个助手根本派不上用场,他们还躺在地板上,吃惊地望着女教师和一群学生呢——匆匆忙忙地把双杠和鞍马推到一边,再在上面搭上一条毯子,这样就隔开了一小块地方,在里面他们至少可以避开学生们的视线,把衣服穿起来。当然,他们连瞬间的安宁也没有。女教师先是因为洗脸盆里没有清水而不停地责骂。K刚才本来想把洗脸盆拿来给自己和弗丽达盥洗用,现在只好放弃这个打算,为的是不要太过分地激怒女教师,但这也无济于事,因为紧接着听到哗啦一声响:真糟糕,原来他们没有把昨夜吃剩的东西从讲台上收拾干净,女教师用戒尺把桌上的东西猛的一下拨拉到地上;沙丁鱼罐里的油和喝剩的咖啡洒了一地,那只咖啡壶也摔得粉碎。对这一切,女教师不必操心,校役反正会马上收拾干净的。K 和弗丽达还没有穿好衣服，他们这时靠在双杠上，眼睁睁地望着他们很少的一点儿东西被毁坏了；那两位助手显然没有想到赶紧穿衣服，他们躺在地上，从毯子之间探出脑袋来窥视，逗得孩子们乐不可支。弗丽达当然对咖啡壶给摔碎了最伤心；为了安慰她，K 保证说，他马上就去找村长，要求赔偿，并把赔偿的咖啡壶拿来。这时，弗丽达才打起精神。她只穿着衬衫和内裙便从毯子围起来的小地方跑出来，为的是至少能把那条台布抢救出来，以免它再被弄脏。女教师为了吓跑她，神经质地用戒尺一个劲儿地敲打桌子，尽管如此，弗丽达还是把台布抢了过来。K 和弗丽达穿好衣服后，还得催两个助手——看来两个助手被眼前发生的事惊呆了——穿衣服，不仅命令他们，而且还得催他们赶紧穿，甚至亲自帮他们穿起来。大家准备停当后，K 开始分配接着要干的活儿：他让两个助手去拿木柴，把火炉生好，但首先要给另外一个教室里生好炉子，因为更大的危险从那儿威胁着他，那位男教师显然已经在那儿了。他叫弗丽达清扫地板，而 K 本人则去取清水，并收拾一下教室；早饭的事儿一时就别想了。为了摸清女教师的情绪，K 决定自己先从围起来的这块小地方走出去看看，其他的人要等他喊他们时才可以跟着出去。他之所以这样安排，一方面是因为他不想让助手们的愚蠢行为一开始就把情况搞糟，另一方面是因为他想尽可能地照顾弗丽达。因为弗丽达有虚荣心，而他没有，她很敏感，而他一点儿也不在乎，她只想着眼前一些叫人讨厌的小事，而他却想着巴纳巴斯和他们的未来。弗丽达没有一句不听他的，眼睛一刻也没从他的身上离开。K 刚从那个围起来的小地方出来，女教师就在孩子们的哄堂大笑下——从此时此刻起，孩子们的笑声就一直没有停止过——喊道："喏，睡足了吗？"K 根本没有理睬她，因为这算不上是一句真正的问话，他直接朝盥洗台走去。这时，女教师又问道："你们是怎么搞我的猫咪的？"一只又肥又大的老猫正懒洋洋地舒展着四肢躺在桌子上，女教师正在检查它的一只前爪，那只爪子显然是受了点轻伤。原来，弗丽达说得对，这只猫虽然没有跳到她身上，因为它老得不能跳了，但它从她身上爬了过去。这个教室在夜里本来通常是空空的，这次猫爬过去时发现屋子里有很多人，给吓坏了，于是赶忙躲藏起来，就在它异乎寻常地匆忙逃匿的当儿受了伤。K 设法心平气和地向女教师进行解释，但女教师只抓住自己的老猫受了伤这个结果不放，说道："好啊，你们把猫弄伤了，你们刚搬到这儿就这么干! 你倒是瞧瞧啊!"她喊 K 到桌边来,举起猫的那只前爪给他看;K 还没看清是怎么回事儿,她便用猫的爪子在 K 的手背上狠狠地一抓;猫的爪子虽然已经不那么锋利了,但女教师这次并没有考虑到她的猫咪,而是用力把爪子按下去,因此划出了几道血印。"现在你去干活吧。"她不耐烦地说,又低下头看她的猫咪。弗丽达和两个助手在双杠的后面目睹了这一情景,当弗丽达看到 K 手背上出血时,便惊叫起来。K 把自己的这只手举起来让孩子们看,并说:"你们瞧,一只凶恶、阴险的母猫把我抓成了这个样子。"这话当然不是说给孩子们听的,孩子们的喊叫声和哄笑声已经是自然的事了,不需要再有什么理由或是什么刺激,什么话也无法再进入他们的耳朵里,或是影响他们不停的笑闹。女教师只是向 K 瞟了一眼,算是对他的这种污辱表示回敬。接着,她又专心去照料她的猫咪。就这样,她起初的怒气似乎通过对 K 的这种血腥的惩罚已经消减了。这时,K 喊弗丽达和两个助手出来,于是工作开始了。

K 把盛脏水的桶提出去,并取回干净的水之后,便开始着手清扫教室。这时,一个大约十二岁的男孩从坐位上走出来,摸了摸 K 的手,说了一句什么话,但在一片喧嚷声中,K 一点儿也听不清他说的是什么。这时所有的嘈杂声突然停止下来。K 转过身一看,整个早晨都使他感到担心的事终于发生了。那位男教师站在门口,他个子矮小,一手抓着一个助手的衣领;看样子他是在他们取木柴的时候逮住他们的,因为他大声地一字一顿地喝道:"是谁竟敢砸开木棚的门? 这个坏蛋在哪儿? 我要把他碾碎!"弗丽达正吃力地蹲在女教师的脚边擦地板,这时她从地板上站起身来,朝 K 望去,样子好像想从他那儿获得力量似的,她的眼神和态度又流露出昔日的优越感,说道:"这是我干的,教师先生。我想不出别的什么补救办法,要是清早就必须给教室生好火炉,那就必须把放木柴的棚屋打开;在深更半夜,我可不敢去向您讨钥匙;我的未婚夫当时还在贵宾旅馆,他也有可能在那儿过夜,因此我只好一个人自作主张。要是我做得不对,请您原谅我没有经验;我的未婚夫看到我做了这样的事,把我已经训得够受了。他甚至禁止我一清早就生火炉,因为他觉得,您把放木柴的棚屋锁起来,这就表明,您本人到来之前是不想让人把炉子生好的。他还说,火炉没生好,这是他的错,但棚屋被砸开,这就是我的错了。"——"是谁把门砸开的?"教师问两个助手。两个助手还在试图从教师的手里挣脱开,可是挣脱不了。"是这位先生。"两个助手说,并一起用手指着K,表示这是毋庸置疑的。弗丽达哈哈大笑起来,她的这种笑声似乎比她的话更有说服力。随后,她把用来擦地板的抹布在桶里拧干,她这样做,像是通过自己的解释结束了破门而入这个小小的插曲,而两位助手的供词只不过是事后开的一个玩笑而已;当她准备跪到地板上干活时,她又说:"我们的助手还是小孩子,尽管他们年龄不小,其实只配坐到学校的板凳上做小学生。昨天晚上,我是一个人拿着斧子把门砸开的。事情很简单,我没有让这两个助手帮忙,他们只会给我增添麻烦。在深夜里,我未婚夫回来后,去看看棚屋的门,查一查损坏情况,若有可能的话准备再把它修补好,两个助手也跟着一起跑去了,因为他们大概害怕单独待在这儿,就这样,他们看着我的未婚夫修补那扇被砸坏的门。所以,他们现在才这么胡说……好了,他们还是孩子呢……"

在弗丽达这样胡编乱造的时候,两个助手在一个劲儿地摇头,并继续指着K,而且尽力挤眉弄眼地做出种种表情,想让弗丽达改变自己的意见,不要再胡编下去;但他们却做不到,最后他们只好顺从,把弗丽达的话当做命令,因此不再回答教师再一次的盘问了。"这么说,"教师说,"这么说,你们是在撒谎?或者说,你们至少是在随便诬陷校役吧?"两个助手一声不吭,但他们那战战兢兢的样子和深感害怕的目光好像表示他们意识到自己犯了罪。"那我就立刻狠狠地揍你们一顿。"教师说,并派另外一个孩子到另一间教室里去拿藤鞭。当他高高地举起藤鞭,准备往下抽的时候,弗丽达喊道:"这两个助手说的倒是实话!"她说着绝望地把抹布往水桶里一丢,弄得水花四溅。接着,她跑到双杠后面,在那儿躲藏起来。"真是个满口谎言的女人。"女教师说。她刚刚把猫的爪子包扎好,把它搂在自己怀里,猫太大了,在她怀里几乎放不下。

"这么说,原来是校役先生干的。"教师说着把两个助手推开,转身朝向K。在整个时间里,K一直用手中的扫帚柄支撑着身子,细心听着。"您这位校役先生,胆小如鼠,自己干了卑鄙的勾当,还心安理得地让人弄虚作假,诬陷其他好人。"——"噢,"K说,他兴许已经发觉,弗丽达的一番话确实缓和了教师起初那股不可遏制的怒气,"假如助手们被狠狠揍几下,那我也不会感到遗憾;若是他们躲避了十次理应受到的惩罚,那么,他们一次代人受过,挨一回不该挨的打,这也是完全应该的。况且,这样一来,避免了我和您教师先生之间的一次直接的冲突,我觉得这值得欢迎,甚至您也许会欢迎的。可是现在,弗丽达为了两个助手,却牺牲了我……"K 说到这儿时,停顿了一下。一时鸦雀无声,他听见弗丽达在毯子后面啜泣的声音。"当然,这件事情必须弄清楚。"——"简直是无稽之谈。"女教师说。"我完全同意您的意见,吉莎小姐。"男教师说,"您,校役先生,由于这种丢丑的事,当即被革职了,但我仍然保留对您进行进一步处分的权利;现在您就立刻带上您的东西,从这个房子里滚出去。这样,我们就可以松一口气,终于可以开始上课了。您赶快滚出去!"——"我不离开这儿一步。"K 说,"您是我的上司,但您不是授予我职位的人,给我职位的是村长先生,只有他做出解雇我的决定,我才接受。但他给了我这个工作,不是让我和我的随从人员在这儿一起受冻,而是——正如您本人所说的——为了免得我做出莽撞的不考虑后果的事情来。因此,现在突然解雇我,这恰恰是违背他的意图的;只要我没有亲自从他嘴里听到他违背自己的初衷所说的话,我就不相信您说的。再说,我不听从您的轻率的解雇命令,也许对您大有好处。"——"这就是说,您不听从?"教师问道。K 摇摇头。"您再考虑一下吧,"教师说,"您自己的许多决定也并不总是万无一失的,比如,您想一想昨天下午的事情吧,您拒绝接受审查。"——"为什么您现在提起这件事来?"K 问道。"因为我喜欢,"教师说,"现在我最后再重复一遍:滚出去!"然而,他的这句话仍然没起作用。于是,教师走到讲台上,轻声和女教师商量了一下,女教师主张喊警察,但教师不同意。最后,他们两个取得了一致意见,教师命令孩子们搬到他的教室里去,在那儿和其他孩子一起上课。这一变动深受大家欢迎,孩子们立刻又是嬉笑又是喊叫地跑了出去,男教师和吉莎小姐最后也跟着孩子们出去了。吉莎怀里抱着上课用的点名册,上面卧着那只大肥猫,它对什么都表现出无动于衷的样子。男教师真想把这只猫留下来,但吉莎小姐向他指出,K 是多么残忍,因此坚决拒绝把猫留下;就这样,K 除了使男教师特别恼火之外,还给他增加了一个负担,把这只肥猫也压到了他的肩上。男教师在门口还对 K 说了最后几句话,这几句话也许是由猫引起的:"这位小姐不得不领着孩子们离开这间教室,就因为您坚决不接受我对您的解雇,所以谁也不能要求她,一位年轻的姑娘,在您肮脏的家里上课。因此,您一个人待在这儿吧,您想占多大地方就占多大地方,谁也不会来打搅您,因为正经人一见到您就讨厌。不过,您在这儿待不了多久,这我可以肯定!"他说完便砰的一声关上了门。

第十三章

这些人刚刚走开,K便对两个助手说:"你们给我滚出去!"冷不防听到这个命令,两个助手惊慌失措,便乖乖地服从了。但是,当K在他们身后把门锁起来时,他们又急着要回来,所以在外面抽抽咽咽地哭叫着,而且一个劲儿地敲打房门。"你们被辞退了!"K喊道,"我再也不要你们给我当差了。"当然,两个助手一听非常不高兴,因此对着房门拳打脚踢。"先生,我们要回到你身边!"他们大声喊道,好像K是块陆地,而他们却要被洪水吞没,急切地想爬到陆地上似的。但是K没有一点儿怜悯心,他不耐烦地等候着,盼望这种叫人无法忍受的喊叫声迫使教师出来进行干涉。果然,男教师不一会儿便出来了。"快让您这两个该死的助手进去!"他吼道。"我把他们给辞退了!"K同样大声喊着回答;这句话起到了意想不到的效果,K借此向教师表明,自己不仅有强大的辞退权,而且有同样强大的执行权。这时,教师只得说好话劝慰两个助手,让他们安静下来,说只要他们在这儿安安静静地等待下去,K最终会让他们进去的。他说完便走开了。要是K不再对他们喊叫,说他们彻底被辞退了,而且没有一丝复职的希望,那他们也许会安安静静地待在那儿;但K又把这两句话重复了一遍,于是他们又像先前那样,对着门又是喊叫,又是拳打脚踢。教师又出来了,但这次他不和他们多啰唆,而是用那根令人一见就生畏的藤条把他们从学校赶出去。

不一会儿,他们在体操房的窗口出现了,而且对着窗玻璃一边敲打,一边喊叫;但他们的话已经听不清楚了。他们在窗口那儿也没有待多久,在很深的雪地里,他们要胡闹也无法乱蹦乱跳的。因此,他们赶紧跑到校园的栏杆那儿,跳上栏杆的石座,在那儿虽然离得比较远,但他们也能比较清楚地看到房间里的情景;在那里,他们紧紧抓着栏杆跑来跑去,随后又停下脚步,伸出双手向 K 抱拳哀求。就这样,他们在那儿哀求了好长一会儿,根本没有考虑,这样做纯粹是徒劳的;他们仿佛中了邪,甚至当 K 把百叶窗放下来,不想再看见他们时,他们还是不停地进行哀求。

现在房间里变得昏暗了,K 走到双杠那儿去看弗丽达。两人的目光一相遇,弗丽达便站了起来,她理理头发,擦干眼泪,一声不吭地去煮咖啡。尽管她什么都知道了,K 还是一本正经地对她说,他已经把两个助手解雇了。她只是点了点头。K 在板凳上坐下,看着她那有气无力的动作。以往她总是充满活力,充满毅力,她那娇小的身体也因而显得十分妩媚动人;现在这种美丽消失了,她跟 K 在一起生活不了几天就断送了她的美色。过去在酒吧间里的活儿并不轻松,但对她来说也许比较合适。难道说,她之所以面容憔悴,是因为离开了克拉姆吗?她亲近克拉姆,这使她拥有迷人的诱惑力,而吸引 K 的正是这种诱惑力,可是现在,她在他怀里枯萎了。⑲

"弗丽达。"K 说,弗丽达立刻把咖啡磨放到一边,来到 K 坐的板凳上。"你生我的气吗?"她问道。"没有,"K 说,"我想,你也只好这样。在贵宾旅馆,你过得非常快活。我真该让你留在那儿。"——"是啊,"弗丽达说着伤心地望着前面,"你真该让我留在那儿。我不配和你生活在一起。你摆脱了我,也许你想干什么就能干成什么。为了照顾我,你屈从于专横跋扈的教师,接受这个卑贱的职位,并付出全部心血争取和克拉姆见面。一切都是为了我,可是我却不能很好地报答你。"——"不,不,"K 说,并伸出手臂搂住她,安慰她说,"这些都是不值一提的小事,并不叫我伤心,去找克拉姆也不单单是为了你。你为我做了多少事啊!在我认识你之前,我在这儿瞎闯。谁也不接受我,我若是与谁沾上边,谁就很快把我打发走。我若是在别人那里找到了落脚之处,那些人偏偏又是我急于逃避的人,比如说巴纳巴斯家的人。"——"你会避开他们?真的吗?我最亲爱的!"弗丽达这时异常活跃地大声插话道,在 K 犹犹豫豫地说了一声"是的"之后,弗丽达又像原先那样显出疲惫的样子。但是 K 也没有把握解释,在哪些方面由于他与弗丽达生活在一起而变得对他有利了。他慢慢地把手臂从她身上抽回来,默不作声地在她旁边坐了一会儿,直到弗丽达——那样子好像 K 的手臂给了她温暖,现在若是没有它,她就受不了——说道:"这儿的这种生活我受不了。要是您想留住我,那我们就必须离开这儿,到外国去,搬到什么地方都行,到法国南部去,到西班牙去。"——"我不能离开这儿去外国,"K回答说,"我到这儿来是要留在这儿,我以后也要留在这儿。"接着,他又自言自语似的补充说:"究竟还有什么东西能够把我吸引到这块荒凉的地方来呢,难道只是为了留在这儿吗?"这样说是自相矛盾的,他无论费多大力气也无法把这一矛盾解释清楚。随后,他又说:"不过,你也想待在这儿,这可是你的故乡啊。只是你失去了克拉姆,才使你如此心灰意冷。"——"我该失去克拉姆吗?"弗丽达说,"克拉姆嘛,这儿有的是,克拉姆实在太多了;为了躲避他,我想离开这儿。我失去的不是克拉姆,而是你;为了你,我才想离开这儿。在这儿我无法整个得到你,这里大家都缠着我。即使撕下我这张漂亮的面具,即使体弱多病,我也愿意安安静静地生活在你身边。"从她的话中,K只听出了一点。"克拉姆和你还一直保持联系吗?"K立刻问道,"他还派人叫你去吗?"——"关于克拉姆,我什么都不知道,"弗丽达说,"我现在说的是其他人,譬如说两个助手。"——"哦,这两个助手!"K出乎意料地说,"他们在追踪你?"——"这一点你难道没有发觉?"弗丽达问。"没有,"K说,并试图回忆事情的各个细节,但什么也记不起来,"他们也许是些纠缠人的小色鬼,但我没有发觉他们胆敢对你动手动脚。"——"没有发觉?"弗丽达说,"你没有发觉他们的一举一动吗?在桥头客店,他们怎么也不肯离开我们的房间,他们十分妒忌地监视着我们的关系。他们当中的一位昨晚竟然躺在草包上我睡的地方,刚才他们还告发你,想把你赶跑,毁掉你,然后单独和我在一起。这一切你没有发觉吗?"K盯着弗丽达,没作任何回答。弗丽达对助手们的这种指控也许是对的,但对这些指控也可以完全作这样的解释:他们是无辜的,他们之所以胆敢如此,是因为他们天生幼稚可笑,傻里傻气,不会遮掩自己。不论K到什么地方去,两个助手总是要争着同他一道去,从来就不愿单独留下来与弗丽达在一起,这一点不是也可以反驳对他们的指控吗?K略微提出了这样一些看法。"全是假装的,"弗丽达说,"这一点你没有看穿吗?是啊,要不是由于我说的这些原因,那你到底为什么要把他们赶跑呢?"弗丽达说着走到窗口那里,把百叶窗拉开一点,朝外张望,然后叫K走过去。那两个助手还在外面紧紧靠着栏杆,尽管现在明显看得出他们累极了,但还是使出全身力气,时不时地伸出两只手臂对着学校哀求,其中一个为了不至于一直用手抓着栏杆,特意把外衣的后摆钩在栏杆上。

"可怜的人,真是些可怜的人!"弗丽达说。

"我为什么把他们赶跑吗?"K叫道,"我之所以把他们赶跑,直接原因就是你。"——"是我?"弗丽达问,她的目光一直没有离开外面的那两个助手。"你对那两个助手客气得有点儿过分了,"K说,"你对他们的放肆行为总是持宽容态度,总是给他们笑脸看,抚弄他们的头发,一直对他们抱同情态度,刚才你还说'可怜的人,真是些可怜的人',到头来就是最近发生的这件事,你竟然拿我做牺牲品,付出的代价如此之高,为的只是解救两个助手,使他们免遭毒打。"——"是啊,确实是这样,"弗丽达说,"我就是要告诉你这件事,是的,的确是这件事,使我感到痛苦的就是这件事,使我与你产生隔阂的就是这件事。不过,我也知道,跟你厮守在一起,是我最大最大的幸福,彼此永远厮守在一起,永不分离,永远没有尽头;我还梦到,在世界上没有任何安静的地方可供我们相亲相爱,在村子里没有,在其他地方也没有,因此我想象着,最好有个坟墓,一个既深又窄的坟墓,在里面我们两人紧紧地拥抱在一起,就像老虎钳子紧紧夹在一起,我把我的脸藏在你的怀里,你把你的脸藏在我的怀里,没有人再能看见我们。可是在这儿,瞧这两个助手,他们抱拳哀求,可他们哀求的不是你,而是冲着我来的。"——"看他们的不是我,"K说,"不是我在看他们,而是你。"——"那当然,是我,"弗丽达说,她几乎有点恼火,"我一直说的就是这件事。两个助手总是跟着我,准有什么原因,尽管他们是克拉姆的特派员。"——"克拉姆的特派员?"K说,虽然他觉得特派员这个名称很自然,无所谓,但他仍大吃一惊。"克拉姆的特派员,肯定是。"弗丽达说,"尽管他们是他的特派员,但他们同时也是淘气的孩子,是需要用鞭子进行教育的。他们是两个多么丑和多么黑的孩子啊!他们的脸叫人猜想他们是成年人,甚至像大学生,但他们的行为举止却如此幼稚、愚蠢,若是把他们的脸和他们的行为作个对照,他们是多么叫人厌恶!你认为这一点我没看到吗?我真为他们感到羞耻。但事情就是这样,他们不讨厌我,但我为他们感到羞耻。我禁不住常常朝他们望去。若是真有人对他们大发雷霆,我禁不住要对他们笑;若是真有人想打他们,我禁不住要抚摸一下他们的头发。我夜里躺在你身边时,简直无法入睡,我的视线禁不住越过你的身子朝他们望去,看见他们中的一个紧紧裹着毯子睡在那儿,另一个则跪在开着的炉门前添柴火。是的,我禁不住弓起身子,几乎要把你惊醒。并不是那只猫吓了我一跳——哦,我对猫很熟悉,对酒吧间里那种老是影响我睡眠的嘈杂声我也熟悉⑳——不是那只猫吓了我一跳,是我自己吓了自己一跳。根本不需要那只大肥猫惊吓我,稍有一点儿响声我就会吓一跳。有一回,我担心你会醒过来,生怕一切就此结束,但我后来又跳了起来,点起蜡烛,想这样让你尽快醒过来,可以保护我。"——"所有这些事情我都一无所知,"K说,"只是有一点儿感觉,所以我就把他们赶走了;现在他们走了,也许一切都会好起来的。"——"是啊,他们终于走了。"弗丽达说,但她仍满面愁容,没有一点快乐的样子,"只是咱们不知道他们究竟是什么人。他们是克拉姆的特派员,我只是心里这样称他们,不过是开开玩笑而已,但也许他们真的是。他们的眼睛,那种单纯的、炯炯发亮的眼睛,使我回想起克拉姆的那双眼睛,是啊,事情就是这样:那是克拉姆的目光,他的目光通过他们的眼睛时时凝视着我,简直看透了我的身子。因此,要是我说,我为他们感到羞耻,这也不对。我只是盼望是这么回事。我虽然知道,同样的行为,要是在别的什么地方和在别的什么人身上,会是愚蠢的,下流的,叫人厌恶的,但在他们身上可不是这样。我怀着尊重和钦佩的心情,看着他们的愚蠢行为。如果他们真的是克拉姆的特派员,谁能够让我们摆脱他们呢?摆脱了他们到底好不好呢?摆脱了他们之后,你会不会很快再把他们喊回来?若是他们愿意回来的话,你会感到高兴吗?"——"你希望我再让他们进来?"K问。"不,不,"弗丽达说,"我丝毫没有让他们进来的意思。要是他们现在冲了进来,那么他们那副样子,看到我时的那股高兴劲儿,他们孩子般的蹦跳,还有他们伸出的男子汉的手臂,这一切我也许就根本无法忍受。若是你如此严厉、强硬地对待他们,这样克拉姆也许就不让你见他了。我考虑到这一点,就想不择手段地尽量避免出现这一不良后果。到那一步,我就希望你让他们进来。到那一步,K,你就让他们赶快进来吧!你不要照顾我什么,我有什么关系!只要我做得到,我就会保护自己;要是我真的屈服了,噢,那我就会屈服,不过我心里明白,这也是为你屈服的。"——"你这样说只能增强我的决心,使我觉得,我对两个助手的判断是对的,"K说,"我绝对不会叫他们再进来。我把他们赶了出去,这倒证明,我有时完全能够控制他们，并以此进一步证明，他们和克拉姆没有什么重要关系。昨天晚上，我还收到克拉姆的一封信，从这封信中可以看出，关于这两个助手，克拉姆得到的信息全是假的，从中又可得出结论，克拉姆觉得这两个助手无关紧要，因为他们假如不是这样，那么可以肯定，克拉姆能搞到有关他们的详细情况。你把他们看成是克拉姆，这证明不了什么问题，因为，很遗憾，你一直还在受老板娘的影响，所以到处都看得见克拉姆。你一直还是克拉姆的情人，还远远不是我的妻子。有时候，这使我感到非常沮丧，我觉得似乎一切都输了；我还有一种感觉，仿佛我刚到这个村子里来，但又不像当初那样充满希望，我意识到，等待着我的只不过是失望，一个接一个的失望，我连每个失望的最后一点儿残渣也得全部吞下去。不过，只是有时候我才这样想。"K看出，弗丽达听了他的这番话后感到非常沮丧，于是又微笑着补充说："不过，我的这种感觉其实也证明了一件好事，那就是，你对我是多么重要。若是你现在要求我，在你和两个助手之间作个选择，那么，这两个助手就已经败阵了。在你和两个助手之间进行选择，这是多么糊涂的思想啊！好了，现在我要彻底摆脱他们，我不仅这样说，而且也这么想。再说，谁知道，我们两人这么没劲儿，是不是因为我们到这会儿还没有吃早饭的缘故呢？"——"可能是这个缘故吧。"弗丽达说，她疲惫地笑着，又赶紧干活了。而他，K，也重新抓起了扫帚。

过了一会儿，有人在轻轻地敲门。"巴纳巴斯！"K喊了一声，说着便丢开手里的扫帚，急忙跑到门边。弗丽达望着他，她听到这个名字，比听到什么都感到害怕。K两手颤抖，无法马上把那把旧锁打开。"我正在开门。"他一直这么重复说着，但始终没问敲门的是谁。随后，他看到，从打开的门里进来的不是巴纳巴斯，而是那个先前曾经想和K说话的小男孩，但K不愿意去想这个孩子。"你到这儿来想干吗？"K说，"隔壁正在上课呀。"——"我就是从那儿来的。"小孩子说，他脚跟并拢，双臂垂直贴在身体上，他那双棕色的大眼睛平静地望着K。"那你想干什么呢？快说呀！"K说，并略微向前俯着身子，因为小孩子说话声音很低。"我能帮你什么忙吗？"小孩子问。"他想帮咱们的忙。"K对弗丽达说，然后又问小孩子："你叫什么名字？"——"汉斯·布伦斯威克。"小孩子说，"四年级的学生，马德莱纳小巷的鞋匠奥托·布伦斯威克的儿子。"——"瞧，你叫布伦斯威克。"K说，这时他对小孩子比较和蔼了一点。事情原来是这样:女教师用猫的爪子在 K 的手上深深地划出几道血痕,汉斯见后非常气愤,于是下定决心要站在 K 的一边。现在,他胆敢冒受到严厉处罚的危险,像个逃兵似的,从隔壁上课的教室里溜了出来。他采取这个行动,也许是出于孩子的幼稚想法;他那严肃劲儿也符合他的想法,无论做什么,他都这么严肃。只是开始的时候,他很腼腆,但不久就同 K 和弗丽达搞熟了;当他喝到香喷喷的热咖啡时,他变得活跃、自在起来,而且相信他们了。他迫不及待地提出好多问题,好像他想尽快知道事情的关键所在,以便独立地为 K 和弗丽达做出决断。他在个性上有点儿喜欢发号施令,不过这方面也搀和着天真无邪的童心,因此他们半是诚心、半是开玩笑地乐意听他指挥。不管怎么说,他要把他们的注意力全部集中在自己身上;各种活儿都停了下来,早餐也大大推迟了。尽管他坐在课桌的板凳上,K 坐在讲台上面,弗丽达坐在他旁边的椅子上,但是看上去,仿佛汉斯是教师,仿佛他在考他们,在评定他们的回答;他那柔和的嘴唇周围浮现一丝微笑,好像在暗示,他知道这只不过是一场游戏。但正因为如此,他做得就更为严肃认真,叫人觉得浮现在他嘴边的也许根本不是微笑,而只是荡漾在他嘴边的童年时代的幸福。更奇怪的是,过了好长时间他才承认,自从 K 到拉斯曼家去后,他就认识他了。对此,K 感到非常高兴。"当时,你在那位夫人的脚下玩耍?"K 问道。"对,"汉斯说,"那是我妈妈。"这时候,他不得不讲自己妈妈的事了,但他犹豫不决,在 K 和弗丽达一再请求下,他才开了口。现在清楚了,他只是个小孩子,而从他的口气看,有时候,特别是从他提的问题看,也许他对 K 的未来有所预感,也许只是由于听者急着了解情况而产生的错觉,他好像就是个坚强、聪明、有远见的大人在说话,但随后,他又会突然变得只像个小学生,对某些问题根本就听不懂,而对另外一些问题,他又解释错了;有时候,他又特别幼稚,孩子气十足,毫不顾及别人,说话的声音很轻,尽管经常提醒他说错了,但他又表现出一种逆反心理,对某些紧迫问题干脆不作回答,而且毫无窘态。一个成年人绝对不会做出这种样子来。他觉得,好像只有他才能提问题,别人提问题就是破坏了某种规定,就会浪费时间;随后,他可以长时间地坐在那儿,一声不吭,只见他挺直身子,低垂着脑袋,下嘴唇撅得高高的。弗丽达很喜欢他这种样子,因此她常常给他提问题,希望他回答不出而露出这种神情来;有时候,她也成功了,但 K 对此却很生气。总的来说,他们探问了好长时间,但没有了解到很多情况,只知道汉斯的母亲身体不大好,但她生什么病并不清楚;当时,布伦斯威克夫人怀里抱着的那个孩子是汉斯的妹妹,名叫弗丽达——他妹妹和此时不断向他提问题的这个女人的名字相同,汉斯对此很不高兴——他们一家人都住在村子里,但并不和拉斯曼一家人住在一起,那天他们去串门,只是为了洗澡,因为拉斯曼家有一只大浴桶,孩子们特别喜欢在里面洗澡和戏水,不过汉斯可不是这样的孩子。汉斯提起自己的父亲时,总是怀着敬意或是害怕心理,而且只是在没有同时讲起母亲时,他才讲起自己的父亲;与母亲相比,父亲的价值显然不大;此外,关于他们家庭生活的所有问题,不管 K 和弗丽达费多大口舌,他都不作回答。关于他父亲的生意,K知道他拥有当地最大的鞋铺,谁也不能和他相比。人所共知的这个事实,他们问了一遍又一遍,他也不作回答。他只是说,他父亲还把自己做的活儿让给其他鞋匠,还让给巴纳巴斯的父亲。他父亲这样做,只是出于一种特殊的照顾。汉斯讲到这里,十分得意地把头一昂,这个神态至少可以暗示出这一点。汉斯这个姿势,引得弗丽达跳下讲台,跑过去亲了他一下。问他去过城堡没有,问了他好多遍,他才作了回答,说是"没有";同样,问起他母亲去过城堡没有,他就置之不理。最后,K 感到厌倦了,而且他也觉得,提这些问题看来也没有丝毫用处,他承认,在这一点上孩子是对的;再说,通过这个天真无邪的孩子转弯抹角探听别人的家庭秘密,也是件丢人的事;再说,他问来问去,到头来什么也没问出来,他觉得更加丢人。于是,他最后问孩子究竟打算给他们什么帮助,汉斯回答说,他只想帮他们干点活,免得那位男教师,还有那位女教师,再来凶狠地责骂 K。K 听到这样的回答,也就不再感到惊奇了。K 对汉斯说,这样的帮助不需要,责骂人也许是教师的天性,即便你工作做得再好,还是逃脱不了挨骂,这儿的活本身并不重,只是由于偶然的情况他和弗丽达今天才没有把活做完,再说,教师的谩骂对 K 不像对小学生那样起作用,他根本不把它当做一回事,他几乎早已不放在心上了,他还希望不久就能离开这个教师,因此,他们谈的只是帮助 K 对付教师的问题,K 诚心诚意表示十分感谢,并说汉斯现在可以回去上课了,还希望他不会因此而受到惩罚。K 只是说不需要汉斯帮助他来对付教师,却没有说不需要其他方面的帮助。虽然 K 没有强调这一点,只是无意之中流露出来,但是汉斯却从他的话中听出来了,于是问 K 也许需要别的什么帮助;他说,他很乐意帮助他,若是他本人帮不了什么忙,那他会请自己的妈妈相助,这样事情肯定能办成。爸爸遇到了麻烦的事,也是请妈妈帮忙。他妈妈也曾经打听过 K,她自己难得出门,那次去拉斯曼只是个例外;可是他,汉斯,却常常去和拉斯曼家的孩子一起玩;有一回,妈妈问起他,土地测量员先生是不是又去过拉斯曼家。因为妈妈身体虚弱,而且十分疲乏,所以他不能让她激动,只能简单地说,他在那儿没有见过土地测量员,其他就没有再说什么;但现在他在学校里看见了 K,他就必须和 K 说说话,这样他就可以把这件事告诉妈妈听。要是妈妈没有关照你去做什么事,而你却满足了她的愿望,这是她最高兴的事。K 想了一会儿说,他不需要帮助,他需要的东西都有了,汉斯愿意帮他忙,当然再好不过了,他感谢他的好意;以后要是有可能需要什么,那他一定去找他,他反正有汉斯家的地址。为了表示感谢,K 这次也许能帮汉斯一点忙。K 听说汉斯的母亲有病,而且村里的人显然都不知道她生的是什么病,不知道该怎样治疗,所以他心里很不安;若是疏忽大意,一种本来很轻的病也许会引起严重的后果,而他,K,却有一点医学知识,而且更为宝贵的是他有临床经验。有些病,医生都束手无策,可是却被他治好了。在家乡,因为他医术高明,人们总是称他为"苦药草"。不管怎么说,他很想看看汉斯母亲的病情,并和她谈一谈。也许他能给她提出个好建议,哪怕只是为了汉斯,他也很乐意这样做。汉斯听到 K 愿意给他妈妈看病,起初他眼睛变亮了,这样 K 就更急于要去看看了,但结果却不叫人满意,因为汉斯接着在回答其他问题时丝毫没有发愁的意思,还说,家里人是不允许陌生人去看他妈妈的,因为她特别需要休养;虽然 K 当时几乎没有跟她说什么话,但她后来还是在床上躺了好几天,这样的事常常发生。当时爸爸很生 K 的气,因此他当然不允许 K 来找汉斯的妈妈;是的,当时他曾经想去找 K,就他的冒昧行为和他算账,惩罚他一下,只是妈妈劝阻住了。可是不管怎样,妈妈通常不想和任何人说话,她问起过 K 的情况,但这也不算一个特殊的例外,相反,因为她提到了 K,所以她可能表示了她要见他的愿望,但她没有这样做,这也可以让人明白她的本意。她只想听到 K 的一些情况,但她不想和他交谈。再说,她也并不是真的生了什么病,她很清楚自己身体不好的原因,有时候她也免不了会流露出自己的想法:显然是因为她忍受不了这儿的空气,但是她为了爸爸和孩子,也不想离开这个地方,再说,她的病情比往常好多了。这就是 K 所了解到的情况。汉斯想得离了谱,因为他要让妈妈免遭 K——这个他所谓想要帮助的 K——的骚扰;是啊,为了达到不让 K 见妈妈这个善良的目的,在某些事情上,他甚至说出了和他先前说的相矛盾的话,比如在妈妈的疾病方面。不过,尽管如此,K 现在还是发现,汉斯对他仍然怀有一片好意,只是一提到他的妈妈,他就把一切都忘记了;无论谁把什么人和他妈妈相提并论,谁立刻就会受到冤枉,现在 K 就是这样,不过,比方说,汉斯的爸爸也可能会受到冤枉。K 想试试后一种想法,于是说,他爸爸不让任何人打扰他妈妈,爸爸这样做当然是非常明智的;要是他,K,当时预感到这种情况,肯定不敢冒昧地和他妈妈打招呼,而且现在他还请汉斯回家后代他向妈妈表示歉意。可是,他又无法理解,若是妈妈生病的原因非常清楚,正如汉斯所说,那为什么爸爸阻止妈妈去空气好的地方休养呢;别人也许会说,爸爸之所以阻止她,是因为他知道她是为了孩子和自己的丈夫才不愿离开的,但她可以带上孩子呀,她也不必离开很长时间呀,也不必到很远的地方去,城堡山上的空气就已经大不一样了。这样一次短途外出,爸爸也不必为费用担忧,他可是当地最大的鞋匠呀;再说,他或是她在城堡里肯定有亲戚或朋友,他们准会乐意接待她的。为什么他不让她离开呢?他不该轻视这样的疾病;K 只是匆匆见过汉斯的妈妈一面,但正是她那明显苍白、虚弱的面容,促使他去和她说话;当时他就感到奇怪,爸爸竟然让生病的妈妈待在大家洗澡和洗衣服的屋子里,呼吸肮脏的空气,而且他说话很响,丝毫不考虑压低一点儿嗓门。汉斯的爸爸也许真的不知道妻子生病的真正原因;也许她的病情在最近真的有了好转,但这样一种疾病是会有反复的,如果不全力以赴对付它,最后它就会变得严重起来,到那时就没救了。若是 K 不能和他妈妈谈一谈,那么,如果他能和他爸爸谈次话,提醒他爸爸注意这些问题,也许很好。

汉斯一直在紧张地倾听着,绝大部分话他都听明白了,剩下听不明白的,他也强烈地感觉到其中所包含的威胁。尽管如此,他还是说,K 不能和爸爸谈话,爸爸对他很反感,很可能会像教师那样对待他。他说这些话时,若是提到 K,他脸上便浮起羞涩的微笑,若是提到爸爸,他就很恼怒,很悲伤。不过,他补充说,K 也许可以和他妈妈谈一谈,但只能在他爸爸不知道的情况下。随后,汉斯眼睛直愣愣地望着 K,想了一会儿,像个想要偷吃禁果的女人在寻找一种办法,使自己偷吃后不至于受到惩罚;接着他说,后天也许可以,后天晚上爸爸去贵宾旅馆,在那儿参加一个会议,到时候,他,汉斯,晚上会来接 K 去见妈妈,但前提是要得到妈妈的同意,这一点还没有把握。特别是他妈妈绝对不会违背爸爸的意志行事,不论在什么事上,她都唯命是从,甚至是在他,汉斯,也清清楚楚看出是不对的事情上,她也百依百顺。现在,确实是汉斯想在 K 这儿寻求帮助,去对付爸爸;事情好像是他本人糊涂了似的,因为他原以为他想帮助 K,而实际上,他一直在试探这个突然出现的、妈妈甚至还提起过的陌生人是否能够帮助他,因为这儿大家都很熟,他周围的人中谁也不能助他一臂之力。这个孩子好像是无意识的样子,他不露声色,几乎有点儿阴险。K 直到现在,几乎没能从他的外表和话语中看出一丝儿破绽;这时,他才从他一本正经地补充的、有意无意而透露出的话中发觉他的心计。汉斯在与 K 长时间谈话时,一直在考虑着要克服哪些困难。他觉得,尽是些几乎无法克服的困难;他心情不安地眨巴着眼睛,一个劲儿望着 K,像心不在焉,其实是在寻求帮助。在爸爸走开之前,他什么也不可以对妈妈说,不然的话,爸爸就会知道,那样一来,什么也就办不成了,因此,必须等爸爸走开后才能提及这件事;就是在这个时候,考虑到妈妈的情况,也不能很快突然地告诉妈妈,必须慢慢地,寻找个合适的机会;然后,他才可以请求妈妈同意,然后他才可以叫 K 去;可是,这样会不会太晚呢?爸爸会不会很快就回来呢?不会的,这是不可能的。然而,K 却说,这并非不可能。时间会不够,这倒不必担心,他只是简短地谈次话,同他妈妈在一起稍待片刻就足够了;汉斯也不必来接他。K 可以事先躲在汉斯家附近的某个地方,只要汉斯发个信号,他就会立刻赶到。不行,汉斯说,K 不可以在他家附近等候——这又是因为他母亲太敏感,他不放心——若是妈妈不知道,K 绝对不可以动身前往;在这样一个对妈妈保密的问题上,汉斯和 K 没有取得一致意见;汉斯坚持从学校里接 K 去,在他妈妈知道并允许之前,他是不能接 K 前往的。好吧,K 说,这确实是很危险的,很有可能汉斯的爸爸会在屋里当场抓住他;即便这种情况不会发生,妈妈也会因为害怕而不让 K 去,这样,一切就会因为爸爸而成为泡影。汉斯对此又表示反对。就这样,他们之间辩来辩去,争论不休。

　　K 早已把汉斯从板凳上叫到讲台上,把他拉到自己的双膝之间,不时地抚摸他的头,给他以安慰。即使汉斯一时表示反对,但这种亲近的表示有助于两人取得谅解。最后,他们一致同意:汉斯先把全部真相告诉他妈妈,不过,为了使她能轻易表示同意,还得对她说,K 也想去见见布伦斯威克,见布伦斯威克当然不是为了谈妈妈的事儿,而是谈他本人的事。这也是事实,在整个谈话过程中,K 突然想到,布伦斯威克就算是个危险而毒辣的家伙,但他其实不会再是他的敌人,他——至少村长是这么说的——曾是那些要求聘用一位土地测量员的那一派的领头人,尽管他们这样考虑是出自政治原因。因此,K 到村子里来,布伦斯威克对此也是抱欢迎态度的;若是那样,头一天他那令人气愤的态度和汉斯所说的他对他的反感,就叫人大惑不解了;也许是 K 没有先请他帮忙而伤害了他;也许是有别的什么误解,这样的误解通过几句话也是可以解释清楚的。倘若真是那样,K 就可以在布伦斯威克那里得到支持,借以对付教师,甚至可以对付村长,那么村长和教师利用职权,不让他去城堡找主管部门,而是强迫他接受校役职务这个骗局——这不是骗局又是什么呢——就会被戳穿;要是布伦斯威克和村长再围绕 K 进行一场斗争,布伦斯威克准会把 K 拉到自己一边,K 就会成为布伦斯威克家的座上客,就可以从布伦斯威克那里得到进行斗争的资金,用来对付村长;有谁知道,他这样会获得什么呢,但不管怎样,他都会常常待在那位夫人身边——就这样,K 在玩弄这些美梦,而美梦也在玩弄他。这时,汉斯一心想着妈妈,他忧心忡忡地望着沉默不语的 K,样子就像望着一位正在苦思冥想寻找一个妙方准备给病人治疗一场大病的医生一样。K 建议说,他想和布伦斯威克谈谈土地测量员的职位问题;对他的建议,汉斯表示赞同。他之所以表示同意,当然只是因为这样做就可以保护自己的妈妈不受爸爸的责备,另外,这个办法也是在迫不得已的情况下才用的,但愿这种情况不会出现。只是他又问,K 怎样对他爸爸解释,他为什么这么晚才来他家里。K 说,校役这个职位和教师对他的恶劣态度,他实在无法忍受,因此,他突然感到十分绝望,于是不顾时间早晚,就贸然来拜访了。汉斯听了这样的说明,虽然脸色有点儿阴郁,但终于表示满意了。

　　现在,看来一切都已考虑周到,至少有了获得成功的可能性。这时,汉斯解除了一切顾虑,如释重负,变得快活起来,天真地和 K 聊了一会儿,随后又和弗丽达聊了一会儿;弗丽达坐在那儿,好长时间像是若有所思似的,这时才重新加入他们的谈话。在谈话中,她问他将来想做个什么样的人,汉斯略微思索了一下,回答说,他想做个像 K 这样的人;当问起他为什么想做这样的人时,他当然不知道该如何回答;在问起他是不是想当个校役时,他回答很肯定,说不想。在进一步追问他时,她才知道他绕了个大圈子才谈到这个愿望。K 目前的处境既可悲,又叫人看不起,绝对不会令其羡慕,这一点,他也看得很清楚;他不需要观察其他人就十分明白 K 的处境;他本人真不想叫自己的妈妈看到 K,真不想叫她听 K 说话。但尽管如此,他还是到K 这儿来了,并请求他帮忙,K 同意了,他感到很快活;他认为其他人也会这样做的,尤其是他妈妈,她还亲口提起过 K。由于这一矛盾状况,他内心深处产生了这样一个信念:K 现在如此卑贱,如此狼狈,但在几乎难以想象的遥远的未来,他肯定会出人头地。正是这种愚蠢的遥远的未来和通向这种遥远的未来的令人自豪的得意心情深深吸引了汉斯;为了实现这一目标,他甚至愿意对 K 的当前处境表示认可。他的这个愿望之所以显得特别幼稚和早熟,是因为他居高临下,把 K 看成比自己还幼小的弟弟,而这个小弟弟的前程比他自己的前程——小孩子的前程——远大得多。他是在弗丽达一再追问下没办法才说的,说时既严肃又忧郁。K 的话又使汉斯快活起来,K 说,他知道汉斯羡慕他什么,是羡慕他有那根放在桌上的漂亮的拐杖,原来汉斯心不在焉地说话时,一直在有意无意地玩弄这根拐杖。好了,K 还说,他制作这样的拐杖很有一手,假若他们的计划真的成功了,他一定要给汉斯制作一根更加漂亮的拐杖。话说到这里,还不完全清楚,汉斯是不是真的只是喜欢这根拐杖;K 的这番许诺使他感到十分高兴,于是他欢欢喜喜地告别,并紧紧握住 K 的手,说:"那么后天见!"

汉斯走开正是时候,因为他走后不久,教师就一下子推开了门,看见 K 和弗丽达安闲地坐在桌边,便大声喊道:"对不起,打搅了!可是请你们告诉我,这儿到底什么时候才能收拾干净呢?我们迫不得已挤在对面的教室里,上课大受影响,而你们却舒舒服服地在这儿的大健身房里,舒展胳膊舒展腿的;为了住得更宽敞些,你们还把两个助手赶跑了!现在总该站起来,干点活儿了吧!"接着,他又对 K 说:"你现在赶快去桥头客店,给我把上午的早点拿来!"

教师怒气冲冲地喊叫,对 K 的称呼也很粗俗,尽管如此,但其口气相对来说比较温和。K 立刻准备照办;只是为了探听一下教师的意思,他又说:"我可是被解雇了。"——"不管是被解雇了,还是没有被解雇,你赶紧给我把上午的早点拿来。"教师说。"被解雇了,还是没有被解雇,这我很想知道。"K 说。"你在啰唆什么啊?"教师说,"你可没有接受解雇呀。"——"是不是解雇无效?"K 问。"我不认为无效,"教师说,"这一点你可以相信我,但村长觉得无效,这真叫人无法理解。现在你赶快去,不然的话,你真的就被解雇了。"此时 K 感到非常满意,这么说,教师在这期间和村长谈过话了,或者说,也许根本就没有谈过话,而只是他事先编造了村长的意见,而这个意见对 K 十分有利。现在,K 想赶紧去取上午的早点,但走到过道上时,教师又把他喊了回来;也许是教师想通过这种特殊命令,来试验一下 K 乐意效劳的程度有多大,以便将来使唤起他来有个分寸;也许是他现在突然心血来潮,又想发号施令,命令 K 赶快去取点心,然后再让他遵照命令马上返回来,就像使唤一个跑堂一样,把 K 唤来唤去的,以此寻开心。从 K 这方面看,K 知道,这样过分地顺从教师,到头来就会变成教师的奴隶和替罪羊;不过,他又想,在一定的限度内,对教师的这种反复无常的脾气,还是先忍受一下,因为,尽管已经表明,教师虽然不能依照法律解雇他,但能痛苦地折磨他,使他无法忍受,从而放弃这个职位。而现在,K 觉得这个职位比以往任何时候都显得重要。与汉斯的谈话使他产生了新的希望,他承认,这些希望未必能实现,甚至完全没有根据,但使他无法忘记;这些希望几乎遮住了巴纳巴斯。若是他一心抱着这些希望,而且没有其他选择,那他就必须集中一切精力,不能再关心别的事情,不能再关心吃饭、住所、乡村当局,甚至不能再关心弗丽达;但从根本上来说,事情的关键就在于弗丽达,因为使他关心的事都与弗丽达有关。因此,他必须努力保住这个能给弗丽达带来一些安全感的职位,为了这个目的,他要忍受教师给他造成的通常无法忍受的痛苦,他丝毫不能表示后悔。这一切也并非叫人痛苦不堪,而只是日常生活中不断出现的一些微不足道的烦恼,这和 K 所追求的目标相比根本算不了什么,而且他到这儿来,不是为了过一种体面、恬静的生活。

K 刚要立即往客店去,这时命令又改变了,他得遵照新的命令立刻收拾屋子,好让女教师带着她班上的学生再回到这儿上课。他必须赶紧将屋子收拾好,因为他还得去取上午的早点,男教师已经饿极了,而且很渴。K保证说,一切都会照要求办好;教师在一边看了一会儿,看着K迅速把床铺搬走,把体操器械放到原来的地方,并匆匆忙忙把房间打扫干净,弗丽达则擦洗讲台。他们的干劲看来使教师感到很满意;他还提醒他们说,门外已准备好一堆木柴——他可不想再让K去棚屋了——临走还威胁说,过一会儿他再来检查一下。说完,他就回孩子们那儿了。

他们默默地干了一阵活之后,弗丽达问K,为什么他现在对教师如此百依百顺。这也许是个既充满同情,又充满担忧的问题。但K正想着弗丽达许下的诺言,她原先保证说,她要保护K,不让教师对他发号施令,不让教师对他粗暴无礼,然而她却没有做到。因此,K只是简短地回答说,既然自己当上了校役,就必须尽自己的职责。说完后,两个人又默不作声了。然而,恰恰是通过这次短短的对话,K又想起弗丽达刚才,特别是他和汉斯谈话的时候一直在忧心忡忡地想心事,于是K往屋里搬着木柴,坦率地问弗丽达,她整个时间都在想些什么。弗丽达慢慢地朝K抬起头,回答说,她也说不上在想些什么;她只是在想老板娘,在想老板娘说的一些实话,但她多次不肯说,在K的一再逼问下,她才比较具体地说了出来,但她回答的时候并没有放开手中的活儿,其实她并不是干活卖力,因为她的工作压根儿就没有进展,她只是想借此避免自己老是望着K。于是,她开始说起来。她说,在K和汉斯谈话时,她起初也在静心地听着,后来被K的几句话吓了一跳,接着开始琢磨起这几句话的意思。从此时起,她就不断试着从K的话音里证实老板娘曾向她提出的忠告,对老板娘的忠告,以前她一直不相信。K听了她这套惯用的说法非常生气,就连她泪水盈眶地哭诉抱怨的声调,也没有感动他,反而更激怒了他。特别使他怒不可遏的是,老板娘现在又插手他的生活了,至少是通过弗丽达的回忆插了进来,因为老板娘本人的直接插手至今还没有获得成功;K这时怒火冲天,把抱在怀里的木柴猛地扔在地上,往木柴上一坐,用十分严肃的口气要求她把话彻底说清楚。"从一开始,"弗丽达开始说道,"老板娘就拼命唆使我怀疑你,已经好多次了;但她不认为你在撒谎骗人,相反,她说你孩子气十足,说话很坦率,但你的本性和我们的大不相同,因此,即使你说得再坦率,我们也很难强迫自己相信你;若不是一个要好的女友早早提出忠告,提醒我们,我们就必须通过惨痛的经验才能相信。即使是像她这个对人有着如此敏锐目光的人,也几乎上了你的当。不过,她最后一次在桥头客店和你谈话之后——我只是重复她说的很恶毒的话——她才看穿你的诡计,现在即使你千方百计地把你的用心遮盖起来,你也无法再蒙骗她。但是,你是不会遮盖什么的,她经常这么说。后来,她还对我说:你时时刻刻要注意,不管遇到什么机会,都要仔仔细细地听他说,不仅仅是泛泛地听,不,要仔仔细细地听。她自己所能做的,也只是仔仔细细地听而已。在说到我时,她大体听出了以下一些:你对我阿谀奉承——她用了这个难听的字眼——只是因为我偶然遇上了你,而我偏偏对你不感到反感,因为你误以为酒吧女是任何一个客人都能唾手可得的猎物。此外,正如那里的老板娘打听到的那样,当时你出于某些原因想在贵宾旅馆过夜,而要达到目的,只有通过我,别无他法。这一切足能使你在那个夜晚成为我的情人;不过,你从中想要得到而且也需要得到更多的东西,那就是克拉姆。老板娘说自己不知道,你想从克拉姆那儿得到什么;她只说,你在认识我之前和在认识我之后,都迫切地想见到克拉姆,区别只是在于,在认识我之前你毫无希望,可是现在,你以为在我身上找到了一个可靠的途径,以为你真的,而且很快,甚至带着优越感去见克拉姆了。今天你又说,在你认识我之前,你在这里简直是走投无路。听了你的话,我感到十分惊讶,不过只是一瞬间,没有进一步深刻思考。你的这些话也许是和老板娘说的一样;她也说,自从你认识我以后,你认清了目标。这是因为你认为我是克拉姆的情妇,占有了我,也就占有了一件抵押品,对方只有用高昂的代价才能赎回去。同克拉姆商讨赎回这件抵押品的价钱,是你唯一追求的目标。在你眼里,我一文不值,而高昂的赎价却是你的一切;凡与我有关的,你都准备让步,而在价钱方面,则是寸步不让的。因此,我失去贵宾旅馆的工作,你觉得无所谓;我不得已离开桥头客店,你也觉得无所谓;我必须在这儿干繁重的校役活儿,你同样觉得无所谓。你没有丝毫温情,甚至没有一点儿时间和我在一起,你把我丢给两个助手,你从来就没有一点儿醋意;对你来说,我唯一的价值就是我是克拉姆的情妇,你无意之中总是愚蠢地竭力让我不要忘记克拉姆,以便我在关键时刻到来时不至于过分地反抗;因此,你对老板娘也大吵大闹,你相信,唯有她才有可能把我从你手中夺走,所以你把和她的争吵推向极端,这样就只好带上我离开桥头客店;凡是由我说了算的,那么无论如何我都是你的财产,对此,你毫不怀疑。你把同克拉姆的谈话看做一场交易,一场现金对现金的交易。你考虑到了各种可能性,假若你获得了你所要的价钱,你就准备什么都干;要是克拉姆想得到我,你就会把我交给他;要是他愿意把你留在我身边,你就会留在我身边;要是他希望你把我抛开,你就会把我抛开;但你也准备演一场喜剧;若是对你有好处,你会声明你爱我,若是他抱满不在乎的态度,你就变换个手法对付他。你用的手段是,你强调你是个无足轻重的人,但抢走了他的情人,以此来羞辱他,或者,你把我曾经对他做过的爱情表白告诉他,乞求他再次接受我,当然是在他支付了你所要的价钱之后;如果这一切都无济于事,那你就会以 K 夫妇的名义,干脆向他乞求。老板娘最后还推论,若是你最后看到你在各种事情上——你的设想、你的希望、你对克拉姆以及克拉姆同我的关系的看法——都打错了算盘,那么我的地狱生活也就开始了,因为到那个时候,我才真正成了你可以指望的唯一财富。但同时也证明,这份财富已经是毫无价值了,你当然也会将其视若敝屣而抛弃,因为你单纯把我当成了财富,除了占有之外,你对我没有其他感情可言。"

K 紧闭嘴唇,紧张地凝神听着,坐在屁股底下的木柴也滚散了,他几乎坐在地上也并不在乎;现在他才站起身来,坐到讲台上,拉起弗丽达的手,弗丽达有气无力地试图把手抽回去。这时,K 说:"你说的这些话,我还是区分不出哪些是你的意思,哪些是老板娘的意思。"——"这全是老板娘的意思,"弗丽达说,"这些都是我听来的,因为我尊重老板娘;不过,这次我没有完全听她的,把她的话抛在一边,这还是我有生以来头一回。我觉得她说的一切都是那么可笑,实际上跟咱们两个之间的情况相差很远。我觉得,实际情况跟她说的完全相反。我想起咱们一起度过第一个夜晚之后的那个阴郁的早晨。那时,你跪在我身边,你的目光显示,好像一切都完了。打那以后,尽管我全力以赴,尽了最大努力,但实际上不是我在帮助你,而是在妨碍你。因为我的缘故,老板娘成了你的敌人,一个强大的敌人,而你现在还在低估她;你为我忧心如焚,为了我,你不得不争取一个职位,你在村长面前处于劣势,你不得不对教师低三下四,你任凭两个助手摆布,但最糟糕的是,因为我的缘故,你也冒犯了克拉姆。现在,你还在一直盼望见到克拉姆,这只不过是为了得到他的谅解而在无力挣扎罢了。我心里对自己说,老板娘对各种事情当然比我知道得多,她悄悄地对我说这些,只是为了让我事后不要过分谴责自己。她这样做是出于善意,然而却是多此一举。我对你的爱使我经受了一切考验,这种爱到头来也会鼓舞你勇往直前,即使不是在这儿的村子里,也会在别的什么地方鼓舞你;这种爱已经证明了它的威力,它已经把你从巴纳巴斯的家里拯救出来了。"——"那么说,当时你是持相反的看法的,"K说,"打那以后,你的看法有什么变化吗?"——"我不知道,"弗丽达说,同时看着K的手,K的手还握着她的手,"也许没有什么变化;此时,你紧紧地挨着我,如此心平气和地问我,那我觉得什么也没有发生变化。但实际上……"她从K的手里抽回自己的手,挺直身子坐在他对面,开始哭起来,但并没有把自己的脸遮住;她让自己这张沾满泪水的脸直接对着他,样子好像她不是在为自己掉眼泪,不用掩饰起来,而是在为K的忘恩负义而哭泣,倘若他看见她的泪水而痛哭,那也是他罪有应得。接着她说:"但实际上,一切都变了,自从我听了你和那个小孩子的谈话后,我觉得一切都变了。你开始时多么天真,你打听他家里的情况,问这问那;我当时觉得,那种情景就如同你那天晚上来到酒吧间那样,你多么亲切,多么坦率,多么天真,热情地捕捉着我的目光。现在跟当时没有什么两样,当时我只希望老板娘也在场,让她听听你的话,然后仍旧坚持她的看法。可是后来,突然之间——我自己也不知道是怎么搞的——我发现了你和那个孩子谈话的真正意图。你用充满同情的话语,赢得了那个孩子的信任,这是很难赢得的,为的是以后不受干扰地去实现你的目标,你所追求的目标我越来越清楚了,原来就是那个女人。你的话听起来好像是很关心她,但你毫无遮掩地流露出你只不过是关心你自己的事情。你还没有赢得那个女人,你就欺骗了她。从你的话里,我不仅看到了我的过去,而且也看到了我的未来;我觉得好像老板娘就坐在我身边,向我解释一切,而我却竭力要把她赶走,但我又清楚地看到,我这样做是无济于事的;不过,真正被欺骗的不再是我,而是那个陌生的女人,我从来就没有被欺骗的份儿;当我镇静下来,问汉斯想做个什么样的人时,他回答说,他想做个像你这样的人,这也就是说,他已经完全属于你了。现在好了,他,这个在这儿被你利用的善良的孩子和当时在酒吧里被你利用的我之间究竟还有多大的区别呢?"

"所有这一切,"K说,他习惯了这种指责之后,又恢复了镇静,"你说的这一切,在某种意义上是正确的,并不假,只是带有敌意。这全是老板娘的意思,全是我的死对头的意思,尽管你认为也是你本人的意思。这对我来说倒是个宽慰。这些话很有教益,我还可以从老板娘那儿学到一些东西。她没有对我自己说过她的这些想法,尽管她平时在其他方面从来就不顾惜我;她把这个武器交给了你,显然是希望,在对我特别糟糕或是最关键的时刻,可以用它来对付我。如果说我在瞎利用你,那她也同样在瞎利用你。可是,弗丽达,你想想:即便是一切都像老板娘所说的那样,那也只有在一种情况下是很恶劣的,那就是你不爱我。这样,只有在这样的情况下,那才真正是我用阴谋诡计把你搞到了手,为的是用你这份财富牟取暴利。当时,在那种情况下,为了诱取你的怜悯,我和奥尔珈手挽着手来到你的面前,这样做也许是我计划好了的;只是老板娘在历数我的罪状时,忘记了这一点。如果情况不是这么恶劣,如果不是一位狡猾的猛兽把你抓住了,而是你迎着我,我迎着你,我们彼此相投,你我都忘记了自己,弗丽达,请你告诉我,此后情况又会怎样呢?在那种情况下,以后我做我的事情,就如同是在做你的事情;在这方面没有任何区别,只有仇敌才能从中看出什么区别。事情到处都一样,在汉斯的事情上也不例外。再说,在你评价我和汉斯的谈话方面,你实在是神经太过敏,把事情夸张到了令人惊讶的地步,因为如果汉斯和我的看法不完全一致,那也没有发展到彼此在看法上十分对立的程度;另外,你我之间的分歧也无法在汉斯面前隐瞒起来,如果你认为可以瞒过他,那你就完全低估了这个小心谨慎的小家伙。即便是能够把一切都对他隐瞒起来,那对谁也不会造成痛苦,这是我所希望的。"

"要弄清楚,真难啊,K。"弗丽达说着叹了一口气,"我对你当然不怀疑,要是我受老板娘的影响,对你产生了怀疑,那我很乐意把它甩脱掉,并跪下来求你原谅,就像我刚才所做的那样,即使我说了一些让人生气的话。但是有些事却是真的,那就是你有许多事瞒着我,你一会儿来,一会儿去,我不知道你究竟从哪儿来,又要到哪儿去。刚才汉斯敲门时,你甚至喊出了'巴纳巴斯'这个名字。当时,我不知道,你是出于什么原因喊出这个令人可憎的名字的。你喊得那么亲热,倘若你,哪怕只有一次,这样喊我的名字该多好啊。如果你不信任我,那叫我怎么能不对你起疑心呢,这就等于把我完全交给了老板娘,你用自己的行为,似乎证实了老板娘说的话是有道理的。当然不是在所有的事情上,我可不认为你在所有的事情上都证实了她说的话不无道理;你不是为了我把两个助手赶走了?我多么希望在你的一言一行中,哪怕是折磨我的一言一行中,找到一点安慰我的东西,要是你知道我的这片心意该多好啊。"——"首先有一点,弗丽达,"K 说,"我对你丝毫没隐瞒什么。你看,老板娘多么恨我,她竭力设法把你从我身边夺走,她在使用多么卑鄙的手段啊,而你对她又是多么俯首帖耳,弗丽达,你在她面前是多么俯首帖耳啊!你倒是告诉我,我在什么方面瞒着你呢?你知道,我想见到克拉姆;你知道,这方面你帮不了我的忙,因此我只好依靠自己来实现我的目的;你也知道,至今为止我还没有获得成功,这你也看到了。难道要我再把无济于事的、实际上已足够使我感到屈辱的事再讲述一遍,再使我加倍感到屈辱吗?那天,我在克拉姆的雪橇门口冻得浑身发抖,徒劳地等候了整整一个下午,难道还要我对这件事再大吹大擂一番吗?我高高兴兴地赶到你的身边,没必要再想这些叫人头痛的事情了,可是,朝我迎面劈来的却是你对我的种种谴责。你说巴纳巴斯吗?当然啰,我在盼着他。他是克拉姆的信使;不是我让他做克拉姆的信使的。"——"又是巴纳巴斯!"弗丽达嚷道,"我不相信他是个好信使。"——"你也许说得对,"K 说,"但他是派给我的唯一的信使。"——"那就更糟糕,"弗丽达说,"因此,你就更应当提防他。"——"很遗憾,至今为止,他还没有任何理由叫我提防他,"K 微笑着说,"他很少来,而且他带来的消息都微不足道;只是消息是从克拉姆那儿来的,所以才有点价值罢了。"——"可是你看,"弗丽达说,"现在,连克拉姆也不再是你的目标了,也许这一点最使我心神不安。你总是撇开我去寻找克拉姆,这很恶劣;你现在似乎不想见克拉姆了,这更加恶劣,这一点连老板娘也从来没有预见到。据老板娘所说,你总有一天会明白过来,你寄托在克拉姆身上的希望只不过是个泡影。随着这一天的到来,我的幸福,一种靠不住的但又是极其现实的幸福,也就结束了。可是现在,你连这一天也不想再等下去;突然冒出一个小孩子,你就开始和他争夺他的妈妈了,事情变得像是你在争夺救命空气似的。"——"我和汉斯的谈话,你理解对了,"K 说,"确实是这样。不过,难道你忘了以往的整个生活(当然,老板娘你是不会一起忘记的),你再也记不起来,一个人,特别是来自底层的人,要想有个出头的日子,必须拼命奋斗吗?你忘了一个人必须利用一切吗?你忘了无论干什么,利用才会带来某种希望吗?而且,那个女人是从城堡来的,这是她本人亲自对我说的,那是在我第一天走错路闯到拉斯曼家时，她亲自对我说的。除了向她请教，或是向她求助外，还能干什么呢；如果说老板娘只知道阻止我去见克拉姆的种种障碍，那么，这个女人显然熟悉去见克拉姆的路，她自己就是从那条路上下山的。"——"通往克拉姆的路？"弗丽达问道。"当然啰，通往克拉姆的路，不然还会通到哪儿去呢？"K说。随后，他猛地跳起身来，说："现在得赶紧去取点心了。"弗丽达不顾他去取点心的事，急切地要他留下来，仿佛他留在她身边才能证实他对她说的一切安慰她的话。但是，K想到了教师，指了指那扇随时都会砰的一声打开的门，他向她保证，他马上就回来，并告诉她不必生炉子，等他回来生好了。最后，弗丽达默默地同意了。K在外面踩着积雪朝前走时——路上的积雪早就该铲除了，真奇怪，工作怎么进行得这么慢——看见一个助手累得疲惫不堪，但还紧紧地抓着栏杆。怎么只有一个助手，另一个在哪儿呢？这么说，K至少使另一个助手失去了耐心？留下来的这个助手仍然怀着让自己进屋的强烈希望；明显看得出来，这位助手一看见K就活跃了，立刻开始使劲地伸出双臂，热切地翻着白眼。"他这不屈不挠的精神倒是堪称表率，"K自语着，不禁又想，"要是他继续这样下去，就会冻死在栏杆上。"但从表面上看，K对这位助手并没作什么表示，只是挥了挥拳头表示威胁，不让他再靠近一步；结果，这位助手倒怕得往后退了一大截。弗丽达正好打开一扇窗，因为她已经和K商量过了，在生火炉前要给屋子通通风。这个助手此时立刻把目光从K身上移开，好像禁不住被吸引似的，蹑手蹑脚地朝窗口走去。弗丽达对助手露出亲热的神情，又对K做出一副恳求而又无可奈何的样子，她从窗口略微挥了挥手，她的动作很不明显，叫人弄不清她是让人走开呢，还是在向人打招呼。这个助手并没有因此放弃朝前走的念头。这时，弗丽达赶忙把最外面的一扇窗关起来，但她仍然站在窗子后面，手握着窗把，侧垂着头，眼睛睁得大大的，脸上显出僵硬的微笑。难道她不知道，她这样做不仅不会把助手吓跑，反而会更加吸引他吗？但是K没有再回头看，他想尽可能地加快步伐，马上就赶回来。

第十四章

　　此时已是黄昏，天色已经暗了下来。K 终于把校园的那条路清扫好了。他把雪堆在道路两旁，并拍打得结结实实。这样才最终结束了一天的工作。他孤零零的一个人站在校园门口，周围不见一个人影儿。几小时前，他已经把留下来的那个助手赶走了，而且还在其身后追赶了好长一段路；此后，那个助手躲到了花园和房舍之间的某个地方，谁也找不到了；从此他再也没有露面。弗丽达在屋子里，她不是在洗衣服，就是给吉莎的那只猫洗澡；吉莎把这项工作交给她，这是她信赖她的一个特殊的表示。当然，这是件又脏又不合适的活儿，要不是 K 觉得耽误了许多工作，需要利用每个机会为吉莎效劳，从而博得她的好感，肯定不能容忍弗丽达接受这个差事。㉑吉莎满意地在一边看着 K 怎样从阁楼上把那只给孩子洗澡用的小澡盆拿下来，温好热水，然后小心翼翼地抱起猫放到澡盆里。后来，吉莎甚至把猫完全交给了弗丽达，让她来照料，因为施瓦策——就是 K 进村的第一个晚上认识的那个人——这时来了。施瓦策怀着一种由于那天晚上发生的事而感到不好意思的心情，同时夹杂着对一位校役表示藐视的神态，同 K 打了个招呼，随后就和吉莎去一个教室了。现在，他们两人还一起待在那里。K 在桥头客店时，曾听人说，施瓦策是城守的儿子，因为爱上了吉莎，所以在村子里已经生活了很长一段时间。他凭着自己同当局的关系，被村里认命为代课教师，并利用自己的职务从不错过机会去听吉莎上课，他或者和孩子们一起坐在凳子上，或者更愿意坐在讲台上，紧紧靠在吉莎的脚边。他这样做再也不会引起什么骚动，因为孩子们早就习惯了，这一切之所以如此容易，也许是因为施瓦策既不喜欢孩子们,也不理解孩子们的心理活动,他几乎不和他们说一句话,他只是代吉莎上体育课;再说,他在吉莎身边,与吉莎同呼吸,分享吉莎的温暖,他就感到心满意足了。他的最大乐趣是,坐在吉莎身边批改学生们的作业。今天,他们两个也在忙着改作业。施瓦策带来了一大堆本子,那位男教师也把应当自己批改的本子交给了他们。只要天还亮,K 就看到这两个人坐在靠窗口的小桌子上工作,他们头挨着头,一动不动。K 此时看到那儿只有两支蜡烛在闪烁,他们之间的纽带是把两个人紧紧连在一起的既严肃又沉默的爱情;吉莎给这种爱情定下了这样一种基调,她那种迟钝的性格只有在发起狂来的时候偶尔才会打破一切界线,而类似的这种界限,若是在其他时间其他人身上,是绝对不能容忍的;因此,这位活泼的施瓦策也必须顺从,慢慢地走路,慢慢地说话,而且在很多情况下还得保持沉默;但看得出,他为这一切得到了足够的奖赏,那就是朴实无华的吉莎静静地待在他眼前。吉莎也许根本就不爱他;不管怎么说,她那双圆溜溜的、从来就不眨巴的、宁可在瞳孔背后转动的灰色眼睛,对这样一些问题不会做出回答;别人所能看到的,只是施瓦策丝毫不表示异议地容忍了她,但她当然不懂得尊重被城堡守卫的儿子所爱的荣誉;不管施瓦策有没有用目光盯着她,她那结实的、圆溜溜的身体从不改变一下,一直保持着平静。相反,施瓦策却往往是她的牺牲品,他付出的代价就是他一直待在村子里;他父亲经常派信使来接他回去,而他总是愤怒地把他们打发走,仿佛他们让他一时回想起了城堡和他做儿子的义务,而这对他的幸福是一次敏感的、无法弥补的干扰似的。其实他有大量的自由时间,因为吉莎通常只是在上课的时间和批改作业本的时候才让他见到她,她这样做当然不是出于自私的考虑,而是因为她喜欢舒适,喜欢独自一人待着,其他一切都不能使她感到更加高兴;她喜欢独自一人待在家里,无拘无束,舒展四肢,躺在沙发上,旁边卧着那只猫,它不会打搅她,因为它几乎不能动了,每当这个时候,她显然感到最幸福。因此,施瓦策每天有大量的空闲时间,他无所事事,到处闲逛。不过,他也喜欢这样,因为这样他才会有机会,而且他也善于利用这种机会,去吉莎居住的狮子巷,登上她的小阁楼,站在总是反锁着的门口倾听阁楼里的动静,直到确定房间里毫无例外地只是一片叫人无法理解的寂静之后才赶忙离去。但这样的生活方式有时候——当然不会当着吉莎的面——也会引起一些后果,他瞬间会突然可笑地对自己的职务感到自豪,而这种自豪感当然恰恰和他当前的地位极不相称;事情的结果当然多半不太好,正如 K 所领教过的那样。㉒

令人惊讶的是,至少是在桥头客店,人们常用某种尊敬的口气谈论施瓦策,尽管别人谈的与其说是他那值得尊敬的事情,倒不如说是可笑的事情;吉莎也受到大家的尊敬。不过,要是说施瓦策以为自己作为代课教师要比 K 优越得多,那就错了,因为这种优越性实际上是不存在的;校役是为教师们服务的,甚至也是为像施瓦策这样的教师服务的;校役是个非常重要的人物,人们对他不可等闲视之;若是出于等级观念的兴趣,不得不藐视他,那也必须用相对客气的态度,使他能够容忍,而不能刺激他。K 常常会想起施瓦策的傲慢态度,在他来到村子的第一个晚上,施瓦策对他的态度就是有过错的,在接下去的几天里,施瓦策适当地接待了他,但即使如此,也没减少其过错,K 一直耿耿于怀。因为他不会忘记,那次接待也许决定了后来种种事态的发展。由于施瓦策的缘故,当局一开始就对 K 十分注意,事情简直是莫名其妙。当时,K 在村子里还十分陌生,没有任何熟人,也没有一个落脚之处,经过长途跋涉已经筋疲力尽,躺在那个草包上,绝望得一筹莫展,只好任凭当局的摆布。一个晚上过后,一切本会变成另外一个样子,事情本可静悄悄地进行,用不着闹得满城风雨;不管怎么说,谁也不会知道他的情况,谁也不会对他产生怀疑,至少是谁也不会犹犹豫豫,把他当做流浪汉,马上收留他一天;人们会看到他多么能干,多么诚实可靠,并在左邻右舍传扬,不久他就会在某个地方找到个落脚之处,还会在什么地方当上雇工。当然,那样也不会躲开当局,但是那时情况就截然不同了,中央办公厅或者是通常接电话的人就不会因为他的缘故在深更半夜把施瓦策,而且是被这位上面显然不喜欢的施瓦策唤醒,这个施瓦策虽然低三下四地,但却毫不留情地、耍无赖似的一心要求上面做出决定;或者,如果不是这种情况,K 也许会在第二天的办公时间直接去敲村长的门,合乎情理地报告说,自己是从外乡来的流浪青年,在某个村民家里找到了住处,可能明天就会离开,除非是出现完全不可能出现的情况,那就是他在这儿找到了工作,当然也只是干几天,因为无论如何,他不想在这儿久待。假如没有施瓦策,事情就会是这个样子,或者是类似的样子。当局也许会继续处理他的事情,但会不急不躁地进行,通过办事的常规途径进行,而且不会受办事员那种急不可待的态度的干扰,当局也许特别憎恨办事员的这种态度。好了，K 对所有这一切都没有过错，过错是在施瓦策身上，但施瓦策是一个城守的儿子，从外表上看，他又做得十分得体，所以上面只能把过错算在 K 的头上。后来的一切情况不全是这个可笑的原因引起的吗？也许是那天吉莎的心情特别不好，所以施瓦策通宵没睡，在街上到处游荡，把一肚子怨气都出在 K 的身上。当然，从另一方面看，人们也可以说，K 对施瓦策的这种态度倒应该非常感激，因为只有这样，K 独自一人无法做，从来也不敢做，而且当局也不会允许做的事情竟然出现了，那就是说，K 从一开始就用不着玩什么手段，便在当局容许的范围内，公开地，而且面对面地同当局打起了交道。不过，这仍然是一件糟糕的礼物，它虽然使 K 免得说许多谎话，免得玩弄种种手腕，但这也使他失去了防御能力，无法进行自卫，在斗争中总是处于不利地位；若不是他提醒自己注意，他和当局之间的实力相差那么悬殊，他即使有能力施展出自己的全部骗术和计谋，也不可能扭转对自己不利的这种实力悬殊的局面，使局面变得对他有利，那么他面对自己的不利处境，只会变得灰心丧气了。但这只是 K 用来安慰自己的一种想法而已，不管怎么说，施瓦策总是欠了他一笔债，他当时伤害了 K，也许施瓦策今后会帮他什么忙，下一步 K 也许需要在最小的事情上，在要求获得最起码的条件方面，需要他来助一臂之力，因为，譬如说巴纳巴斯吧，看来也不行了。

因为弗丽达的缘故，K 一整天都没下定决心去巴纳巴斯家打听一下消息；为了避免当着弗丽达的面接见巴纳巴斯，他现在就一直在外面干活，干完活后还在外面待着，盼望能够见到巴纳巴斯，但是巴纳巴斯没有来。因此，没有别的办法，只好去找巴纳巴斯的两个姐妹，他只想在她们那儿待一会儿，只站在门槛前问一问，然后就立刻回来。于是，他把铲子往雪堆里猛地一插，便匆匆奔去。他上气不接下气地来到巴纳巴斯的家门口，敲了几下门之后，就砰的一声把门推开了，他还没有看清房间里的情况，便问道："巴纳巴斯还没有回来吗？"这时他才发现奥尔珈不在家，两位老人迷迷糊糊地坐在离开很远的那张桌子的边上，还没弄清楚门口是怎么回事儿，只是慢悠悠地把脸转过来；K 这时发现，阿玛莉娅裹着毯子躺在火炉边的板凳上，他的出现吓了她一大跳，她猛地坐起来，一只手按着额头，竭力使自己镇定下来。要是奥尔珈在的话，她会立刻回答的，那么 K 也就可以立刻走开了，但她偏偏不在。因此,K只好朝阿玛莉娅走近几步,向她伸出手,她默默地握了握他的手;K请她劝受惊吓的两位老人不用走过来,她说了几句话便劝住了两位老人。K得知,奥尔珈正在院子里劈木柴,阿玛莉娅筋疲力尽了——她没说是什么原因——不久前她不得不躺下。巴纳巴斯虽然还没有回来,但很快就会回来的,因为他从不在城堡里过夜。K感谢她提供了这些消息,这时他本可以走了,但阿玛莉娅问他要不要等奥尔珈回来,但他说可惜没有时间了。接着,阿玛莉娅又问,他今天是不是已经和奥尔珈谈过话了;他很惊讶地说没有,并问奥尔珈会不会有什么特别的事情要通知他。阿玛莉娅显然有点儿生气,撅起嘴唇,默默地朝K点点头,很明显是示意告别,然后又躺了下去。她躺着又用目光打量着K,样子似乎对K还站在那里感到惊奇。她那目光是冷漠的、清澈的,但像往常一样一动不动;她的目光没有直接盯着她所观察的东西,而是错乱地稍微偏离一点儿,这虽然几乎觉察不出来,但毫无疑问是偏离了一点,看来这不是此事引起的软弱、尴尬和心虚,而是对寂寞的一种固执的、压倒任何其他感情的渴求,这种渴求也许她用这种方式才能意识到。K想起来了,这种目光在他进村的第一个晚上就使他感到局促不安,是啊,这个家庭给他留下的令人厌恶的印象,显然也是由这种目光引起的,说实在的,这种目光本身并不讨厌,它是矜持的,深沉之中含有诚挚。"你总是这么忧伤,阿玛莉娅,"K说,"是什么事情在折磨你呢?你能告诉我是什么事情吗?我还没有见过像你这样的农村姑娘。只是今天,或者说只是现在,我才真正发现。你是这个村子里的人吗?你是在这儿出生的吗?"阿玛莉娅随口回答说是,样子好像K只提了最后这个问题,接着她问道:"那么,你确实在等奥尔珈吗?"——"我不知道,你为什么总是问同一个问题,"K说,"我不能在这儿久待,因为我的未婚妻在家里等我呢。"

阿玛莉娅用胳膊肘支撑着身体,她不知道K有未婚妻。K告诉她,他的未婚妻叫什么名字。阿玛莉娅不认识她。她问,奥尔珈是不是知道他们订婚的事;K觉得她是知道的,因为奥尔珈曾经看到过他和弗丽达在一起,这样的消息在村子里很快就会传遍。但是阿玛莉娅保证说,奥尔珈不知道这回事,这个消息会使她感到伤心的,因为她似乎爱上了K,只是她没有非常直率地这么说起过,因为她格外拘谨,但爱情总是会不由自主地表露出来。K深信,阿玛莉娅搞错了。阿玛莉娅微微一笑,这一笑虽然显得那么忧郁,但却使她忧郁地紧绷的面孔豁然开朗了,使沉默变成了畅谈,使陌生变成了亲热,而且还泄露出至今为止一直埋藏在心里的一个秘密,抛弃了一份至今为止一直守护着的财宝,这份财宝虽然还可以再夺回来,但不可能全部夺回了。阿玛莉娅说自己肯定没搞错,她还知道更多的事情,她知道 K 也爱慕奥尔珈,K 多次上门拜访,说是为了来取巴纳巴斯带回的消息,这只不过是个借口,实际上只是为了见一见奥尔珈。现在,既然阿玛莉娅什么都知道了,他就不必再如此拘谨了,以后可以经常来了。她只想把这件事告诉他。K 摇摇头,提醒她,他已经订了婚,阿玛莉娅似乎并不怎么过多地考虑 K 订婚的事,此时此刻 K 单独一个人站在她面前,在她看来,对 K 的直接印象是最关键的;她只问道,K 是什么时候认识那位姑娘的,说他在这个村子里待了才不过几天,怎么会认识她的。K 讲起在贵宾旅馆的那个晚上,阿玛莉娅接着只是简短地说了几句,说她当时就反对把他带到贵宾旅馆去。这时,阿玛莉娅要喊奥尔珈进来,让她作个证。奥尔珈正好抱着一捆木柴进来,她在外面的寒气中冻得脸红通通的,走进屋里显得非常新鲜、精神和健壮,同她平时无所事事待在房间里的样子相比,好像变成了另外一个人。她把木柴扔在地上,无拘无束地和 K 打招呼,接着立刻问起弗丽达的情况。K 和阿玛莉娅交换了一下眼色,但她似乎并不认为自己的看法遭到了反驳。K 略微有点儿激动,比平时更详细地讲起弗丽达的情况,他讲她在学校的艰难处境下是怎样料理家务的。因为他想赶紧回去,所以他讲得很匆忙,竟然一时忘形,在同两姐妹告辞时,向她们发出了邀请,请她们去他那儿玩。阿玛莉娅没有给他再说一个字的时间,立刻表示接受邀请,这时 K 吓了一跳,结结巴巴地说不出话来;这样一来,奥尔珈也只好说,她也愿意去看他们。可是,K 一心想着自己必须赶紧告别,在阿玛莉娅的目光注视下他感到不安,于是毫不转弯抹角地承认,他发出邀请是欠考虑的,只是他个人一时感情冲动,随便发出了邀请,因此很遗憾,他的邀请实在是无法实现的,因为在弗丽达和巴纳巴斯家之间存在着很大的、他觉得无法理解的敌对情绪。"这不是敌对情绪,"阿玛莉娅说,同时从板凳上站起身来,把毯子往身后一丢,"事情没有这么严重,只不过是别人怎么说,她就跟着怎么说罢了。得了,你走吧,到你的未婚妻那儿去吧,看你急的那个样子,你也不必担心我们会去看你,我刚才那么说,只是开开玩笑,捉弄捉弄你而已。不过,你可以经常到我们这儿来,你来我们这儿绝不会有任何障碍,你每次都可以说,你是来向巴纳巴斯打听从城堡里带回的消息的,你总可以拿这个理由作为借口。我还要对你说,即使巴纳巴斯从城堡里给你带来了什么消息,他也无法再来学校把消息告诉你,这样,你就更可以放心大胆地来看我们了。巴纳巴斯不能这样整天跑来跑去的,这个可怜的年轻人,干这种差事已经被弄得精疲力竭了,你得自己来这儿取消息。"K还从来没有听到过阿玛莉娅一口气说这么多话,她的这番话听起来和她平常说的不一样,话中含着一种威严,这一点不仅K感觉到了,而且同妹妹相处惯了的、深知妹妹脾气的奥尔珈显然也感觉到了。奥尔珈略微靠一边站着,双手捂在胸前,双腿叉开,微微弯着身子,又摆出她平时所习惯的姿势,双眼盯着阿玛莉娅,而阿玛莉娅只是凝视着K。"这是个误会,"K说,"要是你认为,我不是真正在等巴纳巴斯,那可是个天大的误会。处理好我和主管部门的事务,这是我最大的、其实也是我的唯一的愿望。巴纳巴斯在这方面应该帮助我,我的希望大半都寄托在他的身上。他虽然曾经使我大失所望,但这更多的是我的过错造成的,而不能责怪他;事情之所以会这样,是因为在我刚到这儿的最初几个小时里一切都很混乱。当时,我以为,晚上同巴纳巴斯散一会儿步,什么事情都会得到解决;而事实表明,不可能办到的事情是无法办到的,但我却怪罪于他。这甚至影响了我对你们家的了解和对你们两个的看法。事情反正过去了,现在我觉得,我对你们更了解了,你们甚至是……"K试图找个恰当的词语,但又不能马上找到,于是便凑合着说,"就我至今对你们的了解来说,你们也许比村子里任何人的心眼都好。可是现在,阿玛莉娅,你即便不是贬低你哥哥的差事,就是在贬低他对我的重要性,这样你又把我搞糊涂了。你也许不了解巴纳巴斯的事情,那倒好,那倒没有什么关系,但你也许了解他的事情——我宁可说,我有这样一种印象——这就更糟糕了,因为这就意味着你哥哥在欺骗我。"——"你冷静一点,"阿玛莉娅说,"我不了解他的事,什么也不能影响我,促使我去了解他的事情,什么也不能迫使我这样去做,就是对你的体谅也不会驱使我去了解他的事情。我为你也许会做点什么,正像你所说的,我们是好心人,我们是心眼最好的人,而我哥哥的事情,那全是他自己的事情,我只是偶尔在这儿或那儿违背我的意愿听到一点儿,除此之外,关于他的事情,我一无所知。相反,奥尔珈可以把全部情况告诉你,因为她是他

所信任的人。"阿玛莉娅说完后就走开了。她先走到父母那儿,同他们悄悄地说了几句话,然后进了厨房;她走开时没有和 K 道别,仿佛她知道他还会在这里待很久,因此,不需要同他告别。

第十五章

　　K 留了下来,脸上带着惊讶的神色;奥尔珈笑他,把他拉到火炉边那条长板凳上坐下,她好像对她现在能够和他单独坐在一块儿真的感到十分高兴,但这是一种祥和的高兴,里面肯定没有一丝儿妒忌心。没有任何妒忌心,因此也没有任何生硬和拘谨,正是这一点使 K 感到高兴;他很喜欢看着她的蓝眼睛,这双眼睛既不撩人,又不傲慢,这双眼睛是腼腆的,但很自持。样子似乎是,弗丽达和老板娘的警告,并没有对他有什么影响,而是使他对这里的一切更为注意和更为机灵了。奥尔珈感到惊奇的是,他为什么偏偏认为阿玛莉娅心眼好。她说,阿玛莉娅在许多方面都不错,但她其实谈不上什么心眼好。说到这儿时,K 和奥尔珈一起笑了起来。关于这一点,K 解释说,他的这句称赞的话,当然是对她奥尔珈而言的,但阿玛莉娅那么专横,她不仅把别人当着她的面说的话都拉到她自己身上,而且别人不管说什么都自然也把她算进去了。"这是真的,"奥尔珈说,她越来越严肃起来,"这比你想的还要真实。阿玛莉娅比我小,也比巴纳巴斯小,可正是她在这个家庭里说了算,她说什么是好就是好,她说什么是坏就是坏;当然啰,无论在好事还是坏事上,她所承担的责任比谁的都大。"K 认为这是夸大其词,比如刚才阿玛莉娅还说过,她不关心哥哥的事情,而奥尔珈对弟弟的事情什么都知道。"叫我怎么解释呢?"奥尔珈说,"阿玛莉娅确实是既不关心巴纳巴斯,也不关心我,她除了关心父母之外,谁都不关心。她日日夜夜照料父母,现在她又去问他们需要什么,接着就到厨房里给他们烧东西了。为了他们,她甚至不顾自己的身子,从中午起她就病了,不得已躺在这儿的长板凳上。不过,尽管她不关心我们,我们还是依赖她,仿佛她是大姐似的,要是她对我们的事情出点主意,那我们肯定会听她的,但她不这样做,她对我们很生疏。你与人接触很多,见多识广,而且是从外乡来的;你不也觉得她特别聪明吗?"——"我觉得她特别忧郁,"K说,"你说,你们都尊敬她,可是就拿巴纳巴斯来说吧,他当信使,阿玛莉娅根本就不赞成,甚至瞧不起这个差事。这怎么能说你们尊敬她呢?"——"巴纳巴斯对这个差事根本不满意,要是他知道自己不当信使该干什么的话,那他会立刻辞去这个差事的。"——"他不是个熟练的鞋匠吗?"K问道。"当然啰,"奥尔珈说,"他顺便还给布伦斯威克干活,要是他乐意,活多得很,他白天黑夜都做不完,可以挣很多钱。"——"那么,"K说,"那么,他还是有别的工作,可以替代信使这个差事。"——"代替信使?"奥尔珈吃惊地问,"难道他是为了赚钱才接受这个差事的吗?"——"也许吧,"K说,"你刚才还提到他对这个差事并不满意。"——"他对这个差事是不满意,这是有各种原因的,"奥尔珈说,"这可是城堡的差事,不管怎么说,也算是城堡的差事,至少别人都会这么认为。"——"怎么?"K说,"甚至连你们也怀疑?"——"唉,"奥尔珈说,"其实我们并不怀疑,巴纳巴斯常常到各个办公室去,同各种当差的人打交道,就像他们中的一个,还能远远地看见一些官员,有些重要的信件由他来递送,甚至还把传递口信的任务委托给他,这已经是相当不错了。他年纪轻轻的,就已经做出这样的成绩,我们可以为他感到骄傲。"K点点头,这时他不再想着回去的事了。"他也有件号衣吧?"K问。"你是指那件外套吧?"奥尔珈说,"他没有号衣。那件外套是阿玛莉娅给他做的,那时他还没有当信使。你触到他的痛处了。城堡里没有号衣,他是该得到一套外衣,他早就该有一套外衣了,而且主管部门也早就答应给他一套,但在这方面,城堡里办事总是拖拖拉拉的,最糟糕的是,谁也不知道拖拉的原因何在;也许事情正在办理,但也许事情根本还没有开始办理,就拿巴纳巴斯来说吧,他一直还在试用期;不过,也许是事情已经结束,由于种种原因,先前的许诺又收回去了,巴纳巴斯永远也得不到外衣了。更详细的情况谁也不知道,或者说,很长时间过后才能搞清楚。我们这儿有一句俗话也许你知道:当局的决定就像个年轻的姑娘,总是羞羞答答的。"——"这种看法倒是很确切,"K说,对这件事,他比奥尔珈还更认真,"这个看法很确切,当局的决定还可能有其他一些特点,也跟姑娘们有着共同之处。"——"也许吧,"奥尔珈说,"我当然不知道你指的是什么,也许你认为这是值得称赞的。不过,关于外衣问题,这正是巴纳巴斯的一大苦恼;既然我们共患难,因此,他的苦恼也是我的苦恼。为什么他得不到一套制服呢,其原因我们也说不出来。整个事情并不那么简单。比如说那些官员吧,他们根本就不穿官服;就我们在这儿所知道的,就巴纳巴斯对我们所说的,官员们到这儿来穿的都是便服,当然是很漂亮的便服。再说,你曾见过克拉姆。当然啰,巴纳巴斯不是官员,连最低级的官员也不是,他也没有当什么官的奢望。高级的侍从在村子里当然是看不见的,但是,即便是他们,根据巴纳巴斯的说法,也不穿公服。人们一开始也许就会认为,这在一定程度上是种安慰,但这种安慰是骗人的,难道巴纳巴斯真的也是个高级侍从吗?不是,别人即便是尽力偏袒他,也不会说他是高级侍从;他常常到村里来,是啊,甚至他住在村里,单单这一点就从反面证明了他不是高级侍从;高级侍从比官员们还要深居简出,叫人难以接近,这也许有道理,也许他们的地位甚至比某些官员的地位还高;有些事情可以证明这一点:他们工作很少。据巴纳巴斯说,看到这些精心挑选出来的高大、强壮的人慢条斯理地穿过回廊,真令人赏心悦目,巴纳巴斯只能蹑手蹑脚地在他们身边走来走去。总之,巴纳巴斯根本谈不上是高级侍从。因此,他只能算是低级跟班中的一分子,但这些低级跟班都有公服,至少他们到村里来总是穿着公服,但这并不是真正的号衣。这种公服当然也是多种多样的,不过,别人总能从他们的衣服上很快认出他们是从城堡里来的跟班,你在贵宾旅馆看到过这样的人。他们的衣服最引人注目的是,腰身都很紧,农民或是手工业者是不可能穿这样的衣服的。好啦,这样的衣服巴纳巴斯是没有的;这不仅叫人感到有点儿羞耻,或是感到有失尊严,这还能忍受,而且在人们感到沮丧的时候——我和巴纳巴斯常常会有情绪沮丧的时候——就会对一切产生怀疑。巴纳巴斯所做的差事究竟是不是城堡的差事呢,我们会提出这样的问题;当然啰,他去的确实是办公室,但他去的办公室是不是真正的城堡呢?即使那些办公室是属于城堡的,那么是不是巴纳巴斯可以进去的办公室呢?不错,他是去了一些办公室,但这只是所有办公室中的一部分,里面还有许多挡板,而且在挡板后面还有其他的办公室。那里的人并不禁止他继续朝前走,但若是他碰到了他的上司,他们就立刻给他交代任务,打发他走开,因此他就无法再向前走了。再说,在那儿你总是被人监视,至少你会这么认为。即使他能继续向前走,但他没有公务,非法闯了进去,那又有什么用处呢?你也不该把那些挡板想象成一条已经确定好的界限,巴纳巴斯曾一再提醒我注意这一点。在他进去的所有办公室里都有挡板;还有一些挡板他是经过的,但这些挡板和他还没有经过的挡板没有什么两样,因此,不能够一开始就认为,在最后那些挡板后面的办公室同巴纳巴斯已经进去过的办公室有什么两样。只是在情绪沮丧的时候,才会那样认为。但我们的怀疑并没有到此为止,这一点我们根本无法抗拒。巴纳巴斯和官员说了话,他从官员那儿得到了要传递的信息。但那是些什么官员,是些什么信息呢?他说,他指定给克拉姆当差,从他那儿得到任务。噢,对他来说,这可是个莫大的恩宠,即便是高级侍从也得不到这样大的恩宠。太受恩宠了,简直是叫人难以置信,这最使他焦虑不安;你只要想想,直接指定给克拉姆,同他面对面说话,你就会不寒而栗。但真是这样吗?就算是这样吧,但巴纳巴斯为什么还怀疑在城堡自称为克拉姆的那个官员是否真的就是克拉姆呢?"——"奥尔珈,"K说,"你不是在开玩笑吧,怎么能对克拉姆的外貌产生怀疑呢,大家都知道他是个什么样子,我本人也见到过他。"——"绝不是开玩笑,K,"奥尔珈说,"这不是玩笑,而是我的最大忧虑。不过,我把这些告诉你,不是为了减轻我的心理负担,加重你的心理负担,而是因为你问起了巴纳巴斯,阿玛莉娅又叫我对你说一说,还因为我觉得,让你知道这些详细情况,对你很有用处。我这样做也是为了巴纳巴斯,以便你不至于把最大的希望寄托在他的身上,他若使你感到失望,那他自己也会因你失望而深感痛苦。他非常敏感;比如说吧,他昨晚一夜没睡着,就因为你昨天晚上对他不满意;他说,你说了,你只有巴纳巴斯这样一个信使,这对你来说很糟糕。这句话使他一夜没睡着。他的难受心情你大概没有发现多少,城堡的信使必须善于克制自己。他的差事不好做,即便是应付你也很艰难。从你这方面来说,你对他并没有什么苛求,你对信使这个职务有一定的看法,你是按照你的看法提出你的要求的。但是在城堡里,他们对信使这个职务有另外的看法,他们的看法很难和你的看法一致,即便是巴纳巴斯把自己的全部精力投入工作中——很遗憾,他有时候似乎只是准备这样做——那他也无法做到。他必须顺应这种情况,不可表示任何异议,不能提出他所干的是不是真的就是信使职务这样一个问题。在你面前,他当然不可表露自己对此所持的怀疑态度;要是他说出自己的怀疑,那就是葬送了自己,就是严重触犯了他自己还以为一直恪守的法律;即使是在我面前,他也不爽爽快快地把自己的怀疑说出来,我必须甜言蜜语地哄他,吻他,他才肯说出来,即使这样,他也不愿意承认他的怀疑是真怀疑。他在性格上有点像阿玛莉娅。虽然我是他唯一信得过的人,但他也不是对我什么都说。不过,我们有时倒谈起过克拉姆,我还从来没有看见过克拉姆。你知道,弗丽达不大喜欢我,从来就不让我看他一眼。不过,在村子里大家都知道克拉姆的长相,有些人还亲眼看见过他,人人都听说过他;眼见的,耳闻的,还有些虚构的偏见和误解,这一切勾画出克拉姆的形象,其基本特征差不了多少。不过,这只是在基本特征上大体不差而已。在其他方面,众说纷纭,莫衷一是,但大家的种种说法比起克拉姆变化多端的真正模样来,也许还差得很远。据说,他的模样变幻莫测。他进村时是一个模样,离开村子时是另一个模样;喝啤酒前是一个模样,喝啤酒后是另一个模样;醒着的时候是一个模样,睡着的时候是另一个模样;单独一个人时是一个模样,谈话时是另一个模样。在上面城堡里他几乎又彻底变成了另外一个人,这当然也是可以理解的。甚至在村子里,大家对他的描述也大不相同,在个儿大小上说法不一,在行为举止上说法不一,在胖瘦上说法不一,对他的胡子也说法不一,只是在衣服方面大家的说法幸好是一致的:他总是穿着同一件衣服,那就是黑色长摆外套。当然,所有这些不同并不是变的魔术,这是完全可以理解的,这些不同是由观看者一时的情绪、激动的程度、种种不同的希望或失望所造成的,此外,大家多半只是瞬间看见克拉姆。这一切都是巴纳巴斯常常对我讲的,现在我又原原本本地告诉了你,对一个没有身临其境的人来说,知道这些通常也就可以了。对我们来说,单单知道这些还不够;对巴纳巴斯来说,同他说话的是不是真的就是克拉姆本人,这可是个生死攸关的问题。"——"对我来说也是这样。"K说。这时他们在炉边的长板凳上彼此挨得更近了些。

奥尔珈讲的这些叫人丧气的话,虽然对K是个打击,使他十分扫兴,但也使他在很大程度上得到了补偿,那就是说,他发现这儿有些人,他们的境遇,至少在外表上,同他本人十分相似,他可以同他们一起交往,在许多方面和他们有共同的语言,而不是像和弗丽达那样,只是在某些方面有共同的语言。虽说他渐渐失去了通过巴纳巴斯传递的消息获得成功的希望,但巴纳巴斯在上面城堡里的处境越糟糕,他在下面村子里和他的关系就越紧密;K从来也没有想到过,村里的人为了解克拉姆的情况而付出那么多毫无成效的精力,就像巴纳巴斯和他姐妹们所做的那样。当然,事情还远远没有解释清楚,到头来还会得出相反的结果;我们不能被奥尔珈这种纯洁无邪的天性所迷惑,从而得出错误的印象,对巴纳巴斯的诚实态度也深信不疑。"关于克拉姆的外貌,"奥尔珈继续说,"巴纳巴斯知道很多,他搜集了许多材料,并进行了比较,搜集得太多了,甚至有一次他在村里透过车窗看见了克拉姆,或者说,他自以为看到了克拉姆,因此他作了充分准备,打算好好地认识一下克拉姆,可是后来他在城堡里走进一个办公室,别人指着许多官员中的一位对他说,那个人就是克拉姆,可他却不认识他,过了很长时间以后,他对那个据说是克拉姆的人还是不习惯。这你怎么解释呢?若是你问巴纳巴斯,那个人跟大家通常所想象的克拉姆有什么不同,他也无法准确地回答,他会试着告诉你,并向你描述城堡里的那个克拉姆,但他所描述的跟我们所知道的对克拉姆的描述又完全相同。'那么,巴纳巴斯,'我说,'你为什么要怀疑呢?你为什么要折磨自己呢?'显然,他此时非常困窘,开始说起城堡里那位官员的种种特征,但是,他说的似乎不是客观情况,而更多的是他想象出来的,而且他说的都是些鸡毛蒜皮的事情,比如,克拉姆一种特殊的点头姿势,或者是一件没有扣上纽扣的背心。他说的这些叫人根本不能认真看待。我觉得,更为重要的是克拉姆和巴纳巴斯进行交往的方式。这一点巴纳巴斯常常说给我听,甚至还画出来给我看。巴纳巴斯通常被带进一个大办公室,但那不是克拉姆的办公室,甚至也不是某个官员的办公室。这间屋子被一张供人们站着工作的斜面桌隔成了两个房间,桌子两端紧紧顶着墙壁,其中的一间很狭窄,只够一个人进出,这是官员们的房间;另一半很宽,那是供当事人、观看者、侍从和信使们等候的房间。斜面桌上放着许多打开的书,都是大部头的,一本紧挨一本,官员们站在桌边,大多数官员都在翻阅那些书,但他们不总是看同一本书,而是经常交换着看,可他们又不是交换书本,而是交换位置。最令巴纳巴斯惊奇的是,他们在交换位置时,必须相互挤过去,这是因为地方太狭窄。在紧靠斜面桌的前面,放着一张张矮小的桌子,文书们坐在矮小的桌子旁,要是官员们需要的话,那些文书就按照他们的口述记录下来。文书们做口授记录的情景总是让巴纳巴斯感到十分奇怪。官员不会向文书发出明显的口授命令，而且口授时声音很低，几乎叫人觉察不出是在口述，看上去好像那位官员仍和先前那样在看书，只是看书时在低声说着话，而文书却听得真切。有时口授的声音实在太低，文书坐着根本就听不清楚，这时就必须赶紧跳起来，抓住口述的内容，然后再赶紧坐下去把它写下来，然后又跳起来，再坐下去，就这样跳起坐下，忙得不可开交。这是多么奇怪呀！简直叫人无法理解。巴纳巴斯当然有足够的时间观看这一切，因为他在那间观察室里一站就是几个小时，有时甚至是几天，直到克拉姆的目光落在他身上。即使是克拉姆已经看到了他，他也做个立正敬礼的姿势，但这也没多大用处，因为克拉姆很可能又转过脸去看书，把他抛到九霄云外了。这样的事情常常发生。对一个无足轻重的信使来说，他有什么办法呢？每当巴纳巴斯大清早对我说，他要去城堡里，我就感到非常伤心。这一去显然又是徒劳无益的奔波，显然又是白白地浪费一天，他的希望显然又是一场空。干这个差事究竟有什么用呢？而家里却堆满了要做的鞋子活儿没人去做，布伦斯威克一直在催着交货。""那么说，"K说，"巴纳巴斯得到任务之前需要等好长时间。这是可以理解的，看来城堡里人浮于事，并非每个人天天都能得到任务，对此你们也不必抱怨，可能每个人都是这样。不过，巴纳巴斯最后也还是得到了任务，他已经带给我两封信了。""这也是可能的，"奥尔珈说，"我们不该抱怨，特别是我，这一切都是道听途说，我一个姑娘家也不可能像巴纳巴斯那样把事情了解得清清楚楚。他还有些事藏在肚子里没告诉我。不过，你听我说一说那些信的情况吧，比如说给你的那些信。给你的信不是他直接从克拉姆手里，而是从一个文书手里得到的。信使这个差事看起来很轻松，但实际上够累人的。因为巴纳巴斯必须每时每刻都得十分警觉。在随便一个日子，在随便一个时刻，文书突然想起了你，就向你招招手。看来克拉姆根本就没有让文书这样做，他只是安安静静地看书；当然有时候，若是巴纳巴斯来了，克拉姆恰好正在擦自己的夹鼻眼镜，也许会看他一眼，克拉姆老是在擦自己的眼镜；说克拉姆也许会看他一眼，当然这是假设他不戴眼镜也能看得见的话；克拉姆随即几乎闭起了眼睛，像是在睡觉，只是在梦中在擦他的夹鼻眼镜。但巴纳巴斯怀疑克拉姆能看得见。这期间，文书在桌子下面的许多档案和信函中翻出给你的一封信,因此,这不是他刚写出来的信,从信封的外表看,这是一封在那儿已经搁了很久很久的旧信。但如果是一封旧信,那他们为什么要让巴纳巴斯等这么久呢?为什么也让你等这么久呢?再说这封信搁了很久,它现在已经失去时效了。他们就这样使巴纳巴斯作为信使落得个干事又差又慢的名声;文书当然很轻松,他把这封信交给巴纳巴斯,说:'是克拉姆给 K 的。'就这样一下子把巴纳巴斯打发走了。哦,巴纳巴斯把这封好不容易拿到手的信放在贴身衬衫的口袋里,上气不接下气地跑回家来,于是我们就像现在这样坐在这条长板凳上,他对我讲了事情的全过程,然后我们两个就分析每个细节,对他所办成的事做出估价,最后我们发现,他办的这件事收效甚微,就是这点儿收效,也叫人感到怀疑。于是,巴纳巴斯把信放到一边,没兴趣把它给你送去,但他也没兴趣去睡觉,于是拿起鞋来干活儿,在那条矮凳子上坐了一夜。事情就是这样,K,这就是我的全部秘密。阿玛莉娅为什么对这些事不感兴趣,现在你大概不会再感到奇怪了吧。"——"这封信呢?"K 问道。"这封信?"奥尔珈说,"情况是这样的,过了一段时间,我一直在催促巴纳巴斯,这中间也许过了几天,也许过了几个礼拜,他拿起这封信走了,他要把信送出去。在这些小事上,他总是听我的话。我呢,在听了他的讲述后得到的第一个印象是什么事也办不成,待我清醒过来,又会振作起精神的,而他却不行,因为他知道的东西太多。因此,我总是对他说这样那样的一些话:'你到底想追求什么呢,巴纳巴斯?你在梦想什么前程,怀有什么抱负呢?也许你想爬得高高的,是想把我们,把我全都抛弃吗?这就是你所追求的目标吗?若是我不相信,那为什么你对已经获得的成功一点也不感到满意,这不是无法理解吗?你看看周围的人,我们的邻居当中有谁混得这么好。当然啰,他们的处境和我们不一样,他们除了日常的营生之外,再没别的奢望,即使不跟他们比,你也看得出,你在各个方面都很顺利。疑虑和失望,这些障碍当然也有,但这只意味着你没有得到恩赐,这就是说,你必须为任何一件小事而奋斗,这是我们事先就知道的;这一切使我们更有理由感到骄傲,而不该感到灰心丧气。你进行奋斗不也是为我们大家吗?这难道对你来说根本就没有意思吗?这难道不会给你增添新的力量吗?我有你这样一个弟弟感到幸福,感到骄傲,这一点难道就不能使你信心倍增吗?说真的,你使我感到失望的不是你在城堡里获得的成功,而是我为你做的事儿太少。你可以到城堡里去,可以到各个办公室里去,整天和克拉姆在一个房间里度过,当上大家公认的信使,你有权要求领到一套制服,接收官方交给你的重要信函,并传送出去;你能取得这一切成绩,实在了不起;可是,你回到家里来,不是高兴得和我们拥抱,流下幸福的热泪,而是一见到我好像一切勇气就没有了;你对什么都怀疑,只有做鞋的活儿能够吸引你,那封信才是我们未来的保证,而你却把它搁在一边。'我一直这样反复对他说,在我不厌其烦地重复说了几天之后,他叹了口气,拿起那封信走了。不过,这也许根本不是我的话起了作用,促使他这样做的,只是他还要去城堡,若是他不把信送出去,他就不敢到城堡去。"——"不过,你对他说的话完全对,"K 说,"你把一切都归纳得绝对正确,简直叫人惊叹。你想得多透彻呀!""不,"奥尔珈说,"你上当了,我的这番话也许让他也上当了。他获得了什么成功呢?他可以到办公室去,可他进去的地方看来并不是办公室,而是办公室的接待室,也许连接待室也谈不上,也许只是个房间,所有不许进办公室的人在那儿都被阻挡住了。他和克拉姆谈话,但那真的是克拉姆吗?是不是一个长得同克拉姆有点儿相似的人呢?也许是位秘书,生起气来有点儿像克拉姆,而且尽力装得更像他一点,于是越发摆出一副了不起的样子,睡眼惺忪、神情恍惚。克拉姆在这方面的性格模仿起来特别容易,不少人都试着模仿,不过这些人很有自知之明,当然不会模仿他在其他方面的特性。像克拉姆这样一个大家都渴望见到然而又很难见到的人,在人们的想象中很容易形成各种不同的形象。比如说,克拉姆在村里有个名叫莫穆斯的乡村秘书。怎么?你认识他?他也很少露面,但我见过他几面。那是个身体强壮的年轻人,对吗?他看上去根本就不像克拉姆。可是,你在村子里可以找到很多人,他们都会信誓旦旦地说,莫穆斯不是别人,就是克拉姆。因此,这些人以讹传讹,把自己也给搞糊涂了。在城堡里情况会是另外一个样子吗?有人对巴纳巴斯说,那个官员是克拉姆,两个人之间确实有点相似,不过这种相似总是叫巴纳巴斯犯疑,而且每件事都说明他犯疑是有道理的。克拉姆会在那儿的一个普通房间里,挤在其他官员中间,耳后夹着一支铅笔?这是绝对不可能的事。巴纳巴斯有时候,就是在他信心十足的时候,总是有点孩子气地说:这个官员很像克拉姆;要是他坐在自己的办公室里,坐在自己的办公桌边,门上挂起他的名字,那么我就不会怀疑了。这些话带着多大的孩子气啊,但他也很明智;巴纳巴斯若是在上面城堡里问问别人实际情况怎么样,那当然就更明智了;据他说,房间里当时站着好多人。即使这些人的说法并不一定就比那位指给他看谁是克拉姆的那个人的说法更可靠,但至少可以从这些纷纭的说法中找出某些线索——可以互相印证的线索。这可不是我的想法,而是巴纳巴斯的想法,但他不敢把它说出来;他担心自己无意中会触犯某些他所不知道的法规而丧失自己的职位,所以他不敢对任何人说,他觉得自己一点儿把握也没有;比起他所有的描述来,他的这种非常可怜的犹疑心态更能向我道明他在城堡里的地位。要是他连开口问个无关紧要的问题都不敢,那他一定觉得那儿的一切都叫人犯疑,觉得处处受到威胁。每当我考虑到这一点,我总是抱怨自己,为什么竟然让他一个人到那些情况不明的房间里去;在那儿,在那样的氛围里,他这个胆量并不小的人,显然也会吓得浑身发抖。"

㉓"我认为,你说到这儿才触及到问题的关键,"K 说,"正是这样。照你所说的,我觉得现在问题非常清楚了。巴纳巴斯太年轻了,担当不了这个任务。他说的话,没有一句可以让人毫无顾虑地加以认真对待。既然他在上面城堡里害怕得要死,他就无法对那儿的情况进行客观观察;若是迫使他在村里讲述那儿的事情,人们听到的只能是信口雌黄的童话罢了。对此,我不会感到惊讶。在村里,你们天生对官方抱敬畏态度,在你们的整个一生中,这种敬畏态度又会以各种不同的方式从四面八方对你们施加影响,同时你们自己也会尽自己的一切所能来推波助澜。不过,从根本上说,我并不反对你们对当局怀有敬畏心理;要是某个当局好的话,为什么就不能对它怀有敬畏心理呢?只是不能把巴纳巴斯这样从没离开过村子一步的、毫无经验的小伙子突然派到城堡去,然后想要求他讲述那里的真实情况,并把他的每句话都当成启示录似的进行研究,而且将终生幸福寄托在对这些话的解释上。没有比这样做更错误的了。当然,我和你没有什么两样,我也被他搞糊涂了,我不仅把希望寄托在他身上,而且由于他而遭到失望,产生痛苦。希望也好,失望也好,都是因为信了他的话,可以说这二者都是没有根据的。奥尔珈默不作声。"对我来说,"K 说,"让你不要信赖你弟弟,我很难做到。因为我看到,你是多么爱他,你对他的期望又是多么大。但是,我必须设法叫你不要相信他,这样做至少是为了你对他的爱和你对他的期望。因为,你

瞧,有些东西——我不知道是什么——总是在影响你,使你不能充分认识到,巴纳巴斯没有干出什么成绩,而是别人给他的恩赐。他可以去办公室,或者,要是你愿意说是接待室,好吧,就说是接待室吧,但那儿还有去里面办公室的门,要是运气好,还可以从那些隔板穿过去。比如说我吧,我无论如何是进不了接待室的,至少是暂时进不去。巴纳巴斯在那里究竟在和谁谈话,这我不知道,那个文书也许是个最下等的侍从,不过,即使是最下等的文书,他也能把人引到上司那儿,若是他不能把人引到上司那儿,那他至少能够说出上司的名字,若是他连上司的名字也说不出来,那他至少可以指给你一个能够说出上司名字的人。那个所谓的克拉姆和真正的克拉姆丝毫没有共同之处,所谓的相似也许只是在巴纳巴斯由于激动而一时昏花了的眼睛里才有,他也许只是个最下等的官员,也许他根本就不是个官员,但他站在斜面桌前总有什么任务,他在那本大书里在找什么材料,他在低声对文书说些什么,若是他长时间地将目光对着巴纳巴斯,那他准是在思考什么事情;如果这一切都不是真的,如果他和他的行为根本就不意味着什么,那么,人们把他放到那儿,肯定是有什么意图。我说这些,是想说,那儿是有什么事情要做的,是有什么事情需要交给巴纳巴斯的,至少是有些事情;要是说巴纳巴斯除了怀疑、害怕和失望,别的什么事也办不成的话,那只是巴纳巴斯本人的过错。我总是从最不利的情况来考虑的,而这种情况实际上可能性非常小,因为我们实实在在地收到了两封信,对这两封信我虽然不特别相信,但总比巴纳巴斯的话重要吧。尽管这是两封毫无价值的旧信,是从一堆同样毫无价值的信函中不加选择地抽出来的,并不比集市上给人算命的金丝雀从一堆字条里随便叼出来的字条更重要,即使是这样,这两封信至少和我的工作有某种关系;这两封信也许对我没什么用处,尽管如此,但明显是给我的;正如村长及其太太所证实的,两封信都是克拉姆亲笔写的,村长还说,虽然只是私人的、叫人揣摩不透的信件,但十分重要。"——"这是村长说的吗?"奥尔珈问。"是的,这是他说的。"K回答说。"我要把这事告诉巴纳巴斯,"奥尔珈连忙说道,"这对他准是个很大的鼓励。"——"但他不需要鼓励,"K说,"鼓励他就意味着说,他做得对,他应该照至今为止所做的那样继续干下去,可这样干,什么名堂也干不出来。对一个蒙起了眼睛的人,你不能再竭力鼓励他,叫他透过蒙在眼睛上的布往外看,他是什么也不会看到的；只有把蒙在眼睛上的布拿开，他才能看得见。巴纳巴斯需要帮助，他不需要鼓励。你只要想一想：上面城堡里的机构十分庞大，关系错综复杂，像一大捆解不开的乱麻——我在来这儿之前，以为我对此了解得还比较清楚，这种想法是多么幼稚啊——巴纳巴斯面对的就是这样的官方机构，要是他不是一辈子都奴颜婢膝地蜷缩在城堡办公室的一个黑暗的角落里，那么只有他，没有别人，只有他可怜巴巴的一个人，会获得给予他的很多荣誉的。"——"K，你不要以为，"奥尔珈说，"我们把巴纳巴斯所承担的任务的艰巨性估计过低了。我们对当局也很敬畏，这你自己也说过。"——"但这种敬畏是错误的，"K说，"他把敬畏用在不恰当的地方，这样的敬畏对敬畏的对象反而是个侮辱。要是巴纳巴斯滥用让他进入那个房间的恩赐，进去后无所事事，虚度时日，或者，要是他从城堡下来之后，对他刚刚还在其面前怕得发抖的那些人表示怀疑，加以贬低，或者，要是他由于灰心丧气或疲惫不堪，不立刻把信送出去，不把委托给他的口信马上转达给人家，难道这也能叫敬畏吗？这不再是什么敬畏了。我要责怪的还很多，而且对你，奥尔珈，我也要责怪；我是不能饶过你的。虽然你以为自己对当局怀有敬畏，但你却把年轻、懦弱的巴纳巴斯孤零零的一个人派到城堡去，或者说，至少你没有阻止他去城堡。"㉔

"你这样指责我，"奥尔珈说，"我也这样指责自己，从那时起我就一直在指责自己。当然不是我把巴纳巴斯派到城堡去的，这我用不着指责自己，我没有派他去，是他自己去的，但我应当阻止他，应当用各种手段，用强迫的方法，或是用什么计策，或是用劝说来阻止他，可我没有这样做，这是应该责怪的；不过，要是今天就像那天那样做出决定，要是我那时也像今天这样感到巴纳巴斯和我们一家处于困境，要是巴纳巴斯清楚地知道自己的责任和危险，却又笑嘻嘻地、温顺地离开我去城堡，那我今天也不会阻止他，尽管这中间发生了许多事，我觉得，要是你处在我的位置，你也不会阻挡他。你不知道我们的困境，因此你责怪我们，尤其是责怪巴纳巴斯是没有道理的。我们当时所抱的希望比今天大，不过那时我们的希望并不大，只是我们的困苦很大，现在还是这么困苦。难道弗丽达没有对你说起过我们的情况吗？"——"说是说起过，"K说，"只是没有具体说过；可是，她一提到你们的名字就发火。"——"老板娘也没说什么？"——"没有，什么也没说。"

"别人也没说过?"——"别人也没说。"——"当然啰,谁会说呢。谁都知道我们的情况,有些真实情况传到了他们的耳朵里,有些是道听途说的,但多半是他们自己胡编乱造的无稽之谈;谁都对我们进行猜测,这实在是毫无必要的,然而谁也不会把事情说出来,他们不好意思说。他们这样做也有道理。他们很难说出口来,即便是在你,K 面前,他们也很难说出口来。要是你听了,可能也会走开,不再和我们打交道,尽管这些事情看来与你没有多大关系。若是你走开了,那我们就失去了你,而对我来说,我承认,你现在比巴纳巴斯至今在城堡所干的一切差事都更重要。可是,你又必须把整个事情了解清楚——这个矛盾整个晚上都在折磨我——不然的话,你就看不透我们的处境,你就会照旧责怪巴纳巴斯,这会使我感到特别伤心;我们之间也就不会有完全一致的看法,你就不能帮我们的忙,也就不能接受我们的特殊帮助。不过,还有个问题:你到底想不想知道呢?"——"为什么你提出这样一个问题?"K 说,"若是有必要的话,我当然想知道;可是你干吗这样问我呢?"——"这是出于迷信,"奥尔珈说,"你是很天真的,几乎同巴纳巴斯没什么两样,不过你将会卷入到我们的事情里来。"——"快说吧,"K 说,"我可什么都不怕。你这种婆婆妈妈、胆小怕事的样子,只会把事情弄得更糟糕。"

阿玛莉娅的秘密

"你自己判断吧,"奥尔珈说,"再说,事情听起来很简单,你一下子理解不了,它怎么会具有如此重大的意义。城堡里有个大官,名叫索尔蒂尼。"——"我已经听说过他的名字,"K 说,"他也知道聘用我的事。"——"这我可不相信,"奥尔珈说,"索尔蒂尼几乎不公开露面。你是不是搞错了,把索尔迪尼当成了索尔蒂尼,把'迪'听成了'蒂'吧?"——"你说得对,"K 说,"我说的是索尔迪尼。"——"对了,"奥尔珈说,"索尔迪尼很有名气,是个最勤奋的官员,关于他人们谈论很多;而索尔蒂尼深居简出,不大露面,大多数人不熟悉他。三年多以前,我第一次也是最后一次见到他。那是在 7 月 3 日消防协会举行的一次庆祝会上,城堡也参加了庆祝会,并赠送了一架新式灭火器。索尔蒂尼也参加了灭火器的捐赠仪式,他负责处理消防事务。不过,也许他只是个代表,官员们通常相互代替工作,因此,往往很难分清是这位官员还是那位官员负责什么工作;当然,从城堡里还来了其他一些人,其中有官员,有侍从,索尔蒂尼坐在最后面,这也符合他的性格。他是位个头矮小、身体柔弱、喜欢动脑子的人;凡是见过他的人,无不注意到他那布满皱纹的额头,虽然他肯定还没超过四十岁,但皱纹很多,布满了前额,而且一直延伸到鼻子根,呈扇形,这样的皱纹我还从来没有见过。这就是那次庆祝会。我们,阿玛莉娅和我,几个礼拜前就对这次庆祝会兴奋地盼着了。我们的衣服部分是新做的,特别是阿玛莉娅的衣服很漂亮,白色的衬衫在胸前鼓起一道道花边,母亲把她所有的花边全都用上去了。当时,我非常羡慕她,庆祝会的前夕我哭了整整半夜。第二天早上,桥头客店的老板娘来看我们的时候……""桥头客店的老板娘?"K 问道。"对,"奥尔珈说,"她和我们关系不错,可以说是要好的朋友,所以她来了。她也不得不承认,阿玛莉娅比我占优势。为了安慰我,她把自己的那根波希米亚红宝石项链借给了我。当我们准备停当就要动身时,阿玛莉娅站在我面前,大家都对她赞叹不已,父亲这时候说:'今天,你们听着,阿玛莉娅准会找到个未婚夫。'这时候,我也不知道是为什么,便把我感到最骄傲的红宝石项链从脖子上取了下来,挂到阿玛莉娅的脖子上,再也不嫉妒她了。我对她的胜利屈服了,我觉得,谁都会拜倒在她的面前。也许她的风度当时与平时不一样,因此使我们感到惊奇,因为她本来并不漂亮,但她那忧郁的眼神——从那时起,她的眼神一直就是这样——显得非常高傲,对我们不屑一顾,我们确实不由自主地要拜倒在她的脚下了。这一点,大家都看出来了,连前来接我们的拉斯曼和他的妻子也看出来了。"——"拉斯曼?"K 问道。"是的,拉斯曼。"奥尔珈说,"我们确实很有威望,比如说吧,要是没有我们,这次庆祝会就无法开始,因为我父亲是消防演习的第三把手。"——"你父亲还那么精力充沛?"K 问道。"你说我父亲?"奥尔珈问,好像她没有完全听明白似的,"三年前,他在一定程度上还是个年轻人;比如说,贵宾旅馆有一次失火,当时我父亲跑步把一位身体很重的官员卡拉特从房间里背了出来。我当时也在场,那次并没有燃起大火,只是炉边的一块干木柴开始冒烟了,可是卡拉特简直吓得要死,从窗口高声呼救，消防队赶来了，尽管火已被扑灭，但我父亲还得把这位官员背出来。因为卡拉特是个动作迟钝的人，在这种情况下得特别小心。只是由于你提到我父亲，我才对你讲起这件事；从那时到现在还不到三年，你瞧他坐在那儿的那副样子。"这时候 K 才看见，阿玛莉娅又到房间里来了，但她离得很远，她坐在父母亲的桌子边，在给母亲喂饭。母亲患风湿病，双臂不能动弹，阿玛莉娅一边给母亲喂饭，一边劝父亲耐心等一会儿，她很快就会给他喂饭。但她的劝告不起作用，因为父亲嘴很馋，急着要喝汤。他不顾身体虚弱，一会儿试着用调羹舀汤喝，一会儿试着直接用嘴就着盘子喝，可是他用调羹喝不到，因为调羹还没到嘴边汤就已经洒光了，直接用嘴喝也喝不到，因为垂下来的胡须先浸到汤里，弄得汤四处滴洒，就是进不到嘴里，因此他气得嗷嗷直叫。"三年时间就把他变成了这个样子?"K 问，但他对这两个老人，对放桌子的整个角落，仍然没有什么同情心，他只是感到厌恶。"三年，"奥尔珈慢吞吞地说，"或者，说得更具体点，只是一次庆祝会的几个钟头。那次庆祝会是在村前靠小溪的一块草坪上举行的，我们到达时，那儿已是人山人海了，从邻村也来了许多人，我们简直被喧闹声吵得晕头转向。我们自然先是由爸爸带到灭火器那里，他看到灭火器时高兴得哈哈大笑，一架崭新的灭火器使他快乐极了，他开始触摸它，兴致勃勃地给我们进行讲解，他容不得别人反对，也容不得别人持保留意见；要是灭火器下面有什么需要看的，我们就必须弯下腰，几乎要爬到灭火器底下去看；巴纳巴斯当时就表示不愿意爬下去看，因此挨了一顿打。只有阿玛莉娅不理会这个灭火器，她穿着漂亮的衣服笔直地站在一边，而且谁也不敢和她说什么话，我有时跑到她那儿，拉起她的手臂，但她一声不吭。直到今天，有件事我还弄不清：我们在灭火器旁站了那么久，竟然等爸爸离开灭火器后，我们才发现索尔蒂尼，他显然在整个时间里一直靠在灭火器后面的一个操纵杆上。当然，那时喧嚣声大得简直惊人，这不仅像平常过节那样，因为城堡还给消防队赠送了几只喇叭，这些特殊的乐器，只要轻轻地一吹——连小孩子也能吹——就能发出震耳欲聋的响声；谁要是听到这种声音，谁就会以为是土耳其人来了，人们不习惯这种响声，所以一听到喇叭声就吓一跳。因为这是崭新的喇叭，所以谁都想试一试，还因为这是群众性的节日，所以谁都可以吹一吹。紧靠我们身边就围着几个吹喇叭的，也许是阿玛莉娅把他们吸引过来的；在这种情况下那是很难集中思想的,即便我们按照爸爸的要求,把注意力集中在灭火器上,这已是所能达到的最大限度了。因此,我们很久都没有发现索尔蒂尼,再说我们先前也不认识他。'那是索尔蒂尼。'拉斯曼终于低声对爸爸说,我当时就在他们身边。爸爸这时向他深深鞠个躬,同时激动地给我们打了个手势,示意我们也鞠个躬。爸爸在此之前没见过他,但一向认为他是消防事务方面的专家,经常在家里说起他,现在居然看到了他,这对我们来说真是出人意料的事,也是了不起的大事。可是,索尔蒂尼并不理睬我们,这并不是索尔蒂尼独有的特征,绝大多数官员在公众场合都是不理不睬、无动于衷的;再说,他也疲倦了,只是因为公务在身他才待在那儿;那些对在公众中抛头露面感到特别讨厌的官员,还不是最糟糕的官员;其他的官员和随从因为到村里来过,所以就和老百姓混在一起了;但索尔蒂尼却一直待在灭火器这儿,有人想靠近他,向他提个什么要求,或是想恭维他,都会因为他那一声不吭的神态而走开了。因此,我们发现他时,他还没有注意到我们。当我们恭恭敬敬地向他鞠个躬,爸爸替我们向他表示歉意时,他才把我们一个个地打量一番。他那神态显得十分疲倦,他叹了口气,仿佛觉得这样挨个看下去没完没了似的,最后他的目光落到阿玛莉娅身上,这时他不得不仰起头来,因为她比他的个儿高得多。这时,他愣了一下,然后跳过车辕,向阿玛莉娅走来。起先我们误会了,爸爸想领着我们朝他迎去,但他举起一只手止住我们,并挥挥手叫我们走开。这就是当时的情况。后来我们大家都取笑阿玛莉娅,说她现在真的找到了一位未婚夫,整个下午我们都莫名其妙地感到非常快活;但阿玛莉娅比任何时候都沉默。'她全身心地爱上了索尔蒂尼。'布伦斯威克说,他一向有点儿心粗,不理解阿玛莉娅的性格,但这次我们觉得他说对了;这一天,我们大家都快活得发狂,半夜后回家时,包括阿玛莉娅在内,都被城堡的甜美的葡萄酒弄得晕头晕脑。"——"索尔蒂尼呢?"K问。"对,索尔蒂尼,"奥尔珈说,"在庆祝会举行时,我从他身边走过,还看了他几眼。他坐在车辕上,双臂交叉搂在胸前,一直待到城堡的马车把他接走。他压根儿就没去观看消防队的演习,当时爸爸一直盼着他去看看;爸爸准备好好露一手,表明他比所有与他年龄相仿的人都更了不起。"——"后来,你们再也没有听到过索尔蒂尼的消息吗?"K问,"看来你非常崇拜索尔蒂尼。""是的,很崇拜,"奥尔珈说,"当然我们还听说过他的消息。第二天早上，阿玛莉娅的一声尖叫把我们从酒后的酣睡中惊醒；其他人惊起后又立刻躺倒在床上睡了，但我却完全清醒过来。我跑到阿玛莉娅那儿，她正站在窗口，手里拿着一封信，这是一个男人从窗口递给她的，那个人还在外面等她的答复呢。信写得很短，阿玛莉娅已经看过，此时她一只手软弱无力地下垂着，手里拿着信；我看见她这么疲惫，就感到我是多么爱她。我跪在她身边，读她的信。我刚看完，她匆匆瞟了我一眼，又把信拿了回去，但她没有勇气再看一遍，就把它撕毁了，将碎片朝外面等候的那个人的脸上猛地扔去，接着关上了窗户。这就是那个决定性的早晨。我称它是决定性的，不过，前一天下午的每时每刻同样也是决定性的。"——"信里写了些什么？"K问。"对，信的内容我还没有对你说，"奥尔珈说，"信是索尔蒂尼写的，是写给那个戴红宝石项链的姑娘的。信的内容我无法复述。信里要求阿玛莉娅去贵宾旅馆找他，而且要她立刻去，因为半小时之后他就离开了。信里尽是些非常下流的话，这样的脏话我还从来没有听说过，我只能从上下文的联系中猜出其中的一半含义。不认识阿玛莉娅的人，只要读了这封信，看到有人竟敢用这样的词语给一个姑娘写这样的信，一定会以为她不正经，是个下流女人，尽管她碰也不让别人碰她一下。这不是一封情书，信中连一句恭维话也没有。索尔蒂尼显然非常恼火，他看到阿玛莉娅后心猿意马，工作也做不成了。后来我们进一步分析，他也许本当天晚上就要回城堡的，只是因为阿玛莉娅的缘故才在村里留了下来，一整夜也没能忘掉阿玛莉娅，因此他勃然大怒，一清早便写了这封信。任何一个姑娘，哪怕是最冷漠的姑娘，看了这封信，最初必然会怒不可遏；不过，要是换成另外一个人，而不是阿玛莉娅，显然会被这种恶狠狠的威胁人的语调吓倒，但阿玛莉娅只是感到愤怒，她并不觉得害怕，她不为自己感到害怕，也不为其他人感到害怕；我重新爬上床睡觉，心里又想起这封信没说完的那句话：'你要立刻来，或者……'这时，阿玛莉娅仍然坐在窗台上，望着外面，仿佛她还在等其他的信使，并准备像对付第一位信使那样对付每一个送信的人。"——"做官的都是这个样子，"K犹犹豫豫地说，"这样的例子在他们当中有的是。你爸爸是怎么办的呢？我希望，他若是不走贵宾旅馆这条最近、最可靠的路，那就直接到主管部门强烈控告索尔蒂尼。在这件事上，最糟糕的并不是阿玛莉娅蒙受侮辱，她所受的侮辱是很容易得到弥补的。我不知道，你为什么这样夸大其词,强调她所受的侮辱,为什么索尔蒂尼写这样的信就会使阿玛莉娅一生都蒙受耻辱,按照你的说法,别人会相信这件事,但恰恰这一点是绝对不可能的,阿玛莉娅很容易得到补偿,过不了几天,事情就被人们遗忘了;索尔蒂尼不是让阿玛莉娅觉得她受到了侮辱,而是让他本人感到可耻。我害怕索尔蒂尼,害怕他竟然有这样滥用权力的可能性。在这件事上,他没有获得成功,因为他把事情说得清清楚楚,直截了当,叫人一眼就能将他看穿,而且他遇到了阿玛莉娅这样一个强大的对手。不过,他在这件事上虽然失败了,但在其他类似的一千件事情上,只要稍微收敛一点,就会完全获得成功,而且做得人不知鬼不觉,即便是受害者也无法觉察出来。"

"嘘,"奥尔珈说,"阿玛莉娅正在朝这儿看呢。"阿玛莉娅已给父母亲喂好饭,现在准备给母亲脱衣服;她刚把母亲的衣裙解开,就让母亲的胳膊抱住她的脖子,把母亲略微抱起一点,把她的衣裙脱下来,随后又把她缓缓地放下。父亲对她先伺候母亲总是很不满意——阿玛莉娅之所以先伺候母亲,显然是因为母亲的身体比父亲更为糟糕——父亲也许觉得女儿动作太慢,故意磨磨蹭蹭的,为了对女儿表示责怪,他试图给自己脱衣服,尽管他先从最无关紧要和最容易的事开始,即先脱松松地套在脚上的特大号拖鞋,但他却怎么也脱不下来,他已经累得呼噜呼噜地直喘气,不一会儿,他就不得不放弃自己的努力,僵直地靠在椅子上。

"关键的地方你还不知道,"奥尔珈说,"你说的一切也许都对,但关键的问题是阿玛莉娅没有去贵宾旅馆;她对待信使的态度本身也许是可以原谅的,可以不去计较,算是没这回事;但她没去贵宾旅馆,这可就成了人家惩罚我们全家的罪状了。现在,阿玛莉娅对待信使的态度当然也就成了不可原谅的事,是啊,甚至成了公开提出的主要罪状。"——"怎么!"K喊道,但立刻又压低了嗓门,因为奥尔珈举起手在恳求他,"你,做姐姐的,难道也认为阿玛莉娅应该听索尔蒂尼的话,去贵宾旅馆吗?""不,"奥尔珈说,"愿上帝保佑,可别这样怀疑我;你怎么会这样认为呢?我不知道还有谁能像阿玛莉娅那样,做什么都做得如此合理与正确。她若是去贵宾旅馆,当然我同样会觉得她做得对;但她没有去,这同样表现出了不起英雄气概。至于我,我向你坦率承认,要是我收到这样一封信,我是会去的。我害怕会发生意外和不幸,我忍受不了这种恐惧心理,只有阿玛莉娅忍受得了,她可以对此不予理睬。对付这样的事情有不少办法，比方说，若是换另外一个姑娘，那就会好好打扮一番，这样就会磨蹭一会儿，然后去贵宾旅馆，到旅馆后得知，索尔蒂尼已经走了，也许是索尔蒂尼在派出信使之后就立刻坐马车走了，这甚至也是很有可能的，因为老爷们的脾气变幻莫测。但阿玛莉娅不这么做，也没有采取类似的办法，她受的侮辱太深了，因此毫不含糊地做出了回答。只要她表现出某种顺从的样子，只要在适当的时间踏进贵宾旅馆的门槛，我们的厄运就可以避免；我们这儿有非常聪明的律师，他们善于无中生有，颠倒黑白，他们想要什么材料就能编造出一大套，可是在现在这种情况下，他们不但不替阿玛莉娅辩白，反而责怪她作贱索尔蒂尼的信，侮辱索尔蒂尼派来的信使。"——"可这是什么厄运呢，"K 说，"这又是些什么律师呢？总不会因为索尔蒂尼的犯罪行为，反过来指控阿玛莉娅或是惩罚她吧?"——"会的，"奥尔珈说，"他们是会这样干的；当然，他们不会按照法律程序办事，而且也不会直接惩罚她，他们会采取其他方式惩罚她，惩罚我们全家人；这种惩罚会有多严厉，你也许就会看到的。你觉得这件事很不公正，非常严重，但村子里只有你一个人持这种看法，你的看法对我们十分有利，也是对我们的一个安慰，如果你的看法出发点不是明显错误的话，那对我们来说可真是个安慰。这一点我可以很容易地给你证明，若是我在这中间谈到了弗丽达，那就请你原谅，不过——且不说事情的结果——在弗丽达和克拉姆之间有着与阿玛莉娅和索尔蒂尼之间完全类似的情况，尽管你听了起初一定会大吃一惊，但现在你会发觉这是对的。这不是什么习惯问题，若是牵涉到简单判断问题，我们也不会由于习惯而变得麻木不仁，这全是因为你摆脱了错误看法。"——"不，奥尔珈，"K 说，"我不知道，为什么你把弗丽达扯进来，两者的情况完全不一样，你不要把如此根本不同的事情掺和在一起。你继续讲下去吧。"——"若是我仍然坚持进行比较的话，你可不要生我的气，"奥尔珈说，"要是你以为必须为弗丽达进行辩护，反对我进行比较，那这说明你在弗丽达的事情上仍然残留着一些错误的看法。她根本不需要什么辩护，只需要称赞。要是我把这两件事作个比较，那我不是说，这两件事完全一样；它们彼此就像是黑白分明那样，而弗丽达是白。最糟糕的情况是，别人会耻笑她，我在酒吧间时，就曾经很无教养地耻笑过她，后来我感到后悔；即使别人耻笑她，无论是出于敌意还是出于嫉妒，总还是有可耻笑的吧。要是同阿玛莉娅没有血缘关系，别人对她只能是蔑视。因此，正如你所说，这虽然是两件根本不同的事，但彼此也很相像。"——"这两件事彼此根本不相像，"K说，并很不乐意地摇摇头，"把弗丽达放到一边吧，弗丽达没有像阿玛莉娅那样，收到索尔蒂尼写的如此卑鄙的信。弗丽达的确是爱过克拉姆，谁要是怀疑这一点，可以问她自己，她现在还爱着他呢。"——"这是什么很大的区别吗？"奥尔珈问道，"你以为克拉姆不会给弗丽达写这样的信吗？要是那些老爷们办完公事，从办公桌边站起来，他们总是觉得对这个世界不适应，不知道怎样打发业余时间，他们感到惘然若失，于是便说出了最粗鲁的话，虽说不是每个老爷都是这样，但许多老爷都会这样干。给阿玛莉娅的信可能就是在头脑发热的时候写的，完全没有注意到实际写在纸上的内容。我们怎么知道这些老爷们究竟在胡想些什么呢？你自己不是也听到过，或者听人讲起过，克拉姆是用什么样的口气同弗丽达说话吗？关于克拉姆，谁不知道他是个十分粗野的家伙，他可以一连几个钟头像个哑巴似的不吭一声，然后猛地冒出一句粗野透顶的话，叫人听了简直会不寒而栗。索尔蒂尼却没有这种情况，人们还很少知道他。其实，关于索尔蒂尼，人们只知道他和索尔迪尼的名字非常相似；要不是这两个名字差不多，人们很可能根本就不认识索尔蒂尼。就是作为消防专家，显然别人也把他和索尔迪尼搞混淆了，其实索尔迪尼才是真正的消防专家，他充分利用这种名字上的相似性，把许多事务，特别是抛头露面的事，全都推到索尔蒂尼身上，好让自己不受任何干扰地埋头工作。如果说，现在像索尔迪尼这样一个不善社交的人，深深地迷恋上一个乡村姑娘，那么他所采用的形式当然会是另外一种，不会像隔壁热恋中的木匠的学徒那样做。我们还必须考虑到，一位官员和一位鞋匠的女儿之间有着一条很深的鸿沟，总得用什么办法沟通起来，索尔蒂尼试图按照自己的方式做，换个人也许会采用另外一种方式。虽然我们大家都是属于城堡的，根本没有什么鸿沟可言，不需要通过什么方式来沟通，也许通常都是这样，但很遗憾，我们有机会看到，恰恰是在这个问题上，这样的说法是根本不对的。不管怎么样，你听了这一切之后，就会觉得索尔蒂尼的行为是可以理解的，也不觉得那么可怕了。同克拉姆的行为相比，索尔蒂尼的行为实际上更容易理解，即便是对直接受其行为影响的人来说，也更容易忍受。若是克拉姆写一封充满柔情的信，那这比索尔蒂尼的极其粗野的信更叫人感到尴尬。请你充分理解我的话，我不敢评判克拉姆，我只是把两个人作个比较，因为你反对这种比较。克拉姆就像是个凌驾于女人头上的司令官，一会儿命令这个女人到他那儿去，一会儿又命令另外一个女人到他那儿去，不管哪个女人他都不能长久玩下去，玩得腻了，他又可以像命令她们来一样，命令她们走。哦，克拉姆根本不会费点儿神，先写一封信；与此相比，深居简出的索尔蒂尼和女人的关系，至少大家还不知道，他居然坐下来，用他做官的漂亮的字迹写封信，当然是封叫人感到恶心的信，相比之下，他这样做难道是可怕的吗？若是这样做和克拉姆的恩宠没什么区别，但结果是相反的话，那么，难道是弗丽达的爱情对克拉姆起了影响？请你相信我，女人和官员们的关系是很难断定的，也可以说是很容易断定的。在他们之间总是会有爱情的。官员们的爱情不会是不幸福的。在这方面，要是我们说，一个姑娘——我在这儿远远不只是指弗丽达一个人——因为爱上某个官员，所以委身于他，这没有什么可称赞的。她爱他，献身给他，仅此而已，但这里不值得称赞。你会反驳说，但是阿玛莉娅不爱索尔蒂尼。好吧，她不爱他，但也许她爱他，对此谁能断定呢？连她自己也说不出个所以然。一位官员也许还从来没有遭到过拒绝，她如此斩钉截铁地拒绝了他，她怎么能以为她没有爱过他呢？巴纳巴斯说，三年前她气得把窗关起来，现在她有时候还气得发抖，这也是真的，因此谁都不敢去问她；她和索尔蒂尼一刀两断了，她只知道这一点，其他的都不知道；她是不是爱他，她自己也不知道。但我们知道，当官员们对女人们青睐，爱上了她们，她们只会露出爱意，不会做出其他的反应；是的，她们早就爱上了他们，尽管她们想竭力否认。索尔蒂尼看见阿玛莉娅时，他不仅是朝她转过身去，而且跳过了车辕，用他那两条在办公桌前坐僵了的腿跳过了车辕。你会说，阿玛莉娅是个例外。是的，她是例外，她已经证明了这点，那就是她拒绝去索尔蒂尼那儿，这足够说明她是个例外了；但是，若是还要她不爱索尔蒂尼，那对例外的要求也太苛刻了，那就叫人根本无法理解了。在那个下午，我们肯定被搞得晕头转向，失去了判断力，但我们当时透过层层迷雾也看到了阿玛莉娅坠入情网的一些迹象，这表明我们还是有点儿理智的。若是我们把这一切联系在一起，那么，弗丽达和阿玛莉娅之间还有什么区别呢？唯一的区别就是，弗丽达做了阿玛莉娅拒绝做的事。"——"也许吧，"K说，"不过对我来说，最主要的区别是，弗丽达是我的未婚妻,而我关心阿玛莉娅,这主要是因为她是城堡信使巴纳巴斯的妹妹,她的命运也许和巴纳巴斯的差事交织在一起了。要是正像你所说的,我起先的印象是,一个官员对阿玛莉娅极其无理,那我对这事会放心不下的,我之所以放心不下,也是因为这是个社会事件,而不单单是阿玛莉娅的个人痛苦。不过,听了你的这番话,我的想法现在改变了,虽然我还不十分理解,但既然是你说的,而且你的话又非常令人信服,因此我想完全撇开这件事,不去管了,我也不是消防队员,索尔蒂尼和我有何相干。可是,弗丽达和我大有关系,我觉得很奇怪,我毫无保留地信赖你,而且愿意永远信赖你,而你却想尽法子,在谈论阿玛莉娅时总是转弯抹角地攻击弗丽达,并试图怂恿我怀疑她。我并不认为,你是有意这样做的,你更不是怀有敌意,不然的话,我早就走开了。你不是存心这样做的,你是为环境所惑;你出于对阿玛莉娅的爱,想把她抬得高高的,让她超过所有女人,但你在阿玛莉娅本人身上找不出足够值得称赞的东西,所以你就采用贬低别的女人的做法。阿玛莉娅的所作所为是引人注目的,但是,她的所作所为你讲得越多,就越不能断定她是伟大还是渺小,是聪明还是愚蠢,是勇敢还是懦弱。阿玛莉娅把自己的动机深深地埋在自己心里,谁也无法把它从她心里掏出来。相反,弗丽达根本没有做引人注目的事,她只是顺从自己的心意行事,对每个善意对待她的人来说,这是再清楚不过了,对此每个人都可以进行检验,这儿没有说三道四的余地。我既不想贬低阿玛莉娅,也不想为弗丽达辩护,我只想把我同弗丽达的关系对你说明白,任何对弗丽达的攻击,同时也就是对我的攻击。我是出自个人意愿来这儿的,也是出自个人意愿待在这儿的,可是我来这儿以后所发生的一切,尤其是我未来的前途——尽管前途如此黯淡,但前途总是有的——这一切都归功于弗丽达,这是无法抹煞的。我在这儿虽然被聘为土地测量员,但这只是看上去如此,人们在耍弄我,每家人都把我赶走,直到今天人们还在耍弄我,可是不管事情变得多么复杂,我已经在一定程度上获得了胜利,这是相当重要的,尽管我获得的一切胜利都微不足道,但我毕竟有了个家,有了个职务,有了个实际工作,我还有了个未婚妻。要是我有其他事务要做,她就替我做我分内的工作。我要和她结婚,成为本村的一分子,我与克拉姆除了公务上的关系之外,还建立了私人关系,当然至今为止我还没有利用这种关系。这也许不算少吧?若是我到你们这儿来,你们是在欢迎谁呢？你是在对谁推心置腹地讲述你们家庭的事呢？你希望从谁那儿得到一点儿帮助呢，尽管这种可能性很小？当然不是从我这个土地测量员儿，比如说吧，一个星期之前，拉斯曼和布伦斯威克还把我强行撵出他们的家门呢，你不会指望我这样的一个土地测量员吧；你指望的是我这个已经掌握了某些权力手段的人，你希望从这样的一个人身上得到帮助，不过这些权力手段全归功于弗丽达。而弗丽达很谦虚，要是你想向她打听那样的事，她肯定会说自己一点也不知道。根据种种情况，看来天真无邪的弗丽达比傲慢的阿玛莉娅做的事情多。因为，我有这样一种印象，觉得你在替阿玛莉娅寻找援助。在谁那儿寻找呢？其实，除了在弗丽达那里之外，还能在别的什么人那儿寻找呢？"——"我真的说了弗丽达的坏话吗？"奥尔珈说，"我确实不想把她说得很难听，我觉得自己没有那个意思。很可能是我们的处境很糟糕，我们的整个世界都垮了，所以我们开始怨天尤人，我们就控制不住了，自己不知道说了过头的话。你说的话也有道理，我们现在同弗丽达之间有着很大的区别，有时候强调一下这种区别也很好。三年前，我们是平民姑娘，弗丽达是个孤儿，是桥头客店的女仆，我们从她身边走过，连看也不看她一眼；我们自然是很傲慢的，但我们从小就是这样教育出来的。在贵宾旅馆的那个晚上，你倒是看到了现在我们各自的地位：弗丽达手里握着鞭子，而我却混在一群跟班中间。还有比这更糟糕的事呢。弗丽达也许看不起我们，这也符合她的地位，实际情况迫使她这样做。又有谁看得起我们！谁要是决心蔑视我们，谁就会立刻得到许许多多志同道合的朋友。你知道接替弗丽达的姑娘是谁吗？她叫佩琵。我前天晚上才认识她，以前她是旅馆里收拾房间的女仆。她比弗丽达更看不起我。她从窗口看见我来打啤酒，就赶紧跑去把门锁起来，我不得不央求她大半天，并答应把我系在头上的缎带送给她，她才把门打开。可是当我把缎带送给她时，她又把它扔到屋子的一个角落里。好了，她也许看不起我，这也没办法，我多少还得指望得到她的好感，她是贵宾旅馆里的酒吧女；当然啰，她只是暂时这样，这肯定不是她的本性，她要是想长久被雇用当酒吧女，那就必须抱这种态度。你只要听一听老板和佩琵说话的态度，再听一听老板和弗丽达说话的态度，然后把这两种态度比较一下，你就知道了。但是这并不能影响佩琵也看不起阿玛莉娅的态度，其实，只要阿玛莉娅瞪她一眼，个子矮小的佩琵就会吓得赶紧甩起打着蝴蝶结的辫子跑出房间，要是她不害怕，靠她自己的两条胖腿是跑不了这么快的。昨天，我又听到她在说阿玛莉娅的坏话，气得我火冒三丈，后来客人们都来帮我说话，她才住了口。他们是怎样帮我说话的，这你已经看到过。"——"你怎么这样胆小?"K 说，"我只是把弗丽达放在她应得的位置上，但并不像你现在所理解的那样，存心要贬低你们。你们的家庭对我也有着某些特殊的利害关系，这一点我从来就不否认;可是，我怎么也不能理解，这种特殊的关系怎么会成为我藐视你们的理由呢。"——"啊，K，"奥尔珈说，"我担心，你也会明白这是什么道理;阿玛莉娅对索尔蒂尼的态度就是我们受到蔑视的起因，这你难道不能理解吗?"——"这真是奇怪，"K 说，"别人可以称赞或是谴责阿玛莉娅，可是怎么会蔑视她呢? 即便别人出于我无法理解的原因，真的看不起阿玛莉娅，那为什么还要看不起你们，看不起清白无辜的一家人呢? 比如说佩琵看不起你，这是她不懂礼貌的表现，要是我再去贵宾旅馆的话，我一定要狠狠地说她一顿。"——"如果你想，K，"奥尔珈说，"如果你想改变所有蔑视我们的人的态度，这可是个十分艰巨的工作，因为这一切都是从城堡来的。我对那天发生的事还记得清清楚楚，早上阿玛莉娅赶走了送信的人，上午布伦斯威克跟往常一样来到我们家，当时他还是我们家的助手;爸爸把活儿交给了他，随后他就回家了，接着我们坐下来吃早饭，我们大家，包括阿玛莉娅和我，都兴高采烈，情绪很热烈，爸爸总是讲那次庆祝会的事，在消防方面他有着各种计划，因为城堡也有自己的消防队，那天也派了个代表团参加庆祝会。爸爸和代表团谈了好多关于消防的事情，从城堡来的那些老爷们观看了我们的消防演习，认为我们的消防队很好，相比之下，城堡消防队的演习远远不如我们，因此结果对我们很有利，大家还谈起改组城堡消防队的必要性，若进行改组，就需要吸收村子里的教练员，虽然有几个人在考虑之列，但爸爸最有当选的希望，他认为非他莫属。他谈论着这些事情，同平常一样，显出一副可爱的样子。他在桌边舒展两臂，坐在那儿，两只手臂占去了半张桌子，他抬起头从敞开的窗口望着外面的天空，他的脸显得那么年轻，洋溢着希望的欢乐;后来我再也没有看到过他这副高兴的样子。这时，阿玛莉娅带着一种我们在她身上从来也没见到过的优越感说话了:我们不必特别相信这些老爷们的话，他们在这样的场合总是说些动听的话，但没多大意义，或者说根本没有一点儿意义,他们的话刚一说出口,就忘得一干二净了,当然在下一次,人们又会上他们的当。妈妈不许阿玛莉娅说这种扫兴的话,爸爸只是对妈妈这种老气横秋、深谙世故的姿态觉得好笑,但随后他惊愕了,似乎在寻找他现在才发现丢失的东西,但他什么东西也没有丢失。于是他说,布伦斯威克刚才曾提起一位信使和一封被撕毁的信的事,他问我们是不是知道,还问这件事和谁有关,到底是怎么一回事。我们都默不作声,巴纳巴斯当时还很年轻,活像只小羊羔,他说了些特别愚蠢或是特别放肆的话,于是变换了话题,也就把这件事忘了。"

对阿玛莉娅的惩罚

"可是此后不久,人们从四面八方纷纷拥来,就这封信的事向我们提问题。来的人有朋友也有仇人,有熟人也有素不相识的人,但他们待的时间都不长,最好的朋友走得最快。拉斯曼平常总是慢条斯理、体体面面的,他也进来了,他看上去仿佛只想打量一下房间的大小,于是他朝四周望了一眼就准备走了,就像是玩了个恐怖的小孩子游戏似的,匆匆逃去,爸爸这时推开其他人,急忙追上去,一直追到门口也没追上,这才停下了脚步。布伦斯威克跑来通知爸爸要解约;他非常诚恳地说,他要独自开业接活儿,他的脑袋挺聪明的,善于利用时机。客户们也都来了,他们在爸爸的贮藏室里寻找他们放在这儿修理的皮靴;爸爸先是设法劝他们改变主意,我们也都竭力帮他说话,但后来爸爸见劝阻不了,便放弃了希望,反而默不作声地帮着找起来;登记簿上一行行收活儿的登记都画掉了,顾客放在我们这儿的一块块皮革都退还了,客户付清了所欠的账款,一切进行得都很顺利,没有发生任何争吵。客户对很快与我们彻底解除了关系都很满意,即使他们受点损失也不去考虑了。最后,正如预见的那样,西曼来了,他是消防协会的会长;那一幕我今天还历历在目:西曼个头高大,身体强壮,但有点儿驼背,患过肺病,他总是很严肃,一向不苟言笑。此时,他站在爸爸面前。他向来对爸爸十分钦佩,私下还答应把副会长的职位交给爸爸;可是现在,他通知爸爸,说消防协会辞退了他，并要求他交还证书。那些正巧在我们家里的人，这时都撇下了自己的事儿，围着这两个人。西曼说不出话来，只是一个劲儿地拍爸爸的肩膀，样子似乎是想从爸爸身上拍出他自己应该说但又找不到的话来。同时，他不停地哈哈大笑，也许想这样让自己，也让大家把情绪平静下来；但是，因为他不会笑，而且谁也从来没有听见他笑过，所以谁也不觉得这真的是笑。爸爸这天累得够呛，而且深感沮丧，无法再帮人寻找鞋子，是啊，他看上去太疲劳了，连考虑眼前究竟出了什么事也不行了。我们大家同样感到很沮丧，但我们还很年轻，不相信我们就这样彻底垮了，我们总是在想，在来访的许多人中最终会有人出来，阻止这一切，迫使一切再倒转回去。我们实在无知，觉得西曼特别适合做这件事。我们紧张地等着，盼望这种持续不断的哈哈大笑最终会变成那句明明白白的话。现在到底在笑什么呢，只不过是在笑降临到我们头上的这种愚蠢的不公正吧。会长先生，会长先生，您倒是告诉这些人呀。我们这样想着，并挤到他身边，但他只是奇怪地转过身去。最后，他终于开始说话了，但这显然不是为了满足我们的秘密愿望，而是为了顺应人们发出的叫喊声或愤怒的吼叫声。我们一直还怀着希望。他开始大加赞扬爸爸，称他是消防协会的光荣，是后辈不可企及的榜样，是协会不可或缺的成员，把他免职必然会使协会濒临毁灭。这一切听起来很好听；要是他说到这儿停下来的话，那该多好啊！但他却继续说下去。尽管如此，协会还是决定要求爸爸辞职，当然这只是权宜之计，大家都很清楚，迫使协会做出这一决定的重要原因是什么。在昨天的庆祝会上，要是没有爸爸的出色表演，事情也许不会发展到这一步，但正是由于他的这种卓绝的表现，才引起了官方的特别注意；消防协会现在名声大振，它必须比以往更加注意保持协会的纯洁性。这时候却发生了侮辱信使的事，消防协会现在没有其他办法，只好做出这样的决定，而他，西曼，就承担起传达协会决定这一艰巨的任务。他希望爸爸不再给他增添更多的困难。西曼说出了这番话后格外高兴，他感到信心十足，因此没有考虑自己夸大其词的说法，他指着挂在墙上的证书，并用手指示意一下。爸爸点点头，去取证书，但双手抖得厉害，无法把它从钩子上取下来，我爬上一把椅子帮他取。从这时起，一切都完了；爸爸没有把证书从镜框里取出来，而是把它整个儿交给了西曼，然后他坐到一个角落里，动也不动，不和任何人说话，我们不得不去好好招呼每位顾客。"——"你从什么地方看出这是受城堡的影响呢?"K问道,"看来城堡暂时还没有加以干涉。你所讲的,只是人们下意识的恐惧感,是对别人的幸灾乐祸,是靠不住的友谊,这种事情到处都有,从你爸爸这方面看,至少是我这么觉得,也太有点儿心胸狭窄,因为那张证书算得了什么呢?那只不过是一张证明他具有特殊技能的纸头罢了,他的技能他自己掌握着,别人是抢不走的,如果他的技能使消防协会的人觉得他是必不可少的,那就更好,他让消防协会会长真正感到难堪的最好办法,就是不等会长说第二句话,就立刻把证书扔到他的脚下。可是,你根本没有提到阿玛莉娅,我觉得这是特别令人注意的。这一切都是阿玛莉娅的过错造成的,她显然是在这个时候静悄悄地站在后面,看着全家遭殃。"——"不,"奥尔珈说,"谈不到责怪哪个人,只好这样,谁也没有别的办法。这一切都是因为受到城堡的影响。"——"城堡的影响。"阿玛莉娅重复道,这时她从院子里进来了,但别人没有发觉她,父母亲早已躺在床上。"你们在讲城堡的事吗?你们还一直坐在这儿?你不是说马上就想走吗,K?现在快十点了。城堡的这类事儿真的让你如此操心?村子里就是有这么一些人,他们全是靠飞短流长吃饭的,就像你们两个坐在这儿一样,他们交头接耳,彼此谈些相互叫人快活的事儿,以此取乐。不过我觉得,你可不是这样的人。"——"我是,"K说,"我恰恰就是这样的人;相反,对这类事情漠不关心而只让别人去关心的那些人,却不会给我留下太深的印象。"——"好吧,"阿玛莉娅说,"但人们的兴趣是多种多样的。有一次,我听说有个年轻人,他日日夜夜所想的只是城堡,其他什么事都不管,别人都担心他的理智不正常,因为他的全部心思都放在上面城堡上了。但后来表明,他其实不是在想城堡,而是一心在想城堡办公机关里一位洗餐具女工的女儿,后来他娶了那个姑娘,从此一切又恢复正常了。"——"我想我喜欢那个人。"K说。"你喜欢那个人,"阿玛莉娅说,"对此我表示怀疑,但也许是你喜欢他的妻子吧。得了,我不打扰你们了,我要去睡觉了,但考虑到父母亲,我必须把灯关掉。他们虽然很快睡着了,可是一小时后他们就会醒来,一点儿亮光也会打扰他们。晚安。"屋子里顿时变得一片漆黑,阿玛莉娅准是在靠近父母亲的地上铺好自己的床铺,睡了。"她所说的那个年轻人是谁呢?"K问道。"我不知道,"奥尔珈说,"也许是布伦斯威克吧,尽管不完全像他,也许是另外一个人。准确理解她的话很不容易,因为别人往往不知道,她是在说刻薄话,还是在当真说。她说话多半是认真的,但听起来又像是在挖苦人。"——"不要费神解释了!"K 说,"你怎么会这样依赖她呢?在那次大灾难以前你就这样依赖她吗?或者说是在那场大灾难之后你才如此依赖她吗?你从来就没有想过摆脱她,自己做主吗?你们对她如此依赖,到底有没有什么合情合理的原因呢?她年龄最小,作为年纪最小的人本应听话,不管她有没有过错,反正她给这个家庭带来了不幸。可是,她不仅没有为此每天都请求你们宽恕她,反而把头昂得比谁都高,除了发慈悲、关心父母之外,正如她所说,她什么都不关心;若是她和你们说话,那多半又是一本正经的,但听起来又像是在说挖苦话。你有时候说她长得很漂亮,她是不是因为自己长得漂亮而如此颐指气使呢?哦,你们三个人长得很像,但阿玛莉娅和你们两个有所不同,不同的地方是她那冷漠的目光,我在第一次见到她时,她那目光就吓了我一跳。她虽然年纪最小,但她的外表却让人看不出来,她就像那些没有年龄的女人,她们永远不会变老,但也从来没有年轻过。你每天都见到她,所以你根本就看不出她那副严酷的面孔。因此,要是我细细地想一想,我也觉得,索尔蒂尼对她的爱并不是十分认真的,他给她写那封信,也许只是为了惩罚她,而不是真的叫她去他那儿。"——"我不想谈论索尔蒂尼,"奥尔珈说,"城堡里的老爷们什么事都干得出来,无论你是最俊的姑娘,还是最丑的姑娘。要不然的话,你在阿玛莉娅的事情上就全错了。你瞧,我可没有任何理由为阿玛莉娅特别来争取你;如果我试图争取你的话,那也是因为你的缘故。阿玛莉娅反正是造成我们不幸的根源,这是肯定的,但就连爸爸——在这次莫大的不幸之中,爸爸所受的打击最为严重,而且他说起话来从不饶人,尤其是在家里——即便是在最艰难的时候,也没有说过责备阿玛莉娅的一句话。这不是因为他赞同阿玛莉娅的行为;他非常崇拜索尔蒂尼,他怎么会赞同阿玛莉娅的行为呢;事情过去很久了,他还是不能理解她为什么这样做;为了索尔蒂尼,他乐意牺牲自己以及自己所拥有的一切,当然不能像现在实际发生的这样,这可能是索尔蒂尼发火所造成的。我说'可能是',那是因为我们再也没有听到索尔蒂尼的消息;如果说他以前一向深居简出的话,那么他从此时起就像他这个人根本就不存在了。㉕你真该看到那时的阿玛莉娅。我们大家都知道,我们不会受到什么明显的惩罚。只是大家都有意躲开我们,村子里的人也好,城堡里的人也好,都不愿再理睬我们。村子里的人躲开我们,这我们看得见;但城堡里有什么举动,我们是无法看见的。往常我们也没发现城堡多么关心我们,现在怎么能发现城堡的态度突然转变呢?城堡不动声色,这是最糟糕的;相比之下,村子里的人躲避我们,远远没有这么糟糕。村子里的人不理我们,这并不是因为他们有什么看法,他们也许没有什么大不了的事要反对我们;他们那时根本不像现在这样鄙视我们,那时他们是出于害怕才那样做的,而现在他们都在观望,看下一步会发生什么事情。我们也不必担心生活问题,所有债户都付清了欠款,结账时对我们都很优厚,我们没有粮食,亲戚们私下帮助我们,生活过得倒也轻松。那时正是收割季节,当然我们没有土地,无论什么地方都不雇我们下地干活,我们有生以来第一次注定要过一种几乎是无所事事的日子。即使是在七八月的大热天,我们也把窗子关得紧紧的,一起坐在屋子里。什么事情也没发生。没有传讯,没有消息,没有来访,什么也没有。"——"那么,"K问,"既然什么事也没发生,而且也不会受到明确的惩罚,那你们还怕什么呢?你们是些什么人啊,真叫人猜不透!"㉖——"这叫我怎么解释呢?"奥尔珈说,"我们对未来会发生的事并不感到害怕,现在我们已经在忍受痛苦折磨了,实际上就是在忍受惩罚。村子里的人在等着我们重新到他们那儿去,等着爸爸的作坊重新开张,等着阿玛莉娅——她心灵手巧,能做漂亮的衣服,当然只给正派的人做——再到他们那儿去,接受他们订做衣服,大家都对自己的所作所为深感遗憾;要是村子里有个家庭平时受人尊敬,突然间这个家庭与大家断绝了关系,这对每个人来说都会受到损失,他们以为,断绝同我们来往,只是在尽自己的义务,我们若是处在他们的位置也会这样做。他们也不十分清楚,这究竟是怎么一回事,他们只知道信使手里抓着一把碎纸片回到了贵宾旅馆。弗丽达看见了他,看见他走了,随后又看见他来了,还同他说了几句话,于是就把自己知道的事立刻传播开了;她这样做根本不是出于对我们的敌视,而只是为了履行一种义务,任何一个人在同样情况下都会尽这样的义务。我已经说过,把整个事情愉快地解决,那是大家最欢迎的。若是我们突然传出这样一个消息,说一切都解决了,这只是个误会,在这期间已经完全说清楚了,或者说,这虽然是个违法行为,但已经通过实际行动得到了补救——这样讲对村民来说就已经足够了——或者说,我们通过和城堡的关系已经把事情平息了;完全可以肯定，人们会张开双臂重新热情地欢迎我们，和我们亲吻，拥抱，还会举行庆祝会，这样的场面我们早已在别人那儿经历过多次了。甚至连这样的消息也不需要；假若我们跑出家门，露一露面，恢复原有的联系，关于那封信的事只字不提，这就足够了，大家会乐意避免谈这件事；他们躲开我们，除了害怕外，主要是因为这件事非常棘手，提起它会叫人难堪，所以干脆就不想知道这件事，不再谈起它，不再想起它，更不能受它的牵连。弗丽达把事情泄露出去，她这样做不是幸灾乐祸，而是为了使自己和我们大家免遭这件事带来的不幸，为了让整个村子注意到村里出事了，大家要小心谨慎，不要被卷进去。要追究的不是我们这个家，而是这件事，我们只是因为卷进了这件事才被追究的。因此，只要我们再出来，不再提过去的事，用我们的实际行动表明，我们已经把事情解决了，至于是用什么方法解决的，这倒无关紧要，这样大家就会确信，无论事情是什么性质，人们不会再谈论它了，这样一切就圆满解决了；我们就会像往常一样，到处都能找到老朋友来帮助我们，即便我们还没有完全忘记这件事，人们也会谅解的，而且会帮助我们把它忘干净。但事情不是这样，因此我们仍然坐在家里。我们不明白，我们这是在等什么，也许是在等阿玛莉娅做出决定。当时，在那个早上，她把家庭的领导权抢了过来，而且至今仍牢牢地掌握着。但她没有举行任何特别的活动，没有发出任何命令，也没有请求我们做什么，几乎只是用沉默来领导。我们其他人自然有很多建议，从早到晚我们都在悄悄地议论着，有时候爸爸突然感到惊慌，于是就喊我过去，我便在他床边度过半夜。有时我和巴纳巴斯蹲在一起，他对整个事情知道得很少，因此总是热切地要求我解释给他听，说来说去就是这点事儿。他也许知道，跟他同龄的年轻人所期待的那种无忧无虑的年月，对他来说已经不复存在了，因此我们就坐在一起——K，就像我们两个现在这样——我们谈啊谈啊，忘记了已是黑夜，忘记了早晨又来临了。妈妈是我们当中身体最虚弱的人，这也许是因为她不仅要承担我们全家共同的苦难，而且还要分担我们每个人的痛苦，因此，我们发现她身上发生了很大变化，都不禁大吃一惊，正如我们所预感的，我们整个家庭也面临着一种重大变化。她最喜欢坐的地方是一张沙发的一角，那张沙发我们早就没有了，它现在放在布伦斯威克家的大客厅里。当时她坐在沙发的一角，我们不太清楚这到底是怎么回事，她坐在那儿或是打盹，或是长时间地自言自语,这一点从她嘴唇的微微翕动可以看出来。我们总是在谈论那封信,翻来覆去地谈我们已经掌握的一切细节和各种吃不准的可能性,我们还进行比赛,看谁能找出圆满解决问题的方法,谁都想超过他人;我们这样做是很自然的,也是不可避免的,但并不好,因为这样一来我们在本想摆脱的困境中反而越陷越深了。我们想出的各种异想天开的主意,无论多么好,究竟有什么用呢;要是没有阿玛莉娅参加,这些办法中没有一个可以行得通,所有的办法只是试验性的,试验的结果不告诉阿玛莉娅,一切都毫无意义,但即便把所有的想法都告诉阿玛莉娅,所得到的也只是沉默。对了,幸好我今天对阿玛莉娅的了解比当时清楚得多。比起我们大家来,她受的苦比我们都多;简直无法理解,她怎么能忍受这么多苦难,而且今天还照样活在我们中间。妈妈也许承受了我们大家的痛苦,她之所以这样,是因为痛苦落到了她头上,她承受痛苦的时间没多久;我们不能说,她今天还在某种程度上承受着痛苦,当时她的神志就很混乱了。可是,阿玛莉娅不仅忍受着痛苦,而且她还有着很强的理解力,能洞察整个痛苦。我们只看到事情的后果,而她却能看到事情的原因。我们希望能找到解决问题的小办法,而她却知道这一切已经决定好了。我们总是悄悄地商量着,而她只是沉默不语。那时和现在一样,她面对事实挺立着,活着,过着痛苦的生活。在各种困境下,我们都比她过得好。当然,我们不得不离开我们的房子;布伦斯威克住进了我们的房子;人家安排我们住进了这所茅屋;我们用一辆手推车分几次把我们的家具搬了过来,巴纳巴斯和我在前面拉,爸爸和阿玛莉娅在后面帮着推;搬家开始时,我们先把妈妈送了过来,妈妈坐在一只木板箱子上,我们推东西来时,她迎着我们,并老是在低声抽泣着。我还记得,在艰难地来回搬东西的时候——来回搬东西也够丢脸的,因为我们常常碰上收割庄稼的马车,赶马车的人一看到我们,就像哑巴一样,一句话也没有,并把目光转过去——是的,就是在来回搬东西的时候,巴纳巴斯和我也没有停止谈论我们的麻烦和计划,有时候我们谈着谈着就停下脚步,爸爸在后面'喂'的一声,才使我们想到现在正在拉车搬东西呢。可是,我们商量出来的各种办法,即便是在我们搬好家以后也没有改变我们的生活,只不过我们现在也渐渐地尝到生活拮据的滋味了。亲友们不再补助我们,我们的钱快要花光了;恰恰是在那个时候,正如你所知道的,人们对我们的鄙视开始变得越来越厉害。人们发现,我们没有力量让自己摆脱这件有关书信的事,因此他们非常生我们的气,虽然他们并不确切地知道事件的详情,没有低估我们的处境的艰难,他们也知道,他们自己也并不比我们更能经得起这次考验,但是,他们感觉到,他们更需要同我们彻底划清界线,若是我们渡过了难关,他们就会相应地对我们表示尊敬,但如果我们没有渡过难关,他们就把往常采取的权宜之计的做法变为最后的决定:把我们排挤在任何圈子之外。于是,人家谈论我们就不再把我们当人来谈论了,人家也不再提起我们家的姓氏了;若是他们不得不提起我们,他们就称我们是巴纳巴斯家的人,因为巴纳巴斯是我们当中罪过最轻的。就连我们的茅屋也变得声名狼藉起来,若是你反省一下,你肯定会承认,你在第一次踏进这所茅屋时,也一定会觉得人家鄙视我们是理所当然的;后来,当人们偶尔再来看望我们时,他们总是对我们家微不足道的东西嗤之以鼻,比方说,挂在桌子上方的那盏小油灯。那盏小油灯若是不挂在桌子上面,那该挂在什么地方呢?但他们看了觉得受不了。即使我们把它挂在别的什么地方,这也丝毫改变不了他们的厌恶情绪。不管我们干什么,也不管我们拥有什么,人家都会看不起。”

恳 求 宽 恕

“在这期间,我们做了哪些事情呢?我们做了所能做得出来的最糟糕的事情,为此我们更应当受到鄙视,这方面比起因冒犯信使一事所遭受的鄙视更是有过之而无不及:我们出卖了阿玛莉娅,我们摆脱了她那默默无声的命令,我们再也不能这样生活下去了,没有一线希望,我们是活不下去的,于是,我们每个人都按照自己的方式开始恳求城堡,或者死死纠缠着城堡,恳求城堡宽恕我们。我们知道这样做无济于事,我们也知道,我们和城堡之间唯一充满希望的联系渠道就是通过索尔蒂尼,通过这位对我们的爸爸格外有好感的官员,但由于信件的事儿,这个渠道被堵死了,我们无法再和他取得联系。尽管如此,我们还是多方活动。我们都全力以赴,爸爸第一个做了,他开始向村长、秘书、律师、文书们去恳求,但都毫无意义,人家多半不接见他,若是他通过什么巧计或凑巧受到了接待——我们听到这样的消息欢欣鼓舞,拍手庆贺——但他很快又被赶了出来,从此人家再也不接待他了。对城堡来说,回绝他易如反掌,实在太容易了。他究竟想干什么呢?他出了什么事呢?他为什么事情请求宽恕呢?在城堡里,他什么时候和被什么人,哪怕只是被伸出的一根指头,碰过一下吗?当然啰,他是穷了,失去了顾客,等等,但这些都是日常生活中的现象,是手工艺店铺的事,是市场上的事,难道城堡什么事都要管吗?实际上城堡对什么事非常关心,但它不能简单地,也不能毫无其他目的地为某个人的利益,粗暴地干涉那些事。难道要城堡派出官员去追爸爸的客户,追到后就用强制的办法,命令他们回到他那里吗?可是,若是爸爸提出异议——这些事情,我们在事先或事后都在家里详详细细讨论过,我们是躲在一个角落里讨论的,为的是避开阿玛莉娅,其实她什么都知道,不过她不加干涉,任凭我们商量——若是爸爸提出异议,他进行抱怨并不是因为穷,他在这方面失去的东西是很容易再得到的,只要人们宽恕他,那么其他一切都是次要的。‘可是究竟要人们宽恕他什么呢?’人家这样回答他,至今为止没有人控告他,至少在备忘录里没有登记过有关告发他的材料,反正在律师可以查阅的备忘录上没有登记;因此,就现在所能确定的,既没有人控告他,也没有哪个人打算控告他。他能不能拿出官方机构颁发的有关指控他的法令呢?爸爸拿不出这样的证据,或者是,某个官方机构是不是进行过干涉呢?对此,爸爸也一无所知。好了,要是他什么也不知道,要是他什么事也没出,那他到底要干什么呢?人家可以宽恕他什么呢?顶多是,他现在毫无目的地对官方机构胡搅蛮缠,制造麻烦,而这偏偏是不可宽恕的。爸爸没有罢休,当时他身体还非常强壮,而且被逼得闲着没事干,这就使他有的是时间。‘我一定要给阿玛莉娅讨回荣誉,事情不会拖得太久。’每天他都对巴纳巴斯和我说上几遍,但他声音很低,因为不能让阿玛莉娅听见;尽管这么说,但他的话只是说给阿玛莉娅听的,因为实际上,他所想的根本不是给她讨回荣誉,而只是希望得到宽恕。可是,为了求得宽恕,他必须先证明自己有罪,而官方机构又都否认他有罪。他突然想了个办法——这表明他的脑子已经不行了——认为人家之所以不愿意把他的罪行告诉他,是因为他上交的款不够,因为迄今为止他只是按规定交的,至少照我们的情况看,我们交的已经够高了。但他现在觉得,他必须再多交一点,这当然是错误的,因为我们的官员有的为了简便省事,避免不必要的谈话而接受别人的贿赂,虽说如此,行贿的人到头来什么目的也达不到。不过,这既然是爸爸的希望,那我们在这方面绝不阻挠他。我们把可变卖的东西全都卖了——这几乎全是些必不可少的东西——以便给爸爸搞到些钱,供他四处奔波,找门路办事;在很长一段时间里,我们看到爸爸一早上路,口袋里有几个硬币丁当作响,心里就感到特别欣慰。我们自己当然是整天忍饥挨饿,我们弄到的钱所能发挥的唯一作用是,让爸爸多少充满希望与欢乐。但这几乎没有一点儿好处。由于整天四处奔波,爸爸不久便累得吃不消了,要是没有钱,事情早就会有个应有的结果,但现在却拖得很久。实际上,人家并没有因为他额外交了款就特意为他做点什么事,偶尔有某个文书看来似乎愿意为他想想办法,许诺说查一查,并暗示说已经找到某些线索,准备追查一下,这样做当然不是出于尽职,而是出于对爸爸的一片好意。对此,爸爸毫不怀疑,而是越来越相信,越来越起劲。他带着这样的明显毫无意义的诺言回到家里,样子像是又给家里带来了莫大的好运;他总是站在阿玛莉娅的背后,强作笑容,睁大双眼,指着阿玛莉娅,想借此告诉我们,由于他的努力,阿玛莉娅的得救已经指日可待了,这一下她比任何人都会感到惊奇,感到突如其来,但这一切还是个秘密,我们一定要严守这个秘密,他这副样子叫人看了真感到痛心。倘若不是我们最后已完全无能为力再给爸爸提供钱的话,事情还会这样拖很长的时间。在此期间,经过多次恳求,巴纳巴斯总算被布伦斯威克收为帮工,当然只是以这样的形式:巴纳巴斯每天晚上天黑后去接活,第二天晚上天黑后再把活送回去。必须承认,布伦斯威克为了我们在生意上是冒一定风险的,不过,他为此付给巴纳巴斯的报酬也少得可怜。巴纳巴斯干活是无可挑剔的,说起来,工钱虽然少得可怜,但可以使我们勉强不被活活饿死。我们怀着极大的爱惜心情,而且经过充分准备,才告诉爸爸我们不给他钱了,爸爸十分平静地接受了。他凭着理智已经无法再看清他的奔波是没有任何希望的,但是,接连不断的失望已使他疲惫不堪了。虽然他还说——他说话已经不像以往那样清楚了,过去他不论说什么,声音都非常洪亮,一切说得清清楚楚的——他若是再有一点点钱,那他明天,或者甚至是今天,就能把事情搞个水落石出,现在没有钱什么都完了,一切都前功尽弃了,说来说去只是因为没有钱,等等。不过,他说话的声调已经表明,他对自己说的这一切也不相信了。这时候,他又马上提出了新的计划。因为他不能证明自己有罪,所以他也不能指望通过官方途径取得什么结果,在这种情况下,他只得转而指望恳求。他要亲自去恳求官员,官员中肯定也有人富于同情心。他们办公虽然不能凭同情心行事,但在办公时间之外,要是在适当的时候去找他们,也许他们会大发慈悲的。"

K 一直在专心地听奥尔珈讲述。奥尔珈说到这儿时,K 打断了她的话,问道:"你认为他的想法对吗?"奥尔珈若是继续说下去,这个问题必然会得到回答的,但 K 想马上知道。

"不,"奥尔珈说,"根本谈不上同情这类问题。我们虽然年轻无知,但这一点还是知道的。爸爸自然也知道,但他就像把什么东西都给忘记那样,把这一点也忘记了。他想出了这个计划:站在城堡附近官员们的马车常常经过的地方,马车经过时,他就上前请求宽恕。老实说,即便是这种不可能的事真的发生了,他的恳求真的传到了某个官员的耳朵里,那他的这个计划也是想入非非的,一点儿理智也没有。难道单单一个官员就能宽恕他吗?要宽恕你,这是整个执政当局的事,可就是执政当局显然也不能宽恕你,而只能判你的罪。即使有某个官员下了马车,愿意受理这件事,但他听了爸爸这么一个可怜的、疲惫不堪的老人向他叽叽咕咕地陈说,能清楚地了解整个事件的来龙去脉吗?官员们都受过良好的教育,但他们都只能独当一面,他们只能在自己的专业范围内听到一句话就能猜出你的全部想法,但是把另外一个部门的事情讲给他听,即便你给他解释几个钟头,他也许只能客客气气地点点头,实际上他一句话也听不明白。这是很自然的事;一件跟一个普通人有关的公务上的小事,一个官员耸耸肩就能处理好的小事,你要是刨根问底弄个水落石出,那你花上一生的时间也不会找出个结果。如果爸爸真的凑巧碰上了一个主管这类事的官员,但他没有前期档案,也无法处理,尤其是不能在大马路上就给以解决,他是不能给你宽恕的,而只能公事公办,为此只好再走官方渠道,一个部门批转一个部门,这个途径爸爸已经走过了,但没取得成功。爸爸想用这样一个新的计划来把事情办好,需要走多么遥远的路程呀!要是这样的做法真的有一点取得成功的可能性,那么这条路上就站满了恳求的人;但这是不可能的,这一点连受过最低教育的小学生也知道,所以马路上空荡荡的,一个人影儿也没有。也许是这一点恰恰增强了爸爸的希望,他到处都能使自己的希望得到充实。这也是非常必要的;一个头脑正常的人,根本没必要这样胡思乱想,他只要随便看上一眼,就会清楚地知道,这是不可能的。再说,若是官员们到村里来,或是回城堡去,那他们可不是游山玩水,在村里和城堡里有很多工作在等待着他们处理呢,因此他们乘坐的马车是以最快的速度飞驰的。他们也不会从车窗里探出头来,看看外面有没有申诉的人,因为他们的车子里装满了需要研究处理的文件。"

"可是,"K 说,"我在官员的雪橇里看过,里面没有文件。"奥尔珈的话给他打开了一个如此巨大的、叫人几乎无法相信的世界,他忍不住把自己微不足道的经历与这个世界联系起来,目的是要更清楚地说明它的实际情况和他自己的亲身经历。

"这是可能的,"奥尔珈说,"不过,若是这样的话,事情就更糟糕。这说明该官员有着极其重要的公务,他的文件实在太多,太珍贵了,不能随身携带。这样的官员会让马车飞驰过去。不管怎么说,谁也腾不出时间来接待爸爸。再说,有好多条道路都通向城堡。有时,这一条路大家喜欢走,绝大部分的马车都走这条路;有时大家又喜欢起另外一条来,于是所有的马车又都乱哄哄地往那条路上挤。行车路线的变化究竟有什么规律,至今谁也弄不清。有时早上八点钟,所有马车都在另一条路上行驶,十分钟之后,大家又都转到第三条路上,再过半小时,也许所有的车辆又都转到第一条路上,随后整天都会走那条路,但路线随时随刻都有可能改变。在村子附近,条条马路都会合在一起,但到了村边,所有的车辆都发疯似的你追我赶,而快到城堡时速度就稍微慢了下来,又用中等速度行驶。就像行车路线没有一定规律,叫人猜不透一样,来往车辆的数量也多寡不同,谁也弄不清何时多时少。常常一连好几天,一辆马车也看不见,可是此后,突然成批成批的马车驶来了。面对这些情况,你想象一下我们的爸爸吧。他穿了最好的衣服——不久这就成了他唯一的一套衣服了——每天早上带着我们的美好祝愿离开家。他随身带上消防协会的一枚小徽章,其实他已经没有资格再佩戴它了;走出村子后,他就把它别在自己的衣服上。在村里,他不敢把它别起来,生怕别人看见。尽管这枚徽章很小,两步路以外就几乎看不见,但爸爸认为,戴上这枚小徽章非常合适,它可以引起过往官员们对他的注意。离城堡路口不远的地方有个菜园,主人叫贝尔图赫,他专门给城堡供应蔬菜。爸爸就坐在菜园篱笆下面狭窄的石头基座上,贝尔图赫允许他待在那儿,因为他过去和爸爸很熟,也是爸爸的一个最忠实的客户。他一只脚畸形,走路有点瘸,他觉得爸爸给他制作的鞋穿起来最合脚。爸爸日复一日地坐在那儿,那是个阴沉多雨的秋天,但爸爸对天气满不在乎;每天早上在一定的时间,爸爸一手搭在门闩上,挥挥另一只手同我们告别,晚上像个落汤鸡似的回到家里,一到家就倒在屋子的一个角落里,他的背一天比一天驼了。起先,他向我们讲述他的一些微不足道的经历,比如说,贝尔图赫出于同情和看在旧日的友情上,隔着篱笆给他扔一条毯子啦,或者是,他以为在一辆过往的马车里认出了这位或那位官员啦,或者是,有时候一位车夫又认出了他,用鞭子碰碰他,开个玩笑啦,等等。后来,他不讲这些事情了,显然他对自己待在那里能有什么结果也不抱希望了,他只是天天到那儿去,在那儿熬过一天,将此看成是自己应尽的义务,看成是自己应当干的一件枯燥无味的差事。那时,他的风湿病发了,冬天渐渐临近,天也过早地下起雪来,在我们这儿冬天来得早;在那儿,他有时坐在湿漉漉的石头上,有时又坐在雪地里。夜里,关节痛得他直哼哼。到了早上,他有时也拿不定主意,到底要不要再去,但很快就克服了动摇的想法,于是照样去了。妈妈放心不下,不想让他走;爸爸显然是由于自己的手脚不听使唤了,大概也感到担心,于是他便允许她跟他一起去,就这样,妈妈也患上了风湿病。我们常常到他们那儿去,带给他们吃的,或者只是去看看,或者想劝说他们回家;我们经常看见他们蜷缩在那里,相互偎依着坐在狭窄的石头基座上,裹着一条几乎遮不住全身的薄毯子,四周围除了灰蒙蒙的白雪和雾气外什么也没有,远远近近,一连几天不见一个人影,也不见一辆马车。就是这样一种景象,K,多么惨的景象啊!直到一天早上,爸爸那两条僵硬的腿再也下不了床,他深感沮丧、绝望,谁也无法安慰他,他发着烧,神志略微有点迷迷糊糊的,他以为自己看见一辆马车这时停在贝尔图赫家附近,车上下来一位官员,顺着篱笆寻找爸爸,随后摇摇头,气呼呼地又转身返回去,上了马车。就在这时,爸爸大声喊叫起来,仿佛他想在此引起那位官员的注意,并向他解释,他没有来这儿是迫不得已的,他没有责任。从此,他一直没去那儿,他根本就没有再去过,一连几个星期他只好躺在床上。阿玛莉娅担当起喂食、看护和治疗的责任,她

把什么都担当起来，除了几次间歇外，直到今天都在担当这一切工作。她知道什么是止痛的药草，她几乎可以不睡觉，她从不惊慌失措，什么也不怕，而且从不烦躁，为父母亲什么活儿都干；可我们却帮不上忙，因此我们急得团团转，而她对什么都镇静自若。后来，爸爸熬过了病情最厉害的时刻，他左右支撑着，又能小心翼翼地下床了，这时候阿玛莉娅立刻退到一边不管了，她把爸爸交给了我们。"

奥尔珈的计划

"现在的问题是，要给爸爸再找个他力所能及的事情来做，随便找个工作，至少能让他相信，做这个工作可以给全家洗刷罪过。找这样的一个活儿也不难。其实，干任何一件事情都比坐在贝尔图赫的菜园那儿强得多。不过，我找到的事儿，甚至也使我觉得有一线希望呢。官员们也好，文书们也好，或是别的什么人也好，在谈起我们的罪过时，总是只提到一点，那就是对索尔蒂尼的信使的污辱，除此之外，没有任何人敢说别的什么了。这时，我考虑，如果公众舆论——尽管只是表面上的——只知道污辱了信使，那么，只要向这个信使赔个礼，道个歉，一切就可以得到补救，尽管这也只是表面上的。正像人家所说的，没有人向我们提出过控告，也没有一个部门受理过这件事，因此，就这个信使本人而言，他完全有权宽恕阿玛莉娅对他的污辱，这并不牵涉到别的什么事情。这样做也不可能有什么决定性的意义，只是表面文章而已，再说也不可能变出别的花样来，但可以给爸爸带来欢乐；这样，也许还会使那些故意折磨爸爸、尽给他出馊主意的人稍微感到有点儿尴尬，而爸爸则会对这件事的结果感到心满意足。当然，我们首先必须找到那位信使。我把这个计划告诉爸爸的时候，起初他非常气恼，因为他现在变得十分固执，他生病期间产生了一种想法，认为我们总是妨碍他，使他到头来才功亏一篑，先是说我们不给他钱，现在又说我们硬是叫他躺在床上，另外一个原因是他根本不能再完全接受别人的任何主意了。我还没有说完，我的计划就已经被他推翻了；按照他的想法，他应该在贝尔图赫的菜园那儿继续等下去,他说,既然他肯定不能再天天去那儿,那我们就得用双轮车把他推去。但我没有让步,渐渐地他迁就了我的想法,唯一使他不如意的是,在这件事情上他要完全依靠我,因为只有我当时看见了那位信使,而他不认识他。当然啰,所有的跟班彼此都非常相像,能不能再认出那位信使来,我也没有十分把握。此后,大家开始行动,我们去贵宾旅馆,在那儿的一群跟班中寻找那个信使。虽说他当时是索尔蒂尼的信使,索尔蒂尼又没有再到村里来,不过,这些老爷们经常调换信使,我们或许会在另外一位老爷的跟班中找出他来;即使找不到他本人,也许可以从其他信使那儿得到有关他的消息。为了达到这个目的,我们当然每天晚上都得到贵宾旅馆去,那时我们无论在什么地方都不受欢迎,在贵宾旅馆这样一个地方,当然更不受欢迎,我们也不是作为花钱的顾客上那儿去的。但实际表明,我们还是可以用得着的;你也许知道,对弗丽达来说,这帮跟班多么折磨人;其实,他们大多数人原本是安安静静的人,因为他们的差事格外轻松,所以个个变得娇生惯养、呆头呆脑的。'但愿你像信使那样生活得称心如意',这是官员们常说的一句祝愿的话,就生活舒适度来说,这些信使实际上就是城堡里的真正的主人,他们也懂得欣赏这种生活,在城堡里他们的一举一动必须符合法规,所以他们是那么安静,那么庄重,这一点人们早已向我多次证实过了。在贵宾旅馆里,在这群跟班中间也能发现这种特征的一些迹象,但仅仅是迹象而已,另外,城堡里的法规在村里完全不适用,在村子里,他们这些跟班像是完全变了个样子,变成了一群野里野气的家伙,他们不受法规的约束,任凭自己胡作非为。他们简直无耻到了无法无天的地步,对村子来说,侥幸的是,他们未经许可不准离开贵宾旅馆,但在贵宾旅馆里必须设法应付他们吧;弗丽达觉得跟他们打交道格外难,因此她很乐意让我去对付那帮跟班;两年多来,至少是每星期有两次,我是同他们在马厩里度过的。起先,爸爸还能跟我一起到贵宾旅馆去,他睡在酒吧间随便一个地方,等候我清早带给他消息。可是消息并不多。那位要寻找的信使到今天我们还没有找到,听说他还在给索尔蒂尼效劳,索尔蒂尼非常器重他,在索尔蒂尼去比较偏僻的部门里办公时,听说他也跟他去了,跟班们当中绝大部分人和我们一样,好长时间没有看到他了;如果有哪个人说在这期间曾经见过他,那他可能是搞错了。这样,我的计划其实是失败了,但还没有完全失败,虽然我们没有找到那位信使,但去贵宾旅馆,并在那儿过夜,也许还有爸爸对我的怜惜——只要他还能这样做——很可惜,把爸爸的健康给毁了,他处在你所看到的那种身体状况下,已经有两年的时间了,不过他的情况也许比妈妈好一些呢,我们天天怕妈妈离我们而去,只是由于阿玛莉娅超越常人的精心照料,她才一直活到今天。但是,我在贵宾旅馆也有收获,那就是我同城堡建立了某种联系;若是我说,我对我自己的所作所为不会感到后悔,那就请你不要看不起我们。你也许会认为,这是和城堡建立的什么样的联系呀,没什么大不了的。你想得对;这确实不是什么大不了的联系,虽然我认识了许多跟班,最近两年到村里来过的几乎所有的老爷的跟班我都认识了,要是有一天我真的获准到了城堡,那我在那儿就不陌生了。当然,他们只是在村里才是跟班,到了城堡里,他们就完全变了样,在那里,他们也许谁也不认识了,特别是不会再认识我这个在村里和他们打过交道的人了,尽管他们曾在马厩里上百次地发誓说,若是在城堡里见到我,他们是会非常高兴的。另外,我也知道,所有这些诺言都一文不值。但这并不是最重要的。我不仅仅是通过跟班们同城堡建立了联系,我还希望,而且我现在还抱着这样的希望:城堡里也许有某个人一直在观察着我呢,他不仅观察着我,还观察我所做的各种事情——管理好这一大群跟班,当然是官方机构工作中一个极其重要的组成部分,而且是极其伤脑筋的——观察我的那个人也许对我特别开恩,认为我比其他人好得多,他也许会看出,我虽然很可怜,但我是在为我们整个家庭而奋斗,在继续做着爸爸为请求宽恕而仍然没有实现的事情。若是他这么看问题,他也许就会对我接受跟班们的钱,并将钱用来维持家庭生活这种举动表示原谅。我还获得了别的一些成果,这一点当然你也会责怪我,我从跟班们那儿还了解到,如何绕个圈子来谋得城堡的一个差事,这要比经过困难的、往往需要几年的正式录用程序方便多了,这样你虽然还不是正式的雇员,而只是私下里半个官方雇员,既没有权利也没有义务,没有义务是最糟糕的,但这也有一点儿好处:既然你是在官员身边,是在现场,你就能看准,并能充分利用大好时机,你虽然不是正式雇员,但偶尔也会有某项工作急需做,而正式雇员又偏偏不在,你听到一声'来人',便应声跑过去,这样一来,一分钟之前你还不是雇员,现在你一下子就变成一个正式雇员了。不过,什么时候才会有这样的机会呢?有时,这样的机会立刻就会出现,你还没有走进去，还没有看看四周的情况，机会就已经到了，但不是每个人都能集中精神的，一个初来的人往往心不在焉，机会也就错过去了；而要等到另一个机会，等到另一项工作，又要等上好几年，甚至比正式录用程序所需的时间还要长，这样，一个私下半正式的人员就根本不可能再被正式录用了。因此，走这条路顾虑是够多的；一个人在正式录用时往往经过严格挑选，一个名声不好的家庭里的人一开始就被刷掉了。考虑到这种情况，一个半正式的人员所有的顾虑也就算不得什么了；这样，一个人若是想被录用，比如要经过种种录用程序，从第一天起，好几年都要为最后是否被录用而胆战心惊。开始时大家都会吃惊地从各个角度问他，怎么竟敢做这种毫无希望的事情，但他却怀着获得成功的希望，不然的话，他怎么能生活下去呢；在许多年之后，他也许已经成了个白发苍苍的老人，这时他遭到了拒绝，他才知道，一切都失去了，一生白白地虚度过去。当然，在这方面也有例外，因此，有的人很容易受到诱惑。有时也会发生这种事情：偏偏是那些名声不好的人被录用了。有些官员违背自己的意志，恰恰喜欢这种野性的气味，在录用考试的时候，他们东闻闻，西嗅嗅，撇着嘴巴，翻着眼睛，这种具有野性味的人看来特别合他们的胃口，他们必须严格地遵守法规条文，才能抵挡住这种诱惑。有时候，这并不能使得参加考试的人最后被录用，而只是导致无限期地拖延录用程序，这一程序没完没了，等到参加考试的人一命呜呼时才算了结。所以，不论是合法地求得录用，还是采用其他办法，都充满了或明或暗的困难；因此，在决定求职之前，应该把方方面面的情况都考虑周全。对了，我和巴纳巴斯这回却没有忘记好好商量一下。每当我从贵宾旅馆回来时，我们就坐在一起，我把了解到的新消息告诉他，我们一谈就是好几天，巴纳巴斯手中的活也就拖得比平时所需的时间长得多。在这方面，你也许觉得我有一份责任。我知道，跟班们的话是十分靠不住的。我知道，他们一向就没有兴趣对我讲述城堡的事情，他们总是把话题岔开，你千乞求万乞求，他们才说一句；可是，他们一旦讲起来，就滔滔不绝，满口胡言乱语，大吹大擂，在夸大其词、信口雌黄和胡编乱造方面，一个赛过一个。一个滔滔不绝，还没把话说完，另一个就大喊大叫，插了进来，叽叽喳喳，说个没完没了。这样，在黑洞洞的马厩里，从他们的嘴里显然最多也只能了解到一鳞半爪的实情。我把听到的一切情况原原本本地告诉巴纳巴斯，我知道，他还根本没有能力辨别真伪,可是,由于我们家庭的处境,他如饥似渴地想了解这种事情,把所有这一切都统统吞了下去,并迫不及待地想了解更多的情况。事实上,我的计划完全落在巴纳巴斯的身上。从那群跟班的口中,再也无法得到更多的消息了。索尔蒂尼的信使无法找到,而且似乎永远也找不到了。索尔蒂尼远远地退隐了,看来信使也远远地退隐了,他们的模样和名字也都被遗忘了。我往往要描述老半天,跟班们搜肠刮肚才记起他们来,除此之外,跟班们对他们的情况便一无所知了。至于我和跟班们的关系,我自然没有办法影响人家持什么看法,我只是希望,城堡能够根据我所做的事情来进行判断,稍稍减轻我家所犯的罪过,可是,我没有看到这种公开的迹象。不过,我还是坚持这样做,因为我没有其他办法可以促使城堡为我们解决问题了。但对巴纳巴斯来说,我却看到解决我家问题的一种可能性。从跟班们的话中,我了解到这样一种情况——如果我乐意了解这种情况的话,而我非常乐意了解这一情况:被招去给城堡当差的人,可以为他的家庭捞到许多好处。当然,他们的这些话有多少是值得相信的呢?这无法确证,唯一可以肯定的是,可信程度很小。因为,比如说一个跟班,我再也不会见到的一个跟班,或者说,尽管我能见到,但再也认不出他来的一个跟班,一本正经地答应我,帮助我弟弟在城堡里找一个差事,或者说,巴纳巴斯不管怎样要到城堡办事的话,至少他会支持他,比如说给他以勇气,协助他办成功——因为据跟班们所说,往往会发生这种情况:那些求职人员在长时间地等候之中会晕倒,或变得神经失常,要是没有朋友们的关心,那他们就完全失败了——若是他们告诉我这样或那样的一些话,那显然是合乎情理的警告,但他们同时所许下的诺言,当然全是空话。巴纳巴斯可不这样想;虽然我警告他,别相信他们,可我仍把他们的话告诉他,这就足以说明,我要把他拉到我的一边,争取他接受我的计划。但我本人说的话对他没有多大影响,对他起作用的,主要是跟班们说的话,因此,我只得完全依靠自己了。除了阿玛莉娅,同爸爸和妈妈谁也说不通;我越是按照我的方式实现爸爸的计划,阿玛莉娅就越是不理我。在你面前,或是当着别人的面,她还和我说几句,但是她单独和我在一起时,就什么也不和我说了;在贵宾旅馆的跟班们看来,我只不过是他们的一个玩物,他们生气起来一下子就可以把我捏个粉碎。在长达两年的时间里,我没有和他们当中任何人说过一句知心话,从他们嘴里我听到的只是些恶毒、骗人和荒唐的废话，因此，同我谈得来的只有巴纳巴斯了，而巴纳巴斯那时还很年轻。我把事情告诉他时，看到他的眼睛闪闪发亮，他眼睛里至今一直保持着这种亮光，我一看到他这双闪亮的眼睛总是吓一跳，但我绝不放弃，因为事关重大，非同小可。当然，我没有爸爸那些空洞而又伟大的计划，我也不像男子汉那么果断，我只是坚持要弥补对那个信使的侮辱，甚至还希望他们把我这微不足道的努力当做我的一份贡献。可是，我一个人做不到的事，我现在想要换个有把握的方式，通过巴纳巴斯来实现。我们侮辱了一位信使，把他从第一线的机关赶到了偏远的地方；我们派巴纳巴斯这个人为新任信使，由他做受侮辱的那位信使的工作，这样让受侮辱的信使能够安安静静地待在远方，他想在那儿待多久就待多久，他需要多长时间忘记对他的侮辱就用多长时间，有什么比这更合乎常情呢？虽然，我清楚地发现，我这微不足道的计划显得有些傲慢，会给人一种印象，好像我们要对官方指手画脚，教他们该怎样处理人事问题，或者是，好像我们怀疑官方自身有能力把事情处理好，甚至好像我们怀疑，在我们想到事情该怎么处理之前，事情早就处理好了。但我又觉得，当局也不会如此误解我，要是他们真的这样，那他们准是蓄意这样做的，换句话说，他们不进行详细调查，一开始就把我做的一切给推翻，这不是蓄意是什么。因此，我坚持做下去，巴纳巴斯虚荣心很强，他也决不放弃。在做准备的这段时间里，他简直目空一切，竟然觉得鞋匠活对他这位未来的机关雇员来说太脏了；是啊，若是阿玛莉娅对他说句什么话——她很少对他说什么——他甚至胆敢顶撞她，而且对她的话一句一句地加以反驳。我容许他享受这种欢乐，这只是暂时的，因为从他到城堡去的第一天起，他的傲气与欢乐就会消失，这是不难预料的。于是，那种表面上的工作开始了，这我已对你讲过了。令人惊讶的是，巴纳巴斯第一次没费多大周折就踏进了城堡，或者说得更正确一点，踏进了那个可以说后来成了他的工作室的办公室。他的这次成功当时使我几乎乐坏了。他晚上回到家里把情况悄悄地告诉我后，我立刻跑到阿玛莉娅那里，一把抓住她，把她拉到一个角落里，一个劲儿地狂吻她，吻得她又痛又怕，她禁不住哭了起来。我激动得什么也说不出来，我们也好久没有彼此说话了，我就想干脆把要说的话推迟几天再告诉她。但是几天后，当然又没有什么可说的了。一下子获得成功之后就再也没有什么花样了。在漫长的两年时间里，巴纳巴斯过

着这种单调而揪心的生活。跟班们一点儿不中用。我写了一封短信让巴纳巴斯带上，我在信中让跟班们多多关照巴纳巴斯，同时提醒他们别忘了自己许下的诺言；巴纳巴斯每看到一位跟班，便把信从口袋里拿出来递上去，尽管他有时碰到的跟班根本不认识我，即便是他碰到认识我的人，但他一声不吭把信递上去的那副样子——他在上面城堡里一句话也不敢说——叫人一看就气恼，所以没有一个人肯帮助他，这使他感到有点儿丢人；后来有位跟班，信也许已经往他面前递过几次硬是让他看了，接过信便揉成一团，扔进了字纸篓。这倒是一种解决办法，其实我们早就应该这样做了。我想，这位跟班仿佛同时也可以说'你们也是这样对待信件的呀'。虽然在这段时间里毫无结果，但对巴纳巴斯却大有好处，我说对他大有好处，是说他过早地成熟了，过早地变成了男子汉；是啊，在某些方面，他甚至比大人更严肃，更洞察事理。我望着他，想到他两年前还是个孩子，就觉得格外伤心。作为男子汉，他也许可以给我安慰和支持，但我根本就没有得到。没有我，他进不了城堡；可是，自从他去了那里，他就不再依赖我了。我是他唯一的知己，但可以肯定，他把心上的话只向我透露了一点儿。他对我讲起城堡的许多情况，但从他的话里，从他告诉我的少得可怜的细枝末节中，我远远弄不明白，他怎么会变成这个样子的。我特别弄不明白的是，他少年时叫我们感到担忧、绝望的那种胆量，现在作为大男子汉在上面城堡里怎么却全部丧失了呢。当然，没完没了、毫无希望地在那儿站着，等着，日复一日，必然会消磨一个男子汉的志气，必然会使人感到绝望，最后甚至再也没有能力做其他事了，只会绝望地站在那儿。那么他早先为什么也不反抗呢？特别是，他不久就已认识到，我的想法是对的，他在上面城堡里无法满足他的虚荣心，但对改善我们整个家庭的处境也许有好处。既然如此，那他为什么不反抗呢？因为，在上面城堡里，且不说跟班们的脾气，一切都进行得井井有条，虚荣心在那里只有在工作中才能得到满足，既然工作压倒一切，所以虚荣心也就完全丧失了，在那儿，幼稚的愿望是没有存在的余地的。正像巴纳巴斯对我所说的，他也许认为，那些是真是假还叫人怀疑的官员，容许他进其办公室的官员，大权在握，知识渊博。他们口授指示非常快，他们半闭着眼睛，打着简短的手势，他们无需说一句话，只要一伸指头，就把嘟嘟囔囔的侍从制服了，而侍从们在这样的时刻吓得简直不敢喘气，脸上还得堆着幸福的微笑；或者,那些官员发现书中的一个重要段落,就把书猛地一拍,这时其他官员不顾地方狭窄,都跑过来,围上去,伸长脖子争着看。诸如此类的事,使巴纳巴斯觉得他们都是了不起的大人物,而且他觉得,要是他们注意到他,容许他同他们说几句话,而且不是作为陌生人,而是作为机关的一个同事,当然是下级同事,同他们说上几句话,那么,对我们的家庭就有可能具有不可估量的意义。可是,事情没有发展到这一步,他没有胆量去实现这个目标,尽管他心里十分清楚,他虽然还很年轻,但由于我们家里遭到种种不幸,他就被推到肩负起艰难责任的一家之主的地位上。现在,我还得坦白最后一件事:你是一个星期前到这儿来的。这件事我在贵宾旅馆就听人说起过,但我并没有加以注意;来了一位土地测量员;我从来就不知道土地测量员是干什么的。可是,在第二天晚上——平时,我总是在固定的时间走一段路,去接巴纳巴斯回家——巴纳巴斯比平时早回家,他看见阿玛莉娅在起居室,便把我拉到大街上,然后把头搁在我肩上,哭了好长时间。他又变成了往常那副小孩子的样子。显然他遇上了他不能对付的事情,仿佛一个崭新的世界突然展现在他的面前,他简直无法承受这个新情况给他带来的快乐与忧虑。他遇上的事其实不是别的,而是他接到一封信,他们委托他把它转交给你。这当然是他拿到的第一封信,是他接受的第一项任务。"

奥尔珈说到这里停住了。房间里一片寂静,只听见父母亲艰难的、有些呼噜呼噜的呼吸声。K像是补充奥尔珈的话,漫不经心地说:"你们在耍弄我。巴纳巴斯传递信件,像个十分干练的老信使,而你和阿玛莉娅一样,她这回准是同你们取得了一致看法,你和她好像都觉得,信使的差事和这些信件只不过是无关紧要的琐事罢了。"——"你必须把我们区分开来。"奥尔珈说,"巴纳巴斯由于送了这两封信,又变成了一个快活的小孩子,尽管他对自己能否胜任这个工作处处感到怀疑。他的这种怀疑只有他和我知道;但在你面前,他又表现得活像个真正的信使,他想象中的真正的信使,在工作中寻找自己的荣耀。因此,比如说吧,虽然他现在越来越想得到一套工作服,但我还得在两小时内把他的裤子修改一下,使它看上去至少和公服的紧身裤一样,然后他就可以穿上它站在你面前,而你自然是很容易上当的,以为他真的是位老练的信使。这就是巴纳巴斯。但阿玛莉娅确实是瞧不起信使这个差事的,现在巴纳巴斯似乎取得了一点儿成绩,这一点她从巴纳巴斯和我身上，从我们坐在一起并悄悄地说话的样子，就能很容易地看出来，可现在她比以往更瞧不起信使的差事了。她说的是实话，因为你对我们说的话深表怀疑，她是让你不要自欺欺人。而我，K，若是我有时看不起信使的差事，这倒不是存心欺骗你，而是由于感到害怕。经过巴纳巴斯之手的这两封信，是三年来我们家所得到的第一个宽慰的标志，虽然这个宽慰还十分令人怀疑。这一转变，如果可以说这是转变，而不是一场骗局的话——骗局比转变更常见——与你到村子这儿来有着密切关系，我们的命运在一定程度上要取决于你，这两封信也许只是个开端，巴纳巴斯的工作兴许会扩大范围，超过与你有关的信使的差事——这正是我们所希望的，只要有可能，我们一定会抱住不放；可是眼下，一切都落到你的肩上了。在上面城堡里，我们只好对分配给我们的工作感到满意，但在下面村子里，我们也许还可以做点什么事情，这就是确保你对我们产生好感，至少不让你厌恶我们，或者最重要的是，我们要尽我们的力量和经验来保护你，使你不会丧失与城堡的联系，我们也许可以靠这种联系活下去。现在，如何做才能最好地达到目的呢？那就是，如果我们接近你，你不要对我们起疑心，因为你在这儿是外乡人，所以无论在哪个方面都难免满腹疑虑，而这种满腹疑虑是有道理的。再说，我们被人看不起，而你肯定会受公众舆论的影响，特别是受你那未婚妻的影响；因此，比如说吧，我们应当怎样做才能接近你，而又不会——尽管我们不想存心这样做——冒犯你的未婚妻，并使你不至于受到委屈呢？那两封信在你拿到之前我仔细看了，巴纳巴斯没看，作为信使他是不能看的；乍看起来，那两封信无关紧要，时间上已过了很久，没多大意思了，不过，他们让你去找村长，所以两封信又具有特别重要的意义。在这个问题上，我们该对你抱什么态度呢？若是我们强调两封信的重要性，那我们会受到怀疑，说我们显然是过高估计了两封信的重要价值，认为我们作为信件的传递人在向你炫耀，我们这样做是在追求我们自己的目的，而不是为你着想，是啊，这样我们就会在你眼里贬低两封信的重要价值，并使你产生错误的印象，这可是与我们的本意相违背的。可是，若是我们认为两封信没有重要价值，那我们同样会受到怀疑，因为人家会问，既然这样，我们为什么还要传递这种毫无价值的信，为什么我们的言行自相矛盾，我们为什么不仅蒙骗你这个收信人，而且还要蒙骗委托我们传信的人，委托我们的人把信交给我们，当然不是为了让我们用自己的解释在收信人那里贬低信的价值。若是采取折衷的态度，就是说正确评价这两封信，这也是不可能的，因为它们自身在不断变换着价值，它们引起的思考是无止境的，人们在看信时会想到什么，这只是偶然的，因此对信的看法也纯属偶然。如果这中间再掺杂着对你的害怕，那么一切就都乱了套；你可不要把我的话看得太认真。比如说吧，曾经发生过这样的事：有一次巴纳巴斯回到家里，对我说，你对他的工作很不满意，这下他可吓坏了，虽然他有当信使的敏感性，但是很可惜他贸然提出辞职，为了弥补这个过错。我当然就弄虚作假，说谎，欺骗，只要对我们有好处，我什么坏事都干。不过，这样做是为了我们好，也为了你好，至少我是这么想的。"

有人在敲门。奥尔珈跑去把门开了。从遮光灯里透出的一道光，照进黑洞洞的房间里。

这位深夜的来访者低声提了些问题，并得到了奥尔珈的低声回答，但他对此并不满足，想要闯进屋里来。奥尔珈阻挡不住了，因此喊阿玛莉娅过来，她显然希望阿玛莉娅采用一切手段，把这位不速之客赶跑，好让父母亲安安稳稳地睡觉。阿玛莉娅果真赶了过来，她把奥尔珈推到一边，走到大街上，在身后关上门。过了一会儿，她又回来了。奥尔珈办不到的事，阿玛莉娅转瞬间就办妥了。

随后，奥尔珈对 K 说，这位不速之客是冲着他来的；来访者是 K 的一个助手，是弗丽达吩咐他来找 K 的。奥尔珈不想让这个助手看到 K，要是 K 日后想要向弗丽达承认来这儿串门的事，他尽管可以去说，但是绝对不能叫助手发现他在这儿。对奥尔珈的想法，K 表示赞同。可是，奥尔珈还要请他在这儿过夜，等巴纳巴斯回来，K 拒绝了她的建议；就他本人来说，他也许可以接受她的邀请，因为这时已是深夜，而且他似乎觉得，现在不管他乐意不乐意，他已经和这个家庭密切联系在一起了，出于其他原因，考虑到与这家人的关系，在这儿过夜，也许令人感到十分难堪，但同样考虑到和这家人的关系，对他来说，在这儿过夜毕竟是村子里最合适的地方，尽管如此，他还是拒绝了。助手来找他，这使他吓了一大跳，他不明白，深知他意图的弗丽达和已经对他感到害怕的两个助手怎么会串通一气的，弗丽达竟敢派助手来找他，而且只派一个，而让另一个守在她身边。他问奥尔珈有没有鞭子，她说没有，但她有一根很好的藤条。他拿起藤条，然后又问屋子还有没有别的门。奥尔珈说,穿过院子还有一扇门,从这扇门也能出去,不过得翻过邻居家花园的篱笆,然后穿过花园,才能到大街上。K 愿意走这条路。奥尔珈领着他穿过院子,来到篱笆前,这时 K 发现奥尔珈忧心忡忡的样子,于是马上安慰她几句,并对她说,他一点儿也不因她讲的这些小花招而生她的气,他很理解她,而且感谢她对他的信赖,感谢她说了好多推心置腹的话,同时嘱咐她,等巴纳巴斯回来后,叫他马上到学校去,即使是深夜也要去。若是巴纳巴斯带回的消息并不是他的唯一希望之所在,那就有点儿糟糕;尽管如此,他也决不想放弃他带回的消息,他要牢牢把握这些消息,同时他也决不会忘记奥尔珈;因为在他看来,奥尔珈本人,她的勇敢,她的谨慎,她的智慧和她对家庭的牺牲精神更为重要。若是他必须在奥尔珈和阿玛莉娅之间做出选择的话,那他无需多考虑就能做出选择。他快要跳上邻居家花园的篱笆时,还亲热地握了握她的手。

第十六章

他来到大街上，又回过头去，在阴沉的夜色里看见那个助手还在巴纳巴斯家门前徘徊。他有时停下脚步，举高手中的遮光灯，试图透过拉上窗帘的窗户朝房间里看个究竟。K朝他喊了一声；他并没有因此而吓一跳，只是不再窥探房间里的动静了，朝K走过来。"你在找谁?"K问，同时在自己的大腿上试了一下那根藤条的韧性。"找你。"助手边走边说。"你究竟是谁?"K突然问道，因为这个人看上去不像助手。他显得苍老了一些，疲惫了一些，脸上皱纹多了一些，但脸庞却更为丰满。他的步履也不一样，助手走起路来很轻快，步伐矫健，关节像是通了电似的，而这个人走路却慢吞吞的，有点儿跛，而且一副病态的样子。"你认不出我了?"那个人问。"我是耶雷米阿斯，你的老助手。"——"噢，"K边说边把藏在身后的那根藤条又往外抽出来一点，"你的样子全变了。"——"这是因为我孤零零一个人的缘故，"耶雷米阿斯说，"每当我一个人的时候，欢乐的青春也就消失了。"——"阿尔图尔在哪儿呢?"K问。"阿尔图尔?"耶雷米阿斯反问道，"那个小宝贝? 他不干这个差事了。你对我们有点儿太粗暴，太严厉。他这个温柔的人忍受不了你对我们的态度。他回城堡去了，他要告你的状。"——"那你呢?"K问。"我可以留下来，"耶雷米阿斯说，"阿尔图尔也代表我告你的状。"——"你们究竟告我什么呢?"K问。"告你，"耶雷米阿斯说，"告你不懂得开玩笑。我们到底做了些什么? 我们只是开了点玩笑，嘻嘻哈哈笑了几声，稍微同你的未婚妻打趣打趣罢了。再说，其他的一切都是按照交给我们的任务做的。卡拉特派我们到你这儿时……"——"卡拉特?"K问。"是的，卡拉特，"耶

231

雷米阿斯说,"当时,他恰好代理克拉姆处理事务。他派我们到你这里时,他说了话,我仔细听了他说的话,因为我们接着就得照他的吩咐行动。他说:'你们去做土地测量员的助手。'我们说:'可我们对土地测量一窍不通呀。'他随即说:'这不是最要紧的;若是需要的话,他会教你们怎样进行测量。最重要的是,你们要设法让他高兴一点。别人向我报告说,他对什么都太认真了。现在他来到村子里,立刻觉得这是件了不起的大事,实际上这根本算不了什么。你们要让他明白这一点。'"——"那么说,"K 问道,"卡拉特说对了?你们干了自己的工作没有呢?"——"这我不知道,"耶雷米阿斯说,"在很短的时间里,这也不可能做到。我只知道,你待我们很粗暴,我们就是为了这一点告你状的。我不懂,你也只是个雇员,而且还称不上是城堡的雇员,你怎么就看不出这样一种差事是很艰苦的,像你所做的这样,肆意地,几乎是幼稚地给工人加重负担,这实在是不应该的。你这是多么肆无忌惮啊,你竟然让我们在栏杆上挨冻,或者说吧,阿尔图尔这个人挨句骂就会一连几天觉得痛苦不堪,可是你一拳几乎把他砸死在草垫上;再说对我吧,你下午追得我在雪地里到处乱跑,事后我用一个小时才恢复过来。说起来,我的年纪也不轻了!"——"亲爱的耶雷米阿斯,"K 说,"这一切你说得都对,只是你应该去说给卡拉特听,应去抱怨他。他自作主张把你们派来了,我也没有请求他派你们来。既然我没有要求派你们来,那我就可以再把你们送回去,我也愿意和和平平地解决这事,而不想用暴力把你们赶走,可是不用暴力你们又不肯走。还有,你们刚来到我这儿的时候,你为什么不立刻就像现在这样坦率地告诉我呢?"——"因为我有公务在身呀,"耶雷米阿斯说,"这是很自然的。"——"你现在就没有公务在身了?"K 问。"现在没有了,"耶雷米阿斯说,"阿尔图尔在城堡里已经提出辞职了,或者说,至少是现在已在办理让我们最终摆脱这个差事的手续了。"——"可是你还在找我呀,好像你仍然在当差。"K 说。"不,"耶雷米阿斯说,"我找你,只是为了安慰弗丽达。你为了巴纳巴斯家的姑娘们而抛开她的时候,她伤心透了,她伤心不是因为失去了你,而是因为你忘恩负义;当然,这事她早就看出来了,因此受了许多折磨,感到非常痛苦。我刚刚又到学校去了,到窗口那儿朝里望了望,为的是看看你是不是变得理智一些了。可是你不在那里,只有弗丽达一个人坐在板凳上哭。于是,我就走到她身边,我们已经把一切事情都商量好了。我在贵宾旅馆当了客房的招待员,只要城堡的事还没有了结,我就一直在那里干下去。弗丽达又回到了酒吧间,这样对弗丽达来说更好。她想要嫁给你,在这件事上她实在缺乏理智。她为你做出牺牲,你也不懂得珍惜。可是,善良的人干起事来有时也会犹豫不决,她在这样做时也在想,是不是错怪了你,也许你不在巴纳巴斯家的姑娘们那儿。当然,根本不需要怀疑你在那里,尽管如此,我还是跑来了,要一下子把事情弄个水落石出;因为弗丽达烦恼了一阵子,气也生得够多了,现在总该让她安安稳稳地睡一觉呀,当然我也该好好休息一下啦。就这样,我到这儿来了,我不仅找到了你,而且顺便还看见两个姑娘和你形影不离呢。尤其是那个黑姑娘,真是一只野猫,她还在拼命护着你。好了,青菜萝卜各有所爱嘛。但不管怎么说,你没有必要绕个大弯子,从邻居的花园里出来,我熟悉那条路。"

现在,可以预见到而没有能够阻止住的事情终于发生了。弗丽达离开了他,这不一定就是最后结局,也许还有挽回的余地,事情没有到这么严重的地步;弗丽达还能被争取过来,她很容易受别人的影响,甚至两个认为她的地位和他们的地位一样的助手也很容易影响她,现在他们辞职了,这也促使弗丽达做出离开他的决定,但只要 K 走到她面前,让她想起过去对他说的话,她就会感到后悔,就会重新成为他的人,要是他能用两个姑娘获得的成功来说明他到两个姑娘家串门的缘由,那他就更能赢得她的心。K 这样考虑来考虑去,试图宽慰自己,不要为弗丽达担心,但不管他怎么考虑,他都安不下心来。刚才他还在奥尔珈面前称赞弗丽达,称她是自己的唯一支柱;现在,这个支柱不坚实了,无需强有力的权势人物进行干预,就能把弗丽达从 K 身边抢走,单是这个叫人厌恶的助手——这个有时给人的印象似乎就不是个活人的无赖——就能轻而易举地夺走她。

耶雷米阿斯开始走了,K 这时又把他喊回来。"耶雷米阿斯,"他说,"我想十分坦率地对你说几句话,也希望你老老实实地回答我一个问题。我们不再是主仆关系了,对此,不仅你感到高兴,我也感到高兴,因此我们没有理由再彼此欺骗对方了。在这儿,我当着你的面,把这根藤条折断。它是准备用来对付你的,不是我害怕你才走花园这条路的,而是我要叫你吓一跳,给你来个措手不及,用它在你身上狠狠地抽几下。好了,你不要生我的气了,一切都过去了;过去如果你不是官方强加给我的仆人,而只是个熟人,那我们肯定是能够很好相处的，即便你的模样有时叫我感到有些讨厌。现在，我们还能把我们以往所损失的东西再补回来。"——"你是这样想的吗？"助手说，同时打着哈欠，把疲惫的眼睛闭起来，"我本可以把事情详详细细地讲给你听，但我没有时间，我必须赶快回到弗丽达的身边，这个小宝贝在等着我呢。她还没有开始工作，在我再三请求下，老板给了她一点休息时间——她本人想马上投入工作，也许是为了忘记过去——这点儿时间我们至少可以一起度过。至于你的建议，我当然没有理由欺骗你，但是我也没有必要把什么事情都透露给你。我的情况和你的情况当然是截然不同的。只要我同你是主仆关系，对我来说，你自然就是个极其重要的人物，这倒不是因为你有什么长处，而是因为职务关系；我可以为你做任何你要求做的事情，但现在我觉得你对我无足轻重了。你折断藤条，这也感动不了我，这只能使我回想起我有过一个多么粗暴的主人，让我对你产生好感是不可能的。"——"你竟然这样同我说话，"K说，"好像你很有把握，你再也不会怕我了。但根本不是这么回事。你大概还没有摆脱我，还在给我当差，在这儿事情解决得不会这么快。"——"有时候解决得还会更快呢。"耶雷米阿斯插嘴说。"那是有时候，"K说，"但这说明不了这一次就是这样，至少是你手里没有书面材料，我手里也没有。办理手续才刚刚开始，而且我还根本没有运用我的关系来过问这件事，但我是会采取措施进行干涉的。若是事情的结果对你不利，那你就是事先没有做好工作，来博得主人对你的好感，甚至把藤条折断也许还是多余的。虽然弗丽达被你拐走了，你对此得意忘形，但是即便你对我不再怀有敬意，可我对你还是尊敬的，凭借这一点，我只要对弗丽达说几句话，我可以肯定，就足能戳穿你用来欺骗她的谎言。你只有用谎言才能离间我和弗丽达的关系。"——"你的这些威胁吓不倒我，"耶雷米阿斯说，"你根本不想让我做你的助手，你害怕我这个助手，你压根儿就害怕助手，你只是出于害怕才打了善良的阿尔图尔一顿。"——"也许是吧，"K说，"难道因此就不疼了？也许我还能常常用这种方式来表示我对你的恐惧呢。如果我看出你不怎么喜欢助手工作，那我就偏偏迫使你干，借此我就能超脱恐惧，获得最大的乐趣。这次我特意不留阿尔图尔，只留下你一个人，这样我就可以更多地对你留神了。"——"你是不是以为，"耶雷米阿斯说，"我对你这一套会感到有点害怕？"——"我觉得，"K说，"你肯定有点害怕，要是你聪明,你是非常害怕的。不然的话,为什么你没有到弗丽达那儿去呢?告诉我,你究竟爱她吗?"——"爱她?"耶雷米阿斯说,"她是个十分聪明的好姑娘,是克拉姆以前的情妇,因此不论怎么说,她都是值得尊敬的。若是她一个劲儿地请求我,把她从你手中解救出来,为什么我就不能帮她这个忙呢?尤其是我这样做也不会给你造成痛苦,你在巴纳巴斯家的那两个该死的姐儿那儿已经得到了安慰。"——"现在,我看出来了,你很害怕,这是一种可怜巴巴的害怕,你想方设法用谎话蒙骗我。弗丽达只要请求一点就行了:请求我把她从两个变得像野狗似的淫荡的助手身边解救出来;很可惜,我过去没有时间完全实现她的请求,我把事情给耽搁了,现在后果显出来了。"

"土地测量员先生,土地测量员先生!"有人在街上喊道。这是巴纳巴斯。他上气不接下气地跑来,但并没有忘记向 K 鞠躬致敬。"我办到了,"他说。"办到了什么?" K 问,"你把我的请求递给克拉姆了?"——"这没办到,"巴纳巴斯说,"我尽了一切努力,但这是不可能的,我挤到了前面,在那里站了整整一天,但没人理睬我。我站在紧靠书桌的地方,甚至有个文书曾把我推开,因为我挡住了他的光线;要是克拉姆一抬头,我就举手报告,这样做是禁止的;我在办公室里待的时间最长,后来只有我一个人和侍从们在那儿了,我很高兴看见克拉姆又回来一次,但他不是为我回来的,他只是匆匆地在一本书里查了点什么,就立刻走开了;我一直站在那儿动也不动,后来一个侍从几乎要用扫帚把我扫出门外了。我把这一切都告诉你,是为了让你不要再对我的工作感到不满意。"——"你辛辛苦苦却没一点收获," K 说,"巴纳巴斯,你这样辛辛苦苦对我有什么用呢?"——"可是我也有成绩呀,"巴纳巴斯说,"当我从我的办公室——我称那个办公室是我的办公室——走出来的时候,看见一位老爷慢吞吞地从很深的走廊里走过来。走廊里已经空荡荡的,因为时间已经很晚了。我决定等他;这是再在那儿待下去的一个大好机会,我真想一直在那里待下去,免得给你带回不好的消息。不过,等这位老爷也值得,他就是艾朗格。你不认识他?他是克拉姆的秘书之一。他身体虚弱,个儿矮小,走起路来有点儿跛。他立刻认出了我,他记性很好,会认人,这方面是出了名的。他只要眉头一皱,就足能认出任何一个人,他往往还能认出他从未见过而只是听说过的人,或是在文件上读到过的人。比如说我吧，他可能从来就没见过我。不过，即便是他能立刻认出每一个人来，他总是先问一声，仿佛他没有把握似的。'你不是巴纳巴斯吗?'他对我说。接着他问道:'你认识土地测量员，对吗?'然后他又说:'太凑巧啦;我现在去贵宾旅馆。告诉土地测量员，叫他到那儿找我。我住十五号房间。不过，现在他得马上去。在那里，只有几个人和我谈话，明天清早五点钟我就要回城堡了。你告诉他，这次同他谈话，我是非常重视的。'"

耶雷米阿斯突然撒腿就跑。巴纳巴斯由于情绪激动，一直没有注意到他也在场。这时，他问道:"他究竟想干什么?"——"他想赶在我前面去见艾朗格。"K说着，随即去追耶雷米阿斯，追上他后，一把抓住他的臂膀说，"你是不是突然想弗丽达了? 我也很想她，那咱们一起去吧。"

第十七章

在黑乎乎的贵宾旅馆前站着一小群人，其中两三个人还提着灯笼，因此可以看清有些人的面孔。K 只发现一个熟人，那就是马车夫盖尔施泰克。盖尔施泰克同他打招呼，问道："你还一直待在村子里?"——"对，"K 说，"我来这儿是要永远待下去的。"——"这不关我的事。"盖尔施泰克说，他剧烈地咳嗽一阵之后，又转过身跟别人说话了。

原来这些人都在等艾朗格。艾朗格已经到了，但他在接待这些申诉人之前还要先和莫穆斯磋商一下。大家普遍抱怨说，不让他们到屋子里等候，他们只好站在外面雪地里。天气虽说不冷，但是让他们这些申诉人深夜里站在旅馆门口的雪地里等候，一等也许就是几小时，这样做实在太不像话了。这当然不是艾朗格的过错，他还是很随和的。这件事他根本就不知道，若是有人报告给他，他肯定会非常生气的。这是旅馆老板娘的过错，她追求旅馆的整洁风雅到了病态的程度，她无法忍受一大帮子申诉人一下子挤进贵宾旅馆。"如果必须这样做，如果他们非要进来不可的话，"她常常这么说，"那么，愿上帝保佑，只能一个接一个地进来。"她还规定，申诉人先在走廊里等候，接着在楼梯上等候，然后在前厅里，最后才能进酒吧间等候，末了就被赶到街上去。即使这样做，她还是不满意。就像她所说的，她无法忍受总是"被包围"在自己的房子里。她不明白，为什么总是有这么多的申诉人来来往往。"为的是把旅店门口的台阶踩脏。"有一次一个官员回答她的问题时曾这么说道，显然他是生气了；但老板娘觉得这句话说得非常明白透彻，于是她动不动就引用这句话。她竭力主张在贵宾旅馆对面建造一座楼房,凡是来申诉的人都在那幢房子里等候,她的这一主张非常投申诉人的心意。若是同申诉人的谈话,还有对他们的询查,都在贵宾旅馆外面进行,那她觉得是最好不过了。但是,官员们反对这样做,若是官员们严肃地反对,老板娘当然也就没有办法了,尽管她在次要事情上,凭着胡搅蛮缠,同时凭着女人的温柔,还能颐指气使,发号施令。但是在谈话和询查方面,她这个老板娘也只得继续忍受下去,因为从城堡来的老爷们到村子里办理公务,一住进贵宾旅馆,就不肯再离开。他们总是来去匆匆,他们实在不愿意到村里来,除非迫不得已,他们丝毫没有兴趣在村里多逗留,因此他们不愿意只是为了贵宾旅馆的清静,临时带上他们的所有的文件,穿过马路,到另一座房子里去,白白地浪费时间。官员们最喜欢在酒吧间,或是在他们的房间里办公,若是有可能,在进餐的时候,或是睡觉前在床上办公,或者在早上他们疲倦得起不了床还想再躺一会儿时,在床上处理公务。在外面建造一幢候见楼,这看起来似乎是个很好的解决办法,其实对老板娘却是个沉重的打击——对专造一幢候见楼,大家未免觉得有点好笑——因为有了候见楼,就会招来无数次的接见,这样一来,贵宾旅馆的走廊里大家熙来攘往,永远不会有空的时候了。

等候的人低声议论着诸如此类的问题。K 注意到,大家虽然都表示不满,但没有一个人敢出来对艾朗格深夜接见申诉人表示反对。K 问他们为什么不反对,得到的回答却是,他们还为此感激艾朗格呢,因为他纯粹是出于好意和对工作的责任感才到村里来的;若是他愿意的话,他可以派某个下级秘书来,让这个下级秘书写个汇报给他就行了,而且这样做,也许更加符合办公制度。但他多半拒绝这样做,他要亲自下来看一看,听一听,可是为此他就得牺牲他晚上的时间,因为在他的办公计划中没有安排来村里的时间。K 不同意这种说法,他说,克拉姆也是在白天到村里来的,而且在村里一待就是几天;艾朗格只不过是个秘书,难道上面城堡里就少不了他吗?听了 K 的这番话,有几个人善意地笑了;其他的人则是感到非常惊愕,都默不作声,因此一声不吭的人占了上风,几乎没人回答 K 提出的问题。只有一个人犹犹豫豫地说,当然少不了克拉姆啰,无论是在城堡里,还是在村子里,都少不了他。

这时旅馆的大门开了,莫穆斯在两位手提着灯笼的侍从中间出现了。

"先进去见秘书艾朗格先生的人,"他说,"是盖尔施泰克和K。这两个人到了吗?"他们两个应声说"到了",但他们还没有进去,耶雷米阿斯便抢先一步,说了声"我是这儿客房部的招待员",就溜进了旅店,莫穆斯还笑嘻嘻地拍了一下他的肩膀,同他打招呼呢。我得更加提防耶雷米阿斯,K暗自说道,同时清楚地意识到,耶雷米阿斯可能比到城堡里告他的阿尔图尔更危险。他觉得,更聪明的办法也许是让他们继续当助手,继续受他们的折磨,这总比让他们自由自在、无拘无束、到处游荡、乱搞阴谋诡计要好,这两个家伙耍起阴谋诡计来,倒是有一种特殊的天赋呢。

当K从莫穆斯身旁走过时,莫穆斯做出一副好像现在才认出他是土地测量员的样子。"噢,土地测量员先生,"他说,"如此不喜欢让人审查的人,现在却抢着去接受审查。要是当时让我审查了,那就省事得多了。当然,要挑选恰当的人来审查自己是很难的。"K听了这番话后,想停住脚步,但莫穆斯说:"您走吧,您走吧!当时我还需要您的回答,现在不需要了。"莫穆斯的态度激怒了K,所以K说道:"你们只是想着你们自己。单纯是为了例行公事,我才不回答的,当时不,今天也不。"莫穆斯说:"那要我们想着谁呢?在这儿到底还有谁呢?您走吧!"在前厅里,一位侍从接待了他们,领着他们走上那条K早已熟悉的路,穿过院子,然后走过一扇门,走进低矮的、略微有点儿向下倾斜的过道。上面的几层楼显然只住高级官员,而秘书们住在过道两边的房间里,艾朗格也住在这儿,尽管他是最高级的秘书之一。那个侍从吹灭了灯,因为这儿电灯照得通明。在这里,一切都显得那么小巧玲珑。空间都尽可能地利用起来。过道勉强能够叫人挺直身子走路。过道两旁,一扇门几乎紧靠着一扇门。墙壁没有砌到天花板,这可能是考虑到通风问题,因为在这深深的、地窖似的过道里,一个个的小房间没有窗户。这种没有砌到顶的墙壁有个缺点,那就是过道里的嘈杂声必然会传到房间里,使得房间里也不安静。许多房间似乎都住了人,大多数房间里的人还没睡,可以听到他们说话的声音、锤子敲击的声音,还有碰杯的声音。可是,这一切并不能给人以特别欢乐的印象。说话的声音都压得很低,几乎一句话也叫人听不清楚,似乎也不像是在谈话,也许只是某个人在口授什么,或是在读些什么,偏偏在那些传出盘碟丁当声的房间里却听不到一句话,而锤击声又让K回想起,有人在什么地方对他讲过,有些官员为了从连续不断的紧张的脑力劳动中恢复过来,消除疲劳,偶尔也会做些木工、精密机械一类的活。过道里空荡荡的,没有一个人影,只是在一扇门前坐着一位面容苍白、身材瘦削的高个儿老爷,他身穿裘皮大衣,露出里面的一点睡衣;显然是他觉得房间里太闷,因此坐到外面透透气。他在看报,但心思并不集中,常常放开报纸打哈欠,还向前俯着身子,顺过道望去;也许他在等一个耽误了约见的申诉人。当 K 和盖尔施泰克从他身边走过时,侍从指着那位老爷对盖尔施泰克说:"这是平茨高尔!"盖尔施泰克点点头。"他已经好长时间没有到村里来了。"他说。"已经很久没来了。"侍从证实了盖尔施泰克的话。

　　最后,他们来到一个房间的门前,这扇门和其他的门没什么两样,侍从说,这个房间里住的是艾朗格。侍从让 K 把他举到肩膀上,他从上面的门缝里张望房间里的动静。"他躺着,"侍从从 K 的肩膀上下来时说,"他躺在床上,不过还穿着衣服,我想他刚刚睡着。到了村里,因为生活方式发生了变化,他有时候会感到疲惫不堪。我们只好等下去。要是他醒了,他就会摇铃。当然,这样的情况也有过,那就是,他在村里逗留期间,一直在睡觉,醒过来之后,他又得立刻返回城堡。反正他在这儿村里的工作,完全是他自愿干的。"——"宁愿他一直睡到最后,"盖尔施泰克说,"因为,如果他醒了,只剩一点儿工作时间,那他就会对自己睡过了头而气恼,他就会急急忙忙地处理各种事务,我们也就无法把心里的话充分表达出来。"——"您是为建造房子所需材料的承运任务而来的吧?"侍从问。盖尔施泰克点点头,并把侍从拉到一旁,小声地对他说着什么;但侍从根本没有听他说,目光越过高出他一头的盖尔施泰克,望着别的什么地方,同时一本正经地慢慢理着自己的头发。

　　K 漫无目的地东张西望着,这时在远处过道的一个拐角的地方看见了弗丽达;弗丽达装做好像没有认出 K 的样子,只是呆呆地盯着他,手里托着一只放有空杯碟的盘子。K 在对侍从说什么话,但侍从根本就不理睬他;K 对侍从说得越多,侍从就越是显出心不在焉的样子。K 说他马上就会回来,说着便朝弗丽达那里跑去。到了她跟前,他一把抓住她的肩膀,好像他又从她那儿夺得了自己的财产似的;他向她提出一些无关紧要的问题,同时一个劲儿地打量着她的眼睛。但是,她那僵硬的态度几乎没有软下来,她心不在焉地把盘子上的杯碟重新摆了摆,说道:"你究竟要从我这儿得到什么呢?你到那两个人身边去吧,你知道她们叫什么名字。你刚从她们那儿来,我从你脸上看得出来。"K 赶紧转开话题;绝对不能如此唐突地进行辩解,不能在最坏的情况下,开始谈这个对他最不利的棘手问题。"我以为你在酒吧间呢。"K 说。弗丽达惊讶地望着他,并用空着的一只手轻轻地抚摸他的额头和面颊,好像她忘记了他的长相,现在想这样再回忆起来似的,她的眼睛也露出在尽力回忆的迷惘的神情。"我又重新回酒吧间工作了。"她随后慢吞吞地说,好像她说的话无关紧要似的,但这表明她还有话想同 K 说,而要谈的话才是重要的。"这个工作不适合我,而其他人,无论谁,都能做;任何一个姑娘,只要能理床叠被,会摆出一副热情的笑脸,对客人动手动脚不介意,甚至还会挑逗客人,都能做客房侍女。但在酒吧间工作,情况就不同了。我马上又被安排在酒吧间了,尽管当时我离开时并不特别光彩;当然有人为我说了情。不过,老板对有人帮我说情倒是感到非常高兴,他觉得这样再接受我,就很容易办得到了。他甚至还催我赶快接受这个岗位呢;你要是想到,酒吧间会让我回想起什么,你就会明白的。末了我接受了这个岗位。在这儿我只是帮帮忙。佩琵恳求我们不要立刻辞退她,免得她感到丢脸,因为她确实很勤快,不管做什么事,她都做得好好的,所以我们就给了她二十四小时的期限。"——"这一切都安排得很好,"K说,"问题只是,你为我离开了酒吧间,现在我们的婚礼快要举行了,你又回酒吧间?"——"不会举行婚礼的。"弗丽达说。"因为我对你不忠?"K问道;弗丽达点点头。"噢,你看,弗丽达,"K说,"我们已经有好多次谈起这种所谓不忠的问题了,每次到最后你总是不得不承认,你的怀疑是没有道理的。自那以来,我这方面丝毫没有什么改变,我所做的一切都是清清白白的,以往是这样,以后也不会改变。因此,肯定是你那方面变了,由于别人的挑唆,或是别的什么,你变了。不管怎么说,是你错怪了我;你看,我和那两个姑娘的关系到底怎样呢? 其中一个,那个皮肤稍黑的——我不得不这样详细地为自己辩解,我真感到羞耻,不过,是你逼我这样做的——那个皮肤稍黑的姑娘,使你感到厌烦,可能使我更感到厌烦;只要我能够同她保持距离,我就离她远远的,而她也不在意,没有人能比她更稳重了。"——"是啊。"弗丽达喊道,她的这句话像是违心地从嘴里滑出来的。K看到她分散了注意力感到很高兴,然而她却统统倒了出来:"你也许认为她很稳重,你把这个天下最不要脸的人看成是最稳重的人,真是叫人难以置信,你这是在说心里话,你没有装腔作势,这我知道。桥头客店的老板娘是这样说你的:'他实在让人忍受不了,但我也不能抛弃他不管,看到一个路还走不好却敢跑得很远的孩子,我们不能听之任之;我们是会插手管一管的。'——"你这次就接受她的教诲吧,"K微笑着说,"不过那个姑娘,她稳重也好,不要脸也好,我们把她撇到一边吧,我可不想听人说起她。"——"可是,你为什么说她稳重呢?"弗丽达丝毫不让步地问道。K觉得她对这件事关心是对他有利的迹象。"这是你证实过的呢,还是你想以此贬低其他人呢?"——"都不是,"K说,"我这样说她,是出于感激,因为我不理睬她,她也不在乎。若是她经常和我打招呼,我也不想去她那儿,不过这对我却是一大损失,因为你知道,为了我们共同的未来,我不得不去。因此,我也不得不同另外一个姑娘说话,我敬重她,因为她很能干,很谨慎,而且无私。关于她,谁也不会说她是在勾引人。"——"跟班们可不这么看。"弗丽达说。"无论在这件事情上,还是在别的事情上,他们总是和我的看法不一致,"K说,"你想根据跟班们的闲言碎语来推断我对你不忠吗?"弗丽达默不作声,任凭K把盘子从她手里接过去,放在地上,然后他挽起她的手臂,开始在狭窄的过道里同她慢慢地走来走去。"你不懂什么是不忠,"弗丽达说,她不让他特别贴近自己,"不管你对那两个姑娘抱什么态度,这都是无关紧要的;你去她们家,衣服上沾满了她们房间的气味,带回家来,这对我来说就已经是个无法忍受的奇耻大辱了。你不吭一声就从学校里跑掉了,而且在她们那儿一待就是半夜。我派人去找你,你却让两个姑娘说你不在,她们矢口否认你在那里,特别是那个稳重透顶的姑娘一口否认了。而你,却从一条秘密的小道偷偷地溜出屋子,你也许是为了维护姑娘们的名声,维护那两个姑娘的名声吧!算了,咱们不谈这个了!"——"不谈这个了,"K说,"谈些别的吧,弗丽达。对这件事也没什么可谈的了。我为什么去她们那儿,这你知道。我心里也很不好受,但我克制住了自己。事情够难办的了,你不应该给我再增添麻烦。今天我本想只去一会儿,问问巴纳巴斯回家了没有,他早该把一个重要消息带给我了。他还没有回家,但她们对我保证说,可以肯定,他马上就会回来,这也是可以相信的。我可不想叫他到学校里来找我,我不想由于他的到来而使你感到厌烦。几个小时过去了,很遗憾,他没有回来。可是另外一个人,一个我最厌恶的人来了。我不乐意让他打听我在那儿,从此监视我,因此我从邻居的花园里出来了,但我也不想在这个人面前躲躲闪闪的,所以在大街上坦然地朝他走去,我承认,我手里还拿着一根十分柔韧的藤条。这就是事情的来龙去脉,别的再也没什么可说的了;不过,也许其他一些事情还可以谈一谈。两个助手表现怎样呢?一提到他们,我就感到厌恶,就像一提到巴纳巴斯一家人,你就感到厌恶一样。你把你和他们的关系同我和那一家人的关系比较一下吧。你对那一家人感到厌恶,这我理解,我也同样感到厌恶。只是为了解决问题,我才去她们那儿的。有时我几乎觉得,我是在无情地利用这一家人,我的这种做法太不正当了。你和两个助手却相反!你从来没有否认过他们在跟踪你,你也承认,他们迷住了你。我没有因此而生你的气,我看出,这里有几股势力在较量,你可不是他们的对手,我感到高兴的是,你至少在自卫,我也在帮助你维护自己,只是我疏忽了几个小时,因为我相信你忠贞不渝,而且房门紧紧锁上了,两个助手也被我赶跑了——我怕我一直还在低估他们——希望不会再出什么问题。只是因为我疏忽了几个小时,那个耶雷米阿斯,细看起来,他身体非常虚弱,面容有点苍老,他胆大妄为,竟敢来到你的窗前,这样一来,我就失去了你,弗丽达,刚见面就听到你说'不会举行婚礼'这样的话。其实,恰恰是我可以责怪别人,但我没有责怪,我还一直没有责怪别人。"说到这里,K 感到高兴,他似乎觉得,他又使弗丽达分散了一点儿注意力,于是他请求她给他弄点吃的,因为自中午到现在,他还没吃一点儿东西呢。他的请求显然也使弗丽达的心情变得轻松起来,她忙跑去给他拿吃的;K 以为,厨房在过道的那头,但弗丽达没朝过道那头跑去,而是往一旁朝下走了几个台阶。不一会儿,她便拿来一盘切好的肉和一瓶酒,不过看来这只是别人吃剩下来的东西:吃剩的肉又被重新摆整齐,免得被看出来,甚至香肠皮还在盘子里没扔掉,那瓶酒也已喝掉了四分之三。但 K 对此没说什么,便津津有味地吃了起来。"你刚才到厨房里去了吗?"他问。"没有,到我的房间里去了,"她说,"我在这儿下面有个房间。"——"你真该带我一起去,"K 说,"我很想到下面你房间里去吃,那样还可以坐一坐。"——"我这就给你拿把椅子来。"弗丽达说着就要走开。"谢谢,"K 说,并一手拉住她,"我不去你房间,也不要椅子了。"弗丽达很不情愿地让他抓着手臂,深深地低下头,咬着嘴唇。"对了,他在下面我的房间里呢,"她说,"这你没有料到吧? 他这时正躺在我的床上;他在外面着凉了,冻得直打哆嗦,他到现在还没吃一点儿东西。说到底,一切都是你的错;要是你没有把两个助手赶跑,要是你不去追求那种人,那我们现在正和和睦睦地坐在学校里呢。是你破坏了我们的幸福。你想想看,若是耶雷米阿斯还在给我们当差,他敢引诱我吗? 你要是认为,他在给我们当差期间敢勾引我,那你就完全弄错了我们这儿的规矩。他过去想得到我,为此他曾煞费苦心,在暗地里窥视我,寻找着机会,但这只不过是个游戏而已,就像一只饿狗玩游戏似的,围着桌子跑来跑去,但始终不敢跳上来。我的情况也是如此。他对我有吸引力,那是因为他是我童年时代的游戏伙伴,我们曾一起在城堡山上玩耍,那是非常美好的日子。你还从来没有问起我过去的情况呢。不过,只要耶雷米阿斯还在给我们当差,他就会受到约束,而过去的一切都不会起决定性的影响,因为我知道,作为你的未婚妻,我应尽自己的职责。但后来你赶跑了助手,你还自鸣得意,说什么你这样做是为了我;现在看来,在某种意义上这也是对的。在阿尔图尔身上,你的目的达到了,当然也只是暂时的,他很脆弱,他没有耶雷米阿斯那种决不畏难的激情。你在那天夜里一拳几乎把他砸个粉碎,这一拳也是对我们的幸福的沉重打击;他逃往城堡去告你的状了,即使他不久还会回来,但不管怎么说,他现在是离开了。可是耶雷米阿斯留了下来。当差时,只要主人皱一皱眉头,他就怕得要死;但不当差了,他什么都不怕了。他来了,他要了我;而你抛弃了我,他,我的这位老朋友占有了我,我无法控制自己。我没有打开学校的门,他砸碎了窗户,把我拉了出来。我们逃到这儿,老板娘十分尊重他,说谁也不会像他这样深受顾客的欢迎,就这样,我们被录用了。现在他没有同我住在一起,不过我们有个共同的房间。"——"尽管如此,"K说,"我对辞退两个助手丝毫不感到后悔。若是情况如你所说的,那么,你的忠诚只是取决于助手是不是当差,那倒也好,一切就这么了结了。处在两头只有在鞭子下才肯就范的野兽中间的婚姻,那是没有多大幸福可言的。这样的话,我还要感激那一家人,他们无意之中促成了我们两个分手。"两个人默不作声了,又肩并肩地开始在过道里走来走去,谁也弄不清现在是谁先开始迈步的。弗丽达紧挨在他身边,似乎对他没有再挽起她的手臂感到生气。"这样,一切都解决了,"K继续说道,"我们可以相互道别了,你到你的先生耶雷米阿斯身边去,他可能是在校园里着了凉,要是这样,你让他单独一人待的时间也太久了;我呢,我一个人去学校,或者随便去某个肯接受我的地方,因为没有你,我在学校里也就没事可做了。如果说我现在还犹豫不决的话,那是因为我有充分的理由怀疑你对我说的一切。我对耶雷米阿斯的印象恰恰同你相反。只要他还在当差,他就会跟在你的屁股后面转,到处盯着你,我不相信他当差一事永远会约束他不对你突然发动袭击。但他认为,现在他已经辞去了职务,情况两样了。请你原谅,我要这样来解释这件事:从你不再是他的主人的未婚妻的时候起,你就不再像以往那样对他具有强烈的吸引力了。你也许是他小时候的朋友,但我觉得,他并不看重这份感情;他这个人,其实我只是今天晚上在简短的谈话后才真正看透的。我不知道,你为什么觉得他是个充满激情的人。我觉得,他考虑问题特别冷静。他从卡拉特那里接受了一项有关我的任务,这个任务也许对我不太有利。于是,他怀着一种当差的激情,全力以赴地执行任务,我承认,他的这种激情在这儿并不少见,但他这样做,其中也包括破坏我们的关系;他也许试过采用各种不同的方式,其中一种就是设法用他色迷迷的眼光来勾引你,另一种方式是获得老板娘的支持,胡乱编造我如何朝三暮四,他的阴谋得逞了,萦绕在他脑海里的对克拉姆的某种回忆也许帮了他的忙,他虽然失去了职务,但也许是在他不再需要这个职务时失去的,现在他在收获他苦心结出的果实了,把你从学校的窗口拉了出来,这样他就完成了自己的任务,于是他竭诚当差的激情没有了,他已经精疲力竭了,这时他倒宁可和阿尔图尔换个位置。阿尔图尔根本就没有告状,而是受到了赏识,接受了新的任务,不过总得有人留下来,注意事态的进一步发展。关心照顾你,这对他来说是个烦人的职责。对于你,他丝毫没有什么爱情可言,他曾公开对我承认,你作为克拉姆的情人,他当然尊敬你,而且在你的房间里营造一个巢,尝尝当个小克拉姆的滋味,他当然十分乐意,但仅此而已,现在你对他已经没有什么价值了,他把你安置在这儿,这对他来说只不过是完成他主要任务的一个补充罢了;为了叫你安心,他也待了下来,但毕竟只是暂时的,只要他还没有从城堡里得到新的消息,他对你的冷淡态度也就治不好。"——"你竟敢这样诽谤他!"弗丽达说,她的两个小拳头互相捶击着。"诽谤?"K说,"不,我不想诽谤他。但也许我冤枉了他,这当然也是可能的。关于他,我说的情况也不是都在表面,可以让人一目了然;这些情况也可做出其他解释。但是诽谤?诽谤只有一个目的,那就是反对你对他的爱。倘若需要,倘若诽谤是个合适的手段,我就会毫不犹豫地诽谤他。谁也不会因此谴责我,他有后台老板,在我面前处于优先地位,而我全靠自己,孤军作战,对他诽谤一下也未尝不可。诽谤也许是一种没有多大罪过的、说到底也是无能为力的防御手段,因此,收起你的小拳头吧!"这时候,K把弗丽达的手握到自己手里;弗丽达想把手缩回去,但她却露出微笑,没有用多少劲儿。"不过,我不必进行诽谤,"K说,"因为你不爱他,你只是以为自己爱他,要是我使你从错觉中解脱出来,你还得感激我呢。你看,若是有谁想把你从我手里夺走,不用暴力,而只靠周密的策划,那他必定是通过两个助手来达到自己的目的。表面上,这两个助手好像很善良、幼稚、快乐、无责任感,是从上面下来的、从城堡吹来的小伙子,还带着童年时代的回忆,这一切确实是妙不可言,挺可爱的,特别是我也许成了所有这一切的对立面,一个劲儿地跟在你无法理解的、令你生气的事情后面跑,这些事情把我带到了你所恨的一伙人当中,尽管我清白无辜,但有些事却推到了我头上。整个事情都是十分恶毒地,当然也很聪明地充分利用了我们关系中的缺点。任何一种关系都有其缺点,我们的也不例外。我们两个人分别从完全不同的世界走到了一起,自从我们相互认识以来,我们每个人的生活都走上一条全新的道路,我们觉得还不稳当,这种生活太新奇了。我不是在说我自己,我自己不这么重要,自从你第一次把目光投向我以来,我其实一直在得到你的赐予;习惯于这种赐予并不难。而你呢,别的且不说,你是被我从克拉姆那儿抢来的;我无法估量这件事有多大意义,但我渐渐地预感到其意义有多大,你飘飘然了,不知天高地厚了,即使我准备永远都接受你,我也不能一直守在你身边,即便我一直守在你身边,你有时又被梦幻的东西或是像老板娘那样活生生的东西所迷惑;总而言之,有时候你不理睬我,你渴望什么半明半暗、模糊不清的东西,可怜的孩子,在这样的时候,只要在你的目光所及之处有恰当的人出现,你就会迷上他,你就会沉迷于假象,成为假象的牺牲品,而这种假象都是些瞬息即逝的东西,是鬼魂,是陈旧的回忆,说到底是过去的生活,可以说是渐渐消逝的昔日的生活,可这些又是你今日的现实生活。这是个错误,弗丽达,不是别的,正是我们最终结合在一起之前的最后一个,确切地说,不足挂齿的困难。你快清醒过来,振作起来吧;你以为这两个助手是克拉姆派来的——其实根本不是这么回事,他们是卡拉特派来的——你被他们造成的假象给迷住了,以为在他们的肮脏下流的行径中找到了克拉姆的影子,就像一个人以为在粪堆上发现了过去丢失的一块宝石,而实际上那块宝石即使真的在粪堆上,他也根本不可能找到它,他们只不过是马厩里的仆役那一类的人,只是他们不像仆役那样健康,吹一点儿新鲜空气就会生病,躺倒在床上,当然他们会像仆役那样机灵,善于给自己挑选个像样的床铺。"弗丽达已经把头靠在 K 的肩上,两个人手臂挽着手臂,默默地走来走去。"要是我们,"弗丽达慢慢地、平静地、几乎非常愉快地说,好像她知道,静静地靠在 K 的肩上只是短暂的一会儿,她要尽情地享受这短暂的欢乐时间,"要是我们在那个夜晚立刻逃出去,我们就会在什么地方找到个安全的住处,我们就可以永远在一起,我就能握住你那一直在我身边的手;我多么需要你在我身旁啊;自从我认识你以来,要是你不在我身边,我就六神无主;请你相信我,你能在我身边,这是我唯一的梦想,我没有别的梦想。"这时,旁边过道里有人在喊叫,那是耶雷米阿斯,他站在那儿最下面的一级台阶上,只穿了件衬衫,但围着弗丽达的一件披肩。他站在那儿,头发蓬松,稀疏的胡子耷拉着,疲惫不堪的眼睛露出恳求而充满谴责的神情,凹陷的面颊涨得通红,但脸上的肌肉非常松弛,光着的双腿冻得发抖,围在身上的披肩上的长长的流苏也一起抖动着,他活像个从医院逃出来的病人。看到他这副样子,人们想到的不是别的,只是想着要赶紧再把他送回到床上。弗丽达也是这么想的,她从 K 身边跑开,立刻又回到下面耶雷米阿斯身边。她挨在他身边,格外关心地把披在他身上的披肩围围紧,急切地催他马上回房间去。这一切似乎给他增添了一点力气,他好像这会儿才认出 K 来。"噢,土地测量员先生,"他说,弗丽达不想让他再说下去,但他边安慰她,边抚摸她的面颊,"请您原谅,打搅您了。但我觉得不舒服,打搅一下总是可以原谅的吧。我想,我在发烧,我必须喝杯茶,喝了出出汗。校园里该死的篱笆,我永远也忘不了,当时我已经着凉了,刚才我还在夜里东跑西跑的。我为真正毫无价值的事牺牲了健康,可我却没有很快觉察到。而您,土地测量员先生,不必受我打搅,您到我们房间里来吧,看望看望生病的人,同时把还要说的话告诉弗丽达。两个人在一起相处惯了,若是分手,在最后时刻自然有很多话要说,这些话第三者是无法理解的,更何况他躺在床上,等着给他端茶来呢。您只管进来,我一定会安安静静的,绝对不打搅您。"——"够了,够了,"弗丽达边说边拉他的手臂,"他在发烧,他不知道自己在说些什么。但是你,K,不要跟进来,我请求你了。这是我的房间,也是耶雷米阿斯的房间,或者更确切地说,是我的房间,我禁止你跟进来。你在跟着我,噢,K,你为什么跟着我呢?我不会,永远也不会再回到你的身边,我一想起回到你身边,心里就不寒而栗。到你的两个小姐那儿去吧;别人对我说,她们仅仅穿着一件衬衫,在炉子前的板凳上一边一个坐在你身边,如果有人来叫你,她们就破口大骂。既然那儿在强烈地吸引着你,你在那里也许就像在自己家里一样,感到格外舒适自在。我曾经一再阻拦你去那里,但一点用也没有,不过我还是一直在阻止你,但这已经成了过去,现在你自由了。一种美好的生活已经摆在你眼前,为了其中的一个,你也许还得和侍从们争夺一番,至于第二个,你得到了,天底下任何人都不会嫉妒你。这是天赐良缘啊。你不要说什么否认的话,当然啰,你可以否认这一切，但到头来你什么也否认不了。想一想，耶雷米阿斯，他把一切都赖掉了！"他们两人点点头，彼此会心地微微一笑。"可是，"弗丽达继续说道，"就算他把什么都赖掉了，那他又得到了什么呢，又关我什么事呢？那里的两个妞儿怎么样，那完全是她们的事，是他的事，而不是我的事。我的事是照料你，一直把你照料到恢复健康，恢复到就像 K 为了我而折磨你之前那样健康。"——"那么，土地测量员先生，您确实不跟着来了？"耶雷米阿斯问，但弗丽达这时终于把他拉走了，她连头也没有再回过来看 K 一眼。K 看见下面有扇小门，那扇门比过道里的门还矮，在走进去的时候，不仅耶雷米阿斯，就连弗丽达也必须弯下身子。房间里看来既亮堂又暖和，K还可以稍微听得见里面的窃窃私语，显然是弗丽达在甜言蜜语地劝说耶雷米阿斯赶紧上床去，门随后关了起来。

这时候 K 才发现过道里已经安静下来，不仅是他和弗丽达待过的、看来是属于后勤的一部分过道静悄悄的，就连整个长长的过道，其两边房间里先前是非常热闹的，这时也静得听不到一点儿声音。这么说，那些老爷终于睡着了。K 也精疲力竭了，也许是由于疲惫不堪，所以没有像他本该做的那样同耶雷米阿斯斗一番。学耶雷米阿斯的样也许更聪明些，耶雷米阿斯显然对他的着凉夸大了——他那可怜相并不是因为着了凉，而是天生的，用保健茶不管用——完全学耶雷米阿斯的样，把自己确实疲惫不堪的样子表现出来，就在这儿躺倒在过道上，这也许是非常舒适的，睡上一会儿，说不定会得到别人的照料呢。只不过其结果并不会像耶雷米阿斯那样好，耶雷米阿斯在这场争取同情的斗争中，显然也在其他的斗争中，赢得了胜利，这也许是理所当然的。K 实在太疲倦了，以至于他想，自己能不能闯进一个房间里，在舒适的床上好好睡上一觉，因为在他看来有些房间肯定是空的。他认为，这样做是对他所蒙受的许多损失的一个补偿。他还准备喝上一杯睡觉酒，在弗丽达搁在地上的那只放杯碟的盘子里还有一小瓶朗姆酒，K 又回到原来的地方，把那一小瓶酒喝干了。

这时候，他至少觉得有了足够的精力，可以去见艾朗格了。他寻找艾朗格的房门，但是，因为看不见侍从和盖尔施泰克，而且所有的房门看上去都一样，所以他找来找去，找不到艾朗格的房门。不过，他觉得自己可以想起来，艾朗格的房门大概在过道的哪个地方，于是他决定推开一扇门，他想，这扇门里很可能就是他要找的那个房间。闯入房间看看也不会太危险,如果是艾朗格的房间,艾朗格会接待他的,如果是别人的房间,他也可以道个歉,再出来,如果房间里有客人睡着了,这种可能性最大,那他闯进去谁也不会发现;只是如果房间空着,那是最糟糕的,因为 K 无法抵制这种诱惑:躺倒在床上,好好睡一觉。他又顺着过道左右看了看,看看是不是有人过来,可以给他个指点,免得自己白白地去冒险,但长长的过道里静悄悄的,空无一人。随后,K 在一扇门口听听,里面也没有人。他敲敲门,敲得很轻,熟睡的人是不会因此被吵醒的,这时仍然没有任何动静,于是,他小心翼翼地推开门。但他走进去时,却听见轻轻的一声喊叫。

这是一间小小的客房,一张宽大的床占掉了大半个房间,床头柜上还亮着灯,灯旁边有只旅行手提包。在床上,有个人全身蒙在被窝里,不安地动了动身子,并透过被窝和床单之间的缝隙低声问道:"是谁呀?"这时候,K 无法脱身了,他打量着这张厚厚的但很可惜已经有人占了的床铺,心里很不满意,紧接着他想起人家的问话,于是通报了自己的姓名。这样做看来收到了良好的效果,床上那个人把被子从脸上略微掀开一点儿,但怯生生地准备着,万一外面情况不对头,就马上再把头蒙起来。但他随即毫无顾忌地掀开被子,坐起身子。不用说,此人当然不是艾朗格。这位老爷个头矮小,相貌不俗,只是他的脸有些不协调:从面颊看像个孩子,圆滚滚的,眼睛很快活,充满孩子气,但额头很高,鼻子尖尖的,窄窄的嘴巴,嘴唇几乎闭不拢,下巴几乎没有长出来,半点儿也不像个孩子,倒是显出善于思考的样子。看来他对此很得意,对自己也感到满意,这才使他保留了几分明显的、健康的稚气。"您认识弗里德里希吗?"他问。K 回答说不认识。"可是他认识您。"这位老爷笑嘻嘻地说。K 点点头;认识他的人有的是,这甚至成了他路途上的主要障碍之一。"我是他的秘书,"这位老爷说,"我叫毕格尔。"——"对不起,"K 说,同时伸手抓住门把手,"很遗憾,我把您的房门和另一扇门搞混了。我是应传唤来见艾朗格秘书的。"——"很遗憾,"毕格尔说,"我不是因您要见什么人而感到遗憾,我是为您找错了门而感到遗憾。我这个人一旦被吵醒,肯定就再也睡不着了。不过,您不要因此而过意不去,这只是我倒霉而已。为什么这儿的门都锁不起来呢?这当然有原因的。有句古老的谚语说,秘书的门永远是开着的。不过,对这句话也不必单从字面上去理解。"

毕格尔询问似的,但又很高兴地望着 K,同他所抱怨的恰恰相反,他似乎已经睡足了;毕格尔像 K 现在这么疲倦,大概还从来没有过。"您这个时候还想去哪儿呢?"毕格尔问,"现在是四点钟。不管您想去找谁,都会把人家吵醒,不是每个人都像我这样对别人的打搅满不在乎的,不是每个人都会像我这样宽宏大量,甘愿忍受您的打搅,秘书都有点儿神经质。因此,您在这儿待一会儿吧。在这里,人们五点钟起床,您最好五点后去见约您谈话的人。那么,请您放开门把手,随便坐在什么地方吧,这儿地方当然很狭窄,最好您坐在床沿上。我这里没有椅子,也没有桌子,您感到奇怪吗?噢,我是可以选房间的,要么住设备齐全但床铺狭窄的房间,要么住放着这种大床的房间,但房间里除了盥洗台什么设备也没有。我选择了这张大床,在卧室里床可是最主要的东西!噢,谁要是想伸展四肢美美地睡上一觉,那么,这种大床对一个好睡觉的人来说,确实是最为宝贵的。我这个人也是这样,我不睡觉就总是感到疲惫不堪,睡这种大床就觉得很舒适,我一天的大部分时间都是在床上度过的,我在床上处理各种信件,询问申诉的人。各种事情进行得都很顺利。申诉的人自然是没地方可坐的,但他们也不在意;对他们来说,他们站着,让记录员舒舒服服地坐着,要比他们坐着却让记录员对自己臭骂一通更为舒服。我只有床沿这个位子供您坐,但这不是正式的坐位,只是供夜里聊天时坐的。可您怎么不吭声,土地测量员先生?"——"我筋疲力尽了。"K 说着便应他的请求立刻冒冒失失、毫不客气地坐到了床上,背靠着床柱。"当然啰,"毕格尔笑道,"在这儿,每一个人都很疲劳。比如说吧,我昨天,还有今天所处理的事务,没有一件是小事。现在发生了这件意想不到的事,而且您在这儿,还要叫我再睡一会儿,这是根本做不到的,如果要叫我睡一觉的话,那就请您不要吭声,也不要开门。但您也用不着害怕,我肯定睡不着,要能睡着也只是几分钟的事。我的情况是这样的:也许是因为我已经养成了同申诉人打交道的习惯,所以要是有人在,我就最容易睡着。"——"您尽管睡吧,秘书先生,"K 对他的这番话感到很高兴,"若是您允许,我也要睡一会儿。"——"不,不,"毕格尔又笑了,"单单请我睡,很遗憾,我是睡不着的,只有在谈话的时候,我才有可能睡着,谈话最容易催我入睡。是啊,干我们这一行,神经是很痛苦的,比如说,我是联络秘书。您不知道联络秘书是干什么的?哦,我干的是最重要的联络工作。"说到这里,他情不自禁地高兴得急忙搓搓手，"这么说吧，我在弗里德里希和村子之间担任最重要的联系工作，担任城堡秘书和乡村秘书之间的联系工作，我多半在村里，但并不是在村里常驻；每时每刻我都必须准备着坐车回城堡去，您看见了这只旅行包。这是一种非常不安定的生活，并非对每个人都适合。另一方面，这样说也对，那就是我不干这种工作也不行，所有其他的工作我都觉得枯燥无味。土地测量的事儿进展得怎么样呢？"——"我没干土地测量的事，我没有被聘为土地测量员。"K说，他并没有把心思放在这件事上，他急盼毕格尔赶快睡着，其实他这样想也只是出于对自己的一种责任感，他心里很清楚，毕格尔入睡的时刻离现在还差得很远很远呢。"这倒奇怪了，"毕格尔猛然把脑袋一甩，从被子下掏出一个笔记本，把事情记下来，"您是个土地测量员，可是不干土地测量的活。"K机械地点点头，把左手臂伸出来放在床柱上边，脑袋枕在左手臂上。他曾经试着各种不同的姿势，想坐得舒服点，但愿现在这个姿势最舒服，这样坐，他还可以更好地注意听毕格尔的话。"我准备，"毕格尔继续说，"进一步了解这件事。这样埋没人才，在我们这儿是绝对不会有的。这件事肯定使您觉得很委屈；您不感到痛苦吗？"——"我很痛苦。"K慢吞吞地说，心里却暗自发笑，因为恰恰是现在，他丝毫也不感到痛苦。毕格尔的这番好意也没有给他留下很深的印象，他说的纯粹是外行话。K是在什么情况下被招聘的，招聘工作在村子和城堡里遇到什么困难，K在这儿逗留期间已经遇到什么复杂情况，或者将会遇到哪些复杂情况，对这一切毕格尔丝毫不了解，甚至也没表示出他对此事已有所闻——按理说，做秘书的应装出心中有数的样子——起码应该对这类事有所预感，但他居然想凭借一个小笔记本，在床上就把整个事情一下子都解决。"您好像已经感到有些失望了。"毕格尔说，这又证明他对人是有些了解的。K一走进个房间就时时提醒自己，不要小看这个毕格尔，但在眼前这种情况下，除了自己的疲倦之外，他很难再对其他事情做出合理的判断。"不，"毕格尔说，仿佛他在回答K的一种想法，好心好意地体谅他，免得他再费力气说出来，"您别叫失望吓倒了。在这里，某些事情的安排专门是为了把人吓跑，新到这儿的人，觉得一道道的障碍都无法突破。我不想刨根究底，追查这一切究竟是怎么一回事，也许表面现象真的和实际情况相符，处在我的地位，我若是不保持一个合适的距离，就不能对此做出定论，不过请您注意，有时候又会出现与全局几乎不一致的情况,在这种情况下,通过一句话、一个眼色、一个表示信赖的手势,得到的东西比辛辛苦苦奋斗一辈子所得到的还要多。真的,情况就是这样。当然啰,这种机会若是不充分利用,那么,在这种情况下,这些事情又和全局相吻合了。可是,究竟为什么不充分利用这种机会呢?我一再提出一个问题。"K不知道为什么;他虽然意识到毕格尔说的话与他有关,但他此时此刻对所有牵涉到他的事都特别反感,他把头往一边略微挪动一下,好像他这样做是要给毕格尔提出的问题让个路,使自己不至于再碰上这些问题。"秘书们,"毕格尔继续说道,他一边舒展手臂,伸伸懒腰,一边打着哈欠,他的这副神态和他说话的严肃性很不协调,真叫人迷惑不解,"秘书们经常抱怨说,他们总是迫不得已在夜间处理村里绝大部分的询查工作。他们为什么抱怨这一点呢?是因为他们太辛苦吗?是因为他们宁肯把夜里的时间用来睡觉吗?不,对此他们是绝对不会抱怨的。在秘书中间,当然有勤奋的,也有不怎么勤奋的,这一点到处都一样;但他们中间没有一个人抱怨说,工作实在太紧张,在公开场合更不会抱怨。很简单,这不是我们的作风。在这方面,我们不知道通常时间和工作时间有什么不同。我们从不把这两者区分开来。那么,秘书们对夜间进行询查究竟有什么反对的呢?难道是为了照顾申诉人吗?不,不,也不是这么回事。对申诉人,秘书们是铁面无情的,当然并不比对他们自己更铁面无情,他们对申诉人和对自己持同样态度。其实,他们这种铁面无情不是别的,正是他们对工作一丝不苟、严守职责的表现,这种最大的照顾与体谅是申诉人求之不得的。说到底,这也是完全得到肯定的,这一点浮躁的人是观察不到的;是的,比如在这件事上,申诉人欢迎的恰恰是夜间询查,对夜间询查原则上没什么可抱怨的。那为什么秘书们偏偏对夜间询查感到反感呢?"这一点K也不知道,他知道的实在太少,甚至他也分辨不清楚,毕格尔是严肃地要他回答问题,还是表面上随便问问。"要是你让我躺到你的床上,"K心里想,"我就在明天中午,或者最好是晚上回答你的全部问题。"但是毕格尔好像没有注意他,他在一门心思地考虑他自己提出来的问题:"就我所知,就我个人的体验,秘书们对夜间进行询查感到有以下一些顾虑:夜间之所以不适合同申诉人进行磋商,这是因为在夜里很难,或者说根本就不可能完全维护磋商的官方性质。这并不在于表面上的东西,当然在夜间也和在白天一样,可以严格遵守同样的形式,这完全随你的便。因此,原因不在于此,不过在夜间官方的判断会受到影响。在夜间,人们对事物进行判断时不知不觉地会带有更多的私人观点,申诉人的辩解会得到更多的重视,比应该得到的重视会多得多,比如在判断中会掺杂一些毫不相干的考虑,会考虑到申诉人的其他情况,会考虑到他们的苦难和焦虑;申诉人和官方之间的必要的界线,即使表面上仍然无可挑剔地存在着,也会变得模糊起来;另外,在通常情况下本当是一问一答地进行,但在夜间有时会出现反客为主这种实在不合适的怪事。至少秘书们这么说的,他们这些人由于职业关系,天生就对这类事情十分敏感。但是,即使是秘书们,在夜间询查时他们也很少注意那些不利的影响,这个问题在我们圈子里已经多次谈起过;相反,他们一开始就竭力消除这些不利的影响,末了还以为自己收到了特别好的效果。可是,过后回过头来再看看记录,你会对那些显而易见的缺点感到惊讶。这些都是空子,让申诉人借此得到所不应得到的好处,这些好处至少按照我们的规章走正常途径是无法得到的。当然啰,这些缺点有朝一日会得到监督机关的改正,但这只对法律有利,不再会影响到那些申诉人。在这种情况下,秘书们的抱怨不是非常有道理吗?"K已经迷迷糊糊睡了一会儿,现在他又被吵醒了。他心里问自己:这是为什么呀?这是为什么呀?他低垂着眼皮,看着毕格尔,但并没有把他看成一个讨论艰难问题的官员,而只是把他看成某个影响他睡觉的东西,至于它的其他用意他是摸不透的。但毕格尔却专心致志地想着心事,他笑眯眯的,好像他刚才把K引向了歪道。不过,他准备立刻把他再引到正确的道路上来。"这么说来,"他说,"也不能笼统地说,秘书们的抱怨完全有道理,法律条文中没有明确规定,让大家在夜间询查,因此设法避免夜间询查也不违反规章制度;可是,看看现在的情况,超量的工作,官员们在城堡的办事作风,他们难以脱身的状况,以及等其他调查全部结束之后询查才能开始,而且必须立刻进行的规定,所有这一切以及其他许多原因,就使得夜间询查成了一种不可回避的必要工作。如果像我所说的,夜间询查成了必须做的工作,那么,这是规章制度所造成的结果,至少是间接造成的结果,因此,在这种情况下,对夜间询查挑三拣四,提出异议,那就几乎意味着,甚至意味着,对规章制度挑三拣四。当然,我这样说有些夸张,正因为是夸张,我才敢把它说出来。

"另外一方面,秘书们在法定的范围内也可以反对夜间询查,尽量避免夜间询查所造成的也许只是表面上的缺点。他们也在这样做,而且以最大的规模在这样做。他们所安排的磋商对象无论从哪方面看都不会使他们感到担心,而且他们在磋商之前,还要详详细细地审查一番,若是审查结果需要,他们在最后的瞬间还可以取消一切磋商,他们在真正进行询查之前,往往以先传唤申诉人十来次的办法,来壮自己的威风;还有个办法,那就是他们喜欢让别的同事代替自己进行询查,这些同事因为不负责此事,所以处理起来十分省事;他们把磋商放在黑夜刚开始的时候,或是黑夜快结束的时候,尽量避开当中这段宝贵的时间。这样的措施还有许多。这些秘书们是很不容易对付的,他们既顽强,又很脆弱。"K睡着了,但这不是真正的睡,在这种状态下,他比先前累得要死的时候能更好地听清楚毕格尔的话,每个字都传到他耳朵里,他那厌倦的意识消失了,他感到自由自在,此时毕格尔再也无法抓住他了,只有他有时候还能朝毕格尔摸去,毕格尔还没有睡得很熟,但已经进入睡眠状态了。谁也不能再把他的睡眠夺走了。他觉得,自己打了一个大胜仗,已经有许多人聚集起来庆祝这场胜利了。为了庆祝这场胜利,他本人,或者其他人已经举起了香槟酒杯。为了让大家知道,这是一场什么样的胜利,他把这场斗争和胜利又重演了一次,或者说根本就不是重演,而是现在这场斗争才开始,不过胜利已经庆祝过了,而且还在不断地进行庆祝,因为这场斗争的结局已是十拿九稳了。一位秘书,赤身裸体,宛如希腊神像,被 K 逼入了困境。事情很滑稽,K 在睡梦中轻轻地微笑起来,这位秘书在自己的打击下惊慌失措,赶紧放弃他那傲慢的态度,高高举起手臂,紧紧握起拳头,把头上没有遮挡的部分保护住,但他动作还是太慢了。这场搏斗持续的时间并不长;K 步步紧逼,前进的步伐很大。这真的是一场搏斗吗? K 没有遇到严重的障碍,只是不时地听到这位秘书发出的尖叫声,这位希腊神尖叫起来就像一位被人搔着痒痒的姑娘。最后,他走开了,大房间里只剩下 K 一个人,他转过身来,准备再搏斗一场,因此寻找着对手;但是,这儿已经没有任何人了,聚集起来庆祝胜利的那伙人也散了,只有那只香槟酒杯摔在地上,碎了。K 用脚把摔破的酒杯踩得粉碎,但玻璃片刺痛了他,他吓了一跳,又醒了过来,就像个被唤醒的小孩子,觉得很不开心。尽管如此,他看见毕格尔祖露的胸膛,脑海里又闪过梦中的一个片断:你的希腊神就在这儿！赶紧把他从床上拖下去！"可是，"毕格尔若有所思地把脸对准天花板，仿佛他想在记忆中寻找一些例子，但又找不到，"可是，尽管采取了各种预防措施，申诉人仍然有机可乘，充分利用秘书们在夜间的弱点，如果这是弱点的话。当然这种可能性十分罕见，或者更确切地说，几乎就从未有过。只有申诉人在深更半夜未经通报闯进房里来，才会有这种可能性。您也许会感到奇怪，这种看起来十分容易发生的事，怎么又会难得发生呢？噢，是啊，您还不熟悉我们这儿的情况。不过，您也许已经注意到官方机构是多么完美无缺吧。因为官方机构完美无缺，所以就会出现这种情况：任何一个人，凡是他怀着某个愿望，有所请求，或者出于其他原因必须向他调查某件事，往往在他本人还没有把事情考虑清楚，甚至他本人还不知道是件什么事之前，官方就毫不迟疑地把传票发给了他。他这一次还没有被查问，多半还没有被查问，因为事情通常还没到成熟的地步，但他手里已经有了传票，他再也不能不通报就来，最多可以在不恰当的时间来，这时就可以提醒他注意传唤的日期和时间，若是他下次来了，通常又会把他打发走，这样做也不会有什么困难；申诉人手中有张传票，案宗里有记录，对秘书们来说，这虽然还称不上是最完备的，但却是强有力的防御武器。这当然只是指恰好负责这件事的主管秘书而言；申诉人可以在深夜出其不意地造访其他秘书。不过，几乎没有人这样干，因为这样做毫无意义。首先这样做会激怒主管秘书，在工作方面，我们秘书彼此当然不会有嫉妒心理，每个秘书都肩负着极其沉重的工作担子，无法再增加任何小事，但在对待申诉人问题上，我们绝不能容忍他们侵犯我们的职权范围。过去，有人失败了，因为他觉得在主管部门那儿没有取得任何进展，所以就试图从非主管部门那里溜过去。另外，这样的企图之所以必然会失败，是因为那是一个非主管秘书，申诉人即使在深更半夜冷不防来打扰他，他也有一片好意，想助一臂之力，正因为他不是主管，所以他和随便一个律师一样，不能过多地进行干预，或者说，他还不如律师，即使他比其他律师更了解法律上的秘密途径，本可以把事情处理好，但因为他不主管该案，所以他没有时间管，也不可能抽出一点儿时间来管这件闲事。这个途径的前景既然如此渺茫，谁还肯把夜晚的时间白白送给非主管的秘书呢；再说申诉人，除了日常事务之外，还要听从主管部门的传唤，根据主管部门的眼色行事，他们也忙得不可开交。当然，申诉人的这种'忙得不可开交'同秘书们的'忙得不可开交'远非一回事,两者不能相提并论。"K点点头,笑了笑,现在他以为一切都听明白了;这倒不是因为事情使他感到伤心,而是因为他现在深信,不出几分钟他就会沉沉入睡,这一回他不会做梦,也不会受到干扰;一边是主管秘书,另一边是非主管秘书,他夹在中间,面对一群同样忙得不可开交的申诉人,他要深深地沉入梦乡,以此摆脱一切。毕格尔这种轻微的、自满的、显然毫无效果地催自己入睡的声音,K现在已经听惯了,这种声音不会再打扰他,反而会催他入眠。你就咯吱咯吱地磨牙吧,你尽管磨吧,尽管咯吱咯吱地响吧,他心里想,你只是为了我在咯吱咯吱地磨。"那么,是在什么地方呢,"毕格尔说,他用两根手指捏着下嘴唇,睁大着眼睛,脖子伸得长长的,样子好像他经过艰难的长途跋涉之后,到了一个迷人的观景点似的,"那么,刚才提到过的那种罕见的、几乎永远不会出现的可能性在哪儿呢?秘密就在有关主管权限的法规之中。因为不可能每件事只有一个秘书主管,在一个巨大的、生气勃勃的机构里,也不可能规定,一件事只能由一个秘书来主管。事情只是这样:一个秘书掌握着主管权,而其他许多秘书在某些方面也有权,尽管是很小的权。哪怕非常能干的秘书,又有谁能把一件事,即使是芝麻大的一件事的所有材料,都堆放在自己的办公桌上呢?我刚才说到主管权,即使我这样说,那也是言过其实。在极小的权限中不也包含着整个权限吗?处理案件的热情不是在这里起决定作用吗?这份热情难道不是始终如一,始终极其强烈吗?在各个方面,秘书们都是有差别的,这些差别多得数也数不清,但在热情方面,丝毫没有什么差别;无论是谁办理一个案件,哪怕授予他的权限很小,他也不会压抑自己的热情。对外当然必须有一套井井有条的磋商秩序,在任何一件事情上,都是某个秘书对付某个申诉人,申诉人只能找他办事。但这个秘书也不会是那个对案件拥有最大主管权的人,这要由机构及其一时的特殊需要来决定。现在,土地测量员先生,请您想想,有没有这样的可能性:我已向您描述过,一般来说,尽管有重重障碍,但在某种情况下,一个申诉人仍然在深更半夜出其不意地来找一位对该案件掌握着某些主管权的秘书。您大概还没想过有这样的可能性吧?我相信,您还没有想过。其实想它也没有必要,因为它几乎从来就没有出现过。要是能从这个极其严密的筛子里漏过去,那么,这个申诉人想必是个构造特别、形状奇特、小巧灵活的颗粒吧?您认为这种事根本不会出现吗？您想得对，根本不会出现。但是，谁能为各种事情打包票呢？一天夜里，这样的事果然出现了。当然在我的朋友中间，我不知道有哪一位碰上了这种事，谁也没碰上，但这并不能说明问题，因为在这儿可考虑进去的人很多，相比之下，我的朋友圈子实在太小了；再说，一个秘书是不是会承认自己碰上过这类事，这也很难说，因为这总是一件让个人，在一定程度上也让官方感到难堪的事。虽说如此，但我的体验也许可以证明，这种事是罕见的，其实只是人们的传闻，根本没有经过证实，因此说对这种事非常害怕，那是言过其实的。即使真的发生了这种事，我们也能轻而易举地证明，它在这个世界上没有存在的位置了，可以相信，这样我们就可以使它不会造成有害的影响。要是人们害怕这种事，躲在被子里不敢往外看一眼，不管怎么说，这是一种病态。即使完全不可能的事突然变成了现实，难道一切都完了吗？恰恰相反。说一切都完了，这比最不可能的事更为不可能。当然，若是申诉人到了房间里，这就很糟糕了。这会把人的心憋得透不过气来。你还能反抗多久呢？人们在心里会这样问自己。但根本不会有什么反抗，这一点大家都明白。您对情况得好好想象一下。从未见过的、一直在等待、叫人望眼欲穿、凭理智一直认为永远不会来的申诉人就坐在这里。单凭他默不作声地坐在那儿，他就会诱惑我们来了解他那可怜的生活，使我们就像欣赏自己的财产那样欣赏他的生活，而且还会分担他那所谓的要求所造成的痛苦。在寂静的夜里，这种诱惑是令人心醉神迷的。我们经受不起这种诱惑，其实从这时起，我们就已经失去了做官员的身份。在这种情况下，马上就无法拒绝他的恳求了。说得确切些，我们是豁出去了；说得更确切些，我们会非常高兴。说豁出去了，那是因为我们坐在那儿毫无反抗能力，我们在等候申诉人的恳求，我们心里明白，申诉人的恳求一旦说出口来，即使它——至少我们自己没有看出来——会彻底毁掉整个官方机构，我们也必须给以满足。这也许是一个人在实际工作中有可能遇见的叫人最恼火的事。尤其是因为——撇开其他一切不谈——我们误以为这是不同寻常的升迁，就在这时我们还一个劲儿地要求，希望得到升迁呢。按照我们的地位，我们根本没有权力满足这儿所说的恳求，但是由于接触了夜间来的申诉人，我们便在一定程度上增添了力量，于是权力也就增加了，我们还信誓旦旦，要办好我们职权范围以外的事；说真的，我们说得到做得到，一定会让事情付诸实现。申诉人就像是大盗在绿林里，深更半夜迫使我们做出牺牲，要是在平时我们从来就不会做出这样的牺牲；那好吧，现在情况就是这样，申诉人还在这儿，还在给我们打气，强迫我们，激励我们，而这一切都在半睡半醒的状态下进行着；事情过去之后会怎么样呢，申诉人心满意足，满不在乎地离开我们，我们待在这里，面对我们滥用职权的指控，孤零零地毫无还手之力，这真是不堪设想！尽管如此，我们仍然感到非常愉快。这种愉快简直等于自杀！是的，我们也可以尽一切可能向申诉人隐瞒真相。他们单靠自己是什么也看不出来的。申诉人以为，自己可能只是出于某些无关紧要的偶然原因——诸如过度疲劳，大失所望，以及由于过度疲劳和大失所望而引起的肆无忌惮和满不在乎——错误地闯进了另外一个房间，糊里糊涂地坐在那儿，脑子里想着心事，想着自己的差错或是自己的疲劳（要是他真的在想心事的话）。我们能不能让申诉人离开呢？不会这样做。你一高兴起来，就会唠唠叨叨地把什么都讲给申诉人听。我们还会详详细细地告诉申诉人，是的，连芝麻大小的事也不会漏掉，告诉他出了什么事，事情是由于什么而发生的，机会是多么难得，多么重大；我们还会告诉他，申诉人是在无计可施的情况下碰上这个机会的，实属千载难逢，其他人谁也碰不上这样一个机会，现在只要申诉人愿意，土地测量员先生，无论用什么方式提出自己的请求，那么，任何目的他都能实现，人家正准备满足他的请求呢，是啊，他要实现自己的请求只是举手之劳的事了。这一切都必须告诉他；这是做官员的最艰难的时刻。不过，若是把这些事做了，土地测量员先生，那么，所有必不可少的事也就办好了，我们就可以安心等待了。"

K 睡着了。对发生的一切事情，他都不知晓。他的脑袋最初枕在搁在床柱上的左臂上，熟睡中滑了下来，现在当空悬挂着，并在慢慢地往下沉；他放在床柱上的左臂再也支撑不住了，这时 K 下意识地要寻找一个新的支撑点，于是他伸出右手，紧紧顶住被子，无意之中抓住了毕格尔在被窝里跷起的一只脚。毕格尔望了望，虽然觉得很不对劲儿，但仍然由他抓着。

这时，有人在一边的墙上猛烈地敲了几下。K 猛地惊醒了，盯着墙壁看。"土地测量员还在你那儿吗？"一个声音问道。"对。"毕格尔说，他趁机把自己的脚抽出来，突然像个小孩子那样，故意放肆地伸开四肢。"叫他赶快到这边来。"那个声音又说；话音里丝毫不把毕格尔放在眼里，也不管他是不是还需要 K。"那是艾朗格。"毕格尔低声说道;看来艾朗格在隔壁房间里,这事似乎并不使他感到惊讶。"您马上到他那儿去;他已经发火了,您去想办法让他消消气。他睡觉睡得很熟;不过,刚才我们谈话的声音也太响了;一个人说起某些事情时,无法控制自己,也无法控制自己的声音。好了,您去吧,看来您还没有从睡梦中醒过来。您走吧,还待在这儿想干什么呢?不,您不必为半睡不醒的样子赔不是,何必道歉呢? 人的体力是有限度的;谁能说,这种限度平时也是非常重要的呢? 不,谁也不能这么保证。世界就是这样不断校正自己的航向,以此保持平衡。即使在其他方面不尽如人意,叫人感到绝望,但这却是个绝妙的、永远也无法想象的绝妙设施。好了,您走吧,我不知道,您为什么老是这样看着我。如果您再长时间犹犹豫豫的,艾朗格就会对我不客气了,这样的麻烦我是要竭力避免的。您倒是走啊;谁知道在那儿您会遇上什么,在这里一切都充满各种各样的机会。当然,有的机会在一定程度上实在太重大了,大得叫人无法利用,有些事情没有如愿以偿,其原因不在其他方面,而在于本身。是的,这真叫人感到吃惊。另外,我现在还想稍微再睡一会儿。当然,现在已经五点钟了,嘈杂声很快就要开始了。您要是赶快走,那就好了!"

K 在沉睡中突然被叫醒,有点懵里懵懂的,他依然困得很,还想长时间地睡下去,由于他姿势摆得不舒服,所以浑身上下都感到酸痛,好长时间都下不了决心站起来。他用手支住额头,眼睛朝下望着怀里。虽然毕格尔一个劲儿赶他,但都无法把他赶走;现在他感到再在这个房间里待下去也没什么意思了,这才慢慢地挪动了双腿。他觉得,这个房间似乎有说不出的枯燥乏味。他不知道,这个屋子是现在变成这样的呢,还是向来就是这个样子。在这里,他再也无法睡下去了。这个想法甚至成了决定性的一个因素;K 对此淡淡一笑,撑起身子,只要在什么地方找到个支撑物,就扶上去,他扶在床边、墙上、门上,连个招呼也没打就走了出去,仿佛他早就向毕格尔告辞了似的。

第十九章

　　若不是艾朗格打开门,站在门口向 K 打招呼,K 也会同样漫不经心地从他房门前走过去。艾朗格用食指向他打了个简短而优雅的手势。㉗这时艾朗格已经做好了出去的准备,他穿着一件黑色裘皮大衣,纽扣紧紧地扣到了领子上。侍从正把皮手套递给他,手里还拿着一顶皮帽。"您早就该来了。"艾朗格说。K 想赔个不是。艾朗格疲惫地把眼睛一闭,以此告诉他不必道歉了。"事情是这样的,"他说,"过去,酒吧间里雇了个名叫弗丽达的姑娘;我只知道她的名字,但她本人我不认识,她跟我不相干。这个弗丽达有时伺候克拉姆喝啤酒。现在那儿好像雇了另外一个姑娘。当然,这一变化没什么重要意义,也许对谁都是这样,更不用说是对克拉姆了。但是,一个人的职位越高——克拉姆的职位当然最高——对付外界的应变能力也就越小,因此,最微不足道的事情,若发生任何一点微不足道的变化,也有可能造成严重的干扰。办公桌上最微小的变化,比如清除桌上一向就有的一个污迹,这都会引起干扰,同样,换个女招待也会这样。当然啰,这一切即使对每个人,对任何工作都是个干扰,但对克拉姆却不是,而且是不值一提的。尽管如此,我们还是有责任尽力保护克拉姆,使他过得安宁舒适,只要我们觉得可能会有干扰,我们就要消除它,哪怕这种干扰对他说来根本就算不上是干扰,也许对他来说压根儿就没有干扰。我们消除这些干扰不是为了他,不是为了他的工作,而是为了我们,为了我们的良心和我们的安宁。因此,那个弗丽达必须立刻再回到酒吧间去,也许她回来反而会造成干扰;是啊,若是那样的话,我们就会再把她打发走,但她暂时必须回来。人家告诉我,说您和她同居了,因此,您要立刻叫她回酒吧间。办这件事时可不能感情用事,这是理所当然的。因此,我也没必要再对这件事做详细解释了。在这件小事上,您只要表现得好,叫人信得过,这对您将来是会有好处的,我提到这一点,已经是比该说的话说得过多了。这就是我要对您说的一切。"他向 K 点点头,以示告别,随后把侍从递上来的皮帽戴到头上,很快走下过道。他走路有点儿瘸,那个侍从跟在他身后。

在这里,有时候一些命令是很容易执行的,但这种轻而易举的事并不使 K 感到高兴,这不仅是因为这道命令涉及到弗丽达,虽然是作为命令下达的,但 K 听起来却更像是嘲笑,而且最主要的是由于这道命令一下,K 的一切努力都要落空。一道道的命令都不把他放在眼里,无论是对他不利的还是有利的命令,都不把他放在眼里,有利的命令说到底对他也是不利的,不管怎么说,反正一切命令都不把他放在眼里。再说,他的地位也太低,他干涉不了这些命令,更不能将其废除,也无法叫别人听听他的声音。要是艾朗格示意不让你说,那你该怎么办呢?要是他没有示意不叫你说,那你对他又能说些什么呢?K 虽然意识到,不是一切不利的情况,而是他的疲倦,影响了他,但是他当初怎么就相信自己的身体呢,不然的话,他也就不会到这儿来闯了;他苦熬几夜都没关系,怎么这次一夜没睡就吃不消呢?在这里没有一个人不感到疲倦,或者说,在这里每个人都一直感到疲倦,但这对工作并没有影响,说真的,甚至看来还会促进工作呢。K 为什么偏偏在这里感到如此疲倦,把握不住自己呢?由此可以断定,他们的疲劳和 K 的疲劳在性质上是完全不同的。在这儿,疲倦也许是包含在愉快的工作之中的;表面上看来它像是疲倦,其实它是破坏不了的平静,是破坏不了的安宁。要是他们在中午感到有点累,这是白天愉快的自然进程。"此地这帮老爷整天都在过中午。"K 心里这么说。

果然不错,现在已是五点钟了。过道两旁的房间里大家都活跃起来,房间里杂七杂八的声音听起来有点喜气洋洋的味道,有时听上去像是准备去郊游的一群孩子发出的欢呼声,有时像是拂晓时分鸡棚里的鸡对天亮感到高兴而在竞相鸣叫。不知在哪个房间里,有个老爷真的在模仿公鸡叫呢。过道里虽然还是空空的,但是一扇扇房门忽然打开,随后又忽然关起来,走廊里到处都听得见嘎吱嘎吱开门关门的声音;K 时不时地从墙壁没有砌到顶的缝隙里看到一个个脑袋,头发乱蓬蓬的,但很快又缩回去不见了。远处,有个侍从推着装满文件的小车慢慢地走过来。另外一个侍从走在小车旁边,手里拿着一份名单,显然是在根据名单核对房门号和案卷号。小车在大部分房门前都停下来,这时房门通常都会打开,凡是属于这个房间的案卷都递了进去,有时只是一张纸头,遇到这种情况,房间里的人就会对过道里的侍从说几句话,看来侍从总是遭到一顿指责。若是房门关着,案卷就小心谨慎地堆在门槛上。碰到这类情况,K似乎觉得,尽管附近房门的案卷已经分发过了,但房门一开一关的次数并没有因此而减少,相反增多了。也许其他人对放在门槛上的案卷都在贪婪地窥视,那些案卷放在那儿,没有拿进房间里,真是不可思议,他弄不明白,为什么没人开门把案卷拿走,其实只要一开门就能拿进去的;这些没拿走的案卷,也许后来又会分发给其他老爷,那些老爷相信这一点,因此常常往那里瞧,看那些案卷是否还放在门槛上,他们是不是还有希望得到。再说,放在那儿的案卷都是一捆一捆的,特别大;K心里想,人家不拿走是想炫耀一番,或者是玩什么恶作剧,或者是出于正当的自豪感,想借此刺激一下自己的同僚,所以让案卷暂时搁在那儿。有时,偏偏K不往放案卷的地方看时,在那儿放了很久的案卷突然飞快地被拖进了房间,门随后又和先前一样关了起来,附近的房门也悄无声息了,看到那些叫人垂涎的案卷终于被拿走了,不免感到失望,或者说,也许感到满意,但这些房门后来又渐渐地忽开忽关起来,K看到这种情景,更觉得自己的想法是对的。

K观察着这一切,心里不仅感到好奇,而且也带着某种参与感。他觉得自己几乎像是参与了这片热热闹闹的繁忙的活动,他这边瞧瞧,那边望望,跟在两个侍从后面。尽管他同他们拉开一段距离,但那两个侍从常常低着头,撅着嘴唇,转过身恶狠狠地瞪他一眼。尽管如此,K还是眼巴巴地望着他们分发案卷。分发案卷的工作越到后来就越不顺利,要么是名单不完全对头,要么是侍从辨别不清案卷,要么是那些老爷出于其他原因提出异议;不管怎么说,已经分发的某些案卷还得再收回来,于是侍从又把那辆小车推回来,隔着门缝进行交涉,要求退回案卷。办这种交涉本身就很难,一谈到退还案卷的事,恰恰是那些先前一开一关动得欢的门,现在却无情地关了起来,好像他们根本就不想知道这件事似的,这类事常常发生。此后,真正的困难才开始显露出来。那些以为有权可以得到案卷的人,特别不耐心,在房间里吵翻了天,又是拍手又是顿脚,还隔着门缝一再大声地朝过道里喊着某个案卷的号码。这样一来,那个小车便完全被扔在一边,没人管了。其中一个侍从忙着让那些最不耐烦的人息怒,另外一个侍从则在关着的门前坚持要索回案卷。两个侍从都很难办得到。最不耐烦的官老爷越劝越急躁,他们再也听不进那个侍从的空话了,他们要的不是安慰,而是案卷;有一回,这种类型的一位老爷在墙上方留出的宽缝里把满满一脸盆水浇在那个侍从的头上。另外一个职位显然高一些的侍从困难更大。若是有位老爷真的同意进行商讨,那会进行具体讨论,这时侍从就查看自己手里的名单,根据名单一定要索回案卷,而那位老爷则查看自己写下的案卷目录,他提到的案卷恰巧是他应交回的案卷,但这些案卷还紧紧地握在他的手里,侍从眼巴巴地朝这些案卷看去,但连案卷的角也看不到。这时,那个侍从不得不跑到小车那儿,去拿新的证据,因为过道略微有点儿倾斜,小车已经顺着过道稍低的一头滑了一段路;或者,侍从只好去那位索取这些案卷的先生那儿,向他报告,说至今抓着这些案卷不放的那位老爷提出了异议,想听听这位老爷能提出什么反异议。这样的交涉总是要花费好长时间,有时双方达成一致,那位老爷交出一部分案卷,或者,因为搞错的只是这么一次,所以作为补偿,他得到其他一些案卷;但是,也会发生这种情况:某个老爷把要求他退回的案卷干脆都不要了,他这样做也许是因为侍从拿出了证据,逼得他实在没有办法,也许是因为他对这种没完没了的讨价还价感到厌倦了,但他不是把案卷交给侍从,而是突然一狠心,把案卷都远远地抛到过道里,抛得绳子也松开了,一张张纸四处飞散,两个侍从费了好大劲才把所有的案卷重新整理好。不过,这一切相对来说还是比较简单的,有时侍从请求退还案卷,人家就是不理睬,于是他只好站在紧闭着的门前,恳求着,央求着,念他手里的名单,引证规章制度,但一切都是白费力气,房间里连说一句话的声音也没有;未经许可,侍从当然不能闯进去。在这种情况下,这位优秀的侍从有时也控制不住自己,索性回到小车那儿,坐到案卷上,抹掉额头上的汗水,一时间什么也不做,只是无可奈何地一个劲儿地晃动两只脚。周围的人对这件事很感兴趣,到处都在嘀嘀咕咕地耳语着,几乎没有一个房间是安静的;在墙上方的栏杆处,奇怪地露出一张张用布几乎全蒙住的面孔,一张张的面孔片刻不停地注视着一切事态的发展。在这阵骚乱中，K 注意到，毕格尔的房门一直紧闭着，两个侍从已经走过这段过道，但没有给毕格尔分发案卷。毕格尔也许还在睡觉，在这片嘈杂声中他还能睡得着，这表明他肯定睡得很香。可是为什么他没有得到案卷呢？只有少数几个房间侍从没有分发案卷就走了过去，这些房间很可能没有住人。相反，艾朗格的房间里已经来了一个不安静的新客人，艾朗格肯定是在夜里被他赶走的，这不大符合艾朗格那种冷漠、苛刻的性格，但他不得不在门口等待 K，这也表明一个新客人住进了他的房间。

K 把分散的注意力一下子收了回来，不久又全神贯注地盯着那个侍从；过去 K 听到人家谈起侍从的一般情况，说他们无所事事，生活过得舒服，态度太傲慢，但这些跟这个侍从的情况完全不符合。在侍从中，也许会有例外吧，或者更为可能的是他们当中也有好几类，因为 K 看到这里存在着好多界限，这是他至今还没有见到过的。他特别欣赏的是这个侍从的不屈不挠的精神。这个侍从在跟这些顽固的小房间的斗争中毫不屈服，在 K 看来，这是在同房间进行斗争，因为房间里的人他连一眼也没见过的。这位侍从也有疲劳的时候——又有谁不疲劳呢——但他马上又打起精神，从小车上滑下来，挺直身子，咬紧牙关，再去对那扇一定得征服的房门发起攻击。他有时候也会接二连三地遭到失败，当然失败的方式也很简单，只是因为人家那种该死的不理睬的态度，虽然如此，他并没有被战胜。眼看正面攻击一无所得，他就采用别的办法，比方说，若是 K 理解得不错的话，那就是要手腕。于是，他好像放弃了那扇门，在一定程度上让它继续不吭一声，自己则去对付其他的房门，过了一会儿他重新返回来，为了引起大家的注意，还大声喊叫另一个侍从，并开始在紧闭的房门的门槛上堆放案卷，好像他已改变了主意，按道理不应从这个老爷这儿拿走案卷，而是要多分给他一些似的。随后，他继续朝前走，但眼睛一直盯着那扇门，当那位老爷过了一会儿小心翼翼地打开门——通常都会这样做——很快把案卷拖进房里时，他就飞快地跳过去，把一只脚插进门和门柱之间，这样至少可以迫使那位老爷面对面地同他进行交涉，这个方法一般都会得到令人相当满意的结果。若是不成，或者说，若是他觉得这样对付一扇门不恰当，那他就试着换别的办法。比如说，他就转向索取案卷的那位老爷，从他身上打主意。这时，他把另外那个一直只顾机械地干活的侍从，那个毫无用处的助手，推到一边，然后亲自劝说那位老爷。他把头伸进房间，神秘兮兮的，说话低声细语，百般进行劝说，他也许在向他许诺，保证在下次分发案卷时，要对另外那个不该收案卷的老爷进行相应的惩罚，至少他要常常指着对手的门，哈哈大笑，而且只要没累倒，就一直大笑下去。不过，也有一两次，他放弃了一切招数，但即使是这样，K 也认为，这只是表面上的放弃，是假放弃，或者至少是有正当理由的放弃，因为他心里非常平静，继续朝前走去，不回头张望一眼，任凭那个受到亏待的老爷大吵大闹，只是他的眼睛有时又闭一会儿，这表明这种吵闹声使他感到特别难受。后来，那个老爷也渐渐地平静下来，像个孩子似的不停地大声哭叫，后来哭声慢慢地低落下来，末了变成一声声的抽泣，他的叫嚷也是这样；但在一切安静下来之后，有时又会听到一声叫喊，或是听到那扇门一开一关的声音。总而言之，侍从在对待这个房间方面，显然做法是完全正确的。最后，只有一位老爷不愿安静下来，他先是半天不出声，但这只是为了养精蓄锐，随后他大吵大叫起来，而且比先前声音更大。谁也不清楚，他为什么如此大喊大叫，如此不停地抱怨，也许根本就不是因为分发案卷的事。这其间，侍从结束了分发工作；只是还有唯一的一个案卷，其实只是一张小纸头，是从笔记本上撕下来的一张小纸条，由于助手的疏忽还留在小推车里，现在他不知道该把它分给谁。"这很可能是给我的材料。"K 脑子里闪过这么一个念头。村长经常说起这种微不足道的情况。K 本人其实也觉得自己的猜测太荒唐可笑，但他却试着接近那个若有所思地看着小纸头的侍从；这可不是那么容易的，因为侍从并没对 K 的好心给以好报，即使在最紧张的工作当儿，他也总是抽空回过头看看 K，眼神恶狠狠的，或是很不耐烦的样子，脑袋还神经质地颤动着。分发案卷结束之后，他才有点儿把 K 给忘了，就像他此时此刻对别的事也变得有些心不在焉一样。这是可以理解的，因为他实在太疲劳了，对那张纸头他也没多花精力，也许他根本就没有看，只不过是装出在看的样子罢了；在这儿的过道里，不管他把这张纸头分发给哪个房间，房间里的老爷都会感到很高兴，尽管如此，他还是做出了另外一种决定，分发案卷的工作已经使他感到厌倦了，他把食指抵在嘴唇上，做个手势，示意他的助手别吭声，接着就把那张纸头撕得粉碎，将纸片塞进口袋里，这时 K 离他还很远。这也许是 K 在这儿的管理工作中所看到的第一件最不守规矩的做法，当然他也可能把这件事理解错了。即使不守规矩，那也是可以原谅的；这里的风气既然如此，侍从办事就不可能没有差错，总有一天他会把积累的烦恼和焦虑发泄出来，如果只是发泄在一张小纸头上，那还算不了什么大事。不管他说什么都不能让那位老爷安静下来，他还一直在过道里大喊大叫，他的同僚在其他方面彼此都不怎么友好，但对那位老爷的喊叫似乎看法完全一致；事情慢慢地变得清楚了，仿佛那位老爷为大家承担了大声吵嚷的任务，他的同僚一个劲儿地喝彩、点头，以此给他助威，鼓励他闹下去。但现在，那个侍从不再注意他的喊叫了，他已经把案卷分发完了，他指了指小推车的车把，意思是叫另外一个侍从来把车，于是他们又像来时那样走了，只是心情更加满意，脚步也迈得更加轻快，以致小推车在他们面前一颠一颠地跳个不停。只有一次他们吓了一跳，忙回过头来想看个究竟，当时 K 正在那个喊叫不休的老爷门前徘徊，因为他很想搞清楚，那位老爷到底想要干什么。而那位老爷此时显然发现，再一味大喊大叫也没多大用处，或许他发现了一个电铃的按钮，欣喜不已，这样他就不用再喊叫，可以不断地按电铃了，真是如释重负。电铃丁零零地一响，其他房间里顿时响起一阵叽里咕噜的细语声，听起来似乎赞同他这样做。看来那位老爷做了大家早就想做、只是找不到理由可做的事情。那位老爷拼命按铃，是要叫招待，叫弗丽达来吧？那他就得长时间地按铃。弗丽达这时正忙着用潮乎乎的被单把耶雷米阿斯裹起来，即使他身体好了，她也没有时间来，因为到那时她就躺在他的怀里了。不过，铃声立刻见了效。贵宾旅馆的老板亲自从远处赶来了，他像往常那样穿着一身黑衣服，纽扣依旧扣得紧紧的；但他跑路的样子似乎忘记了自己的尊严；他双臂半张，好像由于出了一场大祸他才被叫来的，他赶来是要抓住这场大祸，立刻把它扼杀在自己的怀里。铃声忽长忽短，没有规律，老板随着这样的铃声，好像忽然一跳老高，脚下跑得也就更快了。在他身后，离开一大段路，他老婆也跑来了。她也张开双臂，但步子迈得很小，而且有点扭捏作态的样子。K 心里想，她来得太晚了，等到她赶到，老板早就把一切要做的事都处理好了。为了给老板让路，K 紧紧地站到墙根。可是，老板偏偏在 K 的面前停下了脚步，好像 K 就是他的目标，不一会儿老板娘也赶来了，两个人劈头盖脑地把他痛骂一顿。此事来得十分突然，叫人猝不及防，所以他对他们指责的话一句也没听明白，尤其是因为这中间还夹杂着那位老爷的铃声,而其他房间的电铃这时也响了起来,此时按铃倒不是有什么急事,而只是开开玩笑而已。K 所关心的是,要弄清楚自己究竟有什么过错,因此同意让老板抓住他的手臂,同他一起离开这个喧哗的地方。吵闹声越来越响,因为他们背后的房门全都打开了,过道里热闹起来,来往的人也多了,就像在一条热闹的狭窄的小巷里。K 没有回过头看一眼,因为老板在一边,老板娘在另一边,急促地在对他劝导;在他们前面的房门显然在不耐烦地等候 K 走过去,K 一走过去,便可以把那些老爷放出来。这时,大家不停地按铃,响亮的铃声回响在整个过道里,好像在庆祝胜利似的。老板他们又来到寂静的白雪覆盖的院子里,那里有几架雪橇正等着呢,K 这时终于渐渐地明白这到底是怎么一回事了。无论是老板,还是老板娘,都无法理解,K 怎么敢做出这种事呢。"可他到底干了些什么呢?"K 几次三番地问道,但老半天都得不到一句答复,因为老板和老板娘觉得,他的过错是明摆着的,因此他们压根儿就没有去想他还会有什么好心。只是这一点K 认识得太慢了。原来,他错就错在他待在过道里,通常他顶多只能进酒吧间,这也只有得到特许才能进去,而这种恩准随时都可以取消。若是他被一位老爷传唤,那他就必须到传唤地点,但他必须时时意识到,他到了他其实不该到的地方,只是由于这位老爷因公务上的需要,万般无奈而传唤他,他才来了。他至少该有这点儿常识吧?因此他必须赶紧去报到,接受询查,然后就赶快离开,离开得越快越好。难道他在过道里待着就没有一点儿犯罪感吗?假如他有,那他怎么会像牧场上的牲畜在那儿到处乱跑呢?难道他没有被传唤去接受过夜间询查吗?难道他不知道为什么要进行夜间询查吗?说到这儿,K 才了解到有关夜间询查的新解释,原来夜间询查只有一个目的,那就是在夜间听取申诉人的申诉,因为白天那些老爷看到申诉人就忍受不了,所以夜里在灯光下很快地进行询查,随后就有可能美美地进入梦乡,把他们的种种丑态很快忘掉。可是,K 的行为却是对这种谨慎的防范措施的一种嘲笑。在天亮时妖魔鬼怪也会销声匿迹,但是 K 却站在那儿,双手插在口袋里不想离开,仿佛他在等过道所有房间里的老爷全都走掉似的。这一点 K 好像很有把握,要是有可能的话,也肯定会发生,因为那帮老爷特别能体谅人。比如说吧,谁也不会把 K 赶跑,或者说他到了该走的时候了;尽管谁也不会这样做,但看到 K 站在那儿,他们显然会气得浑身发抖,而且早晨这个最宝贵的时间就会因此而断送。他们不会反对K,对他采取什么行动,他们宁可自己受罪,当然他们也怀着一丝希望,那就是希望K渐渐认识到这个一眼就能看清的痛苦的事实,看到自己大清早在众目睽睽之下站在过道里是多么不伦不类,对此那帮老爷感到痛苦难忍,同样他自己也会痛苦得无法忍受。但这种希望是徒劳的。他们不知道,或者说,他们由于友好和宽容而不想知道,天下竟然还有麻木不仁、冷酷无情、任何崇敬的感情都感化不了的心。即使夜间的飞蛾,这种可怜的小昆虫,到天亮时也要找个僻静的角落藏匿起来,很想叫人看不见,但它却做不到,它不是在为此而犯愁吗?而K处在最显眼的地方,若是这样做能阻挡白天的到来,那他肯定会这样去做。他不能阻挡白天的来临,但很可惜,他能延缓白天的到来,给它增添点麻烦。他不是看见分发案卷了吗?这种事,除了亲自分发案卷的人之外,是不许任何人看见的。连客店的老板和老板娘也不许看见。这种事他们只是听人以暗示的方式说起过,比如说今天听到两个侍从提起此事。难道他没有发觉,分发案卷的工作是在多么困难的情况下进行的吗?这件事本身就叫人无法理解,因为每个老爷只是效忠于工作,从来就不计较个人的得失,因此都全力以赴,设法让分发案卷这个重要的基本工作能够很快、很轻松地、毫无差错地进行。分发案卷时,几乎所有的门都紧闭着,老爷们之间不可能有直接交往,不然的话,他们之间很快就能取得谅解。现在由两个侍从进行沟通,这几乎就要拖上几个小时,而且从来也不会顺顺当当,叫人感到满意,没有任何怨言,这对老爷和侍从来说,都是个长时间折磨人的痛苦,而且还有可能给今后工作带来不良后果。这就是造成各种困难的主要原因。对这一点难道K从远处观察就没有一点预感吗?那些老爷为什么不能互相交往呢?是啊,难道K对此就一直不明白吗?据说这类事情老板娘还从来没有遇到过,老板也以自己的人格担保,证实了这一点,何况他们还说,他们同形形色色难缠的人打过交道呢。凡是人家通常不敢说出来的事,就得公开告诉他,不然的话,他就连最要紧的事也弄不明白。既然得说出来,那就说吧:因为他,完全是因为他,老爷们才不能从自己的房间里出来,因为他们在早上,刚刚睡过觉,就暴露在陌生人的眼前,总觉得很敏感,很难为情;纵使他们已经穿戴整齐,他们总觉得自己赤身裸体,不好见人。他们为什么感到害臊也很难说,他们这些从早到晚忙个不停的人之所以感到害臊，也许是因为他们睡过觉了。不过，见到陌生人也许比自己抛头露面更会使他们觉得害臊；他们借助于夜间询查的办法，很幸运，使自己避开了那些一见就令人难以忍受的申诉人，当然他们不愿意大清早毫无准备地突然又见到申诉人的真实面目。这样的事他们是应付不了的。不把这件事放在眼里的人会是一种什么样的人？这肯定是 K 那样的人。这种人用麻木不仁、满不在乎的态度，用昏昏沉沉的神态，置一切于不顾，他们既把法律，也把人之常情统统抛到脑后；这种人根本不考虑自己干扰了分发案卷的工作，严重损害了旅馆的声誉，而且还惹出一件前所未有的事儿，逼得那帮老爷走投无路，只好起来自卫，竭力克制自己，那是常人无法想象的，之后才按铃求救，为的是把采用其他方式都不能吓走的 K 赶跑！他们，这帮老爷，纷纷呼喊求救！老板、老板娘和旅馆全体职员，如果胆敢未经呼唤一大清早就出现在老爷们的面前，哪怕只是前来帮个忙，随后就立刻离开，岂不早就赶来了吗？他们被 K 气得浑身发抖，又对自己无能为力而感到灰心，他们真该在过道的尽头等候的，这时铃声响了起来，真是没有想到，铃声对他们来说真是一次解放。好啦，最糟糕的事情过去了！他们若是能够回头看一看，看看终于摆脱了 K 的老爷们高高兴兴的热闹场景，该有多好啊！对 K 来说，事情当然还没有过去；他在这儿造成的恶果，肯定将要由他来承担一切责任。

这时他们已经走进了酒吧间；老板尽管很生气，但还是把 K 带到这儿，这到底是为什么，谁也不清楚，也许老板已经看出，K 着实疲惫不堪，无法离开旅馆。K 没有等人家请他坐下，就立刻疲倦地跌坐在酒桶上。在那儿的黑暗处，他也感到很舒适。在这个大房间里，现在只有一盏电灯亮着，照着啤酒龙头。外面仍然一片漆黑，看来好像在飘雪。他躺在暖和的地方，真是感激不尽，但必须采取预防措施，免得再被人家赶出去。老板和老板娘一直站在他面前，这似乎说明，K 始终是个危险，好像他这种人实在靠不住，很有可能突然跳起来，试图再闯进过道里。再说，他们夜里受到惊吓，过早地起了床，因此也累了，特别是老板娘；老板娘穿着一件束着带子、下摆宽大、纽扣钉得有点儿不整齐的棕色丝绸连衣裙，走起路来窸窸窣窣作响。不知她匆忙之下是从什么地方取出这件连衣裙的？她颓丧地把头靠在丈夫的肩上，用一块精致的小手帕擦拭着眼睛，同时孩子般地恶狠狠地盯着 K。为了让这对夫妇放心,K 说,他们现在对他说的这一切,过去他还从来没有听到过,尽管对这些事一无所知,他本来不想在过道里待这么长时间的,在过道里他的确没事可做,也绝不想打搅任何人,事情之所以会发生,是因为他太疲倦了。他感谢他们结束了这个叫人尴尬的局面,若是真的要让他承担责任,那他也是很欢迎的,因为只有这样,别人才不至于对他的行为产生误解。他说,造成这一过错的原因,只是他太疲倦了,而不是别的。他之所以这么疲倦,是因为他还不习惯于这种紧张的询查。他说,他到这儿来还没过多久呢。若是他在这方面有了一些体验,那就不会再发生类似的事情。也许是他对询查看得太认真了,不过这本身也许并没有什么坏处。他已经接受了两次询查,一次紧接一次,第一次是在毕格尔那里,另一次是在艾朗格那里,特别是头一次询查弄得他精疲力竭,第二次询查的时间当然不长,艾朗格只是请他帮个忙,但两次询查连在一起,那就超越了他一下子所能承受的限度,事情若是落在另外一个人的头上,比如说,落在老板先生的头上,恐怕也会吃不消。第二次询查后,他就被搞得晕头转向,简直像是喝醉了酒;他毕竟是第一次见到这两位老爷,听到这两位老爷的训话,况且还得回答他们提出的问题。就他所知,一切都进行得很顺利,但随后便发生了这件倒霉的事,可是根据前面的情况,这件倒霉的事不能责怪他。遗憾的是,只有艾朗格和毕格尔两个人知道他当时的情况,他们本来一定会关心他的,那么事情就不会发生了,但艾朗格在询查后不得不立刻离去,显然是要乘马车赶回城堡,而毕格尔呢,他可能被那次询查搞得疲惫不堪,所以就睡着了,在分发案卷的整段时间里一直没有醒。毕格尔都这样了,K 受完询查后怎么还能精力充沛地坚持下去呢? K 若是有类似的机会,他也会高高兴兴地充分利用的,禁止他看的事情,他绝对不会去看,这是很容易做到的;实际上,不管是什么,他也看不到,因此那些最敏感的老爷看到他也不会害臊。

　　K 提到的这两次询查,特别是应付艾朗格的那次询查,以及 K 谈到两位老爷时所流露出的那份敬意,倒使得老板对 K 产生了好感。看样子老板想要满足 K 的请求,在酒桶上搁了一块木板,好让他在那儿至少可以睡到天亮;但老板娘明确表示反对,一个劲儿地摇头,此时她才注意到自己衣冠不整,于是徒劳地整理自己的连衣裙,这儿扯扯,那儿拉拉,可是都不管用;显然早就有过的一场有关旅馆整洁的争论,眼看就要爆发了。对疲惫不堪的

K 来说,这对夫妇的谈话至关重要。他觉得,若是自己从这儿被赶走,那似乎是他至今所遇到过的最倒霉的事了。绝对不能让这种事发生,即使老板和老板娘联合起来对付他,也不能让他们把自己赶出去。他蜷缩在酒桶上,眼睛警觉地看着他们俩,他早就注意到,老板娘非常敏感,这时她突然神经质地往旁边一站——或许她和老板已经在谈其他事了——大声喊道:"瞧他是怎么看我的! 你赶快把他弄走!"但是 K 心里有数,他几乎到了满不在乎的程度,他深信自己准能在这儿待下来,于是趁机说道:"我没有看你,我只是在看你的衣裙。"——"你为什么看我的衣裙?"老板娘愤愤地说。K 耸耸肩。

"你来!"老板娘对老板说,"他喝醉了酒,这个流氓。让他在这儿睡一觉醒醒酒吧!"她还叫佩琵给 K 随便扔个枕头什么的。听到老板娘的叫唤,头发蓬松、样子疲惫不堪的佩琵,手里懒洋洋地拿着一把扫帚,从黑暗处走了出来。

第二十章

　　K醒来时,起初还以为自己根本就没有睡过;房间里依然空空的,很暖和,四壁沉浸在黑暗之中,啤酒龙头上面的那盏电灯已经熄灭,窗外仍是夜色沉沉。他舒展四肢,枕头落在地上,铺板和酒桶咯吱吱响,这时,佩琵立刻就来了。K这才明白,原来天又黑了,他这一觉睡了十二个小时以上。白天时,老板娘曾经几次打听过他的情况,盖尔施泰克这期间也曾来这儿看过K,早晨K和老板娘说话时,盖尔施泰克就在这儿的黑暗处,边喝酒边等候着,但他没敢再上前打扰K;另外,据说弗丽达也来过,在K身边待了一会儿,但她不是为K来的,而是因为她在这儿有些事情必须准备好,晚上她就要再来干她的老行当了。"她不喜欢你了?"佩琵把咖啡和点心端来时,这样问道。但她问时不再像过去那样怀有恶意,而是有点儿伤心,好像她在这期间看透了人间的凶狠,两相对照,她个人的凶狠相形见绌,变得毫无意义了;她跟K说话,就好像在跟同病相怜的人说话似的。他尝了口咖啡,她看出他嫌咖啡不够甜,于是赶紧跑去端来装满糖的罐子。她仍然非常伤心,尽管如此,但她并没有忘记打扮自己,今天也许比上次打扮得更漂亮;她在头发上编了许多蝴蝶结和丝带,额头上和两鬓的头发也细心地烫过,脖子上的一条项链,垂挂在开口很低的短衫里。K想到自己终于睡了一觉,而且还可以喝到喷香的咖啡,心里自然感到非常满意,这时不由得偷偷地伸手抓住一个蝴蝶结想要解开,佩琵疲惫地说:"别动我。"说着便坐在他旁边的一只酒桶上。根本用不着K问她有什么痛苦,她自己立刻就开始讲了起来。她目光呆滞地盯着K的咖啡杯,好像她在说话时也需要分散一下注意力,哪怕她在诉说自己的痛苦，好像也不能沉浸其中，因为这超越了她的力量。K首先了解到，佩琶的不幸其实是他造成的，但她并不恨他。她说的时候一个劲儿地点头，为的是不让K提出任何异议。起初K把弗丽达从酒吧间带走，这样才使佩琶的提升有了可能。不然的话，谁也想不出别的办法能够促使弗丽达放弃她的职位。她坐在酒吧间里，犹如一只蜘蛛守在网中，四面八方都有它的丝网，这些丝网只有它才认得出来；想要违背她的意志，将她从她的职位上弄走，那是万万办不到的；只有她对卑贱的人的爱，换言之，就是这种爱情与她的地位是不相匹配的，才能把她从这个职位上赶走。而佩琶呢，她难道没有想过为自己争得这个职位？她是个客房侍女，地位低下，没有什么前途，她也像其他姑娘那样，梦想有个远大前程，她无法禁止自己做这样的美梦，但她并没有认认真真地一心想出人头地，她对已获得的职位已经感到心满意足了。后来，弗丽达突然离开了酒吧间，事情来得实在太突然，老板无法立刻找到一位合适的人来替代她，他四处寻找，目光最后落在佩琶身上，佩琶自然是竭力表现自己，充分迎合老板的心意。那时候，她爱上了K，她还从来没有爱过一个人呢；以前她在楼下自己那个昏暗的小房间里待了几个月，并准备在那儿待上几年，若情况不妙，她就默默无闻地在那儿度过一生，可是此时K突然出现了，他可是个英雄，是姑娘们的救星，他给她铺好了平步青云的路。K当然对她一无所知，他并不是专为她这样做的，但这已经使她感激不尽了；在聘任她的前夜——虽然还说不上一定会聘任她，但也有了八九成的把握——她和他聊了几个钟头，悄悄地对他倾诉她的感激之情。而他扛在自己肩上的恰恰是弗丽达这个沉重的包袱，在佩琶眼里，他的这一行为显得十分高尚；为了给佩琶铺平道路，他把弗丽达作为自己的情人，这里面体现出一种叫人不可思议的忘我精神；弗丽达长得并不漂亮，显得有些老，人又很瘦，头发短而稀，另外还诡计多端，内心总是怀着某些秘密，这也许和其外表有些关系；如果说她的外貌和体形都显得格外难看，那么她至少有其他一些人们无法查明的秘密，比如她同克拉姆的关系。当时，佩琶甚至还产生这样一些想法：假如K真的有可能爱上弗丽达，那么他不是欺骗自己，也许只是为了欺骗弗丽达，他这样做的唯一成果也许只是佩琶的提升，这样，K就会发现自己的过错，或是不想再隐瞒自己的过错，他就不会再看弗丽达，而只想见佩琶。这不是佩琶在异想天开，因为她和弗丽达，是可以较量一番的,双方旗鼓相当、势均力敌,这谁也不会否认。再说把K一时搞得神魂颠倒的,主要是弗丽达的地位和她善于给自己的地位披上一层光辉,所以,佩琵曾梦想过,要是她得到了这个职位,K就会恳求她,那时她就可以进行选择,或是答应K,丢掉职位,或是拒绝K,继续往上爬。她心里早就想好了,她要放弃一切荣华富贵,降格迁就他,教他懂得什么是真正的爱情,这种爱情他在弗丽达的身上永远不可能得到,这种爱情不取决于世上的荣誉地位。然而,事情的结果却完全是另外一个样子。这该怪谁呢?首先应当怪K,其次当然要怪弗丽达的那套诡计。首先应当怪K,因为他想要干什么呀,他是个什么样的一个怪人啊,他要追求什么呢?究竟是什么重要的事情使他忙得不可开交,使他把最亲、最好、最美的东西忘得一干二净呢?佩琵成了牺牲品,一切都是那么愚蠢,一切都落了空;谁要是有能力给整个贵宾旅馆放把火,把整座旅馆烧掉,烧得片瓦不留,烧得不留任何痕迹,像炉膛里的一张纸那样烧个精光,谁就会成为佩琵今天选中的心上人。是啊,四天前的今天,将近午饭时分,佩琵进了酒吧间。酒吧间里的工作一点儿也不轻松,简直累死人,但能够捞到的好处也不少。佩琵以前的生活也不是过得无忧无虑的,即使她从来没有妄想得到这样一个职位,但她详细观察过,晓得这个职位很重要,要是事先没有准备,没有做到心中有数,她是根本不会接受这个职位的,不然的话,工作一开始,无需几个小时,她就会把它丢掉。在酒吧间里,一举一动要是像客房侍女那样行事,那就更糟糕!作为客房侍女,你会渐渐地感到自己的一生虚度了,或是被人遗忘了;在那里就像是在矿井下干活,至少在秘书们的那条过道里是这种情况,你在那里一连待上几天,只能看见少数几个申诉人,他们匆匆忙忙地来来去去,连头也不敢抬起来望一眼。在那里除了两三个其他客房侍女之外,你见不到任何人,就是这些客房侍女在精神上也同样感到很痛苦。在早晨,她们根本不允许离开自己的房间,那些秘书们喜欢单独地安安静静地待着,跟班们把饭菜从厨房里给他们端来,客房侍女通常没事可干,在吃饭的时候,客房侍女也不准在过道里露面,只有那帮老爷在办公的时候,才允许她们收拾房间,当然她们不能进有人的房间,只能在正好空着的房间里打扫,而且干活不得弄出响声来,免得老爷的工作受到干扰。可是那帮老爷在房间里一干就是好几天,还有厨房里来的那些跟班,那些邋遢鬼,也在房间里磨磨蹭蹭的,等到终于可以放客房侍女进去打扫时,房间里早已脏得连一场洪水也无法冲洗干净了,这时打扫起来怎么会没有声响呢?不错,他们是些高贵的老爷,但你只有拼命克制对他们的厌恶,在他们走后进去打扫。客房侍女并没有太多的事要做,但做起来够棘手的。她们从来也听不到一句好听的话,听到的只是一个劲儿的指责,特别是经常听到这句叫人难受的话:收拾房间时把案卷给弄丢了。实际上她们根本没有弄丢过任何东西,连一张小纸片都交给了老板,案卷有时确实是丢了,但并不是侍女搞丢的。于是调查委员会派来了一批人,侍女们必须离开自己的房间,那些委员们把她们的床铺翻了个遍,侍女哪有什么财物,两三件东西放在一只背篓里也装不满,可是委员们一搜就是好几个钟头。当然他们什么也查不到,案卷怎么会跑到姑娘们的房间里来呢?姑娘们拿这些案卷有什么用呢?但是结果又是老样子,老板又把失望的老爷们的谩骂和威胁转达给姑娘们。无论是白天还是黑夜,她们都没有一点清静的时候,吵闹声一直持续到半夜,大清早又开始了。若是不住在那里,那就会好一点;但又必须住在那里,因为在休息的时候,特别是在夜里,侍女们一听到老爷要点心吃,就得马上到厨房里去拿,这是她们的任务。事情往往是这样:先是侍女的房门突然被拳头敲得砰砰响,接着吩咐要什么吃的,侍女就赶紧跑到楼下的厨房里,摇醒熟睡的伙房小伙计,把盛着所要点心的盘子放到侍女的房门口,然后再由跟班拿走,这一切多惨哪!但这种事还算不上是最糟糕的。确切地说,最糟糕的是没有人来要什么点心的时候,换句话说,那是在深更半夜,本该人人都睡了,大多数的人也真的睡了,有时竟有人在侍女房门外蹑手蹑脚地走来走去。于是姑娘们纷纷下床来——床是三层铺,一层叠一层的,因为房间小得很,实际上侍女的整个房间无非是一个三格大橱柜罢了——她们走到门边听听,跪在地上,吓得互相搂抱在一起。不知是谁在房门外一直蹑手蹑脚地走动着。只要他立刻进房来,她们反而会感激不尽的,可是什么事也没有发生,也没有什么人进来。关于这种事,你只好对自己说,用不着担心有什么危险,也许只不过是什么人在门外走来走去,考虑要不要吩咐侍女订份夜宵什么的,可后来还是拿不定主意。也许就是这么回事,也许是别的什么事,因为姑娘们一点儿也不认识那帮老爷,连朝他们看过一眼也没有。不管怎么说,几个侍女在房间里吓得几乎要昏过去了,等到房外终于安静下来后,她们才一个个靠在墙上,连爬到床上去的力气也没有了。那种生活又在等着佩琵了,今天晚上她就要搬回客房干侍女的活了。为什么呢?那是因为 K 和弗丽达的缘故。说到底,那种生活她无论如何是无法逃脱的,虽然她靠 K 的帮助,并尽了自己最大的努力一时逃脱了,可现在又得回去过那种日子了。在那里干活儿,即使平常最爱打扮、最爱整洁的姑娘,也都变得马马虎虎,不修边幅了。她们打扮自己给谁看呢?谁也看不见她们,最多是厨房里的小伙子能看见她们罢了;谁要是对此感到满足,那她就去打扮自己好了。另外,她们通常进进出出的地方,要么是自己的小房间,要么是那帮先生的房间,若是穿着整洁的衣服踏进老爷们的房间,那只能表明自己大大咧咧,糟蹋自己的衣服了。她们一年到头生活在灯光下,生活在浑浊的空气里——房间总是生着暖气——实际上是很累人的。每星期有一个下午可以自由活动,到了这个日子,她们最盼望的是在厨房的贮藏室里,安安静静、放心大胆地睡一觉。因此,她们干吗还要打扮自己呢?是啊,她们的衣服本来就少得可怜。这时,佩琵突然被调到酒吧间工作,在那儿,若是想保住自己的职位,那么与做侍女恰恰相反,需要打扮一番。在酒吧间,她总是在别人的眼皮底下干活,时刻被别人盯着,那些人中有的是很爱挑剔、很爱仔细观察人的老爷,因此,一个人的模样必须尽量让人一看就觉得漂亮,觉得舒服。是啊,现在要来个大转变。佩琵可以说,这一切她都做到了。今后情况会怎么样,对此佩琵并不感到担忧。干这种差事所需要的本领,她都具备。这一点她心里明白,而且十分有把握,到现在她还有这份自信,谁也不能把她的这份自信夺走,今天不能,在她失败的那一天也不能;问题只是她怎样才能在一开始就经得住这种考验,这是很困难的,因为她是个穷招待,没有衣服,更没有首饰,那帮老爷可没有耐心等你慢慢地把这些东西添置起来,他们希望马上就有个地地道道的酒吧女招待,这中间不需要有什么过渡,不然的话,他们会转身就走。你也许会这么想,老爷们的要求压根儿就不高,因为连弗丽达也能使他们感到满意。不过,这种想法是不对的。佩琵也常常考虑这个问题,也经常同弗丽达在一起,有段时间里她还同她睡在一起呢。要摸清弗丽达与人相处有些什么诀窍,这可是件不容易的事,谁要是不特别留神,谁就会立刻被她弄得糊里糊涂的。究竟有哪些老爷会处处留神呢?谁也不如弗丽达更了解自己,谁也不如她本人更清楚自己长得有多难看,比如说吧,要是有谁第一次看见她把头发松开,谁就会因同情她而双手合十。按理说,这样一个姑娘连做客房侍女也不配,这一点她自己也十分清楚。有好几个夜晚,她还为此掉了不少眼泪,并紧紧地贴着佩琵,把佩琵的头发盘在自己头上。但是,她一当班,所有的疑虑顷刻间便荡然无存了,她认为她是世间最美的人,她还善于通过各种手法让所有的人都像她这么认为,她会识人,这是她真正的本领。她撒谎骗人的话能够脱口而出,这样人家就没有时间仔细看她;当然,这样长久下去也不行,大家都长着眼睛,迟早都会看明白的。但是,她在看出这样一种危险时,就已经准备好了另外一手,比方说,在最近一段时间她同克拉姆的关系!她同克拉姆的关系!如果你不相信这一点,你可以去调查调查;你去找克拉姆问问!多么狡猾啊!大概你不敢这么做,不敢因为这样的事去找克拉姆,你想要问他的事比这重要百倍也无法见到他,对你来说,他是根本见不到的——只有你,还有你这样的人,才觉得克拉姆是无法见到的,比如说像弗丽达这样的人吧,她什么时候想去见他,什么时候都可以蹦蹦跳跳地到他的房间去——若事情真是这样,你还是可以调查的,你只消等着好了!克拉姆是不会长久地容忍这类风言风语的,别人在酒吧间、在客房里议论他什么,他肯定会急切地想弄个明白,这一切对他至关重要,若是大家说得不对,他一定会立刻出来予以澄清的。

但他并没有出来对这件事予以澄清;那就是说,没有什么可澄清的,别人说的统统是事实。人们所看到的,只是弗丽达把啤酒端进克拉姆的房间,随后带着他付的钱又出来了;但是,人们看不到的,也正是弗丽达所讲的,大家只好相信她的话。实际上,关于这件事她什么也没说,她不会泄露那样的秘密;不会的,在她的周围,秘密是自行泄露出来的,既然秘密泄露出来了,她本人当然也就不再避而不谈了,但总是适可而止,无论什么事她都不作肯定,她讲的只不过是人所共知的事。她不是什么都讲,比如说,有件事她就没提,那就是,自从她到酒吧间以来,克拉姆喝啤酒比以往少了,虽然不是少了许多,但明显是少了。这方面当然有各种原因,大概是在这段时间,克拉姆不大爱喝啤酒了,或者是他把心思全放到弗丽达的身上,忘记喝啤酒了。不管怎么说,不管事情多么令人奇怪,反正弗丽达成了克拉姆的情妇。令克拉姆中意的东西,别人怎么会不赞赏呢?这样一来,人不知鬼不觉,弗丽达就成了个大美人,成了酒吧间真正所需要的姑娘;是的,她简直太漂亮了,太有魅力了,连酒吧间也容不下她了。实际上,大家觉得很奇怪,她怎么还待在酒吧间里;当个酒吧间的女招待是很了不起,由此看来,她和克拉姆的关系自然是令人可信的,不过,如果酒吧女真的成了克拉姆的情妇,那他为什么还让她待在酒吧间,而且还待那么久呢?为什么他不提拔她呢?人家可以对大家说上一千次,说这方面并没有矛盾,克拉姆这样做肯定是有种种原因的,或者说,弗丽达会突然间,也许就在最近,一下子被提拔上来;凡此种种说法,都没有多大效果,大家心里已经形成一定的看法,久而久之,无论别人说得多么天花乱坠,他们也不会改变自己的看法。谁也不再怀疑弗丽达是克拉姆的情妇了,甚至那些显然知道较详细的情况的人也没劲儿再去怀疑。"他妈的,你去当克拉姆的情妇吧,"他们心里这样想,"不过,如果你真的是他的情妇,那我们倒想从你的提升上看出来。"可是人们什么也看不出来,弗丽达在酒吧间一直待到现在,对一切都依然照旧,她暗地里还感到高兴呢。但她在别人的心目中却失去了威望,这一点她当然不会觉察不到,她其实是有先见之明的。一个真正漂亮的、讨人喜欢的姑娘,一旦在酒吧间过惯了,就不需要再耍什么手腕了;只要她的美色不改,她就会永远是酒吧间的招待,除非她遇上什么特别倒霉的事。可是,像弗丽达这样一个姑娘,大概随时都会为自己的职位而担忧,当然,她很聪明,她是不露声色的,相反动不动就抱怨和诅咒这个职位,但她暗地里却时时刻刻在观察别人的情绪,比如她看到,人家对她冷淡起来,她的露面再也引不起别人的注意,再也不值得人家抬头看一眼了,甚至连跟班们也不再理会她,他们很聪明,觉得现在应该去取悦奥尔珈之流的姑娘,她从老板的举止也发现,她越来越不得宠了,人们再也编造不出有关克拉姆的新鲜事儿了,一切都有个限度,因此弗丽达下定决心采用新的花招。有谁能立刻看穿她的花招就好了!佩琵预感到了,但很遗憾,她没有将其看透。弗丽达决心做一件能引起轰动的事,她,克拉姆的情妇,决心随便委身于一个人,尽可能是个最卑贱的人。这肯定会引起轰动,闹得满城风雨,成为人们长久议论的话题,最后大家又会想到做克拉姆的情妇是多么荣耀,因热恋新欢而抛弃这种荣耀是多么可惜。难就难在怎样才能找个合适的人来串演这出鬼把戏。不能找弗丽达的熟人,更不能挑个跟班,这样的人显然会目瞪口呆地望望她,随即便转身走开,特别是他对这件事不会太认真,尽管有利嘴快舌,也不能散布这样的奇闻:弗丽达遭到他的突然袭击，无法反抗，在失去知觉的情况下被他强暴了。即使是个最卑贱的人，他也必须是这样一个人：他能让人相信，尽管他很迟钝，很粗俗，但他一心所渴望得到的不是别人，而是弗丽达，他没有别的更高的奢望，一心要娶弗丽达。啊，我的天哪！虽说要找的人是个最普通的人，但若有可能，要找个比跟班还低下的人，比跟班还要低下得多的人，然而又不是被每个姑娘都嘲笑的人，也许另外一个有判断力的姑娘还会从他身上找到一些具有吸引力的东西呢。可是到什么地方找这样一个人呢？别的姑娘也许一生都在寻觅这样一个人，但始终没能找到。弗丽达的造化真好，可能恰恰在她第一次想出这个计划的当天晚上，土地测量员正好来到了她的酒吧间。土地测量员！是啊，K究竟在想什么呢？他头脑里装了一些什么特殊的事情呢？他要获得某些特殊的东西吗？一个好的职位？一种奖赏？他想得到这样一些东西吗？照此说来，他一开始就不该这么干。他是个微不足道的人，看看他的境况，真叫人伤心。他是土地测量员，这多少有点名堂，就是说他学到一点知识，有点儿本事，但如果他不知道怎样运用自己的知识，无用武之地，那他的知识就等于零。在这种情况下，他背后没有靠山，偏偏还提出种种要求，虽说不是直截了当地提出来，但人家发觉他正在提出种种要求，这实在叫人气愤。他究竟知道不知道，哪怕是个客房侍女，她同他多说一会儿话，也是有失体面的？他满脑子装着这些特殊要求，在第一个晚上就扑通一声掉进了一眼就看得出的陷阱里，难道他不感到害臊吗？弗丽达身上究竟有什么特殊的地方使他如此神魂颠倒呢？现在他也许可以承认了吧。这个黄皮瘦脸猴，他真的喜欢？这怎么可能呢，他都没有朝她看一眼，她只是对他说，她是克拉姆的情妇，这话在他听来还是条新闻呢，这下他鬼迷心窍了！现在，她不得不搬出去，贵宾旅馆当然再也没有她容身的地方了。在她搬走的那天早上，佩琵还见到了她，旅馆里的人都跑来了，大家都好奇地要再看上一眼。她的威力仍旧那么大，大家都为她感到惋惜，所有的人，连她的冤家对头在内，都为她感到惋惜；她的估计从一开始就证明是丝毫不差的；她委身于这样一个怪人，大家都觉得无法理解，以为她交上了厄运。那些小厨娘对酒吧间的侍女自然非常钦佩，所以更是伤心极了。甚至连佩琵也动了感情，即使她把自己的注意力集中在别的事情上，也无济于事，她忘不了这件事。她注意到，弗丽达本人其实并不怎么伤心。从根本上来说,这是个不幸,她简直倒了大霉,她也装出一副极其不幸的样子,但装得还不够,这个鬼把戏是骗不了佩琵的。是什么东西能让她挺得住呢?是这次新的恋情带来的幸福吗?噢,这种考虑已经排除在外了。但其他还会有什么原因呢?那时佩琵已经被定为她的后任了,是什么给了她力量,甚至对佩琵也和往常那样保持着不怎么亲热的友情呢?佩琵当时没有多少时间来认真琢磨这个问题,她有许多事要做呢,是啊,她必须做好准备,以便接替新的职位。也许再过几个小时她就要去当班,但她还没有做好头发,还没有时尚的衣服,没有漂亮的衬衫,也没有一双像样的鞋子。这一切她必须在几个小时内准备好;如果穿戴不得体,那最好还是放弃这个职位,不然的话,不出半个钟头,也准会把它再丢掉。说起来,有一部分她也准备好了。做头发,她很有一手,有一回老板娘甚至还叫她去给她做头发呢,她的手特别灵巧,当然她那头秀发确实也很好,要做成什么样子就可以做成什么样子。衣服也有人帮忙来做。她的两个同事对她真是诚心诚意,要是她们当中有谁当上了酒吧女招待,对她们来说也是一种荣耀,若是佩琵以后掌了权,那她们也会得到好处。其中一位姑娘有块贵重的料子,已经保存好久了,那是她的宝贝,她常常拿出来让其他姑娘欣赏,梦想有朝一日拿它派个大用场,现在佩琵需要,她就割爱了,这一做法多好啊。两个姑娘还十分热情地帮她做衣服,她们干得很欢,要是给自己做的话,恐怕也不会比这更起劲。她们甚至觉得这是一件非常轻松愉快的活儿。两个姑娘各自坐在自己的床铺上,一个在上铺,一个在下铺,她们边缝边唱,把缝好的部分和配件递上递下的。佩琵一想到这种情景,心情就格外沉重,因为看看眼下,这一切都是白费劲儿,现在自己两手空空,又要回到两个朋友那儿去了。这是个多大的不幸啊,全是 K 的过错,他太轻率了!那时,她们三个姑娘非常喜欢这件衣服,它似乎就是获得成功的保证,若是再补做一根腰带,那么毫无疑问,定能获得成功。这件衣服不是真的很漂亮吗?佩琵没有替换的衣服,不论白天还是黑夜都穿着它,现在已经穿得起皱了,而且还沾上了一些污斑,不过大家还是看得出来这件衣服很漂亮,就是巴纳巴斯家那个该死的小姐也做不出一件更好的来。还有,这件衣服,上边也好,下边也好,可以随意收紧或放松,因此它虽然只是一件衣服,但可以变换出不同的式样来,这是个特殊的优点,其实是她自己的一个发明。当然啰,给她做衣服也并不太难,佩琵可不是在吹牛,事情是明摆着的,凡是年轻健壮的姑娘,穿什么都合身。要搞到鞋和内衣,那就难得多了,实际上失败也是从这儿开始的。这件事,两个女友也竭尽全力相助,但力不从心。她们凑来凑去,缝缝补补,也只能弄出一件粗布衬衣来,高跟鞋没有弄到,她只好穿一双便鞋,这种鞋穿出去叫人看还不如藏起来好。她们安慰佩琵说,弗丽达穿得也不大漂亮,有时候她一副邋遢相,荡来荡去的,那个难看劲儿,客人们见了宁可让看管酒窖的仆从来侍候,也不要她。实际上也是这么回事儿,弗丽达可以这样做,她已经得宠,已经有了威望;若是一个有地位的贵妇人偶尔一次穿得脏兮兮的,不修边幅,在别人面前露面,反而显得妩媚动人,可是像佩琵这样的人,若是这样穿戴,结果会怎样呢?再说,弗丽达也穿不出像样的衣服来,她没有一点儿审美能力;若是一个女子天生黄皮肤,那她只得认了,但不必像弗丽达那样,穿一件开口很低的奶油色衬衫,免得让人看见的全是一片黄色。即便不是这个原因,她也是太小气,舍不得穿好的;她把挣的钱全都积攒起来,谁也不知道她要干什么。在酒吧间当班,她不需要花一个子儿,说个谎,要个花招,挣的钱就足够用了,佩琵可不愿学她这个样,她也不会学,因此她打扮得很漂亮,以便一开始就能引起人们注意,这是不无道理的。如果她这样做手段更高明点,那么,不管弗丽达多么狡猾,不管 K 多么愚蠢,她最终一定是个胜利者。开始还很顺利,在酒吧间工作所需要的操作技术和一些知识,事先她已经知道了。她一到酒吧间就适应了。弗丽达没来这儿上班,也没有谁记挂她。第二天,有些客人才打听弗丽达究竟到哪儿去了。佩琵没做错一件事,老板对此很满意;第一天他可非常担心,一直待在酒吧间,后来只是有时候走来看看,他发现账目一点儿不差,平均进款甚至比弗丽达在时还要多,于是到最后,他把一切都交给了佩琵。佩琵一来就搞了些革新。当初,弗丽达什么都管,连跟班也要监视,起码有时候是这样,特别是旁边有人看着时,她更要显露一手,她这样做不是出于对工作的热心,而是出于贪心,她要独揽大权,唯恐别人会削弱她的权力,而佩琵恰恰相反,她把这项工作交给了看管酒窖的仆从,他们干起来更顺手。这样,佩琵就能腾出更多的时间去照顾老爷们的房间,客人们若是要啤酒,一呼唤她马上就送去;尽管忙得不可开交,她还能抽空同大家聊上几句,她跟弗丽达大不一样,据说,弗丽达把整个身心都包给克拉姆了,与别人说句话,亲近一下,她都看做是对克拉姆的一种污辱。这样做当然也算得上是聪明的,因为她一旦让某个人亲近,这无疑是对那个人的一种天大的恩宠。但佩琵憎恨这样的伎俩,而且这些伎俩开始时也不需要。佩琵无论对谁都十分友好,而大家对她也以友好的态度相待。显而易见,所有的人对这一改变感到十分高兴;那帮老爷办公累了,坐下来喝一杯啤酒时,佩琵只消说一句话,丢个眼色,或是耸耸肩,就能使他们精神焕发起来。无论是谁,都迫不及待地要伸出手摸摸佩琵的鬈发,弄得她一天里不得不把头发梳上十来次,谁也无法抵挡她那鬈发和蝴蝶结的诱惑,就连平日心不在焉的 K 也抵挡不住。就这样,激动、繁忙而卓有成效的几天过去了。若是这几天不如此快地过去,若是这样的日子再多几天,那该多好啊!即使她拼命地干,累得精疲力竭,那四天时间也太少了,也许有五天时间就够了,但四天太少了。在这短短的四天里,佩琵已经遇到了不少好心人,交上了不少朋友。她信赖大家的目光,每当端着啤酒走过来时,她好像沉浸在友情的海洋里。有个名叫巴特迈尔的文书迷上了她,把一条鸡心项链送给她,鸡心里还嵌上自己的相片,这样做当然可以看出,这个文书的脸皮有多么厚。诸如此类的事虽然发生了,但只有四天的时间,在这四天里,倘若佩琵全力以赴,弗丽达几乎就被忘记了,但不会被彻底忘记;假若弗丽达事先不采取措施,不通过一个桃色新闻,让大家天天把她挂在嘴上,她就被遗忘了,说不定早就被遗忘了;她通过桃色新闻使自己变成了新人,大家都想见到她,不过只是出于好奇心;大家对她已经感到乏味,甚至感到厌倦了,但由于平日心不在焉的 K 的功劳,她才对大家又产生了诱惑力,当然,只要佩琵还在他们面前,还产生着影响,他们就不会因弗丽达而抛弃佩琵,但他们大多数人是上了年纪的老爷,他们在改变自己的老习惯方面显得很迟钝,若要适应一位新的酒吧女招待,确实需要几天时间,尽管这次调换酒吧女招待有很多好处;改变旧习惯是违背老爷们的意志的,因此需要几天时间,也许只要五天就够了,但四天是不够的,佩琵尽管成绩不小,但总是被看做临时性的酒吧招待。随后她遇上了这件也许是最倒霉的事:在这四天里,克拉姆虽然头两天已经在村里了,但没有到楼下客厅里来过。他若是来了,这对佩琵来说就是个决定命运的考验。对这样一个考验,佩琵并不感到害怕,反而感到很高兴,她欢迎这样一种考验。她绝对不会成为克拉姆的情妇——对这样的事情,当然最好是不谈为妙——也绝对不会为了抬高自己而谎称自己是克拉姆的情妇,但她起码会像弗丽达那样亲热地把啤酒杯放到桌子上,即便没有弗丽达那种殷勤挑逗的劲儿,也会做出可爱的样子,请个安,道个别;若是克拉姆想在姑娘眼里寻找什么的话,那他在佩琵的眼里也会如愿找到的。可是克拉姆为什么没来呢?难道是出于偶然吗?佩琵当时也是这么想的。那两天,她无时无刻不在盼着他,就是在夜里,她也在等着他。现在克拉姆该来了,她总是这么想着,她忐忑不安地走来走去,没有别的原因,只是心里等得发急,她还希望在克拉姆走进客厅时她头一个看到。这种一次又一次的失望,使她疲惫不堪;许多本来能做到的事,她却没有做到,也许就是这个原因。只要有点儿时间,她就偷偷地溜到楼上禁止任何闲人入内的走廊里,在那儿蜷缩在一个壁龛里等候着。她心里想,要是克拉姆现在来了,那该多好;要是我把这位老爷从房间里接出来,把他抱进客厅,那该多好啊!她想,我是不会被他压垮的,哪怕他身体再重,我也抱得动。但是克拉姆没来。上面过道里非常安静,若不身临其境,谁也想象不出。那里静得叫人根本无法久待,那种寂静会把你赶跑的。但佩琵还是一次又一次地跑上楼去;她十次被赶跑,十次又跑了上去。当然,这没有一点儿意思。若是克拉姆想来,他就会来的,但要是他不想来,佩琵在壁龛里哪怕心跳得憋个半死,也无法把他引出来。这是毫无意义的,但是,假如克拉姆不来,几乎所有的事情都变得毫无意义了。克拉姆没来。今天佩琵才知道,克拉姆为什么没来。要是弗丽达在上面走廊里看见佩琵蜷缩在壁龛里,双手捂着心口,她会乐不可支。克拉姆没有下楼来,这是因为弗丽达不允许他下来。克拉姆没有下楼,这并不是因为她请求的结果,她的请求并不能传到克拉姆那里。但她,这个蜘蛛精,有着各种各样的关系,关系多得谁也弄不清。若是佩琵跟某个客人说什么话,总是公开地说,就是邻桌的人也能听清楚。弗丽达什么也不说,她把啤酒杯放到桌上转身就走,只是她那条绸裙子,就是她唯一花钱买的那条裙子,发出窸窸窣窣的声音。但是,一旦她有什么话要说,那她就不是公开地说,而是弯下腰,对着客人的耳朵悄声细语地说,弄得邻桌的客人都把耳朵竖了起来。她说的显然大多是些无关紧要的事,但她拉到了一个关系,虽说并不是每次都会成功。她善于靠一个关系拉一个关系,若是大多数关系都中断了——谁会老是为弗丽达去操心——但她总是能时不时地紧紧抓住一两个关系。现在,弗丽达开始充分利用自己的这些关系。K 给了她机会，让她有可能这样去做。K 不是守在她身边，好好看住她，而是几乎不待在家里，到处东游西荡，这儿说说，那儿谈谈，他对什么都很注意，就是不关心弗丽达；最后，为了给她更多的自由，他竟然搬出桥头客店，住进那所空着没人住的校舍里。这一切真算得上是他们度蜜月的美好的开始。说起来，佩琵自然是最后一个指责 K 没有耐心守在弗丽达身边的人；K 在弗丽达身边是无法再忍受下去的，可是，他为什么不就此和她一刀两断呢？他为什么三番五次又回到她身边呢？他东游西荡，为什么会给人造成一个印象，仿佛他是为她在奋斗呢？看样子像是他通过和弗丽达接触才发现自己实际上是微不足道的，他希望自己能配得上弗丽达，希望自己能飞黄腾达，因此他暂时放弃同她厮守在一起，为的是日后能够为这种匮乏的生活作个补偿。在这期间，弗丽达可不想白白浪费时间，她坐在学校里，当初显然是她把 K 带到那所学校去的，如今她守在那里，观察着贵宾旅馆，观察着 K。她身边有两个她随时都能差遣的出色的信使：K 的两个助手。K 竟然把两个助手交给她支配，这真叫人无法理解；即使最熟悉 K 的人，也弄不明白他为什么这样做。弗丽达打发两个助手去见她的那些朋友，提醒他们记着她，并抱怨说，她被 K 这样的人拘禁起来了，煽动他们跟佩琵作对，通知他们说，她马上就回去，请大家帮个忙，而且发誓不对克拉姆露半点儿风声，还要做出仿佛要照顾克拉姆的样子，绝对不能让他到楼下的酒吧间。在别人面前，她装出照顾克拉姆的样子，接着又在老板面前成功地利用这件事，叫老板注意，克拉姆真的没有再下楼来。她说，楼下只有佩琵在侍候客人，克拉姆怎么会下来呢？调佩琵到酒吧间，这不怪老板，不管怎么说，佩琵始终都是所能找到的最好的替代的人，只是这个替代的人还不够理想，只当几天班也不行。对弗丽达的这一切活动，K 一无所知，他若不是在外边到处奔波，就是躺在弗丽达的脚边，懵里懵懂的；而弗丽达呢，她却在扳着手指数她回酒吧间还有几个钟头。两个助手不单单为弗丽达跑腿，传递信息，而且还搞得 K 醋意大发！弗丽达从小就认识两个助手，他们之间肯定不再有什么秘密可言了，但他们为了给 K 的脸上增添一点儿光彩，彼此间却爱慕起来，对 K 来说，这种爱慕有变成伟大爱情的危险。而 K 呢？他无论做什么，哪怕是最矛盾的事情，都是为了博得弗丽达的欢心，他任凭两个助手燃起他内心的嫉妒之火，另外，他自个儿出去游荡时却又容许他们三个人待在一起。看起来,他几乎成了弗丽达的第三个助手。弗丽达根据自己的观察结果,决定迈出重大的一步:她决定回去。目前的确正是时候,弗丽达这个狡猾的狐狸精竟然看出了这一点,并且还要加以充分利用,这真叫人钦佩。她的这种观察力和决断力,别人是无法模仿的;若是佩琵有这套本事,她的生活会是另外一个样子。要是弗丽达在学校里再待上一两天,佩琵也就不会被赶走了,她就当定了酒吧招待,博得众人的欢心与爱护,待到挣足了钱,给自己添置一些令人眼花缭乱的衣服,再有一两天的时间,不管谁施什么阴谋诡计,都挡不住克拉姆到客厅里来,他定会来这儿喝喝酒,舒舒服服感受一番,即便他发现弗丽达不在,他也会对这一人事变动感到极其满意的;只要再有一两天时间,弗丽达,连同她那耸人听闻的桃色新闻,她那各种各样的关系,她的两个助手以及其他的一切事情,都会被人抛到九霄云外,忘得一干二净,她再也不会在大庭广众面前抛头露面了。到那时,她也许会更紧紧地依靠K,还有,若是她能够去爱的话,她真的会爱他吗?不会,这也不会,因为K也用不着一天时间就会对她感到厌烦,就会看清她是如何凭借她那所谓的美貌,凭借她那所谓的忠贞,尤其是凭借她对克拉姆的所谓爱情在无耻地欺骗他;只要再有一天时间,无需更长,他就能把她连同她和两个助手搞的全部肮脏的鬼把戏扫出家门;想想吧,即便是K这样的人也不需要更多的时间,只要有一天就够了。弗丽达就在这个节骨眼上,就在她所处的两种危险之间,就在她眼看要遭到灭顶之灾的时候,她突然脱身了。K实在是头脑单纯,竟然还给她留出了一条逃生的小路。谁也没料到这一点,这简直是违背常情。是的,弗丽达突然脱身了,她把K,一直还爱着她、始终在追求她的K,一下子赶走了,并在朋友们和两个助手所施加的压力之下,她在老板眼里竟然成了旅馆的救命恩人,她凭借着桃色新闻,变得比以往更富有魅力了,无论是卑贱的人还是高贵的人,都开始追求她,这是有据可查的;但她却落在一个卑贱的人的手里,不过只是转眼的工夫,她很快就理所当然地一脚把他踢开了;这个人也罢,其他人也罢,都不能像先前那样靠近她,谁也无法把她弄到手;只是过去人们对这一切表示怀疑,现在是深信不疑了。就这样,弗丽达回来了。老板斜睨了佩琵一眼,他犹豫不决——佩琵干得如此出色,如此经得起考验,难道要牺牲她吗?但他很快被说服了,有许多人在替弗丽达说好话,尤其是说她能让克拉姆重新回到客厅里来。现在已是傍晚了，我们的话就此终止吧。佩琵不会等弗丽达来，让她得意洋洋地来接收这个职位，她已经把账目交给了老板娘，她可以走了。侍女房间里的那个下铺已经为她准备好了，她要到那儿去，两位眼泪汪汪的女友会欢迎她的，她要把连衣裙从身上脱下来，扯下头发上的丝带，统统塞进一个角落里，在那儿藏得严严实实的，免得触物生情，回想起本应忘记的这段时光。随后她将再次提起那个大水桶，拿起大扫帚，咬紧牙关开始干活。但是，她眼下还必须把这一切讲给K听，不然的话，他现在对这件事一点儿也不了解呢，她要让他明白过来，他对佩琵是多么狠毒，他害苦了她。当然，他在这件事情上也只是被人利用罢了。

佩琵讲完了。她深深地吸了一口气，擦掉眼睛里和面颊上的几滴泪水，然后看着K，点点头，好像她要说：这件事其实也并不是她倒霉，她会忍受住的，在这方面不需要别人，更不需要K来帮助和安慰，她尽管还很年轻，但对人生已经有了体验，知道该怎样生活，她的不幸只是证明她对做人的体验是对的，但是事情和K有关，她想让他明白事情的来龙去脉，即使她的一切希望都成了泡影，她也认为有必要这样做。"你这是胡思乱想，佩琵，"K说，"你说你现在才发现这些情况，这是不对的；这只不过是在你那黑暗的、狭窄的侍女房间里做的梦罢了，这些梦在那里倒正合适，但在这儿，在客来人往的宽敞的酒吧间里，就显得十分奇怪了。怀着这个想法，你无法保住这儿的职位，这是不言而喻的。就是你那件连衣裙和你的发型，尽管你大大夸耀了一番，其实也只不过是在你们狭窄的房间的黑暗里和你们的床上生出来的怪胎，在你们的房间里当然显得十分漂亮，但是在这儿的酒吧间里，无论谁见了都会在明里或暗里笑掉牙的。你还说了些什么呀？你说我被利用了，被欺骗了，是吗？不，可爱的佩琵，我和你一样，既没有被利用，也没有被欺骗。不错，弗丽达眼下离开了我，或者如你所说的，她跟那个助手私奔了，你是看到了一点儿真相。说她还会成为我的妻子，这确实是难以想象的，不过，你说我对她厌倦了，或者甚至在第二天就要把她赶走，或者就像有的妻子也会欺骗自己的丈夫那样，她欺骗我，所有这些都完全不对。你们这些客房侍女习惯了在钥匙孔里偷看，并由此形成你们自己的思维方式，你们确实看到了一点儿真实情况，于是就单凭这一孔之见，对全局做出了不起的然而却是错误的结论。其结果是，譬如在这件事上，我了解的比你要少得多。

弗丽达为什么离开了我,对此你讲得如此详尽,头头是道,可我半点儿也讲不出来。我觉得,可能的原因就是你曾经提到过的但没有充分论证的那个解释:我没有把她放在心上。这是真的,很遗憾,我没有把她放在心上,不过这是有特殊原因的,这些原因在这儿摆出来不合适;若是她回到我身边,那我当然是很高兴的,但我马上又会开始不把她放在心上。事情就是这样。她在我身边时,正如你拼命挖苦的那样,我总是到处奔波;现在,她离我而去了,我却几乎没事可干,我疲劳了,想着最好一点事儿也不干。你不能给我出点主意吗,佩琵?"——"可以,"佩琵说,她突然变得活跃起来,抓住 K 的两个肩膀,"我们两个都被骗了,我们就紧紧地守在一起吧。来,跟我一起到楼下客房侍女那儿去吧!"——"如果你还抱怨说上当受骗了,"K 说,"我就无法和你取得一致意见。你总是说自己上当受骗了,因为这些话使你觉得中听,使你深受感动。但实际情况是,你不配担当这个职位,甚至连我这个在你看来一无所知的人,也看出你不配干这个差使,可见这种不配是一目了然的。你是个好姑娘,佩琵;不过,要看出来可也不容易,譬如说我吧,我起初以为你很凶狠,很傲慢,但你不是这样的人,只是这个职位把你搞糊涂了,因为你不配干这个差使。我不想说,这个职位对你来说太高了;但这也不是高得了不起的职位,若是仔细看看,这个职位也许比你以前的职位体面些,但总的看来,也没有多大差别,两者非常相似,甚至彼此可以搞混;是的,几乎可以说,宁可当客房侍女,也不当酒吧侍女,因为,做客房侍女总是跟秘书们打交道,而在酒吧间里,虽然可以侍候客房秘书们的上司,但也要跟下等人,譬如说跟我这样的人交往;按照法律规定,我不能待在其他地方,只能蹲在这儿的酒吧间里,难道能够和我这样的人打交道是莫大的光荣吗?噢,你觉得是这样,也许你有你的道理。但正因为如此,你才不配干这个差使。这个职位和别的职位没什么两样,但你觉得这个职位就像天堂了,因此,你做什么都是那么过分热心,你把自己拼命打扮一番,认为天使也是这样打扮的,但天使实际上是另外一个样子。你整天提心吊胆,害怕失去这个职位,总感到有人在盯梢,试图用极其热心的举止来赢得你认为有可能给你撑腰的人,但这样一来,你反而打搅了他们,使他们特别反感,因为他们在旅馆里想图个清静,不想再把酒吧女招待的烦恼也加在他们自己的烦恼上。说弗丽达离开之后高贵的客人当中其实谁也没有觉察这件事,这倒是很有可能的，但今天他们都知道了，而且确实在想念弗丽达，因为她办起事来确实是大不一样。不管她平时怎样，也不管她怎么看重这个职位，她在当班时经验十分丰富，既冷静又沉着，你自己也亲口强调了这一点，但你并没有从中学到人家的长处。你注意过她的目光吗？那根本不是酒吧女招待的目光，简直像是老板娘的目光。无论什么都逃不过她的眼睛，而且每个人她都看在眼里。她的目光看谁一眼，其威力强大得足以使人折服。她也许略微瘦了一点，面色显得有点儿老，头发还可以梳得干净利落一点，但这有什么关系呢，同她的真正的长处相比，这些都是微不足道的事，对她的这些缺点看不顺眼的人，只能表明自己对大事没有见识罢了。我想谁也不能就此责备克拉姆，你不相信克拉姆爱弗丽达，这只能说明你这个年纪轻轻、没有经验的女子看问题的角度不对。在你看来，克拉姆高不可攀，这也有道理，因此你认为弗丽达无法接近克拉姆。这你错了。关于这个问题，即使我拿不出确凿的证据来，我也相信弗丽达亲口说的话。尽管你觉得事情不可信，尽管这件事同你对世界、仕途、高雅的风度、女人的魅力的看法格格不入，但事实总归是事实，就像你我现在并肩坐在这里，我的双手握着你的手一样，想来克拉姆和弗丽达也是并肩坐在一起，仿佛这是人间理所当然、天经地义的事。克拉姆是自动下楼来的，甚至是跑着下来的，走廊里没有人在暗地里守候他，他放开自己手中的工作，一定是他自己设法下来的。弗丽达衣着上的缺陷，你对此感到十分惊讶，但克拉姆并不觉得不顺眼。你却不相信她！你不知道，你这样做恰恰暴露了你自己，恰恰表明你缺乏经验！即便有人丝毫不知道她同克拉姆的关系，也一定会从她的气质方面看出，她受着某个人的熏陶，这个人比你、比我、比全村所有的人，都高明得多；谁都会看出，他们的谈话超越了客人和侍女之间打情骂俏的界线，这种打情骂俏看来正是你一生做人的目的。我是不是在冤枉你呢。你对弗丽达的优点非常清楚，你知道她的观察才能，知道她的决断力，知道她对人的影响，但你对这一切却做了错误的解释，以为她自私自利，只是用这些为自己捞好处，并做尽坏事，甚至把这一切当做对付你的武器。不，佩琵，即便她有这样的箭，那她离得那么近也不可能把它射出去。自私自利吗？我倒不妨说弗丽达牺牲了她已经拥有的东西，牺牲了她可以获得的东西，给我们两个创造了高升的机会，但我们两人使她大失所望，迫使她不得不再回到这儿来。我不知道是否是这么回事,我对自己的过错一点儿都不清楚,只有我把自己和你比较一下,我心里才会涌出这样的事:好像我们两个过于死心眼,过于吵闹,过于幼稚,太缺乏经验,我们竭力想得到一些东西,若是我们像弗丽达那样沉着,那样实事求是,这些东西就能轻而易举地、神不知鬼不觉地到手,然而我们却要哭啊,扯啊,拖啊,拼命折腾一番,就像个小孩子扯台布,结果什么也没得到,只是把桌子上所有精美的东西都扯到了地上,弄得自己永远也别想得到了;我不知道是不是这么回事,可我知道,比起你讲的那一套来,这倒更为真实。"——"啊呀,"佩琵说,"你爱上了弗丽达,因为她从你身边跑掉了;她跑掉了,爱她也就不难了。就算是这样吧,你爱怎么说就怎么说吧,就算你什么都对,就连你取笑、丑化我也做得对,那你现在打算干什么呢?弗丽达甩开了你,无论是照我的看法还是照你的解释,你都没有希望让她再回到你身边,就算她要回来,你也得先找到安身的地方。天气很冷,你既没有工作,也没有床铺,你到我们这儿来吧,你会喜欢我的两个女朋友的,我们会让你过得舒舒服服的;你就帮我们干活,这种活单单叫姑娘们来干确实太重了,今后我们也就用不着样样自己动手了,夜里也不会再胆战心惊了。到我们这儿来吧!我的两个女朋友也认识弗丽达,我们要把她的事全讲给你听,让你听腻为止。来吧!我们还有弗丽达的照片,全拿给你看。那时弗丽达比今天更简朴,你会认不出来,最多你只能从她的眼睛才认得出来,她那双眼睛在那个时候就在窥视人了。好了,你到底来不来呢?"——"允不允许我去呢?昨天我在你们的过道里被抓住了,结果惹起一场轩然大波。"——"那是因为你被抓住了,如果你在我们这儿,你就不会被抓住。谁也不会知道你,只有我们三个知道。啊,往后的日子会很有趣的。现在我已经觉得,那间屋子里的生活比前一阵要好受得多了。现在我不得不离开这儿,虽说如此,但我现在因此而丧失的东西也谈不上多了。你听着,我们三个在一起也从来不会感到无聊,我们必须让苦日子过得甜美些。我们在年轻的时候就尝到过苦日子的滋味,所以我们三个人守在一起,同舟共济,在那儿我们想生活得多美,就生活得多美,你会特别喜欢亨莉蒂,也会喜欢爱米丽的。我对她们讲起过你的事,这样的事在那儿听起来总叫人难以相信,好像那个房间的外面根本就不可能发生什么事似的。那儿房间里很暖和,当然也很狭窄,我们三个人还可以挤得紧一点儿;是的,我们尽管相依为命,但我们彼此都不感到厌倦；相反，我一想起我的两个女友，就对重新回到那儿去从心底里感到很高兴；我为什么要比她们过得好呢？当初我们三个人同心协力，紧紧团结在一起，因为我们三个人的前途都同样被封死了，没有出头的日子，可我到底突破了障碍，跟她们分了手。当然，我没有忘记她们，最叫我发愁的，就是我怎么能为她们办点事，怎么帮个忙；我自己的职位还不稳定呢——我一点也不知道，到底是怎么不稳定——我已经同老板谈起亨莉蒂和爱米丽的事了。对亨莉蒂，老板倒不是没有通融的余地，而爱米丽比我们两个年龄都大得多，大约同弗丽达年龄相仿，老板当然不会给她一点儿希望。你想想吧，她们都不愿离开那儿，虽然她们知道自己在那儿过的是一种苦日子，但她们已经适应了，心甘情愿地过苦日子，她们真是好人哪，我想，告别时她们都流下了眼泪，多半是因为看到我不得不离开那间共同居住的房间，到外面的严寒中去而感到心里难过——我们觉得，房间外面的一切都是冷冰冰的——而且她们不忍心看到我在陌生的大房间里同陌生的大人物打交道，这一切不为别的，只是为了混口饭吃，其实我们三个人一起过日子，至今不也过得不错吗？现在我回去，她们也许根本不会感到惊讶，只是为了安慰我，略微哭一哭，洒下几滴眼泪，为我的命运抱怨几声。随后她们将会看到你，并会发现，我走开了一阵子倒也挺好。现在有了个男人来帮助我们，做我们的保镖，这一定会使她们感到高兴；她们知道，一切都必须严守秘密，通过这个秘密，我们三个人的心连得会比以往任何时候都更为紧密，这会使她们欣喜若狂。来吧，求你了，到我们这儿来吧！你不用承担什么义务，你也不用像我们这样永远待在我们的房间里。若是到了春天，若是你在别的什么地方找到安身之处，而且不再喜欢我们这个地方了，那你可以走；不过，你必须继续保守秘密，别出卖我们，不然的话，我们在贵宾旅馆就再也待不下去了；当然，如果你待在我们这儿，你得处处小心谨慎，绝对不能在我们认为危险的地方露面，还有，你得听我们的劝告；这是唯一约束你的一点，你必须同我们一样，把这件事牢牢记在心里，除此之外，你一切都很自由，我们派给你的活一点也不重，你不必担心。你到底来不来？"——"到春天还有多久？"K问道。"到春天？"佩琵重复他的话说，"冬天在我们这儿很长，而且非常单调。但是我们住在楼下对冬天从来也不抱怨，过冬防寒措施我们搞得很好。是的，春天总会来的，还有夏天，夏天也总会来的；但如今回想

起来,春天和夏天似乎都特别短,好像总共不会超过两天似的,即使在这几天里,有时在难得的一个晴天也会突然下雪。"

这时,门开了,佩琵吓了一跳。她的思想像是脱缰的野马,离开酒吧间已经很远了,但进来的不是弗丽达,而是老板娘。老板娘发现 K 还在这儿,装出很吃惊的样子。K 连忙表示道歉,说他在等老板娘,同时他感谢旅店让他在这儿过夜。老板娘不明白为什么 K 等她。K 说,他有一种感觉,觉得老板娘还要同他谈一谈,如果这是个误会,那就请她原谅;另外他表示,他得赶紧走,他是校役,随随便便地离开了学校,离开的时间太久了,这一切都怪昨天的传唤,在这些事情上他太没经验,还说,从此不会再像昨天那样给老板娘增添麻烦了。他鞠个躬,便要走开。老板娘望着他,仿佛在做梦一般。这目光使 K 多待了一会儿。这时,老板娘微微笑了笑,只是看到 K 的脸上那惊讶的神色,她才清醒了一点,好像她期待着对方回她一笑,但对方没有回她一笑,她才彻底清醒过来。"我觉得,你昨天竟然厚着脸皮对我的衣服妄加评论了一番。"K 回忆不起来了。"你记不得了?你在厚着脸皮妄加评论后,又很胆怯。"K 向她道歉,说自己昨天很疲倦,很可能胡说过什么,但现在怎么也想不起来了。他对老板娘的衣服还能妄加评论些什么呢?她的衣服很漂亮,他还从来没见过这么漂亮的衣服呢。至少他还没见过有哪个老板娘穿着如此漂亮的衣服干活。"别说这些了!"老板娘赶紧说道,"我不想再听见你评论我的衣服了,我的衣服不关你的事。我永远禁止你再评论我的衣服。"K 再次鞠了一个躬,然后朝门口走去。"你说,你还从来没见过有哪个老板娘穿着如此漂亮的衣服干活,"老板娘冲着他背后嚷道,"你这是什么意思?你讲这种毫无意义的话到底是什么意思?纯粹是胡说八道!你这样胡言乱语究竟是什么意思?"K 转过身,请老板娘不要发火。他说,他的话是瞎说;还说,他对衣服一窍不通,在他眼里,他觉得凡是没有打过补丁的干干净净的衣服都是很贵重的。他说,他感到惊奇的,只是老板娘怎么会在夜里穿上一件漂亮的晚礼服出现在过道里,出现在所有那些几乎没穿衣服的男人当中,仅此而已,没有别的意思。"那好,"老板娘说,"看来你终于想起你昨天胡说八道的话了。现在你又瞎扯一通,好让你昨天胡诌的话变得天衣无缝。你对衣服一窍不通,这倒是对的。既然你对衣服一窍不通,那我只想严肃地对你说,别装得像内行似的,妄加评论,说什么衣服贵重啦,什么晚礼服穿得不合身啦,等等……还有,"说到这里,她仿佛打了一阵冷颤,"不需要你关心我的衣服,你听见没有?"当 K 默不作声,转身又想走时,老板娘又问道:"你对衣服的知识到底是在哪儿学到的?"K 耸了耸肩,说他对衣服一窍不通。"你既然对衣服没有一点儿知识,"老板娘说,"那你就不要装出一副内行的样子。你来,跟我到对面办公室去,我给你看点东西,但愿你看了之后,永远不会厚着脸皮瞎评论了。"老板娘走在前面,穿过那扇门。佩琵借口要让 K 付账,一下子跑到 K 身边。他们很快就取得了一致意见,其实这并不难,因为 K 熟悉这个院子。院门通向一条小巷,院门旁边还有一扇小门,佩琵要在一小时后等候在小门后面,一旦听到三下敲门声,就把门打开。

老板娘的那间私人办公室就在酒吧间的对面,只要穿过走廊就到了。办公室里已经亮起了灯,老板娘早已站在里面,正不耐烦地朝 K 望着。但这时又有人来打扰了。盖尔施泰克等在走廊里,想跟 K 说几句话。要把他摆脱掉可真不容易,老板娘也过来帮腔,责怪盖尔施泰克不该胡搅蛮缠。"到哪儿去?你们究竟到哪儿去?"门关上之后,他们还听见他在门外叫喊。他一边喊叫、哀叹,一边咳嗽,听起来叫人很难受。

办公室是个小房间,烧得太热。横里,靠两边墙壁放着一张斜面桌和一个铁柜;纵里,两边靠墙放着一个大衣柜和一张长沙发。那个大衣柜占去一大半房间,不仅占满了一面纵墙,而且它前后很深,这使得房间显得很狭小。大衣柜装着三扇移门,因此可以把衣柜完全打开。老板娘指着长沙发,让 K 坐下,她自己则坐在斜面桌前的转椅上。"你没有学过缝纫吗?"老板娘问道。——"没有,从没学过。"K 说。——"那你究竟是干什么的呢?"——"土地测量员。"——"土地测量员是干什么的?"K 把土地测量工作解释了一番,他的解释使得老板娘打起哈欠来。"你不说实话。你为什么不说实话呢?"——"你也没说实话呀。"——"我?你又开始厚着脸皮瞎说了。就算我没说实话,难道我必须向你解释清楚吗?我到底是在哪方面没讲实话呢?"——"你不像你装的那样,仅仅是个老板娘。"——"你瞧瞧吧!你的发现真不少!那我究竟还是什么呢?老实说,你胡言乱语真是到家了。"——"我不知道你还是什么。我只看到,你是个老板娘,你还穿着不符合老板娘身份的衣服,就我所知,在这儿村里没有第二个人穿这样的衣服。"——"现在我们谈到正题了。你有话也无法憋在心里不说,也许你根本就不是胡言乱语,你只不过像个孩子,知道了什么蠢事,心里可怎么也憋不住。好了,那你说吧!这些衣服有什么地方特别呢?"——"要是我说出来,你一定会生气的。"——"不会,我免不了会笑的,因为那只不过是小孩子在瞎说而已。那么这衣服到底怎么样呢?"——"你一定想知道吗?那我就说了。这衣服是上等衣料做的,非常贵重,但式样过时了,装饰太繁缛,常常翻新,是旧衣服,既不配你的年龄,也不配你的身材和你的地位。我第一次见到你时,这种衣服就引起了我的注意,那大约是在一个礼拜之前,就在这儿走廊里看到你的。"——"你这下总算把真话说了出来!衣服的样式过时了,装饰太繁缛,还有什么来着?你是从哪儿知道这一切的呢?"——"这是我看出来的,用不着别人教。"——"你不费什么劲就看出来了。你不必到什么地方打听,就知道时下流行什么样式。这下我可缺少不了你啦,因为我的毛病就是爱穿漂亮衣服。这个柜子里放的全是衣服,对此你有什么要说的呢?"她把衣柜的拉门全推到一边,只见里面的衣服一件紧挨一件,整个衣柜里塞得满满的,衣服大多是深色、灰色、棕色、黑色的,全都摊开,整整齐齐地挂着。"这都是我的衣服,正如你所说的,式样全都过时了,装饰也过分繁缛。这全是我楼上房间里放不下的衣服,我在楼上房间里还有满满的两柜子衣服呢,两个大衣柜,每个都差不多和这个一样大。你感到惊讶吗?"

"不,这我已经料到了;我可是说过,你不仅仅是个老板娘,你还追求别的目标呢。"

"我追求的目标只是穿得漂漂亮亮的,而你呢,你不是个傻瓜就是个孩子,要不就是个可恶的危险人物。走吧,现在你走吧!"

K 转眼到了走廊里,老板娘这时朝他喊道:"明天我会有件新衣服,说不定我还会让人把你叫来呢。"就在老板娘这样叫嚷时,盖尔施泰克又一把抓住了 K 的衣袖。

附　录

✿ 作者删去的内容

①译文第 50 页：

这就是他认识的朋友吗？他听到人家说过一句坦率、亲热的话吗？即使听到过又有什么必要呢？因为他十分清楚，只要在这儿待上几天，徒劳地消磨几天，那他就永远也别想有能力再去采取重大行动了。尽管如此，他可不能仓促行事。

②译文第 60 页：

可是刹那间他又冷静下来，说："我的主人让我问问他明天什么时候可以到城堡来。"对方回答道："告诉你的主人，千万别忘记转告他：即使他让十个助手打听他该什么时候来城堡，他得到的回答永远是：明天不许来，其他时间也不许来！"K 真想把电话挂掉。这样的一次谈话并不能使他前进一步。他心里很清楚，比如说不是通过这样的谈话，而是采取别的什么办法，他肯定能让事情取得进展。采用谈话的办法，那他不是在跟别人斗，而是在跟自己斗。当然啰，他昨天才来到这里，而城堡自古以来就一直矗立在这儿呢。

③译文第 66 页：

不管 K 对这个人有着怎样的想象，他本人都觉得自己的想象同现实不相符合，仿佛那不是一个人，而是两个人，只有 K，而不是别的人，才能把这两个人分开；现在 K 觉得，不是他的诡诈，而是他那忧愁的、略带微弱希望的面孔——尽管已是黑夜,这个人肯定看出他的这副面孔了——促使他把他带上。K的希望就是建立在这个基础上的。

④译文第68页:

K转过身,找自己的上衣,他想穿上它,穿上那件还是湿漉漉的上衣,回客店去,不管多么艰难他也要回去。他认为有必要公开承认他被人欺骗了,他觉得,现在只有立刻返回客店才足以表明这一点。但他先不想让自己内心产生没有把握的感觉,开始时他满怀希望,他不想在这之后便沉醉于一种已经表明毫无希望的行动。这时一只手在扯他的衣袖,他没有回过头来看看是谁的手,就一下子把它甩开了。

这时,他听见老父亲对巴纳巴斯说:"城堡的那个姑娘来过这儿。"接着他们小声说起话来。K顿时起了疑心,他观察了一会儿,想吃准他们这样说话是不是故意做给他看的。但事情并不是这么回事,唠唠叨叨的父亲在母亲的搀扶下,胡乱地对巴纳巴斯讲了许多话。巴纳巴斯朝他弯着腰听着,他一边听,一边转过脸对着K微笑,仿佛他要K同他一起对父亲说话感到非常高兴似的。K当然不会这样做,不过他惊讶地望着巴纳巴斯笑眯眯的样子,看了好一会儿。然后,他朝姑娘们转过身子,问道:"你们认识她?"她们不明白他在问什么,这时她们也有点惊讶,因为他无意之中突然严肃地向她们提了个问题。他向她们解释说,他指的是从城堡来的那个姑娘。奥尔珈,两姐妹中比较温柔的那个——她也显出姑娘们常有的腼腆的样子,而阿玛莉娅却用严肃、逼人、无动于衷、略带冷漠的目光盯着K——回答道:"城堡来的那个姑娘?我们当然认识她。今天她还来过这儿。你也认得她?我猜你是昨天才到这儿来的吧。""昨天,是的,但我今天已经碰见她了,我们还交谈了几句,但我们的话被打断了。我很想再见到她。"为了使自己的话变得缓和一点,K补充道:"她有件事想听听我的建议。"但这时他觉得阿玛莉娅的目光十分讨厌,于是说:"你怎么啦?请你不要老是这么盯着我。"但阿玛莉娅没有因此而道歉,她只是耸耸肩,便走开了。她走到桌子那儿,拿起一只没织好的袜子,不再理睬K了。奥尔珈见阿玛莉娅这样没教养,想尽量弥补一下,说道:"她明天很可能再来我们这里,那你就可以同她谈话了。""那好,"K说,"那我就在你们这儿过夜;当然,我也可以在制革匠拉斯曼那儿同她谈话,但我宁愿在你们家同她谈。""在拉斯曼那儿?""是的,我在那儿碰见了她。""那可就是个误会了。我指的是另外一个姑娘。不是拉斯曼那儿的那个。""你怎么不早说!"K喊道,并心神不安地在房间里走动起来,毫无顾忌地从房间的一端走到另一端。他觉得,这些人的性格很奇怪,其中混杂着好与坏;他们尽管有时显得很亲热,但有时又很冷漠,叫人难以接近,甚至心怀恶意,别有用心;他们可以以陌生的先生们的名义出现,但这一切却可以通过孩子般迟钝和胆怯的思维,甚至通过某种顺从的表现,部分地得到弥补。当然,人们也可以说:得到加剧。但K不这么看,这不符合他的天性。若是能够利用他们性格中热情的一面,避免其中敌视的一面——这样做当然需要更多的灵活性,很遗憾,甚至还需要他们自身的帮助——那么,他们就不会是个障碍,他们就不会再拒绝至今总是遭到拒绝的K,他们就会容忍他。

⑤译文第77页:

K想的是克拉姆,而不是她。征服弗丽达,这就要求他改变自己的计划;从克拉姆那里,他会得到一种强大的力量,也许可以使在村子里的全部工作时间变得毫无必要。

⑥译文第77页:

他们就躺在洒到地上的一小摊啤酒里,他们几乎被剥光了衣服,因为每个人都用双手和牙齿把另一个人的衣服撕开了。

⑦译文第92页:

官方机构,这个精致的、随时都可以进行某种调整的乐器,他演奏起来是很有一手的。从本质上来说,他的艺术就是自己什么也不做,而让机构本身进行工作,只要他依靠地球引力,稳稳地站在这儿,他就能迫使它工作。

⑧译文第96页:

"村长先生,请您允许我打断您的话,向您提个问题。"K说,他舒舒服服地靠在椅子上,但再也不像先前那样感到多么舒适了;他总是竭力激发村长把事情全部告诉他的欲望,他现在觉得村长的这种欲望很强烈,"您先前不是提到有个监督机构吗?"

⑨译文第98页:

现在,我当然不能带着官方的那封信,跑到村民委员会去,而索尔迪尼压根儿就不知道那封信,他矢口否认那封信的存在,因此,很自然,我好像是

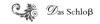

不对了。

⑩译文第 101 页：

我的解释可不一样，尽管我还有别的斗争手段，但我坚持我的解释，我一定要设法使它得到承认。

⑪译文第 113 页：

"从某种意义上说，我已经问过他了，"老板娘说，"结婚证上有他的签名；这当然是个偶然，因为他当时代表另外一个部门的主任，因此结婚证上写着：'代理：克拉姆。'我记得清清楚楚，当时我是怎样拿着结婚证从户籍登记处跑回家的，我还没有脱下结婚礼服，便一下子坐到桌边，摊开结婚证，把这个高贵的名字读了一遍又一遍；我怀着一个十七岁姑娘的幼稚激情，试着模仿这个名字；我费了很大的劲，把结婚证的整张纸写得满满的；我根本没发觉汉斯就站在我的椅子后面，他不敢打扰我，只是看我在怎样一遍遍地模仿着。很可惜，此后我不得不把这张写满了签名的结婚证交到村公所。"

"好了，"K 说，"我指的可不是这样一个问题，根本不是指什么官方的事情，不是指同官员克拉姆谈话，而是同私人谈话。在这方面，涉及官方的事多半是不合适的；要是您今天同我一样，看见村里的档案柜放在地板上该多好啊！您的那张可爱的结婚证，如果不是保存在谷仓里的老鼠身边，也许就放在档案柜里呢——我觉得，您承认我说的话有道理。"

⑫译文第 113 页：

再说，那也许是个传说，不过可以肯定，它只是那些生活孤寂的人胡编乱造出来的，是对他们的孤寂生活的一种安慰。

⑬译文第 113 页：

"我很乐意照您说的去做，"K 说，"那么，现在我就告诉您，我想同他说什么。我也许想说：'我们，弗丽达和我，彼此相爱，而且我们要结婚，要尽早结婚。但弗丽达不仅爱我，而且也爱您，当然这是完全不同的一种爱，因为语言十分贫乏，表达这样两种不同的爱，都是用同样的词，这可不是我的过错。在弗丽达的心坎里也给我留着一个地方，这一点她本人不明白，她只相信，唯独通过您的意愿，事情才有可能实现。根据我从弗丽达那儿听到的一切，我只能赞同她的看法。不管怎么说，这只是个猜测；除了猜测之外，只有一个想法，那就是我，一个陌生人，一个如老板夫人所说的什么也不是的人，挤进了弗丽达和您之间。在这方面，为了有点儿把握，我冒昧地问问您，事情到底怎么样。'这就是我的第一个问题；我想，提这样一个问题是够尊重人的吧。"

老板娘叹了一口气。"您是个什么样的人呢，"她说，"表面上看来，您够聪明的，但同时又特别无知。您想同克拉姆谈话，就像同新娘的父亲谈话一样，事情就好像您爱上了奥尔珈——很可惜没有这回事儿——想同老巴纳巴斯谈话一样。您永远也不可能有机会同克拉姆谈话，这样一种安排是多么明智啊。"

"这一说明，"K说，"我在同他谈话的过程中会提到的，无论如何，同他谈话只是私下进行的，不会有人听到，因此我不会受到这方面的影响。不过，关于他给我的回答有三种可能，他或者会说'这不是我的意愿'，或者会说'这是我的意愿'，或者他沉默不语。第一种可能我暂时不予考虑，我这样做部分也是为了照顾您；至于他沉默不语，我会把它解释为他同意。"

"还有别的更有可能出现的可能性，"老板娘说，"要是叫我相信这样一次会面的话，更有可能的是，比如说吧，他会让您站在那儿，而他本人则远远地走开。"

"这也无济于事，"K说，"我会挡住他的路，迫使他听我说话。"

"迫使他听您说话？"老板娘说，"您这是迫使雄狮吃草！这是什么英雄行为啊！"

"老板夫人，您总是这么激动，"K说，"我只是回答您的问题，没有逼迫您接受我的看法。再说，我们也不是在谈论一头雄狮，而是在谈论办公室的一位主任；如果我要从雄狮身边把雌狮娶走，那么对他来说，我就具有非常重要的意义，至少他会听我说些什么。"

⑭译文第114页：

"土地测量员先生，您在我们这儿彻底完了，"老板娘说，"您说的一切错误百出。弗丽达作为您的妻子也许能够把您留在这儿，但对这位懦弱的孩子来说，要做到这一点却是个难得几乎无法完成的任务，这一点她也知道；要是没有人看到她，她总是唉声叹气，而且眼里噙满了泪花。当然，对我来说，我的男人也是个负担，他总是缠着我，但他并不想指手画脚，即使他想这样做，他也只能干些蠢事，不过作为一个当地人，他绝对不会做有伤道德的事;而您满脑子都是些最危险的错误想法,而且这些错误想法您永远也甩脱不掉。您想把克拉姆当做一个人!有谁曾经把克拉姆当做一个人呢?有谁能够把他看成一个人呢?您能做到,您会这样提出异议,但这正是您的不幸。您可以这样做,因为您根本就想象不出他是个什么样的人。因为弗丽达是克拉姆的情妇,所以您就以为,她是把他看成一个人的;就因为我们爱他,所以您就以为,我们是把他作为一个人爱他的。是啊,关于一个真正的官员,人们不能说,他一会儿像个官员,一会儿又不大像个官员,而只能说一直是个不折不扣的官员。但是,这一次,至少是为了让您明白过来,我不想这样说,我可以说:他无论何时都不比在我幸福的时候更像个官员。我和弗丽达在这样一点上是一致的:我们爱谁都不如爱他那样,把他当做官员克拉姆,当做高贵的、极其高贵的官员。"

⑮译文第 126 页:

不过,K 看到她坐在那儿,坐在弗丽达的椅子上,就在那个房间的旁边……今天也许还留克拉姆住宿,K 还看见地板上的那双胖胖的小脚,他曾经和弗丽达躺在贵宾旅馆的地板上,也就是官员老爷们的旅馆的地板上;因此,他心里肯定在想,如果他在这儿没有遇到弗丽达,而是遇到了佩琵,猜测到她同城堡有某种联系——显然佩琵也有这样的联系——那么,他肯定会像对待弗丽达那样,试图用同样的拥抱去攫取这个秘密。尽管她无知,但显然她和城堡也有关系,等等。

⑯译文第 127 页:

现在,他除了在这儿等之外没其他事可做。克拉姆肯定会从这儿经过,他若是看见 K 等在这儿,也许会有点惊讶,不过,他一定会听他说话,也许还会回答他提出的问题。这儿的禁令不必认真对待。事情使 K 走到了这么远的地步。虽然他可以去酒吧间,但他却站在这儿,站在这儿的院子里,站在离克拉姆的雪橇一步远的地方,而且很快就能与克拉姆面对面地站在一起。现在,除了在这儿,没别的地方能够让他更好地品尝一下自己的点心了。

突然,到处亮了起来,过道里和楼梯上,还有各个入口处,所有的电灯都亮了起来,洁白的雪地也使得一切变得亮上加亮。所有这一切倒使 K 觉得很不舒服。在此之前,他一直站在宁静的黑暗里,现在他就像在光天化日之下暴露无遗了。不过,从另一方面看,这也似乎预示着克拉姆就要出现;人们事先自然可以猜想到,克拉姆不会为了减轻 K 的负担而在黑暗中摸索着走下楼梯。但非常遗憾,首先走来的不是克拉姆,而是老板,老板娘也跟着来了。他们略微弯着腰,从过道深处走出来。他们的到来也是可以料到的,他们当然是要同这样一位贵客告别。但由于他们的出现,K 就有必要朝阴影里退一退,这样一来也就不能很好地眺望楼梯了。

⑰译文第 130 页:

K 觉得没有理由叫他们留下,让他们离开他好了,现在他几乎又有了新的希望;马卸了下来,这自然是个令人伤心的信号,但大门还在那儿,它敞着,锁不起来,它永远是个保证,永远是个指望。这时,他又听到楼梯上有人下来,于是他小心翼翼地赶紧把一只脚伸进过道,但马上又准备把这一步再退回来,他仰头朝上张望。他感到十分惊讶,原来下楼的是桥头客店的老板娘。她若有所思地、心平气和地走下楼梯,一只手在栏杆上有规律地抬起来,随后又放下去。到了楼下,她友好地同 K 打招呼,以往在这儿,在别人的地方争吵,看来是不合适的。

那个老爷对 K 有什么重要的!让他走开好了,走得越快越好;这是 K 的一次胜利,虽然雪橇也同时离开了,而且 K 伤心地看着它,但这毕竟是他的一次胜利,只是很可惜他没有利用它。"若是我,"他转过身,突然下定决心朝那位老爷喊道,"要是我现在立刻从这儿走开,雪橇还会再返回来吗?"K 这样喊时,并不觉得这是对那个老爷的让步——不然的话,他就不会这样做了——而是觉得,他放弃强硬的态度,这样做对一个比较弱小的人有好处,而且他还可以对自己的这一种善行由衷地感到高兴。当然,他从那位老爷发号施令的回答中,立刻认识到,如果他以为他这是自愿采取行动的,那他的思想真是混乱了;说是自愿采取行动,那是因为他刚才喊那位老爷,叫他发出命令。"雪橇可以再回来,"那位老爷说,"但是,您得立刻走开,而且毫不犹豫,不能提任何条件,不能反悔。这样行吗?我最后一次这样问您。您得相信,维持这儿院子里的秩序,其实这并不是我的职责。""我走,"K 说,"但不同您一起走;我从这儿的大门,"他指着院子的那扇大门说,"到街上去!""那好,"那位老爷说,他的话中既有迁就,又有严厉的意味,简直是折磨人,"那我也到那儿去,不过要快!"

　　那位老爷返回 K 的身边,他们并排在院子里走过尚未踩过的白雪;那位老爷匆匆转过身,给马车夫一个信号。马车夫又从车棚门口把雪橇赶出来,爬上他那高高的车座,重新开始在那里等候起来。这时 K 也等候起来,刚刚走出院子又停下了脚步,这使老爷很生气。"您这么顽固真叫人受不了。"老爷说。但 K,他离开雪橇,离开他违背法规的见证人越远,就越无拘束,就越坚定地追求自己的目标,就越觉得他同那位老爷势均力敌,是啊,从某种意义上说,他甚至压倒了他。这时,他转过身面对老爷说道:"这是真的吗? 您不是要骗我吧? 我顽固得叫您无法忍受吗? 我可不指望有什么好事了。"

　　瞬间,K 觉得脖子后面痒痒的,他想驱除痒的起因,用手朝后脑勺一拍,随即转过身。原来是雪橇! 也许是 K 还在院子里的时候,雪橇就已经出发了,它陷在深深的雪里,没有一点儿声响,它没有系铃,也没有点灯,现在从 K 身边驶了过去;马车夫开玩笑,用鞭子触了触 K 的后脑勺。驾车的马——真是高贵的动物,在它们站着等候时,人们很难对它们做出正确的评估——似紧非紧地绷着肌肉,略微转了个方向,没有放慢一点速度,便朝城堡驶去。K 还没有意识到究竟是怎么回事,一切便消失在黑夜里了。

　　那位老爷拿出表,用责备的口气说道:"克拉姆肯定等了两个小时。""就因为我?"K 问道。"是啊,当然是因为您,"老爷说。"他看到我就受不了?"K 问。"是啊,"老爷说,"他看到您就受不了。现在,我得赶紧回去。"他补充道,"您根本就无法想象,那儿有多少事儿等着我去做呢,因为我是克拉姆在这儿的秘书。我的名字是莫穆斯。克拉姆是个实干的人,在他身边的人也必须尽力效仿他。"那位老爷很健谈,他甚至乐意回答 K 的各种问题。但是 K 站在那里默不作声,像个哑巴,似乎在仔细观察这位秘书的面孔,试图从老爷脸上发现一个准绳,按照这个准绳塑造出来的面孔,克拉姆见了是忍受得了的。可是他什么也找不出来,于是便转过身,毫不理睬秘书的告别,只是看着这位秘书现在怎样在一群从院子里迎面走来的人中间,给自己开辟一条走进院子的路,那些人显然是克拉姆的随从。他们一对一对的,没有任何秩序,也没有一定的姿势,边走边聊,从 K 的身边经过时,还交头接耳。在他们身后,院子的那扇大门慢慢关了起来。K 这时迫切需要温暖,迫切需要灯光,迫切需要一句亲切的话,在学校里,这一切显然也在等着他,但他有一种感觉,在现在的状况下,他肯定找不到回去的路,且不说他此时正站在一条他十分陌生的大路上呢。目的地现在对他也没有足够的吸引力,因为他想到在家里他有可能遇上的一切都会充满最美好的色彩,想到这儿,他对自己今天的收获很不满意。噢,他不能在这儿待下去,于是他上路了。

⑱译文第138页:

老板娘的威胁并不能把K吓倒,她试图让K就范的威胁在他看来并没什么了不起,但那份备忘录现在倒开始吸引他了。那份备忘录可不是无足轻重的;若是老板娘说K什么也不能放弃,那老板娘的话是有道理的,当然是从一般的意义上看,她的话是对的。假若K不是因失望——比如今天下午的经历——而感到意志削弱了的话,那他总是这么认为的。现在,他渐渐地恢复过来,老板娘的攻击增强了他的信心,尽管她一再说他无知,不听劝告,但她的激动恰恰证明,她觉得劝告他是很重要的;尽管她试图用她那种回答问题的方式来羞辱他,但她这样盲目地瞎起劲,正表明他提的那些小小的问题对她有很大的威力。难道他真的要放弃这种影响吗?对莫穆斯的影响也许还要大得多;莫穆斯虽然沉默寡言,但一旦说起来,总喜欢大喊大叫。他的这种沉默并不是表明他小心谨慎,而是要耍耍自己的权威。他不是为了这个目的把老板娘带来的吗?老板娘由于不承担公务上的责任,没有约束力,只是受K的各种行为的影响,才一会儿用甜蜜蜜的话,一会儿用辛辣尖刻的词语,试图让K上那份备忘录的圈套。那份备忘录的情况怎样呢?当然,它还没有传到克拉姆手里。不过,在传到克拉姆手里之前,在往他那儿传的路上,K就没有事情可干了吗?今天下午,事实不是已经证明,以为通过鲁莽行为可以找到克拉姆的人,是大大低估了把自己同克拉姆分隔开的距离吗?若是真的能来到克拉姆跟前,那也得一步一步地走,何况在这条路上,另外还有莫穆斯和老板娘呢;今天,至少是从表面上看,不是这两个人把K从克拉姆那儿支开的吗?先是老板娘,她报告K要来的消息,然后是莫穆斯,他从窗口亲眼证实K来了,并马上发出了必要的命令,因此马车夫得知,在K走开之前不能出车;他抱怨并责怪说,在K走开之前看来还要等很长时间。K当时还不明白这是什么意思。一切都这么安排好了,并非是——老板娘几乎不得不承认——人们所传说的那样:克拉姆的敏感性也许是阻止 K 见到克拉姆的一个障碍。若是老板娘和莫穆斯不是 K 的死敌，或者，他们至少不敢表示与 K 作对，谁知道会出什么事呢？也许很有可能，即使是这样，K 也不能接近克拉姆，也许还会有新的绊脚石出现，他们的出卖行为也许是无穷的，但 K 也许会感到满意，看到一切如他所知都是安排好了的。但他今天肯定是没料到老板娘的干预，因此没采取任何行动来保护自己。K 只知道自己所犯的错，但怎样避免自己犯错，他却不知道。面对克拉姆的这封信，他的第一个打算是在村里当个普通的不受人注意的工人，他的这个想法是非常理智的。但是，骗人的巴纳巴斯使他觉得，只要他在礼拜天散一会儿步，登上一座山丘，就能轻而易举地进城堡，甚至这位信使微微一笑，使个眼神，也能对他起敦促作用，这时，他就会觉得有必要放弃他的这个想法。后来，毫无考虑的余地了，因为弗丽达突然来了。她的到来，使他深深相信，通过她的介绍就能同克拉姆建立起一种亲密关系，彼此不仅可以相互往来，而且还可以窃窃私语，取得谅解。这样一种关系，也许起初只有 K 知道；而这一关系，只需她稍微动一下手，说一句话，投个目光，就会表现为某种理所当然的事情，虽然它起初让克拉姆，随后让大家觉得不可相信，但通过生活的制约，通过亲热拥抱的制约，就变得不言而喻了。K 的这一信念直到今天还不可能完全放弃。当然，这一点不是轻易就能做到的，而且 K 没有临时做个普通工人，而是长时间地、迫不及待地在试图寻找克拉姆，但一直毫无结果。不过，这期间几乎是在没有他影响的情况下又有了其他的可能性：那个小小的校役职位。那也许不是个像样的职位，若从 K 的愿望考虑，它实在是完全按照 K 的特殊情况安排的，过于引人注意，而且是临时性的，还要取决于许多上司，特别是那位教师的慈悲，但不管怎么说，它是个固定的职位，再说，它的不足之处随着即将到来的结婚很容易得到弥补，K 至今几乎想也没有想过结婚，但他现在突然觉得结婚十分重要。若是没有弗丽达，他会是个什么样子呢？什么也不是，他只能是在巴纳巴斯或城堡来的姑娘那一类人发出的丝绸般亮光的磷火后面昏昏沉沉地混日子。当然啰，他用弗丽达的爱情也不能一下子就赢得克拉姆。他以为，或者说他知道，他可以得到克拉姆，但这只是他的一个妄想；他一直还在怀着这种希望，好像事实相反也不会给他的希望造成什么损失，即使如此，他也不想再在自己的计划中考虑他的希望。他也不需要那些了；通过结婚，他可以得到另外一种更有保障的安全，那就是成为一个村民，并获得权利和义务，那他就不再是个异乡人，这样一来，他只要谨防所有这些人的自满情绪就可以了，时刻注意城堡，这是很容易做到的。但处处顺从，在小人物那儿做些小活儿，这是很难的；他想从承认那份备忘录开始，于是他转换话题，也许他能从另外一个方面了解到真实情况；他觉得好像还没有意见不一致的问题。他心平气和地问道："关于这个下午的事您写了这么多，写完的这些纸都是讲这件事的？"——"所有这些纸，"莫穆斯友好地说，好像他在等着这个问题似的，"这是我的分内工作。"若是谁有眼力能够不停地，在某种程度上可以说连眼也不眨一眨地看那些事物，谁就能看见许多许多；但只要一放松注意力，闭上眼睛，眼前马上就会变得一片漆黑。"我稍微看看行吗？"K问。莫穆斯开始翻阅记录纸，好像他要检查一下里面是否有可以让K看的内容，随后说："不行，很遗憾，您不能看。""这给我一个印象，"K说，"好像里面写着我可以驳斥的事情。""您竭力反对的事情，您是会竭力驳斥的，"莫穆斯说，"是的，里面有这类内容。"他随手拿起一支蓝铅笔，微笑着用力画去几行。"我不感到好奇，"K说，"您尽可继续画去，秘书老爷。您尽可平心静气地、不受人监督地写上关于我的最糟糕的事情。放在档案柜里的东西并不会妨碍我。我只是想，里面也许会有某些对我有教育意义的内容，这些内容会向我表明，一位老资格的官老爷是如何诚恳地对我做出详细评价的。我很乐意看看这些内容，因为我很喜欢让人教导一番，我可不喜欢犯错，我可不喜欢惹麻烦。""我喜欢扮演无辜的人，"老板娘说，"您要听秘书老爷的话，这样您的愿望部分可以得到满足。通过提问题，您至少可以间接地了解到这份备忘录的内容，而且通过回答问题，您又可以影响整个备忘录的内容。""我太尊重秘书老爷了，"K说，"因此我不认为，他会通过回答问题违背自己的意愿，向我泄露他决心隐瞒的事情。我也没有兴趣，通过我回答问题，并把我的回答添加到敌视我的材料里，以此在一定程度上，哪怕只是在形式上强调也许是错误地指控我的事情。"

莫穆斯若有所思地抬起头，望着老板娘。"那么，我们把这些记录纸收起来吧。"他说，"我们犹犹豫豫，拖的时间够长了，土地测量员先生不会抱怨我们不耐心吧。土地测量员先生是怎么说的？'我太尊重秘书老爷了，等等。'他对我太尊重了，因此说不出话来了。若是我能降低他对我的尊重，我会得到回答的。但是很遗憾,我必须强化他对我的尊重,因此我承认,这些档案根本就不需要他的回答,因为它们既不需要补充,也不需要订正;但他本人急着要看这份备忘录,就是说既需要提问,也需要回答;若是我争取他回答,这只能对他有好处。但现在,假如我离开了这个房间,那他永远也就见不到这份备忘录了,它永远也不可能在他面前打开了。"老板娘慢慢地朝K点点头,说:"这一点我当然知道,但我只能暗示您,我也尽力暗示过您了,但是您不明白我的意思。在院子那儿,您白白地等候克拉姆,而在这份备忘录里,您又让克拉姆白白地等候。您多么糊涂啊!"老板娘的眼里涌出了泪水。"现在,"K说道,他多半是由于受到眼泪的感动,"秘书暂时还在这儿,备忘录也还在这儿。""但我就要走了。"秘书说,并把记录纸放到公文包里,然后站起身来。"您现在到底想不想回答,土地测量员先生?"老板娘问。"太晚了,"秘书说,"佩琵现在要打开院子的大门了,早就到招待客人的时候了。"他们早就听到敲院子大门的声音,佩琵的一只手已搭在门闩上,只要秘书一结束同K的谈话,她就会立刻把门打开。"您尽管开门,小姑娘!"秘书说。K已经熟悉的那一群人穿着土色衣服从大门里蜂拥而入,你推我搡,谁也不让谁。他们都露出一副很凶的样子,因为他们迫不得已在门外等了那么长的时间;他们没有理会K、老板娘和秘书,径直从他们中间穿过去,好像他们跟他们一样,都是些客人。幸好秘书已经把记录纸放进公文包,夹到胳肢窝里了。在大家冲进来的时候,那张小桌子一下子被撞翻了,还没来得及支起来,那群人就一个接一个从小桌子上跳了过去。他们显得十分严肃,好像必须这样才行似的。只有秘书的啤酒杯被救了出来,原来其中一个人把它抓到手里,高高兴兴地把酒喝光了,拿着杯子连忙冲到佩琵那儿,而佩琵早已在一大群人中间消失了。人们只是看到佩琵周围高高举起的手臂,指着墙上的挂钟,这是要让她明白,她开门太晚,这对他们是多么不公啊。但晚开门不是她的过错,其实是K的过错,尽管K不是有意这么做的。尽管如此,佩琵觉得实在无法在这群人面前为自己辩解。对她这个年轻而又没有经验的孩子来说,要对付这些在一定程度上失去了理智的人,确实是很困难的。要是弗丽达处在佩琵的地位,她准会拳打脚踢,把他们一个个地甩开!但佩琵就无法从他们中间跑出来;当然这群人也没有心怀恶意,他们只想让她赶快给自己斟上酒。但他们控制不住自己,你争我抢,这样一来,尽管大家都想尽快喝到酒,但谁也喝不到。挤来挤去的这群人把这个小姑娘围了个水泄不通,她在里面也随着被挤来挤去,但她很勇敢,没有叫一声,外边的人谁也看不见她,谁也听不见她的声音。还有很多人不断从院子大门拥进来,房间里已经挤得满满的。秘书无法走出去,过道门走不通,院子门也走不通,他们三个人紧紧挤在一起。老板娘挽着秘书的手臂,同K面对面站着。K被紧紧挤在秘书身上,两个人的脸几乎贴到一起了。然而,无论是秘书还是老板娘,他们对这种拥挤场面既不觉得惊讶,也不感到生气。他们忍受这样的拥挤场面,就如同忍受一种普通的自然现象一样,只是他们设法不让人群把自己冲撞得太厉害。他们像是被包裹在人群里,任凭人流的冲刷,若是迫不得已,他们就低下头,若是有必要,他们就尽量弯下腰,躲开一直在发泄不满情绪的男人急促呼出的热气,但另一方面,他们看上去又十分平静,有点儿心不在焉。现在,K同秘书和老板娘离得很近,面对拥挤的人群,同他们组成一组,紧密地联系在一起,尽管他们外表上似乎不承认这一点。这样一来,K觉得他同他们的整个关系发生了变化,所有公务上的、个人的和阶级的划分,似乎在他们之间已经消除,或者至少已经推迟了。在K看来,那份备忘录现在也并非无法看一眼了。"现在您无法走开。"K对秘书说。"不能,一时不能。"秘书回答道。"那份备忘录呢?"K问。"在包里。"莫穆斯说。"我很想稍微看一看。"K一边说,一边不由自主地伸手去抓那只包,而且已经抓住包的一个角。"不行,不行。"秘书说,并把他推开。"您这是干吗?"老板娘说,同时轻轻地拍了一下K的手。"您以为,您由于轻率和傲慢而丧失的东西,能用暴力挽回吗?您这个凶恶、可怕的人!备忘录到了您手里还有什么价值呢?它就会像一朵花,在草地上被吃了。""也许可以毁掉它,"K说,"现在,既然你们不想自愿让我看备忘录,那我就准备把它毁掉。这又怎么样呢?毁掉它,我最高兴。"于是,他下定决心把秘书腋下夹着的包抢过来。秘书准备把包让给他;是啊,他很快松开了手臂,若是K没立刻用另一只手抓住包,那它会马上掉到地上的。"为什么现在才拿去?"秘书问,"用暴力您早就能立刻把它抢到手。""这是用暴力对付暴力。"K说,"您先前给我提供询查的机会,或者至少准备让我看看备忘录,现在您又无缘无故地拒绝了。我只是为了强行实现其中的一条,就把公文包夺了过来。""不过是作为抵押品。"秘书微笑着说。老板娘说:"接收抵押品,他很善于这样做。秘书老爷，这一点在档案中已经证明了。我们可不可以把其中一张拿出来给他看？""当然可以，"莫穆斯说，"现在可以让他看。"K把包递过去，老板娘在里面翻找，但显然没有找到那张纸。她不找了，只是疲倦地说，肯定是第十张。现在K寻找起来，而且立刻找到了。老板娘拿过去，确认是否真的是那一张；是的，就是那一张。她为了乐一乐，匆匆忙忙地看了一遍，秘书弯下身子凑到她手臂上，同她一起看。然后，他们把这张纸递给K。K读道："首先土地测量员K必须先争取在村里站稳脚跟。做到这一点并不容易，因为谁也不需要他的工作，除了那个被他突然蒙住了的桥头客店老板之外，谁也不愿收留他，除了几个官老爷同他开开玩笑之外，谁也不理睬他。因此，从表面上看，他毫无意义地东游西荡，终日无所事事，尽干些扰乱当地平静生活的事。但实际上，他忙得很，他在等待机会，并很快找到了机会。弗丽达，贵宾旅馆里那个年纪轻轻的酒吧招待，相信他的诺言，于是被他勾引住了。"

……

这一页稿纸就此结束。在这张纸的边缘上还画着一幅幼稚的、用虚线勾勒出来的画：一个男人搂着一个姑娘，姑娘的脸紧紧贴在男人的胸前，但这位个头大得多的男人正从姑娘的肩头看他拿在手里的一张纸，他心里乐滋滋地在那张纸上记下了几笔款项。当K从这张纸上抬头望时，房间的中央只剩下他同老板娘和秘书了。这时老板来了。他在这期间整理了一下房间。他摆出一副了不起的样子，举起双手对大家表示抚慰。他顺墙走着，在靠墙的地方，每个人的手里都拿着一杯啤酒，舒适地坐在酒桶上或是酒桶旁边的地上。现在K看到，进来的人并不像他起初认为的那样多得不得了，只是大家都争着跑到佩琵那儿，因此显得乱糟糟的。还有一些人还没有得到啤酒，一副撒野相，挤在佩琵周围一个劲儿地叫嚷；在最艰难的情况下，佩琵肯定是做出了超人的努力，她面颊上还流着眼泪，梳得漂亮的发辫松开了，乱蓬蓬的，胸前的外衣也被撕开了，露出了里面的衬衣，但她根本不考虑自己，这也许是因为老板在场的缘故，她不知疲倦地在啤酒龙头那儿紧张地忙碌着。K看到这感人的一幕，原谅了她给他造成的一切烦恼。"是啊，这张纸。"他随后说，并把它放回公文包，递给秘书，"我从您手里抢了公文包，请您原谅。这是因为大家拼命拥挤、情绪激动而造成的；现在，您肯定原谅了我的做法。另外，您和老板夫人也真有一手，竟然能使我感到好奇，这一点我不得不承认。但这张纸使我大失所望。正像老板夫人所说，它确实是草地上一朵极其寻常的花。哦，把它当做工作，它也许在公务上有某种价值，但对我来说，它完全是胡言乱语，是粉饰过的、空洞的、可悲的、女人家的胡言乱语，是啊，写的人肯定有个女人在一边做助手。对了，我有充分的理由，可以在任何一个部门，对这个胡言乱语的玩意儿提出控告，但我不会这样做；这不是因为它太卑鄙了，而是因为我非常感谢您。您善于使我觉得那份备忘录有点儿吓人，现在我的这种害怕心理彻底消失了。现在我感到害怕的是，这样一些东西竟然可以作为询查的基础，甚至还滥用了克拉姆的名字。""如果我是您的敌人，"老板娘说，"那我会觉得，对这张纸作这样一种评价再好不过了。""啊呀，"K说，"您可不是我的敌人。为了取悦于我，您甚至让人说弗丽达的坏话。""您不要以为我对弗丽达的看法在那儿全说出来了！"老板娘喊道，"您的看法才是这样呢；您就是看不起这个可怜的孩子。"对此，K没有回答什么，因为这全是些污辱人的话。秘书又得到了公文包，他尽力掩饰自己的愉快心情，然而又掩饰不住；他笑嘻嘻地看着公文包，好像这不是他自己的，而是别人刚刚送给他的新包，看一眼还远远不够；从包里仿佛涌出一股特殊的、使他感到特别舒适的暖流，因此，他把它紧紧揣在胸前。他甚至借口说，要把K读过的那张纸放放好，又把它拿出来，再看了一遍。他在看的时候，样子显得十分高兴，读每句话就像欢迎一位突然见到的老朋友一样热情，这时他才觉得自己又得到了那份备忘录。他真想把它交给老板娘，让她再看看。K任凭他们两人去看，他几乎不去注意他们；过去他们对他一直很重要，现在却毫无价值了，这两者之间有天壤之别。那两个助手，用他们那些可怜的秘密，一个帮一个。瞧他们一起站在那儿的样子！

⑲译文第155页：

"我知道，"弗丽达突然说道，"要是我从你身边走开，也许对你更好。但是，如果我迫不得已迈出这一步，那我的心是会碎的。不过，要是能够做到的话，我会这样做的；但我做不到，至少是在村里做不到，因此我感到十分高兴。同样，助手们也不可能走开，你希望最终把他们赶跑，你这样希望是徒劳的！""我当然希望把他们赶跑。"K说，但没有对弗丽达的其他话再说什么,他心里感到不安,因此他无法再对弗丽达的其他话说三道四,他觉得,她那瘦弱的、此时正在慢慢地磨咖啡的双手以及手关节越来越显得可怜了。"那两个助手不会再回来了。你所说的不可能,究竟是什么不可能呢?"

弗丽达停下手中的活;她眼里噙着泪水,用模模糊糊的目光盯着 K。"最亲爱的,"她说,"你要明白我的意思。不是我决定一切的,我讲给你听,只是因为你要求我给你讲,而且我这样告诉你,就可以为我的某些行为辩护,不然的话,你无法理解我的某些行为,也无法把我的行为同我对你的爱统一起来。在这儿,你作为一个异乡人,没有权利要求获得什么。也许这儿对异乡人特别严厉,或是不公,这一点我不知道,但情况是这样,你没有权利要求得到什么。比如说,当地的一个人,若是需要助手,就可以接受助手;若是他长大了想要结婚,他就可以娶个老婆。对此,当局也可以发挥很大的影响,但在主要事情上,谁都可以自由地做出决定。但是你,作为一个异乡人,就得依靠当局的馈赠;当局若是喜欢,那它就给你派助手,若是当局高兴,那他就送给你一个老婆。当然,这也不是什么专横行事,不过只有当局才能这么做。这就意味着做出决定的理由是隐蔽的。也许你可以拒绝当局的馈赠,这一点我吃不准;也许你可以拒绝,但是,一旦你接受了礼物,当局的压力就加上去了,因此,它就压在你的肩头上了;只有当局把压力从你肩上拿开,你才能摆脱压力,这一点其他任何措施都办不到。老板娘是对我这么说的。我从她那儿听到了各种各样的事情。她说,在我结婚之前,她必须把某些事情给我讲清楚。她特别指出,所有熟悉情况的人都要劝告异乡人心甘情愿地忍受已经接受的礼物,因为谁也无法把礼物甩掉;唯一能够做到的是,把在糟糕的情况下仍然表现出一丝友好态度的礼物,变成自己终身都无法甩脱的敌人。老板娘对我这么说,我只是把她的话转达给你听;老板娘什么都知道,你必须相信她。"

"有些事我可以相信她。"K 说。

⑳译文第 158 页:

"不是那只猫,而是内疚感,吓了我一跳。那只猫跳到我胸口时,我觉得好像有谁在我胸前捅了一下,这样向我表示,我已经被看透了。"弗丽达放下窗帘,关起内窗,边请求边把 K 拉到草袋上,"随后,我点着蜡烛,这样做不是为了寻找那只猫,而是想很快把你叫醒。情况就是这样,亲爱的。""他们是克拉姆的特使。"K说,并把弗丽达朝自己拉近一点,突然亲吻她的脖颈。她吃了一惊,猛地跳起来。随后,他们两人又倒在地上,急急忙忙地相互摸索着。他们屏住呼吸,而且有点胆战心惊,好像一个人试图在另一个人体内把自己隐藏起来,好像他们享受的乐趣是属于第三个人似的,而他们则是从那个人身边把乐趣偷来的。"要我把门打开吗?"K问,"你要到他们那儿去吗?""不!"弗丽达喊道,并紧紧抓住他的手臂,"我不想到他们那里去,我要待在你这儿。你要保护我,把我留在你身边。""但如果他们,"K说,"正如你所说的,是克拉姆的特使,关着门能有什么用呢?我的保护又能管什么用呢?若是他们能够帮忙的话,那这样的帮忙是好还是坏呢?""我不知道他们是谁,"弗丽达说,"我之所以称他们是特使,那是因为克拉姆是你的上司,而且局里给你派来了助手。除此之外,我什么也不知道,最亲爱的,你把他们收留下来吧!你不要得罪那个派他们来的人!"K挣脱开弗丽达的拥抱,说道:"两个助手待在外面,我可不想再让他们到我身边来。怎么?这两个人难道有能力把我带到克拉姆那儿去?对此我表示怀疑。如果他们真的能做到,那我也没有能力跟着他们走。是啊,他们通过接近我,就把我所有能够在这儿找到出路的能力给毁掉了。他们会使我糊涂起来,而且像我现在所听到的那样,很遗憾,也会让你糊涂起来。我给你提供了在我和他们之间进行选择的机会,你已经决定选择我,那么现在你就让我来处理其他的事吧!今天我还希望能够得到重要的消息。他们要把你从我身边拖走,他们已经开始了,这样做是错还是对,这对我来说无关紧要。弗丽达,你真的以为,我会给你打开门,给你让开路吗?"

㉑译文第175页:

再说,看上去好像弗丽达很喜欢这个差使,好像任何脏活,吃力的活,使她忙忙碌碌、不容她想心事和沉溺于幻想的活,她都喜欢做。

㉒译文第177页:

房间里,烛光刚刚熄灭。一刹那,吉莎出现在教室门口;显然她是在灯光还亮着的时候离开房间的,因为她是很守规矩的。不一会儿,施瓦策也来了,接着他们走在没有积雪的路上,既感到舒适,也感到惊讶。当他们来到K的身边时,施瓦策拍了拍他的肩膀。"如果你能够保持教室里的整洁,"他说,"那你有什么事就可以指望我帮你。可是,我听说,由于你早上的行为,大家对你很不满。""他改好了。"吉莎说,她既没有朝 K 望去,也没有停下脚步。"这个人也迫切需要改改好。"施瓦策说,同时加快了步伐,好让自己跟上吉莎。

㉓译文第 192 页:

"这我就不明白你的意思了,奥尔珈,"K 说,"我只知道,我很羡慕巴纳巴斯的所作所为,可你觉得他做的事都很糟糕。要是他的所作所为不让人产生怀疑,那当然更好;不过,尽管他只是待在那间微不足道的接待室里,但他至少是在那儿的办公室里;比如说吧,那个接待室远远胜过我们现在坐着的板凳。我感到惊讶的是,你为了安慰巴纳巴斯,虽然表面上还赞赏他的做法,但实际上你对他的做法又无法理解。同时——这一点使我觉得你更不可理解——不管巴纳巴斯努力干什么,你似乎都竭力鼓励他。顺便说一句,第一天的那个晚上我们认识之后,我丝毫没有再对此产生过怀疑。""你认错了我,"奥尔珈说,"我可没有鼓励,绝对没有;如果巴纳巴斯所做的一切毫无必要的话,我就会是第一个把他留在这里,并永远把他留在这里的人。对他来说,早该结婚,并建立一个家庭了,难道不是这样吗?他不这样做,反而分散自己的精力,尽做些手工活儿和信使的差事。他站在上面城堡里的斜面桌前,急躁地等着很像克拉姆的一位官员朝他投来目光,最后得到一封对谁都没有用处的、只能给这个世道造成混乱的、积满灰尘的旧信。""这又是另一个问题,"K 说,"巴纳巴斯传递的消息没有价值,甚至是有害的,这也许可以说明抱怨官方机构的理由,这也许对收信人,比如对我来说,是非常糟糕的,但对巴纳巴斯来说,却没有损害,他只是根据自己的任务,把他往往不知内容的消息传过来,送过去,再说,他是个无可争议的官方信使,这也正是你们所希望的。""那好吧,"奥尔珈说,"情况也许是这样。我有时一个人坐在这儿——巴纳巴斯在城堡里,阿玛莉娅在厨房里,两位可怜的老人坐在对面打盹,这时,我就用我这双不适合干这种活儿的手,拿起巴纳巴斯缝补的鞋来,但随即又放下,我考虑着,但无可奈何,因为我只是一个人,干这种事情的能力远远不够——在我头脑里,一切交织在一起,害怕和担忧常常同时存在。""他们究竟为什么看不起你们呢?"K 问,这时他又想起给他留下的那个讨厌的印象:在第一个晚上,全家人围着桌子挤坐在小小的煤油灯下,宽宽的脊背对着他,一个脊背紧贴着一个脊背,两位老人的头低垂着,几乎垂到了菜汤里,他们等着别人来伺候。这一切多么叫人讨厌,更加叫人讨厌的是,这一印象根本无法通过细节解释清楚,因为要遵照某种想法,虽然许多细节不是很糟糕,但是说不出名堂的其他东西很糟糕。K在村里了解到某些情况,由于起初的印象,还有随后的印象,以及接下去的印象,他变得小心谨慎起来,他觉得整个家庭解散成单个的人,解散成他部分可以理解的单个的人,他同他们就像同朋友——他在村里还未找到真正的朋友——那样有同感之后,那种老的厌恶感才开始消失,但还没完全消失。蜷缩在角落里的父母亲、小小的煤油灯,甚至这个房间本身,这一切你要平心静气地忍受是不容易的,你一定要得到一个回报,比如奥尔珈的叙述,以便稍微与此和解,当然只是表面上的、暂时的和解。想到这一点,他补充道:"现在我相信,别人对你们实在不公,我一开始就想这么说。但别人一定很难做到不对你们不公,我不知道是什么原因。要摆脱偏见,就必须像我这样在特殊的处境下做个异乡人。我本人在长时间里一直受这种偏见的影响,而且影响很深,因此我觉得,反对你们的这种情绪——不单单是鄙视,同时还有害怕心理——是很自然的事;对此,我没有考虑什么,也没有追问是什么原因,我压根儿就没有设法为你们进行辩护。当然,我觉得整个事情与我无关。但我现在觉得情况完全不同了,现在我觉得,鄙视你们的人不是有意对鄙视的原因保持沉默,而是他们确实不知道是什么原因;为了摆脱荒唐的想法,他们必须认识你们,特别是你,奥尔珈。显然成为你们负担的只是你们比其他人更加努力地追求,巴纳巴斯成了城堡的信使,或者说企图成为信使。在这一点上,他们对你们怀恨在心,他们不是对你们表示钦佩,而是鄙视你们,竭力鄙视你们,你们不得不听任他们鄙视,你们的忧虑、你们的担心、你们的怀疑,是这种普遍的鄙视所造成的后果,此外还会是什么呢?"奥尔珈微笑了,眼睛显得十分聪颖和明亮,她抬头望着K,使K感到很惊讶,好像他说了一些极端错误的话似的,现在奥尔珈必须闯入他的脑海里,彻底根除他的错误,干这件事奥尔珈特别高兴。为什么大家都反对这个家庭,这个问题K觉得没有解决,特别需要给个明确的回答。"不,"奥尔珈说,"情况不是这样的,我们的情况并不那么好,你在弗丽达面前至今没有为我们辩护过,你试图弥补,于是现在你过分地为我们辩护起来。我们并没有比其他人更努力地追求什么。想成为城堡的信使难道是一种很高的追求吗?任何一个会跑路、能记住所送信息的人,都有能力成为城堡的信使。这也不是一个有报酬的职位。关于被聘用为城堡信使的请求,似乎可以理解为是闲着没事干的小孩子们的请求,他们一窝蜂地争着给成年人办点事,争着给成年人弄到某个工作,这样做只不过是为了荣誉,为了有事做。在争做信使方面也是这样,所不同的就在于,不是许多人争着干,他们不像小孩子那样,热情地对待,而是百般折磨真正被雇用或是表面上看来已被雇用的人。不,别人谁也不羡慕我们,他们只是对我们有点怜悯,在敌视的情况下有时也会有一点怜悯。这种怜悯也许在你心里也能找到,不然的话,什么会把你引到我们这儿来呢?单单是巴纳巴斯带来的消息吗?这我可不能相信。你从来就不特别重视他传递的消息,你只是出于同情巴纳巴斯,或者说绝大部分是同情他,才坚持要那些消息的。这个目的你也达到了。你向巴纳巴斯提出了高得无法满足的要求,他虽然忍受着你因此给他带来的痛苦,但同时也得到了一点儿自信,而且他在上面城堡里无法消除的怀疑,由于你的信任,由于你不断给以同情,也稍微消除了一点。在你来到村里时,他的情况好了一些。你对其他人也有了一些信任感;如果你经常到我们这儿来,会对我们更信任。为了弗丽达,你很克制自己,这我理解,我也对阿玛莉娅这么说。但阿玛莉娅非常烦躁不安,最近我简直就不敢和她说上一句话。如果我同她说话,也许她根本就不听;她若是听,看来也听不懂我说的话;她若是听得懂,那她又显出对这些话不屑一顾的样子。但这样做她并不是有意的,别人不能生她的气;她越是表示拒绝,别人越是要温存地对待她;她越是显得倔强,那她越是显得脆弱。比如说昨天吧,巴纳巴斯说,你大概今天来;因为他非常熟悉阿玛莉娅,所以为小心起见,他又补充说,你也许会来,但还不肯定。尽管如此,阿玛莉娅一听就无法再做其他事了,整天都在等着你,只是到了晚上,她再也支持不住了,于是不得不躺下来。""现在我明白了,"K说,"为什么我对你们还有点儿重要,其实我没有什么功劳。我们彼此都是捆绑在一起的,就像信使捆在收信人身上那样,不过也仅此而已,没有更多的意义,不能夸大其词;我太重视你们的友谊了,特别看重你,奥尔珈,因此我不想让人把希望过分夸大而使这种友谊受到伤害;我觉得,由于抱过多希望,你们反而变得陌生了。如果我同你们一起玩,就如同跟我自己玩一样,那才是唯一的一种和谐的游戏。从你的话中,我甚至得到一种印象,觉得巴纳巴斯带给我的这两封信是城堡至今为止交给他的唯一的任务。"奥尔珈点点头。"承认这一点，我真感到羞耻，"她垂下目光说道，"或者说，我很担心，这样一来，你会觉得这两封信更没有价值了。""可是，你们两个人，"K说，"你和阿玛莉娅，却不遗余力地削弱我对这两封信的信赖程度。""是啊，"奥尔珈说，"阿玛莉娅这样做，我也仿效她这样做。我们这样做是为了不露出绝望的心情。我们认为，这两封信毫无价值，这是明摆着的，因此，即使我们指出这种明摆着的事情，也不会把事情搞糟；何况，我们在你这儿获得了信赖和怜悯，这其实是我们的唯一目的。你懂我的意思吗？这就是我们的思路。这两封信没有一点价值，无法直接从它们当中得到力量，你太聪明了，不过你还会上当受骗的；要是我们能够欺骗你的话，那么巴纳巴斯就成了个专门散布谎言的信使了。谎言是变不出解救办法的。""你对我不坦率，"K说，"你从来就没有对我坦率过。""你还不理解我们的痛苦，"奥尔珈说，同时胆怯地望着他，"这也许是我们的过错，我们不习惯同人打交道，也许恰恰是由于我们设法拼命吸引你，反而把你推开了。我不坦率吗？在你面前，没有谁比我更坦率了。如果说我对你隐瞒什么，那只是因为害怕你；我不隐瞒这种害怕心理，而是把它公开出来。打消我的害怕心理吧，那样你就会完全得到我。""究竟害怕什么呢？"K问。"害怕失去你。"奥尔珈说，"你想想，巴纳巴西斯为他的职位奋斗了三年，在这三年里，我们一直盼望他经过努力获得成功，但一切都是徒劳的，他没获得一点儿成功，得到的只是羞耻、痛苦、时间的丧失、未来的威胁。一天晚上，他带着一封信，一封给你的信，回家来了。'来了一位土地测量员，看来他是为我们到这儿来的。我将要为他沟通和城堡之间的联系。'巴纳巴斯说。'看来这里有不少重要的事情。'他说。'当然，'我说，'一位土地测量员！他要做许多许多的工作，因此需要写许许多多的信。现在，你成了个真正的信使，首先你会领到一身工作服。''这很有可能。'巴纳巴斯。连他，这位变得如此自怨自艾的年轻人也说'这很有可能'。在那个晚上，我们都很高兴，连阿玛莉娅也以自己的方式加入进来。她虽然没有倾听我们说话，但是她把她坐着编织袜子的小凳子朝我们移近了一点，有时候还朝我们这边望望，看我们是怎样笑的，是怎样窃窃私语的。可是，我们这种高兴的心情没有持续多久，在同一个晚上就消失了。当后来巴纳巴斯带着你出乎意料地回到家时，虽然那种高兴的心情似乎还会持续，但是怀疑已经开始了。对我们来说,你的到来虽说是一种荣耀,但也是一种打搅。我们心里不禁自问,你想干什么?你为什么来呢?我们觉得你是个大人物,如果你有兴致到我们这个寒酸的房间里来,那么你还是个大人物吗?为什么你不待在你住的地方,让信使到你那里去,把任务交给他后立刻打发他走,这样做不是更符合你的身份吗?你亲自到这儿来,这不是把巴纳巴斯的信使职位的重要性降低了吗?另外,你虽然是从外地来的,但你衣衫褴褛,说实在的,当我从你手里接过那件湿漉漉的外衣,里里外外翻来翻去地看着时,心里感到很难受。随着我们长久盼望的第一个收信人的到来,难道会有什么灾难降临到我们头上吗?随后,我们看到,你并不想和我们交往,你待在窗口那儿,无论什么都不能把你引到我们桌边来。我们没有转过身来看你,但我们也没有想其他什么事情。难道你来只是为了考验我们?你只是为了来看看自己的信使出生在一个什么样的家庭吗?你待在这里的第二个晚上,就对我们产生了怀疑吗?你站在那儿默不作声,不同我们说一句话,而且急着要从我们家走开,难道考验的结果对我们来说实在太糟糕吗?你走开,这在我们看来就是个证明,证明你不仅瞧不起我们,而且说得更严重些,你也瞧不起巴纳巴斯传递的两封信。我们没有能力看清信的真正意义,两封信都是直接给你的,与你的职业有关,只有你才能看清它们的意义。其实是你使我产生怀疑;从那个晚上起,巴纳巴斯在上面城堡办公室里的观察就开始了,说来真叫人伤心。那个晚上没有解决的问题,第二天早上终于做出了回答。当时,我从马厩里出来,看着你同弗丽达以及两个助手走出了贵宾旅馆,因为你对我们不再抱任何希望了,你离开了我们。当然,我没对巴纳巴斯说起这件事,他的忧虑够多了。”“我不是又来了吗?”K说,“我让弗丽达待在家里,来这儿听你讲述你们的困苦,仿佛你们的困苦就是我的困苦,不是吗?”“是啊,你又到这儿来了,”奥尔珈说,“因此,我们非常高兴。你过去带给我们的希望开始变得越来越小了;我们多么需要你再来啊。”“对我来说,”K说,“也需要来,这我看出来了。”

㉔译文第194页:

“按照你的说法,阿玛莉娅对城堡的情况比你知道得多,尽管如此,她却没有进行干预。是啊,也许她对这一切的过错最大。”“你的概括能力真强,”奥尔珈说,“有时候,你说一句话就能帮助我,也许因为你是从外地来的吧。而我们呢，我们很担心，用我们可怜巴巴的经验，是无法去违抗的，哪怕是木柴咔嚓响一声，我们也会吓一跳，而且这个人吓一跳，另一个人也立刻吓一跳，谁也不知道真正的原因是什么。这样，无论是谁，都得不出正确的评判。在这种情况下，即使我们有能力——这种能力我们女人家从来就没有过——看透一切，我们也会丧失它。你到这儿来，我们是多么高兴啊。"

在这个村子里，K第一次听到这样无拘无束地对他表示欢迎。然而，尽管他至今为止非常需要这样的问候，尽管他觉得奥尔珈值得信赖，但他却不喜欢听她这样说。他到这儿来不是要给什么人带来快乐；要是可能的话，那他自然也愿意给人一点欢乐，这是他的自由，但谁也不能把他当做带来欢乐的使者欢迎他。谁这样做，谁就干扰了他，挡了他的道，迫使他做他从来不做的事情，对他来说，这种事他可不愿做。不过，奥尔珈又弥补了自己话中的不足之处，说道："当然，就在我以为，你会为一切做出解释，找出个出路，我可以消除我所有的忧虑时，你却突然说了些完全相反的话，说了些极其错误的话，比如你说：阿玛莉娅知道得最多，她没有进行干预，她的过错最大。不，K，我们不要议论阿玛莉娅，至少我们不要指责她！在你评判各种事情时，你的友好态度和你的勇气能给你派点用场，但单凭这些，你无法评判阿玛莉娅。我们先必须知道她忍受着什么样的痛苦，然后才能指责她。近来，她一直坐卧不宁，内心里有许多难言之隐——她隐藏的肯定不是别的，而是她的痛苦——因此，我几乎不敢和她说一句话。当我进来时，看到你正在心平气和地和她谈话，我大吃一惊；实际上，现在谁也无法和她说话，以后她会有时间安静下来的，或者说，也许不会安静下来，而只是疲倦了，但她现在的心情又变得十分糟糕了。如果我同她说话，也许她根本就不听；她若是听，看来也听不懂我说的话；她若是听得懂，那她又显出对这些话不屑一顾的样子。但这样做她并不是有意的，别人不能生她的气；她越是表示拒绝，别人越是要温存地对待她。她越是显得倔强，那她越是显得脆弱。比如说昨天吧，巴纳巴斯说，你大概今天来；因为他非常熟悉阿玛莉娅，所以为小心起见，他又补充说，你也许会来，但还不肯定。尽管如此，阿玛莉娅一听就无法再做其他事了，整天都在等着你，只是到了晚上，她再也支持不住了，于是不得不躺下来。"从她的话里，K又听出这个家庭向他提出的要求。在这个家里，要是不留心，他就会被搞得晕头转向。他感到很遗憾，偏偏在奥尔珈面前，他产生了这种无法用言语表达的思想,辜负了奥尔珈对他的信任。她第一个向他表示要他留在这儿,他听了感到很舒心。因为她信任他,他真想把他走开的时间往后推迟。"我们很难取得一致,"K说,"这我已经看出来了。我们还没有涉及到真正的事情,就已经在这方面或那方面产生了矛盾。若是只有我们两个人,取得一致意见并不难,我很快就会和你取得一致的看法,你是如此无私、聪明;但这儿不仅仅只有我们两个人;是的,我们甚至连个主角也不是。你一家人在这里呢,在你一家人的问题上,我们无法取得一致,在阿玛莉娅的问题上,我们更是不能。""你对阿玛莉娅一味指责吗?"奥尔珈问,"你不认识她就指责她?""我不是指责她,"K说,"我也不是看不到她的优点,我甚至可以承认,我也许错怪了她,但我很难做到不错怪她,因为她很傲慢,不吭声,而且偏偏还喜欢指手画脚;如果她不是显得那么可怜,不是显得很不幸的话,那我就无法同她和好。""这就是你反对她的理由吗?"奥尔珈问,这时她也变得伤心起来。"这也许已经够了。"K说,现在他才看见阿玛莉娅又回到房间里了,不过离得很远,坐在父母的桌子那儿。"她在那里呢。"K说,在他的话里,听起来有一种厌恶感,厌恶晚饭,厌恶坐在桌边吃晚饭的所有的人,但他并不想这样。"你对阿玛莉娅有成见。"奥尔珈说。"我是有成见,"K说。"为什么有成见呢?""如果你知道,那就告诉我。你很坦率,这一点我很赞赏。不过,你只是在涉及到你时才表现得非常坦率;你认为,必须用沉默不语的办法来保护自己的兄弟姐妹,这是不对的。如果我不知道所有的事情涉及到巴纳巴斯,同时——在你们这儿,阿玛莉娅无论在什么事情上都掺和进来——也涉及到阿玛莉娅,那我就不会支持巴纳巴斯了。你可不希望,我无论做什么事,都不去了解详情,只是为了做而做,结果把事情搞糟,给你们,也给我自己,造成无法弥补的损失。""不,K,"奥尔珈停顿了一会儿说,"我可不希望会有这种情况,因此一切照原先那样更好。""我不认为,"K说,"那样会更好;要是巴纳巴斯继续过那种默默无闻的所谓的信使生活,而你们,靠小孩子养活的大人,同他一起分享那种生活,我不认为那样更好;要是巴纳巴斯同我建立起联系,我在这儿安安静静地想出最佳方法与途径,然后,充满信心地、不再单枪匹马地在别人的监督下做各种事情,为了对他有好处,也为了对我有好处,继续挤进办公室,或者不再前进一步,只是待在他已经进去的房间里,学会弄懂并利用一切,那么比起这些来,我并不觉得那样更好。我不认为，他这样做不好，不值得做出某些牺牲。不过，当然也有可能我说得不对，而偏偏是你所隐瞒的东西表明你很有道理。尽管如此，我们仍然是好朋友，我不可能没有你的友谊，但是让我整个晚上都待在这儿，而让弗丽达孤单单的一个人待在家里，这是没有必要的；也许只有巴纳巴斯的不可拖延的重要的事情，才能说明我待在这里的理由。"K想站起身来，奥尔珈又让他坐下来。"弗丽达把我们的情况对你说了吗？"她问。"没说什么。""老板娘也没说？""没有，什么也没有说。""我料到是这么回事，"奥尔珈说，"在村里，无论在谁那里，你都不会了解到我们的情况。相反，无论是谁，不管他知道或不知道什么，也不管他是否相信那些流传的或他本人编造出来的谣言，都普遍地想鄙视我们；若是他不这样做，很显然，那他就会鄙视自己。在弗丽达那儿情况是这样，在其他人那儿情况也是这样，但这种鄙视只是泛泛地针对我们一家人的，其主要矛头是针对阿玛莉娅的。因此，我也特别感谢你，K，你虽然受了一般的影响，但你既不鄙视我们，也不鄙视阿玛莉娅。只是你抱有成见，至少对巴纳巴斯和阿玛莉娅抱有成见，任何人都不可能完全摆脱世俗的影响；但你却不鄙视我们，你能做到这一点，已经很不错了，我的大部分希望就寄托在这里。""别人的看法我不管，"K说，"而且我也不会好奇地去了解别人这样看的原因。也许——那很糟糕，不过是可能的——也许吧，如果我结了婚，习惯了这儿的生活，对我来说，这也许会发生变化，但我暂时还很自由。向弗丽达隐瞒我来看望你们的理由，或者为我看望你们的理由进行辩解，这我很难做到，但我还很自由，如果我觉得一些事情，比如巴纳巴斯的事情，十分重要，我还可以毫无顾忌地到这儿来，只要我想来，我就能做到。但现在你要明白，我为什么急切地想做出决定，原因是，虽然我现在还在你们这儿，但时刻都会被叫回去，时时刻刻都会有人来把我叫走，我什么时候能够再来，我也不知道。""可是巴纳巴斯不在这儿，"奥尔珈说，"没有他怎么能做决定呢？""我暂时不需要他，"K说，"我暂时需要别的什么。但在我说出之前，如果我说的话听起来有点儿像指手画脚的话，那我请你不要误会，我既不感到好奇，也不想指手画脚；我既不想让你们屈服，也不想搞到你们的秘密；我只想你们怎样对待我，我也怎样对待你们。""你现在怎么说起外人的话来了，"奥尔珈说，"你和我们已经非常亲近了，你的保留态度完全是没有必要的，我从来也没有怀疑过你,我不会这样做,也请你不要这样做。""如果我和以往说的不一样,"K说,"那是因为我想比以往更亲近你们,我想在你们这儿就像在自己家里一样;我要么同你们紧紧联系在一起,要么就没有任何联系;我们要么为巴纳巴斯做完全相同的事情,要么避免任何匆匆的、让我也让你们丢尽脸的、实际上毫无必要的接触。我想获得的这种联系,这种针对城堡的联系,当然会有一个十分糟糕的障碍:阿玛莉娅。因此我起先问:你能代表阿玛莉娅说话吗? 你能替她回答吗? 你能为她担保吗?""我部分地可以替她说话,部分地可以替她回答,但我无法为她担保。""你不想喊她过来?""那就完了。那你对她的了解,就比对我的了解少了。她会拒绝任何一种联系,她是不会容忍任何条件的,她甚至还会禁止我回答问题。你还根本不了解她,她会机灵而坚定地强迫你中断谈话,并迫使你走开,然后,当然啰,你到了外面,她也许会一下子昏倒在地上。她就是这副样子。""可是没有她,一切都毫无希望,"K说,"没有她,我们就会不明情况,就没有把握。""也许,"奥尔珈说,"也许现在你能更好地对巴纳巴斯的工作做个评价,我们两个,他和我,可以单独进行工作;但如果没有阿玛莉娅,事情就像是我们建造了一座没有地基的房子。"

㉕译文第210页:

"由于那封信的事,难道他在职务上受到了处罚?"K问。"是指他彻底消失了?"奥尔珈说道,"恰恰相反,这种彻底消失是一种奖赏,据说官员们都争这种奖赏呢,同当事人打交道,这对他们来说简直是折磨人的事。""可是,索尔蒂尼以往几乎没有做过同当事人打交道的事啊,"K说,"难道那封信也是属于折磨他的、同当事人打交道的事吗?""请你了,K,请你别这样提问题。"奥尔珈说,"自从阿玛莉娅到这儿后,你变了个样子。提这样一些问题有什么用呢? 不管你是严肃地还是开玩笑地提出这样一些问题,谁都无法做出回答。这些问题让我回想起阿玛莉娅最初的不幸的日子。那时她简直什么也不说,但时刻注意着发生的一切,她比今天警惕得多;有时,她不再沉默,提出一个问题,以此会让被问的人,肯定也会让索尔蒂尼,感到羞耻。"

㉖译文第211页:

"城堡本身比你们强大得多,尽管如此,它能不能得胜还值得怀疑,但你们却不利用这一点,好像你们的整个努力都毫无疑问地在确保城堡的胜利似的。因此,你们突然间在这场斗争中开始毫无道理地害怕起来,这样一来,你们就更加软弱无力了。"

㉗译文第261页:

"您随便坐。"艾朗格说。他自己坐在写字台旁,仓促地看了几份档案的封面,把它们重新理理好,放进一只小小的旅行包里。它非常像毕格尔的那只,但它太小,放不下这些案卷。艾朗格只好把放进去的案卷再拿出来,试着把它们换个样子摆。"您早就该来了。"他说。他先前就不友好,现在由于案卷很难摆进包里,他就把自己的怒气发泄到K身上。新的环境和艾朗格的简洁的举止,使得K从疲倦中惊醒过来。艾朗格也有他的尊严,他的举止有点儿让人回想起那位教师——从外表上看,也有小小的类似之处,K本人坐在这儿的椅子上,就像个小学生,他左右两边的同学今天都没有到——K尽可能小心地回答问题,他开始提到艾朗格睡觉的事,讲到他为了不打搅他睡觉走开了,当然他没有讲自己在这段时间干了些什么,随后才讲到把门搞混了,最后,讲他特别疲劳,请求照顾。艾朗格立刻发现了他回答中的毛病。"真奇怪,"他说,"我睡觉是要休息一会儿,以便更好地工作,但我不知道,在这段时间里,您在什么地方。您东游西荡,为了在询查开始时,您就可以说自己实在累了。"K想做出回答,但艾朗格把手一挥,不让他说话。"您虽说疲劳,但看来并没有改变您的闲扯的嗜好,"他说,"您在隔壁房间里喃喃自语地说了几个小时,不考虑我的睡觉问题,您还说什么您特别关注我的睡眠呢。"K又想回答,但艾朗格又阻止了他。"再说,我不会再要您了,"艾朗格说,"我只想现在请您帮个忙。"突然间他想起某件事,现在表明,他在整个时间里都在想着某件使他分心的事情,他用来对待K的严厉态度也许只是形式上的,其实只是不在意引起的;于是,他按下桌子上的一个电铃的按钮。从边门里——艾朗格和他的侍从住着好几个房间——立刻走出一位侍从,显然这是奥尔珈向他讲起过的那些侍从中的一位。这位侍从K还没有见过,他个头矮小,但肩膀很宽,脸也特别宽,脸上那双从来就没有完全睁开的眼睛也就显得更加小。他穿在身上的工作服让人想起克拉姆的制服,当然已经穿旧了,而且很不合身,特别令人注意的是,衣袖很短,尽管他的手臂很短,但这套制服显然是给个子更矮的人制作的。侍从们很可能穿的就是官员们的旧衣服,也许正是这一点助长了侍从们那种众所周知的自豪感。这位侍从看来也以为,他已经完成了老爷要他做的各种事情,于是一听到铃声就出来了,现在他用一种严厉的表情望着 K,好像他被唤来是要对 K 发号施令的。艾朗格把侍从喊来,是要让他做一件通常要做的事,现在无需另外再发出特别的命令,他默默地等候侍从做这件事,但侍从没有做,只是一个劲儿地用凶恶的目光,或者说用责备的目光看着 K。艾朗格生气了,一跺脚——艾朗格生气本来并不是 K 引起的,但 K 只得忍受——几乎把 K 赶出房间。他要他在外面等一会儿,并说很快会让他进来。当他十分友好地让 K 进来时,那个侍从已经不见了。现在,K 在房间里发现的唯一的变化是一堵木制的卷墙把床铺、盥洗台和箱子遮挡起来。"同侍从们打交道有许许多多的烦恼,"艾朗格说,这句话出自他的口,如果不纯粹是自言自语的话,那就可以看做是一种特别信赖的表示,"烦恼和担心使人够受的了,"他继续说道,他背靠着椅子坐在那里,双手握成拳头,在桌子上远远地伸开,"克拉姆,我的主人,最近几天有点心神不安,至少我们觉得是这样。我们这些生活在他身边的人,考虑并试着解释他说的每一句话。我们觉得是这样,这不是说,他心神不安——不安怎么会落到他头上呢——但我们心神不安,我们这些生活在他周围的人心神不安,在工作中我们无法再在他面前掩饰我们的不安。当然这样一种状况,如果不给每个人,也不给您,带来重大损失,就尽可能不要拖延下去!我们寻找理由,找到了有可能造成他心神不安的各种事儿,其中就有滑稽可笑的事情,这实在是不足为奇的,因为极度可笑和极度严肃这两种情况彼此相隔不远。尤其是办公室的生活把人搞得精疲力竭,只有小心翼翼地注意一切细枝末节,并尽可能使各方面不要有什么变化,才能让人忍受得了。比如说,一只墨水瓶放得离它通常放的位置远了一点,这就会给最重要的工作造成危害。时刻留心这一切,其实就是侍从们的工作。但很遗憾,主人对他们不太信任,因此这些工作大部分就得由我们来做,至少要由我来做,做完后,他投来一个特别的目光表示赞许。现在,这个格外敏感的工作,若是由没有情感的侍从们的手来做,一下子就能做完,可是这一来却给我造成许多麻烦,而且这工作同我的其他工作毫不相干;做这种工作还需要反反复复地思考,谁的神经要是比我的稍微衰弱一点儿,就很有可能彻底被它毁掉。您明白我的意思吗?"

❧ 开头异文

　　老板欢迎这位客人。二楼的一个房间已经准备好了。"这是给贵人住的房间。"老板说。这是个大房间，有两扇窗，窗户之间是个玻璃门，房间里没有什么陈设，显得特别宽敞。里面随便摆着几件家具，家具的腿细得惊人，客人简直可以认为那是铁制的，但实际上是木头做的。"请你不要到阳台上去，"客人在这儿的一个窗口朝茫茫黑夜望了望之后，走近玻璃门，这时老板说道，"支撑梁有点儿朽了。"这时，客房侍女进来，忙着收拾盥洗台，同时问房间供暖是不是够了。客人点点头。虽然他到现在对这个房间还没有表示不满意，但他一直还穿着大衣，手里拿着拐杖和帽子踱来踱去，好像他是不是要在这儿住宿还没有定下来似的。老板站在客房侍女身边。突然间，客人走到他们两人身后，大声叫道："你们在悄悄地说什么呢？"老板吃了一惊说："我只是吩咐姑娘把床上用品准备好。很遗憾，我现在才发现，房间没有照我希望的那样准备好。不过，一切马上就会办好。""不谈这个，"客人说，"我希望的不是别的，只希望有个脏兮兮的洞和一张叫人作呕的床。不要想方设法转移我的注意力。只有一点我想知道：是谁通知你说我来了？""谁也没有，先生。"老板说。"你在等我。""我是老板，时时刻刻在等客人。""房间准备好了。""和以往一样。""那好，你什么也不知道，我不住在这儿了。"客人拉开一扇窗，朝外喊道："不要卸车，我们继续朝前走！"可是，当他赶到门口时，客房侍女挡住了他的路，那是个体弱、娇嫩、格外年轻的姑娘。这时她低下头说："不要走；是啊，我们在等你，只是因为我们回答时笨嘴拙舌的，对你的要求吃不准，所以我们才没说出口来。"姑娘的出现触动了客人;他怀疑她说的话。"让我单独和姑娘在一起待一会儿。"他对老板说。老板犹豫了一下,然后走了。"来。"客人对姑娘说,于是他们坐到桌边。"你叫什么名字?"客人问,并越过桌子抓住姑娘的一只手。"伊丽莎白。"姑娘说。"伊丽莎白,"他说,"你仔细听我说。我面前摆着一项艰巨的任务,我要把我的整个一生献给它。我很高兴做这项工作,不要求别人给我什么同情。但它,就是说这项任务,是我所拥有的一切,因此,凡是有可能影响我执行任务的一切东西,我都要毫不留情给以铲除。喂,我会毫不留情直至发狂的。"他握住她的手,她望望他,并点点头。"这你明白了,"他说,"现在请你告诉我,你们是怎么知道我要来的。我只想知道这一点,我并不问你们有什么想法。在这儿我是要斗争的,但在我到达之前,我可不想受到别人的攻击。在我来之前情况到底怎样呢?""整个村子都知道你要来,我说不清为什么整个村子都知道,反正几个礼拜前大家都知道了,消息也许是从城堡传来的,更多的情况我就不知道了。""城堡里有人来通知说我到这儿吗?""不,没人来,城堡里的老爷们不和我们往来,不过上面城堡里的侍从也许讲起过这件事,村里的人可能听说了,也许就这样传开了。很少有外乡人到这儿来,关于外乡人大家谈论得很多。""很少有外乡人?"客人问。"是啊,"姑娘说,并微微一笑——看上去她既显得很亲热,又显得很陌生——"没有人来,好像这个世界把我们全忘了。""人家为什么要来呢,"客人说,"这里有什么值得看吗?"这时,姑娘慢慢地把手从他手中抽回来,说:"你一直还不相信我。""你说得很对,"客人说,并站起身来,"你们大家都是些无赖,而你比起老板来,显得更加危险。城堡是特意把你派到这儿来服侍我的。""城堡派我来的?"姑娘说,"你对我们的情况了解得怎么这样少!你怀疑我们,你要走,那你就走吧。""不,"客人说,同时扯下身上的大衣,把它扔到一把椅子上,"我不走,决不走,你无法把我从这儿赶走。"可是,他突然跟跟跄跄地、勉强支撑着身子走了几步,倒在床上,姑娘赶紧跑到他身边。"你怎么啦?"她低声问道,说着便跑到洗脸盆那里。她端来了水,跪在他身边,给他洗脸。"你们为什么这样折磨我呢?"他吃力地说。"我们可没有折磨你。"姑娘说,"你想从我们这儿了解一些情况,而我们又不知道什么。请你坦率地跟我说话,我会坦率地回答你的。"

片断

　　昨天,K向我们讲到他同毕格尔打交道的经历。事情很滑稽,偏偏得同毕格尔打交道。你们知道,毕格尔是城堡官员弗里德里希的秘书,而弗里德里希在最近几年不再辉煌。为什么会这样,这本身就是个讨论的题目;对此,我也可以讲一点。不管怎么说,可以肯定弗里德里希的记事册无论在哪里都是微不足道的;毕格尔从来就不是弗里德里希的首席秘书,他远远排在许多秘书的后面。弗里德里希不再辉煌,记事册无足轻重,这对毕格尔来说究竟意味着什么,这一点当然人人都能看出来。谁都能看出来,只是K看不出。现在他在我们村子里已经生活了很长时间,但是,好像他昨天晚上才来似的,对这儿仍然非常陌生,在村子里走不了三条小巷就会迷路。同时,他竭尽全力要引起人们的注意,而且他像只猎狗,追踪他的事情跑来了,但他不善于让自己习惯这儿的生活。比如,我今天对他讲起毕格尔,他聚精会神地听着。人们向他讲起城堡官员的事情,都跟他有关。他很内行,提出许许多多的问题;他对一切都理解得十分透彻,不仅在表面上,而且在实际上也是如此。不过,请你们相信我,第二天他什么又不知道了;或者说,他还知道,他什么也不会忘记,但对他来说事情太多了,许许多多的官员把他弄糊涂了;他没有忘记他曾经听到过的各种情况,他听到了许多,因为他善于利用机会来扩充自己的知识。从理论上讲,他可能比我们对官员们更熟悉,在这方面,他的确是值得钦佩的。然而,如果他运用知识的话,不知怎么搞的,总是弄错,他像是在万花筒里转动,他不会运用知识,他的知识反而在愚弄他。说到底,也许是因为他不是当地人的缘故吧。因此,他在自己的事情上也无法前进一步。你们都知道,他说,我们的伯爵已经聘用他来这儿做土地测量员了。从事情的细节看,这是个十分稀奇古怪的事儿,我现在不想在这里谈论它。简而言之,他被聘为土地测量员,他也乐意在这儿担任土地测量工作。为了这件小事,他付出了巨大的努力,但至今为止毫无成效,你们至少知道他付出了巨大的努力。换了另外一个人,在这段时间肯定已经测量了十个国家的土地,而他在村里至今还一直在秘书们之间跑来跑去。现在,他压根儿就不敢再接近官员们了。显然,他从来就没指望能够获得许可,到城堡办公室去。要是秘书们从城堡来到贵宾旅馆,他能同他们打交道,那他就心满意足了。他必须经受白天询查的考验,或者必须接受夜间询查的考验,他就像一只狐狸围着鸡棚转来转去那样,老是蹑手蹑脚地围着贵宾旅馆转,实际上秘书们是狐狸,而他是鸡。这件事只是顺便提一提。我想讲一下毕格尔。昨天夜间,K 由于自己的事情,再次被传唤去贵宾旅馆找艾朗格秘书,他主要和艾朗格有关。对这样一种传唤,他总是感到非常高兴,从这个意义上来说,任何失望他都不在意,这一点大家真该向他学习!每一次新的传唤都增强他的信心,当然不是在旧有的失望方面,而只是在旧有的希望中给他鼓劲儿。他深受这次夜间传唤的鼓舞,赶忙跑到贵宾旅馆。不用说,他的精神状况不佳,他并没有料到会有传唤,因此,他在村里忙自己的各种事情;比起在这儿生活了几百年的家庭来,他在村子里有着更广泛的联系。建立这些联系,全是为了他在这儿做土地测量员的事;同时,由于这些联系是经过艰苦奋斗得来的,而且还必须反复进行新的斗争,因此得来的联系决不能轻易丧失。你们必须好好想象一下,所有这些联系都在找时机与他脱离呢,而他总是竭力保持各种联系。同时,他挤出时间同我,或同其他什么人,长时间地就整个毫不相干的事进行谈话,他之所以这样做,只是因为他认为,一件事即使离得再远也同他有关。他总是这样工作;我其实从来就没有想到过他也会睡觉。然而,情况就是这样。在他和毕格尔的事情上,睡眠甚至起着重要作用。当他跑到贵宾旅馆找艾朗格时,他已经疲惫不堪了,他没有准备好去接受传唤,他实在太轻率了,前一个夜里他根本就没睡觉,再前面的两个夜晚,他只睡过两三个小时。因此,他虽然对艾朗格安排在午夜的传唤感到高兴,正像每个人拿到传票都十分高兴那样,但他同时又对自己的精神状况感到担忧,糟糕的精神状况也许会妨碍他的谈话,使他不能像平时那样满足谈话对他的要求。就这样,他来到贵宾旅馆,寻找秘书们住的过道。不幸的是,他在那儿碰见一个他认识的客房侍女。她要给他讲一点关于另外一个姑娘的事,那个姑娘他同样认识。当然一切都是为他好。客房侍女把他拉到自己的小房间里,他随着她进去——时间还不到半夜——他的原则是,不放过任何一个能使他了解新鲜事的机会。这样做,除了能得到好处外,当然有时,也许是常常,会有很大的坏处。比如这一次,他在极度昏睡的状态下,离开喋喋不休的姑娘,来到过道上时,已是四点钟了。此时他想的不是别的,而是不要耽误了艾朗格的传唤。在一个角落里,他发现一只遗忘在那儿的放餐具的盘子,上面有一只朗姆酒瓶。他喝了酒,顿时有了精力,甚至可以说,很多精力。他蹑手蹑脚地走进长长的过道。过道里平时特别热闹,现在过道却像一条通往公墓的路,显得特别安静。他来到一扇门前,他觉得这是艾朗格的房门。假如艾朗格睡着了,他可不想把他吵醒,所以他没有敲门,而是小心地立刻把门打开了。现在,我想尽我所能,照原话给你们讲讲这个故事,我要尽量仔细地叙述一下,就像昨天 K 打着各种绝望到极点的手势对我讲的那样。但愿他从昨天到现在又得到新的传唤,以此得到安慰。这个故事本身是很滑稽的。你们好好听着:其实滑稽的事,很自然是非常细致的,因此,在我复述故事的时候,有许多细节你们可能会放过去。如果我讲得很好,你们就会从中了解到 K 的整个情况,当然,关于毕格尔,你们一点也了解不到,如果我能办到的话——这当然是个前提。这个故事通常也会变得很无聊的,它本身就包含着十分无聊的成分。不过,我们大胆试试吧。

……握手告别。"同您谈了话,我感到很高兴,它确实使我的心情感到格外轻松。也许过不了多久,我又会见到您。"

"我到这儿来,肯定很有必要。"K 说,并向米西的手弯下腰,想强使自己亲吻她,但米西轻轻地惊叫了一声,把手从他手中抽回来,藏在坐垫的下面。

"小米西,小米西。"村长心里明白,并十分亲切地抚摩她的背。

"随时都欢迎您来。"村长说,也许是为了帮助 K 忘掉米西的举止,又补充说,"特别是现在,只要我还在生病,随时都欢迎您来。一旦我又能走到办公桌边,当然啰,官方的事务又会让我忙得不可开交。"

"您这是想说，"K 问，"您今天同我谈话也不是以官方的身份啰？"

"当然啰，"村长说，"我不是以官方的身份同您说话的，我们可以把它称做是半官方的。正像我已经说过的，您低估了非官方的事情，不过，您也低估了官方的事情。官方的决定，可不像放在这儿小桌子上的这只药瓶，只要我一伸手，就能把它拿到手里。真正官方的决定是需要以无数次小小的调查和思考为前提的。做这样的事，最能干的官员也需要几年时间；即使这些官员一开始就知道最终决定是个什么样子，那也需要很长很长的时间。究竟有没有一个最终决定呢？这儿有检查机构，设立检查机构就是为了避免做出最终决定。"

"是这样，"K 说，"原来一切都安排好了。对此，谁还表示怀疑呢？但您总的来说对我讲得太诱惑人了，因此我现在无法竭尽全力认清事情的各个细节。"

他们相互鞠躬告辞，随后 K 走开了。两个助手窃窃私语，笑嘻嘻的，很快跟着走了。

回到旅店里，K 发现自己的房间变漂亮了，变得几乎认不出来了。弗丽达真是勤奋，她此时站在门槛上用一个吻迎接他。房间彻底通了风，炉子生得旺旺的，地板也刷过了，床铺理得整整齐齐的；姑娘们所有的东西，包括她们的照片，都不见了。现在，只是在床上方的墙上挂着一张新照片。K 走近几步，照片……

……再说，我不管想去哪里，都怀着孩子般的激情。我在匆匆忙忙地到处奔波，现在恰好到了阿玛莉娅身边。我从她手中轻轻地拿过那只正在编织的袜子，扔到桌上，而家里其他人都已经坐在桌边。"你要干什么呀？"奥尔珈喊道。"噢，"我半是生气，半是微笑地说，"你们大家都在惹我生气。"我坐到炉边的板凳上，那儿一只小黑猫在呼噜呼噜地打盹，我把它抱到怀里。在这里，我感到非常陌生，但又像是在自己家里一样。我还没有和两位老人握手，还没有同姑娘们说话；我觉得，巴纳巴斯在这儿简直像个我刚见到的人，我和他同样也没有说话。我坐在这儿暖烘烘的地方，并不引人注意，因为我已经同姑娘们有点不和了；这只猫一点儿也不认生，从我的胸口爬到了肩上。尽管我在这儿感到失望，但从这儿出发，我又获得了新的希望。巴纳巴斯现在不去城堡，但明早他会去的；即使城堡的那个姑娘不来这儿,也会有另外一个姑娘来。

弗丽达也在等,但不是等 K;她观察着贵宾旅馆,并且观察着 K;她心里可以平静下来了,她的处境比她本人预料的要好。她可以毫不嫉妒地看着佩琵怎样操劳,看着佩琵的声望怎样增长,这一切她肯定会在适当的时候结束的。她也可以平静地看着 K 怎样远离她,到处去游荡;他若完全离开她,那她是不会允许的。

《城堡》第一版后记

[奥地利]马克斯·勃罗德[①]

　　弗朗茨·卡夫卡的小说遗作《城堡》，在写到意味着主人公的一次重大的、也许是关键性的失败这个地方，还没有结束，而是又继续发展了好长一段。紧接着便是一次新的失败。城堡的一位秘书破天荒第一次亲切友好地同K谈话——虽说这种亲切友好的态度也令人产生某些怀疑，但不管怎么说，这毕竟是头一回有位城堡官员表现良好的意愿，甚至表示愿意过问这件事，并且帮助K，虽然这件事不属于他的主管范围（问题就出在这里）。但K太疲倦了，太困乏了，根本就无法再对这个建议进行一番考虑。在关键的时刻，他的身体垮了。在接下去的场景中，K困惑了，因此越来越远离自己的目标。所有这些故事只是给前奏和开头搭了个架子。因为这些故事再也没有结尾，我以后出补遗本时再把它们（类似小说《审判》里的未完成的章节）收集进去。

　　《城堡》这部小说的最后一章卡夫卡没有写。不过有一次，我问他这部小说该如何结尾时，他对我讲了。这位名义上的土地测量员至少会部分获得满足。他不放松斗争，但由于身心衰竭而死去。村民们聚集在他弥留之际所卧的床周围，这时城堡的决定传了下来，决定虽然没有提到K住在村里的合法权利，但考虑到某些次要情况，允许他在村里生活和工作。

　　歌德有句格言："谁一直努力奋斗，我们就可以解救谁。"卡夫卡的这部作品和歌德的这句格言类似（当然，这种类似性甚微，仿佛讽刺性地减少到最低限度），因此，小说《城堡》——也许可以被称做弗朗茨·卡夫卡的浮士

[①]　马克斯·勃罗德(1884—1968)，奥地利作家，卡夫卡的亲密朋友。卡夫卡去世后，他作为卡夫卡的遗著保管者，没有遵照卡夫卡的遗嘱焚毁他的遗稿，而是陆续整理并出版了他的全部遗著。本文是他为《城堡》第一版所写的后记，其中谈到他整理这部重要遗稿的情况和卡夫卡有关《城堡》结尾的构思，并首次对《城堡》作了极有参考价值的评论。

德诗剧的这部作品——本想就此结束的。当然这是位故意衣着简朴、甚至衣衫寒酸的浮士德，而且他有着本质上的不同，那就是推动这位新浮士德前进的不是对最终目标和对人类的最终认识的渴望，而是对基本的生存条件的需要，对安居乐业的需要，对置身于公众生活之中的需要。初看起来，这种不同显得很大，但是，如果人们感觉到，这些简单的目标对卡夫卡具有宗教意义，而且全然是正当的生活、正当的道路的话，那么，这种不同就明显缩小了。

在出版长篇小说《审判》时，我有意没有在后记中增添一点儿关于这部作品的内容或是解释的文字。后来，我在别人的评论中常常读到明显的错误解释，比如说卡夫卡在小说《审判》中抨击了司法制度的种种弊端，每当这个时候，我总是为自己的保留态度感到惋惜；但如果我增添了某种解释，那些马虎的或者不太明智的读者不可避免地产生了误解，那么，毫无疑问，我会更加感到惋惜的。这一次情况却不同。《城堡》和《审判》明显不同，它还没有达到完全可以付印的程度，它（同《审判》完全一样）尽管外在形式上还没完成，但蕴藏着一股内在力量，充分体现了作者所要表达的感情。对能够正确阅读这两部未完成的伟大小说的读者来说，从某一点开始，条件几乎已经具备，结尾的外在形式就失去了重要性，这一点同样也是卡夫卡创作艺术的秘密和独特之处。无论怎样，与这次相比，小说《审判》停留在现在所处的那个未完成阶段，其完整性更可以不加考虑。一幅图画如果已经接近外在形式的结尾，那么它就不再需要辅助线了。若是这幅图画还没有完成，那么人们就有充分理由利用辅助线以及其他现有的辅助线、草图等等，以便表现出它继续画下去可能会是个什么样子。当然，人们不想，一点儿也不想，把这件绘画艺术品同辅助线、支架、草图等等混淆或掺和在一起。

我认为，《城堡》里的这些辅助线条不像在《审判》里那样可有可无，其中的一条辅助线条让人回想起小说《审判》。这两部作品的相近之处是显而易见的。其相似之处不单单是主人公所取的名字（《审判》中的主人公是约瑟夫·K，《城堡》中的主人公是K）相同。（在这儿需要指出的是，《城堡》是以第一人称"我"的形式开始写的，后来作者本人又把开头几章改写了一番，凡是用"我"的地方全部改成了K，接下去的其他章节全部采用这种写法。）重要的是，《审判》中的主人公受到一个看不见的神秘当局的迫害，被传讯到法庭;在《城堡》里,主人公同样受到一个官方机构的拒绝。约瑟夫·K到处躲藏,逃跑——主人公K则是一个劲儿地强求,进攻。尽管两个人努力的方向相反,但其基本情感是一致的。《城堡》有各种各样的奇特的案卷,有叫人摸不清头脑的官吏等级制度,它变幻无常、诡计多端,它要求(而且绝对有理由要求)人们对它无条件地尊重,无条件地顺从,这样的一个"城堡"到底意味着什么呢?不排除有更为专门的、也许是完全正确的解释,但这些解释全都包含在这个最广泛的解释之中,就像中国的一件木雕艺术品,其内壳包在外壳里面那样——K没能进入"城堡",甚至叫人不可理解的是,他从来就没有真正接近过"城堡",这样的一个"城堡"正是神学家称之为"仁慈"的东西,是神对人(即村子)的命运的摆布,是各种偶然事件、神秘莫测的决定、天赋和损害的效力,是无法得到和无法争取到的东西,它凌驾于所有的人的生命之上。无论是在《审判》里,还是在《城堡》里,(犹太神秘哲学意义上的)神的两种表现形式——法庭和仁慈——也许就是这样表现出来的。

K寻找同神之仁慈的联系,他的方法就是设法在"城堡"脚下的村里深深扎下根——他为在一定的生活圈子里获得一个职位而奋斗,他想通过职业选择和结婚从内心里坚定自己的信念,他想作为"陌生人",即从孤立的地位出发,作为与众人不同的人,获得许许多多的普通人无需经过特殊努力,无需进行思考,似乎便能轻而易举得到的东西。我之所以有这样一个观点,是因为他讲的一件事起了决定性的作用,有一次弗朗茨·卡夫卡给我讲起福楼拜的外甥女在他的通信集的序言里所写到的一个轶事,这给我留下了很深的印象。那个轶事是这样的:"他(福楼拜)没有选择普普通通的生活道路,在晚年他不因此而感到遗憾吗?有一次,我们沿着塞纳河回家,他脱口说出一句话,每当我想起他那感人的话,我便几乎相信他感到十分遗憾:那时我们看望了我的一位女朋友,看到她被围在她那一群漂亮可爱的孩子中间。'他们真美气。'他这么说道,他这是指这种可尊敬的美好幸福的家庭生活。"

正像在《审判》中那样,K依赖于那些女人,他要让她们给他指出正确的道路、正确的生存机会;当然,他是用一种真切的、没有任何虚假与骗人的态度来依靠她们——因为,不然的话,K就不会接受这种生存机会,而且正是这种严格的态度才使他为爱情、为进入公众生活而进行的斗争变成一种宗教的斗争。小说有一处写到K过高估计了自己取得的成绩，他自己解释了他的斗争目标："尽管我获得的一切胜利都微不足道，但我毕竟有了一个家，有了个职务，有了个实际工作，我还有了一个未婚妻，要是我有其他事务要做，她就替我做我的分内工作，我要和她结婚，成为本村的一分子。"——这些女人（用这部小说里的话来说）"跟城堡有联系"——而且，她们的重要性就在于她们有这些联系，这自然就会使双方，男方和女方，产生许多错觉，也使双方受到许多真真假假的不公正的待遇。手稿中的一个被删去的地方（手稿中被删除的部分和其他所有部分一样优美和重要，这也是作家卡夫卡的一个独特之处——即使没有预言家的多少天赋，我们也能预见到，下一代人总有一天也会把手稿中删去的部分发表出来），那个删去的部分是关于侍女佩琵的，它这样写道："他心里肯定在想，如果他在这儿没有遇到弗丽达，而是遇到了佩琵，猜测到她同城堡有某种联系，那么，他肯定会像对待弗丽达那样，试图用同样的拥抱去攫取这个秘密。"

全部事实，当然完全是用敌对的眼光来看的，在村秘书莫穆斯所写的书面报告的一个（后来又被删去的）片断里有所反映。这个片断是有关整个计划的一个良好的、自然也是片面的概述，现不妨抄录在这里：

"首先土地测量员K必须争取在村里站稳脚跟。做到这一点并不容易，因为谁也不需要他的工作，除了那个被他突然蒙住了的桥头客店老板之外，谁也不愿收留他，除了几个官老爷同他开开玩笑之外，谁也不理睬他。因此，从表面上看，他毫无意义地东游西荡，终日无所事事，尽干些扰乱当地平静生活的事。但实际上，他忙得很，他在等待机会，并很快找到了机会。弗丽达，贵宾旅馆里那个年纪轻轻的酒吧招待，相信他的诺言，于是被他勾引住了。"

证明土地测量员K的罪过是不容易的。因为这里不管多么令人尴尬，人们只有迫使自己完全按照他的思路去考虑问题，才能看透他的诡计。如果人们用这个办法发现了一个看来令人无法相信的卑劣行径的话，那么人们多半不会搞错，相反，如果人们已经走得这么远了，那么他肯定没有走错，他算是到了合适的地方。比如，我们拿弗丽达的情况来说吧。事情很清楚，土地测量员不爱弗丽达，不会出于爱情同她结婚；他心里也有数，她是个长相并不漂亮、态度却十分专横的姑娘,况且她的过去很不光彩,他也会采用同样的态度对待她。他东游西荡,根本不把她放在心上,这就是事实。对这个事实现在也可以作各种不同的解释,K可以作为一个懦弱的、或是愚蠢的、或是高尚的、或是卑鄙的人出现。但这一切都与事实不符。我们只有认真观察从他到这儿起直至同弗丽达结合所揭示的他的全部踪迹,才能弄明白事情的真相。一旦找到了令人毛骨悚然的事实,我们当然还必须习惯于相信这个事实,除此之外是没有其他办法的。

K只是出于卑鄙的考虑才接近弗丽达的,只要他还怀着某种希望,认为他的考虑是对的,那他就不会离开她。因为他以为弗丽达是城堡主管老爷的情妇,占有了她就占有了一件抵押品,要赎回它就要付最高的价钱。同这位城堡主管老爷就价钱问题进行谈判,现在就成了他唯一追求的目标。因为他所关心的不是弗丽达,而是价钱问题,所以在弗丽达问题上,他随时准备做出让步,但在价钱方面,他肯定十分顽固,决不让步。目前,除了他的猜想和建议让人讨厌之外,他不会伤害人;一旦他认识到他大错特错并丢尽了面子,那么他甚至会心狠手辣,当然是在他的微不足道的能力限度之内。

"这一页稿纸就此结束。在这张纸的边缘上还画着一幅幼稚的、用虚线勾勒出来的画:一个男人搂着一个姑娘,姑娘的脸紧紧贴在男人的胸前,但这位个头大得多的男人正从姑娘的肩头看他拿在手里的一张纸,他心里乐滋滋地在那张纸上记下了几笔款项。"

若是人们现在觉得K所体验、所猜测的女人和"城堡"之间的联系,即同上帝之间的联系不可捉摸,尤其觉得有关索尔蒂尼的插曲不可思议的话,插曲中写道这位官员(上帝)明目张胆地要那位姑娘干些不道德的和肮脏的事,那么,我在这儿推荐克尔凯郭尔的《恐惧与战栗》一书,请大家读一读——再说,卡夫卡特别喜欢这部作品,他经常阅读它,并在许多书信中对它精辟地评述过。有关索尔蒂尼的插曲恰好和克尔凯郭尔的这本书非常类似。克尔凯郭尔的这本书的出发点是,上帝甚至要亚伯拉罕去犯罪,献祭自己的儿子,书中这种怪论有助于我们做出明确的论断,使我们发觉绝对不能想象道德的范畴和宗教的范畴是相互一致的——人间活动和宗教活动,这两者是没有通约性的,这直接通向卡夫卡这部小说的中心思想。同时,不可忽略的是,克尔凯郭尔这位基督徒从不可通约性的这种冲突出发,在后来的作品中越来越明显地放弃了今生，而弗朗茨·卡夫卡的主人公却自始至终顽固地不遗余力地遵照"城堡"的指示安排自己的生活，尽管他遭到"城堡"所有的代理人的粗暴、强硬的回绝。这导致他对他在心灵深处怀有敬畏之情的"城堡"发表了许多不恭敬的看法，做出了种种轻蔑的表示。这其实就构成了这部无与伦比的小说的诗一般的生活气息，构成了它的讽刺色彩。因此，所有这些诽谤性的看法和谩骂的话语，只是表明人的理智和神的仁慈之间的距离，当然是从井中之蛙的视野、从人的角度来看的，而人（K也好，巴纳巴斯一家下等人也好）表面上看起来一举一动是非常合乎情理的，但实际上总是令人无法理解地不合乎情理。人与上帝之间这种歪斜不正的关系，人与上帝之间的距离在合理途径上的不可逾越性，通过用神奇的幽默所描述的事实最好地表达了出来（因此，若是仔细看一看，小说中表面上看似奇怪的表现方法却是唯一可行的表现方法）。这个事实就是：上帝之意，从人的理智出发来看，有时表现为高尚的东西，值得大家爱戴，正像克拉姆老爷备受爱戴那样，但有时又遭到带挖苦性的批判，有明智的批判，也有愚蠢的批判；上帝有时甚至表现出最可鄙（那个案卷室）、可悲、不道德或任性或乖戾（助手们）或庸俗、但总是叫人捉摸不透的样子。卡夫卡对上帝的细微描写并不像管风琴奏出的曲调那样单调，而是层次分明，具有细腻的悲剧和悲喜剧的色彩。他同样具有丰富的表达能力，充分表现上帝的对立面，表现尘世的失意。"不管怎么做都是错的"——这句话通过K为与村子和城堡建立正当联系而作的各种徒劳无益的尝试得到了最生动不过的注解。援助怎样一再从人们很少料到的地方突然出现——相反，诚心实意、怀着最坚定的信念所制订的计划却可怜地遭到毁灭，比如以喝白兰地而告终；最小的诱惑怎样导致毁灭（对照《乡村医生》：一旦听从了夜间误打的钟声，事情就再也无法弥补）；人怎样茫然地倾听着外面那个对他提出的关于善与恶的永恒问题不予回答，或者只是作了最含糊不清的回答，而在心灵深处又是怎样不可磨灭地怀着对那条让我走、我注定要走的唯一美好的道路的希望（对照《在法律门前》）——我觉得，卡夫卡的小说《城堡》无论在思想上，还是在情绪上（这两者密切交织在一起，很难区分开来）简直是最完美地表现了所有这些对评价和机构的戏弄，表现了精神和肉体上的一切抑制、模糊不清的事物、堂吉诃德式的行为举止、人生的艰难乃至困厄，以及我们在纷乱之中模模糊糊意识到的更高的上天的秩序。在小说的某些地方,详尽的描写也许起初使人觉得奇怪,但这种详尽描写全然是作品完美无缺的表现,这一点,只有那些还没有试图对生活的某个事实(比如说对拿破仑)及其在(无论是这个人本身的,还是人类的)"正确道路"上的重要影响做出判断的人,才会觉得不可理解。奥尔珈谈到巴纳巴斯的那些信时说的话也适合于所有认真对待生活的人。她说:"那些信促使她进行的思考是无止境的。"或者,就像小说在(删去的)一个地方所写的:"若是谁有眼力能够不停地,在某种程度上可以说连眼也不眨一眨地看那些事物,谁就能看见许多许多;但只要一放松注意,闭上眼睛,眼前马上就会变得一片漆黑。"

作为一个有眼力、有伟大的才干、能够凭借特殊的力量在最深沉的爱情(一种往往充满怨恨痛苦而又如此温柔体贴的爱情)的驱动下睁着眼睛的人,卡夫卡曾经(用他那有分寸的语言来表达)"看见许多许多"——许许多多先前没有料想到的事情。

在出版这部遗著时,无论是在版本方面,还是在出版的方式方法方面,我再次遵照了《审判》后记里所阐明的原则。当然对原稿没有作丝毫改动,只把明显的错误订正了。还有,我在少数几个地方划分了章节。另外,手稿中的章节划分,作者本人已经有所提示;奥尔珈插曲中的章节标题,也为作者所写。整部手稿没有标题。在谈话中,卡夫卡总是把这部小说称做《城堡》。我出于开头阐明的理由,把手稿的最后几处删掉了,另外还删掉了 K 与汉斯之间的情节以及吉莎与施瓦策的插曲,这两处每处约删掉了一页;被删除的这几处同紧接的内容没有连贯性,当然在整个情节的继续发展过程中肯定会显出其明显的意义。

1926 年

后记

　　阅读卡夫卡的作品就如同走进了一个迷宫。这个迷宫是由卡夫卡和他的作品组合而成的。没有人能够声称自己已经完全读懂了卡夫卡的作品，我们甚至不得不承认，对于卡夫卡和他的作品，我们所有的读解都不过是某种程度上的误解。法国著名评论家布朗肖曾说："也许，卡夫卡试图销毁他的作品的原因就在于，对于他来说，它们似乎注定要引起全世界的误解……当我们看到他那些不该发表的著作被一再地重版，他那永恒的艺术创造被视为历史的某种注释，我们禁不住询问自己，也许卡夫卡本人已经预见到了这一发生在巨大的成功中的灾难？也许他确实希望消失掉，也像一个谜不愿为人所发现一样。"

　　但是，卡夫卡并非有意识地要给阐释者设置障碍，创造一个迷宫并不是他写作的主要目的。卡夫卡并不是为了发表而写作的，他自己正是那潜在的读者和阐释者。对于他来说，关键的问题在于，如何为自己表现那些无法表现的东西。我们不该错认为卡夫卡曾有意识地想方设法逃避人们的阐释，更不该认为卡夫卡的创作中最需要阐释的正是这样一种逃避。

　　卡夫卡的文学世界基本上是一个构筑在无数寓言故事之上的寓言性世界，它蕴涵了无数"独特的、孤立的意义"；卡夫卡的迷宫其实是一座语言迷宫，因为语言从本质上来说是寓言性的。任何试图把卡夫卡的世界定位在狭隘的国家、种族、宗教、政治意识形态或某种特殊的文学流派之内的举动都是注定要失败的。我们应该承认，关于卡夫卡创作的那些具有无限反射能力的寓言，任何解读都只是我们自身对于卡夫卡的世界的某种反应。

一

卡夫卡的《城堡》创作于他去世前不久,属于他成熟时期的作品。《城堡》的寓言性突出地表现在"城堡"这个多元的隐喻形象上。这个形象究竟指代什么?自从《城堡》被卡夫卡的好朋友勃罗德违背作者的遗愿出版了之后,人们似乎一直在寻找关于这个问题的答案。由于《城堡》本质上的寓言性,加上它还是一部没有完成的作品,《城堡》所引起的解释和评论成为所谓的"卡夫卡学"中最醒目的一部分,其繁琐和冗长几乎达到了令人难以忍受的程度,而且这些解释和评论大都是粗暴和武断的专制式解读,它们构成了对卡夫卡的种种误解。

非常可悲的是,卡夫卡生前最亲密的朋友马克斯·勃罗德,恰恰是最早、最严重地误解了卡夫卡和他的作品的人。勃罗德在小说第一版的后记中曾经明确地指出:"'城堡'正是神学家称之为'仁慈'的东西,是神对人(即村子)的命运的摆布,是各种偶然事件、神秘莫测的决定、天赋和损害的效力,是无法得到和无法争取到的东西,它凌驾于所有的人的生命之上。"勃罗德还认为,K 的奋斗目标(也就是他设法同"仁慈"取得联系的方式),就是追求基本的生存条件、安居乐业和置身于公众之中。勃罗德透过自己虔诚的宗教观念来阅读卡夫卡,他甚至把卡夫卡归纳为一个"走向圣洁之路"的人。虽然勃罗德关于卡夫卡作品的阐释曾经在德语和英语的文学评论领域中长期占有权威性的重要地位,但是,不可否认的是,他对卡夫卡的宗教化的、"乐观的"解读,已经把卡夫卡大大地简单化了,使他成了"一个非常普通和保守的思想家,他倡导人们回归陈旧的真理,以便对抗现代生活的挑战"。也就是说,勃罗德用自己的世界遮盖了卡夫卡的世界。或者,如德国批评家本雅明所指出的:"(勃罗德式的)对于卡夫卡作品的宗教化解读……构成了一种回避方式,或者人们可以说,一种销毁卡夫卡的世界的方式。"

虽然勃罗德后来对《城堡》又进行了一些非宗教化的解释,但是,他早期的宗教化解释似乎已经深刻地影响到了人们对卡夫卡的理解。英国学者埃德温·缪尔是第一个把《城堡》翻译成英文的人,他对《城堡》的解释直接受到勃罗德早期观点的影响。缪尔断言:"《城堡》是一幅关于寻求拯救的灵魂与上帝之间的关系的图画……《城堡》与《天路历程》一样,是一部宗教寓言。"缪尔显然把勃罗德的观点推向了极端,完全用自己的宗教情绪淹没了《城堡》。在勃罗德和缪尔的大力倡导下,《城堡》的宗教式解读曾经在德语和英语文学批评界形成了某种权威性的解释,严重地影响了多数人对卡夫卡的解读。

对于《城堡》的另一种具有普遍性的误解是把"城堡"解读为官僚体制的象征。这种具有强烈政治性的解读,曾经在中国非常流行,学者们似乎一致同意,"城堡"是"资本主义国家机器的缩影",而卡夫卡写作《城堡》的意图就是对这种官僚体制进行讽刺和批判。美国学者索克尔明确提出质疑,他认为,人们如果对《城堡》进行细读,就会发现,K并不是一个纯粹被动的受害者,恰恰是他首先谎称自己是"城堡"请来的"土地测量员",从而对"城堡"提出了挑战。

当"城堡"第一次承认K的土地测量员身份的时候,K的直接反应是:

> 这么说,城堡已经任命他为土地测量员了。一方面,对他来说这很不利,因为这表明城堡里的人对他已经十分了解,并权衡了双方的力量对比,欣然接受了他的挑战。但另一方面,这对他也有好处,因为在他看来,这表明他们低估了他,他有可能会得到比他一开始所希望得到的更多的自由。倘若他们以为抱着占绝对上风的态度承认他是土地测量员,这样就可以永远把他吓倒,从而永远控制他,那他们就打错了算盘;这充其量只能令他略微感到有点儿惊吓,仅此而已。

"城堡"在任何时候也没有对K提出任何不满和指责,相反,在K还没有开始工作(实际上,他也不可能开始工作)的时候,"城堡"官员克拉姆居然还写来了两封表扬 K 的信件(不过 K 后来得知,这些信其实是早已写好的,也就是说,它们并不是写给他的)。"城堡"与 K 之间的关系确实非常荒谬,但是,这种荒谬并不是仅仅存在于"城堡"单方面的,K 本人的行为在荒谬的程度上并不亚于"城堡"。事实上,我们并不知道 K 究竟是出于什么原因来到这个村庄的,因为他其实并没有如他自己所声称的那样,收到所谓的"聘书"(据村长的回忆,他们从没有就是否聘请土地测量员达成任何共识,更不可能发出任何聘书)。不可否认的是,《城堡》在许多地方确实对官僚体制进行了无情的嘲讽,但是,这或许仅仅是它的一个副产品,这部小说的主旨并不在此。导致这一错误阐释的原因就在于,人们把"城堡"具象化了,忽略了《城堡》的寓言性,从而把这部作品同现实生活直接地联系起来,因此大大地缩小了它的意义空间。

女作家残雪曾经对"城堡"提出了另一种解释。在她的倡导下,一些批评者开始把"城堡"解释为象征着一种不可企及的目标——爱情,他们认为,《城堡》是卡夫卡在与他一生唯一深爱的女人密伦娜分手之后的作品,小说的中心意图是描写爱情的虚幻和缥缈。由于把爱情视为统率全篇的主题,评论者们在解释这部作品时难免出现误差。例如,他们把阿玛莉娅对于粗暴的"城堡"官员索尔蒂尼的厌恶和拒绝也解释为一种爱情,认为导致阿玛莉娅愤怒的仅仅是那封满纸脏话的"情书"。但是,事实上,关于阿玛莉娅是否爱上了索尔蒂尼,小说中仅仅提到了她的姐姐奥尔珈和其他人的猜测,而且这些猜测在很大的程度上是对于阿玛莉娅的误解。爱情的缥缈带给人们的绝望确实是《城堡》所传达的情绪之一,但是,爱情本身却并不是这部小说的主题。这一爱情说的误区就在于,批评者把《城堡》看成象征性作品,从象征意象必然指代另一个确定的对象这一点出发,他们在文学文本中寻找一个统率全篇的中心,一个所谓的主题,然后用它来把文本中的一切串联起来。但是,人们所期望的这种统一性在《城堡》中并不存在。

二

"城堡"是虚幻的,它并不是任何具有确切身份和具体形象的存在物,卡夫卡在小说一开始就提醒了我们:

> K抵达村子的时候,已是深夜时分。村子陷在厚厚的白雪里,城堡屹立在山冈上,但在浓雾和阴沉沉的夜色笼罩下,不见山冈的一点儿影子,连能够显示出那里有座高大城堡的一丝儿灯光也没有。一座木桥从大路通向村子,K久久地站在木桥上,仰望着虚无缥缈的天空。

城堡里的官员都具有某种行踪不定、形象多变、面貌模糊的特征,他们真正的身份高贵而又神秘。桥头客店的老板娘把克拉姆比做鹰,因为他虽然盘旋在人们的头顶上,却距离人们那么远;村子里有的人虽然有幸窥见过克拉姆的形象,但是,"观看者一时的情绪,激动的程度,种种不同的希望或失望",使得克拉姆的形象变化多端、神秘莫测:"他进村时是一个模样,离开村子时是另一个模样;喝啤酒前是一个模样,喝啤酒后是另一个模样;醒着的时候是一个模样,睡着的时候是另一个模样;单独一个人时是一个模样,谈话时是另一个模样。在上面城堡里他几乎又彻底变成了另外一个人……"与"城堡"相邻的"村庄"也具有虚构的色彩:K"对这个村子如此之长也感到惊讶。村子没有尽头,一座座小房子,一直伸展开来。窗玻璃上结满了冰霜,到处白雪皑皑,看不见一个人影……"

"城堡"的虚幻不仅表现在它自身形象上的忽隐忽现以及所有与它有关的人和事的神秘莫测,而且还表现在它始终是不可接近的:K企图从大路走进城堡,但是发现,这条所谓的大路其实是一个误导:

> 他继续往前走,但这是一条漫长的路。这条路,这条乡村大道,并

不通向城堡所在的山冈上,它只是通到它附近,然后又好像是有意似的,突然转个弯;如果说它离城堡并不远,那他也没有靠近城堡。每到一个转弯处,K就希望这条路终究会转向城堡。只是因为他抱着这样的希望,所以他继续朝前走;显然是由于他疲倦了,他犹犹豫豫地想离开这条大道,但他仍沿着它走去⋯⋯

那儿山冈上的城堡,很奇怪已经暗了下来。K本来还希望能够在今天就到达那儿,然而城堡现在却退向远方,离得越来越远了。

K首先企图通过信使巴纳巴斯同城堡取得联系。但是,巴纳巴斯是不是一名真正的信使?后来,K悲哀地发现,这个怀疑居然同时也是巴纳巴斯自己的怀疑,这无疑确认了K根本无法与"城堡"取得任何真正的"通信"联系。在初到村庄的时候,K曾经无意中发现,他的顶头上司克拉姆就在他来到的贵宾旅馆里,而旅馆的酒吧女招待弗丽达正是他的情妇,为了接近克拉姆,K立即爱上了弗丽达。卡夫卡明确地告诉我们,K与弗丽达的关系并不是纯粹的爱情关系,因为弗丽达对于K来说,仅仅是通往"城堡"的另一条"漫长的路",而且这条"大路"最终也并不能够连接K和"城堡"。小说中有一段令人费解的描写,集中展现了K、弗丽达和克拉姆之间的复杂关系:

他们就躺在洒在地上的一小摊啤酒里和满地的脏东西上。在那儿,他们度过了几小时。在这几个小时里,两个人像一个人一样呼吸,两颗心像一颗心一样跳动⋯⋯当克拉姆的房间里传出低沉的、命令似的、但又是冷漠的声音呼唤弗丽达时,起初至少是对K来说,这决不意味着是一种惊吓,而是一道令人感到慰藉的微光⋯⋯K想说句反对的话,想催她去克拉姆那儿,于是把她衣衫上的零碎东西找在一起,但什么话也说不出来,他双臂搂着弗丽达,实在太幸福了,幸福之中甚至又感到提心吊胆,因为他觉得,要是弗丽达离开了他,那么他也就失去了他所拥有的一切。由于K的赞同,弗丽达似乎增强了力量,她攥起拳头，用力敲起门来，大声说："我在土地测量员这儿呢，我在土地测量员这儿呢！"这时，克拉姆当然一声不响了。但 K 却坐起身，跪在弗丽达身边，在朦胧的晨曦里环顾四周。出什么事啦？他的希望在哪儿呢？一切都泄露了，他现在还期望从弗丽达那里得到什么呢？他没有慎重估计敌方的力量，也没有按照自己的宏伟目标小心谨慎地往前走，而是在一摊啤酒里滚了一整夜，那种味儿真叫人难以忍受，简直把人给熏昏了。"你干了些什么呀，"他自言自语道，"咱们两个全完了。"

K 虽然出于功利的目的而爱上了弗丽达，他仍然不由自主地在她的身上体验到了肉体的愉悦。但是，K 没有想到，他因此而犯了一个严重的错误，因为弗丽达在强烈的爱情冲动下，居然公开表示，为了 K，她"再也不要回到克拉姆的身边"。这样，K 虽然得到了弗丽达，但是距离他希望接近的克拉姆更加遥远了。在这里，克拉姆代表了那个不可接近的"城堡"、它的权威和荣耀，而弗丽达寓指了一个错误的决定和选择。这就是说，从一开始，K 就已经意识到了自己的努力的虚妄，因为他希望通过弗丽达而在村庄里落下脚跟的愿望，与他来到这个村庄的最终目的——进入"城堡"——是相矛盾的，因此，他的行动越是成功，他距离他的奋斗目标就越遥远，而他的绝望就在于，他本人对于这一点居然也很清楚：

> 城堡仿佛又给他一个临时告别的信号，那儿突然响起一阵欢乐的钟声，不过这钟声也充满着痛苦，至少使他的心刹那间扑通扑通地猛跳，似乎在威胁着他毫无把握地渴望实现的东西。

简而言之，"城堡"以及与它有关的一切所具有的极度的虚幻性，暗示了它的存在本身的虚构性和抽象性，所以，我们在阅读《城堡》的时候，不应该把注意力集中在"'城堡'究竟是什么"这个问题上，而应该倾听我们自己内心的感受，体会卡夫卡真正想诉说的是什么。

卡夫卡的挚友马克斯·勃罗德曾经说过:"卡夫卡的《城堡》超越了书中所写人物的个性,成为一部对每个人都适合的认识自我的作品。"勃罗德虽然在很多方面误解了卡夫卡,但是,他上述的言论确实敏锐地察觉到了卡夫卡的作品对于一切读者的亲和力。勃罗德可能与西蒙·德·波伏瓦有同样的感受,后者认为:"我们还不完全明白,我们为什么感觉到他的作品是对我们个人的关怀。福克纳,以及所有其他的作家,给我们讲的都是遥远的故事;卡夫卡给我们讲的却是我们自己的事。"

中国作家余华在给一个英文版的《城堡》写的序言中指出:"在《城堡》和其他一些作品中,人们看到了巨大的官僚机器被居民的体验完整地建立了起来。我要说的并不是这个官僚机器展示了居民的体验,而是后者展示了前者。这是卡夫卡叙述的实质,他对水珠的关注是为了让全部的海水自动呈现出来。"

在上述诸种评论中,卡夫卡作品中的一个最重要的方面得到了承认:这就是卡夫卡对于人的体验的描写。也就是说,卡夫卡的作品之所以与我们每一个读者都能够产生某种特殊的亲密关系,是因为他注重描写的是人们普遍拥有的种种体验和情绪,而不是那些引发了这些体验和情绪的具体事件。或者用作家余华的话来说,《城堡》展示的并不是官僚体制的荒诞和蛮横,而是它必然引起的某些体验。

在《城堡》里,我们所深切感受到的体验是一种始终弥漫和笼罩着作品的恐惧和绝望,"城堡"自然是造成这样一种恐惧和绝望的外在根源。但是"城堡"作为一个寓言形象,并不确指任何具体的事物,而是抽象地寓指神秘化了的权威和权力、至高而不可企及的目标和理想、爱恋的对象等任何对个人的生存构成了严重的约束力和控制力的存在物,"城堡"的存在其实依赖于人们对于它的构想,因此,"城堡"对于"村民们"来说,意味着各种不同的事物。"城堡"的虚构性和抽象性还表现在,它其实并不完全是某种外在的东西,它对于人的威胁力恰恰发生于人的内在。但是,这并不是说,人们可以轻易地摆脱它和它所造成的巨大压力,从卡夫卡的描写中可以看到,事实似乎恰恰相反。

　　卡夫卡把人们与"城堡"的关系形象化地比喻成女人与那些主宰了她们命运的男人之间的关系,而从这样一种关系里面,卡夫卡所提取的正是某种被约束和被控制的感受以及它所引起的恐惧和绝望。"城堡"所具有的内在化和极端神秘化的性质,集中体现在桥头客店的老板娘对克拉姆的迷恋和崇拜以及村民们对待阿玛莉娅及其一家人的态度上。K曾经希望通过弗丽达与克拉姆取得某种直接的联系,但是,老板娘不仅断然否定这一可能性,而且对K居然有这样胆大妄为的念头感到不可忍受。老板娘本人是克拉姆二十年前曾经召见过的女人,她至今一直依靠着对克拉姆的回忆来支撑着自己的生活,克拉姆对于老板娘来说是神圣的,她认为,任何女人能够为克拉姆献身都是值得炫耀的,作为他的情妇,哪怕仅仅只被召见了三次,也是一种地位得到提升的标记。K看不到这一点也让老板娘特别恼火。老板娘不允许K直呼克拉姆的名字,她坚持认为K没有资格同克拉姆有任何直接的关系,而K产生了那样的念头就是对克拉姆的权威的极度轻视。为了拯救K,更为了保护她心目中克拉姆的神圣形象,她甚至给K下跪,请求K不要再想着直接去找克拉姆。老板娘或许已经敏感地意识到,K所要求的并不纯粹是城堡对于自己存在和身份的认可,他要求的其实是直接进入"城堡",因为他要验证城堡本身存在的真实性。K的这种粗暴行为在老板娘看来是最不可容忍的罪过,因为它说明K实际上对城堡的存在本身已经产生了疑问,只是他把自己的这个疑问深深地掩藏起来,或者说,他对于自己的这个疑问也没有确定的把握。

　　阿玛莉娅的故事更加明确地说明了权威的存在和它的威胁力并不仅仅是外在的,它实际上已经被人们内在地化为一种奴性。阿玛莉娅愤怒地拒绝了"城堡"官员索尔蒂尼无耻的淫欲,但是,她的举动居然被村民们理解为对于"城堡"的粗暴冒犯,而出于对"城堡"的恐惧,他们开始回避阿玛莉娅一家,唯恐这一家人可能遭遇的、来自"城堡"的惩罚牵累了他们,而实际上,"城堡"并没有显示任何迹象来表达它对于阿玛莉娅及其家人的任何态度,阿玛莉娅一家的灾难完全是村民们通过对"神秘的权威"的想象而一手造成的。这个悲惨的故事也暗示了我们所感受的恐惧和绝望的根源:我们无法逃避我们的生活中处处可能出现的"城堡",因为它就存在于我们的想象之中,是我们自身思想的构造物。

三

《城堡》虽然描写的是人们的恐惧和绝望这样一些沉重的情绪,但是,卡夫卡的笔触却是轻松和诙谐的。它不仅体现了卡夫卡本人一贯使用的幽默手法,而且还发扬了犹太文学传统中固有的喜剧特色。K 有点像卓别林的早期电影里的主人公,行为滑稽,处处碰壁,但是他稍稍缺少一点自我解嘲的能力,K 的两个来自"城堡"的"助手"才是真正符合犹太文学传统的喜剧角色,他们两个无时不在玩耍,典型的动作是手舞足蹈并把头碰到一起窃窃私语;K 和弗丽达以及他的"助手"们在小学校里度过的一夜,完全是一幕滑稽剧,简直令人捧腹;K 和弗丽达两个人的拥抱居然被卡夫卡比喻为"就像老虎钳子紧紧夹在一起",实在让人忍俊不禁。轻松和谐的语调并不仅仅出现在上述例证中,它同样是弥漫在作品中的一种基本色调,而且,由于作品所描述的恐惧和绝望情绪,这一语调越发显得异常醒目。

正如 K 自己所意识到的,他的两个"助手"的"工作"并不是要协助 K 做任何测量事务,而是"为了让他更快乐一些,因为他对一切都太认真了",小说中所采用的上述轻松诙谐的语调,也是为了协助人们勇敢地面对残酷的现实。但是,卡夫卡的幽默所暗示的并不是一种对一切都无所谓的嬉皮士态度,而是他对于生活本身的接受,是他对自己深刻体验的恐惧和绝望的对抗。

从另一个角度来看,卡夫卡所采用的轻松诙谐的笔触,在很大的程度上,还体现了他对于生活的一种豁达的态度,这种态度渗透了中国古代老庄哲学里所传达出的睿智。根据卡夫卡自己的遗言:K 最终并没有被"城堡"

所接受,但是他也并没有被驱逐出村庄,他的处境是介于被拒绝和接受之间,是一种具有极大含混性的中间状态。这个结尾所描述的显然是一种老庄式的人生状况,在这里,对立的两极被一种中间性的存在取消了,所以,这里的绝望并不是一种覆盖一切的黑暗,而是一种渗透了希望的绝望。这也说明,为什么卡夫卡不同于当代那些否定一切的所谓"后现代主义者"。总之,卡夫卡的《城堡》最终告诉我们:希望正如绝望,是我们内心里始终拥有的一种本能的情绪,无论整个外在世界究竟变成了什么样子。

卡夫卡曾经说过:"一个人……在另一个人身上看到的也只能是他的视力和注视的方式所能及的那个部分。"而且,他悲哀地暗示,他希望"把自己限制成同仁看他的视力所及的那种样子"(这当然是不可能的)。卡夫卡的话同时也告诫我们,任何人对他的作品的解读都只能是阅读者个人的一种解读。但是,我们尽管非常清醒地意识到这一点,却仍然幻想着能够稍稍地超越个人有限的视力和注视方式,尽可能地接近卡夫卡。这似乎正是一种卡夫卡式的绝望中的希望。

(昂智慧)

经典译林

书名	单价	ISBN 号
钢铁是怎样炼成的	39.00 元	9787544774635
鲁滨孙飘流记	35.00 元	9787544774680
基督山伯爵	68.00 元	9787544777490
简·爱	39.00 元	9787544774666
傲慢与偏见	36.00 元	9787544774697
飘 (上、下)	88.00 元	9787544777407
少年维特的烦恼	18.00 元	9787544762502
羊脂球	38.00 元	9787544775878
麦田里的守望者	38.00 元	9787544775106
希腊古典神话	49.00 元	9787544777391
格列佛游记	35.00 元	9787544774642
海底两万里	38.00 元	9787544775717
小王子	29.00 元	9787544774628
老人与海	32.00 元	9787544774789
名人传	39.00 元	9787544774673
昆虫记	39.00 元	9787544775830
伊索寓言全集	35.00 元	9787544775762
童年·在人间·我的大学	49.00 元	9787544775786
汤姆·索亚历险记	32.00 元	9787544774659
巴黎圣母院	42.00 元	9787544775748
纪伯伦散文诗经典	42.00 元	9787544777438
美丽新世界	35.00 元	9787544777254
猎人笔记	38.00 元	9787544775809
被侮辱与被损害的人	39.00 元	9787544777261
飞鸟集	25.00 元	9787544761031

一九八四	36.00 元	9787544777216
天方夜谭	42.00 元	9787544775816
变形记 城堡	38.00 元	9787544777292
尤利西斯	58.00 元	9787544712736
荆棘鸟	45.00 元	9787544768818
莎士比亚喜剧悲剧集	49.00 元	9787544777322
呼啸山庄	39.00 元	9787544775779
耻	20.00 元	9787544713771
苔丝	39.00 元	9787544777179
爱的教育	32.00 元	9787544768580
最后一课	18.50 元	9787544714419
静静的顿河	128.00 元	9787544777513
地心游记	32.00 元	9787544775847
安徒生童话选集	42.00 元	9787544775731
雾都孤儿	35.00 元	9787544768696
罗马神话	16.80 元	9787544711722
契诃夫短篇小说选	39.00 元	9787544777421
安娜·卡列尼娜	49.00 元	9787544740883
格林童话全集	36.00 元	9787544768573
绿山墙的安妮	36.00 元	9787544775755
十日谈	38.00 元	9787544714280
罗生门	39.00 元	9787544777193
汤姆叔叔的小屋	45.00 元	9787544775793
悲惨世界（上、下）	98.00 元	9787544777346
约翰·克利斯朵夫（上、下）	98.00 元	9787544777476
战争与和平（上、下）	108.00 元	9787544777445
我是猫	39.00 元	9787544777186
红与黑	49.00 元	9787544777315
欧·亨利短篇小说选	36.00 元	9787544775823
圣经故事	35.00 元	9787544768825
八十天环游地球	32.00 元	9787544775861

神曲 (共三册)	128.00 元	9787544777414
茶花女	35.00 元	9787544777384
百万英镑	35.00 元	9787544777360
堂吉诃德	62.00 元	9787544714877
瓦尔登湖	28.00 元	9787544768764
培根随笔全集	28.00 元	9787544768788
古希腊悲剧喜剧集 (上、下)	69.80 元	9787544711708
大卫·科波菲尔 (上、下)	65.00 元	9787544769068
牛虻	38.00 元	9787544777339
假如给我三天光明	25.00 元	9787544768511
高老头	29.80 元	9787544768856
三剑客	38.00 元	9787544731560
复活	42.00 元	9787544777308
呐喊	23.00 元	9787544768528
朝花夕拾	22.00 元	9787544768535
城南旧事	23.00 元	9787544768801
背影	28.00 元	9787544777483
菊与刀	24.00 元	9787544750707
富兰克林自传	25.00 元	9787544750691
理想国	29.00 元	9787544750684
热爱生命·海狼	38.00 元	9787544777469
繁星·春水	18.00 元	9787544757409
边城	25.00 元	9787544757416
包法利夫人	38.00 元	9787544777353
沉思录	22.00 元	9787544759649
林肯传	28.00 元	9787544759960
人性的弱点	28.00 元	9787544759977
宽容	32.00 元	9787544760492
查拉图斯特拉如是说	38.00 元	9787544759793
拿破仑传	38.00 元	9787544759809
物种起源	42.00 元	9787544765022

欧也妮·葛朗台	32.00元	9787544775854
小妇人	45.00元	9787544766784
人类群星闪耀时	29.80元	9787544766906
骆驼祥子	32.00元	9787544775724
镜花缘	39.00元	9787544771603
谈美	26.00元	9787544772013
谈美书简	28.00元	9787544772006
白洋淀纪事	32.00元	9787544772617
童年	38.00元	9787544762168
中国哲学简史	48.00元	9787544771580
寂静的春天	35.00元	9787544773430
月亮和六便士	45.00元	9787544773805
茶馆	32.00元	9787544773539
给青年的十二封信	29.00元	9787544774321
福尔摩斯探案集	58.00元	9787544775373
沙乡年鉴	42.00元	9787544775441
红楼梦	55.00元	9787544774604
三国演义	45.00元	9787544774598
水浒传	55.00元	9787544774581
西游记	48.00元	9787544774611